한국 근대 서사양식의 발생 및 전개와 매체의 역할

A Study on the Relationship between Modern Korean Narratives and Media

김영민 연세대 국문학과 교수
양문규 강릉대 교수
김재영 연세대 근대한국학연구소 연구원
최현식 연세대 근대한국학연구소 연구원
구장률 연세대 강사
이유미 연세대 강사
정가람 연세대 강사
함태영 연세대 강사

한국 근대 서사양식의 발생 및 전개와 매체의 역할

1판 1쇄 인쇄 2005년 7월 20일
1판 1쇄 발행 2005년 8월 01일

지은이 / 연세대 근대한국학연구소 기초학문연구팀
펴낸이 / 박성모
펴낸곳 / 소명출판
출판고문 / 김호영
등록 / 제13-522호
주소 / 137-878 서울시 서초구 서초동 1621-18 (란빌딩 1층)
대표전화 / (02) 585-7840
팩시밀리 / (02) 585-7848
somyong@korea.com / www.somyong.com

ⓒ 2005, 연세대 근대한국학연구소

값 20,000원

ISBN 89-5626-164-4 93810

한국 근대 서사양식의 발생 및 전개와 매체의 역할

A Study on the Relationship between Modern Korean Narratives and Media

연세대 근대한국학연구소 기초학문연구팀

소명출판

이 책은 지난 2년에 걸친 공동연구의 결과물이다. 공동연구의 주제는 우리 근대 서사양식의 발생 및 전개를 매체와 연관해서 살펴보는 것이었다. 우리는 이 공동연구에서 기존연구의 한계를 넘어서기 위해 두 방면에서 새로운 시도를 하였다.

그 하나는 '소설' 중심의 연구에서 벗어나 당대의 다양한 서사양식 모두를 포괄하는 연구를 지향한다는 것이었다. 이는 일차적으로 연구대상의 폭을 비약적으로 확장시키는 것이었는데, 너무도 다양한 당대 서사물의 존재 양상을 생각한다면 당연한 것이었다. 여기에서는 무엇보다 연구 시각이 중요한 문제였다. 그리고 문제의 핵심에 '소설' 개념이 놓여 있었다. 그동안 '소설' 특히 '근대소설'에 대한 이론적 해명은 거의 전적으로 서구이론의 틀에 기대고 있는 상황이었다. 그 때문에 '소설' 중심의 대부분의 연구가 서구 소설의 개념 틀에서 벗어나지 못하고 있다는 것이 우리의 문제의식이었다. 우리의 판단으로는 서구적 소설 개념은 이 시기에 존재하는 다양한 서사물의 지형 파악에 별 도움이 되지 않는 것이었다.

또 하나는 서사물의 형성·전개를 당대 매체들의 특성과 관련해서 파악해보자는 것이었다. 이 책에서 '근대계몽기'라고 불려지는 시기는, 우리나라에서 신문·잡지 등의 근대적 인쇄매체가 탄생한 시기이다. 이들 근대적 대중매체들은 다양한 서사물의 존재 기반이 되었다. 그러므로 이 시기 서사물 연구를 위해 매체에 대한 연구를 수행하는 것은 당연하다. 당대에 어떠한 매체가 존재했는지, 그 매체에 어떠한 텍스트들이 존재하는지를 검토하는 것이 필수인 것이다. 우리가 생각하는 매체는 단순히 서사물을 수록하여 전달하는 매개체가 아니라, 서사물의 형성에 구성적으로 관여하는 것이었다. 그러므로 개별 매체의 성격이 텍스트에 어떠한 영향을 미치고 있는지, 또 매체 담당자들의 인식이 서사물의 지형에 어떠한 변화를 만들어내고 있는지와 같은 매체 자체의 특성과 그 영향에 대한 본격적인 연구가 우리가 추구하는 것이었다.

이러한 시도들을 성취하기 위해서는 당대의 신문과 잡지 등에 대한 광범위한 수집 검토 작업이 불가피했다. 우선적으로 연구 대상 시기에 발표된 서사물 전체의 실태를 파악하는 것이 필요했기 때문이다. 그 결과 지금까지 확인된 어느 목록보다도 정확하고 광범위한 서사물 목록을 만들 수 있었다. 그것이 이 책에 부록으로 실려 있는 서사물 목록이다. 이 목록에 바탕을 두고 개별 연구들이 진행되었는데, 1910년을 기점으로 두 시기로 나누어, 가장 기본적이고도 중요하다고 생각되는 주제를 넷씩 도출하였다. 이 책의 1부와 2부에 수록되어 있는 논문들이 그 결과물들이다. 3부에 수록되어 있는 글들은 연구의 진행 과정에서 새롭게 도출된 중요 주제들에 대한 연구결과물이다.

주요 논제들을 다루려고 노력했지만 여기 실린 몇 편의 논문에 의해 이 시기 서사물의 지형이 모두 드러났다고는 생각되지 않는다. 특히 해당 시기의 그 다양한 서사양식으로부터 형성되어 발전해나가는 '한국 근대소설'의 모습에 대해서는 지속적인 연구가 필요하다. 물론 이때의 '한국 근대소설’은 서구 근대소설론에서 연역되거나 해명될 개념이 아니라, 이 시기 서사물들의 실체로부터 귀납되어 해명되는 개념이라고 할 수 있다. 우리가 의도했던 것은 결국 ‘한국 근대소설의 발생과 전개’라는 일반적이고 진부하다고도 할 만한 문제에 대한 새롭고 참신한 접근이었다고도 할 수 있다. 실제로 이 책에 실린 결과들이 그러한 성과가 되었는지에 대해서는 읽는 이들의 판단에 맡길 수밖에 없을 것이다.

다른 어느 영역보다도 학문의 세계에는 비약이 존재하지 않는 것 같다. 아주 작은 전진을 위해서도 수많은 퇴적이 필요하다는 점에서 모든 이론적 작업은 공동작업을 필요로 한다고 할 수도 있을 것이다. 우리 연구의 토대가 되었던 선행 연구들과 마찬가지로 우리의 이 작업 또한 한국 근대문학 연구의 켜를 쌓는 작업이었기를 바란다.

이 연구는 연세대학교 원주캠퍼스 근대한국학연구소의 기초학문연구팀이 학술진흥재단의 연구비를 받아 수행한 것이다. 연구 수행 과정에서 특히 문학과사상연구회와의 공동 월례세미나가 많은 도움이 되었다. 이선영 선생님을 비롯한 회강학사의 동학들 모두에게 감사드린다.

연구비를 후원해 준 학술진흥재단과 책을 꾸며준 소명출판에도 감사드린다.

2005년 8월 1일
김영민, 양문규, 김재영, 최현식

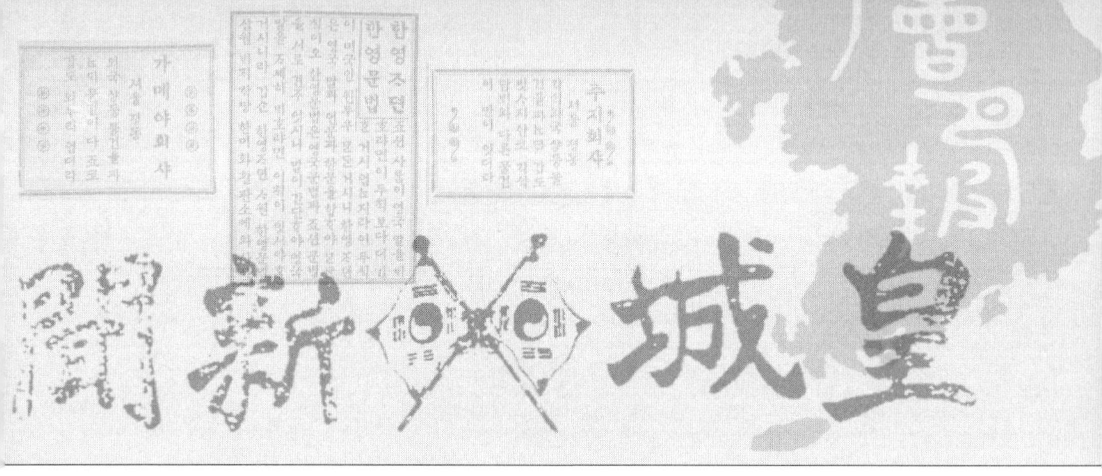

1부

THE INDEPENDENT.

1900년대 신문·잡지 미디어와 근대소설의 탄생[*]

양문규

1. '테크놀러지'로서의 미디어와 근대소설

근대 및 문명개화는 신문, 잡지와 같은 새로운 출판기구 또는 미디어(매체)의 출현에 의해 성립이 가능했다. 근대소설 역시 이들 신문·잡지 등의 매체를 통해 등장했다. 따라서 임화는 일찍이 『개설신문학사』의 「저널리즘의 발생과 성장」[1)]에서, 초창기 근대문학의 발생 배경의 하나로 신문·잡지의 발간 양상에 대한 비교적 상세한 언급을 했다. 근대문학이 발생하는데 신문, 잡지가 보여준 역할은 자명한 것이기에 이후 현대문학 연구자들은 근본적으로 이에 대한 이의제기는 없었다. 그러나 임화를 포함한 지금까지의 논의들에는 다음과 같은 문제점이 있다.

* 이 논문은 2003년도 한국학술진흥재단의 지원에 의하여 연구되었음(KRF-2003-073-AS1014).
1) 『조선일보』, 1939.10.25.~11.16.

우선 임화 이후 대부분의 연구들은 신문·잡지 등이 당대의 신문화 또는 신문학 형성에 기여한 점을 한결같이 강조는 한다. 그러나 그러한 강조들이 상식적이고 일반적인 수준에 머물고 있다. 그렇게 되는 가장 중요한 이유 중의 하나가 신문과 잡지라는 미디어의 내부에 주목할 뿐, 미디어의 외부 즉 '테크놀러지'적 성격에 주목하지 못하기 때문이다. 다시 말해 기존 연구는 신문·잡지 안의 새로운 내용 즉 텍스트의 이념성에 관심을 두고 있을 뿐, 신문·잡지라는 미디어가 그 이전에는 결코 찾아볼 수는 새로운 기술적 성격을 갖고 있다는 자명한 사실에 주목하지 못하기 때문이다. 최근 일부 연구들이 근대 초창기 문학을 검토하면서 문화론 또는 독자 수용론의 연구 방식들을 통해 문화적 하부 구조로서의 미디어 등에 관심을 돌리고 있지만,2) 아직 신문·잡지라는 미디어의 기술적 성격과 초창기 근대소설의 관계에 대한 전면적인 규명은 이뤄지고 있지 않다.

둘째, 기존의 논의들은 우리 소설사의 전개 과정을 직선적이고 발전적인 관점에서 서서 우리 소설이 과거 전통소설에서 탈각하여 서구소설을 모방하고 이를 정착시킴으로써 근대소설을 성취한 것으로 기술하고 있다. 그리하여 우리 근대 전환기 한국 소설은 전통적인 조선시대의 소설이 서구 또는 서구화를 꾀한 일본 문학에 접촉, 촉발되어 변화를 일으키며 제작, 생산되는데 이 과정에서 신문과 잡지라는 근대적 미디어는 우리 소설이 전통소설을 극복하고 근대소설로 발전하는데 긍정적인 역할을 하고 있음을 자명한 전제로 설정하고 있다.

물론 이것이 전적으로 틀린 바는 아니지만, 우리의 근대소설이 서구소설을 수용하면서 얻게 된 점과 더불어 전통소설의 긍정적 계승을 꾀하

---

2) 대표적인 연구로 천정환, 「한국 근대소설 독자와 소설 수용 양상에 대한 연구」, 서울대 박사논문, 2002; 황호덕, 「한국 근대형성기의 문장 배치와 국문 담론—타자·교통·번역·에크뤼튀르, 근대 네이션과 그 표상들」, 성균관대 박사논문, 2002; 신지영, 「『대한민보』 연재소설의 담론적 특성과 수사학적 배치」, 연세대 석사논문, 2003 등을 들 수 있다.

지 못하면서 잃게 된 측면 역시 주목할 수 있어야 한다. 그리고 이러한 문제들 역시 신문과 잡지라는 근대적 미디어의 기술적 성격과 관련시켜 설명할 수 있다. 끝으로 이 글은 신문·잡지와 더불어 한국 근대소설의 발생 과정을 주로 문학예술의 근본인 언어의 측면에 초점을 맞춰 살펴 보고자 했다. 언어 역시 넓은 의미에서 신문·잡지와 같이 인간의 생각 과 행동의 척도나 형태를 만들어내고 제어하는 핵심적 미디어의 하나이 기 때문이다.3)

2. 신문 미디어와 전통적 '국문소설'의 '신소설'로의 재배치

이인직을 비롯한 신소설 작가 이해조·최찬식 등은 모두 신문 기자 출 신이다. 이 중에서도 신소설의 전범을 마련한 이인직과 신문은 불가분의 관계이다. 이인직이 도일 유학했던 동경정치학교의 설립자 마쓰모토[松本 君平]는 그 자신 역시 미국 유학시 필라델피아 신문의 외보(外報) 기자를 지냈으며, 이후 『동경신문』 주간, 『동경일일신문』의 객원기자로 활동하 는 등 언론에 관계했던 자이다. 그는 정당과 신문을 입헌정치를 확립하는 주요한 수단으로 보고 학교의 설립취지도 "외교가, 신문기자, 대의정체(代 議政體) 의원"의 양성을 목표로 했는데 그 중에서도 당시로서는 특별하게 신문기자 양성에 역점을 두고 있어, 정치학교의 졸업생들 중에는 신문기 자로 진출하는 자들도 있었다.4)

따라서 이인직이 동경정치학교 재학 중 『도신문(都新聞)』의 견습생으로

---

3) 마샬 맥루한, 박정규 역, 『미디어의 이해―인간의 확장』, 커뮤니케이션북스, 2001 참조.
4) 成瀬公策, 「松本君平の立憲思想形成と東京政治學校」, 『静岡縣近代史研究』 27호, 2001.10 참조.

근무하면서 신문 발간에 대한 제반 업무를 배우게 된 것도 이 학교의 실습 과정의 하나로 이뤄진 것이 아닌가 추측한다.5) 이인직이 귀국하여『국민신보』·『만세보』·『제국신문』·『대한신문』 등의 여러 신문에 관계하게 되는 것은, 그가 명치유신 이후 급속하게 확대되는 일본의 신문 시장을 체험한 유일한 신소설 작가이며, 당연히 그 시대의 지식인들 중에서 신문이라는 근대적 미디어에 가장 크게 노출되어 있었기 때문이다. 따라서 이인직의 신소설 작품들은 신문이라는 미디어 특히 메이지 시기 성장한 일본의 신문 시장과 밀접하게 관련된다.

『만세보』의 주필(논설기자)로 근무하게 된 이인직은 이 신문에「혈의누」를 연재한다. 김윤식의 논리를 따르자면 이 작품은 명치초기 일본 정치소설의 서투른 모방에 머물고 있다.6) 그러나「혈의누」를 비롯한 이인직의 작품은 궁극적으로 조선 후기 국문소설의 전통을 계승하고 있다.7) 이는 삽화·유형 등의 대비를 통해 신소설이 전대의 영웅소설을 퇴영적으로 답습했다고 보는 조동일의 견해8)와도 다른 입장이다. 사실「혈의누」로부터 시작되는 신소설의 가장 큰 문학적 성과는 뭐니뭐니 해도 국문을 표기 수단으로 한 조선 후기 국문소설의 전통을 잇는다는 점이다. 물론 그러한 계승이 당연하고 손쉽게 이뤄졌던 것만은 아니다.

당장「혈의누」에 앞서 여러 신문에 등장한 이른바 단형의 '서사적논설' 및 '논설적서사' 양식들은 조선 후기 국문소설의 전통과는 별개의 것이다.9)「혈의누」이전에 그와 비슷한 제재를 다룬「일념홍(一念紅)」(一鶴山

---

5) 다지리 히로유끼,「이인직연구」, 고려대 대학원, 2000, 29면 참조. 成漱公策, 위의 책, 37면에서는 이인직이 한국공사관의 추천으로 신문사에서 신문사업을 견습하게 되었다는 언급도 하고 있다.
6)「『정치소설』의 결여형태로서의 신소설」,『한국학보』, 1983년 여름.
7) 양문규,「신소설에 나타난 전대소설의 계승 양상-언어의 문제를 중심으로」,『현대문학의연구』20, 2003 참조
8) 조동일,『신소설의 문학사적 성격』, 한국문화연구소, 1973 참조
9) 김영민은『한국근대소설사』(솔, 1997)에서 서사적논설, 논설적서사 양식을 우리의 전통적 이야기문학 양식인 '야담'이나 '한문 단편' 등이 근대적 문화 매체인 신문의 논설

人, 『대한일보』, 1906.1.23~2.18) 같은 작품이 있으나 이는 한문 또는 한문현토식 표기로 되어 있다.[10] 그리고 이해조의 처녀작 「잠상태(岑上苔)」(1906) 역시 백화체 한문소설이며, 그의 최초의 국문소설 「고목화」(1907)는 이인직의 「혈의누」·「귀의성」 이후에야 비로소 등장한 작품이다. 이인직이 다른 작가들에 앞서 조선 후기 국문소설의 전통을 과감하게 수용할 수 있었던 이유는 무엇일까? 이를 봉건지배계급의 문화에 정면으로 도전한 시민의식의 발로라고 지적할 수도 있다. 그러나 그것이 이유의 전부는 아니고 이를 신문이라는 미디어와 관련시켜 생각해볼 수 있다. 이를 위해 이인직이 만나게 된 명치유신 이후 일본의 신문 시장과 그와 관련된 문학적 상황을 간략하게 살펴볼 필요가 있다.

일본에서 근대적 형태의 일간신문이 나오기 시작한 것은 대략 1870년대부터다. 그런데 초기에는 정론을 중심으로 하는 대신문(大新聞)들이 창간된다. 대신문은 한문체의 문장으로 씌어져 독자층은 관리, 학자, 학생 등의 지식인이었으며 일반 민중은 소외되어 있었다. 이후 대신문보다 다소 늦게 1874년부터 1877년 사이에 기존의 정론지들과 달리 서민대중이 쉽게 읽을 수 있는 『요미우리[讀賣]』를 필두로 한 소신문(小新聞)이 등장한다. 그리고 이러한 소신문들은 대중을 신문으로 끌어들이기 위한 방책 중의 하나로 소설 연재를 하는데, 이것이 1870년대 후반 일본의 문학 상황을 '미증유의 소설 전성시대'로 이끈다.[11]

예컨대 메이지 시대 이전에 유행하던 통속적이고 오락적인 이야기들 이른바 희작(戲作; 게사쿠)이라고 불려지는 것들은 신문의 '연재물'에서 그

과 결합하여 생긴 새로운 서사문학의 한 양식으로 본다. 그리고 이러한 서사적논설ー논설적서사가 온전한 서사의 형태를 가진 신소설로 이어진다고 본다. 논자는 이에 부분적으로 동의하면서도 신소설의 경우 논설적서사들보다는 조선 후기 국문소설 예컨대 영웅소설, 특히 판소리계소설들과 더 직접적인 관계를 갖는다고 본다. 양문규, 「양식사적 고찰이 갖는 의미와 문제」, 『작가연구』 4호, 새미, 1997 참조.

10) 송민호, 『개화기소설의 사적 연구』, 일지사, 1975 참조.

11) 마에다 아이, 유은경·이원희 역, 『일본근대독자의 성립』, 이룸, 2003, 75면.

소재를 찾을 뿐만 아니라, 신문의 광고·판매망·구독자에 의해 매출을 좌지우지 당한다. 그리고 신문에 의해 미리 소설 독자들이 조직되는 등 신문은 강력한 독자 동원 능력을 발휘한다.[12] 따라서 이 시기 일본의 소신문들은 전대에 유행하던 소설들을 연재함으로써 신문의 판매 부수를 높인 측면도 있지만, 그 소설들은 신문을 통해 판로를 개척하기도 하는 상호 순환의 측면을 보여준다. 이렇게 일본의 초창기 신문에서 전통적 오락물의 성격을 띤 소설들이 대거 수용될 수 있었던 점들이, 이인직으로 하여금 조선 후기 국문소설의 전통을 근대의 산물인 신문으로 수용하는데 주저함이 없게끔 하지 않았나 싶다. 이인직은 조선 후기에 융성했으나 공식적으로 문학의 반열에 오르지 못했던 평민문학으로서의 통속적인 국문소설을 신문이라는 미디어에 과감하게 재배치해놓음으로써 근대소설로의 전환을 꾀한 셈이다.

반면 신채호 등의 개신 유학자 그룹[13]은 소설을 단순히 문학 장르 중의 하나로 지칭한다기보다는 '국민의 나침반'이라는 선언에서 볼 수 있듯이 소설을 '국민의 형성을 촉진하는 매개'로 여겨 그것에 특권적인 의의를 부여함으로써 소설의 가치 상승에 결정적 역할을 하기는 했다.[14] 그러나 신문 기자를 지사 또는 문사로 생각했던 신채호, 장지연 등은 기존의 군담소설 또는 전(傳) 양식의 장치는 가져올지라도, 노골적으로 오락성을 지향하는 판소리계소설 따위의 국문소설 전통을 수용한다는 것은 상상할 수조차 없었다. 물론 이인직도 신채호 등과 같이 신문의 정론적 성격에 주목하고는 있었다. 이는 이인직 소설들이 부분적으로 정치소설을 지향하고 있는 사실에서도 확인할 수 있다. 정치소설이 이미 그 시기 일본에서 한물간 장르임에도 불구하고 이인직이 이에 대한 미련을

---

12) 마에다 아이, 유은경·이원희 역, 위의 책, 51~52면 참조
13) 실제 이 시기의 신문에 관여한 계층은 국내나 국외에서 신교육을 받은 새로운 지식층보다는 오히려 신채호 등과 같은 개신 유학자들이 훨씬 많았다(최기영, 『대한제국시기 신문연구』, 일조각, 1991, 235면).
14) 김재영, 「근대계몽기 소설 개념의 변화」, 『현대문학의 연구』 22, 2004, 39면.

버리지 못한 것은 당시 지식인들이 가진 중대한 관심사가 '국민국가 만들기'였기 때문이다. 그러나 이인직은 신문이라는 미디어로부터 근대적 국민을 만들어내는 계몽의 수단이라는 점을 인지하기도 했지만, 한편으론 신문이 근대 자본주의 사회에 등장한 중요한 상품이라는 점에 대한 생각을 가지고 있었고 더욱이 신문이 새로운 민중적 문학의 회로를 열 수 있는 경로였음을 보았기에 전통적 지식계급이 경멸했던 국문소설에 주목할 수 있었다.

일본의 근대소설을 개척한 쓰보우치 쇼요[坪內逍遙]가 정치와는 전혀 관계가 없는 전대의 희작적인 소설을 써서 세상 사람들을 놀라게 한 예도 있지만,[15] 일본의 근대문학 역시 이전 문화와의 철저한 단절 속에서 시작되었던 것은 결코 아니다. 오히려 역으로 근세문화의 본질적인 담당자였던 쵸닌[町人]의 방대한 에너지는 근대문화가 성립하는데 있어 없어서는 안 될 모태로서 필요했다. 신문소설로 상업적 성공을 거둔 오자키 코요[尾崎紅葉]의 문학 역시 이전 쵸닌문학의 전통의 계승선상에 놓여 있다. 다시 말하자면 일본의 근대소설은 정치소설의 탄생으로만 설명되지 않는다. 오히려 정치소설밖에 쓰지 않았던 지식인이 게사쿠(희작)에 손을 댔을 때 비로소 근대적인 방향으로 첫걸음을 내디뎠다고 할 수 있으며 결국 일본의 근대문학은 근대를 표방한 정치소설과 전대의 희작소설이 만나는 지점에서 탄생한다.[16]

한편 일본 소신문은 대신문과 달리 가나로 토를 단 후리가나 문체를 채용했다. 그리고 소신문의 기자로 희작자, 국학자들이 다수 참여했기에 그들의 평이한 구어체 문장은 대신문의 한문체 문장에 낯설어 하던 대중이 쉽게 접근할 수 있었다. 그리하여 소신문은 대신문이 상대하지 않는 여성 독자나 일반 대중을 흡수하여, 대신문을 상회하는 발행 부수를

---

15) 요시다 세이이찌·오꾸노 다께오, 유정 역, 『현대일본문학사』, 정음사, 1984, 34면.
16) 미요시 유키오, 정선태 역, 『일본문학의 근대와 반근대』, 소명출판, 2002, 111~112·155면.

획득한다.[17] 이러한 점들 역시 이인직으로 하여금 그의 소설에서 국문을 지향할 수 있게끔 하지 않았나 싶다. 이인직이 『만세보』 연재 「혈의루」에서 제한적으로 사용해보았던 루비식 표기는 일본 소신문의 후리가나 문체에서 암시를 받았던 것임은 틀림없는 사실이다.[18] 그러나 이인직은 여기서 한발 더나가 순전히 국문으로 새로운 소설을 창작해보고자 했다.[19] 유학 시절 일본어에 능숙하고 일본어로 소설을 쓰기까지 했던[20] 이인직은 이 시기 국내의 어느 신소설 작가들보다 국어에 대한 자각이 각별했을 가능성이 있다. 어떻게 보면 국어란 외국어의 발견에 의존되어 있다. 즉 타자 접촉의 과정에서 우리 것에 대한 자각과 요청이 있게 되는데[21] 이인직은 이러한 점에서 모국어에 대한 의식이 남다를 수밖에 없었을지도 모른다. 이러한 점들이 이인직으로 하여금 국내의 여타 지식인들에 앞서 국문소설을 과감하게 수용할 수 있었던 것은 아닐까?

이인직이 국문소설을 신소설로 재배치한 이후 그것을 이해조가 발전적으로 이어받는다. 이해조의 작품에 나타난 국문의 생동감은 종래의 국문소설 특히 귀족적 영웅소설이 순국문으로 되어 있지만 다분히 상투화된 것과 달리 발전적 계승을 보여 준다. 이인직, 이해조의 신소설 등에 나타나는 대화언어의 생동성 그리고 욕설, 익살, 의성·의태어 등을 포함한 구어체 미학은 두말할 나위 없이 이전 판소리계 소설의 전통 없이는 불가능했다. 이 시기 신문에 게재된 단형 서사양식들은 국문 표기 방식을 취하기는 하지만, 대체로 문어체적 성격이 강하다. 이는 상대적으

---

17) 마에다 아이, 앞의 책, 147면.
18) 이인직이 견습기자 생활을 했던 「都新聞」은 후리가나 문체를 쓴 대표적인 소신문이
　　다. 신소설에는 루비식 표기 외에도 지문과 대화의 분리 표기 방식 등이 나타나는데
　　이 역시 일본 문학의 영향에 힘입고 있다(이재선, 「신소설과 외래적 요소」, 『한국개화
　　기 소설연구』, 일조각, 1972 참조).
19) 김영민, 「근대계몽기 신문의 문체와 한글소설의 정착 과정」, 『현대문학의 연구』 22,
　　한국문학연구학회, 2004.
20) 다지리 히로유끼, 앞의 글 참조
21) 황호덕, 앞의 글, 90~91면.

로 장면묘사가 활발한 판소리계 소설의 문체 및 수사와는 거리가 멀다. 가령 『제국신문』에 게재된 단형 서사와, 같은 신문에 연재된 이해조의 「고목화」의 서두를 예로 들어 비교해보자.

　　엇던 시골 호반 일 명이 본디 긔골이 장대ᄒ고 풍치 춘슈ᄒ고 ᄯᅩ 간판이 범인과 달은지라 구수 츠로 상경ᄒ지 오리되 소망이 여의치 못ᄒ야 비록 영웅의 슈단으로 일시 곤궁홈을 면치 못ᄒ더니 일일은 그 려관 압흐로 뉘 집 상로가 밥상을 니고 가ᄂᆫ 거슬 보고 불너 물어 왈 뉘 딕 상로며 그 밥은 어듸로 가져 가나냐 혼즉 그 아히 불평ᄒ 긔식으로 딕답ᄒ되 소덕은 지금 아모 훈련대장딕 상로어니와 슈도의 진지상을 가지고 가거니와 춍춍이 가ᄂᆫ 거슬 무단이 불너 가ᄂᆫ 길을 더듸게 ᄒᄂᆫ 일은 무삼 ᄭ닭이오 ᄒ고 급히 가ᄂᆫ지라 ……22)

　　가을볏시 불갓치 너리 쏘이고 갈닙은 잇다금 잇다금 쑥쑥 쩌러 지ᄂᆫ디 갈감아귀ᄂᆫ 멍셕 쩨갓치 하늘에 덥혀서 이리로 가면셔 ᄭ아옷ᄭ아옥 텹텹ᄒ 산속에 굉장이 큰 집은 보은 삼거리 뒤산 속리스라 그 졀 법당서천 뒤뜰에 바눌을 갓 쌔인듯ᄒ 은옥셕 모시 두루막이를 닙고 면말버선에 메투리 신고 보독 솔가지를 쑥 썩근 치 다듬지도 안코 그디로 집펑이 삼아 비스듬이 집고 우둑커니 섯ᄂᆫ 사름은 황간 수일리 사ᄂᆫ 권진스라23)

기존의 연구는 신소설이 수사법에서 속담, 고사 등의 상투어를 인용하므로 전대 소설적 잔재를 벗어나지 못했다고 부정적으로 평가한다. 아닌 게 아니라 구전문화 시대의 서사시인들은 상투어를 빈번하게 사용한다. 그러나 훌륭한 서사시인이란 그러한 상투어들을 졸렬한 이보다 훨씬 숙달되게 다룰 수 있는 자다.24) 이해조 등의 신소설 작가들이 현대적 의미의 독창성을 발휘한 작가로 보기는 어렵다. 그러나 그들은 민중에게 친근한 비유를 처리하는데 능란함을 보여준다. 오히려 이 시기 신소설에서

---

22) 「俚語奇談－엇던 시골 호반」, 『제국신문』, 1906.7.17.
23) 『제국신문』 1907.6.5~10.4 연재(『고목화』, 박문서관, 1922), 1면.
24) 월터 J. 옹, 이영걸 역, 『언어의 현존』, 탐구당, 1985, 37면.

속담 등을 통해 보여주는 다양한 생활 언어가 이후의 우리의 소설사에서 확대, 재생산되지 못한 것은 안타깝기조차 하다.[25]

그런데 이러한 속담 등을 비롯한 구어체의 미학이 신소설에서 적극적으로 구현될 수 있었던 것은 신소설이 발표된 것이 신문이라는 점에 힘입은 바가 크다. 특히 이해조의 소설에서 구어체적 표현이 자리를 잡을 수 있게 된 것은 초기에 발표된 그의 소설 대부분이 부녀자들을 주요 독자층으로 삼은 『제국신문』에 연재되었다는 점과 밀접한 관련이 있다.[26] 신문이라는 미디어는 그 시초부터 책이 되기 위해서 만들어진 것이 아니라, 사람들의 참가를 요청하는 형태를 목표로 삼았기 때문이다. 즉 신문은 책과 달리 독자를 적극적으로 참여, 개입시킨다.[27] 통속신문일수록 기사의 문체가 구술적인 것에 가깝다는 지적[28]은 이와 관련된다. 개화기 신문의 서사양식들 안에서 판소리·탈춤·꼭두각시놀음 등의 서사물의 구비유통이 문자로 재현되어 나타나는 것[29] 역시 신문들이 적극적으로 독자를 수용코자 한 노력의 일환이다. 그리하여 독자들은 이 시기 신소설 어느 곳에서든지 율격에 실려 막힘 없이 이어지는 구어의 유희적 재미를 쉽게 체험할 수 있다.[30]

그런데 이인직과 이해조 소설들은 전통적 국문소설을 그대로 계승하고 있는 것만은 아니고, 근대소설로의 변화도 이끌어낸다. 신소설이 이

---

25) 이에 관한 자세한 사항은 양문규, 「이인직 소설의 문체에 관한 연구」, 『한국근대소설사연구』, 국학자료원, 1994 참조.

26) 「고목화」, 「빈상설」, 「원앙도」, 「구마검」, 「홍도화(상)」, 「만월대」, 「쌍옥적」, 「모란병」 등 그의 주요한 신소설 작품들은 1907~1909년에 걸쳐 『제국신문』에 연재된다. 신문 게재의 구체적 날짜는 최원식, 『한국계몽주의문학사론』, 소명출판, 2002, 164~165면 참조.

27) 마샬 맥루한, 박정규 역, 앞의 책, 527면.

28) 마샬 맥루한, 박정규 역, 위의 책, 306면.

29) 자세한 내용은 양세라, 「개화기 서사 양식에 내재된 연극적 유희성 연구」, 『현대문학의 연구』 22, 2004 참조.

30) "박참봉은 졈순이가 츈천집의 뒤를 발부러 와셔 이방문, 여러보고, 저방문, 여러보고 요리개웃, 조리개웃 하던 고 모냥이 싱각이 눈다."(「귀의성」, 『만세보』, 1906.12.5) 신소설에는 이러한 재미있는 율문체 문장이 지배적이다.

전 소설과 달리 근대적 성격을 보여주는 가장 주요한 특징은 소설의 무대 및 소재가 그 시대의 일상성을 토대로 한다는 사실이다. 신문에 연재되는 소설의 독자들은 공간적으로는 분산된 상태이지만, 시간적으로는 '이야기'를 듣듯이 동시 병행적으로 동일 작품을 읽는다. 이해조의 「홍도화」에서 청상과부 태희가 신여성으로서 인간적 자각을 하게 되는 계기는 친정 어머니가 보내준 옷 보따리를 끄르다가 그 옷을 싼 『제국신문』의 기사를 읽는 사건에서다. 『제국신문』은 다름 아닌 이 작품이 연재된 신문이다. 이 작품은 이렇게 인쇄매체 속에서 다시 실제의 인쇄매체를 언급함으로써 독자들로 하여금 현장감을 획득하게 한다.[31]

이러한 데서부터 신문소설의 내용은, 독자 자신의 생활과 병행해서 발전해가고 있는 것 같은 착각을 초래케 한다. 따라서 작가 측에서도 막연하게 현대 생활을 묘사하는 것이 아니라, 작품이 연재되는 시기의 인생을 묘사한다.[32] 누구나 신문에서 먼저 시선을 주는 것이 자기가 이미 알고 있는 것과 관계된 대목임을 상기해보면 된다. 이러한 점들이 신소설 작가들로 하여금 그 시대의 일상에 접근케 한다. 앞서 신소설에는 속담이 자주 사용된다고도 했는데, 속담과 비슷하게 시정의 세태 또는 당대의 사회 문제로부터 유래되었을 법한, 즉 사회적 세태에 빗댄 비유 체계가 빈번하게 등장한다.

　　김씨 부인 노쥬(奴主―필자)가 례비당에셔 아멘 부르듯 여출일구(如出一口―필자)로
　　필자)로
　　에그 고마워라[33]
　　엇더케 ᄒ면 ᄒ번 어울녀들어 그 집 세간을 훌쥭ᄒ도록 빨아먹을쇼 ᄒ고 아라사 피득 황뎨가 동양제국을 경영ᄒ듯 ᄒ던 ᄎ에[34]

---

31) 신지영, 앞의 글, 69면.
32) 마에다 아이, 앞의 책, 300면.
33) 『치악산』(하), 동양서원, 1911, 13면.
34) 『구마검』, 이문당, 1917, 18면.

금방울(무당)이 …… 파산선고(破産宣告) 당호 집의 판심하나 다름업시 집어
니려들더 라.35)
그 니외의 웃고 쯩그리는 것까지 면보를 노온드시 금방울의 귀에 드러오면36)

한편 일상의 세계는 이인직에 비해 이해조 소설에서 좀더 적극적으로
등장한다. 임화는 이해조의 「구마검」을 거론하면서, 시정 현실의 자연스
러운 재현이라는 점에서 이해조의 '수법'은 이인직보다 훨씬 위임을 지
적했다. 그런데 이해조 작품에 그려진 그러한 시정의 현실들은 대부분
부정적 세태로 나타난다. 이러한 시정의 속악한 세태는 신문 기사의 성
격과 부합되는 부분이다. 신문은 어떻게 보면 사회의 어두운 면을 파헤
칠 때 그 기능이 가장 잘 수행되는 측면이 있다. 극단적으로 말하자면
진실한 뉴스란 곧 '나쁜 뉴스'인데, 신문은 지면의 긴밀도를 높이고 독자
의 참가를 요청하기 위하여 나쁜 뉴스를 필요로 한다.37)
신소설이 부정적 세태를 그림으로써 독자의 관심을 끌게 되는 오락성
은 바로 이러한 신문기사의 '나쁜 뉴스'와 관련되어 있다. 그런데 신문을
시시한 폭로 기사나 모아 놓은 사회의 쓰레기통이라고 개탄하는 사람들
은 신문 미디어의 본질을 이해하지 않고 신문이 서적이 될 것을 요구하
는 것과 마찬가지이다. 신문 중에서 책과 비슷한 색채를 가지는 유일한
부분이 사설이다.38) 신소설이 유행하던 시기 신채호 등의 개신 유학자들
이 신소설을 혐오하며, 교술의 성격이 강한 서사를 지향할 수밖에 없던
것도 바로 이와 관련된다. 그러나 조선 후기의 지배문화가 국문소설을
그토록 부정적으로 보았던 것은 소설 장르가 갖는 민중적 성격에 대한
본능적 경계의식의 발로였을 지도 모른다.
지금까지 신소설이라는 근대소설의 탄생을 전통적 국문소설의 계승이

---

35) 『구마검』, 23면.
36) 『구마검』, 115면.
37) 마샬 맥루한, 박정규 역, 앞의 책, 294 · 300면.
38) 마샬 맥루한, 박정규 역, 위의 책, 297면.

자 근대소설로의 발전적 전환으로 보았고 또 신문이라는 미디어가 이에 적극적인 역할을 했음을 기술했다. 그러나 신소설이 조선시대의 국문소설을 전적으로 발전적으로 계승한 것만은 아니다. 우선 언어의 측면에서 중요한 한계로 들 수 있는 것이, 신소설이 판소리계 소설에서 계승한 구어의 수사 체계가 궁극적으로는 독자들의 통속적 흥미를 자극하는 수준에 머물고 있다는 점이다.

물론 판소리의 골계와 해학 역시 일부러 웃자는 의미의 강한 오락성[39]과 구두문화가 지닌 축제와 쾌락의 성격을 갖는다.[40] 그러나 판소리계 소설에서 사용된 구어의 수사 체계들은 조선 후기 현실의 모순을 전면적으로 문제삼는 수준에까지 이르지 못했다 하더라도, 물질적 매개를 용납하지 않는 도학(道學)의 수직적 상하질서를 뒤집으려는 차원에서 전개되었고, 관념화된 사고 체계에 대한 반역이었다. 그러나 신소설에 나타나는 오락성의 배경을 살피자면 그것이 갖고 있는 반민중적 성격을 감지할 수 있다.

예컨대 신소설이 판소리계 소설과 같은 활기를 보여주는 풍자 및 구어적 수사학은 대부분 지배계급이 아닌 '상놈'들의 들끓는 욕망과 이로부터 빚어지는 야비한 성향을 부각하는데 쓰여진다. 신소설에서 자주 나타나는 하층민의 상스러운 욕설을 비롯한 비속어 역시 양반문화를 전복하는 성격을 갖는다기보다는 예교적(禮敎的) 양반문화와 대비된 하층계급이 가진 비속하고 부정적인 성격을 강조하는데 그친다. 이에 반해 신소설이 긍정적으로 생각하는 인물 계층을 그려야 할 경우는 생동감 있는 구어가 약화되고, 이전의 문어체 소설에서 보아온 상투적 문체가 나타난다. 그리고 이러한 문어체로 씌어진 양반들의 훈계는 상민들의 욕망과 충동을 훈육하는 기능을 발휘한다.[41] 신소설이 작품 안에서 동일한 국문

---

39) 김대행, 『우리시대의 판소리문화』, 역락, 2001, 48면.
40) 월터 J. 옹, 앞의 책, 71면.
41) 자세한 내용은 양문규, 「신소설에 나타난 일상성의 문제」(『한국 근대소설과 현실인

으로 씌어졌지만 구어체와 문어체의 두 부분으로 분리, 양립되어 나타나는 것, 이른바 아우얼바하가 말한 '스타일의 분리'가 나타나는 것은,[42] 당대 신소설 작가의 반봉건·개화의식이 실제 물적 토대가 없는 관념적인 성격의 것이었음을 보여준다. 신소설 작가가 기반으로 하고 있는 물적 토대의 빈약한 성격은 이 시기 신문 미디어가 갖고 있던 성격과도 관련되어 있다.

근대 형성기 한국의 신문들은 그 출발에서 자본이 아니라 국가에 의해 탄생되었으며, 따라서 민간 부르주아계급이 아닌 국가의 관료가 신문을 담당했다.[43] 그리고 이후의 신문들은 대개가 지배계급 내부의 모순관계에서 빚어진 힘의 열세 때문에 정치권력에서 소외된 정치 집단이 관여한다.[44] 대표적인 양대 중앙지였던 제국신문사 황성신문사의 설립도, 부르주아 권력을 시급히 확립할 것을 요구했던 독립협회·만민공동회 등의 정치운동이 쇠퇴하는 가운데 이뤄졌다. 따라서 이 시기 신문들은 상승하는 자본가계급이 아닌 물적 토대가 빈약한 불구적 성격의 부르주아계급을 대변한다. 사정이 이러하니 신문 역시 자본주의 시장에서 성숙된 상품적 성격을 갖지 못하고[45] 봉건 세력과 타협하거나 봉건적 관계를 청산하지 못한 소수의 신흥 상공업자 및 지방 중소지주의 이해관계를 대변한 정론지에 머문다.[46] 신소설에 나타난 스타일의 분리는 바로 이러한 이 시기 신문 제작 주체의 계급적 이중성과 연결된다.

식의 역사』, 소명출판, 2003)를 참조할 것.

42) 에리히 아우얼바하, 김우창·유종호 역, 『미메시스』, 민음사, 1979, 87면.

43) 황호덕, 앞의 글, 138면.

44) 이 시기 신문 관여자들의 출신지역도 전통적인 국가지배층이 거주하던 근기(近畿) 지방보다는 관서지방이나 충청 지방에 집중되어 있다. 따라서 대한제국 시기에 발행된 신문 관여자들은 당시 사회의 주변인으로 이해하는 견해는 매우 설득력이 있다(최기영, 앞의 책, 236면).

45) 1876년 『요미우리신문』이 발행부수는 1만 5천 부에 달했다(마에다 아이, 앞의 책, 84면). 그런데 대한제국 시기 각 신문의 발행부수는 대체로 2천 부에서 4천 부 사이로 추측된다(최기영, 앞의 책, 239면).

46) 최기영, 앞의 책, 237면 참조

여하간 신문 연재 신소설의 구어체적 생동감이 하층민의 야비한 일상을 부각시키는 데만 활용되다 보니, 판소리계소설의 구어가 보여준 반봉건 또는 지배문화에 맞선 대항적 성격을 상실한다. 그리고 이는 신소설로 하여금 전통적 국문소설(판소리계 소설)에서 이어 받은 오락성과 통속성을 변질, 퇴색하게 하여, 1910년대 식민지로의 전락 이후 부정적 통속성을 강화하는 길로 치닫게 한다. 신소설에 이어 등장한 또 하나의 통속적인 번안소설은 기본적으로 구어체적 전통을 상실한다. 오히려 지문 등에서 한문 투의 유형적 표현이 강화된다. 대화 등에서 간혹 구어의 표현들이 쓰여지나 그것은 과도한 오락적 요소를 보여주는 비속어들에 국한된다. 1910년대의 새로운 작가 계층은 대중소설의 이러한 통속성에 강하게 반발한다. 그리하여 신문에 게재된 대중문학은 하등의 가치가 없는 것으로 치부된다. 그리고 이러한 반발은 이전 신소설 통속성의 기초였던 기층계급의 구어체 전통을 일방적으로 무시하고 천대하게 된다.

3. 유학생 잡지의 단편과 '내면'으로의 출발 및 국한문혼용

초창기 대부분의 잡지들 역시 신문과 마찬가지로 애국계몽기 문화운동의 일환으로 출현했다. 따라서 잡지들 역시 자본주의 시장에서 자연스럽게 등장하여 상업적 성격을 갖는다기보다는 계몽의 이념 또는 정치이념을 생산하기 위한 도구였다. 그러나 잡지는 신문에 비해 훨씬 대중참여의 성격이 떨어진다. 즉 신문이나 잡지나 모두 계몽기 지식인들의 이데올로기를 대중을 향해 선전하는 도구이지만, 이 시기 우리의 잡지특히 학회지는 대중보다는 동일한 이데올로기를 공유하는 지식인 집단, 혹은 특정 사회집단 내부에서 그들만의 근대지식을 소통하는 성격을 갖는다.

이 시기 잡지에 신소설 같은 형식의 소설은 게재되지 않는다. 이는 잡지가 신문과 달리 상대적으로 작품의 일회적 완결을 요구하기 때문이다. 그러나 진짜 이유는 뒤에서 밝히겠지만 신소설이 애초 잡지라는 미디어에서는 소외당할 수밖에 없는 운명을 가졌기 때문이다. 따라서 잡지에는 신소설 대신 단형의 서사물들이 게재된다. 이들 대부분은 신문에 등장했던 이른바 교술 또는 논설의 성격이 강한 짧은 서사물들이다. 단지 잡지 등에서는 이들이 가담(街談)·담총(談叢)·수작(酬酌)·항설(巷說)·담화(談話) 등의 명칭들을 빌려 등장한다.

그런데 이 글에서 주목을 하고자 하는 것은 이러한 유형의 서사물들이 아니다. 신문에서는 찾아볼 수 없고 잡지, 특히 유학생 잡지에 출현한 단형의 서사양식들이다. 예를 들자면 백악춘사(白岳春史)의 「춘몽(春夢)」(『태극학보』 8호, 1907), 「월하(月下)의 자백(自白)」(『태극학보』 13호, 1907), 초해생(椒海生)의 「한(恨)」(『태극학보』 14호, 1907), 몽몽(夢夢)의 「요조오한(四疊半)」(『대한흥학보』 8호, 1909) 등의 작품들이 그것이다. 이들의 가장 중요한 특징은 유학생 주인공들의 내성의 세계 혹은 내면의 체험을 소재로 채택하기 시작한다는 점이다. 즉 우리 소설사도 이 시기 즈음하여 '내면'이라는 것을 발견하기에 이른다. 이는 이전의 신소설 등의 서사양식에서는 결코 찾아볼 수 없는 것으로, 새로운 성격의 단편소설들을 예고한다.

그런데 이러한 단편들이 신문이 아닌 잡지, 특히 『태극학보』를 중심으로 등장한다는 점에 주의해보자. 『태극학보』는 일본 유학생 단체의 잡지다. 이러한 유학생 잡지는 이전의 지방유지, 관료계급 등이 참여했던 정치적 성격을 띤 『대한자강회월보』·『서북학회월보』·『기호흥학회월보』 등의 잡지들과는 구성원의 성격부터 달랐다. 오히려 유학생 잡지의 구성원들은 노일전쟁 이후 탈 정치화하는 당시 일본 문학의 흐름에 노출되어 있었다.47)

그런데 유학생 잡지 중에서도 『태극학보』가 눈길을 끄는 것은 이 잡지의 모체인 태극학회가 주로 관서지방의 유학생을 중심으로 이뤄진 단체라는 점이다. 관서 지역은 조선에서 개신교 세력이 흥성했던 지역이다.[48] 따라서 태극학회 구성원들 중에는 기독교 신자들이 많았다. 당장 「춘몽」의 작자로 태극학회의 회장이었던 백악춘사(장응진)는 기독교인이며,[49] 「월하의 자백」 같은 작품은 다음과 같이 노골적으로 기독교적 고백과 참회의 형식으로 씌어져 있다.

> 아아 ! 니 世上은 진실로 눈물이 만앗도다!!
> 아아! 이 놈은 天地間에 容立치 못홀 惡漢이로다!!
> 두 손으로 가슴을 안고 목에 메여 啜泣ᄒ니 斷腸ᄒᄂ 더운 눈물은 그 고싱하야 여위고 쥬름잡힌 雙頰으로 傳下ᄒ며 우묵ᄒ고 안기 씐 兩眼은 敢히 얼골을 들어 靑天을 우러러보지 못ᄒ고 人生無限의 悲感을 煩悶ᄒᄂ 一老人은 黃海道 絶壁岩頭에 抱海負月ᄒ고 호을노 셔서 一生의 淚歷史를 自白ᄒ도다
> (…중략…)
> 아아! 全知全能ᄒ시고 萬有의 主人되시는 하나님이시여! 이 半島江山에 이 놈과 갓흔 凶惡이 잇ᄉ오면 耕神의 靈火로 一綱撲滅ᄒ옵시고 이 世上에셔 正義로 ᄒ여금 恒常 悖理를 塍케 하옵소서 ……[50]

가라타니 고진은 내면성이란 선험적으로 존재하는 것이 아니라, 기독

---

47) 마루야마 마사오, 이인철 역, 「명치국가의 사상」,『일본현대사의 구조』(차기벽·박충석 편), 한길사, 1980 참조.
　　가령 1906년부터 1910년대 초에 걸쳐 전성기를 맞게 되는 일본의 자연주의는, 작가의 사생활을 소설 속에서 충실하게 객관적으로 재현함으로써 개인의 자아를 탐구하는 것을 제일의로 삼게 된다. 이러한 경향은 정치적인 무기력을 문학으로 전도하는 것이며 이런 데서 성립한 '내면'이 일본 근대문학의 주조가 된다(가라타니 고진[柄谷行人] 외, 송태욱 역,『근대일본의 비평』, 소명출판, 2002, 61면).

48) 1898년 한국 장로교의 전체 교인 7,500여 명 가운데 평안도와 황해도 곧 서북지방의 교인수가 5,950명으로 무려 79.3%를 차지했다. 이와 같은 한국 기독교의 서북 주도 양상은 일제 시기 내내 계속되었다. 김상태, 「평안도 기독교세력과 친미엘리트의 형성」,『역사비평』, 1998년 겨울, 176면.

49) 김윤재, 「백악춘사 장응진 연구」,『민족문학사연구』12, 1998 참조.

50) 「月下의 自白」,『태극학보』13호, 1907.9, 43·47면.

교의 고백과 같은 제도에 의해 만들어지는 것으로 본다. 가령 서구의 경우 기독교는 정신과 신체를 이분화하여 내면을 만들어내는데,[51] 육체를 배타적으로 대하는 기독교적인 금욕주의는 신체와 대비된 내성(內省)화 또는 내면화를 광범화한다.[52] 일본에서 1880년대 말부터 1890년대 초에 걸쳐 '정치적 주체'에 대한 반동으로서, 자립·독립한 윤리적·정신적 주체로서의 '자기'라는 이념이 급속히 부상하는데 이러한 움직임을 조장한 것이 바로 기독교, 특히 프로테스탄티즘의 확산이었다.[53]

이와 관련되어 홍미로운 것은 1910년대 '연애'라는 단어가 조선의 지식인들을 열광시킨 사실이다. 물론 이 말은 일본에서 수입된 말이다. 일본에서는 이전의 색(色)이나 연(戀)과 같은 말이 있음에도 불구하고 이를 대신하여 '연애'라는 말이 새롭게 생겨난다. 그런데 이를 유행시킨 사람들 중에는 지식인이나 그 자제들이 많았고, 특히 프로테스탄트계 기독교인이나 그 주변 사람들이 많았다. 연애라는 말이 기독교인들 사이에 유행했다는 것은 연애의 내적, 정신적 측면이 강조되었던 데서 빚어진다. 즉 '상상의 세계'의 아성으로서의 'love'만을 연애라 정의하면서 연애는 점차 관념화의 길을 걷는다.[54] 따라서 일본 지식인계에 영향을 받아 1910년대 지식인들 사이에 근대의 특권적 시니피앙으로 회자되기 시작한 연애·자아·개성·감정 등은 '내면'이 다양하게 변주된 모습들이다.

그리하여 1910년대 소설에서 인물의 내면을 그리는 것은 소설의 근대성을 보증하는 것이 된다. 이와 대비적으로 이야기의 오락성은 부정적인 것으로 치부되며, 1910년대는 이전의 이야기, 사건 중심의 신소설과는 완전히 다르게 인간의, 특히 외부로부터 고립된 지식인의 내적 정신의 풍경을 그리는 단편 양식이 근대소설로서의 역할을 떠맡는다. 이러한 단

---

51) 가라타니 고진, 박유하 역, 『일본근대문학의 기원』, 민음사, 1997, 109면.
52) 월터 J. 옹, 이기우·임명진 역, 『구술문화와 문자문화』, 문예출판사, 1995, 227면.
53) 스즈키 토미, 한일문학연구회 역, 『이야기된 자기』, 생각의나무, 2004, 72면.
54) 야나부 아키라, 서혜영 역, 『번역어 성립 과정』, 일빛, 2003, 103·107면.

편들은 일단 언어에서 신소설이 상용하던 국문이 아닌 국한문 혼용체를
선택한다.55) 이는 당시 유학생 학회지가 동일한 이데올로기를 공유하는
지식인 집단 내부에서 소통되고 그들이 사용한 공식적 언어가 국한문혼
용체였기 때문이다.

> 蕭瑟흔 가을밤아 어이 그리 寂寞흔지 (…중략…) 나 혼자 稀迷흔 孤影을 地
> 上에 倒曳ㅎ면셔 㬇無川의 波邊에 佇立ㅎ야 會心一句를 低唱ㅎ고 멀니 鄕山
> 을 長望ㅎ니 今日ㅼ지 寓來흔 半生歷史가 都是 血淚로다. (…중략…) 宇宙萬
> 象森羅흔 人間社會에ᄂ 날과 기흔 不平客도 잇ᄂ보다 괴악흔 이世上아 疾苦
> 가 엇지 이갓치 叢多ㅎ냐 (…중략…) 房안에 드러서셔 포겟드(頰囊)에 잇든 당
> 성나를 벽거서 燭臺를 搜索ㅎ니 一便房隅에 平生 掃除도아니흔 燈皮 一個가
> 째구루 째구루 石油는 一適도 無」ㅎ니 ……56)

위의 작품은 어렵사리 일본 유학을 하는 학생 화자가 그나마 고국으
로부터 학비 오는 것이 끊어져 자신의 신세를 한탄하는 내용으로 되어
있다. 이 작품은 이러한 유학생의 한탄을 통해 시대의 선각자로서 인습
적인 구사회로부터 고립된 유학생 집단의 처지를 그들의 언어로서 토로
한다.

그런데 이러한 국한문 혼용체의 선택은 일본 지식인의 서구에 대한
맹목적 추수와도 깊게 연관되어 있다. 일본 지식인들은, 서구의 것은 선
진 문명을 배후로 한 상등의 것이기에 그 번역을 일상어와는 격이 다른
막연하고 모호하기조차 한 한자의 조어(造語)로 표현해내고자 했다. 일본

---

55) 위의 작품들 중 몽몽의 「요죠오한」은 예외적으로 국문체로 씌어졌다. 그런데 이 작
품은 주인공의 내면세계를 지향하면서도 인물간의 대화 장면을 상당수 삽입하여 작중
인물이 주관적 고백의 세계로 함몰되는 것을 막는다. 바로 이러한 특색들이 이 작품으
로 하여금 국문체를 지향케 한 것이 아닌가 싶다. 국문체로 씌어진 몽몽의 또 다른 작
품 「쓰러져 가는집」(『대한유학생학회보』 3호, 1907)은 아예 지식인의 내면세계가 아닌
경제적으로 몰락하는 하층민의 일상 현실을 그려 이 시기에 나온 단편 양식 중에서 이
질적이다.

56) 「恨」, 『태극학보』 14호, 1907.10, 52면.

에서는 메이지 시대 접어들어 이렇게 새롭게 만들어진 한자숙어를 대량으로 사용한 문체 자체를 ‘구문직역체(歐文直譯體)’로 불렀는데 번역어인 한자숙어가 낳아지며 많아질수록 그것은 서구적으로 ‘문명개화’한 주체라는 것의 증거였다. 그리하여 이러한 한자숙어 없이는 지식인들 사이에서 지적으로 의미 있는 의사소통이 불가능했다.57) 따라서 일본으로부터 역시 이러한 문명어를 수용하기에 급급했던 유학생들은 이전의 시기와는 또 다른 이유로 국한문 혼용체를 선택할 수밖에 없게 된다.58) 이광수 최초의 단편 「무정」(1910)에 등장하는 다수의 생소한 한자어들은 이를 단적으로 보여준다.

> 한춤이나 머리를 숙이고 안즈니 理性이 얼마큼싱긴다. (…중략…) 두—合이나 먹은거슬 긔우이 動脈, 毛細管을 조차, 各器官과, 細胞에 펴디니, 心臟의 機能도 漸漸鈍ᄒ게되고, 呼吸도困難ᄒ여디며全身에虛汗만 소는다. (…중략…) 宇宙는依然히默默하도다. 自然(天地萬物, 但人類는除ᄒ고)은 無情ᄒ고冷酷ᄒ여, (…중략…) 우리가 一分一秒의 生命을더엇으려 하야도許티안이 ᄒ디 안는가. (…중략…) 「아이고비야, 이놈! 하든 소리는 空氣에 波動을作ᄒ야 어디까지나 펴젓는지 只今은 아모ㅅ소리도업고음즈김도읍는 生命업는 一物體로다.59)

따라서 이 시기의 지식인들은 순국문체는 그들이 부정적으로 생각했던 고대소설이나 신소설 따위의 이야기 형태의 소설을 기술하는데 적합한 것으로 생각했다. 즉 오락적이고 경박한 성격을 띤 줄거리, 사건 중심의 고소설이나 신소설의 기술은 순국문체로 가능하나, 내면화된 생을 중시하는 근대소설의 기술은 사색적인 진지함을 담을 수 있는 국한문체가 필요하리라 생각했던 듯하다. 더욱이 내성화는 영혼과 육체의 이분법 즉 육체를 배제하고 영혼의 특권화로 나타나기 때문에,60) 신체의 욕망과 능

---

57) 코모리 요이치, 정선태 역, 『일본어의 근대』, 소명출판, 2003, 140~141면.
58) 양문규, 「근대전환기 한국소설의 전통과 서구수용」, 『한국문학논총』 34, 2003, 78면.
59) 『대한흥학보』 11~12호, 1910, 3~4·41~43면.

력에 밀착된 순국문의 구어는 천시를 당할 수밖에 없게 된다.

이러한 언어적 선택을 미디어의 기술적 측면과 관련시켜 보자면 대중성을 상대적으로 지향했던 신문은 잡지에 비해 구어의 문화를 수용할 여지가 있는 유연한 미디어였다. 그러나 지식인 중심의 유학생 잡지는 이에 배타적 태도를 취한다. 신문은 지면 위에 사건 기사, 문예물, 논설, 잡보 등 다양한 글쓰기들의 모자이크 식 공존이 가능하며 이들은 상호 영향력을 미치기도 한다. 그러나 학회지 형식의 잡지는 상대적으로 체계적이고 심도가 있는 지식을 전달하는 '인쇄된 책'61)의 개념에 접근하며 선적 연속성이 강조된다. 그리하여 문자 중심을 강화하며 내부의 균일성을 위해 단 하나의 지배적인 문자권력만을 허용한다. 그리하여 이전의 구술 문화와 관련되어 부유하던 감각적 구어의 세계는 배제된다. 신소설 같은 문학은 잡지라는 근대 미디어로부터 축출될 수밖에 없었다.

그리고 1910년대를 통과하면서 통속문학과 대비하여 순문학을 강조하며 우리 문학의 무게 중심이 신문에서 잡지, 또는 동인지 형식의 잡지 미디어로 옮겨간다는 사실은 문학의 말을 소리에서 시각적 대상으로 완전하게 변용하는 계기가 됨을 의미한다. 즉 이는 이전의 소리내어 읽으면서 따라가는 음독의 독서 형태는 자취를 감추고 묵독이라는 시각 중심의 독서 형태가 일반화되어 간다는 사실을 의미한다. 참고로 초창기 신문 시대에는 문자해독 능력이 있는 사람이 글을 읽을 줄 모르는 다른 사람을 위해 신문을 대신 읽어 주는 방식이나 한 부의 신문을 여러 사람들이 돌려읽는 방식 등의 신문종람소62) 등이 있었는데 이는 아직도 공동의 독서 형식이 잔존했음을 보여준다. 앞에서도 살펴보았듯이 개화기 신문의 서사양식들은 구비문학적 요소를 활용하여 텍스트 외부의 실제의 청중을 지향하려는 노력이 상당히 엿보였다. 그러나 특정 지식인 계

---

60) 월터 J. 옹, 앞의 책, 227면.
61) 마샬 맥루한, 임상원 역, 『구텐베르크 은하계』, 커뮤니케이션북스, 2001, 555면.
62) 최기영, 앞의 책, 241면 참조.

층을 중심으로 한 학회지 등의 잡지 미디어는 이러한 공동의 독서가 아닌 개인적인 독서를 조장하며 잡지에 게재된 소설창작도 점차 전달보다는 개인적이며 고립된 지석 활동으로 변하게끔 한다.

그리하여 지식인들이 모여 만든 잡지 및 1920년대 유행하는 동인지 등은 그들 특유의 분파성과 폐쇄성으로 살아 있는 구어를 배제하고 그들만의 '사회적 방언'을 강화한다. 알기 쉽게 구어로 글을 쓴다는 것은 단순히 문체의 문제가 아닌 작가와 독자 사이의 친화력과 자연스러움을 회복하는 길이다. 그러나 지식인 작가들은 그들만의 언어로 동일집단·계층 사이에서 상호확인이나 자기 증명의 표지로 삼고 다른 계층의 사람들을 의사소통권에서 배제한다. 그리하여 그들 내부의 문자문화의 획일적이고 동일한 어조를 유지하면서 민중과는 유리된 이른바 '작가', '예술가'를 탄생시킨다. 이른바 문학적 제도의 독자성이 이뤄지는 셈인데, 이제 문학은 지식인의 자의식 같은 곳으로 문제를 좁히게 된다.63)

더욱이 1910년대 이후 문학운동을 독점적으로 주도했던 유학생 주체들은 서구의 새로운 것을 수용하는 과정에서 자기의 언어적 뿌리를 간직하지 못하고 자기를 간단없이 부정하면서 새로운 것에 맹종한다. 이러한 말과 글의 주체의 편향은 문학에서는 이른바 그들 '문단'의 특수 계층을 제외한 나머지 일반 민중의 이해관계가 자기표현의 길을 찾을 수 없게끔 한다. 사정이 이러하니 신소설에 계승되었던 구어체적 전통을 기반으로 한 판소리계소설의 언어를 발전적으로 살릴 여지는 전혀 없었다. 그리하여 조선 후기로부터 점차적으로 성장해온 기층민중의 계급언어가 민족언어로 발전될 가능성이 차단된다.

---

63) 일본의 사소설이 좁고 폐쇄적인 '문단'의 소산이었다는 지적, 즉 서로 잘 아는 작가와 독자 사이에 자전적 성격과 대상 지시성이 강한 텍스트가 씌어졌으며, 또 그렇게 읽도록 촉구되었다는 점(스즈키 토미, 앞의 책, 105면)도 이와 관련된다고 볼 수 있다.

4. 결론을 대신하여

　기존의 연구들은 잡지에 등장하여 내면을 그리기 시작한 단편들이 이
야기식 서술 구조를 벗어나 장면 중심의 묘사를 강화하고, 구성의 단일
성을 추구함으로써 근대 단편의 길을 개척하고 그것이 1910~20년대의
단편에 발전적으로 이어진다고 본다.[64] 즉 이들은 서구 소설의 미학적
구성원리를 바탕으로 하여 형식적 완결성과 정제성을 추구하며 근대소
설의 질서를 구축한다고 본다. 그러나 단편 장르가 지향하는 정제된 소
설적 구성은 어떻게 보면 전통적 소설 장르에서 끌어낼 수도 있는 다양
한 가능성을 제한하고 위축시킨 일면도 있다.

　오히려 대중성 혹은 공중성을 지향했던 신문이라는 미디어가 전통적
국문소설을 계승하여 근대소설로의 발전적 전환을 꾀할 수 있었다. 가령
판소리계 소설은 구어의 오락성을 십분 발휘하면서 다분히 연행 지향적
방식으로 진행하여 서구와는 또 다른 소설적 말하기의 방식을 보여준다.
그리고 이는 신문이라는 근대적 미디어를 매개로 신소설에 부분적으로
계승된다. 그러나 이후 신소설은 부정되고 지식인 중심의 잡지에 게재된
내면성을 중시하는 단편의 양식들이 근대문학을 보증하는 것이 되면서
우리 근대소설사에서 단편 양식이 주류적 위치를 차지하게 되는 결과를
낳고 이는 어찌 보면 우리 소설사의 온전한 발전을 가로막는다.

　물론 우리 소설사는 식민지 시기를 통과하면서 점차적으로 서구 소설
그리고 서구를 흉내낸 일본 문학에서 벗어나 조선 후기 국문소설에서
보여주었던 민중적, 구어체적 전통을 긍정적으로 계승하여 이를 서구문
학과 결합해내는 모색을 보여준다. 두 가지 미디어의 이종교배, 혹은 만
남은 거기서 새로운 형태가 탄생하는 진실과 계시의 순간이다.[65] 가령

---

64) 주종연의 『한국 근대 단편소설연구』(형설출판사, 1979) 이하 초창기 단편소설의 형
　식적 발전 과정을 논의한 대부분의 연구들이 모두 그와 같은 관점들을 취한다.

식민지 시기 모더니스트인 박태원의 소설은 사진·영화 등의 미디어 수법을 활용하는 등 서구적 소설 기법에 촉발되면서도 구어를 바탕으로 한 우리의 이야기 전통과 만난다. 김유정은 야담의 전통을 수용하고, 『임꺽정』(홍명희)의 야담 구술 전통은 다시 신문이라는 미디어를 활용하여 문자문화적인 서구적 의미의 역사소설과 결합하는데 이의 규명은 차후의 과제다.

---

65) 마샬 맥루한, 박정규 역, 앞의 책, 92면.

근대계몽기 소설 개념의 변화[*]

두 가지 외래적 원천

김재영

1. 들어가는 글

우리 소설 개념의 역사를 살펴보는 데 있어, 최초의 신문이 발행되는 1883년에서 1910년 한일합방에 이르는 시기는 특별한 주의를 끈다. 1883년 『한성순보』와 1885년 『친목회회보』의 발행에서 시작된 근대적인 신문, 잡지는 국가적 위기에 대응하려는 애국과 계몽의 분위기 속에서 1900년대에 급격한 확장을 경험하게 되는데, 1910년 본격적인 식민지 통치가 시행되면서 그 대부분이 발행이 정지되어 버린다. 물론 1910년대에도 총독부에서 발행하는 신문과 일부의 잡지는 여전히 존재하지만, 이는 신문과 잡지라는 근대적 인쇄매체의 지형에 급격한 변화가 일어났음을

* 이 논문은 2003년도 한국학술진흥재단의 지원에 의하여 연구되었음(KRF-2003-073-AS1014).

의미하는 것이다. 그러므로 이 글은 우선적으로 1883년에서 1910년까지의 기간을 대상으로 하여 이 시기에 일어나는 소설 개념의 변화에 다가가 보려 한다.

먼저 이 시기가 바로 근대적 인쇄술이 도입되고, 근대적 인쇄매체인 신문과 잡지가 발행되는 시점이라는 점에 주목하여, 바로 그러한 인쇄매체에 등장하는 소설 개념에 주의할 필요가 있다. 우리나라의 근대적 인쇄매체에서 '소설'이라는 말이 봇물처럼 쓰이기 시작하는 것은 1906년에 들어와서이다. 『대한매일신보』는 1906년 2월 「청루의녀전」과 「거부오해」에, 『황성신문』은 1906년 5월 「신단공안」에, 『만세보』는 1906년 7월 이인직의 「소설단편」에, 『제국신문』은 1906년 9월 「소설(小說)」에, 『경향신문』은 1906년 11월 「정쇼의 불긴」에 각각 '소설'이라는 표지를 붙이는 것이다. 또 이 해에 창간된 잡지들인 『조양보』·『대한자강회월보』·『소년한반도』 등에도 소설란이 마련된다. 이후 잡지와 신문의 소설란뿐 아니라, 신소설 등의 단행본 출간이 이어져, 여기저기서 '소설'은 범람하기 시작한다.

조선 시대 전시기를 걸쳐서 소설은 극히 일부의 논의를 제외하고는, 적극적으로 의미 부여되었다고 할 수 없기에, 이 시기에 '소설'이라는 말이 이렇게 광범위하게 사용된다는 것은 주목되는 상황이다. 소설에 대한 새로운 가치부여나 인식의 변화 없이 이러한 말의 범람이 이루어졌다고는 생각할 수 없기 때문이다. 이 시기의 소설들에 대한 연구는 주로 '개화기소설', '근대계몽기소설', '근대전환기소설', '신소설', '역사전기소설' 등의 다양한 분류항과 더불어 이루어졌다. 하지만 그러한 연구들을 통하여 당대에 사용되던 '소설' 개념의 내포와 외연 또는 그 변화가 제대로 해명된 것으로는 보이지 않는다.

이 글은 이 시기에 일어나는 소설 개념의 변화에 대한 일차적 접근으로서, 두 종류의 외래적 원천에 주목하려 한다. 그 하나는 우리 근대적 인쇄매체에서는 처음으로 지면의 분류 항목으로 등장하는 『한성신보』의

'소설'란이며, 또 하나는 소설의 급격한 가치 상승과 연관되어 있다고 생각되는, 박은식·신채호 등에 의해 표현된 '국민의 혼으로서의 소설'이라는 개념이다. 이들이 사용하는 '소설'이라는 말의 원천에 주목하는 논의만으로 당대 소설 개념의 내포와 외연을 충분히 드러낼 수 있으리라고는 생각되지 않는다. 그것은 무엇보다도 당대에 존재하고 있었던 다양한 서사물의 존재양태와의 연관 속에서 해명되어야 할 것이기 때문이다. 하지만, 근대적 인쇄매체와 '소설'이라는 말이 어떻게 만나고 있는가, 또는 당대의 논자들이 소설에 부여한 높은 가치의 근거와 원천은 무엇이었던가 등의 문제를, 말의 사용을 중심으로 점검해 보는 것은 나름의 의미를 갖는다고 생각된다. 특히 이 말이 이 시기, 전통과 서구의 만남을 매개하고 있으며, 때문에 그 내부에서 상당한 갈등과 균열이 이루어지고 있다고 생각되기 때문이다.

이 시기에 사용되는 '소설'이라는 말에 대한 이해를 위해서는 먼저 이전 시기에 사용되던 이 말의 쓰임에 대해 주의할 필요가 있다. 그러므로 조선시대의 소설 이해를 주로 그 말의 쓰임의 변화를 중심으로 간략하게 점검하는 데서 논의를 시작한다. 그리고 우리가 다루려는 시기의 직전인 19세기에, 조선 사회의 일각에서 이루어지는 소설론의 구체적 내용에 주목해본다.

2. 간략한 전사—조선에서 '소설'이라는 말의 쓰임

☐1

조선왕조실록의 기사에서 '소설'이라는 말이 처음 보이는 곳은 세종

27년(1445) 『치평요람』이라는 책이 완성된 것을 알리는 기사이다. 이는 세종이 정인지 등에게 명하여 나라 다스림에 도움되는 글들을 모아 편하도록 한 것이었다. 성인지 등이 올린 전문에 다음과 같이 나타난다.

> 옛 역사의 기록들을 두루 모으고 소설의 글들까지 곁들여 뽑아서, 국가의 흥망과 군신의 옳고 그름이며, 정치의 선악과 풍속의 성쇠며, 아래로는 하찮은 필부(匹夫)로부터 밖으로는 먼 사방의 오랑캐까지, 인륜(人倫)에 관계되는 것이면 아무리 작더라도 모두 다 기록하고, 정치에 도움되는 것이면 반드시 수록하여, 버리지 않았습니다.[1]

이 글에서 소설은 사(史)와 대비되어 있는데, 여기서 뽑혀질 만한 소설의 글들이라는 것은, 정식 사서가 기록하지 않은 자잘한 일들의 기록에 가까운 것으로 보인다. 하여튼 그러한 글들을 통칭하는 것으로서 소설이라는 개념이 사용되고 있다. 실록 이외의 조선시대 책들에서 소설이라는 말이 처음 쓰인 알려진 용례는 '패관소설'인 듯하다.

> 경(經)이라 하고 사(史)라 하는 것은 진실로 성스러운 임금과 어진 재상이 나라를 다스리고 세상을 평정하는 도(道)요, 심지어 패관소설(稗官小說)이라는 것도 또한 유자(儒者)가 문장으로 희담[劇談]하거나 혹은 박문(博聞)의 자료로 삼거나 혹은 파한(破閑)을 위함이니 모두가 없어서는 안되는 것이다.[2]

---

1) 『세종실록』 권107 '세종 27년(1445) 3월 계묘(30일)'(『한국고소설관련자료집』 1, 무악고소설자료연구회 편, 태학사, 2001), 42~43면에서 인용함. 17세기까지의 고소설 관련 자료는 번역과 원문 모두 이 책에 의한다. 앞으로 이 책에서의 인용 시 서지사항 뒤에 (자료집 : 면수)와 같은 형식으로 표시한다. 18세기의 자료 또한 아직 출간되지 않은 이 책의 2권에 기대고 있는데, 미출간된 원고를 볼 수 있게 해준 '무악고소설연구회'에 이 자리를 빌어 고마움을 전한다. 이 2권에서의 자료 인용은 서지사항 뒤에 (자료집 : 2권)으로만 표시한다.
  "偏掇舊史之錄, 旁採小說之文, 國家興衰與君臣之邪正, 政教臧否及風俗之汚隆, 下而匹夫之微, 外而四夷之遠."
2) 양성지, 『동국골계전』 서, 1482(자료집 : 78-9). "曰經曰史, 固聖君賢相, 所以治國平天下之道也. 至於稗官小說, 亦儒者, 以文章爲劇, 或資博聞, 或因破閑, 皆不可無者也."

여기서는 경, 사와 대비하여 패관소설에 대하여 정의하고 있는데, 유자의 문장으로 하는 희담이나 박문의 자료로서 거론하고 있다는 점에서, 야사나 야담 일화의 종류를 주로 염두에 두고 있는 것으로 보인다. 17세기까지의 패관소설이나 소설에 대한 이해에 있어 이러한 경향은 큰 줄기를 이룬다. 15세기 말 16세기 초 경으로 추정되는 조신의 『소문쇄록』[3]에서도 패관소설이라는 말이 등장하는데, 역사를 보충하는 것으로서 인물 지지에 대한 잡다한 이야기를 주로 가리키고 있다.

'소설'이라는 말은 16세기 초 정사룡이 쓴 「어면순 발」에 보이는데, 이에서도 "선비로서 재기(才器)를 갖추고는 있으나 시대에 뜻을 펴지 못한 사람은 반드시 유희(遊戲)로 소설(小說)을 지어 그 뜻을 우의(寓意)하는데, 보는 사람들은 단지 글의 우스움만 알고 그 뜻을 살피지 않으니, 어찌 족히 사람됨을 살폈다고 하겠는가?"[4]라고 하여 주로 유희와 우의를 중심으로 소설을 이야기하고 있다. 이는 비슷한 시기의 것으로 보이는 어숙권의 『패관잡기』에서 들고 있는 우리나라의 소설목록[5]에서도 드러나는 것이다. 1614년 쓰여진 이수광의 「지봉유설 자서」에서도 소설은 주로 박학의 자료, 옛 사실을 고증하는 자료를 제공해주는 것으로 거론된다. 1631년 이덕형의 「송도기이 서」[6]에서도 소설을 주로 역사의 보충과 연관짓고 있다.

하지만 이러한 인식은 17세기 말에 이르면 변화를 보이는데, 이는 주로 '연의'라는 말로 일컬어지던 글들의 이입과 관련되어 있다. 초기에 연의

---

3) 조신, 『소문쇄록』 권1(자료집 : 172). "고려가 번성하고 있을 때에는 문사들이 많아서 마땅히 잡저(雜著)나 패관소설 등이 있어 방증하여 고증하기에 충분하였으나 몇 차례의 전쟁을 만나서 불타 없어졌는가? 지금은 볼 수 없으니 한탄할 일이로다[高麗盛時, 文士彬彬, 宜有雜著, 稗官小說, 足以傍見攷證, 而屢遭兵燹灰滅耶? 于今不見, 可勝嘆哉?]."

4) 정사룡, 『어면순』 발(자료집 : 111~113).

5) 어숙권, 『패관잡기』 권4 234항(자료집 : 180~181).

6) 이수광, 『지봉유설』 자서, 1614(자료집 : 128); 이덕형, 『송도기이』 서, 1631(자료집 : 130~131).

는 '소설잡기'·'패설잡기' 등과는 구별되어 쓰였던 것으로 보인다. 실록에서 '연의'라는 말이 처음 보이는 곳은 선조 2년(1568) 기사에 나타난 「삼국지연의」와 「초한연의」 등의 책제목에서이다. 실록이 아닌 글로는 1664년 정태제에 의해 쓰여진 「천군연의 서」에서인데, 책 제목과 더불어 '史家諸書衍義'·'諸史衍義'[7] 등과 같이 쓰이고 있다. 또 「전등신화」·「염이편」·「종리호로」·「어면순」을 들어 '소설잡기'라고 하고 있는데, 역사연의와 거리가 멀다고 하고 있다. 17세기 황중윤은 「일사목록해」라는 글에서 연의서들을 사서로 일컫고 있다.[8] 또 18세기 초로 추정되는 「여흥민씨가승기략(驪興閔氏家乘紀略)」 중 '이부인행록'에서 연의류와 패설잡기는 전혀 다른 것이다.[9]

2

하지만 17세기 말에 이루어지는 소설 논의의 대표적인 글들이라고 할수 있는 이이명의 『소재집』, 김만중의 『서포만필』 등에서 소설은 주로 중

---

7) 정태제, 『천군연의』 서, 1664(자료집 : 138).

8) 황중윤, 『동명선조유고(東溟先祖遺稿)』 권8(자료집 : 2권). "이는 역사가를 본받아 연의(衍義)하는 법이니, 일찍이 살펴본 「열국지연의(列國誌衍義)」·「초한연의(楚漢衍義)」와 「동한연의(東漢衍義)」·「삼국지연의(三國誌衍義)」·「당서연의(唐書衍義)」와 「송사연의(宋史衍義)」·「황명영열전연의(皇明英烈傳衍義)」 등의 사서들이 모두 목록으로 이루어진다[此效史家衍義之法也. 嘗考諸「列國誌衍義」·「楚漢衍義」及「東漢衍義」·「三國誌衍義」·「唐書衍義」及「宋史衍義」·「皇明英烈傳衍義」, 等諸史, 則皆爲目錄]."

9) 장서각 소장본 『여흥민씨가승기략(驪興閔氏家乘紀略)』 권4(자료집 : 2권). "역대의 연의류(演義類) 같은 것은 또한 마땅히 한두 번 잘 살펴 보아야 한다. 전시대의 치란(治亂)과 흥망(興亡)의 자취를 대략이라도 알게 된다면 덕성을 기르고 식견을 넓힐 수 있게 될 것이니, 이와 같은 것들을 어찌 보지 않겠느냐? 그러나 혼인·부귀·신선·귀신 등에 관한 패설잡기(稗說雜記)로 말할 것 같으면 일체 볼 만한 것이 못되느니라[至於歷代演義之類, 亦當一再繙閱. 略知前世治亂·興亡之跡, 則庶幾養其德性, 廣其見識. 如此者, 何可不見? 若婚姻·富貴·神仙·鬼物等稗說雜記, 一切不足觀也]."

국 명대의 작품인 「삼국지연의」·「서유기」·「수호지」 등으로 대표되는 글을 가리키고 있다. 그리고 이러한 인식은 18세기에도 그대로 이어져 김춘택의 『북헌집』,[10] 이양오의 「사씨남정기후서」(1786)[11]에서도 동일하며, 18세기 말 이덕무가 박제가에게 보낸 편지에서는 "夫俗所謂小說者, 卽演義之流也"[12]라고 하고 있을 만큼 '연의'는 소설의 대종이 되어 있다고 할 수 있다. 그리고 이러한 인식에 바탕하여 이덕무는 「영처잡고」라는 글에서 패관의 야담과 소설(김성탄의 무리가 추종하는)을 대비하기에 이른다.[13] 어느덧 연의는 소설 개념의 중심으로 들어오게 되며, 이 소설은 이전 시기의 '패관'이나 '소설' 개념과 갈라서는 것이다. 그리고 이러한 변화는 단지 말 그대로의 역사연의가 소설의 중심이 되었다는 의미가 아니라, 이제 분명하게 연의가 갖고 있던 '통속성'과 '허구성'을 중심으로 소설이 이해되기 시작한다는 것을 의미한다.

　이러한 사정은 19세기에 들어오면 더욱 분명해진다고 할 수 있다. '소설' 인식의 새로운 전기를 보여주는 것으로 평가되는 이우준의 『몽유야

---

10) 김춘택, 『北軒集』 권16 「散藁」(『한국문집총간』 185, 228면, 자료집 : 2권). "소설은 『태평광기(太平廣記)』가 우아하고 아름다우며, 「서유기(西遊記)」, 「수호지(水滸誌)」가 기이하고 웅장한 것은 말할 것도 없고, 「평산냉연(平山冷燕)」같은 것은 또한 얼마나 멋스러운가? 그러나 끝내는 무익할 뿐이다. 서포께서는 우리말로 많은 소설을 지었는데, 그 중 「남정기(南征記)」는 대수롭지 않은 것들과는 다르다[小說, 無論「廣記」之雅麗, 「西遊」「水滸」之奇變宏博, 如「平山冷燕」又何等風致? 然終於無益而已. 西浦頗多以俗諺爲小說, 其中所謂「南征記」者, 有非等閒之比]."

11) 이양오, 『반계초고』(자료집 : 2권) 「사씨남정기 후서」. "「사씨남정기(謝氏南征記)」를 살펴보면 소설고담(小說古談)에 지나지 않지만, 볼 만한 것이 있다. (…중략…) 다만 꿈에서 감응했다는 이야기는 사뭇 괴탄한 듯하고 만남의 사건은 대단하게 부연된 것 같으나 이 또한 사람의 일이라 그럴 수도 있는 것이다. 어찌 소설고담을 맹랑한 말로 치부하겠는가?[按「謝氏南征記」, 不過小說古談, 其中盖有可觀焉 (…중략…) 但夢感之說頗涉弔詭, 奇遇之事, 果似敷演, 然此亦人事之或然者, 豈可以小說古談, 而歸之孟浪?]"

12) 이덕무, 『청장관전서(靑莊舘全書)』 권20 간본 「아정유고(刊本雅亭遺稿)」 7(민족문화추진회 편, 『국역 청장관전서』 IV, 1997, 77~79면).

13) 이덕무, 『청장관전서』 권5 「영처잡고」 1(민족문화추진회 편, 『국역 청장관전서』 II, 1978, 23면). 그러나 소설은 위로는 당론·청담·시율에 미치지 못하고 가운데로는 패관·야담에 미치지 못하고 아래로는 전기·지괴에 미치지 못하는데……

담』중의「소설」이라는 글에서, 그는「사씨남정기」·「창선감의록」·「옥
린몽」 등의 작품과 중국의 사대기서에 대한 해설을 하고 있다.[14] 만와옹
의 「일락정기 서」[15]나 홍길주의 「의열녀전 서」[16] 등에서 소설은 이제
분명히 '꾸며낸 이야기'로서 이해되며, 그에 바탕하여 소설을 정당화할
수 있는 논리가 모색되고 있다. 특히 「제일기언 서」의 다음과 같은 문장
은 '소설' 개념의 변천과 당대의 내용을 아주 간략하게 요약하고 있어
이미 많은 주목을 받았다.

> 경셔는 셩인에 말솜을 법부들 비요 구류빅가는 슐업과 방문을 젼ㅎ는 비니
> 그 즁 쇼셜(小說)이란 명식이 잇셔 처음은 스긔에 샌진 말과 초야의 젼ㅎ는 길
> 을 거두어 모화 너니 혹 닐으되 야시(野史)라 ㅎ더니 그후 문쟝ㅎ고 닐 업는 션
> 비 필묵을 희롱ㅎ고 문쓰롤 허비ㅎ야 헛말을 늘여너고 거즛 닐을 실다히 ㅎ야
> 보는 사름으로 ㅎ야곰 쳔연이 미드며 진졍으로 맛드려 보기롤 요구ㅎ니 일노
> 죠츠 쇼셜이 셩힝ㅎ야 근일에 우심ㅎ니[17]

또『광한루기』[18]는 당대의 소설인식이 그 구성 방식이나 문체 등의
문제에까지 나아갔음을 보여준다는 점에서 주목된다. 이 책은 잘 알려

---

14) 성현경,「19세기 조선인의 소설관―「몽유야담」 저자의 경우」,『관악어문연구』3, 1979
   (『한국소설의 구조와 실상』, 영남대 출판부, 1981에 재수록됨)에 원문 있음.
15) 이이순(만와옹),『일락정기』 서문. "세상에서 소설이라고 하는 것은 말이 다 상스럽
   고 일이 또한 허황되어, 모두 기이한 이야기와 괴이한 농지거리로 귀착되지만, 그 중
   에 이른바 「남정기」, 「창선감의록」 등 여러 편은 사람들로 하여금 말하게 하면, 곧 감
   동하여 분발시키는 뜻이 있다."
16) 김소행 원작, 최창록 역해,『삼한습유』, 태학사, 1998, 309면. "또한 이 여러 선생들이
   제·양·수·당 나라 연간에 태어나서 사륙변려체의 대우(對偶)를 지었다면 반드시
   왕발·유신과 같아야 하고, 그들로 하여금 홍원·정원 시절에 태어나 주·의로 사실
   을 논하게 했다면 육지(陸贄)와 같아야 하며, 그들로 하여금 원·명대에 태어나서 소
   설과 전사(塡詞)를 교대로 짓도록 했다면 반드시 나관중·왕실보와 같아야 하고 (…중
   략…)."
17) 정규복·박재연 교주,『제일기언』, 국학자료원, 2001, 21면.
18) 성현경·조융희·허용호,『광한루기 역주 연구』, 박이정, 1997. 원문(영인)과 번역, 해
   제 논문 등이 모두 실려 있다.

진 「춘향전」의 내용을 한문으로 재창작한 것이고, 서와 독법 또 회평과 협주평의 형식으로 소설에 대한 다채로운 견해를 드러내고 있다. 이러한 평비를 통하여 소설의 구성은 춘화도·미인도·산수화 등의 그림그리기에 비유되거나, 진의 운용이나 전술 등의 군사적 비유, 또는 풍수에의 비유 등을 통하여 설명되고 있다. 또 장면이나 문장 표현의 문제에 있어서도, "감추어져 있으면서 드러나는[隱而露]" 것과 "드러나 있으면서 숨어 있는[露而隱]" 기법의 대비나 "금상첨화법"에 대한 설명 등에서 흥미 있는 견해를 보여주고 있다. 특히 이야기의 전개에 있어서는, 실제 삶에 부합하는 자연스러운 인과의 형성에 대한 관심을 보여주는 등 상당히 구체화된 견해를 내놓고 있다고 할 수 있다. 그 견해들은 주로 비유를 통해 표현되어 충분히 개념화되어 있지는 않으나, 어떤 글이 소설인가 또는 소설이 어떻게 쓰여져야 하는가 등에 대해 상당한 정도의 이론적 내용을 갖추었음을 보여주는 것이다.

이렇듯 『제일기언』 서문이나 『광한루기』 평비 등에서 이루어진 소설 인식이 물론 당대에 누구에게나 통용되었던 것이라고 할 수는 없을 것이다. 또 이 시기에 이르러 '소설'이라는 말이 '꾸며낸 이야기'로서의 특정한 성격을 가진 텍스트를 가리키는 말로써만 사용되었다거나, 그와 비슷한 다른 개념들이 사라졌다고 할 수도 없다. '패관소설'이라는 말은 여전히 18세기에 이의현의 『도곡집』,[19] 권섭의 『옥소고』,[20] 성대중의 『청성집』[21] 등에서는, 「장자」·「열자」에서 시작하여, 「수신기」를 거쳐 명대의 「수호전」·「서유기」 등에 이르는 일련의 작품들을 포괄하는 것으로

---

19) 패관소설은 한(漢)·당(唐) 이후부터 대대로 있었다. 『수신기(搜神記)』 같은 책들은, 허황되고 기이한 말이 많으나 문장은 자못 우아하고 온화했다. 다른 여러 종류들도 또한 간혹 실제 일을 담고 있어 사가(史家)들이 빠뜨린 것을 보충할 만하고, 문인들이 사건을 채록하는 데 도움이 될 만하다. 「수호전(水滸傳)」·「서유기(西遊記)」 같은 것들은, 비록 구상이 새롭고 교묘하며 문장이 진귀하고 빼어나서 별도로 한 종류의 글이 되었지만, 위에서 말한 여러 저서들에 비할 수는 없다.

20) 권섭, 『옥소고(玉所稿)』 「잡저」 4(자료집 : 2권).

21) 성대중, 『청성집(靑城集)』 권5, 여강출판사, 1985, 114~116면(자료집 : 2권).

쓰이고 있다. 또 19세기에도 이규경의 「소설변증설」이라는 글에서 소설
은 「제해기」・「우초지」・「이견지」・「유양잡조」 등의 지괴, 전기에 속하
는 글에서부터 「비파기」・「수호전」 등을 포함하는 광범위한 개념이다.[22]

또 당대에 사용되던 소설이라는 말이 가리키던 것과 유사한 대상을
가리키는 말로, 패관소품・패관소기・패관잡기・소사패설・패관잡설・소
설패기・패관소설・고담・소설고담・언과패설・언패・패설 등의 개념 역
시 통용되고 있었다. 특히 '패설'이라는 말은 19세기 소설론의 중요자료
인 「옥선몽」 내의 탕옹의 '패설론'이나 『김이양문집』에 등장하는 「언패
설(諺稗說)」 또는 이원명의 『동야휘집』 서문, 『청구야담』 서문 등에서 보
듯, 소설과 거의 비슷한 정도로 빈출하는 용어였다. 조선 시대 말기까지
도 '소설'은 여전히 다른 여러 개념들과 혼효하여 쓰이고 있었다. 특히
'패설'(패설 계통의 말들을 포함하여)은 거의 동일한 함의 속에서 사용되고 있
었다고 할 수 있다.

하지만 이러한 사실이 이 시기에 한 편에서 소설이 상당한 정도의 이
론적 내용을 갖춘 개념이 되고 있음을 부정할 수 있는 것은 아니라고 생
각된다. 어차피 모든 개념은 항상 다양한 편차 속에서 통용되는 것이며,
『제일기언』이나 『광한루기』 등에서 보이는 소설에 대한 이해는 가장 풍
부한 이론적 내용을 갖추고 있다는 점에서, 당대의 가장 의미 있는 '소
설' 이해로 보이기 때문이다.

---

22) 이규경, 『오주연문장산고』 권7, 동국문화사, 1966, 229~230면.

3. 『한성신보』의 '소설(小說)'란

1

우리나라에 첫 근대적 인쇄매체가 출현한 것은 1881년 부산에서 발행된 『조선신보』라 하겠으나, 이는 일문으로만 발행된 일인신문이었으며, 1883년 『한성순보』의 창간에서 이루어진다고 보는 것이 통설이다. 잡지는 이보다 조금 늦어 1885년 창간되는 『친목회회보』에서 시작되는 것으로 알려져 있다. 이러한 근대적 인쇄매체와 소설 개념과의 첫 만남은 『한성신보』에서 이루어지는 것으로 보인다. 이 『한성신보』 또한 일본 외무성이 직접 지원한 일본인 신문이었지만, 창간 당시부터 일문보다도 국문에 더 많은 지면을 할애한 것에서도 알 수 있듯이, 국문독자를 더 많이 겨냥한 신문이었다는 점에서, 일문만으로 간행된 여타의 일본인 신문과는 성격이 달랐다. 이 『한성신보』[23]에 1897년 처음으로 '소설(小說)'란이 등장하는 것이다.

한성신보의 편집주체가 '소설'이라는 인식을 가지고 처음 싣는 글은 1896년 5월 19일부터 7월 10일까지 27회에 걸쳐 연재되는 「조부인전(趙婦人傳)」[24]이다. 작품이 실리기 직전인 1896년 5월 17일 다음과 같은 사고(社告)가 실려 있다.

---

23) 『한성신보』는 청일전쟁 직후 주한일본공사관의 발의를 일본 외무성이 받아들여 아다치 겐조[安達謙臟]를 사장으로, 대부분의 사원을 구마모토현 출신의 낭인들로 하여 1895년 2월 17일 국문과 일문 4면의 격일간 발행으로 창간된 신문이다.

24) 이 작품을 처음 소개한 것으로 보이는 한원영의 『한국개화기 신문연재소설연구』에서는 1897년 5월 19일부터 6월 5일까지 27회에 걸쳐 연재된 것으로 되어 있지만, 이는 잘못된 것이다. 이 작품은 연재 기간 동안 한번도 빠지지 않았으며, 5월27일과 6월 12일에만 2면에 실렸을 뿐, 나머지는 모두 1면 하단에 실렸다. 5월 23일 게재분부터 횟수를 표시했는데, 6월 12일과 14일분을 모두 13회로 표시했지만, 6월 18일분에서 15회를 건너뛰고 16회로 표시하여, 잘못을 바로잡았다.

이번에 社員이 쇼셜칙을 웃더왓는디 그 칙 일홈은 趙婦人傳이라ㅎ야 퍽 ㅈ
미가 잇고, 부인네게 춤징계될 ㅎ온 즉, 젼리 긔지하야왓든 英國史要는 中止
ㅎ고 次号붓터 登載ㅎ오니 閱(?)讀諸君은 倍舊로 사보심을 바라ᄂ이다.25)

기사 중 「영국사요」는 1월 말 또는 2월 초부터(첫 회 확인 못함) 장기간
연재해오던 것인데, 그것을 중단하면서까지 이 소설 연재를 시작하는 것
이다. 이는 이 시기 『한성신보』가 맞고 있었던 위기 상황과 관련된 것이
다. 구마모토국권당 출신의 우익낭인이었던 『한성신보』의 기자들 대부분
은 명성황후 시해사건에 가담하여 일본으로 소환되었으며, 아관파천 이
후 이를 비꼰 동요를 게재하거나 하여, 한국인의 구독을 금하는 대한제
국 정부의 내훈(內訓)이 내려지기도 했다. 따라서 이 시기에 독자 수가
1911명에서 510명으로, 서울의 한국인 독자는 450명에서 100명으로 줄어
드는 등의 위기를 맞게 되었던 것이다.26)

당시 주한공사 고무라 주타로[小村壽太郎]는 1896년 5월 29일 외무대신
무쓰 미네미쓰[陸奧宗光]에게 『한성신보』 육성의 필요성을 강조하여 보
조금 증액을 요구함과 동시에, 신문 개량의 계획안을 만들었다. 이 계획
안의 첫 번째 항목 '지면(紙面)의 체재(體裁)'에서, 용문(用文)·지폭(紙幅)·
사설(社說)·잡보(雜報)·문원(文苑)·소설(小說)·시사소언(時事小言)·기서
(奇書)·각지통신(各地通信) 등의 세부 항목을 두어 설명하고 있는데, 소설
항의 설명은 다음과 같다.

韓文 속에 이 欄을 만들어 각종의 里談·俗談을 실리며 어린이·婦女까지
도 이를 읽을 수 있게 할 것이며, 韓人 일반의 嗜好를 이용하여 不知不識 간
에 이를 啓導하는 것을 努力함.27)

---

25) 『한성신보』, 1896.5.17, 2면.
26) 박용규, 「구한말 일본의 침략적 언론활동―『한성신보』(1895~1906)를 중심으로」, 『한
    국언론학보』, 1998년 가을, 168~169면 참조
27) 최준, 『한국신문사론교』, 일조각, 1976, 291면에서 인용. 이 자료는 「주한일공관기록」
    중 '명치29년 機密本省往'의 일부로 이 책에 계획안 전체가 번역되어 실려 있다.

『한성신보』의 첫소설 「조부인전」이 이러한 신문 개량 계획안과 직접 연결되어 있음은 분명하다. 그러하기에 이에 바로 이어 「신진사문답기(申進士問答記)」(1896.7.12~8.27), 「기문전(紀文傳)」(1896.8.29~9.4), 「곽어사전(郭御史傳)」(1896.9.6~9.25), 「이소저전(李小姐傳)」(1896.10.30~11.3), 「성세기몽(醒世奇夢)」(1896.11.6~11.18), 「이정언전(李正言傳)」(1896.11.22~11.30), 「섬보반덕(蟾報飯德)」, 「가연중단(佳緣中斷)」, 「김씨전(金氏傳)」, 「원혼보구(冤魂報仇)」, 「이씨전(李氏傳)」 등이 계속 거의 쉼 없이 실리게 되고, 1897년 1월 12일부터 16일까지 3회에 걸쳐 실리는 「상부원사해정남(孀婦冤死害貞男)」에 이르러서는 「소설(小說)」란이 독립되는 것이다. 이렇게 본다면 이미 1986년 5월 신문 체재상 소설란은 독립되어 있었던 것이며, 1897년 1월에 지면에 등장하는 '소설'은 이를 뒤늦게 추인하는 것에 불과한 것이었다고 할 수 있다. 이 소설란 독립은 주로 국문독자를 끌어들이기 위한, 위기 타개책의 일부였다. 그리고 이러한 발상은 우리에게는 그 전례가 없던 것임에 비추어, 일본 신문의 지면구성을 참조했던 것임에 틀림없을 것이다.

2

일본 신문에 최초로 「소설」을 게재하는 난이 생기고, 잡보기사와는 독립된 소설이 실리는 것은 1886년 1월 4일부터 3월 20일까지 『요미우리신문』에 연재된 「탄테츠조노 슈진[鍛鐵場の主人]」이라는 번역물이었다. 한데 흥미 있는 것은 이 『요미우리신문』의 소설란 창설이 츠보우치 쇼오요와 연관되어 있다는 점이다.[28]

---

28) 혼다 야스오[本田康雄], 『新聞小說の誕生』, 平凡社, 1998. 일본 신문소설에 대한 논의는 모두 이 책에 기대고 있다. 인용문은 152면에서 재인용. 일본어 번역은 연세대 어학당의 타지마 데츠오[田島哲夫] 선생님께 도움받았음을 밝힌다. 그리고 일본 신문의 제호에 있는 '신문'은 원음을 살려 표기하지 않는다.

어떤 사람 한인(閑人)에게 말해서 왈, 우리들이 종사하는 바인 요미우리신문에 기재하는 연재이야기는 유달리 기이한 이야기를 만들어내거나 또는 외설적인 구절을 끼워 넣는 일이 없다고 할지라도, 쓰는 바의 것들은 소설에 비슷하고, 더구나 취의(趣意)도 없고 우의도 없는 단지 사실을 서술함에 지나지 않는다면, 이 따위의 것들을 기타 잡건(雜件)에 혼재(混載)시키기보다는, 차라리 순연한 소설을 편술하고, 이를 다른 난에 기재하는 것이 낫다고 한다. 이는 굉장히 정당한 설이고 한인이 크게 칭찬하는 바이다…….

이 어떤 사람이 쇼오요였고, 그는 이해 3월 이미 『소설신수』를 발표하고 있었다. 그는 이 책의 서언에서 당대 일본 소설계에 대한 진단을 내리고 있는데, 그러한 상황에 대한 타개책으로 이 책이 쓰여졌다고 보아도 좋을 것이다. 다음은 그 서언의 일부이다.

그런데 혁신의 변(變)을 만나 희작자(戲作者)들이 은둔하니 소설이 따라서 시들해졌으나, 오늘날에 이르러서는 다시 크게 부흥하여, 모노가타리가 나오게끔 되었고, 도처에서 갖가지 패사나, 모노가타리를 출판해서 그 신기(新奇)함을 다투게 되었다. 심지어는 신문, 잡지 따위에도 굉장히 진부한 소설이 재탕삼탕 번안되어 실리기까지 했다. 그러한 추세이다 보니 현재 우리나라에서 쓰여지는 소설, 패사는 그 종류, 그 수가 몇 천만 부지기수이니, 한우충동(汗牛充棟)이라고 말하는 것조차 어리석은 일이다. 생각컨대 우리나라에서 소설이 쓰여지는 이 메이지의 성대(聖代)야말로 고금 미증유라 할 수 있다. (…중략…)

소설이든 패사든 아무리 졸렬한 모노가타리든, 그 어떠한 천박한 情史이든, 번안이든, 번역이든, 번각(飜刻)이든, 신저(新著)든, 옥석을 가리지 않고, 우열을 가리지 않고 모두 똑같이 세상에 유행하는 것은 신기하지 않은가? 실로 소설 전성의 미증유의 시대라 하겠다. 그래서 희작자라 불리는 자들이 적은 것은 아니지만, 모두 번안가이지, 작자라고 할만한 자는 아직 한 사람도 없다. 고로 요새 간행된 소설, 패사는 그 어느것도 바킨(馬琴), 다네히코(種彦)의 발꿈치에도 이르지 못한 것들이며 잇쿠(一九), 슌스이(春水)의 아류에 지나지 않는다.29)

---

29) 츠보우치 쇼오요, 「소설신수 서언」(1885), 『일본근대문학대계 3—坪內逍遙集』, 角川書店, 1974, 40~42면. 번역은 '한일문학연구회'에서 강독하면서 이루어진 것임.

아직 신문에 '소설'란이 만들어지지 않았음에도, 그는 당대 신문에 실리고 있는 잡다한 글들을 소설이라 칭하고 있다. 쇼오요 자신이 『소설신수』를 씀으로써 "그것에 의해 소설이라는 말이 처음으로 오늘날 사용되고 있는 것과 같은 내용을, 확실하게 부여받아 흔들림 없이 되었"지만, "소설이라는 말이 일반적으로 사용되게 된 것은 메이지 10년경(1877년경)부터였다고 한다."30) 아마도 그러한 용법이 그대로 드러난 것으로 보인다.

일본 신문소설은 이른바 '소신문'에 실리기 시작한 잡보 기사의 연재물에서 시작된 것으로 받아들여지고 있다. 일본의 '소신문'들은 애초에 흥미를 중심으로 하는 상업지로서 시작되었고, 당연히 흥미 있는 이야기의 형식으로 잡보 기사를 채워나갔다. 그랬기에 이 소신문들의 발전에는 희작자들이 중요한 역할을 했다. 이와타 야소하치[岩田八十八]라는 인물의 범죄 이야기가 그림넣기 기사로 2회에 걸쳐 『도쿄에이리신문[東京繪入新聞]』에 1875년 12월 연재된 것이 최초의 연재물로 알려져 있지만, 혼다 야스오는 이를 "연재물의 효시, 소설연재의 시조"라고는 할 수 없다고 한다. 연재물이라면 이미 「엽무열사(葉武列士, 햄릿)」라는 글이 『도쿄에이리신문』에 1876년 9월 7·10일, 10월 9·10일에 걸쳐서 실린 것이 있으며, 또 범죄판결을 보도하는 보통의 그림넣기 잡보기사이기에 '소설'로 부를 만하다고 생각하지는 않기 때문이다. 그가 연재물로서 주목하는 것은 『가나요미신문[假名讀新聞]』에 1877년 12월 10일부터 이듬해 1월 11일까지 도합 14회에 걸쳐 연재된 「토리오이 오마츠의 전[鳥追ひお松の傳]」이라는 글이다. 이 또한 범죄·치정사건의 기사라고 할 수 있는데, 처음 나타난 회수가 많은 연재기사였고, 「구사조시고칸[草双紙合卷]」으로 출판되어 인기를 끌기도 했다고 한다.31) 주로 범죄 실화 이야기에서 시작된 이러한 연재물은 실록을 편집한 시대물(역사소설), 외국작품의 번역 등으로 폭을 넓히며, 신문 인기의 주대상이었다. 또 1879년부터는 작품명, 작

---

30) 『증보개정 일본문학대사전』, 동경 : 신조사, 1967, 54~55면.
31) 혼다 야스오, 앞의 책, 62~77면.

자서명, 회수 등도 표시되기 시작한다.

쇼오요가 비난하고 있는 신문·잡지에 실리고 있는 소설이 바로 이들을 가리키고 있다고 생각해도 큰 무리는 없을 것이다. 그러므로 이『요미우리신문』의 '소설'란 또한 그로서는 당대의 신문 연재물을 넘어서는 새로운 소설을 지도하기 위한 기획이었다고도 할 수 있다. 그리고 이러한 기획은 어느 정도 성공한 것으로 보인다. 이 난을 통하여 야마다 비묘[山田美妙]의「武藏野」(1887), 고다 로항[辛田露伴]의「奇男子」(1889)·「雪紛紛」(1889)·「ひげ男」(1890), 오자키 고요[尾崎紅葉]의「紅懷紙」(1889)·「おぼろ舟」(1890)·「夏瘦」(1890)·「伽羅枕」(1890) 등 근대소설의 중요 작품들이 발표되었기 때문이다.32)

하지만 다른 신문들 또한 이러한『요미우리신문』의 기획을 따랐던 것은 아니었다. 오히려 다른 신문의 이른바 '그림넣기 연재물'은 더욱 더 흥미 중심으로 발전하였다. 이후의 차이가 있다면, 사실·사건 보도 성격의 글은 그림넣기 연재물에서 사라진다든가, 또『도쿄아사히신문[東京朝日新聞]』·『히노데신문[日出新聞]』 등에서 보듯 2면과 3면의 절반을 차지하는 크기에 중앙에 우키요에풍의 선명한 삽화를 둠으로써, 이미 기타의 잡보란과는 구별되는 '읽을거리'란임을 분명히 보여준다는 것이다.33) 이러한 '연재물'란은 '소설란'으로 명명되어 있지 않았지만, 쇼오요의 용어사용에서 보듯, 일반적으로는 '소설'란으로 받아들여지고 있었던 것으로 보인다.

일례로 1887년 10월『구마모토신문』에 실린 부용루주인의「나사케노 사자나미[情海乃漣]」라는 연재물의 서언[はしがき] 중에 "연재물이라고 불리는 소설류"에 대해 "읽기 쉬운 염화(艶話) 가운데서 말로 표현할 수 없는 지극하고 묘한 정치를 더하여, 속담평화로 고상한 학리를 말하고, 부녀동몽들로 하여금 첫째 심의를 기쁘게 만들고, 둘째 세태를 알게 만들

---

32) 혼다 야스오, 위의 책, 204면.
33) 혼다 야스오, 위의 책, 205~210면.

어 모르는 사이에 크게 이익이 되는 바"[34] 있는 읽을거리라 한 해설이
있다.『한성신보』개량 계획안의 소설 항목에 대한 설명과 아주 흡사하
고,『한성신보』의 인적구성이 주로 구마모토현 출신의 낭인들이었다는
점과 연관시켜 보면 흥미로운 점도 있지만, 아마도 여기에서 드러나는
인식이, 당대 일본에서의 신문소설(또는 연재물)에 대한 일반적인 인식이었
을 것이고,『한성신보』의 '소설'란은 바로 그러한 인식하에서 기획된 것
임을 보여주고 있다.

이렇게 본다면『한성신보』에 지면 분류 항목으로 등장한 '소설'이라는
말은 앞에서 살펴본, 조선후기에 정리되는 소설 개념과는 별 상관없이
등장한 것임을 알 수 있다. 그것은 우선적으로 일본에서 메이지 10년경
에 일반적으로 사용되기 시작했다는 '소설'이라는 말, 또는『요미우리신
문』의 소설란 이후 신문에 실리는 "흥미 있는 이야기"를 지칭하는 말과
상관된다. 메이지 10년경에 일반적으로 사용되기 시작했다는 '소설'이라
는 말은 'novel'인지 다른 무엇인지를 정확히 지적할 수는 없지만 서구어
의 번역어로써 재생된 용어였다.[35] 그렇다면 실은 이『한성신보』에 등장
하는 '소설'이라는 말은, 여러 우회를 거친, 소설과 novel의 첫 대면이라
고도 할 수 있을 것이다.

물론 이러한 지적이,『한성신보』에 등장하는 소설 개념이 novel의 뜻을
갖고 있었음을 말하고자 하는 것은 아니다. 실제로 계획안에서 명백히
드러나 있듯이, 이 '소설'란에서 싣고자 했던 것은 이담(里談)·속담(俗談)
이었고, 국문독자를 끌어들일 만한 흥미 있는 이야기거리라면 전통적으
로 소설이라 불리던 종류의 글이든(조부인전, 곽어사전), 문답형식의 짤막한
글이든(신진사문답기, 무하옹문답), 일본이나 한국의 설화든(기문전, 성세기몽, 섬
보반덕), 염사(艶事)가 중심이 되는 짤막한 이야기이든(이씨전, 김씨전, 상부원
사해정남) 일본의 정치소설이든(경국미담) 무엇이든 싣고 있다. 이렇게 본다

---

34) 혼다 야스오, 위의 책, 220~221면.
35) 노구치 다케히코[野口武彦],『小說』, 三省堂, 1996, 21면 참조.

면 이 소설 개념은 글의 형식이나 내용의 특정한 자질에 별로 구애되지 않는 것이었다. 단지 신문지면에 싣기 적당한 '독자들의 흥미를 끌 수 있는 이야기거리' 성노의 ㅠ정밖에는 갖지 못한 것이었다고 할 수 있다.

19세기에 이르기까지 조선시대의 전기간을 거쳐, 이런저런 변화를 거치며 이론적으로 다듬어져 온 소설 개념과 비교해 본다면, 이 개념은 상당한 정도의 외연적 확장을 보여주고 있다. 하지만 그러한 확장을 뒷받침하는 이론적 내용을 갖춘 것으로는 보이지 않는다. 오히려 개념 자체가 글의 형식이나 내용의 특질에 별로 구애되지 않고, 흥미나 통속성을 중심으로 이해된다는 점에서 무규정적인 성격까지 띤다고 할 수 있다. 그러면서도 특히 주목되는 점은 '신문'이라는 매체의 특성에서 연유되었다고 생각되는데, 근대적 인쇄매체에 적당한 짧은 글들이 '소설'이라는 표제를 달고 등장하게 되는 것이다. 이는 이후의 '소설'이라는 말의 사용에 상당한 영향을 미치며, 한국 근대소설의 특성과도 연관되는 것으로 보이기 때문이다.36)

이 『한성신보』의 '소설'란이 1906년 이후 신문과 잡지에 범람하듯 등장하는 '소설'란의 선구적 역할을 했음을 부인할 수는 없을 것이다. 하지만 이것이 1906년 이후 왜 이 개념이 그렇듯 범람하게 되는가를 설명해 주는 것은 아니다. 이러한 상황을 이해하기 위해서는 또 다른 외래적 개념으로서의 '소설'을 검토해보지 않을 수 없다.

---

36) 이 점에 대해서는 김영민의 「동서양 근대소설의 발생과 그 특질 비교 연구―'소설 (novel)'과 '小說(소셜 / 쇼셜)'의 거리」(『현대문학의 연구』 21집, 2003.8, 439~468면) 참조

4. 소설—국민의 혼

$\boxed{1}$

　1906년 이후 근대적 인쇄매체에서의 '소설'이라는 말의 확산은, 이제 소설 개념이 적어도 이들 매체 종사자들에게 상당히 의미 있는 것으로 인식되기 시작했다는 것을 의미한다. 이는 이 시대에 사용되는 '소설'이란 말에 부여된 가치가 전시대의 소극적인 소설옹호론과는 차원을 달리한다는 것을 의미한다. 이러한 소설의 새로운 가치 획득의 한 방식을 잘 보여주는 것이 박은식, 신채호 등의 소설 이해이다.

　①夫小說者는 感人이 最易ᄒ고 入人이 最深ᄒ야 風俗 階級과 敎化 程度에 關係가 甚鉅ᄒ지라 故로 泰西哲學家가 有言ᄒ되 其國에 入ᄒ야 其小說의 何種이 盛行ᄒᄂ 것을 問ᄒ면 可히 其國의 人心風俗과 政治思想이 如何ᄒ 것을 觀ᄒ리라 ᄒ엿스니 善哉라 言乎여 所以로 英法德美各國에 學塾이 林立ᄒ고 書樓가 雲擁ᄒ야 一切 牖民進化의 方法이 至矣盡矣로디 愈其小說의 善本으로써 匹夫匹婦의 警鐘과 獨立自由의 代表를 作ᄒ고 東洋의 日本도 維新之時에 一般學士가 皆於小說에 汲汲用力ᄒ야 國性을 培養ᄒ고 民智를 開導ᄒ얏스니 其爲功야 — 顧不偉哉아
　我韓은 由來小說의 善本이 無ᄒ야 國人小著ᄂ 九雲夢과 南征記 數種에 不過ᄒ고, 自支那而來者ᄂ 西廂記와 玉麟夢과 剪燈新話와 水湖志 等이오, 國文小說은 所謂 蕭大成傳이니 蘇學士傳이니 張風雲傳이니 淑英娘子傳이니 ᄒᄂ 種類가 閭巷之間에 盛行ᄒ야 匹夫匹婦의 菽粟茶飯을 供ᄒ니, 是ᄂ 皆荒誕無稽ᄒ고 遙麾不經ᄒ야 適足히 人心을 蕩了ᄒ고 風俗을 壞了ᄒ야 政敎와 世道에 關ᄒ야 爲害不淺ᄒ지라.
　—박은식, 「瑞士建國誌 序」, 『서사건국지』, 대한매일신보사, 1907, 3면

　②莊人正士가 莊嚴ᄒ 皐比에 臨ᄒ야 天然正大ᄒ 面目으로 心性事物의 奧

理를 談호며 古今興亡의 歷史를 說함에는 其 傍에서 環聽홀 者ー 幾個有文
識者에 不過홀 뿐더러 且此로 由호야 多少間 知識은 啓호드리도 其氣質을
轉移호야 惡者를 善케 호고 凶者를 順케 호기는 難홀지오 彼 俚談俗語로 選
出혼 小說冊子는 不然하야 壹切 婦孺走卒의 酷嗜호는 비인디 萬壹 其 思潮
가 稍奇하며 筆力이 稍雄호면 百人이 傍觀에 百人이 喝采호며 千人이 傍聽
에 千人이 喝采호되 甚至 其精神魂魄이 紙上에 移하야 悲悽혼 事를 讀호민
淚의 滂타(沱)롤 不覺하며 壯快혼 事를 讀호민 氣의 噴湧을 不禁호고 其 薰
陶凌染의 旣久에 自然 其 德性도 感化를 被호리니 故로 曰 社會의 大趨向
은 國문小說의 正호는 비라 홈이니라.

　嗚呼라 英雄豪傑의 軀體롤 助호야 천하사업을 ?호는 者는 婦孺走卒等이
是오 婦孺走卒等 下等社會로 始호야 人心轉移호는 能力을 具혼 자는 小說
이 是니 然則 小說을 是豈易視홀 비인가 萎靡淫蕩的 小說이 多호면 其國民
도 此의 感化롤 受홀지며 俠情慷慨的 小說이 多호면 其國民이 此의 感化를
受홀지니 西儒의 云혼 바 「小說은 國民의 魂」이라 홈이 誠然호도다.
—「近今 國文小說 著者의 注意」, 『대한매일신보』 1908.7.8

　③小說은 國民의 羅침盤이라 其說이 俚호고 其筆이 巧호야 目不식丁의
勞動者라도 小說을 能讀치 못홀 者ー 無호며 又 嗜讀지 아니홀 者ー 無홈으
로 小說이 國民을 强혼 데로 導호면 國民이 强호며 小說이 國民을 弱혼 데로
導호면 國民이 弱호며 正혼 데로 導호면 正호며 邪혼 데로 導호면 邪호나니
小說家된 者 ー 맛당히 自愼홀 비어날
—「담총」, 『대한매일신보』 1909.12.2

　①은 박은식이 쓴 『서사건국지』라는 번역서의 서문이며, ②와 ③은
『대한매일신보』의 '사설'과 '담총'란에 실린 것으로 신채호의 것으로 추
정되는 글들이다. 이 세 글은 거의 비슷한 주장을 담고 있는 것으로 보
이는데, 이에 드러난 소설관을 간략히 정리하면 다음과 같다.
　첫째, 소설은 누구나ー특히 부유주졸이나 목불식정의 노동자 등의
하등사회의 사람일지라도ー읽을 수 있으며, 또 좋아한다.
　둘째, 소설은 사람을 감동시키거나 기질에 영향을 미치는 힘이 뛰어

나다.

셋째, 그러므로 소설은 '국민의 혼', '국민의 나침반'이다.

소설의 통속성이나 감인과 세교의 능력에 대한 이해라면, 조선시대를 통하여서도 소극적으로나마 주장되었던 것이라고 할 수 있을 터인데, 이들 인용문에서 드러나는 소설관에서 가장 주목되는 것은 소설을 국가나 국민 등과 연관시켜서 사유하고 있다는 점일 것이다. 또 그렇게 함으로써, 소설이 갖고 있는 통속과 감인, 입인의 능력 또한 이전의 소극적인 소설옹호론들과는 달리 아주 적극적인 의미를 띠게 된다. 이러한 소설 관념이 이전 시기의 소설에 대한 이해에 자연스럽게 연관되는 것이 아님은 분명하다. 이는 상당히 외래적인 원천과 연관되어 있는 사고였다고 할 수 있을 터인데, 이에 대해서는 이미 상당한 연구가 쌓여 있다. 이 글들에서 드러나는 소설관은 발상이나 수사 용어에서 모두 량치차오[梁啓超]의 영향을 직접적으로 드러내고 있는 것이다. 이에 대해서는 많은 논의가 이루어져 있기에, 여기서 그러한 영향에 대한 논증은 하지 않으며, 논의를 위해서 다음의 예문만을 들어 둔다.37)

④ 옛날 유럽의 각 나라가 재생하기 시작할 때에, 그 지도적 석학이나 어질고 뜻있는 사람들은 종종 자신의 경력 및 마음에 품은 정치에 대한 논의를 소설에 의탁했다. 그래서 그 가운데 학문을 이어받은 제자들이 학교 공부를 하는 여가 시간을 틈타 그것을(정치소설—인용자) 손에 들고 읽었다. 아래로 병졸이나 도시인들, 농민, 기술자, 수레꾼들, 그리고 부녀, 어린아이들까지도 그것을 들고 읽지 않은 사람이 없었다. 그러므로 매번 책 한 권이 나올 때마다 전국의 의론

---

37) 다음 글들 참조
　　이재선,『한국개화기소설연구』, 일조각, 1972; 송현호,「애국계몽기 소설 장르의 형성과 양계초의 역할」,『인문논총』6, 아주대 인문과학연구소, 1995; 우림걸,『한국 개화기 문학과 양계초』, 박이정, 2002.
　　앞의 신채호 등의 인용문들과 이 인용문들을 비교해보는 것만으로도 그 영향은 쉽게 알 수 있다. 이를 보이기 위해 인용문들이 좀 길어졌다.

이 그 때문에 한번씩 바뀌었다. 저 미국이나 영국, 독일, 프랑스, 오스트리아, 이태리, 일본 등 각국의 정계가 나날이 발전한 데에는 정치 소설의 공로가 가장 크다. 영국의 어떤 명사는 소설을 국민의 혼이라고 말했다. 어찌 그렇지 않겠는가, 어찌 그렇지 않겠는가![38]

⑤ 한 나라의 국민을 새롭게 하려면 반드시 먼저 그 나라의 소설을 새롭게 하지 않으면 안된다. 따라서 도덕을 새롭게 하고자 한다면 반드시 소설을 새롭게 해야 하고, 종교를 새롭게 하려면 반드시 소설을 새롭게 해야 하며, 정치를 새롭게 하고자 한다면 반드시 소설을 새롭게 해야 하고, 풍속을 새롭게 하고자 한다면 반드시 소설을 새롭게 해야 하며, 학술과 예술을 새롭게 하고자 한다면 반드시 소설을 새롭게 해야 한다. 더 나아가 인심을 새롭게 하고자 하고 인격을 새롭게 하고자 한다면 반드시 소설을 새롭게 해야 한다. 어째서 그런가? 소설은 인도를 지배하는 불가사의한 힘이 있기 때문이다.

소설의 체(體)됨이 사람을 쉽게 끌어들임[易入人] 이미 저 같고, 그 쓰임이 사람을 쉽게 감화시킴이[易感人] 또 이와 같기 때문에, 인류의 보편성은 다른 글을 좋아함이 소설을 좋아함만 못하니 이것은 심리학의 자연작용이요, 인력에 의해 쉽게 얻을 수 있는 것이 아니다.

그러니 모든 문장 가운데 그 (내용상의) 오묘함을 다하고 (형식상의) 기교의 신묘함을 보여줄 수 있는 것으로는 소설만한 것이 없다. 그러므로 '소설은 문학의 최상승이다'라고 말하는 것이다.[39]

소설을 국가 또는 국민과 연관하여 의미화하고 있으며, 소설의 감인과 입인의 능력을 매우 높이 평가하고 있는 점 등 같은 사람이 쓴 글이라고 해도 좋을 만큼 이 인용문들은 앞의 것들과 닮아 있다. 물론 그렇다고

---

38) 량치차오, 「譯印政治小說序」, 『청의보』, 1898.11.11; 『음빙실문집』 상(廣智書局, 上海, 분명치 않음, 1987년 이문사 발행 영인본), 54~55면.
39) 량치차오, 「論小說與群治之關係」, 『신소설』 1권 1호, 1902; 『음빙실문집』 상(廣智書局, 上海, 분명치 않음 / 1987년 이문사 발행 영인본), 294~297면.

하여 신채호 등의 글들이 우리 소설 개념에 가져온 변화의 의미가 감소
하는 것은 아닐 것이다. 여기서 궁금한 것은 이러한 소설 관념이 어디서
길어 올려진 것인가 하는 문제이다.

④의 예문은 량치차오의 소설에 대한 생각이 서구적 현상을 전거로
하고 있음을 보여준다. 하지만 구체적으로 서구의 작품을 들어 이야기하
고 있는 것도 아니고, 서구의 소설 담론이라 할 만한 것도 '소설은 국민
의 혼'이라는 경구 정도의 것만이 등장하고 있다. 현재 서구에서의 일반
적인 '소설(novel / roman)' 이해[40]를 염두에 둘 때, 미국이나 영국·독일·프
랑스·오스트리아·이태리·일본 등의 나라에서 국민의 의론을 변경시
키거나, 정계의 발전을 촉진한 소설을 끄집어내기는 쉽지 않을 듯하다.
서구에서의 소설(novel / roman)에 대한 논의는 물론 다양하게 전개되었을 것
이고 량치차오적 소설 이해를 뒷받침할 만한 전거를 찾아내는 것이 불
가능하지는 않겠지만, 적어도 19세기 말이나 20세기 초반의 소설(novel /
roman)에 대한 논의가, 소설과 정치의 연관이라든가, 국민에 대한 계몽을
주초점으로 이루어진 것으로 보이지는 않는다. 그렇다면 이런 방식의 서
구소설 이해와 소설의 관념은 어디서 온 것일까?

잘 알려져 있듯이 이 글들을 쓸 당시 량치차오는 일본에 거류하고 있
었다. 그러므로 당대 일본에서의 '소설' 이해의 한 방식과 그의 생각이
연관되어 있을 가능성은 높다.[41] 실제로 일본에서는 메이지 10년대(1877~
1886) 이른바 '정치소설'이 한창 유행했고, 이 정치소설은 적극적으로 소
설의 효용을 주장하는 사고에 밑받침되고 있었다.

⑥ 패사(稗史). 소설(小說)을 잘 이용하여 사회개량의 도구의 하나로 하기를
바란다. 아니 세상의 이른바 하등사회의 심전(心田)을 개간(開墾)하기 위해서는

---

40) 옥스포드 사전이나 브리태니커 백과사전의 설명 정도를 염두에 두고 쓴 말이다.
41) 이에 대한 중국에서의 연구도 상당히 이루어져 있는 것으로 보인다. 최형욱의 「양계
    초의 문학혁명론 연구」(연세대 박사논문, 1996) 중 제5장 '소설계혁명' 참조

정사(政事)에 관한 패사·소설을 가지고 하는 것이 가장 좋다고 생각한다 (…중
략…) 패사·소설이 부녀자의 완롱물(玩弄物)이 되어 버리는 것을 한탄하는 자
이다. 정치소설을 작위(作爲)하는 것 세노(世道)·인심(人心)에 비익(裨益) 있다.
— 有耶無耶生, 「稗史小說の婦女子の玩弄物となり了らんことを嘆ず」,
『繪入自由新聞』, 1885.9.10

⑦ 무릇 세교(世敎)에 관한 것 중에 가장 밀접하게 또한 효력을 가지는 것은
생각건대 패사(稗史)·소설(小說) 등의 종류보다 큰 것은 없다. (…중략…) 시폐
(時弊)를 교정하고 누습(陋習)을 없애고 우리나라로 하여금 가기(佳氣) 가득한
자유의 낙원이도록 기도(企圖)하는 자는 이 패사·희곡 등의 종류를 개량하는
것을 도모하지 않아서는 안 된다. 이것 실로 우리나라에 자유의 종자를 번식·
배양하는 하나의 좋은 수단이라 해야 할 것이다. (…중략…) 패사·희곡 등의
종류는 속인(俗人)을 위해서는 훌륭한 학문의 교사이다.
— 「我國ニ自由ノ種子ヲ繁殖スル一手段ハ稗史戲曲等ノ類ヲ改良スルニ在リ」,
『日本立憲政黨新聞』, 1883.6.9[42]

일본에서의 '정치소설'에 대한 당대 논의들이다. 박은식이나 신채호,
량치차오의 소설 논의를 읽어온 우리에게 이 인용문들 또한 낯익은 논
리의 반복처럼 보인다. 약간의 용어상의 차이는 있지만, 이들 인용문 또
한 세교에 가장 효력 있는 글로서 패사, 소설을 들고 있으며, 이의 개량
을 통하여 "우리나라"를 변화시키고자 하고 있는 것이다. 일본의 '정치
소설'은 서구소설의 번역에서 시작된 것이었으며, 메이지 시대의 자유민
권운동, 정당운동의 이념을 그대로 표현하고자 했다는 점에서 서구의 근
대적 이념과 관련된 것이었다. 그리고 무엇보다도, 패사와 나란히 일컬
어지고 있지만, 소설은 새로운 말 — 전혀 쓰이지 않았었다는 의미에서가
아니라 서구적 개념의 번역어로서 재생된 것이었다는 점에서 — 이었다.
그런 점에서 일본 '정치소설'은 나름대로 서구와 근대에의 지향을 담아

---

42) 두 인용문 모두 『실용주의 문화사조와 일본 근대문예론의 탄생』(정병호, 보고사,
2003)의 17면에서 재인용함.

내는 그릇이었다고 할 수 있다.

이렇게 본다면 박은식·신채호 등에 의해 이루어진 소설론은 직접적으로는 량치차오 논의의 영향을 뚜렷이 보여주지만, 한편으로는 당대의 번역·번안서들에서 확인할 수 있듯이 일본 '정치소설'에서 직·간접적인 영향을 받은 것 또한 분명하다. 그런데 이 모두가 멀리는 서구소설의 후광 속에 있는 것이었다. 그런 점에서 이들의 소설론 또한 서구소설을 전거로 하여 이루어진 것이었다고 할 수 있다. 하지만 그 원천으로서의 서구소설 역시 적어도 이후 일반적으로 통용되는 소설(novel / roman) 개념과는 상당한 거리를 보이고 있다고 할 수 있다. 실은 그 점 때문에 일본의 정치소설, 량치차오의 신소설, 신채호 등의 소설 이해는 삼국에서 공히, 근대소설의 준비에 기여했을 뿐 근대소설론 자체에 이른 것으로는 평가되지 않고 있다.

②

⑥과 ⑦의 일본측 논의에서 등장하는 용어인 '패사'는 직접적으로 바킨의 요미혼을 상기시키는 것이다. '세도와 인심에 비익 있음'이라는 구절 또한 그대로 바킨 패사론의 핵심이었다. 그렇기에 가라타니 고진은 다음과 같이 말하고 있다.

> 츠보우치 쇼오요의 『소설신수』는 교쿠테이 바킨을 부정했지만 그것은 정치소설의 부정이지요 정치소설은 이를테면 요미혼이니까요 근대문학이라고 하면 츠보우치 쇼오요에서 시작하지만, 츠보우치는 단지 바킨만을 논하고 있는 것은 아닙니다. 그것은 동시대의 정치소설에 대한 반동이지요[43]

---

43) 가라타니 고진 외, 송태욱 역, 『근대일본의 비평』, 소명출판, 2002, 63면.

일본 정치소설의 새로움은 거의 오로지 이념적인 측면에만 집중되어 있을 뿐, 글 자체의 형식이나 자질 등에 대한 이론적 내용을 갖추고 있지 못하나. 그러므로 정치소설 담론 자체는 바킨류의 세교론에 바탕하여, 그것을 국민의 형성이라는 새로운 상황과 접맥시켜 내는 것 이외의 아무 것도 아니었다고도 할 수 있다. 때문에 일본의 근대소설과 근대소설관의 형성은 '극히 형식적이었던'44) 츠보우치 쇼오요를 기다려야 했다는 것이 상식이다.

신채호 등의 소설론에 대해서도 비슷한 점이 지적될 수 있다. 이 소설론 또한, 세교와 감인의 능력을 통해서 소설을 옹호하던 전시기의 효용론을 민족주의라는 시대적 이념과 접합시켜 놓은 데 불과한 것이었다고 할 수 있는 것이다. 그런데 '국민' 또는 '국가'라는 이념자체는 '소설'이라는 글의 형식적 특징에 대해서는 아무것도 말해주지 않는 것이다. 그렇다고 해서 '정교와 세도에 해를 끼쳐온' 전시기에 '소설'로 불려졌던 글들이 새 소설의 구상에 도움을 줄 수 있는 것도 아니었다. 당연히 조선후기의 소설론 또한 이들에게는 별 의미가 없었음이 분명하다. 오히려 그런 것에서 탈피하기 위해서는 이전 소설의 모습을 닮아서는 곤란할 것이었다.

때문에 '모범'은 다른 곳에서 찾아져야 했는데, 그 역할을 했던 것으로서 서구서사물의 번역과 번안을 들 수 있다. 「서사건국지」나 「월남망국사」·「라란부인전」·「이태리건국삼걸전」·「애국부인전」·「경국미담」 등이 대표적인 작품들이라 할 수 있다. 이 글들은 대부분 실제 역사와 인물의 이야기이다. 이러한 텍스트들은 가능한 한 허구를 배제하며, 경험적 진실을 추구한다는 특성을 갖고 있었다. 그런 점에서 허구적 통속소설인 리튼의 「Ernest Maltravers」의 번안(織田純一 역, 「(歐洲奇事)花柳春話」)에서 시작된 것으로 알려진 일본 정치소설과는 약간 다른 노선을 걷는

---

44) 가라타니 고진 외, 송태욱 역, 『근대일본의 비평』, 소명출판, 2002, 63~64면.

다고 할 수 있다. 이 또한 량치차오의 영향을 느끼게 하는 대목이다. 위에 든 작품들 중 세 작품(「월남망국사」, 「라란부인전」, 「이태리건국삼걸전」)이 모두 그의 책을 원본으로 한 것임이 이를 확인시켜 준다. 특히 「이태리건국삼걸전」은 신채호·박은식 등의 전기물 창작에 직접적인 영향을 미치고 있기도 하다.[45)]

이들이 창작한 작품은 주로 실제 인물, 그 중에서도 민족적 영웅의 전기로 집중되고 있다. 신채호는 「대동사천재제일대위인을지문덕」·「수군제일위인이순신전」·「동국거걸최도통전」을, 박은식은 「천개소문전」을 쓰고 있다. 그런데 흥미 있는 것은 이러한 역사·전기물들 대부분이 별로 소설로 칭해지지 않았다는 점이다.[46)] '소설'이라는 말이 전혀 쓰여지지 않은 것은 아니지만, 어떤 머뭇거림 같은 것이 느껴지는 것이다. 이는 이들이 제안한 '소설' 개념과 이미 통용되고 있었던 '소설' 개념이 길항하고 있었음을 보여준다. 이는 이들의 소설론이 '사람을 감동시키거나 사람에게 침투하는 능력'에 주의함으로써 전시기 소설 담론의 한 축인 '통속성'과는 소통하면서, '만들어냄'이나 '거짓 꾸며냄'에 대해서는 '황탄무계'나 '요미불경' 등으로 배격함으로써 또 다른 한 축인 '허구성'과는 소통하지 않으려 하였던 사정과 관련된다.

이러한 길항을 넘어 이들의 '소설'이 보편적인 개념이 되려면, 통용되는 '소설'을 포괄하든가, 대치할 수 있는 새로운 이론적 내용을 갖추어야 했을 것이다. 하지만 소설의 '통속성' 자체가 '허구성'과의 연관에서만 제대로 설명될 수 있다는 점에서, '허구성'에 대한 포기는 적어도 형식적으로는 소설의 자질 규정을 포기한 것에 가깝다. 그런 점에서 본다면 이

---

45) 성현자, 「신채호 역사전기소설의 영웅상」, 『비교문학의 새로운 조명』, 태학사, 2002 참조
46) 당대의 역사·전기류 작품은 그냥 책(一冊, 一書, 珍書, 此冊, 此書, 本書 등)으로 칭해지는 경우가 많았다. 이에 대해서는 다음 글 참조
　김재영, 「'핍진성'과 소설의 가능성」, 『20세기 한국문학의 반성과 쟁점』, 소명출판, 1999, 252~253면; 권보드래, 『한국 근대소설의 기원』, 소명출판, 2000, 110~112면.

들의 소설 개념은 그 내적 특질을 규정하거나, 이론적으로 구체화하는 데에는 크게 도움이 되지 못하는 것이었다고 할 수 있다.

하지만 중요한 것은 이들이 제안한 '소설'을 통과하며, '소설'이 이전과는 전혀 다른 기능을 한다는 점이다. 량치차오적인 '소설' 개념을 받아들임으로써, 곧바로 소설은 시대의 총아가 될 수 있었다. 조선후기에 이루어진 '소설론'에 비교한다면, 글의 특성이나 구성, 문체에 대한 구체적 내용을 갖추지 못했다는 점에서, 성기고 비어 있는 구석이 많은 것이었지만, 그 '소설'이야말로 시대적 요구를 감당할 글에 대한 '기호'였다. 그것은 바로 '서구적인 것', 그렇기 때문에 새로우면서도 중요한 무엇인가를 지칭하기 위한 개념이었으며, '국민의 나침반', '국민의 혼'이라는 말은 이를 분명하게 표현하는 것이었다. 이 시기 '소설'은 단지 글의 종류를 구분하는 장르적 개념이 아니었다. 그것은 아직 존재하지 않지만 존재해야만 하는 중요한 텍스트, 그런 점에서 아직 채워지지 않은 빈 공간을 가리키는 기호가 되었던 것이다.

하지만 그렇게 큰 기대와 영향력 속에서 소통되는 그 소설 개념이 내적으로 상당히 빈약한 이론적 내용밖에 갖추고 있지 않았음을 지적하는 것 또한 중요하다. 그 기호는 성기고 비어 있기에 더 잘 기능했다고도 할 수 있다. '소설'은 이제 아주 다양한 텍스트들을 그 개념 아래로 빨아들이듯이 불러모으게 되는 것이다. 1906년 이후 나타나는 소설이라는 기호의 범람은 이러한 기능의 작동을 배경으로 하고 있다. 그리고 바로 이러한 점이, '소설'로 불리는 텍스트들이 왜 그렇게 오랜 동안 '계몽'의 늪에서 빠져나올 수 없었는가도 설명해 준다고 할 수 있다.

5. 나가는 말

이로써 근대 전환기에 우리 '소설' 개념에 작용하고 있는 두 가지 외래적 원천에 대해 살펴보았다. 『한성신보』의 '소설'란도 '국민의 혼'으로서의 소설도 모두, 여러 겹의 우회를 거치기는 하나, 근원적으로는 서구적 개념과 관련되어 있다. 하지만 그 어느 것도 Novel이나 Roman의 실상과 관련되어 있다고는 할 수 없다. 아니 실상이라기보다는 이후 서구에서 이론적으로 정리되어, 지금의 우리에게도 통용되고 있는 그들 개념과는 거의 관련이 없다고 해야 할 것이다. 그런 점에서라면 이 두 원천은 모두 '오해된 서구'의 형식을 띠고 있다고도 할 수 있을 것이다.

'오해되지 않은(?)' 서구적 소설 개념은 전혀 다른 실물들에 뒷받침되며 다시 한번 우리와 만난다. 이광수·김동인 등을 그 역할을 담당했던 이들로 들 수 있을 것이다. 그리고 이에 근거하여, 우리는 근대계몽기에 산출되었던 다양한 소설 개념이 '근대소설'을 이루기에는 부족하거나, 빈약하거나, 어긋나 있었다는 점을 지적할 수 있고, 또 실제로 그래왔다. 하지만 이는 일본의 경우에는 쇼오요 이후, 우리의 경우는 이광수 이후 정리되어 통용된다고 하는 하나의 소설관 자체를 반복하여 진술하는 행위에 불과하다.

근대계몽기에 '소설'은 분명히 이질적인 서구적 '소설(novel / roman)'과 만남을 경험한다. 『한성신보』의 '소설'란은 근대적 인쇄매체와 소설이 연관되는 한 방식을 보여주었지만, '흥미 중심의 읽을거리' 정도로 소설의 외연을 확장시켜 버린다. '국민의 혼으로서의 소설'론은 민족주의라는 새시대의 이념과 소설을 연관시켰으며, 소설의 가치 상승에 결정적인 역할을 했지만, 그러한 소설의 이론적 구체화를 이루어내지는 못한다. 그러면서 '소설'은 미지의 영역, 아직 존재하지 않지만 무언가 중요한 것들로 채워져야 할 그러한 빈 공간을 가리키는 기호로서 작동한다.

　이 시기 '소설'의 이름하에 시도되는 모든 텍스트들은 이러한 빈 공간의 주인이 되고자 경쟁한다. 그것은 소설 개념이 스스로의 새로운 자질과 내용을 획득해 가는 과정이기도 하다. 그리고 바로 그 과정 자체가 한국 근대소설의 발생과 존재 방식이었다고 할 수 있다. 그러므로 그 존재 양상을 묘사하는 것에 의해서만 우리는 '한국 소설의 이론'에 다가갈 수 있을 것이다. 당대의 각 매체의 편집주체나 출판주체, 작가들은 각기 그 나름의 제안과 견해를 내놓는다. 그 다양한 견해들이 근대계몽기에 존재했던 보편적 소설 개념과 같은 형식으로 정리되는 것은 불가능한 것으로 보인다. 그 견해들은 서로 길항하고 갈등하며 또 때로는 서로를 보완하며 존재한다고 할 수 있다. 그 갈등과 길항을 묘사해내는 것 그것이 다음 과제가 될 것이다.

근대계몽기 신문의 문체와 한글 소설의 정착 과정[*]

김영민

1. 머리말

한국 근대문학의 완성을 향한 중요한 징표 가운데 하나는 한글의 사용 및 한글 소설의 대중화이다. 그런데, 한글체 근대소설이 등장하는 과정에서 우리는 한자(漢字) 및 한문(漢文)과 한글을 섞어 쓰는 독특한 문자 활용의 시대를 경험한다. 이른바 국한문혼용의 시대를 거치게 되는 것이다. 이러한 복합적 문자 사용의 역사는 다양한 문체[1]와 표기 방식에 대

* 이 논문은 2003년도 한국학술진흥재단의 지원에 의하여 연구되었음(KRF-2003-073-AS1014).
1) 문체는 글에 나타난 모든 표현 방식을 의미하는 용어이다. 문체론은 작가의 단어 선택, 발화의 양상, 수사 등의 문학적 장치 및 문장의 형태, 단락의 형태 등 작가의 언어와 그 사용법에 대한 모든 생각할 수 있는 것들을 대상으로 삼는다. 그런 점에서 문체의 정의와 문체론이 다룰 수 있는 연구의 범주는 매우 포괄적이다. 그 동안 서양의 문체 연구는 대체로 다음의 네 가지 영역에서 이루어졌다. 첫째, 시대별 혹은 시기별 문

한 연구를 필요로 하는 중요한 요인이 된다.

이 논문의 초점은 근대계몽기의 다양한 문체와 표기 방식에 대한 연구를 통해 그 시기 언어 사용의 변모를 드러내고, 그것을 통해 한국 근대문학의 출발과 한글 소설의 정착 과정을 밝히는 데 있다. 이 과정에서 분석의 대상이 되는 것은 근대계몽기에 발행된 신문들이다. 근대계몽기 소설의 문체 연구를 위한 분석 대상을 근대계몽기의 신문으로 삼은 것은, 이 시기 문체의 변화를 주도한 것이 신문이라는 판단 때문이다. 신문의 간행이야말로 한국 근대문학의 새로운 출발과 정착을 위한 가장 중요한 문화적 토대였다는 전제[2]를 바탕으로 이 논의는 진행된다. 근대계몽기 신문이 근대문학의 전개 과정에 어떠한 역할을 했는가, 그리고 근대계몽기 신문의 문체가 그 시기 작가와 작품의 문체에 어떠한 영향을 주었는가를 구체적으로 검증해 가는 것이 이 글의 주된 논의 과정이 될 것이다. 본 논문에서는 근대계몽기 신문 전반에 대해 주목하되, 일단『만세보』를 주된 분석의 대상으로 삼는다. 여기서『만세보』를 논의의 중심에 놓은 것은『만세보』에 근대계몽기의 문체와 표기 방식에 대한 고민이 집약되어 있다고 보기 때문이다.

체 변화 연구. 둘째, 개인 작가별 문체 차이에 관한 연구. 셋째, 계층별 문체 차이에 관한 연구. 넷째, 사용 언어의 성격에 따른 연구.

  S. Chatmann ed., *Literary style : A symposium*, Oxford University Press, 1971, p.11; J. A. Cuddon *A dictionary of literary terms and literary theory*, Basil Blackwell Ltd, 1993, p.922 참조. 우리나라의 일반적인 문체 연구사도 이러한 범주에서 크게 벗어나지 않는다.

2) 이러한 전제에 대한 상세한 논의는 김영민, 『한국근대소설사』, 솔, 1997, 481~496면 참조.

2. 『만세보』와 한글체 소설의 정착 과정

1) 근대계몽기 신문과 근대 서사문학의 전개

우리나라 최초의 신문인 순한문체의『한성순보(漢城旬報)』나, 국한문혼
용체 신문인『한성주보(漢城周報)』는 단 한 편의 서사문학 작품도 다루지
않는다. 그것은 이들 신문이 어느 정도 관보의 성격을 지닌 채 객관적
사실 전달에 치중했기 때문으로 보인다.『한성주보』는 근대계몽기의 다
른 신문들처럼 대중에 대한 계도를 하나의 목표로 하기는 했지만, 거기
에 서사문학 작품을 활용하지는 않았다.

한국 근대 서사문학의 새로운 출발은 한글 전용 신문의 간행과 함께
이루어졌다. 근대계몽기의 새로운 문학 양식인 단형 서사문학 작품의 창
작은 기독교 계통 신문들에서부터 시작되었다. 이후 이러한 단형 서사문
학 작품의 창작은『독립신문』·『협성회회보』·『매일신문』·『경향신문』·
『제국신문』 등의 한글체 신문을 통해 보편화된다.3)

『대한매일신보(大韓每日申報)』와『만세보(萬歲報)』역시 근대계몽기 한글
소설의 정착 과정에 매우 중요한 역할을 한 신문이다. 특히 이들 신문에
는 근대계몽기 문학 이해를 위한 매우 중요한 요소인 문체 선택에 대한
고민이 잘 드러나 있다.『대한매일신보』는 1904년 7월 18일 순한글 기사
와 영문 기사를 함께 다루는 신문으로 출발했다. 1905년 8월 11일이후
이 신문은 영문판을 분리시켜『Korea Daily News』로 따로 발행하고, 국문
판은 국한문혼용판으로 바꾸어 발행한다. 이 국한문혼용판은 앞서 나왔
던『황성신문』의 경우와 같이 국한문혼용체, 순한문체, 순한글체 기사를
함께 수록했다. 대부분의 기사는 국한문혼용체였으나, 순한문체가 이따

---

3) 근대계몽기에 발표된 단형 서사문학 자료의 실체에 대한 확인은 김영민·구장률·
   이유미 편,『근대계몽기 단형 서사문학 자료 전집』상·하, 소명출판, 2003 참조.

금 섞여 있었고, 「적선여경녹」·「향긱담화」 등과 같은 서사문학 작품을 순한글로 수록했다는 점이 특기할 만하다. 1907년 5월 23일 이후에는 다시 순한글 신문을 추가로 발행함으로써, 한글판, 국한문혼용판, 그리고 영문판의 세 가지 신문이 존재하게 된다. 중간에 영문판은 사라지지만, 한글판과 국한문혼용판은 한일합방으로 인해 이 신문이 총독부 기관지인 『매일신보(每日申報)』로 바뀔 때까지 지속된다. 『대한매일신보』가 국문판에서 국한문혼용판으로, 그리고 다시 국한문혼용판과 국문판의 병존으로 변화하는 과정은 무엇보다 독자를 누구로 선택하는가 하는 문제와 직결되어 있었다.4) 『대한매일신보』는 하나의 작품을 두 가지 문체로 발표하기도 했다.5)

다양한 계층의 독자를 신문의 독자로 끌어들이려는 노력은 『만세보』에서도 발견할 수 있다. 『만세보』는 1906년 6월 17일 창간된 후 1907년 6월 29일까지 약 1년 간 발행된 일간신문이다. 발행인은 신광희(申光熙)이고, 사장은 오세창(吳世昌)이었으며 이인직(李人稙)이 주필을 맡았다.6)

이 신문은 원래 천도교 기관지로 출발했지만 단순히 천도교의 포교를 위한 종교 잡지는 아니었다. 그보다는 "我아韓한人인民민의 智지識식啓계發발키를 爲위ㅎ야 作작홈"7)이라고 밝힌 창간호 「사설(社說)」에서도 알 수 있듯이, 개화와 계몽을 목적으로 하는 일간 종합신문이었다.

---

4) 근대계몽기 문체 변화의 핵심은 생산자 중심 문체에서 수용자 중심 문체로의 이동이다. 이러한 변화를 주도한 주체는 근대계몽기의 신문이었고 그때 고려 대상이 된 가장 중요한 요인은 신문 기사의 수용자 즉 독자였다.

5) 근대계몽기의 대표적 「역사·전기소설」 가운데 하나인 「이순신전」을 그 예로 들 수 있다. 신채호는 「이순신전」을 국한문혼용체 소설로 발표한다. 그런 후, 이 작품을 패셔싱이 번역해 한글 소설로 다시 발표하게 되는 것이다. 국한문혼용체 「이순신전」은 1908년 5월 2일부터 8월 18일까지, 그리고 한글체 「리슌신젼」은 6월 11일부터 10월 24일까지 발표되었다. 따라서 6월부터 8월까지 약 두 달간은 하나의 작품이 두 가지 문체로, 두 종류의 『대한매일신보』에 실리게 된다.

6) 『만세보』와 관련된 자세한 논의는 최기영, 「천도교의 국민계몽 활동과 『만세보』의 발간」, 『대한제국기신문 연구』, 일조각, 1991, 66~113면 참조.

7) 社長 吳世昌, 「社說」, 『만세보』, 1906년 6월 17일.

『대한매일신보』가 순한글체와 국한문혼용체의 두 가지 신문을 발간함
으로써 독자에 대한 계도와 계몽의 문제를 해결하려 한 것과 달리,『만세
보』는 하나의 신문 속에서 이 문제를 해결하려고 고심했다. 그러한 고심
의 결과 탄생한 것이 바로 부속국문체(附屬國文體)이다. 부속국문체란 한
자(漢字)로 된 본문에 이른바 루비 활자로 불리는 소형 활자를 사용해 한
글을 함께 적는 표기체를 일컫는 것이다.8)『만세보』의 부속국문체는 문
자 사용계층이 확연히 분리되어 있던 근대계몽기 우리 사회의 현실을 반
영하며 등장한 특이하고도 새로운 문자 표현 방식이었다.9)『만세보』에는
「혈의루」를 비롯하여, 「귀의성」 등의 「신소설」과 「소설 단편」 및 「백옥
신년(白屋新年)」 등의 단형 서사문학 작품이 실려 있다. 「혈의루」는 이른
바 최초의 「신소설」로 정리되고, 「귀의성」은 이 이 시기 발표된 작품 가
운데 가장 완성도가 높은 작품 가운데 하나로 꼽힌다.『만세보』에 연재된
이들 작품은 연재 당시에도 적지 않은 대중적 인기를 끌었을 뿐만 아니
라, 연재 후에는 곧바로 단행본으로 출판되어 중판을 거듭했다.10) 「혈의
루」와 「귀의성」의 성공은 근대문학 작가로서의 이인직의 위상을 높이는

---

8)『만세보』에서는 이렇게 작은 크기로 병기한 한글을 부속국문이라 불렀다. 부속국문
   을 활용한 문체가 부속국문체이다. 근대계몽기 문체 연구는 표기 방식의 연구와 서로
   분리되기 어렵다. 표기 체계와 문체의 관계에 대해 임형택은 다음과 같이 서술한 바
   있다. "표기 체계의 역사적 전환은 글쓰기 차원에서, 문체의 변화란 정신의 변화, 나아
   가 사회풍상을 반영한다는 측면에서 총체적으로 고구해야 할 사안임이 물론이다."(임
   형택, 「근대계몽기 국한문체의 발전과 한문의 위상」, 9면)
9)『만세보』가 부속국문을 활용해 한글을 병행하는 방식을 택한 것은 다양한 계층의
   독자를 끌어들이는데는 효과적이었기 때문이다.『뎨국신문(帝國新聞)』 '잡보'란에 실
   렸던 다음의 기사는『만세보』의 부속국문 사용 의도가 어디에 있었는가를 분명히 보
   여준다. "…… 그 신문 만들기난 한문으로 쥬쟝ᄒ고 한문 글ᄌ 엽헤 우리나라 국문으
   로 쥬셕ᄒ야 비록 한문을 몰으난자라도 그겻히 국문을 보고 알게 만들깃다 ᄒ며
   ……."(「萬歲報施設」,『뎨국신문』, 1906년 5월 11일)
10) 「혈의루」는 1906년 7월 22일부터 10월 10일까지『만세보』에 연재된 후 곧 단행본으
   로 출간되었다. 단행본 「혈의루」는 1907년 3월과 1908년 3월 각각 광학서포에서 발행
   한 바 있고, 이후 동양서원에서도 출간했다. 「귀의성」은 1906년 10월 14일부터 1907년
   5월 31일까지 연재된 후 1907년 10월 광학서포에서, 그리고 1908년 7월 중앙서관에서
   단행본을 발행했다.

일이기도 했지만, 근대소설의 정착과 대중화를 알리는 본격적 신호이기
도 했다.

2) 『만세보』의 문체를 보는 시각

『만세보』를 통해 세상에 나온 작품들인 「혈의루」와 「귀의성」 그리고
「소설 단편」과 「백옥신년」은 모두 부속국문체로 발표되었다. 이들 작품
의 문체에 대해서는 그것이 한글체가 아닌 부속국문체라는 사실 때문에
여러 가지 비판이 가해졌다.

한국 근대문학사 연구에 적지 않은 기여를 했던 조연현은, 이인직의
연재본 「혈의루」와 단행본 「혈의루」의 문장을 비교 검토한 바 있다. 여
기서 조연현은 연재본 「혈의루」의 부속국문체 표기가 일본의 훈독(訓讀)
표기 방식에 토대를 둔 무국적의 문장이라고 비판한다.

이것은 무엇을 의미하는 것일까. 이것은 우리의 최초의 「新小說」이 日本文
章의 영향아래 쓰여졌다는 自明한 사실만을 보여주는 것이 아니라 실로 中國
文章도 日本文章도 韓國文章도 아닌 無國籍의 文章으로써 쓰여진 것을 의미
한다. 文章이 言語藝術이라는 절대적인 原則에 의해 생각해볼 때 小說이 그
와 같은 허공에 뜬 文章으로 나타날 수 있음을 아무도 想像할 수 없을 것이다.
그러나 다행히도 國文表記를 倂記함으로써 想像조차 不可能한 일의 實現을
보여준 것인데 國文表記는 어디까지나 倂記한 것에 지나지 않고 主文은 그와
같은 어느 나라 文章도 아닌 것에 의존되어있다. 이것이 최초의 「血의淚」에
보여지고 있는 文章形式이다. 그러나 改作된 「血의淚」에는 최초의 「血의淚」
에 倂記되어있은 國文이 主文으로 자리를 옮겨갔다. 그러니까 日本式 漢字表
記는 자연히 소멸되었다. 이것이 소멸되었다는 것은 日本의 影響下에 이루어
진 것이기는 하지만 「新小說」이 韓國文章에 依存 定着된 것을 의미한다.[11]

---

11) 조연현, 「「신소설」 형성과정고」, 『현대문학』, 1966년 4월호, 178면.

그러니까 近代小說에의 최초의 架橋를 이루었다는 한국 최초의 「新小說」은
그 表記方式에 있어 너무나 日本的인 影響下에서 나타난 것임을 알 수 있게
된다. (…중략…) 개작된 「血의 淚」의 初頭의 이 부분과 前揭한 최초의 「血의
淚」의 첫 부분을 대조해 보면 前者가 國漢文混用體인 데 대하여 後者는 國文
專用임을 볼 수 있다. 前者의 國漢文混用에는 漢字에 대한 國文의 倂記가 있
었다고 해도 그것은 倂記이기 때문에 主文은 그대로 國漢文混用이며 그 國文
倂記의 表記方式이 日本式이었는데 비하여 後者는 國文專用(어려운 한자음
은 ( ) 속에 漢字를 넣었다)이므로 日本式表記方式이 개입될 수 없는 文章으
로 변모되었다.12)

조연현은 연재본 「혈의루」의 문장 형식에 대해서는 비판하지만 개작
된 「혈의루」 즉 단행본 「혈의루」의 문장에 대해서는 적극적인 의미를 부
여한다. 연재본에서 개작본으로 가는 동안 일본식 한자 표기가 소멸되고
한국 문장으로 정착되었기 때문이라는 것이 그 이유이다.

최원식과 김윤식 역시 연재본 「혈의루」의 문체를 일본식 문체라 비판
한 바 있다. 최원식은 연재본 「혈의루」의 문체에 대해 '충격적'이라고 언
급한다. 「혈의루」의 문체가 한글 전용의 전통을 후퇴시키고, 독자들에게
거부감을 주었다는 것이 최원식의 판단이다.

이 번거로운 일본식 문체는 이미 봉건시대부터 한글 전용의 전통을 견지하고
있었던 우리 소설 문체에 대한 일대 후퇴로 되는 것이다. 당시 독자들의 거부
반응이 심각했을 것으로 짐작된다. (…중략…) 하여튼 이 작품이 연재 당시에는
그 제목뿐만 아니라 문체까지도 일본식을 흉내냈다는 사실은 충격적이다.13)

김윤식은 「혈의루」의 문장을 '일본식 언문일치 문체(문장)'이라고 칭하
며, 「혈의루」가 일본의 정치소설을 열망했으나 그 경지에까지는 이르지
못한 이른바 '사이비 정치소설' 혹은 '정치소설의 결여 형태로서의 소설

---

12) 조연현, 「소설문장 변천고」, 『한국신문학고(韓國新文學考)』, 문화당, 1966, 90~93면.
13) 최원식, 「애국계몽기의 친일문학」, 『한국근대소설사론』, 창작사, 1986, 293면.

유형'이라고 정리한다. 그러한 비판적 정리의 바탕에는 이인직이 사용한 부속국문체에 대한 폄하가 자리하고 있다. 다음의 인용을 보면 이를 알 수 있다.

> 「혈의 누」 상편이 이인직 소설의 출발점이자 정치와 소설의 관계에 대한 가장 완미한 균형감각을 지닌 작품이라는 가설에서 이 논의는 출발한다. 앞에서 상세히 밝힌 바와 같이 일본에서의 공부를 통해 이인직은 대의정치제도의 도입과 실시를 꿈꾸었고, 그것을 위한 가장 효과적인 수단이 정치소설임을 깨우쳤다. 그러나 귀국한 그의 앞에 놓인 현실은 그러한 대의정치의 실현을 꿈꾸어 볼 수조차 없는 상태에 있었다. 다만 일본 통치 아래 놓이는 길만이 드러나 보였다. 일본에서 발견한 정치소설의 존립 기반이 거의 형성되어 있지 않음을 발견한 이인직의 나아갈 길은 사이비 정치소설 또는 정치소설의 결여 형태로서의 소설 유형을 창출하는 것뿐이었다. 그리하여 「혈의 누」가 태어났다. 「혈의 누」의 이같은 탄생 배경은 '일본식 언문일치 문체(문장)' '정치소설' '일청전쟁'의 세 가지 항목과 관련하여 살필 때 보다 그 의미가 분명해 진다. (…중략…) 이같은 정치적 감각이 작품을 썼다는 것은 무엇보다도 이 작품의 문체(문장)를 통해 확인할 수 있다. (a) 일청전쟁이라는 단어, (b) 한자로 된 낱말 위에 작은 글자로 한글의 토를 단 것(일본문장의 이른바 루비라는 한자어에 토달기), (c) 숨쉬기 단위로 띄어쓰기·구두점 등으로 구성된 일본식 언문일치의 문체가 먼저 있고 그 다음에 「혈의루」가 태어난 것이다. (…중략…) 방법론상으로 보면 '일청전쟁'을 표현하는 장치(일본식 언문일치 문체)가 먼저 있고 그것이 사상(인물)을 만들어낸 형국이다.[14]

그렇다면 작가 이인직은 왜 「소설 단편」과 「혈의루」, 그리고 「귀의성」을 부속국문체로 발표하게 되었을까? 이는 전적으로 신문사의 편집 방침에 따른 것이었다. 한자와 한글을 병기하는 표기 방식은 외형적으로만 보면 일본어의 루비활자 활용의 방식과 매우 유사하다. 이렇게 외형이 유사하다는 점에서, 일단 『만세보』의 편집진들은 부속국문을 활용하는

---

14) 김윤식·정호웅, 『한국소설사』, 예하, 1993, 34~36면.

표기법을 일본어의 경우를 보면서 생각해 냈을 가능성이 없지 않다. 더구나 「혈의루」에 사용된 한자들 가운데는 일본에서만 쓰는 한자도 적지 않게 섞여 있었으므로15) 「혈의루」의 부속국문체가 일본어 표기법의 영향을 얼마간 받았다는 사실을 부인할 수는 없다.16)

그런데 한자와 한글을 함께 적는 표기 방법이 우리나라에 없었던 것은 아니다. 병행 표기의 사례를 확인하기 위해 「훈민정음」의 두 가지 판본을 제시하기로 한다. 먼저 인용하는 판본 ①은 순한문체로 된 것이고, ②는 한자와 한글을 병기한 것이다.

① 訓民正音
國之語音異乎中國與文字不相流通故愚民有所欲言而終不得伸其情者多矣予爲此憫然新制二十八字欲使人人易習便於日用矣[耳]17)
② 世솅宗종御엉製졩訓훈民민正졍音흠
國귁之징語엉音흠이 / 나랏말쓰미
異잉乎뽕中듕國귁ᄒ야 / 中듕國귁에달아
與영文문字쭝로不붏相샹流륳通통ᄒᆯ씨 / 文문字쭝와로서르스ᄆᆺ디아니ᄒᆯ씨
故공로愚ᄝᅳ民민이有ᅌᅮᆸ所송欲욕言언ᄒ야도 / 이런젼ᄎ로어린百ᄇᆡᆨ姓셩이니르고져홇배이셔도
而ᅀᅵᆼ終즁不붏得득伸신其끵情쪙者쟝ㅣ多당矣ᄋᆡᆼ라 / ᄆᆞ춤내제ᄠ들시러펴디몯홇노미하니라
予영ㅣ爲윙此충憫민然션ᄒ야 / 내이ᄅᆞᆯ爲윙ᄒ야어엿비너겨
新신制졩二ᅀᅵᆼ十씹八밣字쭝ᄒ노니 / 새로스믈여듧字쭝ᄅᆞᆯ밍ᄀ노니
欲욕使ᄉᆞᆼ人ᅀᅵᆫ人ᅀᅵᆫᄋᆞ로易잉習씹ᄒ야便뼌於형日ᅀᅵᇙ用용耳ᅀᅵᆼ니라 / 사ᄅᆞᆷ마다히ᅇᅧ수ᄫᅵ

---

15) 예를 들면, 御孃樣(아가씨), 奧樣(부인), 世話(은혜) 등이 있다.

16) 이와 관련해서는 다음과 같은 지적을 참고할 수 있다. "이는 「血의 淚」의 序頭이거니와, 그 表記의 特徵은 國漢文混用體에다 漢字에는 모두 국문으로 讀音과 뜻을 달고 있다는 점이다. 그런데 이와 같은 표기는 開化期 이전의 小說文章에서는 보기 드문 現象이었던 만큼, 日本小說의 影響이 作用하고 있음을 斷定하기에 어렵지 않는 것이다."(이재선, 『한국개화기소설연구』, 일조각, 1972, 138면)

17) 박종국 주해, 『훈민정음』, 정음사, 1979, 3면. 여기에 인용한 자료는 간송박물관 소장본으로 간행 연대는 1446년이다.

니겨날로뿌메便뼌安ᅙᅡᆫ킈ᄒ고져훓ᄯᆞᄅᆞ미니라18)

　글 ①의 언해본 글 ②는 한자와 그것을 음독한 부분 그리고 그것을 번역한 부분들로 구성되어 있다. 글 ②에서 번역 부분만을 따로 떼어 내면 "나랏말ᄊᆞ미 / 中듕國귁에달아 / 文문字ᄍᆞ와로서르ᄉᄆᆞᆺ디아니ᄒᆞᆯᄊᆡ / 이런젼ᄎᆞ로어린百ᄇᆡᆨ姓셩이니르고져훓배이셔도 / ᄆᆞ춤내제ᄠᅳᆮ들시러펴디몯ᄒᆞᇙ노미하니라 / 내이ᄅᆞᆯ爲윙ᄒᆞ야어엿비너겨 / 새로스믈여듧字ᄍᆞᄅᆞᆯ밍ᄀᆞ노니 / 사ᄅᆞᆷ마다ᄒᆡ여수비니겨날로뿌메便뼌安ᅙᅡᆫ킈ᄒ고져훓ᄯᆞᄅᆞ미니라"가 된다. 이는 한글체 문장이다. 글 ②에서 한자만을 따로 떼어내면 "世宗御製訓民正音國之語音異乎中國與文字不相流通故愚民有所欲言而終不得伸其情者多矣予爲此憫然新制二十八字欲使人人易習便於日用耳"가 된다. 이는 글 ①과 완전히 동일한 글이 된다. 글 ②에서 부속국문이라 할 수 있는 한자의 음독 표기만을 그대로 옮겨 놓으면 "셍종엉젱훈민졍흠 / 귁징엉흠이/ 잉훃듕귁ᄒ야 / 영문쭝로뿕샹륭통홇ᄊᆡ / 공로웅민이훒숑욕언ᄒ야도 / 싱즁뿕득신낑쩡쟝ㅣ당읭라 / 영ㅣ윙충민션ᄒ야 / 신졩二ᅀᅵᆼ十씹밟쭝ᄒ노니 / 욕승신신ᄋᆞ로잉씹ᄒ야뼌헝잃용싱니라"가 된다. 하지만 이 자료의 경우 부속국문만으로는 무슨 뜻인지 문맥이 통하지 않는다. 그것은 이렇게 부속국문체로 된 부분은 국한문혼용체 문장에 음만 달아 읽은 것이기 때문이다. 원래 국한문혼용체로 된 부분에 음만 달아 놓은 글들은 부속국문으로 읽어내려 가면 뜻이 통하지 않는다. 달리 말하면, 부속국문으로 읽어내려 가면 뜻이 통하지 않는 글들은 원래가 국한문혼용체로 쓰여졌다는 것을 의미한다. 반면에 원래 한글로 쓰여진 문장들은 한자를 생략한 채 부속국문으로만 읽어도 문맥을 파악하는데 어려움이 없다. 이 문제는 『만세보』 문체의 핵심을 이해하는데 매우 중요하다. 이에 대해서는 뒤에서 상세하게 다시 언급할 것이다.

────────────────────

18) 박종국 주해, 위의 책, 77~82면. 여기에 인용한 자료는 희방사본(喜方寺本)으로 간행 연대는 1568년이다.

이렇게 우리나라에도 오래 전부터 부속국문을 사용하는 표기 방식이 있었다는 점을 확인하면, 『만세보』의 부속국문체가 꼭 일본의 근대 문체를 모방한 것이라고만 주장하기는 어렵게 된다. 양문규, 정선태, 최태원 등의 연구는 「혈의루」의 문체와 한글체 사이의 연결 고리에 주목한 연구들이다. 양문규는 다음과 같은 이유를 들어 「혈의루」가 실질적으로 순국문 소설임을 지적했다.

> 그런데 여기서 우리가 주목해야 할 사실은 『만세보』에 게재된 「혈의루」의 표기 방식이 순국문이었다고 해도 무방하다는 점이다. 이보다 앞서 나온 「소설 단편」은 처음부터 끝까지 루비식 표기로 되어 있지만, 이 작품도 신문에 연재될 때 첫머리에, "이 小說은 國文으로만 보고 漢文音으로는 보지 말으시오"라고 독자의 주의를 환기시키는 단서를 붙여놓고 있어, 이인직의 문자의식이 국문지향적임을 알 수 있게 한다. 한편 『만세보』에 연재된 「혈의루」의 루비식 표기는 1, 9회분에만 집중적으로 나타날 뿐, 전체적(50회분)으로 볼 때 큰 비중을 갖지 않고 있으며, 1907년 단행본 「혈의루」는 곧 한글 전용으로 돌아서고, 그 이후의 소설에는 거의 나타나지 않는다.[19]

정선태는 '이인직에서 시작된 새로운 문체는 전대소설의 순국문체를 바탕으로 한 구어체의 방향으로 나아가는 것'이었다는 생각을 바탕으로 다음과 같이 정리한다. "『만세보』에 연재된 소설들을 중심으로 이인직의 국문소설문장의 확립 과정을 다음과 같이 요약할 수 있다. 먼저 국문 표기의 측면에서 보면 루비식 표기 중심(「소설 단편」)에서 루비식 표기법과 국문체 표기법을 혼용하되 국문체 표기법이 우위를 보이는 과정(「혈의루」)을 거쳐 전면적인 국문체 표기법(「귀의성」)에 이르게 된다."[20] 정선태의 이 정리는, 문체 전반에 대한 정리는 아니지만 표기법이라는 측면에서만

---

19) 양문규, 「이인직 소설의 문체에 관한 연구」, 『인문학보』 6집, 강릉대 인문과학연구소, 1988, 60~61면.
20) 정선태, 「신소설의 서사론적 연구」, 서울대 대학원, 1994, 15면.

보면 핵심을 잘 보여주는 것이다.

최태원은 "이인직이 부속 국문 활자를 포함하여 국문 표기 중심의 문장을 먼저 쓰고 여기에 일부의 한자 표기를 덧붙였을 것이라는 가정도 얼마든지 가능하다"[21]는 말로 이인직이 한글체로 작품을 창작했을 가능성을 배제하지 않는다. 이는 이인직 문체의 본질에 대한 새로운 접근 가능성에 대한 시사라는 점에서 주목할 만한 것이다. 그는 '한자의 배제와 음성언어의 중심성이라는 점에서 「혈의루」와 신소설의 국문 표기는 동일한 목표를 향하고 있었던 셈이다'라고 함으로써 「혈의루」의 문체 및 표기에 대해 적극적 의미를 부여한다. 하지만, 최태원은 본질적으로 연재본 「혈의루」가 국문소설일 가능성보다는 두 언어의 병존이라는 측면에 무게를 두고 연구를 진행한다. 다음의 인용을 통해 이를 확인할 수 있다.

> 신소설은 단번에 한자를 국문으로 대체하였지만, 이인직은 부속 국문활자를 사용함으로써 문자언어와 음성언어를 병존시키는 과도기적 단계를 거쳤다. 신소설이 반드시 순국문으로 표기되어야 할 절대적인 이유가 있었던 것은 아니다. 근대적인 산문의 형성에 있어서 한자의 노출은 그 가능성의 폭을 제한할 수는 있어도 본질적인 규정력을 지니지는 않았다. 실제로 이광수나 김동인의 초기 소설에는 국한문 혼용 표기가 적지 않았다.
>
> 그러나 신소설은 한자를 텍스트에서 완전히 배제하는 방향으로 나아갔다. 한자의 완전한 폐지, 단일한 국문표기는 언문일치를 위해 신소설이 선택한 방안이었다. 결국 신소설은 표의문자(한자)를 표음문자(국문)로 대체함으로써 문자에 대한 음성의 우위성을 수용했다. 한편, 「혈의루」는 「소설」과 비교해볼 때, 한자표기가 감소한다거나 부속 국문활자가 한자표기를 점차 대체한다거나 하는 특징을 보였다. 「혈의루」에서도 문자와 음성의 괴리가 음성 중심적인 방식으로 해소되고 있는 것이다. 결국 한자의 배제와 음성언어의 중심성이라는 점에서 「혈의루」와 신소설의 국문표기는 동일한 목표를 지향하고 있었던 셈이다.

---

21) 최태원, 앞의 글, 25면.

「혈의루」의 일본어 표기 역시 음성언어의 사실적 묘사라는 점에서 주목될만
하다. 그동안 「혈의루」의 일본식 한자표기는부속 국문활자의 사용과 함께 일본
식 문체를 모방하고 있다는 주장의 논거가 되어왔지만, 사실 그것은 일본어라
는 말을 모방하려는 충동의 산물이다.22)

최태원의 연구는 부분적으로는 이인직의 문체 속성에 대한 기존 연구
의 틀을 이어가고 있지만, 그럼에도 불구하고 연재본 「혈의루」에서 한글
표기가 중요하다고 하는 인식을 불러일으켰다는 점에서 적지 않은 의미
가 있다.

이인직의 문체에 대한 최근의 주목할 만한 업적은 일본의 한국 문학
연구자인 사에구사 도시카쓰[三枝壽勝]의 「이중 표기와 근대적 문체 형
성」이다. 그런데 사에구사 도시카쓰[三枝壽勝]는 「혈의루」의 루비 활자
사용에 대해 언급하면서, 국내의 연구자들과는 달리, 그것이 일본의 후
리가나식 표기와는 적지 않은 차이가 있는 것임을 지적했다. 「혈의루」의
한자 사용과 읽기 방식을 분석한 결과 "일본의 '루비' 사용에 안 보이는
예가 이인직의 작품에 나온다"23)거나 "이인직의 '루비' 사용법이 일본
것을 그대로 받아들이지 않았다는 시사를 받을 수 있다"24)는 지적을 한
것이다.

이런 논법을 인정할 수 있다면 이인직의 한자 사용과 "루비"의 시도의 뜻이
어디에 있다고 할 수 있게 되는 것일까. 이인직이 "루비"의 사용을 일본에서 배
우고 도입했다고 하더라도 그 사용에 있어서 기반이 된 한자 사용은 한국의 한
자 사용의 습관이었다는 것이다. 당연한 이야기지만 그럴 수밖에 없을 것이다.
그리고 이인직이 그것을 소설에 적용한 것도 『만세보』에 게재된 나머지 기사
들과 대비해서 볼 때 소설다운 사용을 시도했다고 추측할 수 있다. 그렇게 생

---

22) 최태원, 위의 글, 26~27면.
23) 사에구사 도시카쓰[三枝壽勝], 「이중 표기와 근대적 문체 형성」, 『현대문학의 연
　구』 15집, 2000, 54면.
24) 사에구사 도시카쓰[三枝壽勝], 위의 책, 55면.

각하면 앞에서 본 일본과의 차이점의 존재도 수긍할 수 있다.[25]

사에구사 도시카쓰[三枝壽勝]는 「혈의루」의 부속국문체와 일본의 후리가나식 표기의 근본적 차이와 그 원인을 밝히지는 않았지만 이 문제에 관한 매우 중요한 단서를 제공한 셈이다.

「혈의루」의 부속국문체와 일본식 표기법의 차이에 대한 구체적 지적은 노혜경(魯惠卿)의 「혈의루에 나타난 '일본식 표기'에 관한 연구」를 통해 처음으로 이루어졌다. 노혜경은 이 연구에서 '「혈의루」의 표기는 일본식 표기법의 외형만 빌렸을 뿐 그 목적이나 활용 양상은 전혀 다른 것이다. 「혈의루」에서 루비로 표기된 한글은 한자에 대한 보조적인 것이 아니라, 한자에 앞서 이인직이 의도한 바 본래의 표현이었다. 『만세보』에 연재된 「혈의루」는 국한문혼용으로 쓴 후 거기에 루비를 단 것이 아니다. 그와 반대로, 한글로 쓴 후 거기에 한자를 넣어 신문에 발표하는 형식을 채택한 것이다'라는 전혀 새로운 주장을 한 바 있다.[26] 「혈의루」의 문체가 국한문혼용체라거나 일본식문체라는 주장에서 한글체라는 주장으로 바뀌게 된 것이다.

3) 『만세보』 문체의 특질

사에구사 도시카쓰와 노혜경의 주장을 바탕으로 깊이 들어가 살펴보면, 『만세보』에 사용된 부속국문체는 일본의 후리가나식 표기와는 분명히 차이가 있음을 발견할 수 있게 된다. 외형은 같지만, 실제 부속 활자의 활용법은 전혀 다른 것이다. 일본의 경우 루비 활자는 주로 한자로

---

25) 사에구사 도시카쓰[三枝壽勝], 위의 글, 59~60면.
26) 노혜경(魯惠卿), 「「血の涙」に見られる '日本式表記' についての 研究」, 『朝鮮學會』 (第52回 朝鮮學會發表資料), 2001년 10월 참조.

쓴 어휘들을 읽는 방식을 보여주기 위해 사용된 것이다.27) 그러나 『만세보』에 사용된 부속국문체는 꼭 그런 방식으로만 사용된 것이 아니었다는 점에서 일본의 문체와 근본적인 차이가 있다.

『만세보』의 부속국문체를 분석해보면 외형상 같은 문체처럼 보이는 문장들이 실은 성격이 크게 다른 두 부류로 구성되어 있음을 알 수 있다. 즉 『만세보』의 부속국문체는 그 성격을 크게 둘로 나눌 수 있는 것이다. 하나는 원래 국한문혼용체로 쓰여진 글에 한글을 달아 부속국문체로 만든 문장이다. 다른 하나는 원래 순한글체로 쓰여진 글에 한자를 병기해 부속국문체로 만든 문장이다.

이를 확인하기 위해 다음 두 글을 각각 비교해 보기로 하자.

글 ①-1은 『만세보』에 발표된 창간호 「사설」의 도입부를 원문인 부속국문체로 인용한 것이다. ①-2는 여기서 부속국문을 뺀 채 국한문혼용체로 표기한 것이다. ①-3은 반대로 본문의 한자를 뺀 채 한글체로 표기한 것이다. 마찬가지로 ②-1은 「소설 단편」의 첫 문단을 부속국문체 그대로 인용한 것이다. ②-2는 이를 국한문혼용체로 표기한 것이고 ②-3은 같은 문단을 한글체로 바꾸어 표기한 것이다.

①-1 萬(만)歲(세)報(보)라 名(명)稱(칭)혼 新(신)聞(문)은 何(하)를 爲(위)ᄒ야 作(작)홈이뇨 我(아)韓(한)人(인)民(민)의 智(지)識(식)啓(계)發(발)키를 爲(위)ᄒ야 作(작)홈이라 噫(희)라 社(사)會(회)를 組(조)織(직)ᄒ야 國(국)家(가)를 形(형)成(성)홈이 時(시)代(디)의 變(변)遷(쳔)을 隨(수)ᄒ야 人(인)民(민)智(지)識(식)을 啓(계)發(발)ᄒ야 野(야)昧(미)혼 見(견)聞(문)으로 文(문)明(명)에 進(진)케 ᄒ며 幼(유)稚(치)혼 知(지)覺(각)으로 老(로)成(성)에 達(달)케 홈은 新(신)聞(문)敎(교)育(육)의 神(신)聖(성)홈에 無(무)過(과)ᄒ다 謂(위)할지라

①-2 萬歲報라 名稱혼 新聞은 何를 爲ᄒ야 作홈이뇨 我韓人民의 智識啓

<hr>

27) 사에구사 도시카쓰의 논문에서는 이를 다음과 같이 세분화하여 제시한다. ① 일반 한자의 발음을 표시하는 것. ② 두 가지 이상의 발음을 갖고 있는 한자에 대해 읽는 방법을 표시하는 것. ③ 원래의 한자음을 벗어난 습관적인 읽기를 표시하는 것. ④ 뜻은 한자로 표기하되 발음을 지정하는 것. ⑤ 한자어에 해당하는 외래어를 표기하는 것. ⑥ 임시로 지정한 일회성의 한자 읽기 등. (사에구사 도시카쓰, 위의 글, 52면 참조)

發키롤 爲ᄒ야 作홈이라 噫라 社會롤 組織ᄒ야 國家롤 形成홈이 時代의 變
遷을 隨ᄒ야 人民智識을 啓發ᄒ야 野昧ᄒ 見聞으로 文明에 進케 ᄒ며 幼穉
ᄒ 知覺으로 老成에 達케 홈은 新門敎育의 神聖홈에 無過ᄒ다 謂할지라

①-3 만세보라 명칭ᄒ 신문은 하를 위ᄒ야 작홈이뇨 아한인민의 지식계발
키를 위ᄒ야 작홈이라 희라 샤회롤 조직ᄒ야 국가롤 형성홈이 시ᄃ의 변천을
수ᄒ야 인민지식을 계발ᄒ야 야미ᄒ 견문으로 문명에 진케 ᄒ며 유치ᄒ 지각
으로 로성에 달케 홈은 신문교육의 신성홈에 무과ᄒ다 위할지라

②-1 汗땀을 쎡려 雨비가 되고 氣긔운을 吐토ᄒ야 雲구름이 되도록 人사람 만흔
곳은 長安路서울길이라 廟洞묘동도 都城서울이언마는 何其엇지 그리 쓸쓸ᄒ던지
廟洞묘동으로 드러가자 ᄒ면 何如웃디ᄒ 夾路좁은 길이 此曲이리 꼬부러지고 彼曲저
리 꾸부러져셔 行間則窮路가다보면 막다른 길이 오가셔 보면 또 通路뚤닌 길이라 其路그 길
에는 晝더낫에 사롬이 잇스락업스락 ᄒ 故로 狗개가 人사롬을 보면 짓거느 走다
라느거느 ᄒ는 寂寂적적ᄒ 處곳이라
②-2 汗을 쎡려 雨가 되고 氣을 吐ᄒ야 雲이 되도록 人 만흔 곳은 長安路
이라 廟洞도 都城이언마는 何其 쓸쓸ᄒ던지
廟洞으로 드러가자 ᄒ면 何如ᄒ 夾路이 此曲지고 彼曲져셔 行間則窮路 오
가셔 보면 또 通路이라 其路에는 晝에 사롬이 잇스락업스락 ᄒ 故로 狗가 人
을 보면 짓거느 走라느거느 ᄒ는 寂寂ᄒ 處이라
②-3 땀을 쎡려 비가 되고 긔운을 토ᄒ야 구름이 되도록 사람 만흔 곳은 서
울길이라 묘동도 서울이언마는 엇지 그리 쓸쓸ᄒ던지
묘동으로 드러가자 ᄒ면 웃디ᄒ 좁은 길이 이리 꼬부러지고 저리 꾸부러져셔
가다 보면 막다른 길이 오가셔 보면 또 뚤닌 길이라 그 길에는 더낫에 사롬이
잇스락업스락 ᄒ 고로 긔가 스롬을 보면 짓거느 다라느거느 ᄒ는 적적ᄒ 곳이라

①-1의 경우는 그것을 ①-2 즉 국한문혼용체로 바꾸어도 문맥이 자
연스럽게 통한다. 하지만 ①-3 즉 한글체로 바꾸어 놓으면 문장이 부자
연스러울 뿐만 아니라 무슨 뜻인지 알 수 없는 부분도 적지 않게 생긴다.
예를 들면, '하를' '희라' '수ᄒ야' '로성에' '무과ᄒ다' 등의 어휘는 한글
만으로는 그 뜻을 파악하기가 쉽지 않다. 반면 ②-1의 경우는 그것을

②-3 즉 한글체로 바꿀 때는 문장이 자연스럽다. 하지만 ②-2 즉 국한
문혼용체로 바꾸어놓으면 매우 부자연스러운 문장이 된다. '何如혼 夾路
이 此曲지고 彼曲저셔 行間則窮路 오가셔 보면 쏘 通路이라' 등의 문장
도 크게 어색하지만 '走라ㄴ거ㄴ'와 같은 어휘는 실생활에서 통용되는
어휘가 아니다. ②-1에서 사용된 '氣긔운을 吐토ᄒ야'와 같은 구절도 한
글체 문장인 ②-3에서는 '긔운을 토ᄒ야'가 되어 체언인 '긔운'과 조사
'을'이 서로 어울리지만 국한문혼용체 문장인 ②-2에서는 '氣을 吐ᄒ야'
가 되어 체언과 조사가 어울리지 않는다.

　이 두 예문의 경우 왜 이런 차이가 생기는 것인가? 그것은 두 예문이
외형상으로는 같은 부속국문체이지만, 글 ① 즉 「사설」은 원래가 국한문
혼용체로 쓰여진 것이고, 글 ② 즉 「소설 단편」은 원래가 한글체로 쓰여
진 것이기 때문이다.28) 그 때문에 부속국문체 ①-1은 국한문혼용체 ①
-2로 바꾸어 읽을 때 자연스럽고, 부속국문체 ②-1은 한글체 ②-3으
로 바꾸어 읽을 때 가장 자연스러운 것이다.

　부속국문체로 발표된 『만세보』의 원고들은 크게 보면, 논설 및 일반
기사는 원문이 국한문혼용체로 쓰여진 것이고29) 소설은 한글체로 쓰여
진 것이다. 따라서 대부분의 일반기사는 부속국문 없이 한자만으로 뜻이
통하고, 소설은 본문의 한자 없이 부속국문만으로 뜻이 통하는 것이다.

　하지만 여기에 약간의 예외가 있다. 『만세보』 일반 기사의 원문이 모
두 다 국한문혼용체였던 것은 아니다. 예외적으로 일반 기사 가운데 '국

---

28) 「소설 단편」이 원래 한글체로 쓰여진 작품이라는 사실은 작품의 서두에 첨가된 "이
　小說소설은 國文국문으로만 보고 漢文音한문음으로는 보지 말으시오"(菊初, 「小說 短篇」,
　『만세보』, 1906년 7월 3일)라는 작가 주(註)에서도 유추가 가능하다.
29) 여기서 말하는 국한문혼용체에는 이른바 현토체(懸吐體)와 전통적 국한문혼용체가
　모두 포함된다. 현토체는 고유어까지도 한자화시켜 표현하는 문체이며, 근대계몽기에
　만 일시적으로 사용되었던 문체이다. 전통적 국한문혼용체란 고유어는 한글로 쓰면서
　일상 한자어를 함께 쓰는 문체이다. 이는 현대 국한문체와 유사하다. 이와 관련된 논
　의는 민현식, 「개화기 국어 문체 연구」, 『국어국문학』 제111호, 국어국문학회, 1994,
　37~61면 참조.

문독자구락부(國文讀者俱樂部)'에만은 원래가 한글체로 쓰여진 글들이 많이 포함되어 있다. 이는 '국문독자(國文讀者)'라는 표현이 들어 있는 기사 난의 제목에서도 유추할 수 있지만, 문장을 분석해 보면 그 차이를 알 수 있다. 다음은 『만세보』 창간호에 실린 기사 '국문독자구락부(國文讀者俱樂部)'를 인용한 것이다.

▲文(문)明(명)훈 國(나라)에 家(집)家(집)이 大(더)學校(학교)롤 設(설)始(시)ㅎ얏다 ㅎ니 何(무엇)이오 新(신)聞(문)社(ᄉ) (南村一人)

▲文(문)明(명)훈 國(나라)에 人(ᄉ람)人(ᄉ람)이 高(고)等(등)敎(교)科(과)書(서)룰 讀(독)ㅎ니 何(무엇)이오 新(신)聞(문)紙(지) (北村一人)

▲文(문)明(명)훈 國(나라)에 文(문)明(명)훈 人(ᄉ람)은 飯(밥)一(ㅎ)時(시)룰 空(굶고)는 出(출)入(입)ㅎ되 新(ᄊ)文[新(신)聞(문)]을 未(못)讀(보)면 門(문)에 出(나)지 아니혼다 ㅎ니 何(엇지)훈 事(일)이오 耳(이)目(목)이 昏(섬)昏(섬) (愛讀生)

▲文(문)明(명)훈 國(나라)에 官(관)人(인)이던지 勞(로)動(동)者(자)이던지 各(각)般(반)社(ᄉ)會(회)에 月(월)銀(은)과 雇(품)金(삭)中(중)에 新(신)聞(문)紙(지)價(갑)을 先(먼저) 豫(예)算(산)ㅎ고 衣(의)食(식)의 經(경)費(비)룰 숍는다 ㅎ옵듸다 (聽世翁)

▲여보 近(근)日(일)에 新(신)聞[신(문)] ㅎ나이 또 시로 낫다 ㅎ옵듸다 무슨 新[신]문[신]聞[문]이오 萬(세)[만]歲(세)報(그)[보] (漁樵人)

▲其(그) 新(신)聞(문)에 무슨 目(목)的(젹)으로 시로 넌다 ㅎ옵쓰닛가 全(젼)國(국)同(동)砲(포)의 耳(이)目(목)을 聰(총)明(명)케 ㅎ고 知(지)識(식)을 開(기)發(발)케 혼다 ㅎ옵듸다 그러면 我(나)도 ㅎ나 ᄉ셔 보깃쇼 (田舍人)

▲우리는 新(신)聞(문)紙(지)라고 一(ㅎ)張(장)도 아니 보왓쇼 왜 錢(돈)이 업셔 못 보왓쇼 事(일)이 밧바 못 보왓쇼 아니요 我(나)는 錢(돈)도 문코 事(일)도 업건문은 보기가 실여셔 안니 보왓쇼 (頑固子)

▲여보 그러면 그더가 目(눈)은 잇셔도 장님이오 耳(귀)가 잇셔도 重(즁)聽(청)이오 衣(의)冠(관)을 整(정)齊(제)ㅎ야도 벌거벗고 단니는 野(만)[야]蠻(야)[만]이와 혼가지오 (開明人)[30]

---

30) 國文讀者俱樂部, 『만세보』, 1906년 6월 17일. 강조는 부속국문으로 훈독을 한 경우를 표시한 것임. [ ] 속의 글자는 원문의 오자를 바로 잡은 것임.

이 기사의 부속국문체를 국한문혼용체와 한글체로 변화시켜보면 원문이 무엇인지 알 수 있다. 위의 기사 가운데 하나를 선택해 두 가지 문체로 다시 써 보기로 한다. 글 ①은 인용한 그대로의 부속국문체이고 ②는 이를 국한문혼용체로 적어본 것이며 ③은 한글체로 적은 것이다.

①▲文문明명ᄒᆫ 國나라에 文문明명ᄒᆫ 人사람은 飯밥一ᄒᆞ時시롤 空굼고는 出츌入입ᄒᆞ되 新ᄉᆡ文문[新신聞문]을 未못讀보면 門문에 出나지 아니ᄒᆞᆫ다 ᄒᆞ니 何엇지ᄒᆞᆫ 事일이오 耳이目목이 昏껌昏껌

②▲文明ᄒᆫ 國에 文明ᄒᆫ 人은 飯一時롤 空고는 出入ᄒᆞ되 新文[新聞]을 未讀면 門에 出지 아니ᄒᆞᆫ다 ᄒᆞ니 何ᄒᆫ 事이오 耳目이 昏昏

③▲문명ᄒᆫ 나라에 문명ᄒᆫ 사람은 밥ᄒᆞ시롤 굼고는 출입ᄒᆞ되 씨문[신문]을 못보면 문에 나지 아니ᄒᆞᆫ다 ᄒᆞ니 엇지ᄒᆞᆫ 일이오 이목이 껌껌

원문을 ②처럼 국한문혼용체로 표기하고 보면 거의 뜻이 통하지 않는 구절까지 생긴다. '飯一時롤 空고는' 같은 경우가 그러한 예이다. 그러나 ③과 같은 한글체로 표기하면 문장이 매우 자연스럽고 뜻이 통하지 않는 부분이 없다. 그런 점에서 이 기사는 원래가 한글로 작성된 것임을 알 수 있다.

글을 쓸 당시의 원문이 국한문혼용체였는가 아니면 한글체였는가를 알 수 있는 또 하나의 방법은 외형상 한자 읽기가 이른바 음독(音讀) 형식으로 나타나는가 아니면 훈독(訓讀) 형식으로 나타나는가를 살펴보는 것이다. 『만세보』 창간호 「사설(社說)」의 첫 문장을 보면 "萬만歲셰報보라 名명稱칭ᄒᆫ 新신聞문은 何하를 爲위ᄒᆞ야 作작홈이뇨"라고 해서 모든 한자를 음독하는 형식으로 부속국문을 달았다. 그러나 위에 인용한 '국문독자구락부'의 경우는 "文문明명ᄒᆫ 國나라에 家집家집이 大ᄃᆡ學학校교롤 設셜始시ᄒᆞ얏다 ᄒᆞ니 何무엇이오 新신聞문社ᄉᆞ"라고 해서 國(나라), 家家(집집), 何(무엇)

등 일부 어휘는 훈독하는 형식을 취했다. 특히 같은 '何'를 「사설(社說)」에서는 음으로 읽었지만, '국문독자구락부'에시는 뜻으로 읽었다.

　한자를 많이 섞어 쓴 문장이면서 음독(音讀) 부속국문이 주를 이루는 문장은 원래가 국한문혼용체로 쓰여진 것이다. 이는 한자를 쓰고 그것을 한글로 읽을 때는 음독을 했던 우리의 전통적 글쓰기 방식과도 일치하는 것이다. 외형상 한자를 많이 사용했지만 훈독(訓讀) 부속국문이 자주 등장하는 문장은 원래가 한글체로 쓰여진 것이다. 이는 엄밀히 말해 한자를 훈독한 것이 아니라, 원래 우리말 어휘를 먼저 쓰고 그것에 맞는 적당한 한자를 찾아 병기한 것인데 결과적으로 보면 마치 한자를 훈독한 것처럼 보이는 것이다.

　이인직의 문장을 예로 들어 이 문제를 확인하기로 하자. 이인직이 『만세보』 창간호에 쓴 논설 「사회(社會)」는 한자에 달린 부속국문이 모두 음독의 형태를 취하고 있다. 다음은 「사회(社會)」의 전문이다.

社사會회는 數수世세에 一일社ᄉ會회가 成성함도 有유ᄒ며 瞬순息식에 一일社ᄉ會회가 成성함도 有유ᄒ니 昔셕에 木목食식澗간飮음에 ᄒ든 野야蠻만에 幾긔 年년代디를 一일社ᄉ會회라 稱칭함도 可가ᄒ며 今금에 鐵쳘道도列렬車거內너에 集집合합ᄒ 若약干간人인을 一일種죵 會회社ᄉ의 團단結결을 形형成성ᄒ엿다 함도 可가ᄒ지라

夫부 社ᄉ會회發발達달은 經경濟졔發발達달에 在지ᄒ니 何하롤 謂위함인고 古고에 人인類류社ᄉ會회가 恒항常상 生성活활上상 困곤難난을 因인ᄒ야 人인種죵稀희小쇼의 景경況황이 有유ᄒ며 惑혹 滅멸亡망의 悲비觀관도 有유ᄒ더니 農롱業업時시代디에 至지ᄒ야 人인種죵이 興흥旺왕ᄒ지라

盖개 社ᄉ會회學학 眼안孔공으로 人인類류活활動동을 大대觀관ᄒ건디 經경濟졔學학은 社ᄉ會회의 一일部부門문이오 神신學학은 社ᄉ會회 改개善선의 新신宗종敎교로붓터 說셜敎교부함이라 第뎨十십九구世세紀긔 末말葉엽에 創창造죠한 新신科과學학上상으로 觀관홀진디 法법律률及급道도德덕은 社ᄉ會회의 眞진正졍ᄒ 基긔礎초를 有유ᄒ고 國국家가는 社ᄉ會회의 眞진正졍ᄒ 職직能능을 解해ᄒ고 家가族죡은 社ᄉ會회의 眞진正졍ᄒ 意의義의를 曉효함이니 有유機긔無무機긔의 體톄이오 有유形형無무形형의 物물이라

今금에 人인類류 社ᄉ會회가 發발達달ᄒ야 環환宇우의 生싱靈령이 數슈十십億억에 至지홀 ᄲᅮᆫ 아니라 ᄯᅩᄒᆞᆫ 其기 文문運운의 進진化화가 郁욱郁욱ᄒ도다

目목을 擧거ᄒᆞ야 世세界계 狀상態태를 眽면ᄒ다가 首슈를 俯부ᄒᆞ야 我아國국民민社ᄉ會회를 思ᄉᄒ건디 忽홀然연이 悲비感감을 不불禁금ᄒ노라

政명治치社ᄉ會회난 苟구祿록의 輩배가 膏고粱량을 徒도食식ᄒ고 人인民민社ᄉ會회난 愚우昧미의 徒도가 涸확[학]轍철에 苟구活활ᄒ니 此ᄎ二이者ᄌ의 愚우됨을 急급히 救구치 아니ᄒᆞ면 我아國국民민社ᄉ會회난 腐부敗퓌로 始시ᄒᆞ야 滅멸絶절에 至지ᄒ리니 엇지 可가히 悲비치 아니ᄒ리오

從죵此ᄎ로 吾오人인은 政정治치社ᄉ會회에 對대ᄒᆞ야 謬악謬악의 警경告고를 아니치 못ᄒ깃스며 人인民민社ᄉ會회에 對대ᄒᆞ야 ᄯᅩᄒᆞᆫ 諄순諄순ᄒᆞᆫ 忠충告곡[고]을 아니함이 不불可가ᄒ지라 吁우라 我아國국民민社ᄉ會회가 進진化화ᄒᆞ면 我아子ᄌ爾이孫손이 其그우[기] 利이益익을 均균沾첨ᄒᆞ려니와 若약夫부社ᄉ會회가 腐부敗퓌ᄒ고 人인種죵이 滅멸絶졀에 至지ᄒᆞ면 彼피我아가 一일轍철에 同동蹈도ᄒᆞ리니 戒계ᄒᆞ며 愼신홀지어다 吾오舌셜이 尙상在지ᄒ고 一일筆필이 不부鈍둔ᄒ니 餘여論론은 後후日일에 付부ᄒ노라[31]

이인직이 이렇게 긴 글 속에 수많은 한자(漢字)를 사용하면서 모두 음독만 하고 단 한 번도 훈독을 하지 않은 것은 이 글이 원래 국한문혼용체로 쓰여진 것이기 때문이다.

하지만 앞에서 인용했던 「소설 단편」에서는 汗(땀), 雨(비), 氣(긔운), 雲(구름), 人(ᄉ람), 長安路(서울길), 都城(서울), 何其(엇지 그리) 등 훈독처럼 보이는 부분이 적지 않게 눈에 뜨인다. 이는 원래의 문장이 한글체로 쓰여진 것이기 때문이다.

---

31) 이인직, 「社會」, 『만세보』, 1906년 6월 17일.

4)「혈의루」문체의 특질

『만세보』는 왜 원문이 국한문혼용체였던 문장과 한글체였던 문장을 서로 구별짓지 않고 모두 동일한 방식의 부속국문체로 표기했는가?『만세보』는 국한문혼용체 기사의 본문에 한자를 쓰고 거기에 부속국문을 달아 독자의 이해를 도왔다. 그렇다면, 순한글체 문장의 경우는 본문에 한글을 쓰고 거기에 한자로 루비를 다는 형태가 한글 독자를 더 크게 배려하는 방식이 아니었을까? 이른바 부속국문체가 아닌 부속한문체(附屬漢文體) 문장이 필요했다는 생각을 하게 되는 것이다.

우리 옛 문헌에는 부속국문체뿐만 아니라 실제로 부속한문체 문장도 존재한다. 즉 본문을 한글로 처리하고 그 한글음에 맞는 한자를 크기가 작은 부속 글자로 처리한 경우가 있었다. 다음이 그러한 예이다.

관關동東별別곡曲 뎡鄭숑松강江

강江호胡의 병病이 드러 듁竹님林에 누엇더니 관關동東 팔八백百리里룰 방方면面으로 맛지시니 어와 셩聖은恩이야 가지록 망罔극極 다 연延츄秋문門 드리드라 경慶회會남南누樓 브라보고 하下직直고 물너셔니 옥玉졀節이 알피셧다 평平구邱역驛 몰을 라 흑黑슈水로 도라드니 셤蟾강江은 어드메오 치雉악岳이 여긔로다 소昭양陽강江 느린 믈이 어대로 드단말고 고孤신臣거去국國의 빅白발髮도 하도할샤32)

그런데 여기서 한자를 부속 글자로 처리할 수 있었던 것은 본문인 한글의 글자 크기가 컸기 때문이다. 여기에 인용한 원문 한글은 목판으로 인쇄된 것이다. 이 글자는 활판으로 대략 30포인트 이상의 크기이고 부속 한자는 20포인트 정도이다. 활자본 고소설의 경우에도 부속 한문을 사용한 경우가 적지 않게 있었다. 그러나,『만세보』와 같은 일간 신문은 단행본과 달리 지면이 한정되어 있는 매체였다. 따라서 이렇게 큰 한글

---

32) 뎡숑강,「관동별곡」,『역대가사문학전집』6권(임기중 편), 동서문화원, 585면.

활자를 사용해 그것을 본문으로 처리하고 거기에 다시 부속 한자를 다는 것은 불가능했다. 따라서 원문이 한글인 경우라도 거기에 부속 한자를 달지 못하고, 한자를 원문으로 조판한 후 부속 한글을 달 수 밖에 없었던 것이다. 그 결과 원래 한글로 쓰여진 「소설 단편」이나 「혈의루」와 같은 작품들도 부속한문체가 아닌 부속국문체로 발표되었던 것이다.[33)]

『만세보』의 「혈의루」가 연재 당시에는 부속국문체로 발표되었지만, 그것이 원래 국한문혼용체가 아니라 한글체 소설이었다는 사실은 단행본 「혈의루」와의 문장 비교를 통해서도 확인할 수 있다.

연재본 「혈의루」의 제9회 발표분은 한자를 가장 많이 섞어 쓴 부분 가운데 하나이다.[34)] 이 부분에는 한자가 많은 만큼 당연히 부속국문도 가장 많이 달려 있다. ①은 연재본 제9회의 일부를 원문대로 인용한 것이다. ②는 ①에서 한자를 빼고 본문 자리에 부속국문을 넣어 한글체로

---

33) 근대계몽기 신문이 부속한문을 전혀 사용하지 않았던 것은 아니다. 드문 경우이긴 하지만 『대한민보(大韓民報)』는 새로 창작한 시조들을 소개하면서 부속한문을 사용했다. 하지만 이 경우 역시 많은 활자가 필요하지 않은 짧은 단형 시조를 소개하는 란이었다는 점을 참조할 필요가 있다. 『대한민보』의 부속한문은 한글과 동일한 크기의 활자를 사용했다. 이를 위해 행간 여백을 다른 기사의 거의 두 배 정도로 잡아야 했다. (『대한민보』 1910년 8월 6일자 1몇 및 9일자 1면 등 참조) 『대한민보』는 『만세보』와 같은 국한문혼용체를 주로 사용하던 신문이면서, 거기에 이따금 부속국문체를 사용했다는 사실이 특기할 만하다. 『만세보』와 『대한민보』의 사장은 모두 오세창이고, 『대한민보』는 『만세보』 폐간 이후인 1909년부터 발간되었다. 『대한민보』에서는 1910년 1월 5일 이후에 실리는 형제자매(兄弟姉妹)란에 부속국문을 사용했다. 이 난은 일종의 사고(社告)란이었다. 가장 많은 사람들을 대상으로 한 사고(社告)란이 부속국문을 사용했다는 점 역시 부속국문과 다양한 독자 대중의 상관 관계를 짐작할 수 있게 한다. 『대한민보』의 부속국문에 대한 더 상세한 논의는 이유미, 「근대계몽기 '단편소설'의 위상—『대한민보』 소설란을 중심으로」, 『현대문학의 연구』 22집, 한국문학연구학회, 2004.2.28, 130~166면 참조.

34) 연재본 「혈의루」의 주된 문체는 부속국문체이지만 모든 회에 한자가 섞여 나오는 것은 아니다. 전혀 한자를 섞어 쓰지 않고 한글로만 발표한 회도 여러 번 있다. 예를 들어 제6회(1906년 7월 28일)가 그러하다. 48회(1906년 10월 6일), 49회(1906년 10월 7일), 50회(1906년 10월 9일)의 경우는 연속해서 한글로만 발표했다. 한자를 사용하고 부속국문을 단 정도도 일정하지 않다. 한글로만 발표한 부분이 있다거나, 회에 따라 한자와 부속국문의 사용 빈도수가 크게 들쭉날쭉한 것도 한자가 나중에 추가되었다고 추정할 수 있는 또 하나의 이유가 된다.

다시 적은 것이다. ③은 ①에서 부속국문을 빼고 국한문혼용체로 적어본 것이다. ④는 같은 부분을 단행본에서 인용한 것이다.

①昨日朝어제아침에 此房이방에서 避亂피란갈 時찌에는 房방 가운디 何物아무 것도 散亂느러노흔 것 업섯더니 今日朝오늘아침에 金冠一김관일이가 外國외국에 가려고 決心결심하고, 느갈 째에 何物무엇을 찾느라고, 다락 속 壁欌벽장 속에 잇는 器物시간을, 낫낫치 니여놋코 櫃門괴문도 여러놋코 籠門농문도 여러놋코 櫃괴짝 우에 籠농짝도 놋코 籠농짝 우에 櫃괴짝도 언젓는디, 端正단정히 노힌 것도 잇지마는 卽곳 니려질 듯혼 것도 잇섯더라, 房門방문은 何精神무슨 정신에 닷고 갓던지 房內방안에 壁欌門벽장문, 다락門문은 열린 치로, 두엇더라

狗雛강아지만혼 大鼠큰 쥐가, 다락에서, 느와셔 房內방안에서 獨世上제 세상갓치 잇다거 房門방문 여는 쇼리를 듯고 櫃上괴 우에서 房방바닥으로, 느려 쮜는디 其櫃그 괴가 案同안동ᄒ야 쩌러지니 其櫃그 괴는 玉蓮옥년의 櫃괴라 貝殼조긔겁질도 들고 西洋鐵셔양쳘죠각도 들고 鈴방울도 들고 유리병도 들엇스니 其櫃그 괴가 쩌러질 찌는, 소리가 從容조용치는 못ᄒ짓슨느 婦人부인은 겁결에, 드른즉 霹靂벽락치는 쇼리갓치 들넛더라

婦人부인이 精神정신을 차려셔, 성냥을 차지려고 房內방안에로 드러가니 足발에 걸리고 身몸에 觸物부듸치는 것이 何物무엇인지 劫心무셔운 마음에 도로 나와셔 마루 씃헤 안젓더라

(연재본의 원문 표기)

②어제아침에 이 방에셔 피란갈 찌에는 방 가운디 아무 것도 느러노혼 것 업섯더니 오날 아침에 김관일이가 외국에 가려고 결심하고, 느갈 째에 무엇을 찾느라고, 다락 속 벽장 속에 잇는 시간을, 낫낫치 니여놋코 괴문도 여러놋코 농문도 여러놋코 괴짝 우에 농짝도 놋코 농짝 우에 괴짝도 언젓는디, 단정히 노힌 것도 잇지마는 곳 니려질 듯혼 것도 잇섯더라, 방문은 무슨 정신에 닷고 갓던지 방안에 벽장문, 다락門문은 열린 치로, 두엇더라

강아지만혼 큰 쥐가, 다락에서, 느와셔 방안에서 졔 세상갓치 잇다거 방문 여는 쇼리를 듯고 괴 우에서 방바닥으로, 느려 쮜는디 그 괴가 안동ᄒ야 쩌러지니 그 괴는 옥년의 괴라 조긔겁질도 들고 셔양쳘죠각도 들고 방울도 들고 유리

병도 들엇스니 그 괴가 쩌러질 쩌는, 소리가 조용치는 못ᄒ깃슨ᄂ 부인은 겁결
에, 드른즉 벽락치는 쇼리갓치 들넛더라

　부인이 정신을 차려셔, 성냥을 차지려고 방안으로 드러가니 발에 걸리고 몸
에 부듸치는 것이 무엇인지 무셔운 마음에 도로 나와셔 마루 끗헤 안젓더라

(연재본의 한글체 표기)

　③昨日朝에 此房에서 避亂갈 時에는 房 가운디 何物도 散亂 것 업셧더니
今日朝에 金冠一이가 外國에 가려고 決心하고, ᄂ갈 째에 何物을 찻느라고
다락 속 壁欌 속에 잇는 器物을, 낫낫치 너여놋코 櫃門도 여러놋코 籠門도 여
러놋코 櫃짝 우에 籠짝도 놋코 籠짝 우에 櫃짝도 언젓는디, 端正히 노힌 것도
잇지마는 卽 니려질 듯ᄒ 것도 잇셧더라, 房門은 何精神에 닷고 갓던지 房內
에 壁欌門, 다락門은 열린 치로, 두엇더라

　狗雛만ᄒ 大鼠가, 다락에셔, ᄂ와셔 房內에셔 獨世上갓치 잇다거 房門 여는
쇼리를 듯고 櫃上에셔 房바닥으로, ᄂ려 쒸는디 其櫃가 案同ᄒ야 쩌러지니 其
櫃는 玉蓮의 櫃라 貝殼도 들고 西洋鐵죠각도 들고 鈴도 들고 유리병도 들엇
스니 其櫃가 쩌러질 째는, 소리가 從容치는 못ᄒ깃슨ᄂ 婦人은 겁결에, 드른
즉 霹靂치는 쇼리갓치 들넛더라

　婦人이 精神을 차려셔, 성냥을 차지려고 房內에로 드러가니 足에 걸리고 身
에 觸物이 何物인지 劫心에 도로 나와셔 마루 끗헤 안젓더라

(연재본의 국한문혼용체 표기)

　④어제아침에 이 방에셔 피란갈 째에는 방 가운디 아무 것도 느러노흔 것
업셧더니 오날 아침에 김관일이가 외국에 가려고 결심하고, ᄂ갈 째에 무엇을
찻느라고, 다락 속 벽장 속에 잇는 시간을, 낫낫치 너여놋코 괴문도 여러놋코
농문도 여러놋코 괴짝 우에 농짝도 놋코 농짝 우에 괴짝도 언젓는디, 단졍히
노힌 것도 잇지마는 곳 니려질 듯ᄒ 것도 잇셧더라, 방문은 무슨 정신에 닷고
갓던지 방안에 벽장문, 다락門문은 열린 치로, 두엇더라

　강아지만ᄒ 큰 쥐가, 다락에셔, ᄂ와셔 방안에셔 제 셰상갓치 잇다거 방문 여
는 쇼리를 듯고 괴 우에셔 방바닥으로, ᄂ려 쒸는디 그 괴가 안동ᄒ야 쩌러지
니 그 괴는 옥년의 괴라 조긔겁질도 들고 셔양쳘죠각도 들고 방울도 들고 유리
병도 들엇스니 고 괴가 쩌러질 째는, 소리가 조용치는 못ᄒ깃스ᄂ 부인은 겁결

에, 드른즉 벽락치는 쇼리갓치 들녓더라

　부인이 정신을 차려셔, 당셕양을 차지려고 방안으로 드러가니 발에 걸리고 몸에 부듸치는 것이 무엇인지 무셔운 마음에 도로 나와셔 마루 싯헤 안젓더라

(단행본 표기)

인용한 ①에서 본문의 한자를 모두 빼고 부속국문을 따라 읽으면 글 ②가 되는데, 이는 그대로 거의 완벽하게 글 ④, 즉 단행본 「혈의루」가 된다.35) 국한문혼용체로 표기한 ③은 뜻을 정확히 이해하기조차 어렵다. 한자를 임의로 해석할 경우라도 '散亂', '器物', '獨世上', '觸物'과 같은 어휘를 '느러노흔', '시간', '졔세상', '부듸치는 것'으로 해석하는 것은 불가능하다. ①의 본문에 사용된 표기들인 '散亂느러노흔', '器物시간', '獨世上졔세상', '觸物부듸치는 것' 등은 한자를 먼저 쓴 후 그것을 한글로 읽은 것이 아니라, 한글을 먼저 쓴 후 임의로 뜻이 비슷한 한자들을 끼워 넣은 것이다. 이렇게 보면 연재본 「혈의루」의 원문장은 ③이 아닌 ②였음이 분명해진다. 결국 연재본 「혈의루」의 원문장은 국한문혼용체가 아니라 한글체였고, 그것은 그대로 단행본 「혈의루」의 문장과 일치했던 것이다.36)

　연재본 「혈의루」 첫 회에는 다음과 같은 구절이 나온다. "…… 쩌러지는 져녁볏은, 누엿누엿 너머가는딕, 져 희쎗을, 붓드러미고 시푼, 마음에, 붓드러미지는 못ᄒ고, 숨이 턱에 단드시 갈팡질팡 ᄒ는 一흔 婦人부인이 年나히 삼십이 되락말락 ᄒ고 얼골은 粉분을 짜고 넌 듯이, 흰얼골이ᄂ, 人情인정 업시 쓰겁게, 느리쏘히는 秋가을볏에 얼골이, 익어셔 ……."37) 이 문장의 본문에 사용된 '年히' '秋볏'과 같은 낱말은 절반은 한자이고 절반은 한글이다. 이러한 낱말은 보기에도 어색하다. 이들 낱말은 원래 한

---

35) ③과 ② 사이에는 '그 괴 ─고 괴', '못ᄒ깃슨ᄂ ─못ᄒ깃스ᄂ', '셩냥 ─당셕양' 정도의 차이만 있다.
36) 단행본 「혈의루」에는 연재본을 개작한 부분이 적지 않다. 그러나 이는 내용상의 변화를 보여주는 것일 뿐 이인직의 문체관 변화를 의미하는 것은 아니다.
37) 이인직, 「혈의루」, 『만세보』, 1906년 7월 22일.

글로 된 낱말 '나이'와 '가을볕'에 한자(漢字)를 추가해 만들어 낸 것이다. 이 역시 연재본 「혈의루」의 원문이 국한문혼용체가 아닌 한글체였음을 알려주는 또 하나의 증거가 된다.

연재본 「혈의루」 제23회분에는 다음과 같은 구절이 나온다.

> (井경上상婦부人인) 이이 雪셜子자야 ᄂ는, 딸ᄒᄂ 낫다
> (雪셜子자) 奧앗樣씨게셔 子자女녀間간에 업시 孤고寂젹하게 지니시더니 御쩨娘님樣이 싱겻스니 얼마ᄂ 조흐신닛가 그러ᄂ 오늘 나흐신 御이孃기樣가 디단이 夙숙成셩하오이다.
> (井경) 雪셜子자야 네가 玉옥蓮련이를 말도 ᄀ르치고 假언名문도 잘 가르쳐 쥬어라 말이ᄂ 아라듯거든 ᄒ로밧비 學학校교에 보너깃다
> (雪셜子자)私너가 御ᄌ孃근樣앗씨를 가르칠 資자格격이 되면 御어宅딕에 와셔 종노릇 ᄒ고 잇기스닛가[38]

여기서는 일본 한자어 '御孃樣'을 '이기(애기)'로도 읽고 'ᄌ근앗씨(작은아씨)'로도 읽는다. 일본어로는 '御孃樣'과 유사한 뜻을 지닌 한자인 '御娘樣'은 '짜님(따님)'으로 읽었다. 원문이 한글로 쓰여지지 않았다면, 추후 이런 방식으로 한자를 읽어간다는 것은 불가능한 일이다. 또 '假名'은 음독인 '가명'도 훈독인 '가나'도 아닌 제3의 방식인 '언문'으로 읽는다. 이 역시 「혈의루」에 사용된 문장이 국한문혼용체 문장의 음독이나 훈독 과정을 통해 탄생한 것이라는 주장에는 어울리지 않는 것이다.[39]

단행본 「혈의루」의 문장들은 연재본 「혈의루」의 본문에 들어가 있던 한자를 빼버린 채 부속국문으로 사용되었던 한글로만 표기한 것이다. 한

---

38) 이인직, 「혈의루」, 『만세보』, 1906년 8월 25일.
39) 「혈의루」에 사용된 루비(부속국문)의 유형과 사용 빈도 및 그 의미에 관해서는 앞에서 인용한 노혜경(魯惠卿)의 「「血の淚」に見られる '日本式表記' についての 硏究」에 상세하게 정리되어 있다. 연재본 「혈의루」의 루비(부속국문) 활용 사례에 대한 구체적 확인과 기존 해석의 문제점에 대한 논의는 「「血の淚」に見られる '日本式表記' についての 硏究」, 1~4면 참조

자가 꼭 필요한 경우에는 괄호 속에 한자를 넣고 이어서 한글을 표기하는 방식으로 처리했다. 위에 인용한 문장의 경우 단행본에서는 디음과 같이 표기하였다.

> (졍상부인) 이익 셜자야 ㄴ는 쏠하나 낫다
> (셜자) 앗씨게셔 자녀간에 업시 고젹하게 지니시더니 짜님이 싱겻스니 얼마ㄴ
> 죠흐시닛가 그러ㄴ 오늘 나흐신 아기가 디단이 숙셩하오이다.
> (졍) 셜자야 네가 옥년이를 말도 ㄱ르치고 (假名)언문도 잘 가라쳐 쥬어라 말을
> 아라듯거든 하로밧비 학교에 보니깃다
> (셜자)너가 자근앗씨를 가르칠 자격이 되면 이덕에 와셔 죵노릇하고 잇기슴닛
> 가40)

단행본 「혈의루」에는 이렇게 한자를 괄호 속에 넣어 처리한 문장이 모두 19 개 나온다. 그 문장들을 전부 살펴보면 다음과 같다.

> *(戒嚴中)게엄중 총소리라 평양셩 근처에 잇던 헌병이 낫낫히 모혀드러셔……
> (8면)
> * 본리 (戰時國際公法)젼시국제공법에 젼쟝에셔 피란가고 사롬 업는 집은 집도
> 졈녕ㅎ고 물건도 졈녕ㅎ는 법이라 (15면)
> * 귀국ㅎ는 (病傷兵)병샹병의게 부탁ㅎ야 일본디판으로 보니니 옥년이가 교군
> 밧탕을 타고 인쳔까지 가셔…… (34면)
> * 총을 맛고 옥년이와 갓치 (野戰病院)야젼병원에셔 치료ㅎ던 사롬인디……
> (37면)
> * 옥년의 스긔를 말ㅎ고 (戰地)젼디의 소경녁을 이아기ㅎ는디…… (39면)
> * 셜자야 네가 옥년이를 말도 ㄱ르치고 (假名)언문도 잘 자라쳐 주어라 (40면)
> * 월급은 더 바라지 아니하거니와 (演戲場)연희장 구경이ㄴ 자쥬시켜쥬시면 좃
> 케슴니다 (40면)
> *(號外)호외 호외 호외 호외라고 소리를 지르며…… (42면)

---

40) 이인직, 『혈의루』, 광학서포, 1907, 39~40면.

＊(萬國公法)만국공법에 젼시에셔 (赤十字旗)젹십ᄌ긔 셰운데는 위티치 아니하다더니…… (44면)

＊억지로 쑴어 디답하되 (勸工場)컨공장에 무엇을 사러ᄂᆞ왓다가 집을 일코 차져돈인다 ᄒ니…… (50면)

＊그째 (一番)일번 긔차에 쩌나려ᄒᆞᄂᆞ 힝인들이 졍거장으로 모혀드ᄂᆞᆫ지라 (59면)

＊옥년이가 디판만 쩌나셔 어디던지 가면 남의 집에 (奉公)봉공ᄒᆞ고 잇슬이라 결심ᄒᆞ고 찬목 졍거장까지 가ᄂᆞᆫ 긔차표롤 사셔 (一番)일번 긔차를 타니…… (59면)

＊그러면 저긔 (旅人宿)여인슉이 잇스니 잠깐드러ᄀᆞ셔 할말을 하시오 하면셔…… (63면)

＊망단ᄒᆞᆫ 마음에 급히 (電氣招人鐘)젼긔쵸인종을 누르니…… (77면)

＊평양 (野戰病院)야젼병원의 통변이 락누를 ᄒᆞ며 그 글을 일거서…… (78면)

＊알려쥬시면 상당ᄒᆞᆫ 금으로 (十留)십유(미국돈십원)을 앙뎡ᄒᆞᆯ수 (79면)

＊우리 부친이 (十留)십유의 상금을 쥴거시니 지금으로 갑시다 (80면)

＊상금은 원치 아니ᄒᆞ나 (貴孃)귀양을 비힝하야 ᄀᆞ셔 부녀 셔로 만ᄂᆞ…… (80면)

＊총맛고 (野戰病院)야젼병원으로 가든 일과 (井上軍醫)졍상군의 집에 가든 일과…… (83면)

　

이러한 총 19개 문장에서 한자로 표기된 낱말은 모두 22개이다. 이 가운데 중복 사용된 낱말을 빼고 나면 실제로 단행본 「혈의루」에서 사용한 한자 표기 낱말은 총 18개에 지나지 않는다. 단행본 「혈의루」 전체에서 한자를 함께 섞어 쓴 낱말과 문장의 수가 이 정도밖에 되지 않는다는 사실 역시 「혈의루」가 원래부터 한글체 소설이었다는 것을 뒷받침하는 증거로 이해될 수 있다.

이인직의 소설들이 전반적으로 친일적 성향을 강하게 드러내는 소설이라는 점에는 의심의 여지가 없다. 이인직의 소설들을 분류해 보면 모든 작품이 결국은 '개화'와 '친일'이라는 두 가지 요소로 귀착된다.41) 아울러, 『만세보』에 사용된 일본식 한자 등을 미루어 볼 때, 근대계몽기 당시

---

41) 이에 대해서는 김영민, 「신소설 「귀의성」 연구」, 『매지논총』 4집, 1998, 63~65면 참조

우리 언어 생활에 일본어가 적지 않게 침투해 있었음도 분명한 사실이다.[42] 그러나, 이인직 소설의 주제가 친일적이라거나, 당시의 언어 생활에 일본어가 침투해 있었다는 논의가 곧『만세보』의 부속국문체의 본질을 설명해 주는 것은 아니다. 이인직이 부속국문체를 사용한 이유 역시 단순히 그의 친일 이데올로기와 연관되는 것[43]이 아니다. 대부분의 연구자들은 연재본 「혈의루」의 문장에 대해서는 비판적으로 접근하지만, 단행본 「혈의루」의 문장에 대해서는 상대적으로 괄목할 만한 발전이 있다고 평가한다.[44] 그리고 그 짧은 기간 동안 일어난 근대적 문체 변화에 대해 감탄한다. 그러나 이 역시 올바른 지적이 아니다. 연재본 「혈의루」의 문장과 단행본 「혈의루」 문장 사이에서 발견되는 차이는 문체의 차이가 아니라 단순히 표기법의 차이에 지나지 않는 것이다. 이는 이인직 문장의 수준이나 문체 의식의 변화와는 별반 관계가 없다. 이미 연재본 「혈의루」 집필 당시 이인직의 한글체 문장은 완성되어 있었던 것이다.[45]

---

42) 이 문제에 대해 양문규는 다음과 같은 견해를 보인 바 있다. "일본식 한자어는 공교롭게도 '옥련'의 일본 생활을 묘사하는 부분(21~35회)에서만 이따금씩 나타나는데, 이는 작중무대의 현실성을 살리려는 것과 관련이 있는 듯 싶다."(양문규, 앞의 글, 61면)

43) 조연현과 김윤식 등은 이인직의 부속국문체 사용을 친일파 이데올로기의 반영으로 해석한다. 다음 글을 참고할 필요가 있다. "「혈의 누」의 '루비'에 처음으로 주목한 것은 조연현의 「개화기 문학 형성과정고」(1966)이며, 내가 「혈의 누」의 표기체에 주목,『만세보』의 다른 기사와 비교하여 문제삼은 것은 1986년(『한국근대소설사연구』)이었다. 당연히도 나는 이 문제를 친일파 이인직의 이데올로기의 일종으로 취급하였다."(김윤식, 「「혈의 누」의 두 가지 표기법에 대한 생각─「이중 표기와 근대적 문체형성」에 대한 토론문」,『현대문학의 연구』 15집, 2000, 73면)

44) 예를 들면 다음과 같은 지적을 참고할 수 있다. "『만세보』 연재 당시 「혈의 누」가 국한문 혼용체를 사용하면서 국문으로 한자에 음을 병기하는 방식을 채택했던 것에 비한다면, 단행본 「혈의 누」의 국문체 지향은 개화계몽시대의 문체 변혁 과정에서 국문체의 대중적 사회 기반을 고려한 새로운 변화를 의미하는 것이라고 하겠다." 권영민, 「이인직과 신소설 「혈의 누」」,『이인직 혈의 누』, 서울대 출판부, 2001, 487면.

45) 연재본 「혈의루」와 단행본 「혈의루」 사이의 문장이 달라 보이는 또 하나의 이유는 단행본 출간시 내용상의 개작이 있었기 때문이다. 그러나, 이 문제는 문체의 변화와는 직접 연관성이 없는 부분이므로 이 논문에서는 더 이상 다루지 않는다. 한편, 당시 이인직의 신문사 내 위치를 보면, 이인직 역시『만세보』의 문체 결정 과정에 관여했을 것으로 추정된다. 그렇다면 우리는 여기서 그가 왜 한글체로 쓴 「소설 단편」에 한자

5) 『만세보』와 한글체 소설의 정착 과정

「소설 단편」과 「혈의루」에 비하면 「귀의성」과 「백옥신년(白屋新年)」의 표기는 부속국문체라기보다 순한글체에 더 가깝다. 한자와 부속국문의 사용이 거의 눈에 뜨이지 않는 것이다. 작자를 알 수 없는 작품 「백옥신년」[46]에는 "남손굴 사는 鄭경서방"이라는 구절에서 부속국문이 단 한번 사용된다. 이인직의 작품인 연재본 「귀의성」은 제1회에 春川三鶴山춘천삼학산, 南內面松峴남닉면솔기, 姜同知강동지 세 낱말에만 부속국문을 사용했다. 제2회에는 春川춘천, 7회에는 乞人걸인 한 낱말만을 그리고 제9회에는 大砲대포, 地方政治지방정치 등 두 낱말에만 부속국문을 사용했다. 10회를 넘어서면 한자와 부속국문은 더욱 눈에 뜨이게 줄어든다. 제15회에서 日露戰爭일로전쟁 등 세 낱말 그리고 16회에서 病傷兵병상병[47] 한 낱말에 부속국문 처리를 한 이후 17회부터 45회까지는 줄곧 한글을 전용한다. 1906년 12월 13일자 수록분 즉 46회에 가면 다시 한자가 보이는데, 여기서 주목할 것은 한자에 부속국문을 사용한 것이 아니라 본문을 한글로 쓴 후 괄

(漢字)를 섞어 부속국문체로 발표하면서 거기에 다시 "이 小說은 國文으로만 보고 漢文音으로는 보지 말으시오"라는 단서를 달았을까 하는 의문을 갖게 된다. 이 단서는 「소설 단편」뿐만 아니라 연재본 「혈의루」에도 적용되는 단서로 보아야 한다. 이 단서의 의미를 파악하려면, 이인직이 '漢文으로는 보지 말으시오'라고 한 것이 아니라 '漢文音으로는 보지 말으시오'라고 한 것을 주목해야 한다. 그는 국문으로 쓴 작품일지라도 거기에 한문을 병기하고 그 음(音)을 읽지 않고 뜻만 참고한다면 그러한 표기 역시 작품을 이해하는데 도움이 된다는 생각을 했던 것으로 판단된다.

46) 1907년 1월 1일에 발표된 이 작품에는 '단편소설(短篇小說)'이라는 양식명이 달려 있다. 『만세보』 해제에서는 이 작품을 이인직의 작품으로 보고 있다(정창렬, 「만세보 해제」, 『만세보』 영인본, 아세아문화사, 1985, 1면). 일부 연구자들 역시 이인직의 작품으로 보고 있다. 이 작품이 이인직의 작품일 가능성도 있지만, 원문에 작가 표시가 되어 있지 않으므로 단정하기는 어렵다. 가난한 집의 설맞이 풍경을 그린 이 작품은 한 회로 완결되었다.

47) '病傷兵'이라는 낱말은 이인직의 소설 「혈의루」와 「귀의성」에서만 발견된다. 이 낱말은 당시 일본이나 중국에서도 사용된 바가 없다는 점에서 이인직 개인이 만들어 쓴 낱말일 것으로 추정된다. 이와 관련된 논의는 최경옥, 『한국개화기 근대 외래한자어의 수용 연구』, 제이앤씨, 2003, 37~38면 참조

호 속에 한자를 집어넣었다는 사실이다. 예를 들면 다음과 같다.

천흐들 다 닉서슬 삼고 독지젼제(獨裁專制)ᄒ던 만승천ᄌᄃ 무어슬쥬면 조
아하는 그러흔 셰상에 (…중략…) 침모가 그 소리를 듯더니 본신본의(半信半疑)
ᄒ면셔 이상한 ᄆ음이 드러서 아무말업시 졈순의 얼골을 쳐어다 보고 잇다.48)

이후 54회까지는 다시 한글만을 사용하다가 12월 23일자 수록분인 55
회에서 다시 한자를 사용한다. 그런데 55회분의 한자 표기 방식은 위에
든 46회분의 표기 방식과는 또 다른 것이었다. 여기에서는 필요한 한자
를 괄호 속에 넣되, 한글보다 뒤에 넣는 것이 아니라 그 앞에 넣는 방식
을 사용한다. 예를 들면 다음과 같다.

인근에 시벽되는 소식을 젼ᄒ려고 (扶桑三百尺)부상슴빅쳑에 쑥끠요 우는
거슨 듯기 조흔 숫닭우는 소리라 (…중략…) 그 밋혜는 (皇宮國都)황궁국도에
만호장안이 되얏스니 (鐘鳴鼎食)죵명졍식ᄒᄂ 부귀가가 질비ᄒ게 잇는 곳이라
흥망셩쇠가 속ᄒ기는 (一國)일국에 그 손밋치 졔일이라49)

이렇게 한자를 괄호 속에 넣되 한글 앞에 표기하는 방식은 이후 56회,
77회, 78회, 79회, 83회, 85회, 95회, 97회, 98회, 104회, 105회, 108회 등에
서 사용된다.50) 이러한 표기가 「귀의성」 한자 표기의 주된 방식으로 사
용되는 것이다. 이러한 표기 방식은 계속해서 단행본 「혈의루」와 단행본
「귀의성」 등으로 이어지면서 이인직 소설의 대표적 표기법으로 자리잡
게 된다.

---

48) 이인직, 「귀의성」, 1906년 12월 3일. 이러한 표기 방식은 현대 한글 문장에 한자를
표기하는 방식과 동일한 것이다. 원래 이는 순한글체 신문인 『독립신문』이 일찍부터
선택했던 표기 방식이기도 하다.
49) 이인직, 「귀의성」, 『만세보』, 1906년 12월 23일.
50) 이후 연재가 확인된 134회까지는 줄곧 한글만을 사용한다. 이 사이 64회에 한 번 부
속국문을 사용하기도 했다. 그런데 이는 한문구(漢文句)를 읽기 위한 것이었다는 점에
서 연재 초기 문장에서 볼 수 있는 부속국문체와는 성격이 다르다.

단행본 「혈의루」의 초판이 발간된 것은 1907년 3월 17이다. 따라서 한자를 괄호 속에 넣고 한글과 함께 표기하는 방식을 이인직이 사용한 것은 단행본 「혈의루」 발간 이후가 아니라, 이미 『만세보』에 「귀의성」을 연재하던 때부터였음을 확인할 수 있다.51)

「귀의성」과 「백옥신년」이 발표되던 시기는 『만세보』가 아직 부속국문체의 사용이라는 편집 원칙을 고수하던 시기였다. 그렇다면 왜 이들 작품은 부속국문체라기보다 거의 순한글체에 가깝게 발표되었는가? 그 이유역시 작가에게 있는 것이 아니라 신문사의 편집 방침 변화에 있다. 「귀의성」을 발표하면서 『만세보』는 점차 부속국문체 기사의 비율을 줄여가는 편집 태도를 드러내기 시작한다.

본문 활자 옆에 다시 부속활자를 다는 것은 여러 가지 면에서 적지 않은 부담이 되는 일이었다. 우선 부속활자가 들어갈 부분을 위해 행간을 넓게 잡아야 했으므로 신문이 다룰 수 있는 기사의 분량이 축소됨은 당연한 것이었다. 아울러 부속활자는 크기가 매우 작아 관리하기가 쉽지 않았고, 조금만 마모되어도 자형을 알기가 어려웠다. 따라서 활자의 유지 관리를 위한 시간적·경제적 손실 또한 적지 않았을 것으로 추정된다. 예를 들면, 『만세보』는 부속활자 관리상의 문제로 인해 1907년 2월 21일자를 예고 없이 휴간했고, 2월 22일자에는 이에 대한 사과문을 게재하면서 당일에도 부속활자를 사용하지 못한다. 다음의 사고(社告)를 보면 이러한 사정을 잘 알 수 있다.

昨日 本社의 一時 債誤함을 因하야 活字가 混雜ᄒ기로 勢不得已ᄒ야 一日停刊하얏사오며 本日에도 附屬國文을 姑爲撤去하야 整頓키롤 俟ᄒ오니 愛讀諸賢은 包容ᄒ심을 希望ᄒ오며 從今以往으로ᄂ 益益注意하기로 團束ᄒ얏기로 玆에 謝過홈52)

---

51) 이 사실 역시 단행본 「혈의루」의 한자표기법에 특별한 의미를 부여하던 기존의 연구들이 잘못된 것임을 보여준다.
52) 「社告」, 『만세보』, 1907년 2월 22일.

결국 『만세보』는 1907년 3월 9일 "本社所用 附屬國文 活字가 字劃이 磨완ᄒ야 一新 準備키를 計劃ᄒᄂ 故로 幾許間 附屬國文을 拔去ᄒ오니 愛讀諸君子ᄂ 照亮하시옵"53)이라는 공고를 낸다. 활자의 마모가 심해 교체해야 하고 그를 위해 부속국문 표기를 중단한다는 것이다.

『만세보』는 국한문혼용체 문장에 한글 음을 달아 부속국문체로 표기하는 방식을 1907년 3월 8일까지는 꾸준히 지속했다. 하지만 실은, 순한글체를 부속국문체로 바꾸는 작업은 그보다 일찍 중단한 셈이었다.54) 전자의 작업은 나름대로 독자 확보에 효과가 있었지만, 후자의 작업은 그 효율성에 문제가 있었기 때문으로 생각된다. 즉 전자의 작업은 '비록 한문을 모르는 자라도 그 곁의 국문을 보고 알게 만들겠다'는 발간 취지에 부합하는 일이었지만,55) 후자의 작업은 애초부터 특별한 의미를 부여하

---

53) 「社告」, 『만세보』, 1907년 3월 9일.
54) 「귀의성」이나 「백옥신년」에서 부속국문의 사용을 줄여간 것도 한 예가 될 수 있고, 「국문독자구락부」란을 없앤 것도 그 예가 될 수 있다.
55) 그러나 엄밀히 말한다면 국한문혼용체 문장에 음을 달아 부속국문체로 쓰는 방법 역시 국문독자가 해독하는 데는 한계가 있는 방식이다. 국문독자를 위한 가장 확실한 방법은 단순히 한자에 음을 다는 것이 아니라, 원문을 완전히 한글체로 바꾸어주는 것이다. 이는 사실상의 번역을 의미한다. 앞에서 인용한 훈민정음 언해본이 한자를 음독한 부속국문을 달고, 그 뒤에 다시 번역 문장을 병기한 것이 이에 어울리는 사례이다. 드문 경우이기는 하지만, 『만세보』는 부속국문을 활용해 국한문혼용체의 번역을 시도하기도 했다. 1907년 7월 24일부터 28일까지 5회에 걸쳐 연재된 천도교전(天道敎典)에는 단순한 음독이 아닌 번역 부속국문이 달려 있다. 한 구절만 예를 들어 보면 다음과 같다. "人上無人ᄉᆞ롬우의ᄂᄉᆞ롬이업심이오 人下無人ᄉᆞ롬ᄋ리ᄂᄉᆞ롬이무ᄒ니……"(『만세보』, 1906년 7월 26일). 이런 문장의 경우는 원문인 국한문혼용체로 읽으나, 번역문인 부속국문체로 읽으나 모두 문맥이 잘 통한다. 그것은 부속국문으로 된 부분이 원문에 종속된 것이 아니라 거의 독립된 별개의 한글체 문장이기 때문이다. 특히 '人上無人'을 'ᄉᆞ롬우의ᄂᄉᆞ롬이업심'으로 번역했으면서도 '人下無人'을 'ᄉᆞ롬ᄋ리ᄂᄉᆞ롬업심'으로 하지 않고 'ᄉᆞ롬ᄋ리ᄂᄉᆞ롬이무'로 번역한 것에 주목할 필요가 있다, 이는 한자와 한글 어느 쪽으로 읽더라도 '人下無人' 다음에 오는 어미 '―ᄒ니'와 연결되도록 하려는 배려에서 나온 것이다. 천도교전의 한자 표현들을 음독하지 않고 번역을 시도한 이유는 크게 두 가지로 볼 수 있다. 하나는 이 글의 원문이 현토한문체였기 때문이다. 현토한문체는 음만 달아서는 의미 전달이 거의 불가능하다. 다른 하나는 『만세보』가 천도교에서 발행하는 신문이었다는 점에 있다. 당시 대다수의 천도교인은 국한문혼용체를 제대로 해독하지 못했을 것으로 추정된다(이에 대해서는 최기영, 「천도교의 국민계

거나 성과를 기대하기가 어려운 일이었던 것이다.

이후『만세보』는 모든 기사에 국한문혼용체를 주로 사용하면서, 소설만은 순한글체를 사용하는 형태로 발행된다. 소설의 독자가 한글을 주된 문자로 사용하는 일반 대중이라는 현실을 무시할 수 없었기 때문이다. 결국『만세보』는 '일반 기사는 국한문혼용체, 그리고 소설은 순한글체'라는 편집 방향을 정착시킨다.56)『만세보』의 이러한 편집 방향은 이후 1910년대를 대표하는 신문인『매일신보』에도 그대로 이어진다.

3. 마무리

근대계몽기 문학의 발생과 성장 과정에서 신문은 매우 중요한 역할을 했다. 이 시기에 발행된 신문들은 무엇보다 어떠한 문체를 선택할 것인가를 놓고 고민을 거듭했다. 이 시기에는 문자 사용 계층이 국한문혼용층과 국문층으로 확연히 구분되어 있었으므로, 신문의 문체 선택은 곧 독자층에 대한 선택을 의미한다. 독자층에 대한 선택 전략은 신문의 생존 전략 가운데 매우 중요한 부분을 차지하는 것이었다.『한성순보』가 순한문체를 사용하고『한성주보』가 국한문혼용체를 사용한 것에 반해『독립신문』은 순한글체를 사용함으로써 한글 신문 시대의 새로운 장을 열었다.『그리스도신문』·『조선크리스도인회보』·『대한크리스도인회보』

몽 활동과『만세보』의 발간」, 83면 참조). 천도교전은 천도교의 교리를 다루고 있는 글이다. 따라서『만세보』로서는 이 글을 천도교인에게 읽히기 위해 한글로 번역 할 필요가 있었다. 이는『조선크리스도인회보』등 기독교 계통의 신문들이 대중 선교를 위해 모두 한글체로 발행된 것과 같은 맥락에서 이해할 수 있다.

56) 이는 결과적으로는 국한문판『대한미일신보』가 시도했던 편집 방향과 일치하는 것이 된다. 아울러 국한문혼용신문인『대한민보(大韓民報)』의 편집 방향과도 같다.

등 기독교 계통의 신문들 역시 한글을 사용하면서, 대중 선교를 효과적으로 펴나갔다. 서로 비슷한 시기에 간행되었던 『황성신문』과 『뎨국신문』은 각각 국한문혼용체와 한글체를 사용하면서 대상 독자를 분명하게 구분했다. 국한문혼용체의 『황성신문』이 유생(儒生)을, 그리고 순한글체의 『뎨국신문』이 여성을 주된 독자로 삼은 것은 그 한 예가 된다.

근대계몽기에 발행된 신문들 가운데 특히 『대한미일신보』와 『만세보』는 이 시기 신문이 문체 선택 과정에서 얼마나 큰 고민을 했는가를 잘 보여준다. 국문판에서 출발해 국한문혼용판으로 변화했던 『대한미일신보』는 결국 국한문혼용판 신문과 국문판 신문 두 종류를 동시에 발행하게 된다. 이는 어느 계층의 독자도 소홀히 할 수 없다는 편집진의 판단 때문이었다. 이렇게 국한문혼용층과 국문층 모두를 독자로 끌어들이려는 노력을 『만세보』는 새로운 방식으로 해결해 나간다. 그것이 바로 부속국문체의 사용이었다. 『만세보』는 「소설 단편」·「혈의루」·「귀의성」 등 주목할 만한 근대문학 작품을 수록함으로써 한글 소설의 정착 과정에도 적지 않은 기여를 했다.

근대계몽기 신문의 문체와 한글 소설의 정착 과정을 『만세보』를 중심으로 살필 때, 우리는 다음과 같은 사실들을 정리할 수 있다.

첫째, 『만세보』의 부속국문체 문장들을 분석해 보면 원문이 두 가지 종류로 나뉜다. 하나는 원문이 국한문혼용체로 된 것이며 다른 하나는 원문이 한글로 된 것이다. 「소설 단편」·「혈의루」·「귀의성」·「백옥신년」 등 『만세보』를 통해 발표된 소설은 모두가 원문이 한글체였다. 논설이나 일반 기사는 「국문독자구락부」 가운데 일부를 제외하면 대부분이 국한문혼용체로 쓰여진 것이다. 「소설 단편」이나 연재본 「혈의루」의 표기는 외형상 일본의 후리가나식 표기와 유사해 보이면서도, 실제로 분석해 보면 일본식 표기와는 다른 면모를 보인다. 이는 「혈의루」가 원래 국한문혼용체가 아닌 한글체로 쓰여진 작품이기 때문이다. 「혈의루」의 한글체 문장은 단행본에 이르러 완성된 것이 아니다. 이미 연재본에서부터 단행본과 동일한 단계의 모습을 갖추고 있었던 것이다.

둘째,『만세보』나「혈의루」의 문체 특질에 대한 기존의 비판들은『만세보』와「혈의루」문체의 핵심을 잘못 이해한 데서 기인한 것이다.『만세보』와 연재본「혈의루」에 사용된 문체와 표기법은 일본 문체와 표기법의 모방이라는 비판도 받았다. 당시의 정황으로 미루어볼 때,『만세보』의 부속국문체 사용이 어느 정도 일본의 영향을 받았을 가능성은 충분히 있다. 그러나 이를 단순히 일본식 표기법의 모방이라고만 정리해서는 안 된다. 우리나라의 전래 문헌에서도 부속국문체와 부속한문체는 드물지 않게 발견된다.『만세보』에 연재된 이인직의 소설들이 사용한 한자 병기 방식은 크게 세 가지였다. ① 한자를 본문으로 적고 거기에 부속국문을 첨가하는 방식, ② 한글을 본문으로 적고 한글 뒤 괄호 속에 한자를 적어 넣는 방식, ③ 한글을 본문으로 적되 한글 앞에 미리 괄호를 두어 거기에 한자를 표기하는 방식이다. 이 가운데 부속국문을 첨가하는 방식은 소설보다는 일반 기사에 적합한 것이었다. 그럼에도 불구하고 이인직이 일반 기사가 아닌 소설에 부속국문체를 사용한 것은『만세보』의 초기 편집 방침에 따른 것으로 보인다.『만세보』가 편집 방침으로 부속국문체를 선택한 것은 하나의 신문으로 두 가지 문자 층의 독자를 동시에 흡수하려는 시도 때문이었다. 이는『대한민일신보』가 두 가지 문체의 신문을 각각 발행하면서 얻으려 했던 것과 동일한 효과를 의도한 것이었다. 따라서 부속국문체 사용의 근원을 일본의 근대 문체 정립 과정에서만 찾으려는 시도는 잘못된 것이다. 더구나 이 문제를 이인직의 친일 이데올로기의 소산으로 이해하는 것은 옳지 않다.

셋째, 한국 근대문학사 초기에는 신문의 문체가 작가와 작품의 문체에 매우 큰 영향을 미쳤음을 구체적으로 확인할 수 있다. 이인직은 한글체 소설이었던 작품「소설 단편」과「혈의루」등을『만세보』의 편집 방침에 맞추어 부속국문체로 발표했다.「귀의성」의 경우는 연재 초기에는 부속국문체를 사용했지만, 연재가 진행되는 과정에서 점차 순한글체로 발표문체를 바꾸어 갔다. 이는 『만세보』가 부속국문체 사용의 빈도를 줄여가다가, 마침내 그것을 완전히 폐지한 데 따른 결과였다. 이러한 사실들은 근대계몽기에는 작가가 작품의 문체를 선택하기보다는, 발표 매체가 어떠한 문체 사용 원칙을 고수하고 있었는가에 따라 작품의 문체가 결정되었음을 보여주는 뚜렷한 증거가 된다.

문체 선택에 관한 여러 가지 시행 착오를 거치면서 『만세보』가 도달한 결론은 '일반 기사는 국한문혼용체로, 그리고 소설은 순한글체로'라는 것이었다. 이러한 결론에 따라 『만세보』는 본격적인 한글 소설 발표의 장으로서 중요한 역할을 하게 된다. 그리하여 『만세보』는 한글소설의 정착과 대중화 과정에 나름대로 적지 않은 기여를 하게 되는 것이다.

『만세보』의 이러한 선택은 이후 신문들의 편집 방침과 문체 선택에도 적지 않은 영향을 미친다. 『만세보』가 1900년대 근대계몽기 한글체 소설의 정착과 대중화를 위한 토대로서의 역할을 했다면, 이후 1910년대에는 『매일신보』가 그 역할을 이어가게 된다. 이 논문의 후속 작업은 『매일신보』와 한국 근대소설의 관계에 대한 연구로 이어지게 될 것이다. 이를 과제로 남기며 본 연구를 일단 여기서 마무리한다.

근대계몽기 서사문학에서 민족국가의 상상력과 매체의 상관성[*]

『미일신문』을 중심으로

최현식

1. 근대 서사문학과 민족국가의 상상력, 그리고 신문

이제는 하나의 상식이 된 듯하지만, 근대 민족국가[1] 수립에 필요한 공동체 의식의 형성과 확산에 결정적인 공헌을 한 것은 다음의 두 가지 요

---

[*] 이 논문은 2003년도 한국학술진흥재단의 지원에 의하여 연구되었음(KRF-2003-073-AS1014).
[1] 이 글에서는 '민족'의 의미를 에스닉(ethnic) 공동체와 근대적 네이션(nation)을 한데 합친 개념, 즉 '에스니컬 네이션'의 의미로 사용한다. '에스닉'은 네이션의 역사적 원인이 되는 공동체로, 동일한 인종과 언어, 영토, 종교, 문화 등 비합리적이며 생득적인 조건을 그 구성요소로 삼는다. 이에 비해 근대적 네이션은 저런 조건들 못지 않게 영토 내에서 자유롭게 이동 가능한 노동 인구 및 공통된 경제의 존재, 네이션의 모든 성원에게 공통의 법률을 적용하는 국가의 존재, 그리고 그런 국가를 운명공동체로 여기는 주관적 소속감을 주요한 구성요소로 삼는다. 이상의 '민족' 개념에 대해서는 이광주, 「'민족'과 '민족문화'의 새로운 인식」, 『서양에서의 민족과 민족주의』(한국서양사학회 편), 까치, 1999, 31~40면; 요시노 고사쿠[吉野耕作], 김태영 역, 『현대 일본의 문화 내셔날리즘』, 일본어뱅크, 2001, 29~32면 참조

소이다. 하나는 근대적 인쇄술의 발전과 보급에 힘입은 신문을 위시한 대중매체의 제도화이다. 다른 하나는 저들 매체의 주요한 구성물 가운데 하나였던, 근대적 삶에 대한 계몽의 도구이자 그 자체로 오락거리가 된 '소설'로 대표되는 서사물의 흥륭(興隆)이다. 이것들은 특정한 국가 내부의 이질적인 시공간을 횡단하고 결합함과 동시에, 동일한 언어지평에의 기대를 지닌 독자의 획득과 연관된 민족어문과 언문일치의 제도화를 수행한다. 그럼으로써 국민들이 동일한 시공간 내에서 동일한 현실과 세계를 호흡하며, 더 나아가서는 자신들이 하나의 운명공동체로 묶여 있다는 공통감각을 생산하고 뿌리내리게 한다.2)

　이런 경로에서 우리 또한 그리 예외가 아니었음은 신채호 등 개신 유학파가 중심이 되어 발간했던 『대한매일신보』를 잠시 들춰보는 것으로 충분하다. 그들은 국민의 애국심을 양성하려면, "동서 각국 근세사기와 유명한 인물의 사적과 각종 학업의 문자를 혹 국한문을 교용(交用)하야 역술(譯述)하며 혹 순국문으로 이(以)하며 혹 소설로 이(以)하며 혹 가요로 이(以)하야 (…중략…)"3)라고 주장한다. 이 논설은 애국심을 민족의식과 같은 것이라고 간주하고, 그것을 형성하고 전파할 수 있는 유력한 방법의 하나로 소설적 글쓰기를 권장한다. 어디 그뿐인가. 그들은 "텬하에 큰 사업은 을지문덕이나 합소문 갓흔 큰 영웅이나 큰 호걸이 지어내는 것이 아니라 우부 우부와 아동주졸이 지어내는 거시며 샤회의 크게 붓좃게 하는 것은 종교나 정치나 법률 같은 큰 학문으로 바르게 하는 것이 아니라 언문 쇼설로 바르게 하는 바" 라고 말한다.4) '소설'을 근대적 민족국가와 국민의 형성, 그리고 그것들의 지속적인 유지와 발전에 필요한 실제적 원리를 제공하는 유력한 힘으로 지목하고 있는 것이다.

---

2) 근대적 민족의식의 형성과 전파에서 활자매체와 소설(서사물)이 수행하는 역할에 대한 일반적 고찰로는 베네딕트 앤더슨(Benedict Anderson), 윤형숙 역, 『상상의 공동체』, 나남, 2002, 제2~3장 참조.
3) 『대한매일신보』, 1905.10.12, '논설'
4) 『대한매일신보』, 1908.7.8, '논설'.

그러나 근대계몽기에서 근대 민족국가의 상상력과 신문매체, 그리고 소설(서사물)이 맺는 관계의 일반적 경로를 확인했다고 해서 모든 문제가 해결되는 것은 아니다. 우리는 오히려 저런 인식들의 기원에 대해, 그리고 거기서 발견되는 조선적 특수성에 대해 다시 질문하지 않으면 안 된다. 예로 든 『대한매일신보』는 근대적 민족국가 내지 민족의식의 형성에 신문과 소설이 어떻게 관여하며 기여하는가를 명확하게 인식하고 있는 경우였다. 그것이 가능했던 이유는 역설적으로 말해 『대한매일신보』가 창간된 당시(1904.7.18)가 일본의 국권침탈이란 민족적 '위기'를 코앞에 둔 상황이었기 때문이다. 말하자면 '소멸'에의 불안과 공포가 민족국가의 지속성과 안전성에 대한 요구를 한층 강화했고, 그것이 신문과 소설이 해야 할 역할에 대한 정확한 인식으로 이 신문의 담당자들을 이끌어 간 것이다.

그러나 『대한매일신보』보다 6~7년 앞서 창간되어 이 땅에 본격적인 신문 시대를 연 『독립신문』(1896.4.7)과 『미일신문』(1898.4.9) 등의 경우는 민족국가와 신문, 소설이 맺는 관계에 대해 『대한매일신보』만큼 명확하고 분화된 의식을 가지고 있지는 못했다. 물론 이들 역시 '자주독립국가' 건설을 최후 과제로 설정하고 있었다. 하지만 이들은 그것의 대전제인 '문명개화' 담론의 전파에 보다 주력했으며, 그 과제를 '소설'이란 독립 장르가 아니라 전통적인 논변(論辯)에 일정한 서사성을 가미한 글쓰기5)를 통해 수행했다.

하지만 이런 제약이 이들 신문 담당자들의 민족국가의 상상력과 소설이란 특정 장르에 대한 인식의 저열성으로 이해될 필요는 없다. 그것은 이들 개인의 한계라기보다는 시대의 한계였는지도 모른다. 단적인 예로,

---

5) 이 글에서는 그런 서사물의 명칭으로 '서사적논설'이란 말을 사용한다. '서사적논설'의 함의와 범주에 대해서는 김영민, 『한국근대소설사』, 솔, 1997, 41~48면 참조. 한편 정선태는 이를 보다 세밀화하여 '서사—문학적 논설'로 부른다(정선태, 『개화기 신문 논설의 서사 수용 양상』, 소명출판, 1999, 37~50면).

『독립신문』이나 『미일신문』에는 『대한매일신보』에서와 달리 '민족'이란 말이 등장하지 않는다. 왜냐하면 민(民)과 족(族)을 합친 일본 태생의 이 말이 번역되기 이전이었기 때문이다. 따라서 우리는 그런 제약을 인정한 위에서, 이들 신문에 나타난 민족국가의 상상력과 서사적 글쓰기의 관계를 구명할 필요가 있다. 세 요소가 맺는 초기적 형태에 대한 이해는 시대적 요청에 의해 더욱 세련화·치밀화되어 가는 그것들의 관계와 함께, 거기서 생산되는 민족상(像)의 실재성과 허구성을 객관적으로 이해하고 성찰하는 기본 토대가 되어줄 것이다.

이런 관심을 본고에서는 특히 『미일신문』의 '논설'과 '잡보'란에 실린 '서사적논설'을 중심으로 살펴보고자 한다.6) 『미일신문』은 배재학당에서 결성한 토론단체인 협성회에서 1898년 1월 1일자로 창간한 주간지 『협성회회보』를 일간으로 개편하여 같은 해 4월 9일 창간한 최초의 민간 일간지이다.7) 그러나 겨우 1년여를 발간하고 폐간된(1899.4.4) 때문인지, 언론사에서든 문학사에서든 그 중요성만큼의 조명을 받지는 못해온 듯하다. 『미일신문』 역시 문명개화와 자주독립국가의 건설에 이바지하는 것을 최대의 목표로 삼았다. 하지만 "외세에 저항하는 한국신문의 전통을 확립하는 데 선구적인 역할을 다했다"는 평가에서 보듯이,8) 서구의 모방과 번역을 통한 문명개화를 절대선으로 내세웠던 『독립신문』에 비해 보다

---

6) 『미일신문』에 실린 '서사적논설'을 김영민은 32편(김영민 외편, 『근대계몽기 단형 서사문학 자료전집』 상, 소명출판, 2003), 정선태는 27편(정선태, 위의 책) 꼽고 있다. 이 차이는 김영민은 '논설'란과 '잡보'란를 대상으로 한 반면, 정선태는 '논설'란만을 대상으로 삼았기 때문에 생긴 것이다.

7) 『미일신문』의 역사와 의의, 그 후신인 『뎨국신문』(1898.8.10~1910.3.31), 그리고 독립협회와 『독립신문』 담당자들과의 관계 등에 대해서는 정진석, 「협성회회보·미일신문 논고」, 『한국언론사연구』, 일조각, 1988 및 최기영, 「『제국신문』의 간행과 하층민 계몽」, 『대한제국시기 신문연구』, 일조각, 1991 참조.

8) 정진석, 「협성회회보·미일신문 논고」, 『한국언론사연구』, 일조각, 1988, 212면. 하지만 『미일신문』 역시 『독립신문』과 마찬가지로 미국에 대해서는 호의적이었다. 이는 이 신문의 발간 주체였던 협성회 회원들이 배재학당 학생들이라는 점과 무관치 않다(같은 책, 219면).

냉정하고 치열한 현실인식을 보여주는 바가 있다. 본문에서 보겠지만, 이런 차이는 당연히도 민족국가의 상상과 그것을 문자로 재현하는 서사적 형식과 수준의 차이로 연결된다. 우리는 이런 차이에 대한 이해를 통해 현재 자명하게 여기는 한민족 상이 여러 이질적인 상상력의 경합과 결합, 배제를 통해 재구성된 '상상의 공동체'임을 다시금 확인하게 될 것이다.

2. 근대 민족국가의 경계짓기─국민화의 두 가지 회로

'문명개화'는, 특히 민족국가의 상상력과 연관지어 말한다면 협소하고 자족적인 공동체 세계에 사는 민중을 국가의 민(民)으로 거듭나게 하기 위한 정신세계의 재편성 과정으로 이해된다. 따라서 국가의 유익함과 무익함, 가치와 무가치, 개화─문명과 우매함─야만을 명확히 분할함과 동시에 그것의 합리성을 백성들에게 납득시키는 일이 무엇보다 중요해진다.[9)]

이와 같은 문명개화=국민화를 향한 열정과 열망은 『미일신문』 전반을 관통하는 감각이랄 수 있다. 『미일신문』의 담당자들은 이미 3호(1898. 4.12)의 '론셜'에서 신문이 나라에 관계하는 방식을 학문(學問)·경계(經界)·합심(合心)이란 세 요소로 정리하고 있다. 여기에 그들이 상상하고 꿈꾸는 근대 민족국가의 대략적인 모습이 암시되어 있음은 물론이다. 신문은 문명개화와 국가 부강의 근원을 밝혀 국민에게 제시함으로써 그들의 이목을 새롭게 한다는 점에서 '학문'과 관계된다. 그리고 누구에게나 공평

---

9) 니시카와 나가오[西川長夫], 윤대석 역, 「국민국가 형성과 자유민권 운동」, 『국민이라는 괴물』, 소명출판, 2002, 164면.

무사하게 적용되는 법강(법률)과 경계를 "세상에 드러니 놋코 널리 젼ᄒ"는 역할을 한다는 점에서 '경계'와 관련된다. 또한 신문은 "상하원근이 졍의를 상통ᄒ며 니외형세를 ᄌ세히 탐문ᄒ여다가 국중에 반포홈과 희로익락을 일국이 ᄀᆺ치 ᄒ게" 한다는 점에서 '합심'의 유력한 도구가 된다. 이런 주장은 무엇보다 신문의 여론 형성 기능과 국민계몽의 의지를 적극적으로 표현한 것이겠으나, 그것의 궁극적 목표는 '합심'의 내용에서 보듯이 문명개화, 즉 국민화를 통한 민족국가의 수립에 있다.[10]

따라서 위의 논설은 『미일신문』의 역할과 임무에 대한 고지인 동시에, 근대 민족국가의 수립을 향한 포괄적인 '문명론의 개략'이랄 수 있다. 그렇다면 『미일신문』 담당자들이 '서사적논설'을 통해 설파했던 문명개화=국민화의 구체적인 방편들은 무엇일까. 이런 실천 전략은 누가 '국민'이며 어떻게 '국민'이 되는가의 기준을 제시하는 분할선, 말하자면 국민과 비국민을 가르는 동일화와 차이화, 수렴과 배제의 정치학이 작동하는 장소의 역할을 한다. 그 적절한 예로는 아이들이 독립협회의 연설·토론회를 본떠 백성과 정부 관리로 편을 갈라 당시의 문명개화의 수준과 성격에 대한 시시비비를 논하고 있는 「샹목ᄌ란 사람이」(1898.12.13, 론셜)를 들 수 있다.

백성의 편에서 비판하는 요소는 크게 두 가지이다. 첫째, 실질적인 국가의 '경장(更張)'을 성취하기 위해서는 학생들을 외국에 보내 선진문명에 정통한 인재로 길러야 하는데 그렇지 못하고 여전히 구관료들이 득세하고 있다. 둘째, 그러다 보니 관료들이 백성들의 토지나, 나라의 재원이 되는 광산, 철도 같은 이권을 손쉽게 열강들에게 넘기고 있다. 이에 대해

---

10) 한편 『미일신문』은 조선이 야만의 상태를 벗어나 문명국으로 나아가기 위해서는 국민들이 '국문', 즉 한글을 통해 새로운 지식과 정보를 획득할 때 가능하다는 사실을 독일의 의무교육을 예로 들어 주장한다(1898.6.17, '론셜'). 이것은 『미일신문』 담당자들이 민족어와 신문매체가 근대적 민족의식의 형성과 전파, 그를 통한 국민통합(국민화)에서 핵심적 기능을 수행한다는 사실에 일찌감치 눈뜨고 있었음을 보여준다. 물론 『독립신문』과 『뎨국신문』 역시 이런 '국문'(민족어) 의식에서 예외가 아니었다.

관리들은, 갑오경장을 통해 이미 문명부강에 필요한 각종 시설과 제도를 설치·실시하고 있다. 둘째, 공정한 법률의 운용과 엄격한 경찰제도의 시행을 통해 나라의 안녕과 상거래의 질서 확립을 도모하고 있다. 셋째, 이권 문제는 선진국과의 일종의 주고받기이지 일방적인 공여가 아니다. 백성의 의견과 관리의 의견을 비교하면, 전자가 문명개화의 실질적인 실천과 국가의 미래에 중점을 두고 있는 반면, 후자는 그 실질은 뒤로 한 채 근대적 국가장치의 제도화를 강변하기에 급급해하고 있다.

여기서도 드러나는 바지만, 『미일신문』에는 유난히 문명개화 혹은 진보의 조건으로 근대적 법률제도의 공정한 시행을 강조하는 '서사적논설'이 많다. 또한 그런 의식이 궁극적으로 주권의식, 더 나아가 자주독립의 의지로 발현되는 것이겠지만, 구미 열강의 이권 침탈을 강력히 비판하면서 거기에 안일하게 대응하는 정부 관료들을 비난하는 글들도 다수 보인다.11) 그런 점에서 '법률'이 동일화에 바탕한 국민화의 안쪽 회로를 구성한다면, 외세에 대한 비판은 차이화에 바탕한 국민화의 바깥 회로를 점유한다 하겠다.12) 그리고 이 안팎의 회로는 공히 정부 관료들을 '공공의 적'(타자)으로 상정하는 흥미로운 배치를 보여준다. 그렇다면 민족국가의 상상과 관련하여 『미일신문』이 보여주는 이와 같은 시각과 태도의 의미는 무엇일까.

---

11) 법률, 경찰, 공교육 같은 근대적 국가장치의 제도화라는 측면 외에 강조되는 것은 역시 일상의 근대화와 관련되는 항목으로서 풍속과 위생의 개량 문제이다.

12) 외세의 침탈에 대한 비판은 그러나 수구파나 개신 유학파의 그것과는 성격을 달리한다고 보아야 한다. 『독립신문』과 마찬가지로 이들 역시 서구문명의 모방과 부정적 주체의 타자화, 문명과 야만의 위계화 같은 사회진화론의 관점에서 문명개화를 수용하고 있다. 이들은 자립자강과 부국의 근본이 되는 철도, 광산 같은 이권의 강탈을 비판하고 있을 뿐, 궁극적으로 조선을 식민화하려는 서구의 제국주의적 본질에는 비교적 무감한 편이다.

1) '법률'—민족국가의 수립과 국민 되기의 전제 조건

근대 국가의 핵심 원리 가운데 하나는 모든 국민이 신분이니 경제적
능력에 관계없이 법 앞에 평등하다는 것이다. 이른바 경제외적 강제로부
터의 해방을 제도적으로 보장하는 것이 법률인 셈이다. 법 앞에서의 평
등은 그것을 시행하는 최고 기관으로서 '국가' 안에서의 평등이란 감각
을 낳으며, 그 속에서 이전의 신민들은 동등한 주권자로서 '국민'으로 재
탄생한다.13) 다음의 글은 문명개화의 척도로서 법률의 의미와, 그것의
제도화가 구체제의 붕괴와 '국민 의식'의 형성과 확산에 미치는 영향을
인상적으로 보여준다.

> (……) 니가 갓든 고을은 원 노릇 홀 슈 업데 소위 기화라고 혼 후로 원 니려
> 간 스람들이 빅셩들을 교만ᄒ게만 만드럿데 그려) (웨) 즈리로 그 고을 민심이
> 슌박ᄒ여 원 노릇 ᄒ기러 됴타고 ᄒ더니 그동안에 엇더키 그리 변ᄒ엿던가)
> (아) 젼에는 원의 말이라면 무셔워ᄒ던 빅셩들이 지금은 관장의 말을 우습게 넉
> 여 령갑을 세울 슈가 잇셔야 원 노릇슬 히먹지 (……) (에) 못싱긴 것도 만치 원
> 으로 안져셔 빅셩의게 령을 셰려다가 못ᄒ엿단 말인가 그러 무삼령을 셰려다
> 가 못 셰우고 망신만 당ᄒ엿단 말인가) (허허) 월봉만 가지고 거긔셔 지닐 슈
> 잇든가 그럭키에 자네 드러 말일셰 만은 싱각다 못ᄒ여 쵼민들의게 호포와 결
> 견 밧는데 좀더 물니려 드럿드니 이 무지혼 것들이 들고 이러나셔 법률 밧겟
> 일이니 아니 물겟다고 야단을 치데 그려 그리셔 홀 수 업기에 ᄶ박 ᄶ박 월봉
> 만 먹고 잇다 갈녀 올나온즉 싀원ᄒ에) (……)14)

---

13) 『독립신문』에 등장하는 '근대'와 관련된 용어의 빈도수를 조사한 한 연구에 따르면,
  법률이 독립, 개화, 문명이란 용어보다 더 많이 등장한다. 독립이 768회, 개화가 360회,
  문명이 323회임에 반해 법률은 821회, 재판은 496회의 빈도수를 보이고 있다. 김동택,
  「『독립신문』에 나타난 국가와 국민의 개념」, 『한국의 근대와 근대 경험』(이화여대 한
  국문화연구원 편), 2003년 봄 학술대회자료집. 빈도수를 조사한다면 『미일신문』도 여
  기서 크게 벗어나지 않을 것이다. 다만 『독립신문』과 『미일신문』의 다른 점은, 후자가
  '서사적논설'에서 법률을 주제로 삼는 경우가 전자보다 훨씬 많다는 사실이다.
14) 『미일신문』, 1898.6.13, '잡보'. 본고에서는 논의와 인용의 편의를 위해 김영민 외편,
  『근대계몽기 단형 서사문학 자료전집』 상의 체제(제목 붙이기와 표기, 띄어쓰기 등)를

개화의 제도적 상징인 법률은 백성이 탐관오리들로부터 자신들을 지킬 수 있는 유일한 힘이다. 봉건적 수탈의 핵심이 삼정으로 대표되는 세금의 강제적 약취에 있었음을 환기할 때, 국가가 정한 법률에 따라 정해진 만큼의 세금만 내면 된다는 사실은 백성들이 생존의 차원에서 근대 '국가'의 유의미함을 깨닫는 계기가 되기에 충분할 듯싶다. 그런 계기의 반복은 당연히도 '운명공동체'로서 국가의 이미지를 내면화하는 물적·심리적 토대가 된다. 가령 「북촌 사는 사롬 ᄒᄂ이」(『미일신문』, 1898.9.20)라는 '론셜'에서는 정부와 백성의 하나됨과 그를 통한 국가의 부강 원리로서 만민평등 사상("다 갓흔 ᄒᆫ 종자오 다 갓흔 평등권")을 지목한다. 이런 평등권의 핵심이 법률의 공평한 적용에 있음은 두 말할 나위 없다. 평등권을 통해 봉건적 신분제는 무력화되며 백성이 나라의 주인이라는 국민주권 의식은 강화되겠기 때문이다.

물론 이 글이 사실을 다룬 기사가 아니라 주장을 드러내는 논설이라는 점에서, 법률을 지키는 백성의 승리와 그렇지 않은 구체제 관료들의 패배라는 설정은 그렇게 되어야 한다는 당위를 설파한 것일 수도 있다. 실제로 이 시기 '법률'에 관한 담론들은 많은 경우 법률을 지켜야 하고 공평히 시행해야 한다는 점만 반복해서 강조할 뿐, 그것을 만드는 주체의 문제랄지 법률의 내용에 대해서는 거의 이야기하지 않는다.[15] 위와 같은 백성의 저항이 일종의 상상적 욕망일 지도 모른다는 사실은 당위와 현실이 날카롭게 맞서고 있는 다음 글에서 잘 엿볼 수 있다.

(……) 우리나라 지금 형편을 가만히 보면 전국 남녀로서의 힝위가 하도 싹흔 것이 슈구라 ᄒᄂᆫ 사롬은 반연히 됴흔 줄을 알아도 새법이라 ᄒᆞ면 힝치 아니ᄒ고 기화라 ᄒᄂᆫ 사롬은 실학은 무엇인지 모로고 머리 ᄭᆞᆨ고 양복만 ᄒᆞ면 다 된 줄노 아라 의구히 게으른 산ᄋᆞ희도 노름ᄒᆞ러 가는 길은 부지런ᄒᆞ고 어리셕은

<hr>

따랐다.
15) 김동택, 앞의 글, 128면.

지어미는 무당의 쟝고 쇠리에 거름이 빠른지라 정부 관원네들은 쳥젼 소리에 귀가 붉고 외방 원님네들은 고무릭 손이 단단ᄒᆞ니 죠졍과 빅셩과 슈구와 기화를 모도 모와 놋코 보면 다 일반이라 누구를 싸로히 나무라ᄒᆞᆯ 것이 업슨즉 젼국이 이쳐로 지나가면 언졔나 기명이 되리오 ᄒᆞ거늘 맛춤 엇더ᄒᆞᆫ 사롬이 지나다가 이 말을 듯고 디답ᄒᆞ되 그디의 말이 혹 고이치는 아니ᄒᆞ나 오히려 싱각을 덜 ᄒᆞᆫ 것이 각 읍 수령의 불션홈과 인민의 희태홈과 슈구의 굿은 것과 기화의 무실ᄒᆞᆫ 것을 다 말ᄒᆞ지 말고 다만 졍부 ᄒᆞ나만 발나지면 공평ᄒᆞᆫ 법률과 광명ᄒᆞᆫ 거울 밋히 어느 관원과 엇더ᄒᆞᆫ 빅셩이 감히 법을 범ᄒᆞ야 불션ᄒᆡᆼ위와 희타셩습을 발뵈리오 ᄒᆞ물며 근릭에 우리 황샹 폐하끠오셔 졍신을 가다듬 드스리기를 도모ᄒᆞ샤 간ᄒᆞᆫ 것 드르시기를 흐르는 것 ᄀᆞᆺ치 ᄒᆞ시니 일국의 경ᄉᆞ요 만민의 홍복이라 우리도 얼마 아니 되야 됴흔 셰월을 볼 터이니 그디는 부디 내 말을 밋고 눈을 씻고 기드려보라 ᄒᆞ니 (…중략…)16)

"각 읍 수령의 불션홈과 인민의 희태홈과 슈구의 굿은 것과 기화의 무실ᄒᆞᆫ 것", 즉 나라 전체가 개명하지 못하는 까닭은 나라에서 법을 지키지 않기 때문이다. 법률의 공평한 수행이 근대국가의 전제조건이라면, 법률의 준수는 개명된 국민의 전제조건인 셈이다. 말하자면 법률의 준수 여부는 문명과 야만, 국민과 비국민을 분할하고 준별하는 기준선이다. 이 당시 신문들에서 법률은 문명국의 표지였을 뿐만 아니라 문명, 개화, 반개화, 미개(야만)로 세계를 위계화하는 중요한 기준 가운데 하나였다.

예컨대 『독립신문』은 '문명국'을 "그 나라의 법률 쟝뎡과 모든 다스리는 일들이 붉고 공평 ᄒᆞ야 무식ᄒᆞᆫ 빅셩이 업고 사롬마다 ᄌᆞ유권이 잇스며 나라이 기화 셰계가 되어 요슌 째와 다름이 업는"17) 상태의 나라로 정의한다. 『민일신문』도 크게 다르지 않아서 당시 문명국의 표상이던 구라파가 그렇게 된 까닭을 새로운 근대적 학문의 제도화, "화륜션과 젼긔거와 철도 광산"의 발명과 개발, 그리고 "만국공법이며 교린통상이니 ᄒᆞ

---

16) 『민일신문』, 1898.7.28, '론셜'.
17) 『독립신문』, 1899.2.23, '나라 등슈'.

는 온갖 새법"[18]의 시행에서 찾고 있다. 이런 기준에서 본다면, 있는 법률조차 제대로 지키지 않는 조선은 문명국이 되기는커녕 야만국으로 머무를 수밖에 없다.

그런데 흥미롭게도 논평자는 조선인의 부정적인 면모에 맞장구를 치기보다는, 법률의 공평한 수행에서 '국가'의 역할을 재고하는 방식을 통해 대한제국의 장밋빛 미래상을 점치고 있다. 잘 아다시피, 그것이 자국의 현 상황에 대한 비판과 보다 나은 나라로의 갱신을 목표로 한 것일지라도, 문명에 뒤쳐진 나라들에서 자국에 대한 지나친 부정과 비하는 제국주의의 식민화 담론에 스스로를 포섭시키는 위험한 게임이다. 일제의 조선 병합과 식민통치의 논리적 근거가 조선의 정체성론과 타율성론에 있었음은 널리 알려진 사실이다. 이광수의 '민족개조론'이 대표적인 예이겠으나, 일제의 식민 담론에 조선인 스스로에 의해 발화된 부정적 자아상이 한몫 했음을 부인하기는 어렵다.

물론 법률의 공평하게 시행하는 근대적 '국가' 장치에 대한 강조 역시 또 다른 식민지적 무의식의 발현일 수 있다. 근대적 법률 체계에 편입된다는 것은 단지 법률을 시행하고 지키는 문제가 아니다. 그보다는 당시 세계를 지배하던 만국공법의 논리나 국제 관계의 규범을 내면화하고 또 자신들이 속한 국가 자체를 그 규범의 틀에 적합한 것으로 새롭게 구축하는 일이었다.[19]

현재의 관점에서 이 당시의 서구문명에 대한 맹목적인 흉내와 모방, 다시 말해 뒤돌아봄 없는 자기 식민화의 어리석음을 비판하기란 어렵지 않다. 그러나 당시의 그들에게는 선택의 여지가 별로 없었다. 문명개화, 그것은 우승열패의 세계관이 지배하던 당시의 세계체제 속에서 선택이 아니라 생존의 문제였다. 조선의 부정적 자아상의 적출에 더욱 열심이었던 『독립신문』[20]과 달리 『미일신문』은, 매우 낭만적인 발상이기는 하나,

---

18) 『미일신문』, 1898.12.14, '론셜'.
19) 고모리 요이치[小森陽一], 송태욱 역, 『포스트 콜로니얼』, 삼인, 2002, 28~29면.

저런 식의 긍정적인 국가상을 상상함으로써 그들이 주장한 '합심'의 목표를 이루고자 했던 것이다. 요컨대 법률의 준수라는 국민 개개인의 실천을 강조하면서도 궁극적인 국민통합의 원리로서 '국가'를 강조해마지 않는 이런 논법21)은 민족국가를 상상하는 『미일신문』의 보편적인 시각이었다.

2) '문명'의 실천, 또는 문명국─국민으로의 자기 정립

민족(국가)을 운명공동체로 여기도록 하는 자발적인 내면의식, 즉 민족의식 내지 애국심은 근대 민족국가를 상상하고 실현함에 있어 결코 빼놓을 수 없는 중요한 요소이다. 애국심을 고취하고 강화하는 방식은 여럿 존재하나, 크게는 내·외부적 경로 둘로 나눌 수 있다. 먼저 자국어와 영토, 자문화에 대한 우월감과 자부심 같은 것은 자민족에 대한 긍지와 존숭을 불러일으킴으로써 내부의 결속에 크게 기여한다. 다음으로 이런 동일성에 기반한 자기 정의와는 반대로, '정체성의 타자 규정'을 통해 자민족의 동일성을 추구하고 타민족과 경계짓기를 시도하는 방식이 있다. '정체성의 타자 규정'이란 우리의 적은 누구인가, 다시 말해 '우리'와 '적'의 영원한 이분법을 전제로 하여 민족정체성을 정의하는 방식을 말한다.22) 전쟁이나 국가대항 스포츠가 보여주듯이, 적국에 대한 분노와

---

20) 이에 대해서는 정선태, 「『독립신문』과 '민족 담론'의 형성」, 『한국의 근대와 근대 경험』(이화여대 한국문화연구원 편), 2003, 149~163면 참조

21) 엄밀히 말해 『미일신문』에서 국민 통합원리로서 가장 적극적으로 표상되는 것은 '국가' 자체라기보다는 '군주', 즉 '국왕'이다. 이런 '충군애국'의 정신은 『독립신문』, 『미일신문』 등 서구문명의 추종에 열심이었던 계몽주의자들이 근대적 입헌군주제를 새로운 국가의 정치체제로 선호했던 점과 무관치 않다. 이에 대해서는 고미숙, 『한국의 근대성, 그 기원을 찾아서』, 책세상, 2001, 28~33면.

22) 김기봉, 「'정치종교'로서의 민족주의」, 『서양에서의 민족과 민족주의』(한국서양사학회 편), 까치, 1999, 206~207면.

적개심, 그리고 상대국에 대한 경쟁심 따위는 별다른 노력 없이 '국민'을
하나로 묶어 세울 수 있는 가장 강력한 심리적·정서적 동인이다.

근대 계몽기의 매체와 서사 담론에서 민족에 대한 '정체성의 타자 규
정'이 본격화된 때는 외세, 특히 일제에 의한 국권 침탈이 가시화된 1905
년을 전후해서일 것이다. 개신 유학파들이 중심이 된『대한매일신보』의
기사와 장단형의 서사물, 그리고 외세의 침략에 맞서 나라를 구한 동서
양과 조선의 영웅들을 그린 역사전기소설과 위인전의 대성황은 구체적
증거라 하겠다. 이 시기에 오면 조선의 타자로서 외세는 단순한 영토의
침략자가 아니라 조선의 식민화를 목표하는 제국주의로 명확히 각인된
다. 그런 만큼 매체와 각종 서사 담론에서 민족주의와 애국심의 고취가
민족의 생존과 보존을 위해 화급을 다투는 과제로 선점되는 것은 매우
자연스런 현상이었다.23)

이런 상황에 비한다면, 거기서 7~8여 년 전의 현실일 뿐인 1890년대
말의 외세에 대한 인식은 평면적이며 단선적이다.『미일신문』의 경우,
외세, 아니 선진문명국으로서 서구와 일본에 대한 비판은 그것의 제국주
의적 본질에 대해서가 아니라 조선의 자주와 부국을 제한하는 각종 이
권에의 개입과 침탈로 향한 경우가 많았다.24) 그나마 이 문제를 다룬
'서사적논설'들은, 앞서도 보았듯이, 외세에 대한 직접적인 항의보다는
정부 관리들의 부패와 연결시켜 논하는 우회적인 논법을 구사한다.25) 이

---

23) 신채호의 다음 말을 보라. "이 제국주의를 저항하는 방법은 무엇인가 갈오대 민족주
   의(다른 민족의 간섭을 받지 아니하는 주의)를 분발할 뿐이니라 이 민족주의는 실로
   민족을 보존하는 방법이라 이 민족주의가 강건하면 나파륜 같은 큰 영웅으로도 아라
   사 경도에서 대패하여 도망함을 겨를치 못하였으며 민족주의가 박약하면 아날비 같은
   큰 호걸로도 세일론의 외로운 섬 중에서 망국의 한을 품고 죽었으니 오호―라 민족
   을 보전코저 하는 자 이 민족주의를 숭상치 아니하고 무엇으로 하리오"(『대한매일신
   보』, 1909.5.28, '논설')
24) 외세의 이권 개입과 이에 대한『미일신문』의 비판 양상에 대해서는 정진석, 「협성회
   회보·미일신문 논고」,『한국언론사연구』, 일조각, 1988, 212~217면 참조.
25) 대표적인 예로, 「근일에 돈암관화라 ㅎ 는」(1898.7.23, '론셜'), 「심산 궁곡에 나무가」
   (1898.7.27, '론셜'), 「누옥셩이 상두에 골한 잠이」(1898.11.29, '론셜'), 「상목ㅈ란 사롬이」

와 같은 태도에는 외세의 이권침탈이 가져오는 여러 문제와 부작용에도 불구하고, 그들로부터 배워야 할, 그래서 따라잡아야 할 문명개화의 권능과 효용을 높이 사는 시각이 분명 삭용하고 있을 터이다. 그런 점에서 본다면, 애국주의 담론이 본격적인 민족주의의 회로가 아니라 '충군애국'의 회로 속에서 작동하고 있는 이 시기에서 우리와 적을 선명히 가르는 민족 정체성의 타자 규정은 큰 의미가 없을 수도 있다.

그러나 그것이 긍정적이든 부정적이든 타자에 대한 인식은 자기 동일성의 확보와 지속에 필요한 거울 역할을 하기 마련이다. 궁극적으로 동일성이란 타자 혹은 세계와의 관계 속에서, 다시 말해 차이와의 대비 속에서 생산된다. 따라서 자기 내부를 제대로 들여다보기 위해서는 외부의 시각에 자신을 비추어보는 작업이 반드시 필요하다. 이 시기 민족 정체성의 타자 규정에서 눈에 띠는 점은, 문명의 위계화와 인종 담론이 결합하는 방식으로 자기 동일성이나 민족국가의 미래상이 설정된다는 것이다.26)

외부의 시선을 통한 국민화의 회로라 말할 수 있는 이런 시각은, 『미일신문』의 경우, 특히 황인종과 백인종의 대비적 고찰에 많은 비중을 둔다. 이 고찰이 어떤 식으로 이루어지는지에 대한 추측은 어렵지 않다. 문명개화 여부에 따른 서양과 동양의 우열 비교, 그것의 백인종과 황인종의 우승열패적 인종 담론으로의 치환, 그 결과로서 서양=백인종의 세계지배, 당시의 조선 현실에 비춘다면 서세동점(西勢東漸)의 필연적 도래로 귀결된다. 매우 부정적인 방식으로의 식민지적 무의식의 내면화가 아닐 수 없다. 다음 예들을 보라.

① (…중략…) 니가 지금 이 압뒤 밧희 난 비치를 보니 사룸 기르는 것도 이와 갓흔지라 지금 셔양 사룸들의 정치와 법률은 이르도 말고 거쳐와 의복과 음

(1898.12.13, '론셜')을 들 수 있다.

26) 여기에 '위생'의 문제가 더해진다. 문명의 위계는 인종과 위생, 그리고 신체의 위계이기도 하다. 『독립신문』을 대상으로 이 문제를 다룬 글로는 정선태, 「『독립신문』과 '민족 담론'의 형성」, 앞의 책, 149~152면.

식이 다 위싱ᄒᄂᆞᆫ 디 맛가져 날노 인구가 번셩ᄒᆞ야 가고 동양 사ᄅᆞᆷ들은 졍치와
법률은 말ᄒᆞ지 말고 거쳐와 의복과 음식이 위싱에 아조 어두워 날노 인구가 쇠
잔ᄒᆞ야 가니 셔양 사ᄅᆞᆷ은 밧히 잡풀도 업고 거름도 ᄒᆞ야 붓도와 쥰 져 압밧과
갓고 동양 사ᄅᆞᆷ은 밧히 심우기는 하얏스나 잡풀도 미지 안이ᄒᆞ고 거름도 안이
ᄒᆞ며 붓도도와 쥬지도 안이ᄒᆞ야 황무죠잔ᄒᆞ기가 져 뒤밧과 갓흔즉 이러ᄒᆞᆫ 것
을 급히 사ᄅᆞᆷ을 식혀 풀도 미고 버레도 잡으며 거름도 ᄒᆞ야 잘 붓도도와 쥬면
나마지 비치나 셩ᄒᆞ게 부지ᄒᆞ야 자랄 것이오 만일 그디로 두면 니죵에 아조 죵
ᄌᆞ도 업셔질 터인즉 지금 동양 형셰도 급히 졍신을 찰혀 인민을 거름ᄒᆞ고 붓도
도와 쥬지 안이ᄒᆞ게드면 을마 안이되야 동양 황인죵은 다 업셔지고 셔양 빅인
죵만 번셩ᄒᆞ야 온 셰계가 빅인죵의 텬디가 될 터이니 이러ᄒᆞᆫ 싱각을 우리 동양
사ᄅᆞᆷ들이 깁히 ᄒᆞ여야 ᄒᆞ겟다고 ᄒᆞ더라[27]

　②긱이 말ᄒᆞ야 굴ᄋᆞ디 지금 동셔양 형편의 우렬쟝단은 말ᄒᆞᆯ 것 업시 짐쟉ᄒᆞᆯ
증거가 잇다 ᄒᆞ거ᄂᆞᆯ 내가 무러 굴ᄋᆞ디 무ᄉᆞᆷ 그러헐 증거가 잇ᄂᆞ뇨 ᄒᆞ니 긱이
굴ᄋᆞ디 져 사람은 혜두가 발가셔 만물의 리익을 극진히 취ᄒᆞ며 긔계의 졍예ᄒᆞᆫ
것이 더ᄒᆞᆯ 슈 업는 디 이르며 인민교육을 아니 밋츤 곳이 업시ᄒᆞ여 날노 부강
ᄒᆞ고 우리는 지혜가 본리 셔인과 ᄀᆞᆺ지 못ᄒᆞ고 리치를 강구ᄒᆞ지 아니ᄒᆞ야 하ᄂᆞᆯ
이 식히시며 ᄯᆡ이 싱기는 디로만 지니여 날노 침침ᄒᆞ고 외양관지ᄒᆞ여도 셔양
빅인죵은 강디ᄒᆞ고 동양 황인죵은 잔약ᄒᆞ다 ᄒᆞ거ᄂᆞᆯ 내가 악연이 낫빗을 고쳐
굴ᄋᆞ디 그디의 말ᄒᆞ는 비 엇지 그리 어리셕으뇨 대져 사ᄅᆞᆷ이란 것이 쳐음 셰상
에 나미 귀쳔 물론ᄒᆞ고 착ᄒᆞ며 사오나옴과 슬긔 잇스며 어리셕음과 실ᄒᆞ며 약
ᄒᆞᆫ 것이 쟉뎡ᄒᆞᆫ 것이 업셔 그 부모가 ᄯᆡ를 맛쵸아 가며 양육ᄒᆞ기에 잇고 졈졈
자라미 어진 스승이 발키 인도ᄒᆞ여 가ᄅᆞ치기에만 잇는 것이라 (…중략…) ᄯᅩ 그
디의 빅인죵은 강디ᄒᆞ고 황인죵은 잔약ᄒᆞ다는 말의 밋쳐셔는 더옥 알 슈 업는
것이 그디의 말 갓흘진디 키 큰 사ᄅᆞᆷ은 지혜가 만코 키 젹으면 지혜도 젹단 말
이며 힘이 만흐면 강ᄒᆞᆫ 말이며 힘이 업슨즉 약ᄒᆞᆫ 말이나 지혜롭고 어리셕
은 것이 사ᄅᆞᆷ의 힝ᄒᆞ고 아니 힝ᄒᆞᄂᆞᆫ 디 잇슬 ᄯᆞᄅᆞᆷ이니 힝ᄒᆞ다는 말은 각기 내 나
라 법률디로 올흔 일만 ᄒᆞᆫ 것이요 아니 힝ᄒᆞ다는 말은 나라 법률을 좃지 안코
셰력디로 그른 쥴을 알고도 ᄒᆞ는 것이니 강대ᄒᆞ고 침침ᄒᆞ는 것은 힝ᄒᆞ고 아니 힝

---

27) 『미일신문』, 1898.9.29, '론셜'.

흐는 딕 두 길 사이에 잇고 사름의 크고 적음과 강흐고 약흠과 빗갈의 희고 누른
딕 잇지 아니흐다 흐니 긱이 머리를 슉이고 묵묵무언이더라[28]

문명개화 여부가 인종의 위계화는 물론, 인종(종족)의 번성과 멸종의
근거로까지 제시된다. 이런 "동셔양 형편의 우렬쟝단"에 대한 인식이 사
회진화론에 근거해 있음은 비교적 분명하며, 비단 조선만의 세계 이해
방법은 아니었다. 후쿠자와 유키치[福澤諭吉]의 『문명론 개략』이 보여주
듯이, 일본 또한 자신들을 '반개(半開)'의 상태로 자리매김한 채 서구 따
라잡기에 나라의 명운을 걸었다.

이와 같은 동양의 문명화=서양화에의 전력질주는 근대화를 통해 삶
의 합리성을 성취하려는 욕망에 따른 것만은 결코 아니다. 거기에는 문
명의 위계화가 곧 약육강식의 제국주의 논리로 자연스럽게 치환되고, 그
것을 합리화하는 국제법 '만국공법'이 강제로 제공하는, 국가의 붕괴와
종족의 절멸에 대한 위기의식과 공포가 하나의 원인으로 자리잡고 있다.
『미일신문』이 문명개화의 조건으로 말하는 "각기 내 나라 법률디로 올
흔 일만 흐난 것"이란 논법은 자기 내부를 향해서는 유용했을지 몰라도,
서구의 문명화된 눈으로 보자면 결코 동의할 수 없는 것이었을 테다. 왜
냐하면, 『번역과 일본의 근대』의 저자들이 말했듯이, 당시의 서구에서는
"문명화된 나라는 서로 주권(sovereignty)을 존중한다. 그러나 문명화되지 않
은 나라에는 그런 것이 없으므로 인정할 필요가 없다"라는 세계 이해가
보편적이었기 때문이다.[29] 어쩌면 그런 연유로 그래도 비교적 서구의 사
정에 밝았던 『독립신문』이나 『미일신문』의 담당자들은 다른 무엇보다
'법률'의 문제를 문명개화의 핵심으로 지목했는지도 모른다.

이처럼 이 시기의 인종 담론으로 포장된 민족 정체성의 타자 규정은

---

28) 『미일신문』, 1899.2.8, '론셜'. 강조는 인용자.
29) 이상의 내용은 마루야마 마사오[丸山眞男]·가토 슈이치[加藤周一], 임성모 역,
『번역과 일본의 근대』, 이산, 2000, 130~131면 참조.

타자의 부정성보다는 긍정성을 거울삼아 주체의 부정성과 결여태를 드러내는 방식으로 이루어진다. 이런 부정적인 자기상의 구축과 폭로는 우선은 서구에 뒤쳐진 조선적 현실에 대한 객관적 인식으로 이해된다. 하지만 다른 한편으로는 위기의식의 고조와 확산을 통해 인민들을 문명개화의 장으로 끌어들이기 위한 일종의 과장과 역설의 논리로 이해되기도 한다.

이는 우리가 논하고 있는 『믹일신문』에 특히 들어맞는 듯하다. 가령 『독립신문』은, 정선태의 "환멸의 시선이 그물망처럼 조선인의 성격과 풍속을 네거티브 필름에 각인한다"는 표현처럼, '서구 문명국의 잣대'로 조선인의 타고난 품성과 유구한 습속을 야만의 그것으로 손쉽게 규정하고 비판한다.30) 반복되는 말이지만, 이들의 부정적인 민족상이야말로 춘원의 '민족개조론'의 한 기원이자, 일제를 비롯한 구미 열강의 식민 담론을 정당화하는 내부토대가 아닐 수 없다. 하지만 『믹일신문』의 조선·조선인상은 이와는 사뭇 다르다. 위의 글에서 보듯이, 조선·조선인의 현실을 인식하고 판단함에 있어 서구 문명을 잣대 삼는 것은 『독립신문』과 대동소이하다. 그러나 『믹일신문』은 부정적인 조선·조선인상의 적출에 열심인 『독립신문』과 달리, 문명개화의 수용 여부를 중심으로 인물을 구획하고 해당 현실을 비판한다. 그에 따라 주어진 것으로서의 품성이나 습속에 대한 부정적 비판보다는 개화를 거부하거나 거기에 소극적인 집단들, 대표적인 예로 양반이나 구관료들의 비판이 우세를 점하게 된다.

수구와 개화로의 인민의 분할과 구획은 문명개화에 찬성인가 반대인가 하는 태도의 문제를 중심으로 한 것이기에, 문명의 선취와 지체를 생래적이며 변경 불가능한 인종적·문화적 우열의 문제로 바라보지는 않는다. 위의 글들이 보여주듯이, 『믹일신문』은 교육과 법률의 시행을 통해 문명국의 위치로 도약할 수 있음을 굳게 믿고, 그 가능성을 적극 설

---

30) 정선태, 「『독립신문』과 '민족 담론'의 형성」, 앞의 책, 161면.

파하는 데 전력을 기울인다. 물론 앞서도 지적했지만, 그 당시 국제적으로 통용되는 법률이나 교육의 본질에 대한 정확한 이해 없이 그것의 보편적 성격에 기대어 문명개화의 성취를 자신하는 태도는 안이한 발상일 수밖에 없다.

하지만 지나친 자기 부정과 그것을 변경 불가능한 질서로 생각하는 태도는 긍정적 자기 동일성의 생산과 구축에 커다란 장애를 초래하기 마련이다. 그 부정성을 벌충하기 위해서는 또 다른 긍정성의 창출이 필요한 법이다. 다른 서구에 비해 근대 문명의 후진국에 속했던 독일과 일본이 걸어간, 그리고 우리 역시 그러했던 문화 민족주의로의 방향 전환은 그 첨예한 예를 제공한다.[31] 자문화의 우월성에 대한 맹목적 믿음이 어떻게 타자를 억압하고 말살하는 침략적 야만주의로 전락해갔는가에 대한 논증은 여기서 더 이상 필요치 않다. 문명개화를 오로지 행하고 아니 행함, 즉 실천의 문제로 바라보는 『미일신문』의 논리를 그저 낭만적이라고 폄하하기 어려운 까닭은, 스스로의 변화 가능성에 초점을 둠으로써 절대 질서원리로서의 사회진화론에 일정한 균열을 내고 있다는 사실 때문이다. 비록 그것이 한갓 백일몽에 불과했다는 사실이 얼마 안 있어 판명되긴 했지만, 근대 민족국가의 토대로서 자주와 독립, 자강은 저런 태도 속에서 성취되어야 했음은 지금에서도 부인하기 어렵다.

---

31) '문명'과 '문화'의 개념이 근대 민족국가의 형성과 맺는 관계에 대해서는 니시카와 나가오[西川長夫], 윤대석 역, 「한자문화권에서의 문화 연구」, 『국민이라는 괴물』, 소명출판, 2002, 101~114면 참조.

3. '문명개화＝국민화'로의 계몽을 향한 서사 충동의 양상

지금까지 우리는 『미일신문』의 '서사적논설'에 나타난 민족국가의 상상력, 보다 구체적으로는 '문명개화＝국민화'의 대표적인 두 회로를 검토해 왔다. 문명개화를 향한 '계몽'의 내용을 검토해온 셈인데, 그에 못지 않게 그것을 드러내는 방식 역시 중요하다. 잘 아는 대로, 한국 근대소설 형성의 주요한 물줄기가 된, '서사적논설'을 비롯한 단편 서사물들은 신문매체가 문명개화의 가치와 필요성을 널리 알리고 백성들을 계몽하기 위해 조선 시대의 논변류를 참조, 변형하거나, 거의 새로운 형식을 고안해내는 과정에서 탄생한 것이다. 어떻게 하면 문명개화란 절대선을 백성들에게 거부감을 주지 않고 효과적으로 계몽할 수 있는가의 문제는 이 당시 신문들의 공통된 관심사였다.

가령 『미일신문』(1898.5.14)의 "무엇시던지 혼가지를 가지고 여러번 말 흐면 듯는 이들의게 너무 지리흐야 흥샹 의례 건으로 흐는 말곳치 되기도 쉽겟고"라는 대목이나, 『뎨국신문』의 발행인 이종일이 『비망록』에서 자신이 우언의 방식으로 쓴 논설을 사람들이 관심을 가지고 흥미 있게 돌려본다는 사실을 알고 용기 백배했다고 고백하는 장면[32]은 그런 형식에의 의지를 대변한다. 이 당시의 신문들은 엄밀히 말해 서로 밀접한 관련이 없는 다양한 소식과 읽을거리를 강제로 결합하는 신문 특유의 모자이크적 본질(비동시성의 동시성)을 완전히 구현하고 있지는 못했다. 『미일신문』을 예로 든다면, 기껏해야 사건과 사실을 기술하고 전달하는 '기사'란, 자신들의 주장을 설파하는 '논설'란, 여러 잡다한 소식을 모은 '잡보'란과 정부의 소식을 담은 '관보'란, 외국의 소식을 전하는 '외국소식'란, 그리고 '광고'란이 고작이었다. 더군다나 문명개화의 효과적 계몽을 신

---

32) 이종일, 『비망록』, 1898.9.31. 여기서는 구장률, 「『제국신문』의 「서사적논설」 연구」, 『현대문학의 연구』 22호(한국문학연구학회 편), 117면에서 재인용함.

문의 최고 목적으로 삼고 있었기에, 개개의 난들은 분할이라는 말이 무색하게 "호가지를 가지고 여러번 말ᄒ"는 장면을 빈번히 연출할 수밖에 없었다.

그런 점에서 관념적 사변이 되기 쉬운 문명개화의 내용과, 동어반복으로 인한 관심의 감소를 상쇄하기 위한 새로운 글쓰기의 요청은 이미 예정된 것이었다. 이른바 교훈과 흥미의 동시적 달성이 문제의 초점이 된 것인데, 이런 '서사 충동'[33]을 수행할 수 있는 곳은 여러 지면 중에서 '논설'이나 '잡보'란이 되기 쉬웠다. 후자의 경우, '잡보', 즉 온갖 소식을 모은 곳이란 명칭부터가 사실과 허구가 명확히 변별되지 않고 뒤섞일 수 있는 가능성을 열어놓고 있다. '논설'은 근대계몽기에 전통적 논변의 방법이었던 '논(論)'과 자기 주장의 정당성을 입증하기 위해 가상적 사실을 꾸며낼 수 있는 있었던 '설(說)'을 결합해 탄생시킨 새로운 글쓰기 양식이었다. 이처럼 '논설' 또한 허구성과 문학적 의장의 수용 가능성을 내포하고 있는 개념이기는 마찬가지였다. '서사적논설'은 그런 형식에의 의지가 탄생시킨 새로운 서사양식의 대표적인 형태 가운데 하나였다.[34]

『미일신문』 소재 '서사적논설'을 서사의 구성 방식에 따라 분류한다면, 크게는 문답·토론식과 일화식으로 나눌 수 있다. 우선 전자는 말 그대로 대화와 문답, 토론의 형식을 통해 문명개화의 당위성을 선전·설득하거나, 개화를 거부하는 수구파의 무지와 시대착오를 비판하는 내용이

---

33) 모든 서사(narrative) 행위는 세계에 대한 인식의 욕구만이 아니라 권위와 정당성을 지닌 특정한 사회 현실의 개념을 생각할 수 있게 하는 일종의 가치적(또는 정치적이거나 이데올로기적) 충동을 드러내기 위한 것이다. 어떤 사건이나 사실을 가치화하기 위해 가미되는 허구성이나 문학성, 그리고 그것이 생산하는 리얼리티는 우리가 오직 상상할 수 있을 뿐 경험하지는 못하는 일관성과 전체성, 완결성을 생산한다. Louis. Mink, 윤효녕 역, 「모든 사람은 자신의 연보 기록자」, 『현대 서술 이론의 흐름』(Gérard Genette 외), 솔, 1997. 논설이나 잡보 등에 서사성을 도입하려는 근대계몽기 신문매체들의 노력이 계몽을 가치화하려는 서사 충동에서 비롯된 것임은 두 말할 나위 없다.

34) 보다 자세한 내용은 김영민, 『한국근대소설사』, 솔, 1997, 79~80면 및 정선태, 『개화기 신문 논설의 서사 수용 양상』, 소명출판, 1999, 43~47면 참조.

주를 이룬다. 그런 만큼 이런 양식에서는 서술 주체의 의견과 주장이 표면에 쉽게 드러나며, 대상이 되는 화제도 일반적이며 객관적인 사실들에서 크게 벗어나지 않는다. 앞의 제2장에서 검토한 작품들이 대체로 이런 유형에 묶일 수 있다. 이미 본대로 그 작품들은 주로 문명개화의 과정에서 불거지는 현실의 모순, 이를테면 법률을 둘러싼 수구파와 개화파, 백성과 지배관료 사이의 갈등, 외세의 이권 침탈 문제를 전면화하거나, 진정한 문명개화를 이루기 위한 전제로서 주체적 실천을 강조하며 설득하는 데에 주요한 목적이 있다. 그런 만큼 이들 작품에는 허구적 상상력과 문학적 의장을 통해 계몽의 주제들을 가치화하는 서사 충동의 정도는 상당히 미약할 수밖에 없었다. 이런 류의 '서사적논설'은 본격적인 문예의식의 소산이기보다는 신문 편집자의 계몽의식을 효과적으로 전달하기 위해 고안된 것이라는 한기형의 지적은 그런 점에서 매우 타당하다.[35]

하지만 이런 제약은 『독립신문』의 그것에 비한다면 그리 절대적인 약점이 되지는 못한다. 『미일신문』의 경우, 문답·토론식 '서사적논설'은 총 32편 가운데 8편이다. 그에 비해 『독립신문』은 30편 중 19편이다. 이런 차이는, 『미일신문』 담당자들이 계몽의 효과를 극대화할 수 있는 글쓰기의 개발에 많은 관심을 지불하고 있었음을 보여주는 의미 있는 사례라 할 만하다. 실제로 『미일신문』은 사실과 현안 중심의 토론과 문답을 진행하는 『독립신문』과 달리, 우의적·비유적 질문과 비판의 방법으로 자신들의 주장을 정당화하고 설파하는 경우가 많다.[36] 이를테면 쓰러져 가는 큰 '나무를 보호ᄒ랴는 마음'을 '나라를 경제ᄒ랴는 방침'에 비유하여 문명개화의 필요성을 논하는 「남산 아리 어느 친구를」(1898.11.9, '론셜')과, '꿈'의 형식을 빌려 서세동점의 현실을 우려하는 한편, 그것을 극복할 방

---

35) 한기형, 「신소설 형성의 양식적 기반」, 『한국 근대소설사의 시각』, 소명출판, 1999, 21면.

36) 『미일신문』의 문답·토론식 '서사적논설'의 미학적 특질에 대한 보다 자세한 검토는 정선태, 『개화기 신문 논설의 서사 수용 양상』, 소명출판, 1999, 84~88면 참조.

책으로 관리들이 성군(聖君)을 중심으로 세계의 개혁에 나설 것을 촉구하는 「누옥싱이 샹두에 골한 잠이」(1898.11.29, '론셜') 등이 그렇다.

'서사적논설'이란 양식 명칭에 길맞은 시사 구조와 그것을 뒷받침하는 미학적 의장을 동시에 갖춘 단형 서사들은 대개 일화체들이다. 일화체 서사들은 근대 계몽기의 현실에서 취재한 이야기들이나 아니면 그 가치와 필요가 높은 주장들을 전혀 새로운 서사형식의 창안보다는 전래하는 일화나 소화(笑話), 우화 등을 차용하거나 변주하는 형식으로 담아낸다. 말하자면 새로운 술을 낡은 부대에 담는 형식을 취하고 있는 것이다. 이런 타협은 전문적 문학담당자가 아닌 신문매체의 종사자들에게는 약점과 한계를 운운하기 이전에 최상의 선택이었을 것이다. 궁극적인 그들의 목적은 문학 고유의 허구적 진실성이 아니라, 기존의 사회통념이나 도덕률 따위를 정면에서 배반하지 않으면서도 백성(독자)들이 자연스럽게 문명개화 담론을 받아들이도록 유인하는 데 있었기 때문이다.

하지만 논설에 서사가 도입됨으로써 발생하는 효과는 문명개화의 수월한 선전과 계몽에만 그치지를 않았다. 비록 새로울 것 없는 형식이기는 해도 어떤 보편적 가치와 구체적 현실성의 재고에 결정적인 기여를 하게 된다.

> (…중략…) 암기고리가 슈기고리다려 말ᄒ되 그디가 흉샹 나를 더하야 슛것인 톄 그륵흔 톄 쟝한 톄ᄒ고 조곰도 굴ᄒ는 긔셰가 업더니 오늘날 져것을 보니 그 엇더흔뇨 즉금 이후로는 다시 그쳐로 큰 톄를 말고 녯버릇을 곳치라 ᄒ더 슈기고리가 처음은 그러히 넉이다가 나죵에는 붓그러온 것이 변ᄒ야 크게 셩내여 굴오더 그디가 늠의 큰 것만 보고 잇쳐로 거륵히 넉이며 나의 긔량과 지조는 모로는도다 그 물건이 불과시 물을 마시여 내여 품는 것이라 나도 그와 ᄀᆞ치 물을 마시고 품고 홀 줄을 아노라 ᄒ거늘 암기고리가 우어 왈 그디가 잇쳐로 큰 말을 ᄒ니 쳥컨더 그 지조를 보자 ᄒ미 슈기고리가 말은 ᄒ야 놋코 안이 홀 수가 업서 마지 못ᄒ야 적은 입을 크게 힘것 버리고 물을 얼마치 마시여 비와 닙이 다 차미 숨이 막히여 견딜 수 업셔 긔를 써셔 흔번 닙더 품으니 본

 한국 근대 서사양식의 발생 및 전개와 매체의 역할

리 목굼기 적은지라 급히 품는 셰에 복부가 팅즁ᄒᆞ야 필탁훈 소리에 비가죽이
터져 죽은지라 대뎌 사롬이라도 졔 분수는 싱각지 아니ᄒᆞ고 놈의 크고 쟝훈 것
을 보고 질에 격분ᄒᆞ야 본밧으랴고 ᄒᆞ다가는 미양 비 터지는 것을 면ᄒᆞ기 어려울
터이니 부듸 심히 헤아려 힝ᄉᆞᄒᆞ는 것이 올을 듯ᄒᆞ더라.[37]

이 작품은 자기보다 우월하고 큰 대상에 대한 맹목적 흉내가 초래할
수 있는 비극을 수캐구리의 죽음이란 우화를 통해 표현하고 있다. '놈의
크고 장한 것'은 당연히도 근대적 서구문명일 것이다. '문명개화'는 당시
의 시대정신이자 추구되어야 할 절대선이었다는 점에서 시비의 대상이
될 수는 없었다. 하지만 어떤 의미에서는 문명의 충돌로 볼 수 있는 그
것의 급격한 도래는 강제는 소화능력을 넘어선 과식과 입맛에 맞지 않
는 낯선 음식에 따른 소화불량과 그로 인한 만성체증을 가져올 수밖에
없었다. 따라서 자신의 능력을 고려한 후 거기에 맞게 모방과 수용의 속
도와 질량을 조절하는 것이 무엇보다 중요해진다.

『미일신문』 담당자들은, 강조 부분에서 보듯이, 뒤쳐진 조선이 '문명
개화'에 대해 취해야 할 올바른 정신과 태도를 강조함으로써 이런 우려
를 최소화하고자 했던 것이다. 어쩌면 이들은, 한기형의 말을 빌린다면,
"근대적 변화의 본질은 서구를 닮는 데 있는 것이 아니라 자기를 갱신하
는 데 요체가 있는 것"이란 사실을 서세동점의 현실에서 어렴풋하지만
그러나 예민하게 알아차리고 있었는지도 모른다.

(…중략…) 그 싯히 쏠이 큰형과 둘지 형의 다 그 남편의게 소박 맛고 찻지
아니ᄒᆞᆷ을 근심ᄒᆞ나 엇지 훌 슈 업셔 쳔만 ᄉᆞ량ᄒᆞ여도 시험훌 방칙이 업스미 쥬
야 근심ᄒᆞ다가 쏘훈 혼인날 밤을 당ᄒᆞ야 문득 신랑을 디하야 붓그럼을 먹음고
소리를 나죽이 ᄒᆞ야 가초 그 큰형과 둘지 형의 소박당훈 말을 ᄒᆞ고 지금 당ᄒᆞ
여 웃기도 어렵고 울기도 어렵다 ᄒᆞ거늘 신랑이 우셔 굴ᄋᆞ디 그디의 말이 용혹
무괴라 대져 사롬이 셰상에 나미 신하는 님군의 명을 좃고 자식은 아비의 그ᄅ

<hr>

37)『미일신문』, 1898.8.15, '론셜'. 강조는 인용자.

침을 좃고 지어미는 지아비 의를 좃는 거시 이는 만고에 밧고지 못홀 큰 범이
라 ᄒᆞᆯ며 부부의 도라ᄂᆞᆫ 거슨 바날이 가면 실이 짜르고 슈가 날면 암이 좃ᄂᆞ
니 무슴 어려오미 잇스리요 ᄒᆞ고 그 밤을 말업시 지내고 희로ᄒᆞ니 그 큰형과
자근형이 크게 ᄭᆡ다르나 셰월이 여류ᄒᆞ여 용광이 쵸최ᄒᆞᄂᆞᆫ 지경에 닐으럿스니
ᄭᆡᄃᆞ른들 무어시 유익ᄒᆞ리오 희라 지금 완고라 ᄒᆞ고 스ᄉᆞ로 직희ᄂᆞᆫ 자는 큰ᄯᆞᆯ의
고집홈이요 기화의 졸업ᄒᆞ엿다ᄂᆞᆫ 자는 둘지 ᄯᆞᆯ의 과히 능홈이라 ᄉᆞᆺ히 ᄯᆞᆯ의 즁도
쓰ᄂᆞᆫ 거시 기화에 먼져 ᄭᆡ다른 자라 헐거시니 그러헌즉 ᄭᅢ를 짜라 맛당ᄒᆞᆫ 거슬
지으며 풍속을 좃차 변통ᄒᆞᄂᆞᆫ 거시 올흘 줄노 아노라[38]

　이 작품은 세 딸의 초야(初夜) 경험을 빌려 '문명개화'를 바라보는 두
가지의 그릇된 태도를 비판함과 동시에 취해서 마땅한 정도(正道)를 제시
하고 있다. "신랑의 옷 벗기랴 홈을 거절ᄒᆞ고 듯지 아니ᄒᆞ기를 삼일 밤
을 ᄒᆞᆫ갈갓치 ᄒᆞ"다 소박을 맞는 큰딸은 수구의 전형이다. 그리고 "신랑
의 벗기기를 기ᄃᆞ리지 아니ᄒᆞ고 졔 손으로 다 벗고 자리에 남아" 있다
소박 맞는 작은 딸은 개화의 본질을 제대로 파악하지 못하거나 서구 문
명을 맹신하는 얼치기 개화파의 전형이다. 이에 반해 셋째 딸은 두 언니
의 과오를 피하기 위해 어찌해야 할지를 남편과 상의함으로써 첫날밤의
고비를 지혜롭게 넘긴다. 서술자, 곧 논평자는 이런 지혜를 문명개화의
수용에서 반드시 필요한 덕목으로 간주하는데, 이는 "ᄭᅢ를 짜라 맛당ᄒᆞᆫ
거슬 지으며 풍속을 좃차 변통ᄒᆞᄂᆞᆫ 거시 올흘 줄노 아노라"라는 대목에
잘 압축되어 있다.
　비록 우의의 옷을 덧입고 있지만, 그 개연성을 쉽게 이해할 수 있는
이야기의 내용과 구조, 특히 가치판단의 측면에서 비교가 가능한 주인공
내지 인물들의 대립적 배치는 무엇이 당위가 되어야 하며, 또한 현실성
있는 선택인가를 수월하게 설득시킨다. 이런 효과는 사실과 정보의 일방
적인 전달만으로는 결코 얻어질 수 없다. 오히려 그것들은 일상에서 있

---

38) 『ᄆᆡ일신문』, 1899.3.20, '론셜'. 강조는 인용자.

을 법한 일로 재구성됨으로써 차가운 남의 소식이 아니라 눈앞에서 펼쳐지는 나의 경험으로 환기되는 것이다. 근대성의 총아로서 신문과 소설이 공유하는 핵심은 특정하고 이질적인 사건과 경험을 가로지르고 융합함으로써 그것들을 누구나 공유 가능한 일종의 공공재로 재생산한다는 점일 것이다. 사실과 정보, 그리고 허구가 미분화된 채 동거하고 있는 '서사적논설'은 어떤 면에서는 신문과 소설의 모더니티를 압축적으로 실현하고 있는 형식이라는 설명이 어느 정도 가능한 것도 이 때문이다.

4. 맺음말

근대계몽기로 지칭되는 시대는 한 세기 조금 너머의 과거에 불과하다. 그러나 여러 우여곡절을 거친 끝에 당시 가장 긴요한 과제였던 '문명개화'에 안착해 있는 현재의 관점에서 보면, 가끔은 우리의 상상이 가 닿기 어려운 먼 과거에 속한다는 느낌마저 든다. 이런 느낌은 무엇보다 근대계몽기와 지금·여기의 현실이 서로 겹쳐 볼 수 없을 만큼 상이해서 생겨나는 것이겠다. 하지만 우리가 그 시대를 정확한 앎 없이 섣부른 속단과 오해로 보아 왔기 때문에 그런 느낌이 더욱 강화되어 왔다는 사실 또한 부인할 수 없다.

서두에서도 말했듯이, 근대 민족국가의 형성과 발전에 신문과 소설이 중요한 역할을 했다는 사실은 이미 하나의 상식이다. 최근 근대계몽기에 대한 연구가 신문과 소설이 미분화된 형태로 결합되어 있는 '서사적논설'과 같은 단편서사들에 주목하는 까닭도 저런 일반적 경로를 확인하고픈 욕망과 무관하지 않다. 그러나 그것의 보편성 못지 않게 중요한 것은 그것이 조선에서 실현되는 양상, 이른바 조선적 특수성을 곰곰이 따져보

는 일이다. 이 글은 그것을 특히 '문명개화=국민화'라는 코드 아래 해석
해 왔다. 그 결과를 간단히 정리하면 다음과 같다.

　『미일신문』의 '서사적논설'에서 '국민화'의 회로는 내부와 외부적인 경
로로 나누어 볼 수 있다. 국민화를 향한 내부 결속의 논리에서는 법률의
제정과 공평한 시행, 준수가 강조되었다. 『미일신문』 담당자들은 '법률'
의 제도화를 통해 조선의 근대민족국가로의 전환과, 백성의 국민으로의
전화를 기도했다. 다음으로 『미일신문』 담당자들은 외세의 이권 개입에
대해 매우 비판적인 시선을 견지했다. 하지만 이것이 서구문명에 일반에
대한 혐오와 비판은 아니었다. 서구는 여전히 두려워하면서도 모방하지
않으면 안 될 '문명개화'의 유력한 모델이었다. 그러나 『미일신문』의 '서
사적논설'은 자아의 부정적 면모에 대한 적발에 더 적극적이던 『독립신
문』과 달리 '문명개화'를 제 능력에 맞는 주체적 실천을 통해 실현 가능
한 것으로 사유하는 매우 유연한 태도를 보여준다. 이는 그들의 '문명개
화=국민화'의 목표 가운데 하나였던 '합심'을 향한 열망이 반영된 것이
다. 여기서 근대 민족국가의 핵심적 자질 가운데 하나인 '운명공동체'로
서의 민족에 대한 의식과 이미지의 초기 형태를 엿볼 수 있다.

　근대계몽기의 여느 신문처럼 『미일신문』 역시 '문명개화=국민화'로의
계몽을 효과적으로 수행하기 위해 자신들의 주의주장을 담는 '논설'에
일정한 서사성을 도입한다. 이런 서사 충동은 무엇보다 관념적 사변에
그칠 수 있는 문명개화의 가치를 대중들에게 효과적으로 호소하기 위함
이었다. 동시에 그것의 반복적인 선전이 가져올 수 있는 관심과 효과의
저하를 흥미의 진작을 통해 막아보려는 의도이기도 했다. 『미일신문』은
'문답·토론식'과 '일화식'의 구성을 통해 서사 충동을 구현한다. 전자는
사실과 현안에 대한 비판적인 질문과 대답이 중심을 이루고 있다. 후자
는 경험담과 우화 등을 통해 문명개화의 올바른 태도를 제시하고 설득
하는 데 초점을 맞추고 있다. 물론 대부분의 '서사적논설'은 우의의 옷을
입고 있었지만, 문학적 허구가 제공하는 구체적 현실성에 힘입어 문명개

화에 대한 그들의 주장에 한층 설득력을 높여 주었다.

　마지막으로 강조해 두는 것은 이런 결과는 어디까지나 『미일신문』의 '서사적논설'에서 보여지는 민족국가의 상상력과 문명개화 담론, 그리고 서사 충동을 대상으로 한 것이란 점이다. 따라서 우리는 『미일신문』의 그것을 근대계몽기 전반을 아우르는 것으로 지나치게 확대 해석할 필요는 없다. 오히려 그보다는 다른 신문이나 인쇄 매체에서 그것들이 어떤 식으로 드러나는지를 살펴보는 동시에, 각 매체들 사이의 유사성과 차이성을 비교하고 종합함으로써 민족국가의 상상력과 단편 서사물(소설), 그리고 신문 매체가 맺는 관계의 실상을 추적하는 일이 중요하다. 이 연구는 거기로 가기 위한 하나의 디딤돌인 셈이다.

2부

1910년대 신문의 역할과 근대소설의 정착 과정[*]

『매일신보』를 중심으로

김영민

1. 머리말

근대계몽기 신문의 출현은 한국 근대문학의 새로운 출발과 정착을 위한 가장 중요한 문화적 토대가 된다. 근대계몽기에는 다양한 신문들이 발행되었고, 이들 대부분은 여러 가지 형태의 서사문학 자료들을 지속적으로 수록했다.

근대계몽기에 사용된 '소설(小說)'이라는 용어의 의미는 오늘날의 그것과는 판이하게 차이가 난다. 당시에도 그것이 서사문학 자료를 지칭하는 용어 가운데 하나이기는 했지만, 일정하게 공통된 양식을 의미하는 것이 아니었음은 명백한 사실이다.[1] 특히 신문 발행 초기 이러한 현상은 더욱

---

* 이 논문은 2003년도 한국학술진흥재단의 지원에 의하여 연구되었음(KRF-2003-073-AS1014).
1) 근대계몽기에 사용된 '소설'이라는 용어의 의미와 그 특질에 대한 일반적인 정리는

두드러진다.

이 논문의 궁극적인 목적은 1910년대의 유일한 중앙지였던 『매일신보』를 통해 한국 근대소설의 정착 과정을 살펴보려는 데 있다. 이를 위해 『대한매일신보』와 『제국신문』·『만세보』·『경향신문』·『대한민보』 등 여타 근대계몽기 신문들이 '소설'을 비롯한 서사문학 양식들을 어떻게 이해하고 분류했는가를 함께 살피게 될 것이다. 이른바 근대 서사양식 분류의 역사성을 함께 살피려는 것이다. 이를 통해 『매일신보』의 서사양식 분류의 상대성을 이해할 수 있게 될 것이다. 아울러, 『매일신보』 소재 서사자료의 실태를 확인하고 그것이 통속화되어 가는 과정과 이유를 논의하려 한다. 이어서 「무정」 등 이광수 소설의 출현 과정과 「무정」의 근대문학사적 의의에 대해 고찰하려 한다.

2. 근대계몽기 신문의 서사양식론—『한성신보』에서 『매일신보』까지

1) 소설

근대계몽기 신문이 서사문학 자료를 수록하면서 '소설'란을 따로 구별 짓기 시작한 것은 1897년 1월 12일 『한성신보(漢城新報)』가 처음이다.[2] 그

김영민, 「동서양 근대소설의 발생과 그 특질 비교 연구」, 『현대문학의 연구』 21집, 한국문학연구학회, 2003, 439~468면 참조.

2) 『한성신보』는 일본인들의 주도하에 간행된 신문으로 국문과 일문을 함께 사용했다. 이 신문은 1895년 2월 17일 창간되어 1906년 7월 31일까지 간행되었다. 창간 초기에는 격일간으로 발행되었으나 뒤에 일간으로 전환했다. 창간 초기에는 소형판으로 제작해 101호까지 발행했고, 1895년 9월 9일 102호부터는 배대판(倍大版)으로 판형을 바꾸어 간행했다. 현재 국내 유일본으로 알려진 연세대학교 도서관 보관본은 이 배대판 신문이다. 본 연구자가 실제로 확인할 수 있었던 자료는 1895년 9월 이후부터 1905년 5월까

이전에도 '소설'이라는 용어를 사용하기는 했지만 이는 기사 속에서만 발견된다. 『한성신보』는 1897년 1월 12일부터 16일까지 3회에 걸쳐 「상부원사해정남(孀婦冤死害貞男)」을 연재 발표하면서 이 작품이 실리는 지면의 명칭을 '소설(小說)'이라고 명기한다.

『한성신보』에 수록된 서사문학 자료는 1895년 11월 7일부터 1896년 1월 26일까지 연재 발표된 「나보례언(拿破崙傳)」을 비롯하여 대략 30여 편에 이른다. 그런데 이렇게 30여 편에 이르는 서사문학 자료 가운데 '소설'란에 발표된 것은 대략 여섯 편 정도이다. 이들 작품의 제목과 발표일은 다음과 같다. 「상부원사해정남(孀婦冤死害貞男)」(1897.1.12~1.16), 「방백우유망동기(邦伯優游忘同忌)」(1897.1.18), 「비자정절(婢子貞節)」(1897.1.20), 「무하옹문답(無何翁問答)」(1897.1.22~2.15, 이후 미확인), 「목동애전(木東崖傳)」(1902.12.7~1903.2.3, 이후 미확인), 「경국미담(經國美談)」(1904.10.4~11.2). 이들 작품을 제외한 나머지 20여 편의 작품들은 대부분 '잡보(雜報)'란에 수록되어 있다.

그런데 이들 '잡보'란에 수록된 작품들과 '소설'란에 수록된 작품들 사이에 특별한 차이점이 있는 것은 아니다. 그뿐만 아니라, '소설'란에 실린 작품들 사이에서도 서로간의 특별한 양식상의 공통점을 발견하기는 어렵다. 예를 들면 「상부원사해정남」·「방백우유망동기」·「비자정절」·「무하옹문답」 등은 조선 후기에 성행하던 야담류에 속하는 작품으로 생각된다. 「목동애전」은 번역소설로 생각되나 그 출처가 분명하지는 않고, 「경국미담」은 일본 정치소설의 번역이다. 이들은 「방백우유망동기」나 「비자정절」처럼 한 회 발표로 끝나는 작품에서부터, 「목동애전」처럼 수 개월 연재 발표되는 작품에 이르기까지 길이도 제 각각이다. 문체 역시

지의의 신문이다. 『한성신보』는 1906년 9월 이후 『대동신보(大東新報)』 등 여러 군소 신문들과 합쳐져 통감부 기관지인 『경성일보(京城日報)』로 바뀌게 된다. 『한성신보』에 대한 더 자세한 논의는 박용규, 「구한말 일본의 침략적 언론활동」, 『한국언론학보』, 한국언론학회, 1998, 149~183면 참조. 한국 근대소설의 개념과 『한성신보』와의 관련에 대한 논의는 김재영, 「근대계몽기 소설 개념의 변화」, 『현대문학의 연구』 22집, 한국문학연구학회, 2004, 7~46면 참조.

일정하지 않아서 「상부원사해정남」·「방백우유망동기」·「비자정절」·「무하옹문답」·「목동애전」 등은 순국문으로 되어 있으나 「경국미담」은 국한문 혼용체를 사용하고 있다. 이렇게 『한성신보』에 수록된 작품들은 그것이 '잡보'란에 수록되었건 '소설'란에 수록되었건 대부분 창작물이라기보다는 번역물 혹은 이미 시중에 유통되던 작품들의 재수록물로 판단된다.3)

　　이런 점들로 미루어볼 때, 『한성신보』 편집자에게 특별히 소설이라는 양식에 대한 구체적 개념이 있었다고는 생각하기 어렵다. 야담류·고소설류·번역소설류를 모두 소설이라는 하나의 용어 속에 담아내고 있는 것이다. 아울러 잡보와 소설의 차이가 명백했다고도 보기 어렵다. 단지, 잡보란에 실리던 서사성이 강한 이야기문학 자료들에 대해 1897년 1월 이후 소설이라는 명칭을 부여해 일반 잡보 기사와 구별하기 시작했다는 정도로만 정리가 가능한 것이다.4)

　　『한성신보』 이후 신문에서 소설란이 발견되는 것은 국한문판 『대한매일신보(大韓每日申報)』의 경우가 처음이다.5) 『대한매일신보』는 한글로 된

---

3) 「조부인전」은 다음과 같은 사고(社告)를 통해 이 작품이 전래되는 소설책의 재수록임을 밝히고 있다. "이번에 社員이 쇼설췩을 웃더왓는디 그 췩일홈은 趙婦人傳이라ᄒ야 펵 ᄌ미가 잇고, 부인네계 츔징계될 ᄒ온 즉, 전러 긔지ᄒ야 英國史要ᄂ 中止ᄒ고 次号붓터 登載ᄒ오니 閱讀諸君은 倍舊로 사보심을 바라ᄂ이다."(『한성신보』, 1896년 5월 17일) 그런가 하면 「경국미담」은 연재에 앞서 다음과 같은 말로 일본 저작물의 번역임을 밝히고 있다. "此篇은 日本 大洞 伯矢野龍溪氏가 距今 二十 年 前에 著作홈이나 常時 日本 有志少壯이 人購一本ᄒ야 行吟走誦의 癖를 成ᄒ더니 今日 韓國政界에 有志人士가 忘身愛國에 改善之志를 皆抱ᄒ엿시니 此時에 此篇를 演讀홈이 士氣振作에 大效가 生ᄒ리니 文法平易ᄒ고 結搆雄大함은 此篇特色이요 士志慷慨ᄒ고 經綸卓拔홈은 此篇特質이니 愛讀을 得ᄒ면 譯者幸甚이로소이다."(『한성신보』, 1904년 10월 4일)

4) 김재영은 「조부인전」이 발표되던 1896년 5월부터 신문체제상 소설란은 독립된 것이며, 1897년 1월에 등장하는 '소설'은 이를 뒤늦게 추인하는 것에 불과한 것이었다고 본다. 이 소설란의 독립은 주로 국문독자를 끌어들이기 위한 타개책의 일부였으며 일본의 신문 지면을 참조했던 것이라고 정리한다. 김재영, 「근대계몽기 소설 개념의 변화」, 20~21면 참조.

5) 『대한매일신보』는 1904년 7월 18일 국문과 영문 혼용 신문으로 출발했다. 이후 영문

작품 「청루의녀젼」을 수록하면서 '소설(小說)'란을 두게 된다. 국한문판 『대한매일신보』에는 「젹션여경녹」(1905.8.11~29), 「향긱담화」(1905.10.29~11.7), 「소경과 안즘방이 문답」(1905.11.17~12.13), 「의티리국아마치젼」(1905.12.14~12.21), 「향로방문의싱(鄕老訪問醫生)이라」(1905.12.21~1906.2.2), 「청루의녀젼(靑樓義女傳)」(1906.2.6~2.18), 「거부오해(車夫誤解)」(1906.2.20~3.7), 「시사문답(時事問答)」(1906.3.8~4.12) 등의 순국문 서사문학 작품이 실려 있다.

그런데 이들 가운데 「청루의녀젼」과 「거부오해」 두 편만 '소설'란에 실려 있다.[6] 나머지 작품들은 모두 아무런 표식 없이 '잡보'란에 실려 있는 것이다. 특히 「소경과 안즘방이 문답」·「향로방문의싱이라」·「시사문답」 세 작품은 「거부오해」와 내용상 서로 연결되는 부분이 적지 않으며 동일한 구성법을 취하고 있는 등 동일 작가집단에 의한 연작 형태의 작품으로 추정된다. 그럼에도 불구하고 「거부오해」에만 소설이라는 양식 표기가 되어 있는 것이다. 이점으로 미루어 볼 때, 『대한매일신보』 역시 잡보와 소설의 구별이 명확했다고 보기 어렵다. 신문 편집자에게 소설에 대한 양식적 인식이 뚜렷하게 존재했다고 보기 어려운 것이다.

'소설'이나 '기서'라는 명칭은 『대한매일신보』 국문판에서도 발견된다. '기서'는 일반적으로 독자투고를 의미하지만, 꼭 그런 뜻으로만 사용되었다고 보기도 어렵다. 국문판 『대한매일신보』에는 모두 30여 편의 서사문학 자료가 실려 있다. 이 가운데 20여 편이 '논설'란이나 '시사평론'란에 실려 있다. 시사평론 역시 논설의 일종이라고 본다면 국문판 『대한매일신보』에 실린 서사문학 자료의 대다수는 논설란에 실려 있다고 보아

판이 분리되어 『Korean Daily News』가 되고, 국문판은 국한문혼용판으로 바뀌게 된다. 1907년 5월 23일부터는 순국문신문을 따로 발행한다. 이 『대한매일신보』가 1910년 한일합방 이후 총독부 기관지인 『매일신보』가 된다.
6) 『대한매일신보』에서 발견할 수 있는 '小說'이라는 표기가 양식명인지, 혹은 단순히 수록란을 구별하기 위한 것이지는 명확하지 않다. 이는 앞에서 다룬 『한성신보』의 경우도 마찬가지이다. 이 문제는 소설사 연구에서 지속적인 논란거리가 될 수 있다. 여기서는 일단 양식 표기이면서 아울러 난을 구별하는 기능을 복합적으로 지니는 것으로 간주하고 논의를 진행한다.

도 크게 무리가 아니다. 나머지 작품들은 '잡보'란이나 '긔서'란 그리고 '쇼셜' 혹은 '쇼설'이라고 명기된 '소설'란에 실려 있는 것이다.7) 잡보란에 실린 작품은 「흑룡강의 여장군」(1907.9.27) 등이며 소설란에 실린 것은 「매국노」(1908.10.25~1909.7.14)와 「디구성 미리몽」(1909.7.15~8.10) 등 여덟 편이다. 기서란에 실린 것은 「로쇼문답」(1908.2.13~2.14), 「몽즁스」(1908.3.8), 「한국의 장리」(1908.9.18) 등 세 편이다. 여기서 소설란에 실린 작품들 가운데 하나인 「매국노」는 외국 작품을 번역한 것이다.8) 그런가 하면 「디구성 미리몽」은 강한 현실성을 띠고 있는 창작물이다. 작가가 누구인지는 알 수 없지만9) 시국을 돌아보고 미래를 걱정하는 창작의지가 잘 드러나 있는 작품인 것이다. '기서(奇書)'란에 실린 「로쇼문답」·「몽즁스」·「한국의 장리」는 모두 시국을 걱정하는 내용을 담은 창작물이라는 점에서 「디구성 미리몽」과 유사한 성격의 글이기는 하나, 「디구성 미리몽」과 달리 모두 단형 서사물들이다. '소설'란에 실린 작품에 비해 길이가 짧은 작품들인 것이다. 『대한매일신보』는 번역물이나 창작물에 모두 소설이라는 양식 용어를 부여했다. 이는 앞의 『한성신보』의 경우도 마찬가지였다. '소설'란에 실린 글들의 경우 그 성격은 '잡보 및 기서'란에 실린 글과 큰 차이는 없지만 단지 길이에서 차이가 난다. 상대적으로 길이가 긴 연재물들에서만 소설이라는 명칭을 발견할 수 있는 것이다. 국문판 『대한매일신보』를 정리하면서 주목할 점은 국한문판 기서란에 실린 관물생(觀物生)의 작품 「호(狐)와 묘(猫)의 문답(問答)」이 여기에서는 「여호와 고양이의 문답」(1908.3.27)이라는 제목으로 논설란에 실려 있다는 것이다. 이 작품은 국문판 논설란에 실리면서 작가의 이름도 밝혀놓지 않았다.10) 그렇다고

---

7) 참고로 「보응」 한 작품이 '신쇼셜'란에 실려 있다. 이에 대해서는 뒤에서 상세히 다루기로 한다.

8) 이 작품은 "덕국 소덕몽 져슐"로 되어 있으며 번역자가 누구인지는 밝혀져 있지 않다.

9) 단재 신채호의 작품으로 추정되나 좀더 세밀한 논의가 필요하다.

10) 이는 기서는 필자명을 밝히고, 논설은 익명으로 처리하는 『대한매일신보』의 편집 방침 때문으로 판단된다.

작품의 내용이 달라진 것은 없다. 단지 국한문 문장이 한글 문장으로 번역되어 있을 뿐이다.11)

이렇게 본다면 『대한매일신보』 편집자에게는 잡보와 소설과 기서의 차이가 명확하지 않았을 뿐만 아니라 기서와 논설의 차이 역시 그리 명확한 것이 아니었음을 알 수 있다. 이는 곧 잡보와 기서 그리고 소설과 논설이 분화되지 않은 근대계몽기 서사 자료의 특질을 다시 한 번 확인시켜주는 구체적 사례가 되는 것이다. 그런 점에서 근대계몽기 서사문학 자료를 연구하면서 소설란에 수록된 자료들에 대해서만 주로 관심을 표명해오던 기존의 이 시기 문학 연구가 얼마나 많은 문제점을 안고 있었던 것인가 하는 점을 재확인할 수 있게 된다. 『대한매일신보』에 이어 소설란을 두고 작품을 발표한 신문으로는 『제국신문(帝國新聞)』을 들 수 있다. 1898년 8월 10일 창간되어 1910년 3월 31일까지 발행된 『제국신문』에는 약 90여 편의 서사문학 자료들이 수록되어 있다.12) 『제국신문』의 서사자료들은 대부분 '론셜'란과 '이어기담(俚語奇談)' 및 '소설(小說)'란에 실렸다. 『제국신문』에 수록된 서사문학 자료들에서는 몇 가지 특색이 발견된다. 그 하나는 1898년부터 1901년 사이에 서사자료들이 집중적으로 나타나다가13) 잠시 휴지기를 거쳐 1906년 이후 다시 나타난다는 것이다. 그 둘째는 1906년 이전까지의 서사자료들은 단 한 편의 예외도 없이 모두 단형 서사자료라는 것이다. 『제국신문』이 소설란을 두기 시작한 것은 1906년 9월 18일 「령남 안동 짜에ー」(1906.9.18)를 발표하면서부터이다.14)

---

11) 「여호와 고양이의 문답」은 「狐와 猫의 問答」의 국한문 문장을 한글로 음독한 것이 아니라, 완전히 한글체로 번역해 수록했다.
12) 『제국신문』에 수록된 서사 자료의 특질과 작가의 문제 등한 관한 상세한 논의는 구장률, 「『제국신문』의 「서사적논설」 연구―사유 기반과 수사적 특성을 중심으로」, 『현대문학의 연구』 22집, 한국문학연구학회, 2004, 89~129면 참조
13) 이 기간 동안 『제국신문』에 수록된 자료의 수는 대략 70편 정도이다.
14) 『제국신문』 등을 비롯하여 근대계몽기 신문에 발표된 서사문학 자료에는 제목이 없는 작품들이 매우 많다. 이런 경우 작품의 첫 구절을 따서 제목을 삼고 제목 뒤에 'ー' 부호를 붙여 구별하였다.

이후 소설란에는 「평양 외셩 짜에―」(1906.9.19~21), 「경상남도 문경군에―」(1906.9.22~10.6), 「정기급인(正己及人)」(1906.10.9 / 10.11~12), 「보응소소(報應昭昭)」(1906.10.17 / 10.18), 「견마충의(犬馬忠義)」(1906.10.19 / 10.20), 「살신성인(殺身成仁)」(1906.10.22~11.3), 「지능보가(智能保家)」(1906.11.17) 등 11편의 작품이 발표된다. 그런데 『제국신문』 소설란에 실린 작품들은 그 성격이 이어기담에 수록된 것과 거의 흡사하다. 이어기담은 소설란이 등장하기 직전에 잠깐 존재했던 것으로 여기에는 「평양 감영에―」(1906.7.28~8.7)와 「한 사람이 잇스니―」(1906.8.9~8.11) 등의 작품이 실려 있다. '이어기담'이나 '소설'란이 등장하기 이전의 『제국신문』 서사 자료들은 모두 논설란에 실렸다. 잡보란에는 단 한편의 서사 자료도 실려 있지 않다. 이는 앞에서 『한성신보』나 『대한매일신보』가 잡보란을 활용하던 것과는 차이가 난다. 아울러 소설란이 생긴 이후에는 논설에서 서사성이 사라져버린다. 이른바 「서사적논설」이 거의 사라지는 것이다.15) 결과적으로 보면 『제국신문』에서는 논설란에 실리던 서사자료를 소설란이 대체해 수록한 셈이 된다.

　『대한매일신보』나 『제국신문』에서 소설란이 등장한 시기는 공통적으로 1906년 무렵이었다.16) 이 시기 신문에 소설란을 두고 매우 적극적으로 작품을 발표한 또 하나의 신문으로 『경향신문』을 꼽을 수 있다. 『경향신문』은 1906년 10월 19일 창간되어 1910년 12월 19일까지 발행된 신문이다. 이 기간 동안 『경향신문』은 약 50여 편의 서사자료를 수록하고 있다. 『경향신문』의 서사자료들은 대부분 '쇼셜(小說)'란에 발표되었고, 그 중 일부만이 '고담(古談)'란에 발표되었다.

---

15) 현재 확인할 수 있는 1907년 이후 「서사적논설」 자료는 「몽중유람」(1907.1.26) 정도가 전부이다.

16) 이는 잡지의 경우도 마찬가지이다. 『소년한반도(少年韓半島)』가 1906년 11월 창간호에 이해조(李海朝)의 작품 「잠상태(岑上苔)」를 수록하면서 게재란을 '小說'로 표기한 것이나 『조양보(朝陽報)』가 1906년 이후 「애국정신담(愛國精神談)」(1906.12~1907.1), 「외교시담(外交時談)」(1907.1) 등의 작품들을 '小說'란에 수록한 것이 그러한 예라 할 수 있다.

이밖에 『황성신문』이나 『만세보(萬歲報)』·『대한민보(大韓民報)』도 소설란을 두었다. 『황성신문』의 서사자료 수록 양상은 『대한매일신보』와 유사한 측면이 있다. 『황성신문』은 서사자료들을 논설란과 기서(奇書)란 그리고 소설란에 실었다. 1898년 9월 5일부터 한일합방 직전까지 발행된 『황성신문』에 실린 서사자료의 수는 백여 편이 넘는다. 이들 가운데 대부분은 논설란에 실려 있는 「서사적논설」들이다. 그밖에 일부 자료가 기서란과 소설란에 실려 있다. 기서란에 실린 자료는 「상평전(常平傳)」(1900.1.17), 「상의의국(上醫醫國)」(1900.2.7) 등 7편 정도이다. 소설란에 실린 작품은 국한문소설 「신단공안(神斷公安)」(1906.5.19~12.31)과 순국문소설 「몽조(夢潮)」(1907. 8.12~9.17) 두 편이다. 『황성신문』 역시 『대한매일신보』와 마찬가지로 기서란에 실린 자료는 예외 없이 단형물이고 소설란에 실린 자료는 연재물이라는 특징이 있다.

　『만세보』는 서사자료를 소설란과 단편소설란에 수록했고 『대한민보』는 서사자료들을 소설, 신소설, 그리고 단편소설란에 수록했다. 그런가하면 『매일신보』는 소설란 대신에 신소설과 단편소설란 그리고 응모단편소설란에 주로 서사문학 작품을 수록하게 된다.

2) 단편소설

　근대계몽기 신문 가운데 단편소설란을 두었던 신문은 『만세보』와 『대한민보』, 그리고 『매일신보』 등이다. 이들 신문 가운데 단편소설이라는 명칭을 사용해 작품을 처음 수록한 신문은 『만세보』이다. 『만세보』는 1906년 6월 17일부터 1907년 6월 29일까지 약 1년 간 간행되었던 바, 이 기간 동안 모두 네 편의 서사문학 작품을 싣고 있다. 이 가운데 세 작품이 이인직의 작품인 「단편(短篇)」(1906.7.3~7.4)과 「혈의루」(1906.7.22~10.10) 및 「귀의성」(1906.10.14~1907.5.31)이다. 나머지 한 작품은 작가가 알려져 있지 않은 「백옥신년(白屋新年)」(1907.1.1)이다. 그 중 「백옥신년」은 양식명이 '단편소설(短篇小說)'로 되어 있고 나머지 세 작품은 모두 '소설(小說)'로 되어 있다. 하지만 소설란에 실린 첫 작품 「단편(短篇)」의 경우 이 '단편(短篇)'이라는 용어는 작품의 제목이라기보다는 양식명이라고 보는 것이 옳다. 따라서 이 작품은 제목이 없는 서사자료 가운데 하나이고,17) 그 양식이 단편소설인 것으로 보아야 할 것이다. 그러니까 『만세보』는 단편소설이라는 서사양식을 처음에는 소설단편(小說短篇)으로 표기했다가 이후 단편소설(短篇小說)로 바꾼 셈이 된다. 소설단편은 글자 그대로 소설 가운데 단편, 즉 길이가 짧은 소설을 의미한다.

이렇게 소설 가운데 상대적으로 길이가 짧은 소설을 '단편소설(短篇小說)'로 표기하는 『만세보』의 편집 방식을 이어받은 신문이 『대한민보(大韓民報)』이다. 『대한민보』는 1909년 6월 2일 창간되어 한일합방 때인 1910년 8월 31일까지 발행되었는데 이 기간 동안 10여 편의 서사문학 작품을 수록했다. 이 가운데 '단편소설(短篇小說)'란에 발표된 작품이 「화수(花愁)」(1909.6.2~6.13), 「화세계(花世界)」(1910.1.1), 「상린서봉(祥麟瑞鳳)」(1910.6.2) 세 편이다.18)

『대한민보』가 이렇게 『만세보』와 유사한 방식, 즉 길이에 따라 소설과 단편소설을 구별해 사용한 것은 우연이 아니다. 『대한민보』는 『만세보』의 편집 방침을 적지 않게 참조한 신문이다. 『만세보』와 『대한민보』는 모두가 국한문 혼용의 일간신문이었다. 그럼에도 불구하고 이 두 신문은

---

17) 근대계몽기 서사자료에는 제목이 달려 있지 않은 작품의 수가 매우 많다. 따라서 이인직의 이 작품에 제목이 없다고 해서 그것이 특별히 주목할 만한 예외적인 현상은 아니다.
18) 『대한민보』의 '단편소설(短篇小說)'에 대한 상세한 논의는 이유미, 「근대계몽기 '단편소설'의 위상―『대한민보』 소설란을 중심으로」, 『현대문학의 연구』 22집, 한국문학연구학회, 2004.2.28, 130~166면 참조. 이 연구에서는 『대한민보』 소재 단편소설이 갖는 특징을 첫째, 1900년대 말이라는 역사적 격변기 속에서 국민 계몽의 의도를 효과적으로 제시한 서사양식. 둘째, 기록적 가치가 있는 역사적 사건을 정황의 묘사를 통해 우회적으로 드러낸 서사양식. 셋째, 사건이나 상황의 단일성, 글을 읽은 후 독자가 갖는 통찰의 순간에 주목하여 등장인물의 내면 세계를 포착하고자 한 서사양식으로 정리한다.

서사자료들만은 모두 국문으로 수록했다는 공통점이 있다. 신문의 문체
를 국한문 혼용으로 할 것인가 혹은 순국문으로 할 것인가 하는 문제는
근대계몽기 신문의 발행인 및 편집자들이 결정해야 할 가장 중요한 문
제 가운데 하나였다. 신문의 문체 결정은 곧 독자를 어떤 계층으로 삼을
것인가를 결정하는 문제였고 그것은 곧 신문의 존재 근거 혹은 사활과
도 직결되는 문제였기 때문이다. 근대계몽기 신문들 가운데『대한매일신
보』와『만세보』는 특히 이 고민을 많이 한 신문이었다.[19] 그 중『만세
보』는「혈의 루」등에 한자와 함께 국문을 동시에 사용하는 이른바 부속
국문체를 시도하기도 한다. 하지만 부속국문체의 사용은 지면을 많이 필
요로 할 뿐만 아니라 부속국문 활자의 마모 또한 심해 경제적으로도 적
지 않은 부담이 되는 것이었다. 결국 여러 가지 시행착오를 겪은 끝에
『만세보』의 편집진들이 내린 결론은 '일반기사는 국한문 혼용체로 소설
은 순한글체'로 가는 것이었다. 그것은 소설의 독자는 한글을 주로 사용
하는 일반대중이라는 현실 인식에 근거한 것이기도 했다.『만세보』가 어
렵게 얻은 이러한 결론을『대한민보』는 창간 초기부터 그대로 실현하고
있다. 창간 첫 호부터 단편소설란을 마련하고 작품을 순국문으로 수록하
고 있는 것이다.[20]

　이렇게『만세보』가 시도하고『대한민보』가 이어받은 단편소설란의 설
치는 이후『매일신보』로 이어지게 된다. 아울러『매일신보』는 '일반기사
는 국한문 혼용체, 소설은 순한글체'라는 문체 선택의 원칙까지 그대로
이어받는다.

---

19) 이에 대한 상세한 논의는 이 책의 제4장 참조
20)『대한민보』는『만세보』가 사용했던 부속국문활자(속칭 루비활자)를 드물게 나마 사
　　용한 유일한 신문이기도 하다.『대한민보』가 이렇게『만세보』의 편집 방식을 이어가
　　게 된 중요한 이유는 두 신문의 창간에 관여한 인물들이 일부 중복된다는 점에서 우선
　　찾을 수 있다.『만세보』의 사장이었던 오세창(吳世昌)이『대한민보』의 사장을 맡았고,
　　『만세보』의 운영에 깊이 개입한 것으로 알려진 장효근(張孝根)이 발행겸 편집인을 맡
　　았다는 사실이 그러하다. 장효근은 한말의 우국지사이자 천도교인으로『제국신문』의
　　창간에도 관여한 것으로 알려져 있다.

3) 신소설

근대계몽기 당시에는 오늘날처럼 이 용어의 양식적 특질에 대한 구체적 인식이 있었던 것은 물론 아니었다. 특히 이 용어가 처음 사용되던 1906년 무렵에는 더욱 그러했던 것으로 생각된다. 근대계몽기 신문에서 '신소설'이라는 낱말의 용례를 확인할 수 있는 것은 『대한매일신보』 1906년 2월 1일자에 게재된 다음 광고문의 경우가 처음이다.

> 婦人新聞欄은 特히 姊妹諸氏를 爲ᄒ야 중앙新聞의 一部를 割ᄒ야 婦人諸氏의 共樂公園紙로 供홈이니 其중에ᄂ 論說도 有ᄒ고 演說會도 有ᄒ고 雜報도 有ᄒ고 小說도 有ᄒ야 婦人各位가 每朝에 此 新聞을 閱覽ᄒ면 獨히 自已 一身上 利益뿐아니라 實노 國家의 幸福이 되리로다 男子諸賢도 婦人의 독字를 勸ᄒ기 爲ᄒ야 此 新聞을 購독케홈이 可홀지라 此 欄ᄂ 卽 本新聞의 特色之一也ㅣ라
>
> 明月奇綠은 漢雲先生의 著作인디 才子佳人이 相別再會와 一波一瀾에 多情多恨의 態를 現ᄒ야 趣味津津ᄒ야 使독者로 不知厭케ᄒᄂ 現代傑作의 新小說이오 況又城山畵伯의 揷畵ᄂ 極히 婉麗ᄒ야 當場之景을 眞寫ᄒ야 使독者로 珍哉妙哉를 呼케ᄒ리니 此 欄은 卽 本신報 特色之一也라 初刊紙上붓터 連속 揭載홈[21]

이 광고문은 『중앙신보(中央新報)』의 발간을 알리기 위한 것으로, 거기에 신소설(新小說) 「명월기연(明月奇綠)」이 연재될 것임을 밝히고 있다.[22] 현재 『중앙신보』는 구해 읽는 일이 불가능하며, 이 광고문에 나오는 작품 「명월기연」에 대해서도 그 실체를 확인할 수 없다. 따라서 이 작품이 수록된 난이 어디였는지, 아울러 작품의 성격이 어떠한 것이었는지도 물론 알 수 없다. 그러나 광고문의 전반적인 맥락으로 미루어볼 때, 이 작품

---

21) 『대한매일신보』(국한문판), 1906년 2월 1일.
22) 이 광고문에 처음 주목한 연구자는 이재선이다. 이재선, 『한국개화기소설연구』, 일조각, 1992, 12면 참조.

은 소설란에 실렸을 가능성이 크다.23) 아울러, 「명월기연」에 '신소설'이라
는 용어를 사용한 것 역시 이 작품이 한운선생(漢雲先生)이라는 작가가 '새
로 쓴 소설'이라는 사실을 강조하기 위함이었을 것으로 판단된다.

근대계몽기 신문이 서사자료를 수록하면서 신소설이라는 난을 따로
마련하기 시작한 것은 국문판 『대한매일신보』가 처음인 것으로 보인다.
국문판 『대한매일신보』는 1909년 8월 「보응」이라는 작품을 수록하면서
그 난의 명칭을 '신쇼셜'이라 적는다. 단형서사에 비해 비교적 길이가 긴
작품을 '쇼셜(小說)'로 분류하던 『대한매일신보』가, '쇼셜' 대신 '신쇼셜'이
라는 명칭을 사용하기 시작한 것이다. '신쇼셜' 「보응」은 '쇼셜' 「디구셩
미리몽」의 연재가 끝난 바로 다음날부터 연재되기 시작한 작품이다. 하
지만 여기에 '신'이라는 접두어가 붙기 시작했다고 해서 이른바 「보응」이
'쇼셜'란에 실리던 「디구셩 미리몽」(1909.7.15~8.10)에 비해 특별히 새로운
작품은 아니다. 이 작품에는 이른바 구소설적 요소가 상당 부분 남아 있
다. 오히려 현실성 등에서 볼 때 「디구셩 미리몽」에 비해 후퇴한 느낌이
역력하다.24)

『대한매일신보』가 사용한 '신소설(新小說)'이라는 용어는 '구소설(舊小

---

23) 일부에서 이른바 최초의 신소설이라고 주장하는 『대한일보(大韓日報)』 소재 「일넘
  홍(一念紅)」(1906.1.23~2.18)의 경우도 '소설'란에 실려 있다. 『대한일보』 역시 이 시기
  일본인들이 발행하던 신문이다. 그런데 일학산인(一鶴散人)의 작품으로 표기된 「일넘
  홍」은 그 소재가 당시대적이기는 하나 일단 문체가 한문현토체라는 점에서 오늘날 말
  하는 문학사적 개념으로서의 신소설에 해당한다고 볼 수 없다. 구어체 한글의 사용은
  신소설을 포함하는 한국 초기 근대소설사의 출발을 알리는 가장 중요한 지표이다. 여
  주인공 일넘홍을 모란꽃의 변신으로 그리는 탄생 과정의 신비성이나 인물 형상화의 방
  식, 그리고 전체적인 서사 구조 등도 이른바 구소설을 크게 벗어나는 것이 아니다. 「일
  넘홍」이 최초의 신소설이라는 주장에 관계에 대해서는 권영민, 「신소설 「일넘홍(一念
  紅)」의 정체」, 『문학사상』, 1997년 6월호. 124~140면 참조.
24) 기존의 한 연구는 다음과 같은 말로 오히려 이 작품이 구소설적 요소가 가장 많은
  작품이라고 평가한다. "그렇지만 그 동안의 '쇼셜'欄의 소설에 비하여 小說技法上으
  로나 文章의 敍述面에서 조금도 앞선 面을 볼 수가 없다. 오히려 大韓每日申報에 연
  재됐던 「청靑루樓의義녀女전傳」과 더불어 舊小說的인 殘影을 가장 많이 보여주는
  것이 이 소설이다."(한원영, 『한국개화기 신문 연재소설 연구』, 일지사, 1990, 110면)

說’에 대응되는 개념이었다고 보기 어렵다. 근대계몽기에 창작된 이른바 ‘신소설’이 조선시대에 성행하던 ‘구소설’과 여러 가지 차이가 있는 것은 사실이다. 그러나 근대계몽기 당시에 사용된 ‘신소설’이라는 용어의 핵심이 ‘구소설’과의 구별이나 대립에 있었던 것은 아니었다.[25] ‘구소설’과 구별되는 ‘신소설’이라는 성격 규정은 후대의 문학사가들에 의해 정리된 측면이 크다.[26]

이후 1910년 1월부터 『대한민보』 역시 길이가 긴 작품을 ‘소설(小說)’ 대신 ‘신소설(新小說)’로 적기 시작한다. 『대한민보』는 「소금강(小金剛)」(1910. 1.5~3.6), 「박정화(薄情花)」(1910.3.10~5.31), 「금수재판(禽獸裁判)」(1910.6.5~8.18) 등 네 편의 작품을 ‘신소설(新小說)’란에 수록한다.

1910년대를 대표하는 신문 『매일신보』는 서사자료들을 수록하면서 ‘소설’란을 두지 않았다. 그 대신 ‘단편소설’과 ‘신소설’란 등에 서사문학 작품을 발표했다. 『매일신보』가 서사문학 작품을 신소설과 단편소설로 구분한 것은 『대한민보』의 편집 방식을 그대로 이어받은 것이다. 『대한민보』는 일단 ‘신소설’이라는 명칭을 사용하기 시작한 이후에는 ‘소설’이라는 용어는 사용하지 않고 일관되게 이 용어만을 사용했다. 즉 한 회정도로 끝나 길이가 짧은 작품은 ‘단편소설’로, 연재물로 길이가 긴 작품은 ‘신소설’로 표기했던 것이다. 『대한민보』가 한일합방 직전까지 활용

---

25) 예를 들면, 이해조의 작품 가운데 「소양정(昭陽亭)」은 『매일신보』 ‘신소설’란에 실려 있지만 전래하는 구소설의 일부를 수정한 작품임이 밝혀졌다. 이에 관한 상세한 논의는 이은숙, 「신작 구소설 「소양정」·「소양뎡긔」·「봉선루」에 나타난 신·구소설의 관련 양상」, 『신작 구소설 연구』, 국학자료원, 2000, 378~416면 참조. 거듭 강조하면, 신소설이라는 용어는 근대계몽기 당시에는 오늘날 우리가 이해하는 것만큼 중요한 의미를 지니고 사용되던 용어가 아니었다. 다시 말해 이 용어의 의미가 점차 과장되어 우리에게 전달되었다는 것이다. 따라서 근대계몽기 문학에 올바로 접근하는 길은 ‘신소설’만을 중심으로 가는 것이 아니라, 근대계몽기 서사문학 자료의 위상 전반에 대해 눈을 돌리는 것이다.
26) 안자산은 『조선문학사』(한일서점, 1922)에서 신소설을 근래에 대두한 새로운 소설이라는 폭넓은 의미로 사용했다. 김태준은 『조선소설사』(청진서관, 1933)에서 명시적으로 구소설과 신소설을 구별해 이를 문학사적 용어로 쓰기 시작했다.

하던 이러한 방식은 합방 직후 발간된 『매일신보』로 그대로 이어진다.

　결국 1910년대 신문에서는 '신소설'은 '소설'과 동일한 양식을 지칭하는 용어였다. 신소설과 소설은 내용면에서나 형식면에서 아무런 차이가 없었다. 소설사의 맥락에서 본다면 신소설은 1900년대 중반 이후부터 소설을 대신해 사용되기 시작하던 용어였고, 『대한매일신보』이후 『대한민보』와 『매일신보』등에서는 단편소설과 구별되는 장형의 연재물을 지칭하는 용어로 정착 사용되었던 것이다. '소설'이라는 용어는 매체에 따라 단형서사물에도 사용되었지만 '신소설'이라는 용어는 처음부터 장형 연재물에만 사용되었다는 특징이 있다. 연재 서사물을 위한 '신소설'란은 『매일신보』에서 1912년까지 존재하다가 이후 완전히 자취를 감추게 된다.

3. 『매일신보』와 근대소설의 정착 과정

1) 『매일신보』 소재 서사 자료의 실태

　1910년대(1910.8~1919.12) 『매일신보』에는 대략 140여 편의 서사문학 자료가 실려 있다.27) 이들 자료는 크게 보면 '신소설(新小說)'란과 '단편소설(短篇小說)'란에 수록되어 있다.28) 그밖에 게재란 표기가 없이 실린 작품

---

27) 물론 어떠한 자료를 서사문학 자료로 볼 것인가 하는 점, 즉 연구자의 관점이나 기준에 따라 이러한 편수에는 약간의 가감이 있을 수 있다. 그러나 여기에서 크게 벗어나지는 않을 것으로 생각된다.

28) 단편소설란은 다시 일반 '단편소설(短篇小說)'란과 '응모단편소설(應募短篇小說)'란으로 나누어진다. '응모단편소설'은 독자들이 투고한 원고를 심사한 후 우수작을 뽑아 수록한 것이다. 따라서 이 난에는 응모 작가의 주소와 1등 당선, 3등 당선 등의 표기가 있다.

의 수도 적지 않다.

『매일신보』에서 확인할 수 있는 '신소설'과 '단편소설'의 차이는, 이들이 장형과 단형으로 갈린다는 점이다. 단 한 편의 예외도 없이 『매일신보』 '신소설'란에 발표된 작품들은 모두가 장형연재물들이다. 작품의 길이가 이 둘을 가르는 가장 중요한 기준이 되는 것이다.29)

『매일신보』에 '신소설'란이 보이기 시작한 것은 1910년 10월 12일 이해조가 작품 「화세계(花世界)」를 연재하면서부터이다. 『매일신보』는 이 작품을 1면 중앙에 게재한다. 이를 보면 「화세계」 연재를 시작할 당시 신문 편집진에서는 소설 독자들에 대한 배려와 관심이 적지 않았음을 알 수 있다. 이렇게 시작된 이해조의 '신소설'의 게재는 1912년 「봉선화(鳳仙花)」의 연재로까지 이어진다. 그런데 「봉선화」의 연재 이후부터 『매일신보』를 비롯한 우리나라 신문에서는 신소설란이 완전히 사라진다.30) 이후 '신소설'이라는 용어는 본문 기사 등에서만 계속 사용된다.

『매일신보』가 작품 연재란에서 '신소설'이라는 표기를 없앤 것은 1912년 7월 19일부터이다. 이 무렵 조중환은 「쌍옥루」라는 소설을 연재하면서 『매일신보』의 새로운 필자로 등장한다. 창간 이래 약 2년간 지속되던 이해조 중심의 소설란이, 이제 이해조와 조중환 중심으로 재편되기 시작한 것이다. 조중환은 「쌍옥루」 외에도 「장한몽」이나 「단장록」·「비봉담」

---

29) 이들 '신소설'의 작가는 선음자(善飮子), 하관생(遐觀生), 석춘자(惜春子), 신안생(神眼生), 우산거사(牛山居士), 이열생(怡悅生) 등으로 되어 있다. 하지만 이는 모두 이해조의 필명으로 밝혀진 바 있다. 달리 말해, 『매일신보』 '신소설'란에 발표된 작품들은 예외 없이 모두 이해조의 작품들이라는 것이다. 이해조가 『매일신보』에 이렇게 여러 가지 필명으로 다양한 작품을 발표할 수 있었던 것은 그가 『매일신보』의 기자로 있었기 때문이다. 이해조 외에 『매일신보』에 대중적 작품을 창작 혹은 번안해 발표했던 조중환·이상협 등도 모두 『매일신보』의 기자였다. 정진석, 『한국언론사』, 나남, 1990, 319면 참조

30) 이는 국내에서 발행된 신문에서 뿐만 아니라 해외에서 발행된 신문 즉 『신한민보(新韓民報)』 등을 포함시켜도 마찬가지이다. 아울러 지방신문이었던 『경남일보(慶南日報)』 등에도 마찬가지로 적용할 수 있다. 『신한민보』나 『경남일보』는 원래부터 '쇼설(小說)'란 등을 두었을 뿐 '신소설'란은 따로 구별해 두지 않았다.

·「속편 장한몽」 등 여러 편의 작품을 『매일신보』에 발표하게 되지만 이
들 작품에는 어떠한 난 혹은 양식 표기도 하지 않게 된다. 조중환이 이
렇게 자신의 작품에 아무런 표기를 하지 않게 되는 이유는 이들 작품의
상당수가 번안물이었기 때문으로 생각된다. 이렇게 조중환의 번안소설
등장 이후 『매일신보』에 연재되는 장형소설에는 대부분 난 표기가 사라
져버린다.31) 단형 서사자료 일부에서 '단편소설(短篇小說)' 혹은 '단편문
예(短篇文藝)' 및 '고담(古談)' 등의 표기가 발견되기는 하지만 '신소설'이
존재하던 시기만큼 명확한 난의 구별은 이루어지지 않았던 것이다.32)

2) 『매일신보』와 근대소설의 형성 과정 ─「화세계」에서 「개척자」까지

(1) 오락성의 추구와 신소설의 통속화

『매일신보』에 실린 최초의 서사문학 작품은 이해조의 '신소설' 「화세
계(花世界)」이다. 「화세계」가 『매일신보』에 실린 가장 큰 의미는 우선 이
작품이 국한문혼용 신문에 실린 순국문 소설이라는 점에서 찾을 수 있

---

31) 참고로 조중환은 그의 창작물 「병자삼인(病者三人)」에 대해서는 '희극(喜劇)'이라는
    양식 표기를 한 바 있다. 이 작품은 우리나라 최초의 근대 희곡으로 정리되며, 일본 신
    파극의 영향을 받은 초창기 우리 신파극의 한 전형적 작품으로 평가받기도 한다. 유민
    영, 『한국 현대 희곡사』, 홍성사, 1982, 107면; 서연호 편, 『한국의 현대희곡』 1권, 열음
    사, 1989, 280면 참조
32) 결국 『매일신보』의 서사문학 작품들은 1912년 7월까지는 '신소설'란과 '단편소설'란
    에 실렸고 그 이후는 '단편소설'란과 '기타'란에 실렸다고 정리할 수 있다. 그런데
    1912년 이전에 발표된 장형 연재물들 가운데서도 '신소설'란에 실리지 않고 기타란에
    실린 작품들이 있다. 「옥중화(獄中花)」, 「강상련(江上蓮)」, 「연(燕)의 각(却)」, 「토(兎)의
    간(肝)」 등이 그것이다. 이들은 모두 이해조가 당대 명창들이 구술한 내용을 기록한 것
    이다. 이해조가 자신의 장형연재물들에 '신소설'이라는 표기를 하면서 이들 작품에만
    표기를 하지 않은 것은 분명히 의식적인 행위였다. 그것은 아마도 이들이 순수창작물
    이라고는 보기 어려운 작품이었고 아울러 '그리 새롭지 않은 작품'이었기 때문일 것으
    로 추측된다. 조중환의 번안물에 '신소설'이라는 표기를 하지 않은 것 역시 같은 맥락
    에서 이해할 수 있다.

다. 이해조는 『매일신보』에 이밖에도 「월하가인(月下佳人)」·「화(花)의 혈
(血)」·「구의산(九疑山)」·「소양정(昭陽亭)」·「춘외춘(春外春)」·「탄금대(彈琴
臺)」·「소학령(巢鶴嶺)」·「봉선화(鳳仙花)」·「비파성(琵琶聲)」·「우중행인(雨
中行人)」 등의 한글 소설을 계속 발표한다.

『매일신보』에 발표한 이해조의 작품들은 그의 1910년대 이전 작품에
비해 계몽성이 현격히 떨어진다. 이해조 작품 세계의 변모를 보여주기
시작한다는 「화세계」의 경우 혼인문제를 중심으로 한 등장인물들의 구
시대적 세계관이나 가치관 등은 계몽소설이 아니라 반계몽적 소설이라
고까지 불러도 좋을 만큼 후퇴해 있다. 중심서사를 이끌어 가는 방식 역
시 전대소설의 수준을 넘어서지 못한다. 사실성이나 현실성이라는 측면
역시 큰 성과를 거두었다고 말하기 어렵다. 더구나, 근대소설사라는 큰
틀 속에서 본다면 현실성의 문제는 이미 1900년대 단형서사물들에서 매
우 적극적으로 성취된 것이었다. 이해조의 소설들이 거기에 특별한 의미
를 더했다고 보기는 어려운 것이다. 1900년대 소설들에 비해 『매일신보』
의 이해조 소설들이 성취한 유일한 성과는 대중성이었다고 할 수 있다.
계몽성이 약화되고 오락성이 강화된 것이 이해조 소설의 변화의 핵심이
었던 것이다. 한일합방으로 인해 이해조는 더 이상 『자유종』과 같은 현
실 비판적인 계몽주의 소설을 쓸 수도 없었고, 그것을 쓸 만한 자리에
있지도 않았다. 그가 총독부 기관지 『매일신보』의 기자가 되어 그 지면
을 통해 작품활동을 했다는 사실에는 다른 부연 설명이 필요하지 않다.
하지만, 1910년 이후 그가 발표한 소설들의 내용으로 미루어 보면, 『매일
신보』 당국은 이해조에게 의도적으로 친일소설을 쓸 것을 요구하지는
않았던 것 같다.33) 합방 직후 『매일신보』의 발행진들이 소설가에게 기대

---

33) 「춘외춘」이나 「구의산」·「쌍옥적」 등에서 일본인 구원자나 일본유학생 등이 등장하
   는 장면 등을 들어 이해조 소설의 친일성을 논하기도 한다. 분명히 그의 소설에 친일
   적 요소가 없는 것은 아니다. 그러나 이해조 소설 전반을 생각할 때 이른바 이러한 친
   일적 요소들은 작가의 핵심적 의도의 구현으로는 보기 어렵다. 그보다는 서사를 진행
   하는 과정에서 등장하는 다양한 인물들 혹은 사건들 가운데 일부로 나타나는 것이다.

했던 것은 강력한 친일의 의지가 아니라 대중들의 흥미를 사로잡을 재미있는 소설이었던 것으로 생각된다. 한일합방 이후 수 년 동안 『매일신보』에 게재된 작품들을 종합해 볼 때 내릴 수 있는 판단은, 『매일신보』 편집진들이 문필가에게 요구한 것은 이념이나 체제의 홍보가 아니라 대중적 흥미의 제고였다는 점이다. 이것은 한일합방 이전 1900년대까지의 신문이 서사문학 작품을 싣던 목적과는 크게 차이가 나는 것이다.

1900년대까지 발행된 대부분의 신문들이 서사문학 작품을 실은 목적은 신문의 발간 이데올로기를 드러내기 위한 것이었다. 그것은 '민족'이기도 했고 '계몽'이기도 했으며 때로는 민족과 계몽이 어우러진 것이기도 했다. 『독립신문』이나 『제국신문』·『황성신문』·『대한매일신보』·『만세보』 등 대부분의 신문이 그러했다. 거기에 『죠선크리스도인회보』나 『그리스도신문』 등 종교신문들의 경우는 선교를 위한 내용을 가미하기도 했다. 1900년대의 신문들은 계몽의 목적을 달성하기 위한 방편으로, 일반 기사보다 대중적 호응도가 높은 서사자료를 수록하는 일에 관심을 보였던 것이다. 그런 점에서, 계몽성과 대중성이 만나는 과정에서 탄생한 것이 1900년대 신문에 수록된 대부분의 서사문학 자료들의 모습이었다고 말할 수 있다. 그러나, 1910년대 전반기(前半期)의 『매일신보』는 계몽성에는 큰 관심이 없었던 것으로 보인다. 『매일신보』는 계몽성을 감싸기 위한 수단으로 대중성을 선택한 것이 아니라, 대중성과 오락성 그 자체를 목표로 선택해 서사문학 자료를 수록하기 시작한 최초의 신문이 되는 것이다.

이해조가 그나마 「화의혈」까지 간간히 이어 오던 계몽성을 완전히 포기하고 철저히 대중성 내지 통속성을 추구하기 시작한 작품으로 정리되는 소설이 「구의산」이다. 그런데 이 구의산은 우리 소설사 최초의 추리

이해조의 소설에서 뿐만 아니라 합방 이후 소설에서 일본인이 구원자로 등장하는 것은, 합방 이전 이인직의 소설 「혈의루」 등에서 일본인이 구원자로 등장하는 것과는 이른바 그 친일의 도가 다른 것이라 할 수 있다. 합방이전 열국의 침탈 경쟁, 예를 들면 청과 일본의 조선 진출 경쟁 사이에서 청을 가해자로 일본을 구원자로 그린 이인직 소설의 친일성과는 거리가 있는 것이다.

소설로도 논의된다. 추리소설이 추구하는 최고의 가치는 대중적 오락성이다. 이해조가 대중성을 본격적으로 추구하기 시작하면서 추리소설을 선택했다는 사실은 우연이라고 보기 어렵다.

이해조는 「구의산」에 이어 「춘외춘」을 발표한 후 「옥중화」·「강상련」·「연의각」·「토의간」 등으로 이어지는 일련의 판소리계 소설 기록 작업을 시작한다. 당대 명창들의 구술을 기록하는 이러한 작업은 이해조의 전통에 대한 관심으로 해석된다. 그러나 판소리계 소설은 조선후기 대중들이 가장 즐겨 향유하던 대상물이었다는 점에서, 이 역시 이해조의 대중문학 지향을 위한 의식적 산물이었다고도 해석할 수 있다.

『매일신보』는 소설란을 통해 대중독자를 끌어들이는 일에 매우 큰 관심을 보였다. 앞에서 지적한 바대로, 소설을 순한글로 수록했다는 점이나 1면 중앙에 게재했다는 사실 역시 그 한 예가 된다. 『매일신보』가 소설란에 큰 관심을 가졌다는 사실은 이 신문이 별도의 소설란을 만들어 운영하며 지속적으로 광고를 하기도 했고, 경우에 따라서는 한 신문에 두 편의 소설을 연재하기도 했다는 사실 등을 보아도 알 수 있다.34)

『매일신보』 연재 소설들을 통한 대중적 흥미의 추구는 이인직에까지 이어진다. 1912년 3월 1일 『매일신보』에 '단편소설(短篇小說)' 「빈선랑(貧鮮郞)의 일미인(日美人)」을 발표했던 이인직이 「모란봉(牧丹峰)」을 통해 다시 장형소설의 작가로 등장하는 것이다. 하지만, 친일의 이데올로기도 또한 문명개화를 위한 계몽성도 빠져버린 「모란봉」을 통해 이인직이 독자들에게 보여줄 수 있는 것은 아무 것도 없었다. 이인직 또한 이해조와 마

---

34) 장형소설과 단형소설의 연재가 겹치는 경우는 허다하다. 장형소설들간의 연재 기간이 겹치는 경우도 적지 않다. 이해조의 작품 「봉선화」와 조중환의 번안물 「쌍옥루」의 연재기간은 여러 달 겹친다. 이인직의 소설 「모란봉」과 조일제의 번안물 「장한몽」 역시 약 20일 정도 연재 기간이 겹친다. 그런 점에서 『매일신보』의 신문소설에 대한 정책 변화를 지적하며, "신문연재 소설을 동화정책과 신문의 시세를 넓히는데 본격적으로 사용하겠다는 본심으로 읽을 수 있다"(이희정, 「『매일신보』에 연재된 이해조 신소설의 근대성 연구」, 『현대소설연구』 22호, 한국현대소설학회, 2004, 110면)는 지적은 일리가 있다.

찬가지로, 「모란봉」을 통해 추구했던 것은 오로지 대중성이었던 것으로 생각된다. 「모란봉」은 일종의 삼각관계 염정소설 류를 염두에 둔 것처럼 보인다. 옥련이라는 한 여자와 구완서 및 서일순이라는 두 남자 사이의 관계가 기본 골격을 이루는 것이다. 그러나 실제 이 소설은 전개 과정에서 구완서의 역할이 거의 없다. 작품의 대부분이 옥련과 서일순의 관계를 중심으로 전개되는데, 그나마 서일순의 일방적 구애 과정이 주를 이룬다. 연애소설을 위한 기본 틀마저 설정하지 못한 이인직의 「모란봉」이 독자들에게 외면을 당하는 것은 당연한 귀결이었다. 근대소설사에서 그나마 「모란봉」이 거둔 성과가 있다면 문장의 산문성이 강화되고 좀 더 묘사체에 가까워졌다는 정도일 것이다.[35]

이렇게 대중적 흥미를 목표로 했으나 그 성취에 실패한 「모란봉」이 휘청거리고 있을 때 등장한 작품이 바로 번안소설 「장한몽(長恨夢)」이다.[36] 『매일신보』 소설란이 궁극적으로 지향했던 것이 대중적 흥미의 제고임을 생각했을 때, 「장한몽」의 출현과 소설의 통속화는 이미 예고된 것이었다고 할 수 있다.[37] 이해조와 이인직 등의 작품이 계속해서 통속화의 길을 걷게 된 가장 중요한 요인은 그들이 작품을 발표했던 매체인 『매일신보』의 성격과 관련성이 깊다. 이른바 신소설의 통속화 역시 소설란을 통해 대중성의 확보를 의도했던 『매일신보』의 편집 방침에 따른 결과로 보아야 하는 것이다. 아울러 이해조 소설의 이러한 변화를 이른바 문학사적

---

35) 이인직은 결국 「모란봉」의 연재를 중도에서 포기했고 더 이상은 아무 작품도 발표하지 못했다. 「모란봉」은 이인직의 다른 장형소설들과는 달리 단행본으로 출간되지도 않았다.

36) 조중환의 등장과 번안소설의 소개는 이미 1912년 「쌍옥루」를 통해 이루어지기 시작한 것이었다. 조중환의 번안소설에 대해서는 권영민, 「일제(一齋) 조중환(趙重桓)의 번안소설(翻案小說)들」, 『신문학과 시대의식』, 새문사, 111~121면 참조.

37) 이와 연관지어 기존의 연구는 "1913년 「장한몽」의 출현은 결코 우연이 아니다. 「장한몽」의 출현으로 이인직과 이해조는 소설계에서 실질적으로 은퇴하고 1917년 「무정」의 이광수가 등장할 때까지 일본 신파소설의 번안작가들인 조중환과 이상협 등이 작단의 주류를 이루게 되는 것이다"(최원식, 「이해조 문학 연구」, 『한국근대소설사론』, 창작사, 1986, 176면)라고 정리한다.

퇴행이라고 표현한다면, 이러한 퇴행은 개인의 취향 혹은 의도의 변화에 따른 것이라기보다는 체재의 변화이자 역사의 흐름의 변화에 따른 결과였던 것이다.

조중환의 등장과 번안소설의 성행은 이해조와 이인직의 시대가 끝났다고 하는 사실 혹은, 더 이상은 『매일신보』가 그들을 필요로 하지 않는다는 사실을 의미하게 된다. 『매일신보』가 조중환의 번안소설 「쌍옥루」를 1면에, 그리고 이해조의 소설을 4면에 연재하기 시작하면서 이해조의 「봉선화」에 달려 있던 '신소설(新小說)'이라는 표기를 삭제한 것도 우연으로만 보기 어렵다.[38] 굳이 창작소설만 주목할 가치가 있는 새로운 소설이 아니라, 번안소설들도 새롭게 주목할 만한 가치가 있다는 편집자의 의도가 깔려 있는 배려라는 추정이 가능한 것이다. 『매일신보』의 입장에서 볼 때 조중환의 성공은 크게 두 가지 점에서 의미 있는 사건이었다. 하나는 그들이 목표로 했던 소설의 대중적 인기 확보에 크게 성공했다는 점이다. 다른 하나는 그 대중적 성공이 바로 일본의 작품들을 번안해 들여오면서 이루어졌다는 사실이다.

하지만 일본 번안물 류를 통한 조중환의 이러한 성공은 곧 한국 근대소설사의 답보 혹은 커다란 퇴보를 의미하는 사건이기도 했다. 이제 한국 근대소설사는 외적으로는 엄청난 독자 대중을 끌어 모으며 성장해가는 듯했지만, 내적으로는 거의 빈사상태에 이르기 시작했다는 것이 이 시기에 대한 진단이 된다.

(2) 새로운 계몽성의 대두와 지식인소설의 출현

1910년대 후반기(後半期), 한국 근대소설사는 이광수의 등장을 통해 새로운 돌파구를 찾게 된다. 그런데 1910년대 전반기 신소설의 통속화와

---

38) 이해조의 연재물 「봉선화」에서 도중에 '신소설'이라는 표기가 사라진 것은 조중환의 소설 「쌍옥루」가 연재되기 시작한 후 이틀이 지난 시점부터이다.

조중환의 등장이 예고된 것이었다면, 이광수의 등장은 다소 의외의 일에
속한다. 이해조의 신소설이 통속적 대중성을 지향하기 시작했을 때 조중
환과 일본 번안소설의 등장은 그 자연스러운 귀결이 될 수 있었다. 그렇
다면 조중환의 성공이 다시 이광수의 출현으로 이어지게 되는 이유는
무엇인가?

　『매일신보』에서 이해조의 역할이 그러했듯이, 이광수의 역할 역시 개
인의 취향에 따른 결과로만 보기 어렵다. 이광수의 등장은『매일신보』라
는 거대 매체의 조직적 발굴 내지 지원이 없이는 불가능한 것이었다.
『매일신보』는 왜 이광수를 필요로 했을까?『매일신보』에서 이광수 등장
의 의미는 무엇일까? 한국문학사에서 이광수 등장의 의미는 흔히 계몽주
의의 새로운 대두로 정리된다. 그렇다면『매일신보』는 왜 계몽주의의 부
활을 시도하게 되었던 것일까? 이는 식민지 체제의 공고화라는 외적 요
인과 관련이 깊다. 1910년대 전반기를 넘기면서 일제에 의한 식민지 체
제는 일단 자리를 잡았다고 볼 수 있다. 외형상으로 보면 커다란 동요
없이 체제가 정비되어 가고 있었던 것이다. 합방직후 시작한 대규모의
토지조사사업이 1917년 경 실질적으로 마무리되었음을 생각할 때, 1910
년대 중반 이후 일제는 식민체제의 장기적 유지를 위한 기틀을 마련할
시기가 도래했다고 판단했을 수 있다. 이제 더 이상 대중들에게 현실을
외면하고 통속소설을 즐기도록 요구할 필요는 없었다. 이제는 그들에게
새로운 체재의 지속을 위한 새로운 이데올로기를 심을 필요가 생겨난
것이다. 더구나 갈수록 통속화되어 가는 소설들에 대해 이른바 식자층의
반발 또한 커 가는 상황 속에서『매일신보』와 일제당국은 나름대로 대안
을 찾아야만 했던 것이다.

　이광수의 소설은 계몽성을 앞세운 소설이라는 점에서『매일신보』에
수록된 당시대의 다른 소설들과는 구별된다. 아울러 대중독자뿐만 아니
라 지식인 독자들을 주요 상대로 한 소설이라는 점에서도 앞 시대의 소
설들과는 구별된다. 과거 1900년대 신문의 서사문학 작품들이 지식인에

의한 대중 계몽을 목표로 한 것이었다면, 이광수의 1910년대 『매일신보』에 수록된 작품들은 지식인에 의한 대중 계몽뿐만 아니라 지식인 계몽을 함께 의도하고 있는 작품임이 분명하다.

이광수와 『매일신보』의 만남은 서로간의 이해관계가 맞물려 이루어진 것이라 할 수 있다. 『매일신보』는 조선의 지식인을 계도할 수 있는 이른바 고급 작가가 필요했고, 이광수는 자신의 뜻을 펼칠 수 있는 지면이 필요했기 때문이다.[39]

이광수는 「무정」 연재에 앞서 몇 편의 글을 발표할 수 있는 기회를 가졌다. 「대구(大邱)에서」(1916.9.22~23), 「동경잡언(東京雜言)」(1916.9.27~11.9), 「농촌계발(農村啓發)」(1916.11.26~1917.2.18), 「조선가정(朝鮮家庭)의 개혁(改革)」(1916. 12.14~22), 「조혼(早婚)의 악습(惡習)」(1916.12.23~26) 등이 그것이다. 이 가운데 특히 주목해 보아야 할 글이 「대구에서」와 「농촌계발」이다. 「대구에서」는 기행문의 형식을 빌린 논설문이다. 이 글은 대구에서 일어난 지식청년들의 강도 사건을 소재로 삼아, 조선의 지식 청년들이 지닌 문제점과 그들에 대한 계도 방안을 정리한 것이다. '사회의 중추가 되어야 할 지식청년들이 이렇게 범죄자가 되어 가는 데에는 이유가 있다. 사회의 개량에 뜻을 둔 종교가 교육가 등은 이 범죄의 심리적 사회적 원인을 규명하여 청년들을 바른 길로 인도할 방안을 찾아야 한다'는 데서 이 글은 출발한다. 「대구에서」는 「농촌계발」과 함께 계몽주의자로서의 이광수를 드러내는 데 중요한 역할을 한다.

이광수가 「대구에서」를 통해 주장하는 것은 신문이나 잡지 혹은 강연 등을 통해 청년들을 교육시킴으로써 그들에게 새로운 시대가 왔음을 이해하고 받아들이게 해야 한다는 것이다. 아울러 이들 지식청년들의 소외

---

39) 김윤식은 1910년대 중반의 이광수에 대해 『학지광』이나 『청춘』에 만족하지 못했다고 적고 있다. 아울러 "유학생계를 넘어서고, 육당적 동인지의 세계도 넘어설 자신이 생기기 시작했다. 그런 발표무대가 그에게는 필요했다. 그것이 당시로서는 가장 부수를 많이 찍는 총독부 기관지 『매일신보』였다"(김윤식, 『이광수와 그의 시대』 2권, 한길사, 1986, 507면)고 언급한 바 있다.

감과 무력감을 없애기 위해서 그들에게 활동할 무대를 주어 자긍심을 찾게 해 주어야 한다는 것이다. 이광수의 이 주장은 지식청년들을 교육하여 새로운 시대에 적응하게 하고, 그렇게 시대에 적응한 지식청년들을 활용해 대중 계몽의 무대에 나서게 한다는 생각으로도 해석될 수 있다.

「농촌계발」은 지식청년의 역할이 어떤 것인가를 논설과 허구적 서사의 결합을 통해 구체적으로 보여준 글이다.[40] 「대구에서」와 「농촌계발」 등을 통해 『매일신보』의 발행진들은 이광수의 필력과 사상에 대한 검증 절차를 마쳤다고 볼 수 있다. 『매일신보』는 「농촌계발」을 연재하고 있던 이광수에게 장편 신년소설 「무정」의 연재를 청탁한다. 『매일신보』의 이러한 청탁은 이광수가 이미 같은 신문에 「농촌계발」을 연재하고 있던 중이라는 점에서 매우 파격적이라 할 수 있다. 1917년 초에 「농촌계발」은 논설 부분이 아닌 서사 부분의 연재가 진행 중이었다. 따라서 외견상으로만 보면 한 작가의 장편소설이 두 편이나 『매일신보』에 연재되는 셈이었다. 거기에 신년수필 「신년(新年)을 영(迎)ᄒᆞ면서」까지 같은 지면에 실리게 된다.[41] 그만큼 총독부와 『매일신보』의 이광수에 대한 신뢰는 컸던 것이다.

한국문학사에서 「무정」의 등장은 흔히 근대소설사를 바꾸는 사건으로 기록된다. 근대소설로서 「무정」이 그토록 큰 주목을 받는 이유는 어디에 있는가? 무정은 일단 대중적으로 성공한 소설임에 틀림이 없다. 「무정」

---

40) 「농촌계발」에 대한 상세한 논의는 김영민, 『한국근대소설사』, 솔, 1997, 419~441면 참조.

41) 수필 「新年을 迎ᄒᆞ면서」는 1917년 1월 1일자 『매일신보』에 실려 있다. 이광수는 같은 날 『매일신보』에 세 편의 글을 실었던 셈이다. 「新年을 迎ᄒᆞ면서」를 보면 새 해를 맞아 「무정」의 연재를 시작하는 이광수의 마음가짐이 어떤 것이었는가를 알 수 있다. 이 글에서 이광수는 새해를 희망찬 자세로 맞을 것을 강조한다. 어떤 자세로 새해를 맞는가에 따라 자신의 미래가 달라질 수 있다는 것이다. 이러한 논지는 「무정」이나 「농촌계발」의 주제와도 서로 통하는 것이다. 참고로 이 자료는 『이광수 전집』(삼중당, 1962)에도 실려 있지 않으며, 기타 지금까지 출간된 어떠한 이광수 관련 자료 및 연보에도 들어 있지 않다.

의 대중적 성공은 후일의 문학사가들이 이 작품을 주목하게 된 요인 가운데 하나가 된다. 하지만, 「무정」의 대중적 성공이라는 요소가 「무정」을 근대문학의 획을 그은 작품으로 평가하는 핵심적 요인이 되는 것은 물론 아니다.

이광수와 「무정」에 대한 적극적 평가는 김태준의 『조선소설사』에서부터 시작되어 김동인의 「춘원연구」로 이어진다. 김태준이 『조선소설사』에서 이광수를 주목한 이유는 그의 작품들이 과거의 기담(奇談)과 권선징악류 소설을 벗어났다는 것이다. 김태준은 이를 '서양식소설(西洋式小說)'의 출발로 규정짓는다.42) 김동인은 「춘원연구」에서 이광수 소설 전반에 대해 비판적이었다. 「무정」에 대해서도 비판적 시각이 강한 것은 사실이지만, 상대적으로 적극적인 평가 역시 시도한다. 김동인의 이러한 평가는 후일 문학사가들에게도 영향을 미친다.

해방후 남한 문학사에서 이광수가 이른바 근대문학의 개척자로 자리잡은 데에는 백철과 조연현의 문학사 연구가 결정적인 역할을 했다. 조연현은 「무정」을 이른바 최초의 근대소설로 정리하면서 그 이유를 문장의 산문성, 자아의 각성, 신소설류의 권선징악 청산, 심리 추구와 성격 창조 등에 두고 있다.43) 그런데, 조연현이 이광수에 대해 내린 이러한 평가들 가운데 일부는 김동인이 이미 이인직에 대해 내린 평가에서 크게 나아간 것이 아니다. 김동인은 이인직을 근대소설의 효시로 평가하면서 악인필망의 상투성 탈피, 사건의 객관적 묘사, 다양한 인물의 설정, 대화묘사의 진전, 심리묘사를 통한 인물의 성격 제시 등을 새로운 요소들로 거론하고 있다.44) 김동인과 조현현의 평가에서 이인직과 이광수를 구별할 수 있는 유일한 기준은 문체가 된다. 김동인은 이를 조선 구어체의 확립 과정으로 정리하고 있고 조연현은 산문성의 확대로 정리하고 있는 것이다.

---

42) 김태준, 『조선소설사』, 206면 참조
43) 조연현, 『한국현대문학사』, 현대문학사, 1956, 177~191면 참조
44) 김동인 「조선근대소설고」, 『조선일보』, 1929년 7월 28일~8월 1일 참조

이광수의 「무정」이 한국 근대소설이 확립되는 과정에서 중요한 역할을 했다고 할 때 가장 주목해야 할 사실은, 한글로 본격적인 지식인 문학의 길을 열었다는 점이다. 이 과정에서 그가 거둘 수 있었던 부수적 효과가 근대 산문 문장의 확립이었다. 한국 근대문학의 성립 과정에서 이 사실들 이외의 것들 즉 권선징악의 탈피나 다양한 인물의 설정, 심리 추구와 묘사문장의 확대 등을 모두 「무정」의 공으로만 돌리는 것은 공정한 평가라고 보기 어렵다. 이미 김동인이 지적했듯이 이인직의 「혈의루」를 비롯한 여러 작품들 속에, 그리고 「무정」이 등장하기 이전에 활동했던 현상윤이나 백대진 등 여러 작가들에 의해 이러한 요소들은 이미 충분히 성취되고 있었던 것이다.

이광수는 한국문학사에서 이야기문학 양식이 통용되기 시작한 이후 최초로 한글을 사용해 지식인 문학을 시도한 작가이다. 아울러 한글 소설을 통해 최초로 독자 계층 통합에 성공한 작가이기도 하다. 「무정」이전까지 한국 소설의 독자는 계층 분리가 비교적 명확한 편이었다. 이른바 식자층을 대상으로 한 작품과 일반 대중을 대상으로 한 작품의 구별이 분명했던 것이다. 이는 우선 문자 사용의 측면에서 확연히 구별되었고 작품이 반영하는 세계관의 측면에서도 그러했다. 이인직이나 이해조 등이 이른바 신소설이 여성과 일반 대중을 대상으로 창작된 소설이라면 현상윤이나 백대진의 작품은 지식층을 겨냥한 소설들이었다. 이광수 자신의 작품도 「무정」이전의 작품들 즉 「헌신자」·「어린희생」 등은 모두 지식인 계층을 주된 독자로 삼아 창작되고 발표된 작품들이었던 것이다. 그런 점에서 「무정」은 근대 자국어를 사용해 독자 계층의 통합을 이룬 최초의 소설로 평가할 수 있다. 「무정」의 성공은 진정한 '근대(近代) 민족어문학(民族語文學)'의 성공을 의미하는 것이기도 했다. 이 점이 한국소설사에서 「무정」을 높이 평가해야 할 가장 큰 이유가 된다.

「무정」의 성공은 절반 정도의 기획과 절반 정도의 행운이 가져다 준 우연의 결과였다. 『매일신보』는 이광수를 통해 식자층의 계몽을 의도했다. 룸펜으로 변해가는 식민지 지식청년들에게 위안 거리를 만들어주고, 더러는 환상도 심어줄 필요가 있었던 것이다. 『매일신보』가 이광수에게 원했던 것은 「대구에서」와 「농촌계발」의 연속선상에 있는 작품이었다. 그런 이유로 인해, 『매일신보』는 지금까지의 관례를 깨고 이광수의 국한문혼용 소설 「무정」의 연재를 전격 결정하게 되는 것이다. 『매일신보』는 창간이래 모든 연재소설을 순한글로만 실었다.[45] 문체의 선택은 곧 독자 계층에 대한 선택을 의미한다는 점에서 『매일신보』의 입장에서 볼 때 국한문혼용 소설을 게재한다는 것은 새로운 실험이기도 했다.

「무정」이 지식인 집단을 주요 독자 대상으로 삼았고, 『매일신보』가 이를 새로운 실험으로 생각했다고 하는 사실은 다음의 광고문을 통해서도 확인할 수 있다.

> 新年의 新小說
> 無情 春園 李光洙 氏 作
> 新年브터 一面에 連載
> 從來의 小說과 如히 純諺文을 用치 안이ᄒ고 諺漢交用書翰文體를 用ᄒ야 讀者를 敎育잇는 청년계에 求ᄒ는 小說이라 實로 朝鮮文壇의 新試驗이오 豊富ᄒ 內容은 新年을 第俟ᄒ라
> 文壇의 新試驗[46]

이 광고문에서 『매일신보』의 편집진들은 「무정」이 '독자를 교육있는 청년계에 구하는 소설'임을 강조하고 '실로 조선문단의 신시험'이 되는 국한문혼용체 소설임을 거듭 강조한다. 그러나 「무정」은 국한문혼용 소설이 아닌 순국문 소설로 발표된다. 다음은 『매일신보』에 발표된 「무정」

---

45) 『매일신보』는 장편 연재소설들은 한글로만 실었고, 단편소설은 국한문 혼용을 하기 도 했다. 참고로 장편 연재물 가운데 국한문으로 실었던 작품으로는 이해조가 명창 박 기홍의 구술을 토대로 춘향전을 기록한 「옥중화」가 있다. 이후 이해조는 판소리계 작 품의 기록도 모두 순한글을 사용했다.
46) 『매일신보』, 1916년 12월 26일.

의 도입 단락이다.

> 경성학교 영어교사 리형식은 오후 두시 사년급 영어시간을 마초고 나려 쪼이
> 눈 륙월 볏헤 쌈을 흘니면서 안동 김장로의 집으로 간다 김장로의 쏠 션형(善
> 馨)이가 명년 미국 류학을 가기 위ᄒ야 영어를 쥰비홀 차로 리형식을 미일 한
> 시간식 가뎡교사로 고빙ᄒ야 오날 오후 셰시부터 슈업을 시작ᄒ게 되엿슴이라
> 리형식은 아직 독신이라 남의 녀ᄌ와 갓가히 교졔ᄒ야 본 적이 업고 이러케 슌
> 결혼 쳥년이 흔히 그러혼 모양으로 졂은 녀ᄌ를 디ᄒ면 ᄌ연 수졉은 싱각이 나
> 셔 얼골이 확확 달며 고기가 져졀로 슉어진다 남ᄌ로 싱겨나셔 이러홈이 못싱
> 겻다면 못싱겻다고도 ᄒ려니와 져 녀ᄌ를 보면 아모러혼 핑계롤 어더셔라도
> 갓가이 가려 ᄒ고 말 혼마더라도 ᄒ여보려 ᄒ눈 잘난 사롬들보다눈 나으니라
> 형식은 여러 가지 싱각을 혼다47) (春園, 「無情」 1회)

이러한 문체 변화를 해명하기 위해 『매일신보』 1917년 1월 1일자에는
다음과 같은 기사가 실리게 된다.

> 小說 文體變更에 對ᄒ야
> 無情의 文體눈 豫告보다 變更된 바 其 理由눈 編輯同人에게 來혼 作者의
> 書營 中 一節을 摘記ᄒ야써 謝코져 ᄒ노라
> …… 漢文混用의 書翰文體눈 新聞에 適치 못홀 줄로 思ᄒ야 變更혼 터이오
> 며 私見으로눈 朝鮮現今의 生活에 觸혼 줄로 思ᄒ눈 바 或 一部 有敎育혼
> 靑年間에 新土地를 開拓홀 수 잇스면 無上의 幸으로 思ᄒ읍 (…하략…)48)

국한문혼용체 소설은 신문에는 적절치 않은 것으로 생각되어 작가가
문체를 변경했다는 사실과, 이것이 비록 국문으로 쓰여지지만 지식청년
들에게도 받아지기를 희망한다는 것이 이 글의 요지이다.49) 「무정」을 순

---

47) 『매일신보』, 1917년 1월 1일.
48) 『매일신보』, 1917년 1월 1일.
49) 「무정」은 이광수가 1916년 12월 『매일신보』로부터 장편 신년소설을 쓰라는 전화청
  탁을 받고 구고(舊稿) 가운데 '영채'에 관한 것을 정리하여 보낸 작품이다(『이광수전

한글로 발표함으로써 이광수는 잡지에 발표하는 글들은 소설과 논설을 가리지 않은 채 모두 국한문혼용체로, 신문에 발표하는 글 가운데 소설만은 순국문체로 그리고 논설 등 다른 양식의 글들은 국한문혼용체로 쓴 셈이 된다. 나름대로 독자를 생각한 의식적인 문체 조절로 볼 수 있는 것이다.

결과적으로 보면 이광수는 이렇게 문체를 변경함으로써 근대문학사에 새로운 족적을 남기게 된다. 그러나, 「무정」의 문체 변경은 순간적 판단에 의해 우연히 일어난 것일 뿐 민족어와 독자 통합의 중요성에 대한 근본적 인식을 바탕으로 이루어진 것이라고 보기는 어렵다. 그렇게 판단하게 되는 가장 큰 이유로는 그가 「무정」의 연재를 끝낸 지 얼마 지나지 않은 1917년 11월 「개척자」를 발표하면서 다시 국한문혼용체를 사용하게 된다는 점을 들 수 있다. 「개척자」의 첫 부분을 원문대로 인용해보면 다음과 같다.

> 化學者 金性哉는 疲困호 드시 椅子에셔 일어나셔 그리 넓지 안이호 實驗室內로 왔다갓다 혼다. 西向 琉璃窓으로 들여쏘는 十月 夕陽빗이 낡은 洋장판에 强호게 反射되여 좀 疲瘁호고 上氣호 性哉의 얼골을 비쵠인다. 性哉는 눈을 감고 뒤짐을 지고 네걸음쯤 南으로 가다가는 다시 北으로 돌아셔고 或은 壁을 沿호야 室內를 一週호기도 호더니 房 혼복판에 웃둑 셔며 東壁에 걸린 八角鍾을 본다 이 鍾은 性哉가 東京셔 高等工業學校를 卒業호고 돌아오는 길에 實驗室에 걸기 爲호야 別擇으로 사온 것인데 荷物로 부치기도 未安히 녀겨 꼭 車中이나 船中에 손소 가지고 다니던 것이다. 모양은 八角木鍾에 不過호지마는 時間은 꽤 精確호게 맞는다. 以來 七年間 性哉의 平生의 동무는

집』 20권, 삼중당, 1968, 275면 참조). 이광수는 '무정' 이전에 한글로 글을 써서 발표하지 않았으므로 당연히 '영채' 관련 원고도 국한문혼용체로 썼을 것이다. 그렇다면 국한문혼용체 「무정」을 국문체로 바꾼 인물은 누구인가? 그것이 『매일신보』 내부의 다른 필자라는 가설도 가능하다. 하지만, 「무정」을 순한글체로 바꾼 인물은 다른 사람이 아닌 이광수로 생각된다. 이광수는 「무정」이 자신이 처음 쓴 국문소설이라고 회고한다(이광수, 「작가로서 본 문단의 십 년」, 『이광수전집』 16집, 395면 참조).

實로 이 時計엿섯다.50) (春園, 「開拓者」 1의 1)

이광수가 「무정」과 달리 「개척자」를 국한문혼용체 소설로 발표한 이유는 무엇인가? 그가 「무정」을 연재하면서 내세웠던 생각 즉 국한문혼용체 소설이 신문에는 어울리지 않는다는 생각을 그는 왜 철회했을까? 이는 분명히 『매일신보』 편집진의 의사 결정에 따른 결과처럼 보인다. 『매일신보』가 원래 이광수에게 기대했던 소설 「무정」은 국문소설이 아니라 국한문소설이었다. 『매일신보』는 비록 갑작스럽게 바뀐 국문소설 「무정」을 통해 대중적 성공을 거두기는 했지만, 그들이 원했던 것은 지식인을 대상으로 하는 국한문 소설이었던 것이다. 『매일신보』는 「개척자」와 동일한 지면에 진학문(秦學文)과 이상협(李相協의)의 순국문소설 「홍루(紅淚)」(1917.9.21~1918.1.16)와 「무궁화(無窮花)」(1918.1.25~7.27)를 연재한다. 「무정」 연재 무렵에도 이상협의 번안소설 「해왕성(海王星)」(1916.2.10~1917.3.31)을 연재 중이었다. 「해왕성」과 「홍루」와 「무궁화」는 모두 대중 독자를 겨냥한 한글 소설이었다. 따라서 『매일신보』 편집진으로서는 또 하나의 한글 소설을 추가해 대중독자를 확보하는 일보다는 국한문혼용 소설을 통해 지식청년들을 끌어들이는 일이 필요했던 것이다.

「무정」이나 「개척자」는 일제의 식민 체제 지속을 위해 창안된 지식인 문학의 일환이었다. 이들 소설에는 이른바 지식인에 대한 위안과 풍속 개량을 위한 지식인의 역할 논의를 넘어서면 더 이상 갈 곳이 없었다. 이광수 자신은 "내가 小說을 쓰는 根本 動機도 여기 잇다. 民族意識, 民族愛의 高潮, 民族運動의 記錄, 檢閱官이 許하는 限度의 民族運動의 讚美, 만일 할 수 있다면 煽動, 이것을[은] 過去에만 나의 主義가 되엇을 뿐이 아니라 아마도 나의 一生을 通할 것이라고 믿는다"51)라고 주장한 바 있다. 하지만 총독부 기관지 『매일신보』를 통해서 한국 근대소설

---

50) 『매일신보』, 1917년 11월 10일.
51) 이광수, 「여의 작가적 태도」, 84면.

이 갈 수 있는 길은 「무정」과 「개척자」의 수준을 넘어서기 어려운 것이었다. 이광수가 민족주의와 시회 개량을 동시에 외치면서 그 발표 지면으로『매일신보』를 택했을 때 그의 소설이 가야 할 길은 이미 정해져 있었던 것이다.[52]

4. 맺음말

근대계몽기 신문에서 소설란이 발견되는 것은 1897년 『한성신보』의 경우가 처음이다. 이후 우리나라 신문이 보편적으로 소설란을 두기 시작한 것은 1906년 무렵부터였다. 소설란이 생기기 이전 우리나라 신문들은 주로 잡보란과 논설란에 서사자료를 수록했다. 소설란이 생긴 이후에도 『대한매일신보』의 경우 잡보와 소설과 기서(奇書)의 차이가 명확하지 않았다. 『제국신문』에서는 논설란에 실리던 자료를 그대로 소설란에 옮겨 실었다. 『황성신문』은 서사자료들을 논설란과 기서란 및 소설란에 나누어 실었다. 크게 보면, 근대계몽기 신문의 편집자들은 소설을 기서나 이어기담 혹은 논설과 유사한 성격의 글로 생각했다. 이를 통해서도 한국 근대계몽기 문학의 중요한 특질인 논설과 서사의 미분리를 확인할 수 있게 된다.

---

52) 1910년대 『매일신보』의 사설은 대략 '문명개화, 동화정책, 대외문제'의 세 가지로 정리될 수 있다. 여기서 문명개화는 다시 의식개혁과 제도개혁으로, 동화정책은 동화의 이념과 친일파양성, 종교의 진흥 및 민족문제 등으로 정리된다. 이러한 매일신보의 논조는 곧 「농촌계발」이나 「무정」 및 「개척자」 등에서 중요한 소재 겸 주제로 등장하는 것들이기도 하다. 『매일신보』의 성격과 사설에 대한 구체적인 분석과 정리는 김진두, 「1910년대 『매일신보』의 성격에 관한 연구―사설 내용분석을 중심으로」, 중앙대 박사 논문, 1995, 37~101면 참조.

『만세보』가 발간되면서 우리나라 신문에서는 단편소설란이 등장하기 시작한다. 『만세보』는 소설 가운데 길이가 짧은 작품을 소설단편 및 단편소설이라는 용어를 사용해 구분한다. 이러한 구분은 『대한민보』와 『매일신보』로 이어진다. 근대계몽기 신문이 서사자료를 수록하면서 신소설이라는 난을 따로 마련하기 시작한 것은 국문판 『대한매일신보』가 처음이다. 『대한매일신보』가 길이가 긴 작품에 '쇼셜' 대신 '신쇼셜'이라는 명칭을 사용하기 시작한 것이다. 그런 점에서 신소설이라는 용어 속에는 처음부터 길이가 긴 작품이라는 개념이 들어가 있었다. 길이가 긴 작품들을 신소설로 분류하는 관행 역시 『대한민보』를 거쳐 『매일신보』로 이어진다. 결국, 『매일신보』는 이런 역사적 맥락 속에서 길이가 짧은 작품은 단편소설로, 길이가 긴 작품은 신소설로 표기하게 되는 것이다.

1900년대의 신문들은 계몽의 목적을 달성하기 위한 방편으로 서사 자료를 활용했다. 계몽성과 대중성이 만나는 과정에서 탄생한 것이 1900년대 신문에 수록된 대부분의 서사문학 자료들의 모습이었던 것이다. 그러나, 1910년대 전반기(前半期)의 『매일신보』는 계몽성에는 큰 관심이 없었다. 『매일신보』는 계몽성을 감싸기 위한 수단으로 대중성을 선택한 것이 아니라, 대중성과 오락성 그 자체를 목표로 선택해 서사문학 자료를 수록한 신문이다.

근대계몽기의 문학은 그 어느 시기의 문학보다 매체의 영향을 많이 받으며 형성된 문학이다. 『매일신보』의 신소설이 통속화의 길을 가게 된 데에는 무엇보다 신문사의 편집 방침이 가장 중요한 요인으로 작용했던 것으로 판단된다. 물론 그 과정에서 작가 개인의 선택을 전혀 무시할 수는 없을 것이다. 이해조와 이인직 소설의 통속화에 이어 조중환 등에 의한 일본 번안소설의 범람은 한국 근대소설사의 수준을 크게 후퇴시킨다.

이광수의 등장은 계몽성의 부활을 의미한다. 『매일신보』가 의도한 계몽성은 1900년대 신문들이 의도했던 계몽성과는 근본적으로 차이가 있는 것이었다. 1900년대 신문의 계몽성이 민족·자주와 맞물리는 것이었다면, 『매일신보』의 계몽성은 식민체제의 공고화를 위한 것이었다. 『매일신보』가 이광수를 발탁한 것은 지식인에 의한 대중 계몽뿐만 아니라, 지식인 계몽까지도 함께 의도한 결과였다. 「무정」은 우리나라 최초로 지식인을 대상으로 창작된 한글 소설이라는 점에서 소설사적 의의가 크다. 아울러, 최초로 일반 대중과 지식 청년을 함께 독자로 끌어들이는데 성공한 소설이라는 점에서도 의미가 인정된다. 이른바 문체에 따라 철처하게 분리되어 있던 독자층의 통합에 성공한 최초의 소설이 되는 셈이다. 그런 점에서 「무정」은 근대 자국어를 사용해 독자 계층의 통합을 이룬 최초의 소설로 평가할 수 있다. 「무정」의 성공은 진정한 근대 민족어문학의 성공을 의미하는 것이기도 하다.

그러나 총독부 기관지 『매일신보』를 통해서 한국 근대소설이 갈 수 있는 길은 이미 한계가 정해져 있는 것이었다. 그것이 바로 번안물 「장한몽」·「해왕성」류의 작품이나 창작물 「무정」·「개척자」류의 작품이 가는 길이었다. 그 길은 대중들에게 쉽게 읽을 만한 오락거리를 제공하거나, 아니면 지식인들에게 체재에 순응하며 풍속 개량에 참여하도록 외치는 것 이상의 수준을 넘어서기 어려운 것이었다. 이것이 1910년대 후반기 한국 근대소설사의 한계이기도 했다. 문학이 매체의 영향을 받아 변화하고 발전한다는 전제 속에서 바라본다면, 새로운 문학의 탄생을 위해 한국문학사는 새로운 매체들의 탄생을 기다려야만 했다.

1910년대 잡지와 근대단편소설의 형성[*]

양문규

1. 머리말

이 글은 한국 근대소설이 형성되어 가는데 1910년대 신문과 잡지 매체가 어떠한 역할을 했는가를 따져 보는 연구의 일환이다. 김영민은 이 연구의 일환으로 한국 근대소설이 1910년대의 유일한 중앙지였던 『매일신보』를 통해 어떻게 정착되어 가는가를 살펴보았다.[1) 우선 그는 기존의 연구와 마찬가지로 『매일신보』에 발표한 이해조의 작품들은 자신의 1910년대 이전 작품에 비해 계몽성이 현저히 떨어지며 서사를 이끌어 가는 방식 역시 전대소설의 수준을 넘어서지 못한다고 본다. 단 이해조의 유일

* 이 논문은 2003년도 한국학술진흥재단의 지원에 의하여 연구되었음(KRF-2003-073-AS1014).
1) 김영민, 「1910년대 신문의 역할과 근대소설의 정착 과정 — 『매일신보』를 중심으로」, 한국문학연구학회 제64차 학술대회, 2004.8.21.

한 성취는 대중성의 확보인데, 이는 합방 직후 『매일신보』의 발행진이 소설가에 기대했던 대중들의 흥미를 사로잡을 재미있는 소설에 대한 요구에 적극 응했던 결과이다. 그리고 신소설 이후 이러한 대중적 흥미의 제고에 부응하여 등장하여 나름대로의 성공을 거둔 것이 번안소설이다.

그러나 『매일신보』는 번안소설 등의 통속성을 지양하며 다른 돌파구를 찾아야 했는데 이것이 바로 이광수의 소설이다. 1910년대 중반 이후 일제는 식민체제의 장기적 유지를 위한 기틀을 마련할 새로운 이데올로기를 심을 필요가 생겨났다. 더구나 갈수록 통속화되어 가는 소설들에 대한 이른바 식자층의 반발 또한 커 가는 상황 속에서 『매일신보』와 일제 당국은 나름대로 대안을 찾아야만 했는데 이것이 바로 이광수의 『무정』이다. 따라서 김영민은 이광수의 『무정』이 한국 근대소설이 확립되는 과정에서 중요한 역할을 했다고 할 때 가장 주목해야 하는 사실은 한국 문학사에서 한글을 사용해 지식인 및 대중 독자를 포함한 독자 계층 통합에 최초로 성공한 문학이라는 점이며, 이러한 성공은 이광수의 의도와 『매일신보』의 의도 및 기획이 맞아떨어진 결과로 본다.

이 글은 이와 같은 주장에 동의하면서 신문에 게재된 소설과는 대조적으로 이 시기 잡지라는 매체는 근대소설이 정착되어 가는 과정에서 어떠한 역할을 했는지를 살펴보고자 한다. 1910년대 발행된 국문잡지는 약 40종이다. 그 중 반수 이상을 차지하고 있는 종교계 잡지 등[2]을 제외하고 이 시기 소설문학과 관련된 중요한 잡지는 크게 두 부류로 나눠볼 수 있다.

하나는 식민지배 당국의 관련 기관에서 후원했을 가능성이 큰, '잡지계의 매일신보'라 할 수 있는 『신문계』(1913.4.5~1917.3, 통권 48호)와 『반도시론』(1917.4.10~1919.4, 통권 25호)이다. 그리고 또 다른 하나는 일본 유학생 출신 또는 유학생들이 주도한 『청춘』(1914.10.1~1918.9, 통권 15호), 『학지광』

---

2) 김근수, 「무단정치 시대의 잡지개관」, 『아세아연구』 Vol.XI, No.1, 고려대 아세아문제 연구소, 1968, 157면.

(1914.4.2~1930.4, 통권 29호)이다. 이 중 전자가 한국 근대소설 형성 과정에 미친 역할이 미미했던 것에 비해 후자는 단편을 중심으로 한국 근대소설이 형성되는데 중요한 영향력을 미친다. 1910년대의 근대소설이란 곧 『학지광』, 『청춘』의 소설을 의미한다고 보아도 무방하다.

기존 연구들은 대체로 『학지광』·『청춘』의 소설로 대변되는 1910년대 소설이 전대 소설의 틀을 벗어나 근대소설을 형성하는데 일정한 역할을 수행했다고 본다. 예컨대 1910년대 소설이 독자적이고 고립된 내면을 포착하여 이를 표현하고자 한 의도는 자국어 글쓰기와 더불어 '근대'의 문학을 형성하는데 중요한 성과로 본다.3) 이 글은 『신문계』·『반도시론』의 소설을 간단하게 기술한 다음, 『청춘』·『학지광』 및 이에 게재된 소설들이 과연 우리 소설사가 전대소설에서 벗어나 근대소설로 나가는데 긍정적인 역할만을 수행했는가를 비판적으로 검토하고자 한다. 다시 말해 그것들이 근대소설의 다양한 가능성을 오히려 위축시키지는 않았는지, 그리하여 근대소설의 한국적 양식을 만들어 낼 가능성을 차단했던 것은 아닌지를 살펴보고자 한다.

2. 『신문계』·『반도시론』의 소설─가난한 일상에 대한 산문적 관심

1910년대 잡지에 게재된 소설문학은 일단은 『매일신보』가 추구한 소설의 오락성에 대하여 대타의식을 갖고 있었다. 신문, 잡지 모두가 근대 미디어의 핵심적 두 기둥이지만 양 매체의 특질은 현저히 다르다. 시사(時事)를 전달하는 신문의 일회성, 단순성과는 달리 잡지는 근대사회가

---

3) 권보드래, 『한국 근대소설의 기원』, 소명출판, 2000, 264면.

필요로 하는 지식, 문학예술, 교육자료를 포함한 다양한 문화 전반의 심도 있는 정보를 제공을 한다.4) 이 점에서 잡지는 근대적 담론 형성의 장으로 문자와 시식을 선점한 지식인들이 자신들의 의사 개진을 새롭게 하는 터전이다. 그리하여 이 시기 신문이 막연한 일반 대중을 독자 대상으로 하는 것과 달리 잡지는 대체로 학생을 중심으로 새롭게 형성되는 근대적 지식인 계층의 문화 수요에 응하고자 했다.

발간 횟수와 지속성이란 측면에서만 볼 때 1910년대 최대의 잡지라 할 수 있는 『신문계』 역시 자신을 "조선(朝鮮) 유일(唯一)의 **학술잡지**(學術雜誌)이자 신지식(新知識) 개발(開發)의 제일기관(第一機關)으로" 칭하면서 "조선(朝鮮)의 문명(文明)을 개발(開發)하고 독자(讀者)의 지식(智識)을 보충(補充), 동포(同胞)의 실익(實益)을 무도(務圖)코자 한다"5)고 밝히고 있다. 그리하여 『신문계』는 문명개화 및 식산흥업에 관련된 다양한 지식들을 제공한다. 소설 문예물 역시 오락이라기보다는 '사회교육'을 수행하는 계몽의 한 수단으로 간주하며 권선징악적 기능을 강조하여 "비루(鄙陋)한 연애를 탄상(嘆賞)하는 소설"을 비난하기도 한다.6)

『신문계』의 편집인이자 기자로 이 잡지 내부의 문학 담론을 이끌었던 백대진은 이와 같은 소설관을 흥미롭게 서구의 자연주의 또는 사실주의 문학과 연결한다. 그는 현대사회는 "물질문명의 발달로 인한 생활난의 심화"가 이뤄지기 때문에, 소설은 "인생의 암면(暗面)과 사회의 결함"을 그릴 수밖에 없음을 지적하며 따라서 우리의 문학이 지향할 바를 자연주의 내지 사실주의문학으로, 그리고 소설을 이 시대의 중요한 장르로 간주한다.7) 이러한 자연주의에 대한 이해는 일본문단 및 이를 추수한 일본 유학생의 서구 자연주의에 대한 이해와 수용과는 다른 것이다.

---

4) 한기형, 「근대문화제도의 형성과 최남선」, 한국문학연구학회, 2003.11.22.
5) 「本誌의 前後觀」, 『신문계』, 1917.1, 2·5면.
6) 「社會敎育과 小說」, 『신문계』, 1917.2, 4면.
7) 白大鎭, 「現代朝鮮에 「自然主義文學」을 提唱홈」, 『신문계』, 1915.12.

　그러나 실제 백대진이 자신의 소설에서 인생의 어두운 면과 사회의 결함을 그리면서 초점을 맞춘 것은 모순된 사회 현실 그 자체보다는 그러한 사회 안에서 발생하는 인간 개개인의 타락에 대한 경계이다. 그리고 이것이 바로 『신문계』가 의도하는 소설의 '사회교육'적 기능이다. 그리하여 백대진의 작품은 이 시기 새롭게 등장한 학생 계층 및 신여성의 타락상을 경고하는 내용과 이와 관련되어 신세태를 풍자, 비판하는[8] 이른바 '풍속교화'의 소설이 주류를 이룬다. 그리고 간혹 그러한 작품들 중에는 타락한 불량 청년들과는 대조적으로 입지전적 인물을 배치하여 계몽의 메시지를 전달하기도 한다. 아니면 아예 이러한 인물들을 주인공으로 하는 "입지소설(立志小說)"이라는 장르의 소설을 창작하기도 한다. 이러한 백대진의 작품들은 『매일신보』 초기 "응모 단편소설"난에 게재된 아마추어 작가들의 계몽조의 작품들과 동일한 성격을 갖고 있다.

　합방 직후 식민 당국은 국권상실 및 봉건제의 해체와 자본제 사회로 급속하게 진입하는 과정에서 발생하는 혼란한 사회 경제적 상황을 정치의 문제로 돌리기보다는 근대화 내지는 문명화되지 못한 개인의 문제로부터 야기된 것으로 치부할 필요가 있었다. 『매일신보』 및 『신문계』에 게재된 계몽조의 소설들은 부정적 세태를 들춰내지만 결과적으로는 그러한 사회의 혼란과 문제점이 개개인의 도덕적 결함이나 문명개화되지 못한 사정에 연유한 것으로 이끌어낸다. 심지어 최찬식의 「종소리」(『반도시론』, 1917.5)는 신시대 청년들의 성적 방종을 꾸짖으면서, 여성의 정절을 교훈의 메시지로 내세워 구시대적 가치를 옹호하기도 한다. 그리고 '입지소설'의 경우에는 당시의 암울한 사회적 분위기에도 불구하고 청년들에게 허무맹랑한 낙관을 부여한다. 이는 다름 아닌 식민지 당국의 의도에 부응하는 것이라 할 수 있다.

　그러나 이들 중에는 간혹 이러한 계몽의 메시지가 물러나고 물질이

---

8) 김복순, 『1910년대 한국문학과 근대성』, 소명출판, 1999, 221・229~230면.

지배하는 현실의 비참한 일상에 산문적으로 다가선 작품들이 등장한다. 백대진의 「절교의 서한」(『신문계』, 1916.7), 「양인의 기도」(『반도시론』, 1917.9) 등이 그것이며, 양건식의 「슬픈모순」(『반도시론』,1918.2), 유종석의 「냉면 한 그릇」(『청춘』, 1917.8)도 대체로 이러한 흐름 안에서 등장한 것으로 짐작해볼 수 있다. 이러한 종류의 소설들은『청춘』·『학지광』같은 잡지의 소설들이 주로 지식인의 고민에 몰두하며 미처 관심을 드러내지 못한 하층민의 가난한 일상이라는 산문적 현실에 보다 가까이 다가서는 계기를 마련한다. 이는 1920년대 가난을 소재로 하는 사실주의문학 또는 경향소설을 예비하고 있는 것으로 볼 수 있다.

3. 『청춘』·『학지광』을 통한 근대소설의 형성 과정

1) 내면의 등장과 문제점

기존의 연구에서 1910년대 소설의 근대적 성격으로 거론하는 가장 중요한 요소 중의 하나로 인간의 내면에 대한 관심을 들고 있다. 즉 내면은 근대소설의 대표적인 변별항으로, 근대소설의 형성기에 소설의 양식적 전환을 측정하는 하나의 기준점을 제공한다. 그리하여 1900년대에서 1920년에 이르는 도정은 소설에서 내면의 위상과 비중이 점차 커지는 과정과 동궤를 이룬다고 본다.9) 그러나 우리 소설사에서 '내면'은 어떠한 배경에서 등장하며 과연 그것이 근대소설로의 발전 과정에 긍정적 기여만을 했는가를 반성적으로 검토해볼 필요가 있다.

---

9) 박헌호, 「한국 근대소설과 내면의 서사」, 『식민지근대성과 소설의 양식』, 소명출판, 2004, 13면.

우리 소설사에서 내면이 등장하기 시작하는 것은 이미 1900년대 후반 일본 유학생들이 발간한 잡지(학회지)에서부터이다. 『대한흥학보』에 게재된 몽몽(夢夢)의 「요조오 한[四疊半]」(8호, 1909)이 바로 그 대표적 예이다. 이 작품에는 그 구체적 실체가 잘 파악이 되지 않는 유학생 주인공의 번민의 세계가 나타난다. 그리고 그들의 내면이 별로 외부적 세계의 틈입을 허용하지 않은 채 소설이라는 공간 안에서 자족적으로 움직이고 있다. 이러한 형식은 당시 우리의 소설적 상황에서는 아주 이질적인 것으로 일단 외래 즉 일본 문단으로부터 받은 영향으로 짐작할 수 있다.

「요조오 한」 등의 유학생 작품이 등장하던 시기 즉 1906년부터 1910년대에 초에 걸쳐 일본은 자연주의문학이 전성기를 맞이하고 있었다. 일본의 자연주의문학은 1904년 러일전쟁 이후 탈 정치화하는 일본 문학의 흐름 안에 놓여 있었다.10) 일본은 1894년 청일전쟁에 이어 러일전쟁에서 승리하면서 국가지상주의는 극에 달하고 국가 권력의 강대화와 더불어 국가와 개인의 분열 의식이 첨예화된다. 이러한 상황에서 사상계는 국가와 사회에 대해서보다도 오히려 개인에 대해서 관심을 갖고 정신의 내면적 풍부함만을 추구하는 경향이 강해진다. 이에 따라 문학계에서도 일본의 자연주의문학은 서구와는 달리 작가의 사생활을 소설 속에서 충실하게 재현함으로써 개인의 자아를 탐구하는 것을 제일의로 삼는다. 이러한 경향은 정치적인 무기력을 문학으로 전도하는 것이며 이런 데서 성립한 '내면'이 일본 근대문학의 주조를 이루게 된다.11)

따라서 국권상실이 목전의 현실이 되고 정치적 무력감이 깊어 가는 유학생 계층은 이러한 일본문단의 유행에 쉽게 노출될 수밖에 없었다. 「요조오 한」의 주인공 함영호와 그의 친구간에 인생에서 느끼는 번민은 상당히 모호하다. 물론 그러한 번민의 원인은 암시적으로 나타나 있기는 하

---

10) 마루야마 마사오, 이인철 역, 「명치국가의 사상」, 『일본현대사의 구조』(차기벽 · 박충석 편), 한길사, 1980 참조.
11) 가라타니 고진 외, 송태욱 역, 『근대일본의 비평』, 소명출판, 2002, 61면.

다. 가령 함은 "본국형편(本國形便)"에 대해 궁금해하고 이를 잘 알 수 없어 답답해한다. 여기서 '본국형편'이란 말할 필요도 없이 망구의 위기에 처한 고국의 정세를 의미하는 것임에 틀림없겠지만 당시의 검열 상황에서 이에 대한 자세한 언급은 불가능했으리라는 짐작을 할 수 있다. 단 이를 궁금해하는 함의 질문에 친구는 "赤子匍腹入井(적자포복입정)", 즉 '갓난애가 기어서 우물로 들어가는' 위험한 형국임을 암시적으로 이야기해준다.

그러나 실제 함이 갖는 가장 큰 번민은 무엇보다도―"개성(個性)의 발휘(發揮)가 (자신의) 희망욕구(希望欲求)의 전체(全體)"라는 고백에서 알 수 있듯―개성(자아)의 실현을 어렵게 하는 현실과 이상의 괴리이다. 그리고 비록 고국의 현실은 "연애(戀愛)와 사상(思想)과 사위(事爲)의 자유공권(自由公權)을 박탈(剝奪)"당한 상황이나, 청년들은 이러한 상황에 "견인(堅忍)"하는 태도를 취해야 하고 그나마 약간의 자유가 허락되는 '사상'에서 돌파구를 찾을 수밖에 없음을 시사한다. 바로 '개성의 발휘'라든지 사상 방면의 관심이, 국가와 사회에 대해서보다도 오히려 개인에 대해서 관심을 갖고 정신의 내면을 추구코자 하는 것이며 「요조오 한」의 내면은 이러한 배경에서 탄생하는 셈이다.

요컨대 1900년대 후반 유학생계층 잡지에 단편에 등장하는 내면은 반식민지 상태로 전락한 이후 국권상실의 수렁으로 가는 길목에서 정치적 무력감에 빠진 당시 지식인들의 위안적 도피구인 셈이다. 이 점에서도 이들 유학생 잡지는 이 시기 지방유지, 관료계급 등이 참여하여 정치적 이해관계의 성격을 띤『대한자강회월보』·『서북학회월보』·『기호흥학회월보』 등의 잡지들과는 다른 성격의 것이다. 그리하여 이들 유학생에게 순문예 작가란 사회, 정치에 대한 관심을 배제하고 고립된 개인의 내면에 몰두하는 것이며, 그것은 「요조오 한」의 작가 진학문 그리고 이광수 등이 장래의 정치지망생에서 '문인'의 길로 방향전환을 하는 것과 궤를 같이 한다.12) 정치적 무력=내면으로의 도피(또는 내면의 주장)=자율적 영역으로서의 근대문예의 관계가 맹아를 보이기 시작한 셈이다.

이러한 내면의 관심은 합방 직후 한동안 진전을 보이지 않는다. 이는 주지하다시피 1910년 직후 학회지 등의 잡지 매체가 모두 폐간되고 유일하게 남은『매일신보』에는 이야기 중심의 신소설이 성행을 하기 때문이다. 그런데 이러한 내면이 소설 양식 안에서 다시 전면화되기 시작하는 것이 바로 다름 아닌『학지광』·『청춘』등의 이른바 유학 경험이 있는 자들 또는 유학생 계층의 잡지들이 등장하면서부터이다. 즉『청춘』에 게재된 이광수의 「금경」(『청춘』6호, 1915.3) 이후 주로 위의 잡지들에 게재된 1910년대 후반의 단편들은 사건 또는 이야기 중심의 소설에서 벗어나 작가 자신의 개인적인 문제 또는 내면의 체험이 주요한 소재가 된다. 그리고 작품의 주인공은 유학생 또는 유학생 출신의 지식인들로, 감성이 풍부하나 소극적이고 나약한 심성의 지식인들이다.『청춘』의 '특별대현상'의 단편소설 응모란에는 아예 "학생을 주인공으로" 못박고 있다. 그리고 소설의 줄거리는 바로 다름 아닌 이러한 인물들의 내면이다.

소설 안에 내면이 전면적으로 등장하게 되는 것은『학지광』·『청춘』의 가장 중요한 담론이었던 '자아의 각성'과 관련된다. 현상윤의 「자기표창(自己表彰)과 운명」(『학지광』14호, 1917), 「조선청년(朝鮮靑年)과 각성(覺醒)의 제일보(第一步)」(동 15호, 1918) 등의 글들에서 엿볼 수 있듯이, 자아의 각성은 이 시기 지식인의 제일의 의무로 강조된다. 그런데 이 시기 자아의 각성은 이전의 자연주의문학의 그것과는 또 다른 양상을 갖는다. 그리고 이것은 소설에서 내면을 전면화한다. 1910년대 일본은 대정(大正, 다이쇼) 데모크라시라는 정치적 상황의 변화가 일어난다. 대정 데모크라시는 러일전쟁 이후 압박 받는 민중의 생활고로 인한 사회 혼란 때문에 위기의식을 느낀 지배세력이 일정하게 성장한 부르주아계급과 타협하며 사회의 혁명적 변화를 미연에 방지코자 한 것의 산물이라고 요약할 수 있다.

---

12) 강인숙,『자연주의문학론』, 고려원, 1987, 123면.

대정 데모크라시는 한마디로 러일전쟁 이후 사회 전반에 걸쳐 비대해진 국가적 가치에 대해 비국가적 가치가 자립화하는 경향이라고 얘기할 수 있다.[13]

문화분야에서는 이것이 국가적, 집단적 가치에 대응하는 '서구·세계에의 경사' 또는 '개인주의적·자아주의적 근대사상'에 기울어지는 것으로 나타난다. 이를 보통 대정기 문화주의라고 부르며 문학계에서 이를 반영하는 것이 백화(白樺, 시라카바)파이다. 백화파는 자아를 강조한다는 점에서는 자연주의와 비슷하지만,[14] 자연주의의 퇴폐적 경향을 비판한다. 즉 백화파는, 세계와 불화에 빠진 자아가 '자연주의의 진흙탕' 또는 '시궁창 같은 인생'에 버려져 자기의 주관을 생살(生殺)하는 것에 반대한다.[15] 오히려 백화파는 개성의 자유로운 신장과 자아의 전체적인 발전을 통해 '인류의 의지', '우주의 의지'가 실현될 수 있다고 믿고 그것이 그대로 선이자 미라는 신념을 표방한다.

이러한 대정 시기 문화철학, 백화파 문학의 자아의 중시, 개체의 주관과 내면이 객관에 대해 우위에 서는 논리는 자연스레 윤리·도덕이라는 정신적 문명의 타락에 대한 탄식을 낳고[16] 관념적 또는 정신적 이상주의를 지향한다. 그리하여 이 시기에 오면 자아 대 세계라는 구조가, 정신 대 물질, 영혼 대 육체의 이원 구조로 강조된다.[17] 이러한 사상적 경향은 대정 문화주의에 영향을 미친 독일의 신칸트학파로 거슬러 올라간다. 1870년대에 통일을 이룬 독일은 급속한 공업화를 진행하여 세기의 끝 무렵에는 유럽 최대의 자본주의 국가의 하나가 된다. 그러나 20세기 초두

---

13) 미타니 타이이치로, 「대정 데모크라시의 전개와 논리」, 『일본현대사의 구조』(차기벽·박충석 편), 한길사, 1980, 228~229면.
14) 구노 오사무·쓰루무 슌스케, 심원섭 역, 『일본근대사상사』, 문학과지성사, 1994, 26면.
15) 미야카와 토루·아라카와 이쿠오 편, 이수정 역, 『일본근대철학사』, 생각의나무, 2001, 138면.
16) 류준필, 「'문명'·'문화' 관념의 형성과 '국문학'의 발생」, 『민족문학사연구』 18호, 2001, 25면.
17) 김현주, 「이광수의 문화이념연구」, 연세대 대학원, 2002, 56면.

독일은 급속한 근대화의 그늘에 많은 사회적 모순을 잉태하고 있었다.

특히 독일 사회 안에서 통치 계층으로서 특별한 지위를 지니고 있던 지식인은, 신흥 산업 부르주아층과 노동자계급의 대두 앞에서, 지금까지의 특권적 지위를 위협받고 있었다.[18] 그리하여 그들은 스스로를 교양(Bildung) 계층으로서 정신(Geist)이 만들어내는 문화(Kultur)의 담당자라고 자각하고, '문화'를 '문명'과는 다른 정신적 가치로서 이념화하고자 했다. 그리하여 신칸트학파의 철학은 독일의 대표적인 정신과학으로 자연과학과 문화과학을 명확히 구별하고 문화적 가치의 독자적 영역과 그 탐구 방법의 자립성을 인식론적으로 기초짓고자 했다.[19]

요컨대 19세기 말과 20세기 초 유럽, 독일의 지식인들은 서구의 문명 특히 산업문명, 물질문명이 문화적 위기로 빠져들었다고 생각했으며, 그러한 물질문명에 대한 회의 혹은 그것을 바탕으로 정신세계를 강조하는 문화주의가 등장한 셈이다. 그런데 문제는 식민지 조선은 문명의 물질적 토대조차 실현도 못한 상태에서 이러한 물질문명에 회의적 태도를 가진 독일의 정신과학 및 일본 문화철학을 받아들여 정신주의적 이상 세계를 강조하게 된다는 점이다. 『학지광』과 『청춘』을 주도한 당대 조선인 유학생 계층은 많건, 적건, 의식적이든 아니든 간에 이러한 사상적 흐름에 무방비 상태로 놓여 있게 된다.[20] 서구에서 국가권력, 자본주의와 맞서는 태도를 취했던 정신의, 혹은 문화편향의 세계는 정치적으로 억압되어 있고 물질적으로 낙후된 식민지 지식인들이 자신의 정체성을 부여할 수 있는 적절한 도피처였던 셈이다. 이 시기 중구에서도 다이쇼 시대 일본에 유학하여 자아라는 주장을 갖고 들어온 중국 창조사의 자아지상주의를 '혼(魂)의 모험가'라고 노신이 야유한 데에는, 그것 역시 중국의 인생

---

18) 거름 편집부, 『철학사비판』, 거름, 1983, 236면.
19) 미야카와 토루·아라카와 이쿠오 편, 이수정 역, 『일본근대철학사』, 생각의나무, 2001, 154면.
20) 김윤식, 『염상섭연구』, 서울대 출판부, 1987, 81면.

을 향한 통로를 갖고 있지 않은 박래(舶來) 사상21)의 성격을 강하게 갖고 있었기 때문이다.

이 시기 이러한 정신적 이상주의를 선언하고 있는 작품의 좋은 예가 이광수의 「어린 벗에게」(『청춘』 9~11호, 1917.7~11)이다. 작중화자 나는 조도전(早稻田) 대학 시절, 친구 누이인 '김일련'에게 사랑을 고백하나 기혼자라는 이유로 실연을 당한다. 그 후 나는 낯선 타국(上海)에 머물다가 병석에 눕고 그 곳서 뜻하지 않은 상봉을 한 김일련의 정성어린 간호로 소생한다. 이후 그들은 러시아의 해삼위(海蔘威, 블라디보스토크)'로 가는 선상에서 재차 만나고 도중 배가 난파되는 위기를 겪지만 요행히 살아남아 소백산중(小白山中, 시베리아) 삼림을 향해 정처 없이 기차여행을 떠나는, 당시 소설로서는 퍽 이색적인 장면으로 끝을 맺는다. 실제 이 작품은 단순히 자유혼인의 문제를 제기하는데 그치지 않는다.

오히려 작품 후반부는 남녀간의 '정신적인 사랑'을 강조하며 탈속적 분위기의 관념적 이상주의로 향해 간다. 즉 전통적, 인습적 결혼제도를 비판하는 문제를 넘어, 남녀의 사랑은 정신적(영적)인 사랑이 되어야 함을 강조하며, 이 세상에 현존하는 사회, 제도, 윤리 등은 정신적 사랑의 장애물이라 간주하며 심지어 정사(情死)를 미화하는 태도를 보여주기까지 한다. 그리하여 시베리아로 도피하는 주인공은 근대의 관습, 제도, 문명은 인간의 정신, 영혼의 세계를 황폐화시키는 것으로 혐오한다. "문명(文明)이라는 것이 천명(天命)을 거역(拒逆)하는 것"이라는 주인공의 주장을 보노라면, 『매일신보』 지면을 통해 『무정』에서 물질적 문명개화를 찬양했던 부르주아 계몽주의자 이광수의 태도는 온데 간데 없이 사라져 버린다. 이광수의 「방황」(『청춘』 12호, 1918.3)의 유학생 주인공 역시 민족 현실에 절망한 작가의 고단한 심정을 암시적으로 비춰며 끝내는 "깁흔 산(山) 곡간폭포(谷間瀑布)잇고 조고마한 암자(庵子)에서 아츰 저녁 목어(木魚)를 두다리

---

21) 히야마 마사오, 정선태 역, 『동양적 근대의 창출』, 소명출판, 2000, 65면.

고 송경(誦經)하는 장삼(長衫)입은" 중이 되고자 하는 정신적 유약성을 과
장하여 보여준다.

　이러한 객관 또는 물질에 대한 정신적 세계의 우월성을 과장하는 경
우는 물론 이광수에서 가장 적극적으로 나타났던 셈인데, 그는 정신 개
념을 통해서 '정신'의 세계를 사회적·일상적 생활의 영역으로부터 분리
시켜 자기입법성과 자기타당성을 갖는 자율적 세계로 정립한다.[22] 이러
한 육체 또는 물질에 대한 정신적 세계의 우월성은 말할 필요 없이 내면
과 밀접하게 연관되어 있다. 가라타니 고진은 내면성, 정신이란 선험적
으로 존재했던 것이 아닌 것으로 본다. 가령 서구의 경우 기독교는 정신
과 신체를 이분화하여 내면을 만들어내는데,[23] 육체를 배타적으로 대하
는 기독교적인 금욕주의는 신체와 대비된 내성(內省)화 또는 내면화를 광
범화한다.[24] 일본에서 1880년대 말부터 1890년대 초에 걸쳐 '정치적 주
체'에 대한 반동으로서, 자립·독립한 윤리적 정신적 주체로서의 '자기'
라는 이념이 급속히 부상하는데 이러한 움직임을 조장한 것이 바로 기
독교, 특히 프로테스탄티즘의 확산이었다.

　물질과 대립한 정신세계의 우월함을 강조하는 경향은, 식민지 현실을
아직 역사적 경험이 아닌 추상적 사고로 파악하고 있는 지식인들의 의
식 세계로 쉽게 침투할 수 있었다. 그리고 이는 내면이 소설에서 특권적
지위를 부여받고 세계에 등을 돌리며 소설의 관념성이 강화되는 계기를
마련한다. 물론 현상윤의 「핍박」(『청춘』 8호, 1917.6)이나 양건식의 「슬픈모
순」(『반도시론』 10호, 1918.2) 같은 소설은 내면이 등장하면서도 비교적 지식
인 주인공 자신의 경험이 존중되며 따라서 현실로부터 소외된 지식인의
번민이 다소 설득력을 갖는다.

　그러나 주요한의 「마을집」(『청춘』 11호, 1917.11.)에서 문명세계를 체험하

---

22) 김현주, 앞의 글, 86면.
23) 가라타니 고진, 박유하 역, 『일본근대문학의 기원』, 민음사, 1997, 109면.
24) 월터 J. 옹, 이기우·임명진 역, 『구술문화와 문자문화』, 문예출판사, 1995, 227면.

고 고향에 돌아온 주인공 '창호'는 「핍박」의 주인공과 달리 남다른 우월
감과 자만에 가득 차 있고 이에 비해 고향 현실은 무기력하고 퇴영적이기
만 하여 그곳으로부터 뛰쳐나올 수밖에 없는 절망을 토로한다. 「요조오
한」의 작가이기도 한 진학문의 「부르지짐(cry)」(『학지광』 12호, 1917.4)에서는
현실과는 아무런 관련도 없이 밑도 끝도 없는 고뇌가 장황하게 반복될 뿐
이다. 이광수는 이렇게 전달과는 아무런 관련이 없는 극히 개인적이며 고
립된 내면이 펼쳐지는 「부르지짐」을 "교훈적이라는 구투(舊套)를 완전히
탈각"25)한 근대소설의 모범으로 제시한다. 이는 우리 소설사에서 내면의
표출이 외부세계에 대하여 하나의 '권력'으로 전도되는 모습을 보여준다.
즉 주체의 자폐에 가까운 심리적 퇴행과 나약해 보이는 몸짓 ─이는 주
로 "정신적(精神的) 피로(疲勞)", "신경쇠약(神經衰弱)", "번민(煩悶)"으로 표현
된다─속에서 내면은 오히려 외부세계에 대하여 '주체'로서 존재할 것
즉 지배할 것을 목표로 한다.26) 그리하여 1920년대로 넘어가 지식인들의
내면의 특권화는 자신들이야말로 근대성을 담지하고 있으며 그러한 한에
서 정당하다는 당시 작가들이 지녔던 인식의 소설적 구현이 된다.27)

2) 자국어 역량의 위축

1900년대 신소설은 국문을 표기 수단으로 한 조선 후기 국문소설의
전통을 잇고 있다. 특히 이해조 등의 신소설에서 엿볼 수 있는 구어의
생동감은 종래의 국문소설을 발전적으로 계승한 것으로 볼 수 있다. 그
러나 신소설에 구사되던 자국어의 다양한 역량이 이후 우리의 소설사에

---

25) 「현상소설고선여언」, 『청춘』, 1918.3, 99면.
26) 이는 고오진이, 고백은 결코 참회가 아니다. 고백은 나약해 보이는 몸짓 속에서 「주
    체」로서 존재할 것 즉 지배할 것을 목표로 하는 것과 마찬가지의 이치라 할 수 있다
    (가라타니 고진, 박유하 역, 『일본근대문학의 기원』, 민음사, 1997, 116면).
27) 박헌호, 앞의 글, 138·151면.

서 확대, 재생산되지 못한다. 여기에는 『학지광』·『청춘』 소설의 영향이 크게 작용하고 있다.

1910년대 소설은 이전의 신소설과는 다르게 인간의 내면을 그리는 단편 양식이 근대소설로서의 역할을 떠맡게 된다. 그리고 이러한 양식의 등장은 언어의 측면에서 자국어는 자국어로되, 순국문 대신 국한문 혼용체를 선호하는 결과를 낳는다. 이러한 현상은 이미 1900년대 후반 유학생 학회지의 단편들에서도 확인할 수 있었던 바, 『학지광』·『청춘』 등으로 대변되는 1910년대 작가들은 순국문체 또는 구어체를 그들이 부정적으로 생각했던 고대소설이나 신소설 따위의 이야기 형태의 소설을 기술하는데 적합한 것으로 생각했다. 즉 오락적이고 경박한 성격을 띤 줄거리, 사건 중심의 고소설이나 신소설의 기술은 순국문체로 가능하나, 그것이 내면화된 생을 중시하는 근대소설의 기술에서 사색적인 진지함을 담을 수 있는 것으로 적당하지 않았다고 생각했던 듯하다. 실제 내면심리를 다루는 기술의 발달은 구술문화의 쇠퇴와 '쓰기'가 강력하게 추진되는 것과 밀접한 관련이 있다.28) 특히 내성화는 영혼과 육체의 이분법 즉 육체를 배제하고 영혼의 특권화로 나타나기 때문에, 신체의 욕망과 능력에 밀착된 순국문의 구어는 천시를 당할 수밖에 없게 된다.

이러한 국한문 혼용체의 선호는 일본의 그것과 밀접한 관련을 맺고 있을 뿐만 아니라,29) 일본 지식인의 서구에 대한 맹목적 추수와도 깊게 관련되어 있다. 일본 지식인들은, 서구의 것은 선진 문명을 배후로 한 상등의 것이기에 그 번역을 일상어와는 격이 다른 막연하고 모호하기조차한 한자의 조어(造語)로 표현해내고자 했다. 일본에서는 메이지 시대 접

---

28) 월터 J. 옹, 앞의 책, 226면.
29) 다음과 같은 글에서 이 시기 지식인들의 문자의식을 추측해볼 수 있다. "日本은 …… 和漢兩文의 調用法을 實施ᄒ니 極히 簡活ᄒ고 平易ᄒ 아니라 西學의 飜譯에도 大效力이 有ᄒ고로 民智가 速히 發達되야 不遇 四十年에 歐米列强과 爭雄ᄒ니 …… 我國內 同胞는 …… 國漢文 調和法을 實施ᄒ되 몬져 日本으로 前鑑삼아……." (韓興敎, 「國文과 漢文의 關係」, 『대한유학생회보』 1호, 1907.3, 29~30면)

어들어 이렇게 새롭게 만들어진 한자숙어를 대량으로 사용한 문체 자체를 '구문직역체(歐文直譯體)'로 불렀는데 번역어인 한자숙어가 많아지며 많아질수록 그것은 서구적으로 '문명개화'한 주체라는 것의 증거였다. 그리하여 이러한 한자숙어 없이는 지식인들 사이에서 지적으로 의미 있는 의사소통이 불가능했다.[30]

그리하여 이 시기 소설의 국한문혼용체는 지식인들의 지적인 과시를 드러내는 수단이기도 하다.[31] 화려한 문장으로 평가받는 이광수의 「어린 벗에게」의 문장도 아래와 같이 실은 대중과는 유리된 그 시기 특정 지식인 계층 내부에서 통용되던 일종의 사회적 방언으로 이뤄진다. 이는 이 시기 지식인 소설가들이 내면을 자신들 문학의 특권적 영역으로 채택한 것과 마찬가지로 사회와 대중에 대한 의식적 고립을 취한 결과이다.

> 空氣에 對流作用이 업섯던들 그의 깨끗한 肺에서 나온 입김이 그냥 그 자리에 잇서 왼통으로 내가 들이마실수 잇섯슬것이로소다. (…중략…) 椅子에 힘업는 듯 지대고 섯는 양이 참 美妙한 藝術品이러이다. (…중략…) 마치 그 말이 엑스光線 모양으로 封套를 쎄뚤코 내 쓰거운 머리에 直射하는 듯하더이다. (…중략…) 그의 가슴속에는 日光이 차고 春風이 차고 詩누가 차고 美와 사랑과 溫情이 찻도다. 이에 외롭고 싸늘하게 식은 靑年은 그 흘러넘치는 깃븜과

---

30) 코모리 요이치, 정선태 역, 『일본어의 근대』, 소명출판, 2003, 140~141면.

31) 이광수의 소설 등에서 과학 등에 관련된 문명 용어가 특히 많이 나타나는 것은 우선적으로 실용과학 중심의 서구 수용에 열중했던 일본의 번역문화에 영향을 받은 것이기도 하지만(마루야마 마사오·가토 슈이치, 임성모 역, 『번역과 일본의 근대』, 이산, 2000 참조), 그것이 이전 동양에서는 전혀 없었던 서양의 '강자의 문화'로부터 들어온 것이기에 '고급문화'로 치부되고, 지식인이 이를 향유하는 것은 곧 대중에 대한 지배적 역할을 과시할 수 있는 것으로 생각했기 때문이다. 「어린 벗에게」서 주인공은 문명 혐오와는 또 다르게 자신의 과학적 지식을 뽐내며 선각자연하는 장면을 한번 살펴보자. "우리배는 발서三十餘度나 左舷으로 傾斜하고 汽罐 소리는 죽어가는 사람의 呼吸 모양으로 통통통통 하더이다. (……) 上甲板에서 누가 「船體는 水雷에 腹部가 破碎되어 救援할 길이 업소 只今 救助艇을 나릴터이니 各人은 文明한 男子의 最後體面을 생각하여 女子와 幼兒를 몬저 살리도록 하시오」 하고 웨치는것은 船長이러라 (……) 나는 人類의 文明을 爲하야 電氣나 化學의 試驗중에 죽을 것인가 하나이다." (『청춘』 10호, 1917.9, 27~28면)

美와 사랑과 溫情의 一滴을 얻어 마시려고 무릅흘 꿀고 두손을 들고 눈물을 흘리며 그 압해 업더졋도다. (…중략…) 只今 내 身體를 組織한 모든細胞는 깃붐과 滿足에 쮜며 소래하고 熱한 血液은 律呂마초아 循環하는도다.[32]

이렇게 1910년대 유학생 계층의 작가들이 외적 사건 대신 내면 심리를 다루는 기술에 관심을 두고 이와 함께 국한문 혼용체를 선호하게 되자, 신소설에 그나마 계승됐던 전통적 국문소설—판소리계소설의 구어체계가 파괴된다. 1910년대의 신 작가 계층은 신소설의 통속성에 강하게 반발하며 이러한 반발은 신소설 통속성의 기초로 보이는 기층계급의 구어체 전통을 일방적으로 무시하고 천대하게 된다.

대중성을 지향하는 신문은 상대적으로 잡지에 비해 구어의 문화를 수용할 여지를 갖추고 있다. 그러나『청춘』·『학지광』등의 지식인 중심의 유학생 잡지는 이에 배타적 태도를 취한다. 신문은 지면 위에 사건 기사, 문예물, 논설, 잡보 등 다양한 글쓰기들의 모자이크 식 공존이 가능하며 사람들의 참가를 요청하는 형태를 목표로 삼는다. 다시 말해 신문은 독자를 참여시키고 개입시킬 여지가 좀더 있다. 그러나 특정 지식인 집단 중심의 잡지는 상대적으로 체계적이고 심도가 있는 지식을 전달하는 '인쇄된 책'[33]의 개념에 접근한다. 그리하여 문자 중심을 강화하며 내부의 균일성을 위해 단 하나의 지배적인 문자권력만을 허용한다. 그리하여 이전의 구술 문화와 관련되어 부유하던 감각적 구어의 세계는 배제된다. 신소설 같은 문학은 잡지라는 근대 미디어로부터 축출될 수밖에 없는 운명에 놓여 있었다.

그리하여 1910년대를 통과하면서 통속문학의 상업성과 재미에 대비하여 순문학을 강조하며 우리 문학의 무게 중심이 신문에서 잡지, 또는 동인지 형식의 잡지 미디어로 옮겨가게 된다. 신문의 소설들은 어찌했든

---

32)『청춘』9호, 1917.7, 104·113·118면.
33) 마샬 맥루한, 임상원 역,『구텐베르크 은하계』, 커뮤니케이션북스, 2001, 555면.

'재미' 등을 고려하며 텍스트 외부의 실제의 청중을 지향하려는 노력을 드러낼 수밖에 없다. 그러나 1910년대 특정 지식인, 학생 계층을 중심으로 한 『정순』·『학지광』 등의 잡지 미디어는 이러한 공동의 독서가 아닌 개인적인 독서를 조장하며 잡지에 게재된 소설창작도 점차 전달보다는 개인적이며 고립된 엄숙한 지적 활동으로 변하게끔 한다.

그리하여 지식인들이 모여 만든 잡지 및 1920년대 유행하는 동인지 등은 그들 특유의 분파성과 폐쇄성으로 살아 있는 구어를 배제하고 그들만의 '사회적 방언'을 강화한다. 알기 쉽게 구어로 글을 쓴다는 것은 단순히 문체의 문제가 아닌 작가와 독자 사이의 친화력과 자연스러움을 회복하는 길이다. 그러나 지식인 작가들은 그들만의 언어로 동일집단·계층 사이에서 상호확인이나 자기 증명의 표지로 삼고 다른 계층의 사람들을 의사소통권에서 배제한다. 그리하여 그들 내부의 문자문화의 싫증나게 획일적이고 동일한 어조를 유지하면서 민중과는 유리된 이른바 '작가', '예술가'를 탄생시킨다. 이른바 문학적 제도의 독자성이 이뤄지는 셈인데, 이제 문학은 지식인의 자의식 같은 곳으로 문제를 좁히게 된다.[34]

3) 이야기 기능의 위축

기존의 연구는 1910년대 소설이 이룬 문학적 성과의 하나로 과거시제와 3인칭 대명사 등의 확립을 든다. 물론 여기에는 『청춘』·『학지광』의 역할이 결정적이다. 예컨대 러시아 문학을 전공한 진학문의 경우, 『학지광』과 『청춘』에 러시아의 단편소설을 번역 게재하면서 사용한 '−다'체

---

34) 일본의 사소설이 좁고 폐쇄적인 '문단'의 소산이었다는 지적, 즉 서로 잘 아는 작가와 독자 사이에 자전적 성격과 대상 지시성이 강한 텍스트가 씌어졌으며, 또 그렇게 읽도록 촉구되었다는 점(스즈키 토미, 한일문학연구회 역, 『이야기된 자기』, 생각의나무, 2004, 105면)도 이와 관련된다고 볼 수 있다.

를 자신의 창작소설의 문체에도 활용했는데,[35] 이러한 실험은 동시대의 이광수나 현상윤을 선도하게 된다고 본다. 즉 이러한 시도들은 서술자와 대상의 엄격한 객관적 거리를 유지하며 인물의 날카로운 심리와 정서를 표현함으로써 근대소설의 틀을 만들어냈다고 본다. 그리하여 이후 현상윤의 1인칭 소설들에서 보이는 '−다'체는 고립된 개인의 언어로서 모든 관계가 배제된 개인의 내면을 위한 공간을 마련하며, '그'라는 말은 나와 다른 사람의 내면을 「나」의 내면처럼 그려낼 수 있는 근거가 된다고 본다.[36] 다시 말해 3인칭 또는 '−다'체는, 종래 소설이 다양한 종결어미를 사용하여 의식케 하던 화자의 존재를 희박하게 하고, 작가를 일종의 가상적인 시공점(초월론적 시점)[37]에서 발화케 함으로써 객관성을 보증한다는 것이다.

그러나 그것은 객관성을 형식적으로 보증하는 것일 뿐이다. 다시 말해 독자에게 소설 안에 일어나는 사태를 직접 제시하는 듯한 사실감의 환상을 부여하는 것일 뿐이다. 소설 안에 객관적으로 제시되어 있는 듯한 내면들이 오히려 작가 또는 중립적 화자의 가면을 쓴 작가의 생각에 철저한 지배를 받고, 이는 독자들로 하여금 소설 안에서 일어나는 사태를 다르게 생각해볼 수 있는 가능성을 억압한다. 이는 『청춘』·『학지광』의 문체 의식을 발전시켜 나간 1910년대 말 김동인의 소설에서 가장 명확하게 나타난다.[38] 즉 객관적으로 이야기하는 듯한 화자가 실은 소설의 세계를 지배하고 있어, 화자가 단지 관찰하고 판단하고 혹은 망설이기도 하는 등 화자의 태도나 시각이 상대화되어 형상화될 가능성을 배제해버린다. 그리하여 1910년대 단편소설의 공간은 신소설의 엉성하고 흐트러진 공간을 넘어서 정연한 모습을 보이지만 반면 그것은 정적이 되어버

---

35) 권용선, 「1910년대 '근대의 글쓰기'의 형성 과정 연구」, 인하대 대학원, 2004.6, 11면.
36) 권보드래, 앞의 책, 251면.
37) 이효덕, 박성관 역, 『표상공간의 근대』, 소명출판, 2002, 116면.
38) 자세한 내용과 예는 박현수, 「과거시제와 3인칭대명사의 등장과 그 의미」, 『민족문학사연구』 20호, 2002 참조.

린다. 이는 미술에서 하나의 고정된 위치, 관점 등 즉 원근법의 도입 등
이 '정말 같은 것을 추구하는 회화 제작'과 깊이 관련된 것으로 보이지
만 실은 이러한 방식으로 나타난 화면은 정적이긴 하되 비활성적인 균
질성을 보여주는 것과 마찬가지 이치이다.[39]

그리하여 내면과 이를 표현코자 한 근대소설의 기제는 작가 중심의
유아(唯我)론적 함정으로 빠지게 하기 쉽다. 실제 사고하는 개인 주체를
올바르게 이해하기 위해서는 '나'의 자기부정성, 즉 내가 '나'를 오직 타
자적 또는 대상적으로 정립함을 통해 자신의 주체성을 실현하는 자기의
식의 부정적 운동에 주목할 수 있어야 한다.[40] 즉 자기 자신을 고립된
주체가 아닌 지속적인 역사적 부정성으로서 파악할 때 해방된 개별 주
체가 구체성을 획득할 수 있다. 그리고 소설에서 진정한 인간성과의 관
계는 단지 상상력 혹은 추상적 사고의 대상이 아니라, 생생한 물질적이
고 감각적인 접촉 속에서 실제로 실현되고 체험되며,[41] 이를 실현하는
매개가 타자, 풍속 및 일상이다. 그리고 내면은 이러한 풍속과 일상을 담
은 이야기 또는 사건의 컨텍스트를 벗어나지 않을 때 비로소 풍부해지
며, 그 내적인 생의 밀도가 짙어질 수 있다.

그렇지 않을 경우 주체는 타자와 상호주관의 커뮤니케이션을 실현하
지 못하고 내면적 어조에 갇혀 사회적 현실과 담쌓고 오히려 자기상실
에 빠진다. 그리고 작가의 지배 아래 놓인 내면은, 타자 역시 단독성 따
위를 결코 갖지 못하게 하고 늘 자기와 상호 반전 가능한 동질적인 것에
불과한 존재자로 밖에 기능하지 못하게 한다.[42] 『학지광』·『청춘』의 단
편소설들에서 인물간 대화의 문장이 활발하지 못하고 그 형상성이 약한
것도 이와 관련된다고 볼 수 있다.

---

39) 마샬 맥루한, 임상원 역, 앞의 책, 252·255면.
40) 김상봉, 『자기의식과 존재사유』, 한길사, 1998, 179면.
41) 미하일 바흐찐, 이덕형·최건영 역, 『프랑수아 라블레의 작품과 중세 및 르네상스의
   민중문화』, 아카넷, 2001, 33면.
42) 이효덕, 앞의 책, 337면.

이러한 점에서 이 시기 『여자계』에 게재된 나혜석의 「경희」(1918.3)는 예외적인 작품이다. 백대진의 「노처녀」(『반도시론』, 1917.6)가 '경희'라는 등 장인물을 빌려 신여성을 일방적으로 비난하고 있는 사실에 비추어 보건 대, 나혜석의 「경희」는 이에 대응하여 나온 작품이 아닌가 짐작된다. 물 론 나혜석의 '경희'는 「노처녀」의 게으르고 허영에 들뜬 신여성 '경희'와 는 다른 성실하고 진지한 인물이며 번민하는 지식인이다. 그러나 「경희」 에서는, 『학지광』・『청춘』 소설과는 달리 번뇌하는 지식인의 내면 묘사 가 당시의 풍속과 생활을 매개로 구체적인 이야기의 틀 안에서 생동감 있는 구어로 이뤄진다. 따라서 지식인의 비판적 자기인식과 이에 따른 자기의 각성도 설득력 있게 주장된다. 그러나 이러한 나혜석의 소설은 『청춘』・『학지광』의 편집과 필진이 모두 남성들이 주도하고 있었고 여 성들에게는 지면이 거의 주어지지 않았다는 점에서 주변화될 수밖에 없 었을 것으로 짐작된다.

그리하여 결국 소설의 근대성이란 이야기성(줄거리)을 의식적으로 경시 하고 내면을 중시하며 형식적으로 정연한 단편을 보다 예술적인 양식으 로 인식케 하는 기원이 된다.[43] 이러한 내면을 중시하는 소설은 우리 이 야기 서술의 전통을 긍정적으로 계승 못하게끔 하는 원인이 된다. 일정 한 구연 상황을 전제로 하는 조선시대 전통적 소설에서, 이야기꾼 서술 자는 이야기 대상과 엄격한 거리를 유지 못하는 일면도 있지만, 그것이 긍정적으로 발전되면 독자와 밀접한 관계를 유지하며 소설 내의 다른 목소리들과 다양하게 교호하는 역할을 할 수도 있다. 가령 홍명희의 『임 꺽정』에서 서술자는 그 이야기의 완전한 주관자이면서 때로는 서술자가 일정하게 설정된 구연 상황에 단지 소설 안의 한 개인으로 작용하며 독 자들과 다양한 대화를 나누는 등 조선시대 이야기꾼의 기능을 재치 있 게 활용하고 있다. 즉 『임꺽정』의 서술자는 끊임없이 스스로를 하나의

---

43) 박헌호, 「한국 근대소설사에서 단편 양식의 주류성 문제」, 『식민지 근대성과 소설의
양식』, 소명출판, 2004 참조

인격체로 환기하면서, 자신이 이야기하고 있음을 드러내는 서술자이다.44) 이는 근대소설에서 사실성 또는 '현전성'을 획득하기 위해 화자의 존재를 희박하게 하고 중성화하는 것과는 다른 방향의 것이다.45)

이렇게 놓고 볼 때 이른바 서술자가 서술대상과 뒤섞인 이야기꾼의 말투 대신, 내면성 확립을 위한 과거시제와 3인칭 대명사 등의 확립을 근대소설이 필연적으로 가지고 갈 수밖에 없었던 기제로 보는 것은 재고해야 한다. 즉 과거시제 및 3인칭의 사용을 통해 그럴 듯함을 가능하게 하는 소설적인 질서를 정초 했다고 하지만 그것은 내면을 중시하는 서구문학을 절대시하는 『학지광』·『청춘』의 유학생 그룹이 서구 및 일본을 통해 수입한 또 하나의 새로운 소설적 관습에 불과한 것이며 이들을 통해 근대소설에서 보여준 '그럴듯함'은 그렇게 보일 뿐 사실은 아니라는 점이다.46)

실제 최남선은 『청춘』의 간행을 주도하면서 소설 게재 원칙은 서양 작품 우선이며 국내 작품은 그와 절친한 관계에 있었던 이광수의 것으로 한정했다. 그리고 서구를 모방한 이광수·현상윤·진학문, 그리고 이광수가 현상문예를 통해 발굴한 신진들의 작품만이 발표되었다.47) 그리하여 이들을 통해 근대문학이란 서구의 것일 수밖에 없는 결론에 이른다. 그러다 보니 사건 및 이야기 중심의 재래적 소설은 폄하되고 근대문학은 내면 묘사 중심의 서양문학이라는 인식을 심어주며 이것이 문학의 질적 평가 기준이 되어 전통적 서사양식은 서구적 기준에 미치지 못한 형태로 전면 부정된다. 그리하여 이후 근대 초기 작가들이 서구 소설의

---

44) 자세한 사실은 김재영의 「『임꺽정』의 현실성 연구」(연세대 대학원, 1997), 이정옥의 「박태원 소설 연구—기법을 중심으로」(연세대 대학원, 1999) 참조
45) 이효덕은 근대소설이 획득한 사실성이란 표현대상과 표현이 눈앞에 나타남에 있어서 동일하다는 현전성을 가리킨다고 본다(이효덕, 앞의 책, 322면).
46) 박현수, 「과거시제와 3인칭대명사의 등장과 그 의미」, 『민족문학사연구』 20호, 2002, 141면.
47) 한기형, 「근대문화제도의 형성과 최남선」, 한국문학연구학회, 2003.11.22.

미학적 구성원리를 바탕으로 하여 형식적 완결성과 정제성을 추구하며 소설문학을 새로운 양식적 질서로 독립시키고자 구축했던 근대소설의 질서는 한편으로는 전통적 소설 장르에서 끌어낼 수도 있는 이야기 형식의 다양한 가능성을 제한하고 위축시킨다.

4. 나오는 말

　기존의 연구들은 1910년대 잡지, 즉 『청춘』·『학지광』에 등장하여 내면을 그리기 시작한 단편들이 이야기식 서술 구조를 벗어나 장면 중심의 묘사를 강화하고, 구성의 단일성을 추구함으로써 근대 단편의 길을 개척하고 그것이 1910~20년대의 단편에 발전적으로 이어진다고 본다.[48] 즉 이들은 서구 소설의 미학적 구성원리를 바탕으로 하여 형식적 완결성과 정제성을 추구하며 근대소설의 질서를 구축한다고 본다. 그러나 단편 장르가 지향하는 정제된 소설적 구성은 어떻게 보면 전통적 소설 장르에서 끌어낼 수도 있는 다양한 가능성을 제한하고 위축시킨 일면이 있다.

　오히려 대중성을 지향했던 신문이라는 미디어가 전통적 국문소설을 계승하여 근대소설로의 발전적 전환을 꾀할 측면도 갖고 있었다. 가령 판소리계 소설은 구어의 오락성을 십분 발휘하면서 다분히 연행 지향적 방식으로 진행하여 서구와는 또 다른 소설적 말하기의 방식을 보여준다. 그리고 이는 신문이라는 근대적 미디어를 매개로 신소설에 부분적으로 계승된다. 그리고 『매일신보』의 『무정』의 성공은 전대의 이야기 양식에

---

48) 주종연의 『한국 근대 단편소설연구』(형설출판사, 1979) 이하 초창기 단편소설의 형식적 발전 과정을 논의한 대부분의 연구들이 모두 그와 같은 관점들을 취한다.

의지한 바 크다. 그러나 신소설 등의 양식은 부정되고 지식인 중심의 잡지에 게재된 내면성을 중시하는 단편의 양식들이 근대문학을 보증하는 것이 되면서 우리 근대소설사에서 단편 양식이 주류적 위치를 차지하게 되는 결과를 낳고 이는 어찌 보면 우리 소설사의 다양한 가능성을 제한하고, 그리하여 근대소설의 한국적 양식을 만들어 낼 가능성을 차단한다. 이를 극복하고자 하는 움직임은 이후 홍명희·김유정·박태원 등에 의해 이뤄지고 있는데 이에 대한 살핌은 추후의 과제이다.

1910년대 번역·번안 서사물과 국민국가의 상상력[*]

『소년』과 『청춘』을 중심으로

최현식

1. 『소년』과 『청춘』을 다시 읽는다는 것

문학연구자의 관점에서 조숙한 소년 최남선이 주재한 최초의 근대 잡지 『소년』과 그 후신 『청춘』을 생각하면 과연 무엇이 먼저 떠오를까? 대개는 최남선의 신체시 「해(海)에게서 소년(少年)에게」, 이광수 번역의 「어린 희생」과 그가 창작한 「소년의 비애」, 톨스토이(L. Tolstoi), 빅토르 위고(V. Hugo) 등의 소설 초역(抄譯) 등을 먼저 떠올릴 것이다. 이를테면 임화는 『신문학사』를 서술하면서 최남선을 신문화의 기초를 닦은 선각자로 높이 평가하였다. 이는 무엇보다 출판사 신문관(新文館)을 통해 고서 및 번역문학 등을 간행하고 『소년』·『청춘』을 통해 다양한 문예물을 게재함

---

* 이 논문은 2003년도 한국학술진흥재단의 지원에 의하여 연구되었음(KRF-2003-073-AS1014).

으로써 근대적 의미의 순문예 보급과 확산에 크게 기여한 점을 크게 샀기 때문이다.[1]

　그러나『소년』·『청춘』은 '순정치'나 '순문예'에 편향되기보다는 "모든 방면으로 새로 발생하난 싹에 대하야 모다 동배(同輩)의 의견을 토로"[2]함을 목적하는 종합 '잡지'였다. 이때 '모든 방면으로 새로 발생하난 싹'이란 대개 중세의 지식과는 구별되는 근대적 지식을 의미하겠다. 실제로『소년』창간호만 보더라도 근대학문 체계의 주요한 내용들이 거의 망라되어 있다. 문학, 역사, 지리와 물리, 천문, 지질, 생물학, 해양학 등을 포함한 자연과학, 일반상식, 교훈담 등이 그 실례이다. 언뜻 보면, 이들 담론들은 그다지 높은 연관성을 지니지 않은 것처럼 보인다.

　하지만 과연 그럴까. 최남선은『소년』의 창간을 회고하면서 "장차 이르켜야만 할 사상계 건설을 위하야 그 한 방법으로 거긔 관한 잡지를 내이자고" 했다고 적었다. 그러면서 "자기지위에 대한 대자각을 환기함과 밋 일반지식의 정도를 향상식히난 데 필요한 것"[3]으로『소년』의 역할을 규정했다. 이것은『소년』이 행할 앎의 역할과 배치를 소상하고 정확하게 규정한다는 점에서 매우 중요하다. '자기 지위에 대한 자각'은 자아와 자신이 속한 민족(국가)의 과거와 현재에 대한 앎, 곧 '민족적 지식'의 확충이며, '일반지식의 향상'은 자기(민족) 외부세계(근대)에 대한 앎, 곧 '근대적 지식(도구적 지식)'의 확충이다.[4] 말하자면 최남선은 새로운 국민국가 '신대한'을 짊어질 '소년'들을 계도 육성할 목적으로『소년』을 창간했으며, 그들에게 '나(우리)'임과 동시에 '세계인'이란 공동감각을 심어주기 위

---

1) 임규찬·한진일 편,『임화 신문학사』, 한길사, 1993, 105~108면 및 148~149면 참조
2)「少年時言―『少年』의 旣往과 밋 將來」,『소년』3년 6권, 1910.6, 17면.
3) 위의 글.
4) 한기형은 최남선의『소년』·『청춘』발간을 계기로 도구적 지식과 민족적 지식의 결합이 본격화하지만 식민지 지배에 의해 그것이 쇠퇴하면서 심미적 지식에 대한 관심이 고조되며, 이는 초기 근대문학 재편의 주요한 계기를 이룬다고 본다. 한기형,「최남선의 잡지 발간과 초기 근대문학의 재편」,『대동문화연구』45, 2004.3 및「근대잡지와 근대문학 형성의 제도적 연관」,『대동문화연구』48, 2004.12 참조.

해 근대적 지식과 민족적 지식을 동시에 제공하는 잡지 시스템을 채택했던 것이다. 그런 의미에서 '소년'의 진정한 주어(주체)는 '신대한'이란 '국민국가'인지도 모른다.

이런 사정은 『소년』·『청춘』에 실린 번역·번안 서사물에 대해서도 새로운 접근을 요구하게 한다. 『소년』·『청춘』에는 우화와 전기·수필·동화·모험담 등을 제외한 순수소설만 따져도 16편이 번역되어 실린다. 이중 인생과 소설의 교사로서 톨스토이에 대한 높은 존경과 관심은 단연 이채롭거니와, 빅토르 위고의 『레 미제라블』에 대한 관심도 범상치 않다. 한편 『소년』 초창기에는 모험서사인 『걸리버 여행기』와 『로빈손 크루소』가 집중 번역되어 게재된다. 미리 말해, 어쩌면 이 소설들은 재미 자체보다는 '신대한'을 건설할 '소년'들의 '용기'와 외부세계에 대한 '지식'을 길러주기 위한 교양물로 세심하게 선택되어 번역된 것인지도 모른다. 이는 이 작품들과 함께 배치된 다른 지식 담론들과 교차적 읽기를 행할 때 확인될 수 있는 사항이므로 본론의 몫으로 남겨둔다.

이런 관점에서 이 글은 『소년』·『청춘』에 실린 번역소설들이 고유한 심미적 기능에 앞서 '신대한'이란 '국민국가' 건설을 위한 '우리들', 즉 '소년＝국민'이란 공동성의 창출에 제일의 목적을 두고 있음을 그 번역의 태도와 실제를 통해 밝히는 데 제일 큰 관심을 둔다.

2. '소년'과 '신대한', '우리들' 혹은 '국민'이라는 감각

근대계몽기 초기 서구문명을 소개하고 이식하려는 계몽의 프로젝트에서 선편을 장악한 미디어는 신문이었다. 이들은 인쇄술과 기차에 의한 보급기술의 발달을 밑거름 삼아 전근대의 불균질한 시공간 경험을 제거하고 근대적 시공간의 동시성을 구현함으로써 '신민' 아닌 '국민'들의 집합체인 새로운 '국민국가'의 탄생을 고무히는 데 열심이었다. 그러나 '독립'을 상조했든 '문명'을 강조했든, 1905년 을사보호조약을 계기로 계몽의 프로젝트에서 신문이 담당했던 역할은 현저히 위축되었다. '동도서기'를 통한 근대화 프로젝트와 조선 독립의 당위성을 열렬히 주장했던『대한매일신보』가 '대한'이란 문자를 빼앗기고 일제 총독부 기관지『매일신보』로 전락해간 사정은 그 비감한 예로 모자람이 없다.

그러나 외형상의 '국민국가' 건설 가능성이 위축되었다고 해서 문명과 개화, 궁극적인 독립국가 건설을 위한 계몽의 프로젝트가 중단될 수는 없었다. 이를 위한 근대적 지식과 민족적 지식의 습득 및 보급은 그럴수록 한결 중요한 것이 되었으니, 이는 1910년대를 전후하여 유학생 단체 학회지가 급증하는 주요한 원인이 되었다. 물론 이들 학회지는 소수의 지식인 독자 대상, 국한문 혼용 등 신문의 대중성에 비해 많은 제약을 가진다. 하지만 근대미디어가 목적하는바 '국민정신의 통일'이란 측면에서 봤을 때 잡지는, 신문에 비해 '체계화된 근대지식의 구축과 그것의 사회적 보편화'에 훨씬 유리했으며, 또한 당시의 잡지 편집인들 역시 이를 분명히 의식하면서 잡지를 만들었다.5) 우리는 최남선 역시 이와 다르지 않음을 다음 두 글에서 읽어낼 수 있을 터이며, 동시에『소년』과『청춘』의 궁극적인 발간 목적 역시 뚜렷이 확인할 수 있을 것이다.

   ①今에 我帝國은 우리 少年의 智力을 資하야 我國 歷史에 大光彩를 添하고 世界文化에 大貢獻을 爲코져 하나니 그 任은 重 하고 그 責은 大한디라 本誌는 此 責任을 克當할만한 活動的 進取的 發明的 大國民을 育成하기 爲하야 出來한 明星이라 新大韓의 少年은 須臾라도 可離티 못할디라6)

---

5) 한기형, 「근대잡지와 근대문학 형성의 제도적 연관」,『대동문화연구』48, 2004.12, 36면.
6)『소년』창간호(1908.11). 띄어쓰기는 현대어법에 맞게 고쳤음. 이하 마찬가지임.

②내가 東京에 잇슴애 畏友某君과 꾀하야 將次 이리켜야만 할 思想界 建設을 爲하야 그 한 方法으로 거긔 關한 雜誌를 내이자고 계획한 것이 잇스니 母論 純政治에 偏하게도 아니오 쏘 純文藝에 偏 하게도 아니라 모든 方面으로 새로 發生하난 싹에 對하야 모다 同輩의 意見을 吐露하야 우리나라 캄캄한 벌판에 城 위 燈ㅅ불을 삼고, 쏘 참말의 警鐘이 되야서 昏夜의 深夢을 깨치자 하얏더니 (……) 大抵 우리 생각에는 오늘날 우리나라에 잇서서는 한 學校 한 社會에 固定한 地位를 가지고서 指導者의 일을 行하난 것보담 더욱 不偏不局한 地位에 안자서 普遍히 指導하난 일을 行함이 緊한 줄 알고, 쏘 일의 形式을 힘써 보이난 것 보담도 일의 情神을 힘써 가르침이 急한 줄 알고, 쏘 무엇에던지 될 수 잇난 데 까지지는 갓흔 情神으로 갓흔 步調를 取하도록함이 매우 重한 줄 아노니 이 情神으로 우리가 하난 일은 外形上에는 自己地位에 對한 大自覺을 喚起함과 밋 一般智識의 程度를 向上식히난데 必要한 것이라, 지금 우리가 무슨 일에던지 臨事하난 情神과 態度는 이러한지라, 붓을 쌜아가지고 이 雜誌를 當할 새 쏘한 以러할 쑨이니, 『少年』의 目的을 簡短히 말하자면 新大韓의 少年으로 새달은 사람 되고 생각하난 사람 되고 아난 사람 되야 하난 사람이 되야서 혼자 억개에 진 무거운 짐을 勘當케 하도록 敎導하쟈 함이라.[7]
(이상 강조는 인용자)

①은 1908년 11월 창간 후 상당 기간 『소년』의 표지를 장식하던 글로, 지금 읽어도 『소년』의 당찬 포부와 사명감이 선명히 손에 잡힐 듯하다. ②는 씌어진 시점을 감안한다면 한일합방을 넉 달여 앞둔 시점에서 육당이 『소년』의 창간 당시를 회고하며 쓴 글이다. 두 글에서 공통되는 단어들을 꼽으라면 무엇보다 '신대한의 소년'과 '활동적 진취적 발명적 대국민 육성'을 들어야 할 것이다. 『소년』은 이를 위해 '자기에 대한 앎'과 '일반지식' 곧 '외부세계에 대한 앎'의 균형적이며 종합적인 습득과 향상

---

7) 「少年時言—『少年』의 旣往과 밋 將來」, 『소년』 3년 6권, 1910.6, 17~18면. 이는 창간호의 다음 말과도 일치한다. "나는 이 雜誌의 刊行하난 趣旨에 對하야 길게 말삼하디 아니호리라. 그러나 한마듸 簡單하게 할 것은 「우리 大韓으로 하야곰 少年의 나라로 하라 그리하랴 하면 能히 이 責任을 勘當하도록 그를 敎導하여라」."(『소년』 창간호 취지문)

을 강조한다. 앞서 말한 대로 이는 민족적 지식과 근대적 지식으로 바꾸어 말해도 무방하리라.

하지만 현재는 지식의 수혈 대상이지만 궁극적으로는 그것의 주체로서 '신대한'의 예비국민 '소년'의 육성이란 관점에서 지식의 문제를 고찰할 때 우리는 '소년'을 소년'답게' 하는 앎의 문제에 관해 진지하게 고민할 필요가 있다. 문학은 정서의 발흥과 순화 등 심미적·교화적 기능을 동시에 담당한다는 점에서 특히 그러하다. 과연 최남선은 『소년』 창간호의 '편집실 통기'에서 게재할 문자(담론)의 기준을 밝힘으로써 '우리들', 즉 '신대한의 소년들'이란 공동성의 창출을 기약하는 주도면밀함을 보여주고 있다. 요지를 말한다면, 연약·나타·의지·허위의 마음을 자극하는 문자는 결코 내지 않지만, 미적 사상과 심정 훈도에 도움이 되는 것이면 경연(輕軟)한 것이라도 조금씩 게재하겠다는 것이다.[8]

이를 기준 삼아서 『소년』·『청춘』의 '우리들'의 창출을 위한 주요한 '문자' 체계를 개략적으로 구분해 보자. 자연과학 담론은 정서적 공동성 창출보다는 실용성에 더 소용되는 지식 체계로 판단되므로 여기서는 일단 제외한다. 이럴 때 무엇보다 중요하게 떠오르는 지식 체계는 내가 보기에는 역사와 지리, 문학, 그리고 각종 덕목론(德目論)이다. 하지만 이것들은 '신대한 소년'을 육성하기 위해 치밀하게 선택된 서사들이라는 점에서 철저하게 편집자의 시선과 형식에 포섭되어 있다. 한기형이 적절히 지적했듯이, 지식의 민족화라는 관점이 일관되게 작동하고 있는 것이다.

역사의 경우, 전쟁 영웅담(국난극복; 을지문덕, 이순신 등, 근대국민국가의 건

---

8) 최남선이 「나폴레온 大帝傳」을 연재하면서 '근세 프랑쓰 문학의 기원'이란 항목에 적어 넣은 다음과 같은 구절은 그의 공리적 문학관을 충실히 대변한다. "우리는 文筆만으로써 衣食을 엇어하난 者를 미워하노니 하믈며 文筆노써 榮寵을 사려하난 者야 다시 무슨 말을 하리오 그럼으로 우리가 文士 中에에서도 尊號와 諡號를 選述하난 者와 詩人 中에서도 應製와 帖聯을 製進하난 者는 더욱 더럽게 알고 賤하게 넉이더니 이제 나의 붓끗흐로 근세 프랑쓰의 文學을 陳述할 새 참 嘔逆남을 禁할 수 업도다."(『소년』 2년 2권, 1909.2, 16면)

설; 나폴레옹, 워싱턴, 페터 대제 등)과 근대 위인담(톨스토이, 에디슨, 링컨)을 중심으로 하면서, 한반도의 지정학적 위치와 과거사를 미래의 가능성으로 재전유하는 글들인 「해상대한사」(최남선)와 「국사사론(國史私論)」(신채호)[9]을 엇갈려 배치하기도 한다. 과거, 특히 전쟁이라는 민족의 위기와 그것을 구한 영웅에 대한 기억의 공유는 '우리들'이란 공동성을 만들어내는 강력한 기제 가운데 하나이다.[10] 국난을 극복한 민족 영웅은 우리 역사에도 있었지만, 그것을 근대국민국가의 창출로 연결시킨 영웅은 없었다. 아마도 이것이 최남선이 『청춘』에서조차 '특별기사' 형식으로 「나폴레온 격언집」[11]을 실었던 이유이리라. 그에게 '신대한'을 향한 열망은 그만큼 강렬했던 것이다.

　『소년』과 『청춘』이 취급한 지식 담론 중 가장 확연한 차이를 드러내는 것은 '지리' 영역이다. 합방 후라 그런지 『청춘』에는 『소년』에 곧잘 보이는 지리적 앎과 팽창 욕망에 근거한 '신대한' 건설을 고무하는 지리 담론은 거의 보이지 않는다. 『소년』이 지리 지식의 수집과 보급에 쏟은 열정은 대단했다. 거의 매호에 걸쳐 선진 문물과 유명 인물, 유명 사적,

---

9) 「國史私論」이 게재된 『소년』 3년 8권은 1910년 8월 15일에 발간되었으니, 한일합방을 눈앞에 둔 시점이었다. 그랬기 때문일까. 「大朝鮮精神」 등 조선정신을 강조하는 글들이 유난히 눈에 많이 띤다. 「國史私論」은 신채호 대신 금협산인(錦頰山人)이란 필명으로 발표되고 있다. 검열을 의식한 조치였을 것이다.
10) 成田龍一, 「『少年世界』と讀書する少年たち」, 『思想』, 岩波書店, 1994.11, 195~199면. 최남선은 『소년』을 창간하기 위해 참조한 일본 잡지로 『太陽』과 『早稻田文學』(「少年時言―『少年』의 旣往과 및 將來」)만을 거론하고 있으나 이는 심히 의문스럽다. 왜냐하면 잡지의 왕국이라 불리며 『太陽』 등을 발행하던 박문관(博文館)에서 간행한 『少年世界』 역시 존재했기 때문이다. 『少年世界』는 1895년 1월 창간되어 1934년 1월 종간 되었으며, 매월 1일과 15일 두 차례 간행되었다. 말 그대로 '소년'들을 주요 대상으로 삼았으며, 지면은 '논설'·'소설'·'사전'·'과학'·'문학'·'기서'로 구성되었고 이후 '유년'과 '소년' '소년부'가 덧붙여진다. 이들 지면을 통해 '전쟁'과 '역사'·'문장과 시'·'비문명으로서의 암흑에 대한 기술'이 광범위하게 이루어지며, '우리들', 곧 '문명국=일본국 소년'이란 공동성의 창출이 이루어진다. 이런 점에서 『少年』과 『少年世界』의 유사성과 차이점에 대한 섬세한 고찰도 반드시 필요한 과제 가운데 하나로 여겨진다.
11) 「나폴레온 格言集」, 『청춘』 8호, 1917.6, 94~105면.

오지(奧地) 등을 소개하는 화보를 실었으며, 「봉길이지리공부」·「쾌소년
세계주유시보」를 연재함으로써 인문지리에 대한 소양을 깃추세 하는 한
편, '대한의 외위형체'12) 등과 같은 민족의 지리와 언어, 풍속 등에 관한
민족지에 대해서도 관심을 재고함으로써 '문명한 우리들'을 자임토록 배
려하였다.

하지만 이런 지리 담론은 『소년』의 독자들로 하여금 문명과 야만의
구획을 자연스럽게 하며 제국주의의 시선을 무의식중에 내면화하도록
한다는 점에서 실상은 야비한 기제가 아닐 수 없다. 이것은 서구와 티벳,
아프리카 등을 사실에 즉해 소개하는 코너에서도 용이하게 드러나지만,
그 세계들에 관한 일이 서사화될 때, 이를테면 모험담이나 기담(奇談)으
로 변형되어 제시될 때 가장 극대화된다.13)

모험담과 기담을 주목할 때 우리는 무엇보다 최남선의 '바다'에 대한
관심에 새삼 놀라게 된다. 하긴 『소년』은 창간호 첫머리에서 「해(海)에게
서 소년(少年)에게」로 그 목적과 기개를 벌써 웅변하고 있다. 하지만 『소
년』 창간호는 '바다' 특집호라 해도 좋을 정도로 '바다'나 '물'과 관련된
이야기가 많다. 「해상대한사」의 연재가 시작되고 을지문덕을 다룬 「살수
전기」가 실리며, 「거인국표류기」 역시 연재된다. 심지어 목차에 「왜 우
리는 해상(海上) 모험심(冒險心)을 감튜어 두엇나」라는 기사도 보인다. 실
로 중요한 대목이다. 왜냐하면 이후 '모험'에 얽힌 '신대한 소년'의 상상
력과 호기심, 용기와 기개 등을 자극하고, 나아가 그것을 문명, 아니 제
국주의적 시선에 기초한 개척과 정복의 욕망으로 들끓게 할 '정복과 모

---

12) 최남선은 『소년』 창간호에서 대한반도의 형체를 일본 지리학자 고토[小藤]가 주장
    한 토끼 모양설에 맞서 호랑이로 고쳐 묘사해 보인다(「鳳吉伊地理工夫」, 78~79면).
    한편, 그는 독자들로 하여금 그들의 고향의 지명의 유래나 민담 등을 수집해 『소년』
    편집실로 보낼 것을 요청함으로써 '민족지'에 대한 관심을 독려한다.
13) 근대 지식, 그 중에서도 지리 지식은 최남선에게서 문학, 특히 시가(詩歌) 형식을 통
    해 대중에게 전달되는 특징을 보인다. 『소년』에 연재된 「快少年世界周遊時報」, 『소
    년』에 일부가 게재되고 신문관(新文館)에서 발간된 『京釜鐵道歌』·『漢陽歌』, 『청춘』
    1호(1914.10) 부록으로 실린 『世界一週歌』 등은 대표적인 예이다.

험의 서사'를 적극적으로 내겠다는 선언이기 때문이다.

『소년』에는 바다, 그것도 세상에 알려지지 않은 미개척지이자 극지인 북극과 남극 탐험기가 모두 실리고 있다. 그러나 비지(秘地)의 탐험과 개척이란 내용을 담고 있지만 그 사적(事蹟)의 보고 내용은 썩 다르다. 가령 「북극탐색사적－육삭일망간탑빙표류담」(2년 1권~4권)은 북극탐험을 하던 중 빙산과의 충돌로 인해 조난을 당한 미국의 폴나리쓰호가 선장과 선원들의 일치단결과 용기에 힘입어 극적으로 구조된 사건을 역술(譯述)한다. 그에 반해 「쾌남아의 소견법－최신남극탐색가」(2년 6권)는 1909년 남극 탐험에 성공한 영국의 새글턴(shackleton)의 공적을 자세히 소개하고 있다.

그런데 정작 중요한 것은 두 사적에 대한 편집자의 논평이다. 최남선은 공통적으로 '게으름'으로 소일하는 '소년들' 즉 "가련한 심리적 노인"들을 계고하기 위한 한편, "허다한 비밀계는 신대한의 소년의 손으로 개발되기를 축원하"는 마음에서 탐험기사들을 적극 번역하여 소개하고 있다.14) 이것이 단순히 부국강병 차원의 야망이 아니라 제국주의적 확장욕망과 연관되어 있음은 바로 다음 기사로 세계에 가장 많은 식민지를 가진 나라로 영국을 소개하면서 "장래에 위대한 국민이 되려하난 제자(諸子)는 맛당히 기왕과 방금에 위대한 국민에게 배우시오 그리하되 다만 그네의 위대한 정신을 잘 배우시오"라며 훈도하는 「세계적 지식－현세계상에 속지(屬地) 갑부는 쑤릿탠국」(2년 6권)을 싣고 있음에서 얼추 짐작 가능하다.15)

---

14) 이 기사와 관련하여 대단히 인상적인 신체시가 있으니, 『소년』 2년 10권에 실린 「바다 위의 勇少年」이 그것이다. 이 시는 먼저 거센 파도가 몰아치고 또 앞에는 암초가 가로 놓인 바다에서 "외상앗대 겨오 달린 「쑈오트」"에 매달려 세 소년이 겁도 없이 항해하는 모습을 삽화로 제시한다. 그 후 그 자세한 내용을 4·4·5조의 음수율로 노래하면서 그 소년들의 존재를 대한반도의 축복이자 광명이라고 찬양한다. 한편, 이 기사의 후속편으로 『소년』 3년 6권에는 1908년 북극점 도달에 성공한 쿡(cooke)과 1909년 성공한 피어리(peary)의 사적을 소개한 「北極探索事蹟」이 게재된다.

15) 지나친 억측일 수 있지만, 실제적이든 아니면 과거사나 서사에 의한 상상을 통한 것이든 최남선의 대외적 팽창 욕망을 통한 국민국가 혹은 민족의 정체성 확립 노력은

그렇다면 『소년』 초창기에 『걸리버 여행기』의 일부인 「거인국표류기」
와 『로빈손 크루소』를 초역(抄譯)한 「로빈손무인절도표류기」가 집중 게재
되는 시정도 이와 무연치만은 않을 테다.16) 두 소설은 영국의 앤(Ann) 여
왕이 다스리던 어거스틴 시대의 가장 대표적인 소설이다. 이 소설들이
출간된 18세기 초는 '현세계상에 속지(屬地) 갑부는 쑤릿탠국'이란 말이
전혀 어색하지 않을 정도로, 영국은 산업혁명과 제해권 장악을 바탕으로
제국주의의 절정, 다시 말해 자본주의 문명의 첨단을 달리고 있었다. 제
국주의 시대의 사회진화론과 만국공법의 논리 앞에서 문명은 절대선이
요 야만은 계도되고 퇴치되어야 할 악이었다.

당시 조선은 문명과 야만의 경계에 위태롭게 걸쳐 있었다. 그런 점에
서 두 소설은 저 두 탐험기사, 즉 '사실'에 '허구', 즉 '상상력'을 가미하
여 사실성과 흥미를 동시에 돋움으로써 '신대한 소년'들로 하여금 "만일
마음을 크게 먹고 뜻을 굿게 가지면 공중의 정복도 제자(諸子)의 공명(功
名)을 이룰 일이오 해저의 사구(査究)도 제자(諸子)의 한적(閑寂)을 깨칠 일
이라"17)는 교훈을 전달하고 고취하기 위한 효용론적 문자라 해도 크게

『청춘』 시기에도 지속된 것으로 보인다. 「고조선인의 지나 연해 식민지」(6호)는 대표
적인 경우이다.

16) 『로빈손 크루소』는 김찬(金欖)에 의해 1908년 『絶世奇談羅賓孫漂流記』로 처음 번
역되었다. 의외로운 것은 모험·과학소설 장르에서 세계적인 인기를 끌었던 프랑스
쥘 베른(J. Verne)의 소설에 대한 번역이 거의 눈에 띠지 않는다는 점이다. 1908년 『과
학소설 텰세계』를 이해조가 처음 번역한 후, 대표작 『15소년 표류기』는 1912년 동양서
원에서 『冒險小說十五小豪傑』이란 제목으로 뒤늦게 번역되었다(이상은 김병철, 『한
국근대번역문학사연구』, 을유문화사, 1974). 이것은 일본에 처음 번역된 프랑스 소설이
쥘 베른의 『80일간의 세계일주』였다는 사실과 크게 대비된다. 그의 소설들은 일본인
에게 서구의 문명을 배우고 과학기술을 받아들이는 데 유용한 창구로서 인기가 높았
다고 한다(西永良成, 「フランス文學」, 西永良成 外, 『飜譯百年』, 大修館書店, 2000,
52~53면). 쥘 베른의 『15소년 표류기』나 『해저2만리』, 여타의 과학소설에 대한 최남선
의 무관심은 잡지 『소년』에 대한 관심이 생물학적 연령층 '소년'만으로 한정되는 것을
경계했다는 것과 함께, 지나치게 '사실'과 동떨어진 '공상과학'류의 서사물에는 별다
른 흥미를 보이지 않았음을 반증하는 사례일지도 모른다.

17) 「快男兒의 消遣法—最新南極探索家」, 『소년』 2년 6권, 1909.7, 52면. 한편 『소년』 3
년 3권(1910.3)에는 영국 시인 바이런(L. byron)의 「해적가(海賊歌)」가 최남선의 번역으

틀리지 않다. 하지만 흥미롭게도『소년』후반부와『청춘』에는 이런 모험 담 소설은 전혀 실리지 않는다.

이와 맞물려 주목되는 현상은 '신대한 소년'(청년)이 건전한 국민-전 인적 인간으로 자라는 데 필요한 각종 덕목론이 다양한 형태로 게재된 다는 점이다. 간단히 말해 성정의 수양과 내면의 성찰을 위한 일종의 훈 육 지침인 것이다.『소년』에서 이를 담당한 가장 중요한 기사는 창간호 부터 연재된「소년시언(少年時言)」과 2년 2권부터 연재된「신시대청년의 신호흡」[18]이다. 전자는 주로 최남선 개인이 '소년'들을 계몽하는 말을 연설문 형식을 빌어 전하는 방식을 취했다. 이에 반해 후자는 마치 영웅 담처럼 '소년'의 모범이 될 만한 인물들, 이를테면, 후쿠자와 유키치, 벤 자민 프랭클린, 와싱톤, 톨스토이, 페스탈로찌, 율곡 이이 등의 좌우명, 처세술, 교시 등 개인의 삶과 국가 및 사회 경영에 도움이 될 만한 덕목 들을 집중적으로 소개했다. '신대한 소년'이 갖추어야 성정 혹은 덕목에 대한 최남선(및 이광수)의 관심은『청춘』에서도 지속되는 것으로 보인다. 왜냐하면「동정(同情)」(3호)·「고상한 쾌락」(6호)·「용기론」(11호)·「자조(自 助)론」(13호) 등이 지속적으로 실리기 때문이다.

주로 근대의 위인들이 선택되고 있다는 점에서 이들의 덕목론은 분명 근대 국민국가의 건설과 연동되어 있다. 근대국가에 걸맞은 성숙한 국민 / 시민의식, 곧 건전하고 자율적인 자기 규율과 타자에의 배려는 삶의 합리성의 척도이자 보편적 인류애의 보증수표였기 때문이다. 그러나 사 정은 그리 간단하지만은 않았던 듯하다. 이들 덕목론은 확실히『소년』 후기로 올수록 증가하는 양상을 보인다. 첫째 원인은 당시의 엄중했던 시대 현실 때문일 것이다.[19] 이즈음이 문명론의 계몽을 통한 자강론의

로 실린다. '바다'를 "우리의 帝國으로 알고 지내며 / 우리 사난 집으로 넉여보"는 해적 의 기개와 용기를 노래한 시란 점에서 최남선의「바다 위의 勇少年」과 상당히 통한다.
18) 2년 2권의 제목은「現代少年의 新呼吸」이었으나, 2년 3권 이후「신시대청년의 신호 흡」으로 변경, 고정되었다.
19) 가령 1910년 8월 15일『소년』은 3년 8권을 낸 후 4개월 정간을 당한다. 바로 이 호에

주창도 그리 쉽지 않았음은 대체로 인정되는 역사적 사실이다.

이와 더불어 눈여겨볼 대목은 『소년』과 도산 안창호의 직·간섭적인 영향 아래 있던 「청년학우회」와의 관계이다. 『소년』은 2년 4권에서 안창호가 지은 창가 「평양 모란봉가」를 "아협(牙頰)에 향이 생(生)하지는 아니하나, 강건한 사구(辭句)와 웅장한 의미가, 강대하게 쯔 심대하게, 우리의 신경을 흥분하게 하난 자 — 잇난지라"면서 소개하고 있다. 이것이 하나의 예고였던지 『소년』은 2년 8권 「청년학우회」 창립 취지문을 시작으로 그 회보를 거의 매호 싣는다. 「청년학우회」 창립 취지문의 첫대목은 "『무실·역행으로 생명을 작(作)하난 청년학우회를 단합하야 …… 건전한 인물을 작성하기로 목적함』이라더라"이다. '무실역행'은, 첫째, 안창호의 수양론(및 준비론)의 핵심이며, 둘째, 『소년』이 경외해마지 않던 톨스토이의 '노동역작(勞動力作)'의 또 다른 표현에 가까우며, 셋째, 『소년』이 목적하는 '활동적 진취적 발명적 대국민'을 육성하기 위한 최소한의 필요조건에 해당하는 덕목이다.[20]

『소년』은 이런 덕목론을 '신대한 소년'이란 공동성을 창출하는 동시에 이들을 청교도적 감각으로 무장한 일종의 성직자 혹은 교사형 국민으로 훈육하기 위한 지침으로 적극 계발하고 활용했다. 이를테면 『소년』은 '순결, 광명, 강건, 화락, 진실, 성충, 근면, 정의, 미려, 정제'[21]를 '신대한 소년'의 십대 덕목으로 정하고, 다음과 같이 '국민 사행(思行)의 표준'으

신채호의 「國史私論」이 실렸다. 같은 해 12월 정간이 풀려 3년 9권을 다시 내니 「톨스토이先生下世紀念」호가 그것이었으나, 연호(年號)는 융희(隆熙) 4년에서 메이지[明治] 43년으로 바뀌어 인쇄되었다.

20) 부지런함에 근거한 '노동역작 / 무실역행'이 '신대한 소년'에게 찬양, 권고되는 대표적 덕목이라면, 게으름은 가장 타매되고 뿌리뽑혀야 할 악덕이다. 최남선은 『소년』 곳곳에서 게으름뱅이를 '옷밥씨름군' '밥벌레' '담배구덕이' '담배씨에 뒤웅을 파던 가련한 심리적 노인' 등으로 매우 경멸할뿐더러, 지옥불에 떨어져야 할 존재로까지 저주한다. 그런 점에서 『소년』에서 '우리'와 '타자'를 가르는 포섭과 배제의 정치학의 한 핵심으로 '무실역생 / 노동역작'을 들어도 좋으리라.

21) 「新大韓 國民의 十德」, 『少年』 3년 5권, 1910.5, 1면.

로 널리 알린다.

> 正義의 擁護者가 되랴하고 至善의 努力者가 되랴할진댄 純潔하여야 하며
> 光明하여야 하며 剛健하여야 하며 和樂하여야 하며 眞實하여야 하며 誠忠하여
> 야 하며 勤勉하여야 하며 正義로와야 하며 美麗로와야 하며 整齊로와야 하나니
> 곳 善美를 조와하고 活動을 일삼아 恒常 위를 向하야 힘써 올으며 압흘 向하
> 야 힘써 나아가야 하난지라 참으로 祖上에 對하야 孝하고 그리하야 攝理에게
> 對하야 忠코자 할진댄 이를 직히기에 나를 克制하며 이를 爲하야 나를 發展
> 할지어다.[22] (강조는 인용자)

허위와 실질이 결여된, 발전과 미래 없는 '국민'이 되지 않기 위해 내
실 있게 '나를 극제하고 나를 발전하는' 일은 실로 중요하다. 그렇게 해
서 '신대한'이 건설된다면 아무런 문제가 없다. 제국주의의 시선에 포획
된 '바다'의 모험심으로 들끓던 국민국가 건설의 시대에는 뒤돌아보지
않고 앞만 보고 내달리는 소년의 불굴의 용기와 결단이 촉구되고 칭송
되었다. 점차 그 가능성이 사라져가면서 정신의 문명에 강조점을 두는
개인의 품성 및 인격의 수양과 같은 추상적인 덕목론에 대한 강조가 증
가하는 것이다.

물론 이것은 대단히 전략적인 것이다. 왜냐하면 '신대한'이란 국민국가
에의 열망이 내면화하면서 발생한 굴절의 일부도 되기 때문이다. 따라서
그것은 '소년'들의 '양심적 지도자' 내지 '지식인'으로의 성장에 대한 기
대로 더욱 이어졌을 테고, 다른 한편으로는 '국민국가'를 대신할 '문화민
족주의' 프로젝트[23]의 실질적 출발점도 되었을 테다. 하지만, 동시에 이

---

22) 「少年時言—國民思行의 標準」, 『소년』 3년 5권, 1910.5, 15면.

23) 물론 문화민족주의의 출발점을 어느 하나로 단정하기는 힘들 것이다. 그러나 최남선
또는 이광수에 초점을 맞춘다면, 단군과 태백으로 대표되는 민족혼과 국토의 심미화에
관심을 기울이기 시작하는 시점 정도로 본다면 큰 무리는 없을 것이다. 『소년』에서 그
즈음은 2년 10권(1909.11) 정도인데, 여기에는 창가 「단군절」의 가사와 악보, 그리고 한
반도 모양의 호랑이 두 마리가 감싸 안은 8·5조의 신체시 「태백범」이 게재된다. 그 외
대표적인 경우를 들라면, 육당이 안창호에게 올리는 소시집 「태백산시집」(3년 2권)과

'덕목론'은 양날의 칼도 되었다. 최남선의 '게으름'에 대한 저주는 앞에서 이미 거론하였거니와, 『청춘』에서 이를 주로 담당한 것은 이광수였다. 그가 「동정(同情)」(3호)・「소년의 비애」(8호)・「어린 벗에게」(9~11호)・「자녀중심론」(12호)・「윤광호」(13호) 등의 논설과 단편소설을 통해 저런 덕목과 성정의 자연스런 발현을 억압하는 조선의 악습과 민족성을 비판하는 데 그치지 않고 끝내는 「민족개조론」(1922)의 열렬한 주창으로까지 나아갔음은 주지의 사실이다.24)

'바다' 및 '지리' 담론과 모험의 서사가 밀접한 관련을 맺고 있듯이, 일련의 덕목—성정론과 『소년』・『청춘』의 창작 및 번역 소설 역시 밀접한 연관을 맺고 있다. 단적인 예로 톨스토이는 작품을 통해서 『소년』의 독자들과 먼저 만나지 않는다. 그는 '노동역작의 복음'을 전하는 '현시대의 최대 위인'으로, 다시 말해 '신대한 소년'들이 마땅히 본받아야 할 '그리스도 이후의 최대 인격'으로 그 모습을 드러낸다.25) 그 뒤에야 비로소 종교적 인도주의와 공동체의 평화 등을 역설하는 후기 단편들과 대표작

단군 이래 조선민족에 부여된 사명을 강조하는 춘원의 「朝鮮ㅅ사람인 靑年들에게」(3년 8권)가 있다. 흥미로운 점은, '국풍(國風)'이란 일종의 장르명을 '바다'나 다른 소재에 관련된 초기의 시가(詩歌)에는 사용하지 않았으나, '태백' 및 국토 기행과 관련된 시가를 쓰기 시작한 뒤로부터 사용하고 있다는 사실이다.

24) 1910년대 중반 이후 이광수가 대중 및 지식인의 계몽을 위해 적극적으로 선택했던 지면은 『학지광』도 『청춘』도 아닌 총독부 기관지 『매일신보』였다. 「대구에서」・「농촌계발」・「조혼의 악습」 등의 논설을 발표한 후 그는 한국 근대문학에 획을 그은 『무정』을 연재하게 된다. 따라서 비록 그것이 일제 식민지라는 형태로 왜곡됐지만, '국민국가'의 계몽이란 관점에서 봤을 때 『무정』이 한국 근대소설의 확립 과정에서 행한 가장 중요한 역할 가운데 하나는 "한글로 본격적인 지식인 문학의 길을 열었다는 점"이며, 그렇기에 "근대 자국어를 사용해 독자 계층의 통합을 이룬 최초의 소설"이란 점에서 그 문학사적 가치를 새로이 찾아야 한다는 김영민의 지적은 매우 설득력 있다. 김영민, 「1910년대 신문의 역할과 근대소설의 정착 과정」, 『현대문학의 연구』 25(한국문학연구학회 편), 2005.3, 282~292면 참조

25) 「新時代 靑年의 新呼吸(四)—톨스토이 先生의 敎示(勞動力作의 福音)」, 『소년』 2년 6권, 1909.7. 해당호 표지에는 이전의 "대국민 육성……" 운운을 대신하여 "向上精進은 新大韓 少年의 人文 開發에 從事하난 精神이오 勞動力作은 新大韓 少年의 天命 服從에 努力하난 道理니라"는 글귀가 적혀 있다. 톨스토이에 대한 무한 존경과 신뢰를 짐작케 하는 대목이다.

『부활』(『청춘』에서는 『更生』)이 번역, 게재된다.

톨스토이의 문명비판에 근거한 박애주의와는 거리가 멀지만, 빅토르 위고의 『레 미제라블』의 일부를 번역한 「ABC계(契)」(3년 7권)나 전체를 초역(抄譯)한 「너 참 불쌍타」(『청춘』 1호) 역시 궁극적으로는 자아와 타자 상호간의 사랑과 희생과 구원이라는 주제로 수렴된다고 한다면, 『소년』이 권장하던 '십대덕목' 및 그것의 실천으로서 '국민사행의 표준'과 먼 거리에 있지 않다.26) 왜냐하면 사랑과 희생과 구원은 십대덕목을 갖춘 자에게만 허락되는 권리요 영광이기 때문이다. 이 땅의 초기 근대문학에서 이것을 소설의 재미와 대중 교화의 방식으로 가장 탁월하게 조직한 이가 춘원이었음은 『무정』과 『재생』의 예로 충분하다.

이처럼 『소년』·『청춘』의 지식 담론들은 고유한 체계로 분화되어 있는 듯하지만, 이른바 '신대한 소년'의 육성과 '국민정신의 통일'을 통한 '국민국가'의 건설 또는 그것의 대체로서의 문화민족주의의 창안이란 꼭 지점을 향해 한치의 흐트러짐도 없이 수렴되고 있다. 적어도 『소년』·『청춘』의 독자층에게는 이전에는 거의 존재하지 않았거나 불분명했을 '우리들'이란 공동성 혹은 공동감각이 그로 인해 한층 선명해지는 계기가 되었을 테다.

문학은 그것이 창작이든 번역이든 '우리들'이란 공동성과 연속성을 개인의 내면에 직접 전달 가능한 것으로 만듦으로써 '우리들'에 관련된 '감정'을 서로간에 양해할 수 있는 '감정'이게끔 전환시킨다.27) 말하자면 문학, 곧 심미적 지식은 단순히 근대 특유의 취미로서의 예술이 아니라, 근대세계(문명)와 관련된 새로운 지식과 가치와 관점, 그리고 세계사 및 민족사적 현실에 대한 진실을 보는 감각과 안목을 길러주는 매우 유용한

---

26) 이광수는 고주(孤舟)라는 필명으로 「어린 犧牲」을 『소년』 3년 2권, 3권, 5권에 번역하여 연재하였으며, 학교광·교육광 김광호(金光浩)를 다룬 사실소설 「獻身者」(3년 8권)를 발표한다. 제목들에 벌써 '멸사봉공'의 계몽주의적 태도가 물씬 풍긴다.
27) 成田龍一, 「『少年世界』と讀書する少年たち」, 『思想』, 岩波書店, 1994.11, 199면.

기제인 것이다. '신대한'을 꿈꾸는 '우리들'에게는 개인의 내밀한 사적 감정이 아니라 함께 공유할 수 있는 지식과 기억이 아직까지는 훨씬 중요한 것이다. 적어도 최남선과 이광수가 중심이 된 『소년』과 『청춘』에서는 말이다. 이제는 이런 사실들을 스위프트(J. Swift), 디포(D. Defoe), 톨스토이의 번역소설을 통해서도 확인해본다. 이들이 다른 어떤 번역소설보다 '우리들'이란 '공동성'을 계몽하고 고취하기 위해 선택된 예외적 작품들이란 느낌이 강하게 들기 때문이다.28)

3. 번역이 창출하는 '우리들' 1 —'용소년(勇少年)'들의 바다와 국가

『소년』 창간호에 「바다란 것은 이러한 것이오」란 기사가 있다. 바다의 중요성과 쓸모에 관한 세 사람의 말을 소개하고 있다. 첫째, 바다를 제패하는 하는 자가 세계를 제패한다(랄늬). 둘째, 바다가 환기하는 상상력의 장쾌함과 활달함이다(아듸손). 셋째는 집필인, 곧 최남선 자신의 말이니, 그가 왜 어떤 소설보다도 먼저 『소년』에 「거인국표류기」와 「로빈손무인절도표류기」를 번역·연재하게 되었는가를 설명하는 단서가 된다. "「로

---

28) 이들의 소설만 해도 9편이며, 빅토르 위고의 『레 미제라블』 관련 2편과 이광수 번역의 「어린 희생」을 더하면 12편이다. 나머지 4편의 번역소설은 『청춘』의 「세계문학개관」 코너에 초역(抄譯) 소개된 밀턴의 『失樂園』(3호), 세르반테스의 『頓基浩傳奇』(4호), 초서의 『캔터베리記』(8호)에 더해, 진학문이 번역한 모파상의 「더러운 麵包」(『청춘』 8호)이다. 자못 의아로운 점은 「세계문학개관」이라고 하면서도 어떤 편향을 면치 못하고 있다는 점이다. 가령 『청춘』의 작품 선택은 근대 초기와 영국에 편향된 모습을 보이고 있어 선정 기준이 얼른 납득되지 않는다. 이는 최남선이 톨스토이를 처음 소개하는 글(「新時代靑年의 신호흡(四)─톨스토이 先生의 敎示」)에서 단테의 『신곡』, 세익스피어의 4대 비극, 괴테의 『파우스트』가 톨스토이의 『부활』 등과 마찬가지로 만세불후의 대작으로 불린다고 말했던 사실을 상기할 때 더욱 그렇다. 작품 선정의 기준을 오로지 '문명'과 '비문명'에 두었기 때문일까.

빈손 크루소」는 해사(海事)에 관한 한 소전기(小傳奇)라. 그러나 세계의 해왕(海王)이라는 영국의 해군은 차(此)로 인하여 성취하얏다 하나니 오인(吾人)은 차(此)에 관감(觀感)하야 흥기(興起)티 아니티 못하리로다.”29) 두 소설 공히 '해가 지지 않는 제국', '쑈릿탠국'의 부르조아계급에 속하는 바다 모험을 즐기는 남성이 주인공이다. 이들은 바다에서 겪는 조난에 의한 절체절명의 위기를 온갖 지혜와 용기로 극복하고 무사귀환하는 근대의 오디세우스들이기도 하다. 게다가 매우 근면하고 성실하며, 자국(自國)에 대한 자부심과 애국심 또한 대단하다(걸리버는 양면적이지만). 말하자면 이들은 '신대한 소년들'이 세계를 제패하는 문명 '국민'으로 성장하기 위해 따름직한 역할모델인 것이다.

그러나 이후 번역의 태도와 실제를 검토하는 과정에서 드러나겠지만, 두 작품은 저런 공통점을 뛰어넘을 만큼의 차이점 역시 가지고 있다. 하지만 『소년』의 두 작품에는 거의 '용소년(勇少年)'의 '바다'와 '국가'만이 표상되고 있다. 만약 바다로 대표되는 미지세계의 탐험과 개척의 격려라는 그 문학적 상상을 제국주의적 국민국가 건설과 확장의 메타포로 전유하는 것만을 목표로 삼았다면, 그것은 정녕 섬뜩한 번역의 정치학이 아닐 수 없다.

여기에는 두 가지 이유가 존재할 수 있다. 두 작품 모두 이미 일본에서 번역한 것을 다시 번역한 이른바 '이중역(二重譯)'이다. 이미 일그러진 거울을 그대로 들여오는 경우가 하나다. 다음으로, 중역하는 과정에서 우리 쪽 번역자가 필요에 따라 내용과 표현을 추가, 첨삭, 변형하거나 자의적인 논평을 삽입하는 경우이다. 후자의 경우는, 이후 보겠지만 빈번히 확인할 수 있으니 첨언의 여지가 없다. 지식과 제국의 이동으로서의

---

29) 「바다란 것은 이러한 것이오」, 『소년』 창간호, 37면. 한편 『소년』·『청춘』에서 『걸리버 여행기』·『로빈손 크루소』·『돈키호테』는 근대적 의미의 소설(novel)보다는 '사실'과 거리가 먼 기이한 이야기란 의미가 강한 기담(奇談) 혹은 전기(專奇)로 취급되어 그 제목 역시 그렇게 번역되고 있다. 「巨人國漂流記」·「로빈손 無人絶島漂流記」·『頓基浩傳奇』라는 제목을 보라.

번역은 단순히 한 언어의 의미를 다른 언어의 의미로 전환하는 것을 넘어선다. 차라리 그것은 권력적으로 우월한 언어를 지배와 통제의 일차적 기술이자 사회의 형성과 교화를 위한 강력한 채널로 자리 잡게 한다는 데 더 큰 의미가 있다.[30] 바로 이 점이야말로 서구 문학의 모방 및 이식에 바빴던 일본과 또 더 바빴던 조선의 '따라가는 자'로서의 뼈아픈 위치였다.

가령 일본의 서구문학 번역 태도에는 두 가지 방식이 있었으니, '호걸역(豪傑譯)'과 '조밀역(稠密譯)'이 그것이다. 전자는 원문을 적당히 취사선택해서 번역하는 방법을 일컫는데, 그러다 보면 아무래도 줄거리, 독자의 흥미 중심이 되기 쉽고, 번역자의 취향이나 정치적 성향 등이 번역 태도에 영향을 적잖이 미칠 것이다. 후자는 그와 반대로 원어 작품을 가능한 한 원문에 충실하게 번역하는 방법을 말하는데, 일본근대문학 문체의 완성은 이 '조밀역'의 영향이 컸다고 한다.[31] 그나마 이 당시 조선의 서구문학 작품의 번역은 적어도 『소년』·『청춘』의 경우(다른 경우도 거의 예외는 없었지만) 그 '호걸역'을 중역하거나 초역(抄譯)하는 데 거의 그치고 있다. 일본과 조선의 문명한 '우리들'의 공동성 창출을 향한 번역의 정치학은 그 저변에 이처럼 '슬픈 오리엔트'를 깔고 있다.

따라서 우리가 「거인국 표류기」와 「로빈손무인절도표류기」를 검토함에 있어 중심을 삼아야 할 점은 원문 혹은 일문(日文)에 대한 충실성 비교나 인명, 지명의 변형 혹은 토속화 확인 등과 같은 구태의연한 비교문학적 작업이 아니다.[32] 그보다는 번역의 정치학 혹은 번역자의 이데올로기가 드러날 수 있는 부분, 예컨대 편집자적 논평과 주석적 개입 부분의 확인, 원저자가 강조했지만 번역자가 의도적으로 삭제한 부분에 대한 탐

---

30) D. 로빈손, 정혜욱 역, 『번역과 제국』, 동문선, 2002, 124면.
31) 西永良成, 「フランス文學」, 『飜譯百年』(西永良成 외), 大修館書店, 2000, 54면.
32) 이런 작업은 김병철의 탁월한 업적 『한국근대번역문학사연구』(을유문화사, 1974)에 의해 많은 도움을 얻을 수 있다.

구, 번역자의 독자에 대한 요구 등을 세밀히 고찰하는 편이 보다 유익할 줄 믿는다. 물론 상당 부분은 일역본을 그대로 옮긴 것일 수도 있겠지만, 『소년』의 사정에 맞게 재편집되었을 사정은 얼마든지 존재하며, 실제로 두 작품에서도 그런 사정은 역력하다.

먼저 『소년』에 일부가 번역된 「거인국표류기」와 『걸리버 여행기』에 대해 논의해 본다. 「거인국표류기(巨人國漂流記)」는 창간호와 1년 2권(여기 서는 「巨人國漂遊記」) 단 2회 연재된다. 첫 연재 시(「썰늬버旅行記」 下卷)이란 부제가 부기되어 있음을 볼 때, 상권이 따로 존재함을 알 수 있다. 상권 은 물론 『소인국표류기(小人國漂遊記)』인데, "이 책은 순국문으로 「썰리버 여행기」의 상권을 번역한 것"으로 신문관(新文館)에서 '금월말 출간' 예정 이라는 광고가 『소년』 겉표지 내지(內紙)에 실려 있다.33) 이를 통해 본다 면, 이 당시 번역된 『걸리버 여행기』는 '3부 하늘을 나는 섬의 나라 — 라 퓨타, 일본 등의 나라 기행'과 '4부 말들의 나라 — 휴이넘 기행'를 제외 한 축약본인 셈이다.34)

「거인국표류기」는 걸리버가 '소인국'에서의 참담한 고난에도 불구하

---

33) 하지만 『小人國漂遊記』는 2년 2권(1909.2)까지도 여전히 '근간' 광고만 실리고 있다. 그런데도 같은 책 27면 하단에는 『巨人國漂流記』와 『小人國漂遊記』를 합쳐 십전총 서(十錢叢書) 1권으로 『썰늬버遊覽記』를 이미 발간했다는 광고성 기사가 삽입되어 있 다. 그러나 신문관이 『썰늬버遊覽記』를 본격적으로 발간하고 판매에 나서는 것은 1909년 10월 이후의 일인 듯하다. 왜냐하면 『소년』 2년 10권(1909.11) 책표지 내지에 반면(半面) 분량의 광고가 처음으로 실리면서 독자들의 일독을 적극 권장하고 있기 때 문이다. 광고내용은 주 36의 본문 참조.

34) 일본에서도 서구 문학작품 번역은 잡지 등을 통해 먼저 번역된 후 단행본으로 출판되 는 경우가 많았다. 최남선이 옮긴 「ABC契」(3년 7권, 1910.7)의 일역본인 『ABC組合』(抱 一庵主人 역, 1902) 역시 『少年園』이란 아동잡지에 1895년 4월 두 차례에 걸쳐 같은 역자의 이름으로 연재된 후 합본 출간된 것이다. 『少年園』은 1888년 11월에서 1895년 4월까지 매월 2회 발간되었는바, 『ABC組合』은 마지막 두 호(155호, 156호)에 실렸다 (『少年園』 목차 참조). 이 잡지는 비슷한 시기에 창간된 『小國民』(1889~1902)과 1895년 창간된 『소년세계』와 더불어 일본 아동잡지사의 신기원을 이룩했음은 물론, '아동' '소 년'이란 집단 정체성의 확립과 근대문명의 성취에 발 빨랐던 일본의 예비국민 창출에 혁혁한 공헌을 한 것으로 평가된다. 이상은 上田信道, 「大衆少年雜誌の成立と展開」, 『國文學』, 學燈社, 2001년 5월. 여기서는 http://nob.internet.ne.jp/note/note-19.html 참조.

고 또 다시 "남아의 장한 기운을 펴"기 위해 나섰다가 또 배가 난파되어 '브롭딩낵'이란 거인국에 표류하면서 겪게 된 기이한 경험과 고통 따위를 주로 서술한다.[35] 이야기의 초점은 대개 체격 조건의 차이에 따른 의식주와 문화의 차이와 이질감, 걸리버와 또 다른 '알사람' 사이의 갈등 등에 맞추어져 있어, 특별히 새로운 문명의 계몽이나 모험심을 자극할 만한 요소는 눈에 띠지 않는다. 다만, "아모리 하얏든 댝령하고 대됴를 부려 쑤릿댄 사람의 대됴 만흔 것을 왕사람에게 보이이라"(1년 2호, 22면) 등에서 보듯이, 영국인으로서의 자긍심에 대한 서술이 간혹 눈에 띨 뿐이다. 말하자면 현실 세계에서 경험할 수 없는 '신기성(新奇性)'이 두드러지는 정도, 곧 상상력의 자극이란 측면에서 일정한 가치를 둘 수 있을 듯하다.

최남선 역시 그 점을 얼마간 인식했는지 「썰늬버여행기」 상·하권을 『썰늬버유람기(遊覽記)』로 새로이 간행하면서 다음과 같은 판매 광고를 『소년』에 싣고 있다.

此書(『썰늬버遊覽記』—인용자)는 英國 有名한 文學家 스위프트氏의 名著를 適譯한 것이니 「로빈손 漂流記」와 共히 世界에 著名한 海事小說이라. (…중략…) 原著는 「쪼오지」 第一世 時節의 습속을 諷刺한 것이나 이러한 政治寓意는 姑舍하고 다만 그 小說的 趣味로만 보아도 쪼한 絶大한 妙味가 잇난 것이라 故로 英美 諸國에서는 此書를 學校 教科로 用하야 써 少年의 海事思想을 鼓發하나니 우리 少年은 一讀을 快試하야 그 묘미를 嘗할지니라.[36]

육당은 『걸리버 여행기』가 남성적 기개를 펼치거나 식민지 개척을 고무하고 찬양하기 위한 '해사소설'이 아니라, 일종의 정치 풍자소설임을 이미 간파하고 있다. 스위프트는 성직자이자 애국자였다고 한다. 그는

---

35) 필자가 도움을 받은 원전과 작품 해설은 J. 스위프트, 신현철 역, 『걸리버 여행기』, 문학수첩, 1992이다.
36) 十錢叢書, 『썰늬버遊覽記』 광고, 『소년』 2년 10권 표지의 내지(內紙).

기독교도이자 아일랜드 출신이었고 또한 왕당파였으며 지성적 보수주의
자였다. 이런 복잡하지만 보수주의에 가까운 성격은 그로 하여금 인간들
의 허위적 성향과 무지, 거짓 신앙, 정치적 무질서 등에 대한 혹독한 풍
자를 가하게 함은 물론, 근대 과학이 산출하는 새로운 개념과 지식, 언어
등에 대해서도 심각한 회의를 표하게 한다. 이런 날카로운 풍자와 회의
의 언어들은 대개 저런 흥미로운 이야기들 사이에 끼어 있거나, 각 장이
나 부의 말미에 제시되는 경우가 많다.

영국과 근대문명에 대한 풍자와 비판의 진수라 할 3, 4부는 논외로 치
더라도, '2부 큰 사람들의 나라'에서도 스위프트는 걸리버가 '브롭딩낵'
국을 벗어나기 전에 비록 그곳 왕의 목소리를 빌려서나마 최고의 문명
국을 자부하던 '쌕릿탠국'의 야만성과 후진성을 가차없이 드러낸다. 이
를테면 걸리버가 왕과 대화하면서 정작 알려준 것은 영국 민주주의의
위대함이 아니라 "하원의원의 자격을 정하는 데 있어서 무지와 태만, 사
악이 많은 내용을 이루고 있음"이었으며, "만들었을 당시에는 아주 좋았
을 제도들이 그대의 나라에서 조금씩 허물어지기 시작하다가 이제는 부
패되어 완전히 희미해지거나 제멋대로 변모되었다는" 사실이다.[37]

그러나 최남선은 '신대한'이 열심히 배워야 할 문명국 '영국'과 근대
문명에 대한 스위프트의 신랄한 풍자와 비판은 일괄 삭제하였다. 이것은
일본 번역본과 아무런 관련 없는 최남선 고유의 번역의 이데올로기이다.
그는 『걸리버 여행기』가 고도의 정치 풍자소설이란 사실을 알았음에도,
오로지 '신대한 소년'들의 "해사(海事) 사상을 고발(鼓發)"하기 위해, 다시
말해 그들을 문명과 진보, 개척의 욕망으로 들끓는 '우리들'로 훈육하고
계도하기 위해 정치적으로 거세된 '걸리버'를 이 땅에 호출했던 것이다.
"그 소설적 취미로만 보아도 쏘한 절대한 묘미가 잇난 것" 운운의 진정
한 의미와 의도가 여기 어디 있을 것이다.

---

37) J. 스위프트, 신현철 역, 『걸리버 여행기』, 문학수첩, 1992, 162~163면.

우리는 관례상 다니엘 디포의 『로빈손 크루소』를 흔히 동화로 분류하며 또한 독서경험 역시 그것으로 끝인 경우가 대부분이다. 하지만 그것은 1719년 4월에 1부(『로빈손 크루소』)가, 8월에는 2부(『로빈손 크루소의 또 다른 모험』)가 출간된 방대한 분량의 장편 모험소설이다.38) 우리가 흔히 접하는 책이 바로 문학적 명성이 자자한 1부『로빈손 크루소』이다. 디포는 무인도에서 4년 간 생활하다 구조된 알렉산더 셀커크란 인물을 바탕으로 28년 간을 무인도에서 생활하면서 자연, 곧 어둠과 야만의 공간을 인공, 곧 빛과 문명의 공간으로 탈바꿈시킨 크루소의 위대한 모험과 업적을 창조해냈던 것이다.

이런 연유로, 이 소설은 첫째, 기본적으로 18세기 신흥 부르조아 세력의 성장과 함께 태동하기 시작한 '소설'의 기원을 이루는 작품의 하나로, 둘째, 당시부터 본격적으로 태동하기 시작한 부르조아계급의 세계관·문명관·경제관 등을 극명하게 보여주는 것으로 흔히 평가된다.39) 로빈손 크루소가 '근대의 신화' 혹은 '계몽주의적 인간형의 화신'으로 불릴 수 있다면, 특히 후자의 관점과 관련해서이다. 더군다나 그는 '크루소'라는 개인 자체가 아니라, 집합체 '크루소', 즉 최고의 문명국으로 야만의 세계를 계몽하는 '쀠릿탠국'의 제유이기도 했다.40)

---

38) 『소년』에는 2년 2권(1909.2)부터 총6회에 걸쳐 1부와 2부가 모두 초역(抄譯)되어 연재된다. 특히 2부는 모험의 범위가 중국과 러시아까지 확대되고 있으나 흥미를 끌 만한 사건과 풍광 등은 거의 등장하지 않는다. 한편, 『그리스도 신문』(1902.5.8)의 「인물기사」란에 실린 「그루소의 흑인을 엇어 동모함」은 『로빈손 크루소』가 일부라도 번역되어 국내에 소개된 최초의 경우이다. 이것은 원작의 번역이라기보다는 각색에 가깝다. 이에 대해서는 김영민, 「근대계몽기 기독교 신문과 한국 근대 서사문학」, 『동방학지』 127(연세대 국학연구원), 2004.9, 279~280면 참조

39) D. 디포, 최인자 역, 「『로빈손 크루소』 상하편 최초의 완역」, 『로빈손 크루소』 하, 문학세계사, 1993, 302면.

40) 김행숙, 「로빈손 크루소의 바다와 국가」, 『현대시학』, 2004년 10월, 227면. 그는 「로빈손무인절도표류기」와 문학세계사판 『로빈손 크루소』를 같이 읽으면서 섬 생활에서의 몇몇 인상적인 국면을 꼼꼼하게 살피고 있다. 게다가 미셸 투르니에가 『로빈손 크루소』를 새롭게 쓴 『방드르디, 태평양의 끝』까지도 살펴봄으로써 작품 이해와 의미의 폭을 넓히고 있다. 하지만 결정적인 오류를 범한 곳이 있다. 로빈손 크루소의 모델이

이를 '소설의 발생' 및 '근대 개인주의의 신화'와 연관시켜 정치하고 풍부하게 해석한 학자가 있으니, 『소설의 발생』의 저자 이언 와트(I. Watt)이다.41) 그에 따르면, 무인도의 노동하는 제작자 '로빈손 크루소'는 애덤 스미스, 마르크스 등에게는 자본주의의 생산성과 노동가치의 이론에 대한 모델로, 루소에게는 '모든 것의 유용성을 가장 온전하게 판단하는 판관, 곧 자연에 파묻힌 고독한 인간'의 본보기로 표상되었다고 한다.

이언 와트는 이들과는 다르게 '근대적 개인주의'의 탄생이란 관점에서 『로빈손 크루소』를 보는데, '경제적 개인주의'와 '종교적 개인주의'가 그 핵심이다. 전자에서는 직분과 의무로서의 노동에 대한 끊임없는 강조가 특히 중요한데, 진취적인 개척 정신과 합리적인 사업 방식은 그 효율성을 배가하는 요인이 된다. 한편, '종교적 개인주의'라는 말이 시사하듯이, 이언 와트는 크루소의 종교를 위기의 순간마다 그를 향한 신의 의지는 무엇일까를 혼자 고민하고 발견하려는 전형적인 개인주의적 신교도(청교도)의 태도로 본다. 이런 점을 종합할 때, "『로빈손 크루소』는 지칠 줄 모르는 노동이 구원을 가져다준다는 생각을 우리의 상상적 삶에 단단히 심어준다는 결론을 내릴 수 있다. 심지어 크루소 신화의 인기의 일부는 그것이 노동의 신성함이라는 개념을 지지한 데 근거한다고도 주장할 수 있을 것이다."42)

어쨌든 우리의 입장에서 봤을 때, 최남선의 『로빈손 크루소』 번역은

된 알렉산더 셀커크의 이야기를 『청춘』 9호의 「近世로빈손奇談」에서 읽을 수 있다고 했는데, 이는 잘못이다. 『청춘』에 실린 이야기의 주인공은 영국 국적의 '윌리엄 매키쏜'이다. 즉 이 기사는 첫머리에 셀커크가 로빈손 표류담의 모델이었다는 사실이 잠시 나올 뿐, '윌리엄 매키쏜'이라는 사람이 매퀘리라는 무인도에서 배를 살 돈을 모으기 위해 혼자 생활하고 있음을 중심 화제로 삼고 있다(廣蓄室主人, 「近世로빈손奇談」, 『청춘』 9호, 1917.7 참조).

41) I. 와트, 전철민 역, 『소설의 발생』, 열린책들, 1988, 「제3장 『로빈손 크루소우』: 개인 주의와 소설」; 이시연 외역, 『근대 개인주의 신화』, 문학동네, 2004, 「6. 『로빈손 크루소』」 및 「7. 크루소, 이데올로기, 이론」.

42) 이상의 내용은 I. 와트, 『근대 개인주의 신화』, 219~260면 참조. 직접 인용은 239~240면.

당연히도 '신대한 건설'에 대한 계몽과 비전에의 서사적 고취에 제일의 목적이 있었다. 연재가 시작되기 두 달 전인『소년』1년 2권(1908.12)에는 「로빈손무인절도표류기담(無人絶島漂遊奇談)」이란 제목으로 다음과 같은 연재 예고가 실린다.

> 우리는 쾌장한 것을 됴와하니 그럼으로 해천(海天)을 사랑하며 우리는 영특한 것을 됴와하니 그럼으로 모험적 항해를 딜겨하며 해천을 됴와하고 항해를 딜겨함으로 표류담·탐색기적 문학을 탐독하난디라 금(今)에 이 성미(性味)는 나로 하야곰 이 불세출의『로빈손 크루서』를 번역하야 우리 사랑하난 소년 제자(諸子)로 더브러 한가디로 해상생활의 흥치(興致)와 항해모험의 취미를 맛보게 하도다. (42면)

여기서는 일면 해상생활의 흥치와 항해모험의 취미만이 강조되고 있다. 그러나 이런 흥취와 취미의 조장을 통한 상상력과 호기심의 확장은 '해사(海事)' 일반 및 "삼면 환해(環海)한 우리 대한의 세계적 지위"(「해상대한사(二)」의 부제)에 대한 관심과 자각으로 이어지기 마련이다. 그리고『로빈손 크루소』가 가진 제국 담론적 성격에 대한 자기화 욕망은 이미 「바다란 것은 이러한 것이오」(창간호)에서 피력되었기에 다시 부언될 필요는 없었을 터이다.

앞서 말했듯이, 최남선은『소년』2년 2권(1909.2)을 시작으로 총6회에 걸쳐 「로빈손무인절도표류기」를 초역(抄譯) 연재하는데, 이는 1부와 2부를 모두 포함하는 것으로 6회(2년 8권)가 2부에 해당한다. 6회에 걸쳐 연재되었다고 하지만, 내용이 세밀하거나 분량이 썩 많은 편은 아니다. 어떤 경우는 너댓 쪽에 그치는 경우도 있으니 말이다. 그러나 물론 번역의 저본이 된 일역본의 영향도 무시할 수 없겠지만, 독자의 계몽과 흥미를 위해 필요한 서사 및 배경에 대한 선택과 집중, 배제를 수행하는 육당(六堂)의 안목은 분명 놀라운 데가 있다.

『로빈손 크루소』의 주제는 신성한 노동의 수행과 삶의 합리화에 의한 자본주의 문명의 성취 및 제국주의의 확장이란 '근대의 신화'와 특히 연관된다. 육당은 거의 이런 내용들을 놓치지 않고 번역하고 있는데, 그것은 각 회별로 주도면밀하게 나뉘어 배치되고 있어 독자의 흥미와 기대를 자극하는 편집자의 예리한 감각을 엿보게 한다. 핵심적인 횟수를 들라면, 연재 1~2회와 4회, 5회, 그리고 6회가 될 것이다.

1~2회는 무인도로 표류하기 전의 '로빈손 크루소'가 소개되는 부분이라 그냥 지나치기 쉽다. 그러나 이곳에는 그가 '근대의 신화'의 모델로 우뚝 설 수밖에 없는 자초지종이 벌써 엿보인다. '중등사회(부르조아)'의 일원인 그는 법률가가 되기를 희망하는 부모의 기대를 배반하고 '소년 모험자'43)로 살기를 꿈꾸며, 결국 그것을 실행에 옮긴다. 그러나 이 당시에도 순수 모험이란 존재하지 않았다. 그것은 어디까지나 무역 또는 식민지 개척, 다시 말해 재화(財貨)와 이(利)의 획득과 연동되거나 그것에 부수된 행위였을 따름이다. 크루소 역시 그러했음은 "그런 일(利를 많이 남긴 일-인용자)이 잇기 째문으로 자미(滋味)가 나서 나의 모험심이 점점 더 치성(熾盛)하"였고 그 때문에 결국 무인도에 표류하는 재앙을 겪게 되었다는 고백에 잘 드러나 있다.44) 말하자면 그는 모험심과 공명심에만 불타는 돈키호테형 인간형이 아니라, 거기에 개척정신과 합리적 사업 방식을 갖추고 이익 실현에까지 재능을 보인 전형적인 자본주의적 인간형이었던 것이다. 하지만 크루소의 무인도의 계몽, 다시 말해 문명화는 이런 항

---

43) 「로빈손無人絶島漂流記(一)」, 『소년』 2년 2권, 1909.2, 23면. 여기서도 보듯이, '소년' 혹은 '청년'은 적어도 1920년대 이전까지는 연령상의 개념이라기보다는 미래의 시공간을 향해 기투하는 정신을 지닌, 다시 말해 '근대'의 창조와 '전근대'의 파괴 열정으로 충만한 사람 모두를 지칭하는 일종의 상징적 주체 개념으로 이해하는 편이 타당하다. 이에 대해서는 소영현, 「근대 / 문학과 청년 담론」, 『한국근대문학과 국(가)의 형성과 분화』(한국근대문학학회 편), 2004년 하반기 심포지엄 발표문; 조은숙, 「근대계몽담론과 '소년'의 표상」, 『어문론집』 46(민족어문학회 편), 2003 참조.

44) 「로빈손無人絶島漂流記(二)」, 『소년』 2년 3권, 1909.3, 34면. 사공 노릇을 하던 그는 선장의 권유로 수학과 행선법(行船法)을 배우는데, 이는 물론 무역에서 보다 많은 이익을 얻기 위해서였다.

해의 전사(前史)가 없었다면 불가능했을지도 모른다.

실제로 그가 28년 간 절대군주로 군림할 '제국'의 건설, 곧 식민지의 개척은 실은 난파한 배에서 옮겨간 '문명', 이를테면, 곡식, 의복, 목공기구, 총과 화약, 성경에 그 기원을 두고 있기 때문이다. 가령 4회는 그가 무인도에 정착하는 과정이 서술되는데, 그 과정은 마치 인류 초기 문명사를 보는 듯하다. (재)문명화는 이미 그렇게 예정되어 있다는 듯이 수렵과 채집(이동)에서 농경과 사육(정착)으로 나아가며, 자신의 시간과 공간에 대한 배타적인 점유권을 기록하기 시작하는 한편, 자아의 구원자이자 성찰의 매개체로서 '하나님'을 다시 섬기게 되는 일로 순차적으로 진행된다.

5회는 익히 잘 아는 '금요일(프라이데이)'의 구원과 계몽, 요즘 말로 하면 문명화 / 식민화 이야기를 다루고 있다. 사실 4회와 5회는 동일한 서사구조를 갖춘 이야기라 할 수 있다. 다만 대상이 다를 뿐이다. 각각 자연이란 야만과 토인(土人)이란 야만을 로빈슨 크루소란 청교도적 인간이 '노동'과 '총'과 '성경'을 통해 문명화(구원)하는 이야기인바, 여기서 근대 자본주의의 제국주의적 팽창, 곧 문명의 전파를 빙자한 식민지 획득과 분할 경쟁을 유비하기란 그리 어렵지 않다.[45] 2부의 아주 간략한 축약 소개 정도에 해당하는 6회는 이런 내용에 많은 지면을 할애하는 야만적 오리엔탈리즘의 내음이 역력하거니와, 실제 원본 역시 거기서 크게 벗어나지 못한다는 게 2부를 접해본 나의 대체적 소감이다.

---

45) 『로빈슨 크루소』에는 말과 관련해 대단히 시사적인 두 장면이 존재한다. 로빈슨 크루소는 두 대상에게 자신의 말(영어)을 가르친다. 하나는 자연—앵무새이다. 앵무새의 발화는 로빈슨 크루소의 말에 대한 단순한 흉내'소리'라는 점에서 진짜가 아니다. 따라서 그 말의 주체는 로빈슨 크루소이다. 둘은 인간—프라이데이이다. 그의 발화는 일단 말에는 속한다. 그러나 그들의 대화는 결코 대등한 상호소통의 관계를 형성하지 못한다. 왜냐하면 일방적인 지시와 복종의 관계, 곧 주인과 노예의 관계이기 때문이다. 김행숙의 지적처럼, "이들 사이에는 이질적인 문화와 언어가 부딪치고 찢기고 섞이면서 빚어내는 어떤 소음과 갈등도, 혁명과 분열과 생산의 에너지도 없다."(김행숙, 「로빈슨 크루소의 바다와 국가」, 238면) 그런 의미에서 프라이데이의 말의 주체도 어떤 의미에서는 로빈슨 크루소이다.

6회의 중요성은 그러나 전혀 다른 곳에 있다. 아래와 같이 로빈손 크루소로 변한 최남선의 목소리가 작품의 대미를 장식하기 때문인데, 어쩌면 이야말로 『소년』판 「로빈손무인절도표류기」의 진정한 주제일지도 모른다.

> 그러나 한 가지 願하난 것은 가장 光明스럽고 榮譽잇슬 前途를 가진 新大韓 少年 여러분은 여러분의 나라 형편이 삼면으로 滋味의 주머니오 보배의 庫ㅅ집인 바다에 둘닌 것을 尋常한 일노 알지 말어 항상 그를 벗하고 그를 스승하고 쏘 거긔를 노리터로 알고 거긔를 일터로 알어 그를 부리고 그의 脾胃를 마초기에 마음 두시기를 바라옵나니 엇접지 아니한 말삼이나 깁히 드러주시오 그런데 한마듸 부쳐 말할 것은 우리 모양으로 私利와 작난으로 바다를 쓰실 생각 말고 좀 크게 높게 人文을 爲하야 國益을 爲하야 眞實한 마음과 정성스러운 뜻으로 學理硏究·富源開發 등 조흔 消遣을 잡으시기를 바람이외다.[46] (강조는 원문)

‘삼면환해(三面環海)’라는 대한반도의 지정학적 위치는 육당이 『해상대한사』에서 기회 있을 때마다 강조하던 민족의 제국주의적 팽창 및 민족문화의 융성을 가능케 할 핵심적 장처(長處)였다. 그는 이 글에서 반도의 일반적 특징을 "해류문화의 융화와 밋 집대성자됨과 해류문화의 전초와 밋 소개자됨과 해류문화의 장성처됨", "세계통일의 사상, 곳 제국주의는 실노 반도국인에게 이러난 사상"[47]으로 들면서, 바야흐로 이제 그 사명이 우리에게 맡겨지고 있음을 끊임없이 환기하고 고무한다. 걸리버호가 그랬듯이, 로빈손 크루소호 역시 다른 무엇보다 그들의 조국 ‘쑤릿탠국’과 같은 ‘신대한’을 열망하는 팽창주의적 내셔날리즘에 몸을 실은 ‘소년들’을 실어 나르기 위해 머나먼 영국에서 일본을 거쳐 ‘반개(半開)’ 상태

---

46) 「로빈손無人絶島漂流記(完)」, 『소년』 2년 8권, 1909.9, 43~44면.
47) 차례로 최남선, 「해상대한사(六)」, 『소년』 2년 6권, 1909.7, 25면; 「해상대한사(十)」, 『소년』 2년 10권, 1909.11, 42면.

의 조선으로 급히 초빙되었던 것이다.

하지만 최남선이 로빈손 크루소에게 불만이 전혀 없는 것은 아니다. 우리 모양으로 바다를 사리와 작난으로 쓰지 말고 인문·자연 연구, 자원 탐사 등 국익을 위해 쓰라는 충고가 그것이다. 이언 와트가 『로빈손 크루소』에서 경제적 개인주의의 발생을 읽었듯이, 실제로 이 소설에는 국익과 관련된 경제 행위가 대부분 발견되지 않는다. 무인도도 크루소 개인의 나라이지 결코 쑤릿댄국 소유가 아니며, 내가 읽은 한, 하나님에의 회개는 있어도 국가 또는 국왕에의 그것은 등장하지 않는다.[48] '신대한'이란 국민국가와 '우리들'이란 공동성의 창출이 무엇보다 긴요했던 육당에게는 결정적인 결락으로 비쳤을 요소였으리라.

어쩌면 『청춘』 9호에, 비록 별 다른 이야기 없이 사실만을 전하는 기사이긴 하지만, 오로지 배를 살 목적으로 스스로 무인도에 들어가 살고 있는 영국인 '윌리엄 매키쫀'의 이야기를 담은 「근세로빈손기담(奇談)」을 실은 이유도 이와 관련이 있을지도 모른다. 남들이 사용하지 않는 자원의 합리적 이용을 통해서 돈을 빨리 그리고 많이 모은다면 그만큼 배를 빨리 살 수 있다는 점에서 매키쫀의 행위는 오히려 합목적적일 수 있다. 그러나 필자는 그 이야기를 '기담'으로 장르를 규정함으로써 비현실적이고 비상식적인 일로 이미 못박고 있다. 말하자면 그 역시 '사리'(私利)로 바다를 이용하는 대표적인 존재 가운데 하나인 셈이다. 『소년』과 『청춘』의 연속성은 여기서도 확인된다.

『소년』에 제일 먼저 번역 소개된 순문예물인 「거인국표류기」와 「로빈손무인절도표류기」는 이후 본격소설보다는 동화로 수용되고 정착되었으

---

48) 이언 와트의 다음 말은 그래서 꽤 의미심장하다. "결론적으로 『로빈손 크루소』는 좋든 나쁘든 불요불굴에 대한 서사시이다. 그것은 집단의 불굴성이 아니다. 그것은 대체로 무비판적 자기 중심애이다. 그리고 그것은 무인도에서 특별히 위력을 발휘한다." (『근대 개인주의 신화』, 247면) 이는 무인도를 떠나 여러 사람과 함께 러시아나 중국 등 개방된 공간을 탐험하면서 겪는 사건과 모험을 다룬 2부의 흥미와 긴장감이 현저히 떨어지는 이유에 대한 설명도 될 터이다.

며, 지금도 사정은 엇비슷하다. 가장 큰 이유는 두 소설의 지나친 허구성 때문일 것이다. 그러나 이와 같은 장르 관습의 형성은 좀더 다른 이유가 있는 듯하다. 두 이야기보다 훨씬 허구적인 이야기는 얼마든지 많기 때문이다.

그런 점에서 비전문가의 입장에서 그 연유를 정확히 밝히기는 어렵지만, 번역의 이데올로기가 하나의 큰 원인이 아닐까 한다. 이미 보았지만, 두 작품의 원전은 근대 자본주의, 곧 제국주의 시대가 본격적으로 열리던 18세기 영국의 '해사(海事)'의 긍정적 부정적 양면을 사실과 허구의 버무림을 통해 비교적 객관적으로 제시한다. 그러나 그들을 '신대한'의 모델로 삼아 번역하고 이식하는 일에 제일의 목표를 두고 있던 최남선에게 중요한 것은 그들의 모험심과 용기, 개척정신과 미래를 향한 투기였다.[49] 말하자면 실패로부터 배우는 교훈이나 뒤돌아보는 성찰보다는 성공과 앞만 보고 달리는 계몽과 훈육의 규율이 더 긴요하고 시급했던 것이다. 성

---

49) 『소년』에서 '바다'의 모험 및 개척과 관련된 지리, 역사, 문학 담론 등에서 강조되는 덕목은 아무래도 '용기'와 '불굴'이겠다. 이것은 대체로 사회진화론에 근거한 민족 팽창주의(제국주의)와 긴밀히 연관되는 경우가 많다. 따라서 식민 지배를 안 당하기 위해서는 근대를 신속히 창출함으로써 국가의 독립을 유지하거나 오히려 타자를 제압하는 것이 급선무였다. 그러나 이런 논리는 또 한편으로 제국주의의 침략과 지배를 세운(世運)에 적응치 못한 '비진보 집단'이 맞을 수밖에 없는 자연적 이치로 용인케 한다는 점에서 문제적이다. 『소년』의 '용기'론은 대체로 '바다' 등 외부세계에의 팽창을 통한 '신대한'의 건설이나 민족자존의 회복을 주창하는 것과 관련이 있지만, 독자적 근대문명의 창출이 의심되는 상황이 오면 그것이 급격히 '단군'·'태백' 등 허구적인 문화민족 이데올로기의 창안을 통한 현실 초극의 논리로 전환되는 양상을 보이는 것도 이와 무관치 않다(보다 자세한 내용은, 한기형, 「최남선의 잡지 발간과 초기 근대문학의 재편」, 『대동문화연구』 45, 234~238면 참조). 그러나 『청춘』 시기에도 그의 '용기론'은 『소년』 시대의 근대문명의 성취에 의한 역사의 진보라는 계몽적 사유의 틀에 여전히 긴박되어 있다. 필자가 정확히 누구인지는 알 수 없지만, 최남선으로 추정되는 '여(余)'가 도쿄의 아오야마(靑山)에서 미국인 아트 스미드가 벌인 에어쇼(airshow)를 보면서 적은 감상기인 「용기론(勇氣論)」에서 다음과 같이 적고 있기 때문이다. "第一은 勇氣오 第二는 剛力이오 第三은 그 剛勇 涵養의 工夫이라 盖此 三者는 스미드 飛行上의 主要한 條件이 될 쑨 아니라 實로 古今來 文明開拓家의 必備한 資格이오 便是 近代文明의 産母로다."(「勇氣論」, 『청춘』 11호, 1917.11, 11면)

공담의 신화, 혹은 계몽의 서사에서는 풍부한 사건과 배경 인물의 입체적 성격은 점차 약화되며 그에 따라 주제의 명료성과 단순성은 더욱 강화되기 마련이다. 이를 통해 동화적 상상력과 계몽의 비전이 한층 풍부해진다면 과장일까? 과연 육당은 「로빈손무인절도표류기」를 이렇게 맺고 있다. "여러분은 응당 이 늙은 사람보담 더욱 자미잇난 해상 경력이 잇슬터이라 좀 들녀주시구려."50)

둘째, 보다 근원적인 번역의 이데올로기와 관계되는 것으로, 제국과 식민지의 위계질서와 관련된 문제이다. 앞서도 말했지만, 제국과 지식의 이동으로서의 번역은 권력적으로 우월한 언어를 지배와 통제의 일차적 기술이자 사회의 형성과 교화를 위한 강력한 채널로 활용하기 위한 통로이자 잠금장치이다. 따라서 제국(지배자)의 입장에서는 식민지(피지배자)에게 번역은 허락하되, 그가 완전히 자신과 동일한 / 동등한 언어게임에 참여할 수 있는 가능성과 기회를 되도록 봉쇄해야 한다. 말하자면, 로빈손 크루소와 프라이데이는 언제까지나 주인과 노예, 조금 양보해도 선생과 제자의 관계여야지, 동등한 동반자의 관계여서는 안 된다. 동등한 관계가 되는 순간, 프라이데이의 말은 언제든지 '친밀한 적'의 불길하고도 불온한 언어로 돌변할 수 있다.

따라서 이런 탈식민의 가능성을 각성시키는 불온한 상상력과 비판의 언어를 미리 미리 제거하는 것이야말로 지배자의 입장에서는 가장 효율적으로 번역의 기술을 전수, 관리하는 일이 될 것이다. 물론 최남선 개인이 제국주의의 요구에 충실한 그런 번역의 기술자이자 실천자였다는 말은 아니다. 그러나 문명한 '신대한'의 건설이 최상의 선(善)으로 추구되던 그 시대에, 바로 '신대한'이란 공동성의 명분 아래 그 번역의 이데올로기는 한 치의 의심도 받지 않고 자기를 관철해 갔던 것이다. 그리고 조선이 일본의 식민지로 전락하면서 조선과 일본의 상징적 관계는 크루소와

---

50) 「로빈손無人絶島漂流記(完)」, 『소년』 2년 8권, 1909.9, 44면.

프라이데이의 그것으로 고착되었다. 그에 따라 그 번역의 이데올로기는 정당한 성찰의 기회를 일체 박탈당했으며, 『로빈손 크루소』는 모험심과 환타지 과잉의 '동화'로 더욱 관습화되어 갔다고 해도 크게 틀리지 않으리라. 번역의 이데올로기가 무서운 것은 이처럼 개인의 윤리보다는 시대정신을 틈타 자기를 관철해 감으로써 미처 되돌아볼 여유조차 주지 않고 대상을 식민화한다는 데 있다.

4. 번역이 창출하는 '우리들' 2—자기와 국민의 구원술로서의 '노동역작'

신문관에서 출간한 단행본 가운데 『소년』에 가장 빈번하게 광고가 게재된 책은 무엇이었을까? 『일문역법』 따위의 실용서를 제외한다면, 우리의 기대와는 달리 가장 윗자리는 문학서가 아니라 일종의 훈육서인 『수신요령(修身要領)』과 『산수격몽요결(刪修擊蒙要訣)』이 차지하고 있다.51) 특정 서적의 지속적인 광고는, 만약 해당 서적이 꾸준한 수요를 창출하고 있다는 전제가 없다면, 출판(편집)인이 그것을 독자의 필독서로 간주하여 후원할 때만이 가능할 터이다. 물론 정확히 확인할 길은 없지만, 나는 '신대한' 건설을 위한 문명의 전도사이자 훈육 교사임을 기꺼이 자임했던 최남선의 열정과 의지가 저 서적들의 지속적 광고를 가능케 했으리라 믿는다.

그러나 정작 흥미로운 것은 다음과 같은 사실이다. 『수신요령』의 저자는 『문명론개략』 등을 저술하여 일본의 문명개화에 혁혁한 공헌을 끼친 후쿠자와 유키치(福澤諭吉)이다. 유길준의 『서유견문』이 그의 『서양사정』

---

51) 문학서는 신문관이 자랑하는 세 종류의 창가집 『경부철도가』·『한양가』·『세계일주가』와 『썰늬버遊覽記』였다.

의 체제를 참조한 저술이란 사실은 익히 알려져 있거니와, 말하자면 후쿠자와는 조선이 지향해야 할 바의 문명의 형식과 내용을 앞서 보여준 텍스트였다. 『수신요령』 역시 이와 동일한 관점에서 기획 출간된 훈육서였지만, 그러나 그것은 그 일부가 이미 「현대소년의 신호흡(一)」의 내용으로 『소년』 2년 2권(1909.2)에 게재되었다. 이 글의 핵심은 '근대'라는 '日新하난 사회'에 걸맞은 "修身處世의 法"을 갖추자는 것인데, '나'의 '독립자존', 즉 개인성의 확보와 국민된 자의 의무의 강조가 가장 눈에 띤다. 문명한 '신대한'의 국민 역시 마땅히 갖추어야 할 덕목이라는 점에서 육당의 지속적 관심은 지당해 보인다.

그런데 문제는 『수신격몽요결』이다. 『격몽요결』은 율곡 이이가 유교적 가르침에 충실한 아동들을 육성하기 위해 지은 훈육서이다. 언뜻 보면 시대의 흐름에 역행하는 그야말로 시대착오적인 기획물인 셈이다. 하지만 역시 육당은 「신시대 청년의 신호흡(六)—율곡 이이 선생의 자경문(自警文十七則)」[52]이란 제목 아래 율곡이 남긴 언행록 가운데 몇 구절을 뽑아 "가장 절실하고 가장 중요한 수양법"이며 "이와 같은 처세리학(處世理學)이 태서(泰西)에도 잇슬난지 몰나"라고 극찬하면서, 그 가치의 현대화를 적극 시도한다. '자경(自警)'이란 말이 시사하듯이, 이 글은 자아 성찰에 관련된 17가지의 내용을 담고 있다. 여기서 최남선은 율곡의 말을 번역하는 한편, 원문과 함께 그와 연관이 있는 서구의 경구나 격언을 대비하거나 스스로 해설을 덧붙이고 있다.

이런 체제를 율곡의 『격몽요결』에 적용하여 출간한 서적이 바로 『산수격몽요결』인데, 부록으로 후쿠자와 유키치의 『수신요령』을 첨부하였다. 그렇다면 『산수격몽요결』은 동서고금을 가로지르면서 보편적으로 통용가능한 "신시대 소년의 덕육(德育)상 보감(寶鑑)을 작(作)하려 한 것"[53]이란 출간 목적을 어느 정도는 그 지면의 배치와 편집의 묘를 통해 달성하

---

52) 『소년』 2년 8권, 1909.9.
53) 『산수격몽요결』 광고, 『소년』 3년 1권, 1910.1.

고 있다 해도 되겠다. 『격몽요결』의 '신호흡', 다시 말해 '근대성'은 이와 같은 편집인으로서 최남선의 비상한 감각과 근대적 인쇄술이 낳은 합작물인 셈이다.

그러나 최남선이 『산수격몽요결』을 펴낸 참된 까닭은 따로 있었다. 여기에 『소년』·『청춘』에서 각종 '덕목론'이 그토록 강조되는 진정한 이유와 함께, 우리가 읽게 될 톨스토이의 대사상과 그의 후기 단편 및 『부활』에 대한 각별한 애정과 존경에 대한 실마리가 숨어 있다.

> 文明이란 何오 電燈만도 아니오 鐵道만도 아니오 化學의 應用만도 아니오 物性의 究明만도 아니라 個人에도 在하야던지 社會에 在하야던지 德·體·智 三件事가 平均하게 發達됨을 謂함이라 그러나 時代의 趨勢는 是를 忘却하고 文明을 電線上에 求하며 鐵軌間에 求하니 昍라 坯한 愚ㅎ도다. 이의 末弊가 滋하난 바에 論孟도 樊履와 如히 葉하고 詩書도 襁褓와 如히 投하야 無識한 見에 幾多의 璞玉은 汚池에 投入하난 辱을 免치 못하도다.
>
> 금에 刪刊하난 擊蒙要訣도 坯한 이 時代 犧牲의 一이러라 刪定者—이를 慨하야 多少 刪修를 加한 後世에 公하니 新大韓 少年의 正心工夫上에 大한 貢獻이 잇슬 것을 信하난 故라.[54]

정신적으로 문명한 '신대한 소년', 즉 개인과 사회 양면에서 '덕·체·지'를 고루 함양하고 발달시키는 일이야말로 '활동적 진취적 발명적 대국민'이 되는 또 하나의 필요조건이었다. 문명과 역사의 진보를 물질에서만 구하는 것은 박옥(璞玉)의 진가도 알아차리지 못한 채 진창에 버리는 어리석은 행위나 마찬가지다. 따라서 매일 새롭게 변하는 사회에 걸맞은 정신의 문명과 그를 위한 자아의 성찰 행위는 결코 빼놓을 수 없는 윤리적 책무이자 생활의 규율로 요청된다. 그것을 구체적으로 항목화한 것이 앞서 거론한 '십대덕목'일 테고, 실천지침으로 명문화한 것이 '국민 사행의 표준'일 테다.[55]

---

54) 『산수격몽요결』 광고, 『소년』 3년 1권, 1910.1.

그런데 여기서 곧잘 쓰이는 '수신처세(修身處世)'라는 말은 현재의 관점에서는 묘한 뉘앙스를 불러일으킬 법도 하지만, 당시에는 성공의 책략보다는 대체로 자기수양과 성찰의 의미로 통용되었다고 보는 게 옳다. 어쩌면 우리는 정신의 문명을 위한 '수신처세'의 덕목들에서 자아정체성 확보와 유지를 위한 성찰적 근대성의 경험들을 읽고 싶을지도 모른다.56) 그러나 적어도 『소년』·『청춘』의 시대는 '아직 아닌' 시대인 듯하다. 물론 그 덕목들의 실천자들로서 윤리적이며 성찰적인 개별 주체들이 강조되지만, 결국 그들은 '개인'이 아닌 '우리들', 다시 말해, '신대한 소년' 또는 '조선 청년'이라는 집단주체로 호출되며 또 그렇게 발화하기를 요청받기 때문이다. 초기의 모험서사를 제외한다면, 이후 『소년』·『청춘』에 자본주의 시대의 개인의 갈등과 고뇌에 초점을 맞춘 소설보다는 종교와 특정제도와 관련된 희생과 구원, 보편적 애정의 문제에 초점을 맞춘 소설들이 집중 번역되는 것도 공동운명체로서의 '우리들'을 창출하고 요청하기 위한 계몽의 전략과 무관치만은 않을 것이다. 그럴 때, 톨스토이는 육당이나 춘원 개인의 기호의 문제가 아니라 시대의 필연적인 요청일 수밖에 없었다.

　『소년』·『청춘』뿐 아니라 이광수에게도 절대적 존숭을 한 몸에 받음으로써 한국 근대문학사의 영혼과 형식에 크나큰 그림자를 드리운 톨스

---

55) 이에 비한다면, 이광수가 「朝鮮ㅅ사람인 靑年들에게」에서 제시한 '조선ㅅ사람인 靑年이 되난 條件'은 오히려 윤리주의적이며 학문 중심주의적인 데가 있다. 그가 제시한 조건은 "一.生의 保持 發展으로 倫理(或 法教)의 絕對標準을 삼음. 二.倫理에 適合한 良心의 命令은 勇敢히, 精誠스러히, 쏘 根氣잇게 行호대 努力으로써 함. 三.主義는 堅確, 學識은 加及的 該博, 思想은 恒久하고 쏘 周密함."(『소년』 4년 8권, 1910.8, 39면)

56) 근대적 자아 성찰성에서의 핵심은 무엇보다 자아발전의 노선이 내부 준거적이어야 한다는 점이다. 이를 위해서는 자기 삶에 대한 시간의 통제를 통해 자기 삶의 역사를 구축／재구축 할 수 있어야 하며, 스스로에게 진실해진다는 '진정성'의 끈을 통해 능동적으로 자기를 창조할 수 있어야 한다(A. 기든스, 권기돈 역, 『현대성과 자아정체성』, 새물결, 1997, 142~151면 참조). 이런 기준으로 본다면, '신대한 소년들'이란 공동성의 창출에 제일의 목표를 두었던 『소년』과 그 연장인 『청춘』에서 근대적 의미의 자아성찰 기획의 안정적 정착이나 완성을 논하기는 매우 어렵다고 본다.

토이는, 최남선이 보기에는 근대문학의 모범이기 전에 '신대한 소년들'
이, 아니 당대의 전 인류가 추앙하고 따라야 할 '대도사(大導師)'였다.57)
일례로 그는 『소년』 3권 9호 '톨쓰토이선생하세특집(先生下世特輯)'에서
톨스토이의 대표작을 "우리 朝鮮語는 붓그럽게 그 한아토 옴겨내지 못
하"고 단편 몇을 번역하는 데 그쳤음을 한탄하는 동시에 위안삼고 있으
나,58) 이는 오히려 육당이 '사상가'로서 톨스토이에 경도되어 있음을 반
증하는 사례라 하겠다.

　잘 알려진 대로, 『소년』은 위에서 거론한 톨스토이 특집을 두 차례 꾸
민 것을 비롯하여, 「톨쓰토이 선생의 일상생활 십계」59)와 후기 단편 6편
을 번역 소개하였으며, 『청춘』(2호)은 「세계문학개관」 2차분으로 『갱생』
(『부활』)을 초역 소개했다. 특징이라면, 사상과 작품 모두에서 톨스토이

---

57) 「新時代靑年의 新呼吸(四)－톨스토이 先生의 敎示」, 『소년』 2년 6권, 1909.7, 5면.
　　이미 『소년』은 창간호의 「러시아는 웃더한 나라인가」 말미(56면)에 "러시아에는 톨쓰
　　토이라는 유명한 어딘 사람이 잇나니 그의 사적(事蹟)을 쉬이 내일 터이오"라고 예고
　　함으로써 톨스토이에 대한 관심을 일찌감치 드러내고 있다.
58) 「톨쓰토이先生下世紀念」, 『소년』 3년 9권, 1910.12, 1면. 그 부끄러움을 그나마 던
　　일이 『청춘』 2호(1914.10)에 『갱생』(『부활』)을 초역·게재한 것일 테고, 1918년 4월 신
　　문관에서 『부활』을 박현환 초역(抄譯)으로 『갓쥬샤 哀話 海棠花』로 출간한 것이겠다.
　　그러나 부제를 보면, 『부활』의 대주제라 할 수 있는 사랑과 희생과 구원보다는 남녀간
　　의 통속적인 사랑과 이별이 강조되고 있는 듯한 느낌을 준다. 실제로 아래쪽 광고 문
　　안은 "갓쥬샤, 이 리별을 어이해"로 시작해 "알뜰흔 님을 두고 (라라) 쩌나겟고나"로
　　끝나는 5연의 대중가요가 장식하고 있다(『청춘』 13호, 1917.4, 「『해당화』 광고」 참조).
　　한편 일본의 경우, 『부활』은 메이지[明治] 34년(1901) 우치다 로안[內田魯庵]에 의해
　　동일한 제목으로 번역되었다. 그는 이미 1892년에 도스토예프스키의 『죄와 벌』을,
　　1893년에 톨스토이의 『가정의 행복』 등을 번역했던 경험을 갖고 있었다. 작품명은 직
　　접 거론하지 않지만, 톨스토이 작품을 번역한 일본근대문학 초기의 쟁쟁한 작가들로
　　는 모리 오가이[森鷗外], 고다 로한[幸田露伴], 오자키 코요[尾崎紅葉], 다야마 가타
　　이[田山花袋] 등을 들 수 있다. 자세한 내용은, 原卓也, 「ロシア文學」, 『飜譯百年』(西
　　永良成 외), 大修館書店, 2000, 132~144면 참조.
59) 내용은 다음과 같다. "① 일야(日夜)로 신선한 대기 내에 거할 사(事) ② 매일 실외에
　　운동할 사 ③ 음식을 절(節)할 사 ④ 냉수욕을 행할 사 ⑤ 넓고 가븨야운 의복을 착(着)
　　할 사 ⑥ 청결을 무(務)할 사 ⑦ 법률에 맞추어 노역할 사 ⑧ 밤에는 반다시 수면할 사
　　⑨ 선심(善心)을 쓸 사 ⑩ 볏 잘 드난 넓은 가택에 거처할 사."(『소년』 3년 3권, 1910.3,
　　56면)

후기에 집중되어 있다는 사실이다. 이는 그만큼 육당이나 춘원의 사상적·문학적 관심 또는 그들이 지향하는 '우리들'이란 공동성의 상(像)이 톨스토이 후기에 강하게 근접되어 있다는 의미가 될 수 있다.

톨스토이의 인생 전반과 사상적·문학적 여정의 핵심은 '톨쓰토이선생하세특집(先生下世特輯)'의 「소전(小傳)」에 잘 기술되어 있으므로, 여기서는 이른바 '기독교적 아나키즘'으로 불리는, '노동역작'과 '선'을 핵심으로 하는 후기 사상 및 그것의 문학예술론과의 관계에 초점을 맞추어 본다.

> 四, 善이란 무엇이뇨
> 　인류 본연의 「이성」과 「양심」과의 권위가 이 善이니라
> 五, 勞動力作은 作善이라
> 　웃더케 善을 할고
> 　最大의 善이란 무엇이뇨
> 　勞動力作은 最大最初의 善이라.
> 　勞動力作이 업스면 人生이 업나니라.
> 　무엇을 하여야 조흘지 몰라서 煩悶하(애쓰)난 사람은 모름직이 이 한 말을 沈潛思繹할 지니라 우리들이 煩悶하고 思考할 餘裕가 잇난 까닭은 우리들이 살님사리를 하야가난 緣故가 아니냐 쏘 말하자면 우리들노 하야곰 煩悶하고 思考케 할 時間을 供給하기 爲하야 누구던지 우리 代身으로 勞動力作하고 잇난 德惠가 아니냐. (……) 노동역작과 쩌러진 安立과 悟解란 것은 그 根底로부터 虛僞오 姑息이오 誤謬일지니라.60) (강조는 원문)

톨스토이에 의하면, 삶이란 인류본연의 이성과 양심이 실현되는 도적적 자기완성의 과정이다. 이것은 인류 사이의 불평등, 불의, 반목과 갈등, 투쟁 등이 없을 때 가능하다는 점에서 '선'의 구현이며, 이런 하느님의 법이 지배하는 공동체사회를 이루기 위해서는 분업과 사회적·정신적·

---

60) 「新時代靑年의 新呼吸(四)－톨스토이 先生의 敎示」, 『소년』 2년 6권, 1909.7, 10~11면.

기능적 불평등, 불의와 착취를 조장하는 '문명' 자체를 없애야 한다.[61] 말하자면, 톨스토이의 '기독교적 아나키즘'은 러시아에서는 매우 급진적인 반문명론이자 반국가주의이며, 동양에서는 전원(田園)에서 "인생에 필요한 의식주를 스스로 생산하고 소비하는" '동양적 사회주의'로 비칠 만한 요소를 가진 사상이다. 그래서 러시아에서는 그와 그를 신봉하는 제자들은 짜르 정부와 러시아 정교의 탄압을 받는 한편, 투르게네프 등과 같은 동료작가들에게는 '신비주의자'란 오명(汚名)을 듣기도 했으며, 일본에서는 '근대를 부정하는 느낌'으로서의 '톨스토이 신앙'이 메이지 말기부터 다이쇼 시대를 휩쓸게 되기도 한다.[62]

하지만 최남선은 톨스토이 후기사상의 핵심인 반문명·반국가주의는 접어둔 채,[63] 오로지 '노동역작'만을 강조하고 있다. '노동'이 곧 '선'이란 논리는 그것이 인간의 거역할 수 없는 윤리적 직분이라는 말과 다르지 않으며, 따라서 그것은 문명한 '신대한의 소년들'이 갖추어야 할 최고의 덕목이 된다. 그들 개개인의 근면한 노동은 곧 '신대한' 건설의 견인차가 되며, 그들이 통합된 전체를 이룰 때 위기에 처한 '민족'은 '갱생의 도(道)'를 찾게 되는 것이다. '문명'만이 '국가'와 '민족'의 발전과 수호라는 신성한 목적을 달성케 하는 유일한 방법인 시대에서, 아무리 육당이 '톨스토이즘'의 신봉자였을지라도 '문명비판'의 기치를 결코 높일 수가 없었던 진정한 이유가 여기에 있었다.

---

61) 이는 러시아 인민들의 저항과 투쟁을 고양하는 효과를 낳기도 했지만, 저항의 방법으로서의 '비폭력주의'는 짜르 정부가 인민을 탄압하는 또 다른 빌미가 되었다고 한다.

62) 이상은 J. 라브린, 이영 역, 『톨스토이』, 한길사, 1997, 126~141면 및 가라타니 고진[柄谷行人] 외, 송태욱 역, 『근대일본의 비평』, 소명출판, 2002, 299~301면 이곳저곳 참조. '사회주의' 내지 유토피아적 공동체로 받아들일 수 있는 부분은 "인류는 반일만 노력하면 용이하게 골고로 의식주를 얻으리라. 그리고 남저지 반일은 심령의 위안과 수양에 쏨을 엇으리라"이다. 「新時代靑年의 新呼吸(四)—톨스토이 先生의 敎示」, 16면.

63) "선생의 현대문명의 비평과 국가사회의 논단은 아직 소년에게 필요치 아니할 듯하기로 다 그만두고……", 「新時代靑年의 新呼吸(四)—톨스토이 先生의 敎示」, 10면. '톨쓰토이先生下世特輯'에서는 그 배경이 조금은 상세히 다루어지는 편이나, 역시 '문명비판'에 큰 초점이 가 있지는 않다.

톨스토이가『안나 카레리나』이후의 후기문학을 저런 '기독교적 아나키즘'의 선전과 보급을 위하여 바쳤음은 대체로 인정되는 사실이다. 그린 입장에서 문학예술의 본질과 역할을 논한 저서가『예술이란 무엇인가』인바, 우리는 그 내용을 직접 언급하기보다 이광수의 다음 고백을 참고함으로써 톨스토이의 절대적 영향력을 확인하고자 한다.

> 나의 예술관에 가장 큰 영향을 준 것은 톨스토이 선생이었습니다. 지금 와서도 종교적 인생관에 있어서는 나는 톨스토이와 길이 달라졌지마는 그의 예수교의 해석과 실천적 인생관에 있어서는 전과 같이 톨스토이를 선생으로 모시고 있습니다.[64]

춘원은 톨스토이를 동경 유학중이던 18세 무렵『나의 종교[我が宗教]』를 통해 처음 접했으며, 이를 통해 그의 '무저항 무폭력주의 박애주의'와 그것의 기초로서의 '노동역작'과 '선'의 사상을 평생의 인생관으로 삼게 되었다고 한다. 위의 고백은 바로 이를 진술한 것이다. 톨스토이가『예술이란 무엇인가』에서 펼친 '예술론'은, 흔히 '감염론'이라 불리는 데서 알 수 있듯이, 미학적 가치와 윤리적 가치가 분리될 수도 없고 또 분리되어서도 안 되며, 되도록 많은 사람들이 쉽게 이해할 수 있도록 단순 명료하게 써야한다는 효용론의 관점을 취한다. 톨스토이의 '예술론'에 육당, 특히 춘원이 빚지고 있다는 것은 별다른 논증이 필요 없을 정도로 널리 알려진 사실이므로, 여기서는 같은 대목을 반복하기보다 선행 연구 한 편을 주석으로 제시하는 것으로 그친다.[65]

이에 바탕을 두고,『소년』에 소개된 단편 6편과『청춘』에 소개된『갱생』의 번역 양상 및 그 이데올로기를 간단히 짚어본다. 「신시대 청년의 신호흡(四)─톨스토이 선생의 교시」 다음에는 '나는 이따위 소설(小說)이

---

64) 이광수, 「杜翁과 나」, 『조선일보』, 1935.11.20.
65) 이선영, 「개화·식민지 시대의 문학가」, 『상황의 문학』, 민음사, 1976, 42~47면.

편기(偏嗜)'란 제목 아래 「사랑[愛]의 승전」이 실리는데, 이것이 그의 첫 번째 소설이다. 내용은 악마가 주인과 충성스런 노비를 이간시키려 하나, 오히려 주인이 그 노비를 해방시킨다는 내용으로 '사랑'의 위대함을 다뤘다. 「조손삼대(祖孫三代)」(『소년』 2년 7권, 1909.8)는 달걀만한 쌀알을 둘러싼 분분한 논쟁을 통해 '하나님의 정한 법률'대로 사는 것이 삶의 지혜임을 강조하는 내용을 담고 있다. 「어룬과 아해」(2년 10권, 1909.11)는 번안의 성격이 가장 짙은 작품으로, 아이들 싸움을 어른 싸움으로 키운 어른들의 어리석음과 벌써 화해한 아이들의 지혜를 강조함으로써, 그것이 천국으로 가는 지름길임을 계도하는 종교 우화소설이다.66)

나머지 세 편은 '톨쓰토이선생하세특집(先生下世特輯)'에 실렸다. 「한 사람이 얼마나 쌍이 잇어야 하나」는 땅에 눈이 멀어 욕심을 부리지만 결국 자신이 묻힐 땅 '육척(六尺)'밖에 갖지 못하고 죽은 자의 이야기를 다룬 것이다. 「너의 니웃」은 이반이란 착한 사람과 못된 이웃 가브리엘 사이의 다툼을 통해 용서와 화해의 문제를 다룬 작품이다. 그리고 「다관(茶館)」은 인도의 어느 찻집에 모인 여러 사람이 격론 끝에 종교의 다양성을 인정하기에 이른다는 이야기이다.67)

이들 작품들은, 겉으로 보기에는 '노동역작'과 '선'보다는, 종교적이며 인도주의에 기반한 보편적 휴머니즘과 박애주의 사상에 오히려 밀착되

---

66) 다른 작품과 달리, 톨스토이 원저(原著)로 적혀 있으며, 주인공 이름도 순녀(順女)와 복녀(福女)로, 배경 역시 당시 조선의 농촌 마을로 변형되어 있다.

67) 정선태의 지적처럼, 이들 세 작품은 종교적 메시지를 전달하고 있다는 점에서는 비슷하지만 길이나 내용의 측면에서는 앞의 세 작품에 비해 본격적인 단편 번역이라 할 수 있다. 이런 내용과 함께 톨스토이의 번역이 한국 근대소설 문체의 발견과 형성에 끼친 영향을 탐구한 글로, 정선태, 「번역과 근대소설 문체의 발견」, 『대동문화연구』 48집(성균관대 대동문화연구원), 2004.12. 한편, 「다관」을 제외한 5편의 작품이 박형규가 옮긴 『톨스토이 단편선』 1권(인디북, 2001)과 2권(인디북, 2003)에 수록되어 있다. 목록을 밝히면, 1권 : 「불을 놓아두면 끄지 못한다」(「너의 니웃」), 「달걀만한 씨앗」(「조손삼대」), 「사람에겐 얼마만큼의 땅이 필요한가」(「한 사람이 얼마나 쌍이 잇서야 하나」), 2권 : 「악마적인 것은 차지지만 신적인 것은 단단하다」(「사랑의 승전」), 「소녀들은 노인들보다 지혜롭다」(「어룬과 아해」).

어 있는 것처럼 보인다. 그러나 앞에서도 살펴보았지만, 톨스토이에게 '노동'과 '선'은 '기독교적 아나키즘'을 가능케 하는 기본 덕목이었다. 톨스토이는 저런 후기 난편들을 오로지 자신의 상상력에 의존해 창작하지만은 않았다. 오히려 러시아에 전해오는 민간설화나 성경, 우화 등의 모티프를 변형하고 그것을 간결하고 힘찬 민중언어로 써나감으로써 대중적 감염력과 함께 교육적 효과를 충분히 높이고자 했다.[68]

　다시 강조하지만, 반개(半開)의 위치에서, 정신과 물질 문명을 동시에 성취함에 민족의 명운을 걸었던 육당과 춘원은, 톨스토이의 휴머니즘과 박애주의를 제국주의에 대한 방패막이로 삼는 한편, '신대한 소년' 및 '문명한 조선민족'을 하나로 묶는 삶의 내발적 지표이자 공동체의 이념으로 삼고 싶었던 것이리라. 사실 그들 자신은 의식했는지 모르겠지만, 「한 사람이 얼마나 쌍이 잇어야 하나」나 「다관」에는 그저 탐욕의 경계나 종교적 다양성의 인정이란 주제로만 한정짓기 어려운 어떤 의미의 맥락이 고동치는 것처럼 느껴진다.

　전자에서는 제국주의의 끊임없는 식민지 침략과 확장을, 의미심장하게도 그 공간이 영국의 식민지였던 인도의 한 찻집인 후자에서는 종교적 다양성을 역설함으로써 서구문명을 등에 업은 기독교의 선교 전쟁을, 요컨대, 자본주의와 기독교를 두 축으로 하는 근대문명에 대한 비판적 성찰을 읽어낼 수밖에 없다. 물론 이들이 서구문명에 항(抗)한 격한 '반근대주의'를 적극적으로 주창하는 날이 미구에 다가오기는 하나, 그것은 '황국신민'의 예를 갖추는 민족정체성의 자발적 포기를 통해서였음은 주지의 사실이다.

　『소년』·『청춘』의 편집자들이 톨스토이의 장편 가운데 가장 관심을 기울였고 고평한 작품은 단연 『부활』이었다. 그것은 어디서나 '도미(掉尾)의 대작', '불후의 걸작', 『전쟁과 평화』·『안나 카레리나』와 더불어 삼대

---

68) 「조손삼대」와 「한 사람이 얼마나 쌍이 잇서야 하나」는 러시아 민화를 소재로 한 것이다.

걸작, '19세기의 양심에 더한 일대 통봉(痛棒)' 등의 극찬을 받는다고 소개하고 있다. 그 까닭으로, 첫째, 선생의 경험과 후기 사상을 가장 명백히 볼 수 있고, 둘째, 19세기에 현출한 사회·정치·종교 문제가 가장 흥미 많은 형식을 통해 독자 앞에 제시되었다는 점을 들고 있다.[69]

그런데 이런 관심에 비하면, 비록 「세계문학개관」이라고는 해도 『청춘』 2호(1914.11)에 소개된 『부활』, 즉 『갱생(更生)』은 매우 빈약하고 초라하기 짝이 없다. 작품은 기껏 6면 분량이며, 물론 독자를 배려한 조치겠지만 인명, 지명 등을 제외한 부분에서 상당히 번안의 냄새가 난다(톨쓰토이 원저[原著]로 되어 있다). 그럼에도 『부활』의 핵심 주제는 정확히 파악하고 있다는 느낌이다. 「소전(小傳)」(15면)에서 편집자가 적었듯이, 『부활』의 주인공 네플류토프는 톨스토이의 이상을 대변하는 인물이다. 보다 정확히는 진정한 도덕적 정열을 통해서라기보다는, 그 자신이 기반하고 있는 것과 동일한 기독교의 도덕적 계율을 통해 움직이는 일종의 모조적 인물이다. 그것을 상징적으로 드러내는 곳이 카츄샤로부터 결혼을 거절당한 뒤, 기독교의 유명한 산상수훈 5조를 '일평생의무'로 삼게 됨으로써 진정한 자기완성과 도덕적 부활에 이르는 마지막 장면이다.[70]

기독교의 산상수훈 5조를 '무저항 무폭력주의 박애주의'로 정의할 수 있다면, 『부활』의 소개 역시 단편을 분석하면서 말한 바의 목표를 노린 번역의 정치학이라고 할 수 있다. 더군다나 이것은 가장 고급한 자아, 아니 그것의 확장으로서 민족적 영혼의 완성과 구원술로 얼마든지 확장될

---

69) 「小傳」, 『소년』 3년 9권(톨쓰토이先生下世特輯), 1910.12, 15~16면 및 『청춘』 2호, 1914.11, 122면 참조.

70) 그 순간은 "『그러치 이것은 내 일평생의무라』고 크게 부르지즈니 얼골에 일종 이상한 광채가 번쩍번쩍 비치더라"로 표현되고 있다(「갱생」, 『청춘』 2호, 1914.11, 128면). 참고로, 톨스토이는 『내가 믿는 것』(1883)에서 기독교의 산상수훈 5조를 자신의 관점을 밝혀주는 방식으로 변화시킨 뒤 다음과 같이 체계화했다. "① 너는 화를 내지 말 것이며 ② 간음하지 말 것이며 ③ 거짓 맹세하지 말 것이며 ④ 악에 대해 폭력으로 대응하지 말 것이며 ⑤ 누구에게도 적이 되지 말라." 그의 '기독교적 아나키즘'도 이 5가지 계율에 근거하고 있다고 한다(J. 라브린, 이영 역, 『톨스토이』, 한길사, 1997, 136~137면).

수 있다는 있다는 점에서 『청춘』의 번역소설상 하나의 획기이다. 그런 점에서 『청춘』 3호(1914.12)에 이광수의 「동정(同情)」이 실리는 것은 매우 의미심장하다. 내게 「동성」은 『갱생』에 대한 이광수 나름의 부연설명이요 '조선청년'에게 주는 민족 선각자로서의 메시지이기 때문이다. 이를 테면 그는 '동정'을 다음과 같이 정의하고 있다.

> 동정(同情)이란 나의 몸과 맘을 그 사람의 처세(處世)와 경우에 두어 그 사람의 심사와 행위를 생각하야 줌이니 실로 인류의 영귀한 특질 중에 가장 영귀한 자(者)라 인도(人道)에 가장 아름다온 행위—자선 헌신 관노(寬怒) 공익 등 모든 사상과 행위가 이에서 나오나니 과연 인류가 다른 만물에 향하야 소리처 자랑할 극귀(極貴) 극중(極重)한 보물이로다[71]

'선(善)'을 인간 본연의 '이성'과 '양심'이라 했던 톨스토이의 말이 떠오르는 대목이다. '선'이 톨스토이의 박애주의의 기초라 할 때 '동정'과의 차이점은 거의 없다고 해도 좋다. 과연 춘원은 '동정'을 정신의 발달과 정비례 관계로 보는바, 즉 문명과 야만을 가르는 절대적 기준으로 설정한다(58면). 이런 관점에서 그는 나폴레옹이나 진시황 등은 자기 개인의 욕망에 만족하여 동포를 희생시킨 야심적 위인에, 예수나 석가 등은 개인을 희생하여 전 인류가 인도(人道)를 발휘케 한 박애적 위인에 위치시킨다(59면). 여기에 톨스토이의 이름이 살짝 덧붙여져도 하등 이상할 것 없으리라. 그리고 '국민국가'의 가능성이 사라진 뒤여서 그럴까. '동정'의 함양과 같은 '정신적 문명'이 강조되면서, 적어도 춘원에게서는 나폴레옹이 비판의 대상으로 적시되는 변화가 생기기 시작한다. 이 시기 춘원과 육당의 사이에 이런 미세한 균열과 입장 차이가 존재했다는 사실은 꽤나 흥미로운 일이다.[72]

---

71) 외배(이광수), 「同情」, 『청춘』 3호, 1914.12, 57면.
72) 이미 각주 11)에서 육당이 『청춘』 8호에 「나폴레온 격언집」을 게재했음을 밝힌 바 있다.

그렇다면, 비록 범인(凡人)에 처지에 있지만, '우리들'이 할 일은 명백하다.

> 인도(人道)의 기초는 동정(同情)이니 동정 없는 인도는 상상키 불능할 바―라 인도의 발달이 인류의 이상이라 할진댄 인류의 전심력(全心力)을 다하야 할 일은 동정의 함양이라 할지로다
> 애경(愛敬)하는 청년 제자(諸子) ― 여 제자(諸子)는 장차 건전한 중류계급 ― 즉 사회의 주인이 되어 부패 타락한 낡은 공기를 불어내고 청량 신선한 새 정신을 건설하야 장차 우리 주장할 이 사회에게 선한 의미의 진화를 주어야 할 우리 청년이니 조차전패(造次顚沛)에 대양(大洋) 가튼 넓고 기픈 동정(同情)을 가질 지어다[73]

(조선) '청년'들이 할 일은 인도의 기초로서 동정을 함양하는 일이다.[74] 그럼으로써 '청년'들의 가장 시급한 과제인 '건전한 중류계급', 다시 말해 정신적으로 물질적으로 완미한 문명(진화)세계를 건설하는 일이다. 이를 성취할 때 자기와 민족, 더 나아가 인류의 도덕적 구원과 완성은 또 하나의 선한 의미의 진화로 청년들 앞에 가로 놓일 터이다. 그런 의미에서 '동정'은 『소년』의 '국민사행의 표준'에 맞먹는 훈육지침이랄 수 있다. 그러나 후자가 일상생활의 정신적·실천적 태도를 구체적으로 지시했다면, '동정'론은 영혼 교화를 위한 일종 도덕 감정이라는 점에서 추상적이다. 이는 『소년』 시기에는 아직은 '국민국가'에의 실낱같은 희망이라도 존재했지만, 『청춘』 시기에는 그것이 '이미 아닌' 것으로 결판났기 때문에 빚어진 문제일 가능성이 크다. 대상의 구체성이 소거된 자

---

73) 외배(이광수), 「同情」, 『청춘』 3호, 1914.12, 64면.
74) 「동정」에서는 '신대한' '조선'과 같은 말이 일체 안 나온다. '동정'의 인류적 보편성을 강조하기 위함인지, 아니면 무슨 특별한 사정이 있는지 『소년』에서와는 사뭇 다른 태도이다. 한편, 정(情)―동정론을 식민지 시대 이광수가 개인과 민족의 관계를 상상하는 새로운 방식으로 접근한 글로, 김현주, 「이광수의 문화 이념 연구」, 연세대 박사논문, 2002, 76~84면.

리를 당위적 관념의 추상성이 꿰찬 형국이랄까.

그러나 약자가 강자가 되는 유력한 방법 중의 하나는 윤리적으로 우위에 서도록 끊임없이 자기를 수양하고 성찰하는 일이다. 이미 말했지만, 『청춘』에는 「동정」 이외에도 「활발」·「고상한 쾌락」·「용기론」·「자조론」 등 다양한 덕목론과, 조선 현실에 대한 강한 비판을 담은 「어린 벗에게」·「자녀중심론」 등이 게재된다. 가장 많은 창작소설을 발표한 춘원과 소성 현상윤, 편집자로서 최남선의 절대적 위치가 과연 이들 지식 담론을 떼어놓고 확보될 수 있었을까? 번역의 정치학과 마찬가지로, 저들역시 『청춘』을 장식한 담론들로의 개입 및 대화를 통해 자신들의 담론(창작과 논설)의 권위를 한층 강화시켜 나갔고, 그럼으로써 문학과 사상면모두에서 민족에 대한 교사적 위치에 일찌감치 올랐던 것은 아닐까. 물론 춘원과 육당의 경우, 반면교사로서의 면모가 터 크게 느껴지기는 하긴 말이다.

앞서 『부활』이 기념비적인 소설임에도 불구하고 결국은 네플류토프의 자기완성과 도덕적 부활은 어딘지 아쉬움을 준다고 말한바 있다. 늘 지적하는 바지만, 우리는 춘원과 육당에게서 비슷한 불만을 느낀다. 그들에게는 '나'는 없고 언제나 '우리들', 즉 '신대한'과 '조선'이라는 집단 정체성이 앞에 서 있었는지도 모른다. 『소년』·『청춘』을 새롭게 읽으면서 이것은 그들에게 '의무'이기 이전에 '권리'라는 생각이 들 정도였으니 말이다.

그러나 특히 『무정』(1917)·『재생』(1925)의 독서 경험을 되짚으며, 어쩌면 춘원은 타자와 동포를 위한 '동정'의 전도사이자 실천자이기보다는, 기실은 자기구원과 만족을 훌쩍 뛰어넘지 못하는 '네플류토프'의 아류라는 생각을 떨칠 수 없었다. 특히 『재생』에서 영적 순결의 실천자가 되어 살아가는 봉구의 타락한 신여성 순영에 대한 냉담한 시선과 그녀를 죽음으로 이끄는 결말 처리는 춘원 자신이 말한 '동정'과 얼마나 먼 거리에 있는가. 여기에 그들이 그토록 이 땅 위에 세우고자 했던 '문명한 신대한'과 '정신적 문명론', 그리고 그것들의 주체로서 '우리들'의 허위성의 한 단면이 숨어 있는 것은 아닐까.

5. 결론을 대신하여─번역과 내면화

『소년』·『청춘』의 시대에 번역은 선택의 문제가 아니었다. 그것은 야만에 처하지 않고 문명으로 가기 위한 필수적인 시공간 이동술이었다. 그러나 텍스트와 그것의 내면화 문제만큼은 전혀 번역자의 선택에 달려 있었다. 우리는 지금까지 『소년』·『청춘』의 서구 번역소설들을 대상으로 그것들이 '국민국가'나 '우리들', '국민' '민족'이란 공동성의 창출과 보급에 어떻게 관여해왔는가를 살펴본 셈이다. 그 과정에서 가장 뚜렷이 확인한 것은 이른바 번역의 정치학, 즉 번역자의 필요에 따라 원작을 왜곡하고 굴절하는 이데올로기적 글쓰기였다. 그것은 특히 원작의 '문명비판' 부분에서 그러했는데, 그러나 당시에 '문명'은 추구되어야 할 선 자체였다는 점에서 어쩔 수 없는 배제의 정치학을 형성했다. 말하자면, 당시는 번역의 윤리학 자체가 불가능한 시대였는지도 모른다.

그렇다 하더라도 어쩌면 이런 배제의 정치학이야말로 『소년』·『청춘』의 결정적 한계였는지 모른다. 『소년』은 '신대한'과 새로운 '사상계'의 건설을 외쳤지만, 그러면서 나폴레옹과 워싱턴을 소개했지만, 정작 어떤 근대 국민국가를 건설할 것인가를 스스로 진지하게 고민한 적은 단 한 번도 없었다. 중요한 것은 문명의 번역이 아니라 그것을 어떻게 내면화할 것인가이다. 이는 제도든 정신이든 문학이든 마찬가지이다. 그들은 열심히 본받으라고 모방하라고 소리 높여 '신대한 소년들'에게 '조선청년'에게 계고했지만, 그들이 궁극적으로 성취하고자 했던 물질적·정신적 문명의 균형적 발전이 무엇인지 그것의 구체상을 제시하지 못했다. 자기성찰과 내면화 없는 번역어들은 그들에게 그 번역의 텍스트에 의지해 절대적 권위를 구가토록 했으나, 동시에 그것들의 기원 혹은 중간 기착지에의 끊임없는 종속과 복종을 강요당하는 뼈아픈 대가를 요구했다. 그런데 그 권위와 종속 모두는 언제나 '국가／민족'이란 이름으로였다. 그렇게 잘못 끼워진 번역의 첫 단추는 현재에도 여전히 그 위력을 발휘하고 있다. 그래서 『소년』·『청춘』은 또 다시 읽어도 일그러진 번역(의 정치학)의 기원과 그것의 지속을 어쩌면 또 다른 방식으로 보여주고 성찰케 할 살아 숨쉬는 텍스트로 오랫동안, 아니 한국 근대문학이 존속하는 한 존재하게 될 것이다.

마지막으로 글을 쓰면서 아쉬웠던 점을 밝히면서 글을 맺도록 한다. 특히 '바다'의 상상력과 관련된 번역소설들에 관해서이다. '우리들'이란 공동성의 창출에 초점을 맞추다 보니, 아무리 번역자의 의도가 강하게 개입되었어도 두 작품에는 원작 고유의 개인에 관한 관심이 적잖이 묻어 있었을 텐데, 그것을 미처 돌아보지 못하고 지나쳤다는 사실이다. 당시에도 예외적인 명민한 독자는 '걸리버'나 '크루소'를 통해 서구 개인주의와 자유주의 사상을 예리하게 간파하여 부족한대로나마 근대적 자아의 자양분으로 삼았을지도 모른다. 그러나 이런 문제점의 보완은 현재로서는 차후의 과제로 남겨둘 수밖에 없다.

1910년대 '소설' 개념의 추이와 매체의 상관성[*]

김재영

1. 머리말

1919년 2월 창간되는 동인지 『창조』는 목차에서부터 우리나라 최초의 문학 전문 잡지다운 면모를 보여주고 있다. 시·희곡·소설의 순서로 주요 장르를 망라하고 있는데, 소설은 세 편이나 실림으로써, '문예의 왕자'[1]라는 이름에 걸맞는 대접을 받고 있다. 거기에 일본 근대시를 소개하는 평론 성격의 글 한 편이 덧붙여져서, 시·소설·희곡·평론이라는 문학의 구색을 모두 갖추고 있는 것이다. 이러한 서구적 근대문학제도에 대한 인식이 처음으로 분명한 표현을 얻었던 것이 1916년 발표된 이광수

* 이 논문은 2003년도 한국학술진흥재단의 지원에 의하여 연구되었음(KRF-2003-073-AS1014).
1) 김동인, 「近代小說의 勝利―小說에 대한 槪念을 말함」, 『朝鮮中央日報』, 1934.7.15
　～22.

의 「문학이란 하오」란 글이었음은 이미 여러 번 논의된 바다. 그런 점에서 이 글이 가지는 의미는 충분히 강조되어야 하겠지만, 그러한 인식이 한 편의 선언과 같은 글에 의해서 일반화될 수는 없는 일이다. '소설'만을 놓고 볼 때, 1900년대에 신문·잡지 등의 여러 매체에 나타난 이에 대한 인식은 무척 혼란스러운 것이었다. 이 시기는 근대적 대중매체인 신문과 잡지의 첫 융성기였다고 할 수 있는데, 매체마다 다르게 사용되거나 같은 매체에서도 원칙 없이 사용되는 '소설'이라는 기호는 종종 우리들을 당황시킬 정도이다. 『창조』 창간호 목차에 시·희곡과 더불어 안정되게 자리잡고 있는 '소설'이라는 기호와 이들 사이에 상당한 간극이 존재하는 것은 분명하다. 이러한 소설 개념의 상대적 안정은 1910년대를 거치며 이루어졌을 것이다. 이 글은 '소설'에 대한 인식 변화를, 이전 시기와는 다른 지형 안에 놓이게 되는 1910년대 '매체'와의 연관에서 살펴보려 한다.

이 시기의 매체에 관심을 가질 때, 먼저 주목되는 사태는 1910년 8월 29일 이루어지는 일제에 의한 강제병합이다. 강제병합이 마무리되면서 일제는 단숨에 모든 매체들을 제거하거나 장악해버리기 때문이다. 신문은 총독부의 기관지 역할을 하는 세 종만이 남는다. 일본어신문 『경성일보』, 영어신문 『*The Seoul Press*』, 그리고 한글신문인 『매일신보』가 그것이다. 학회지 등 민족주의적 성향을 드러냈던 대부분의 잡지 또한 발간이 금지되고, 몇몇의 종교잡지만이 남게 된다. 또 일반 서적에 있어서도, 역사, 전기 류 등 민족주의 의식을 고취시킬 우려가 있는 것은 모두 금지된다. 결국 정치적인 요인에 의해서 '매체'의 양상이 아주 단순해져 버리는 것이다.

그 단순해진 매체 중에서 우선 주목할 수밖에 없는 것이 유일한 한글신문이라 할 수 있는 『매일신보』이다. 『매일신보』는 1910년대의 전기간에 걸쳐 30편 이상의 장편소설과 70편 이상의 단편소설을 게재하고 있다. 우선 그 양만으로도 무시할 수 없는 것이다. 그리고 특히 1914년 10월 1

일 잡지『청춘』의 발간 이전에는 한국소설의 게재 매체로서『매일신보』
는 독보적인 존재였다.2)『천주교회월보』·『시천교월보』·『조선불교월
보』등에 소설이 실리지 않은 것은 아니나, 대개 종교적 계몽을 의도하는
것들로서 이전 시기의 계몽적 서사를 답습하는 정도였다. 또『경남일보』
에 박영운의 작품들이 실리나 이는 전국적인 매체도 아니었으며, 지속되
지도 못했다.『우리의 가뎡』이라는 잡지에는 최찬식의 작품「해안」이 연
재되는데, 잡지에 연재되는 장편소설이라는 드문 경우이지만, 딱 한 편의
소설을 연재하고 있을 뿐이다. 그러므로 이 시기의 소설 인식을 점검하기
위해서는 어쨌든『매일신보』에서 시작하지 않을 수 없는 것이다.

2. 『매일신보』와 '소설' 인식

1) 장형서사와 '신소설'

『매일신보』가 소설을 싣기 시작하는 것은 1910년 10월 12일「화세계」
부터이다. 이후『매일신보』는 10년대 전기간을 통하여 소설을 게재하게
되는데, 조중환이 번안소설「쌍옥루(雙玉淚)」의 첫회를 싣게 되는 1912년
7월 17일 이전의 장형서사는 모조리 이해조의 작품이었다. 이 약 2년 간
의 시기에 이해조 혼자 써낸 작품을 들면 다음과 같다.

　　『화세계(花世界)』　　　　　　『월하가인(月下佳人)』　　　『화의혈(花의血)』

---

2) 한국 소설의 전개에 있어 주요매체라고 할 수 있는 10년대의 잡지 중『신문계』는
   1913년 4월,『학지광』은 1914년 4월에 창간된다. 하지만 이들 잡지에 소설이 실리는
   것은『신문계』의 경우는 1915년 1월,『학지광』의 경우는 1916년 7월이다. 이에 반해
   『청춘』은 창간호에서부터 번역소설을 싣고 있다.

『구의산(九疑山)』　　　　『소양정(昭陽亭)』　　　　『춘외춘(春外春)』

『옥중화(獄中花)』　　　　『탄금대(彈琴臺)』　　　　『강상련(江上蓮)』

『연의각(燕의脚)』　　　　『소학령(巢鶴嶺)』　　　　『토의간(兎의肝)』

『봉선화(鳳仙花)』

이 중 『옥중화』·『강상련』·『연의각』·『토의간』의 네 작품을 제외한 나머지 작품은 모두 '신소설'이라는 양식 표기가 되어 있는데, 잘 알려져 있던 판소리를 재정리해 낸 이들 네 작품에는 아무런 양식이나 게재란의 표시가 없다. 신문사에서 아마도 이 두 군의 작품을 좀 다르다고 생각했기에, 같은 날 동시에 게재하고 있을 것이다. 『옥중화』와 『춘외춘』은 같은 날(1912.1.1) 연재를 시작하고 종결 또한 비슷한 시기에 이루어진다.3) 『강상련』(1912.3.17~4.26)은 『탄금대』(1912.3.11~5.1)와, 『연의각』(1912.4.28~6.7)은 『소학령』(1912.5.2~7.6)과, 『토의간』(1912.6.9~7.11)도 『소학령』·『봉선화』(1912.7.7~11.29)와 연재 기간이 겹친다. 이 시기에 이해조는 두 편의 작품을 동시에 연재하고 있는 것이다. 당대의 가장 큰 매체가 한 명의 작가에 의해 완전히 독점되고 있는 형국이라 할 수 있는데, 이러한 사태는 이 '서사물'들이 '예술가'로서의 작가라기보다는 '기자'의 글쓰기로서 이해되었기 때문이라고 할 수 있을 것이다. 이는 이후에도 한 동안 『매일신보』 장형서사물이 대부분 신문사의 기자에 의해 쓰여진다는 점에서도 확인되는 것이다. 이광수의 『무정』 이전에 실린 장형서사로서 기자가 아닌 사람에 의해 쓰여진 것은 이인직의 『모란봉』만이 유일한 예외였다고 할 수 있다.

이 시기 이해조는 소설 전문 작가와 같은 위치에 있었다고도 할 수 있겠지만, 1910년대 매일신보 기자 대부분이 이러한 소설 쓰기를 시도하고 있음을 감안하면, 그 전문성이라는 것도 각별하게 인식되었던 것으로는 보이지 않는다. 당대에 기자라는 직업 자체에 대해 소설쓰기의 능력을

---

3) 『춘외춘』은 1912년 3월 14일, 『옥중화』는 이틀 더 연재되어 1912년 3월 16일 종결된다.

기본적으로 요구하고 있었던 것으로 이해해도 될 것이다. 그러므로 사내에 그 지면을 채울 적당한 사람이 있는 한, 그것은 사외의 '소설가'나 다른 '작가'에 의뢰될 만한 일은 아니었던 것으로 생각된다. 이러한 사정은 번안소설이라는 새로운 시도가 이루어질 때도 마찬가지이다. 조중환 또한 기자로서 소설쓰기를 해나가고 있는 것이다. 결국 이는 '소설쓰기' 자체가 그리 특별한 것으로 취급되지 않았다는 것을 의미한다고도 할 수 있을 것이다. 그것은 그냥 다양한 글쓰기의 일종이었고, 글을 잘 쓰는 사람은 '소설' 또한 쓸 수 있는 것으로 인식되었던 것이다. 소설가가 '예술가'로서 의미화되지 않았음 또한 당연하다.

하지만 신문사는 처음부터 소설을 1면에 싣는 등 상당한 관심을 갖고 소설게재를 진행한다. 이는 독자 증진과 직접적으로 연관된 문제였기 때문이다. 『매일신보』는 총독부 방침의 충실한 대변자 역할을 하는 신문이었기에, 그다지 인기를 끌지 못했던 듯하다.[4] 그 때문에 대중의 흥미를 끌어들일 수 있는 '소설'에 대한 관심은 더욱 높았다고도 할 수 있다. 1923년 한 논자는 『매일신보』를 평하면서 "全力을 小說에 傾함은 可掩치 못할 事實"이라고 하며, "貧弱하나마 現在 朝鮮文壇의 基礎를 形成"[5]한 것을 이 신문의 몇 안 되는 공적의 하나로 들고 있다. 실제로

---

4) 『매일신보』는 여러 가지로 총독부의 전폭적인 지원을 받고 있었다. 1910년대에는 총독부의 재정적인 지원을 받으면서 독점적인 지위를 유지하고 있었기에, 하여튼 이전 시기 최대 신문의 지위를 누렸던 『대한매일신보』 시절보다 발행부수는 늘었던 듯하다. 『대한매일신보』는 10,000부 정도가 최대발행부수였던 듯한데, 『매일신보』의 1910년 10월 19일자에서 12,000부를 발행한다고 밝히고 있기 때문이다. 하지만 총독부의 『매일신보』 지원책 중 하나가 지방행정기관을 통하여 매신을 의무적으로 구독하게 하는 것이었다. 이러한 방식의 지원은 식민지 시기 전기간을 통하여 지속되었던 듯한데, 이런 사정을 고려한다면, 『매일신보』는 1910년대 독점적 지위를 누리고 있으면서도 인기를 얻지는 못했음을 짐작할 수 있다. 이는 20년대 이후 『동아일보』와 『조선일보』 등과 경쟁하게 되면서 독자수에서 줄곧 뒤지고 있음에서도 쉽게 알 수 있다.
侃堂學人, 「每日新報는 엇더한 것인가」, 『開闢』, 1923.7, 52~55면; 정진석, 『한국언론사』, 나남, 1990, 554~555면.
5) 侃堂學人, 위의 글, 55면.

1912년 1월 1일에 연재가 시작되는 『춘외춘』부터는 미리 광고도 하고[6], 삽화를 삽입하는 등의 노력을 기울이며, 또 이 날부터 『옥중화』도 함께 연재하여 독자의 흥미를 끌어보기 위해 안간힘을 쓰는 모습을 보여준다.[7] 뒤에 이야기하겠지만 이해 2월에 시작되는 '현상 응모' 또한 다른 방식의 독자 증진 운동이었다고 할 수 있을 것이다.

이러한 신문사의 입장을 생각해본다면, 대부분 『매일신보』에 실리는 이해조의 1910년대 작품이 흥미 위주로 흐르고, 통속성이 강화됨은 당연한 일일 것이다. 그러나 '소설작가'로서 이해조는 그 와중에도 '소설쓰기'에 대한 나름의 상당히 뚜렷한 의식을 갖고 있었던 것으로 보이며, 작품이 시작되거나 끝날 때 붙이는 짧막한 글들에서 그것을 표현하고 있다. 몇몇 글들에서 드러나는 핵심적인 주장은 다음의 두 인용문을 통해 파악할 수 있는 것으로 보인다.

근일에 져슐흔 박정화 화셰계 월하가인 등 수삼종 쇼셜은 모다 현금에 잇는 사롬의 실디ㅅ젹이라 독쟈졔군의 신긔히 녁이는 고평을 임의 만히 엇엇거니와 이졔 또 그와 ㄱ혼 현금사롬의 실젹으로 화의혈(花의血)이라 ᄒᆞᄂᆞᆫ 쇼셜을 시로 져슐할시 허언랑셜은 한 구졀도 긔록지 안이ᄒᆞ고 뎡녕히 잇는 일동일졍을 일호 차착업시 편즙ᄒᆞ노니 긔자의 지됴가 민협지 못홈으로 문쟝의 광치는 황홀치 못홀지언뎡 ᄉᆞ실은 젹확ᄒᆞ야 눈으로 그 샤롬을 보고 귀로 그 ᄉᆞ졍을 듯는 듯ᄒᆞ야 션악간 죡히 밝은 거울이 될만홀가 ᄒᆞᄂᆞ라[8]

쇼셜의 셩질이 눈에 뵈이고 귀에 들니는 실젹만 드러 긔록ᄒᆞ면 취미도 업슬

---

6) 『춘외춘』이라는 소설만에 대한 독자적인 광고는 1911년 12월 24일과 26일 이틀에 걸쳐 실린다. 하지만 12월 7일부터 시작되는 '활자와 지면 개편에 대한 광고'에서 이미 '소설에 삽화할 것'에 대해 광고가 이루어지고 있으며, 27일과 28일에는 지면혁신 광고 안에 『춘외춘』 광고가 삽입되어 있다.

7) 독자 증진을 위한 소설연재는 우리나라에서 처음으로 신문에 소설란을 마련했던 『한성신보』가 이미 보여주었던 정책이었다. 김재영, 「근대계몽기 소설 개념의 변화」, 『현대문학의 연구』 22집, 2004.2 참조.

8) 『매일신보』, 1911.4.6, 1면.

쑨아니라 한 긔사에 지나지 못홀 터인즉 쇼셜이라 명칭홀 것이 업고9)

　언뜻 이 두 인용문은 서로 모순되는 진술을 하고 있는 듯이 보인다. 첫 번째 인용문에서는 '실지사적(實地事跡)'을 '허언낭설(虛言浪說)' 없이, '일호(一毫)의 차착(差錯)도' 없이 기록했음을 주장하고 있음에 반해, 두 번째 인용문에서는 바로 그러한 방식의 '실지사적'만의 기록으로는 '소설'이 되지 않음을 말하고 있기 때문이다. 하지만 이 두 번째 인용문에 바로 이어서 "쏘는 긔쟈의 져술흔 쇼셜 삼십여죵이 확실흔 쇼력ᄉ(小歷史)가 업는쟈는 별로 업스니"10)라는 구절이 붙어 있어, 저자가 실지사적(소역사)을 여전히 중시함을 알 수 있다. 간단하게 정리하면 이해조가 생각하는 소설은 '실지사적'에 근거를 갖고 있어야 한다, 하지만 그것의 기록 자체만으로는 '기사'와 구분되는 '소설'의 특질은 발휘되지 못한다. 그러므로 실지사적에 근거하여 그것을 가공·변형한 이야기가 '소설'이 된다.

　'실적(實跡)'에 대한 강조가 두 번째 인용문의 인용되지 않은 첫 부분에 등장했던 '허탄무거(虛誕無據)'라는 말에 대한 대응임은 분명하다. 이는 단지 중세시기의 소설비판에서만이 아니라, 1900년대 소설비판에서도 자주 등장하는 논리였기 때문이다. 하지만 여기서 주의해야 할 것은 소설의 '내력 있음(소역사)'이 단순히 이야기의 근거 있음에 대한 주장과만 연관되는 것이 아니라, "그와 방불흔 사롬과 방불흔 ᄉ실이 잇고 보면 익독ᄒᆞ시는 렬위부인 신ᄉ의 진ᄉᆞ흔 ᄌᆞ미가 일층 더 싱길 것이오"11)와 같이 '재미'와 연관되어 이해되고 있다는 점이다.

　이해조에게 있어 '방불한 사람'이나 '방불한 사실'은 단지 수사가 아니었다. 실제로 "『홍도화』의 태희는 당시 장안을 떠들썩하게 했던 김윤식 외손녀의 재혼 건을 떠올리게 하며",12) 『박정화』의 이시종은 이완용

---

9) 『매일신보』, 1912.5.1, 4면.
10) 『매일신보』, 1912.5.1, 4면.
11) 『매일신보』, 1911.6.21, 1면.
12) 권보드래, 『한국 근대소설의 기원』, 소명출판, 2000, 124면.

의 아들과 조카인 이명구, 이항구 등을 떠올리게 하는 것이다.[13] 이들 작품에서 보이듯이 실제로 그는 당대 유명인들의 일화에서 취재를 하고 있다고 할 수 있으며, 그 점은 가장 말초적인 흥미를 자극하는 것이기도 했다. 이는 현금에도 지속되는 '유명인'들의 사생활에 대한 관심에서 드러나는 엿보기적 욕망과 같은 것이다. 이른바 근대 저널리즘의 상업성 추구가 최종적으로 가닿게 되는 황색 저널리즘 득의의 영역과 이해조의 소설이 맞닿아 있다고도 할 수 있는 것이다. 이해조가 "풍속을 교정ㅎ고 샤회를 경성ㅎ는 것"을 소설의 제일목적이라고 하면서도, 항시 그와 함께 '자미' 또는 '취미'를 거론함은 단지 그 개인의 생각이라기보다는 그의 거의 모든 소설이 실리는 매체, 근대신문으로부터의 관점인 것이다. 이 시기의 대표적인 소설론이라고 할 수 있는 이해조의 '소설'에 대한 인식 자체가 근대 저널리즘의 요구를 수용하는 방식으로 이루어져 있는 것이다.

그런데 1910년대에 단행본 방식을 떠나서 장형서사물을 발표할 수 있는 매체는 『매일신보』가 유일했다. 그 『매일신보』의 '신소설'란은 처음 수년간 이해조에게 독점되어 있었다. 그가 쓰는 사건 중심의 이야기성 강한 특정한 양식만이 '신소설'로 연재되었던 것이다.[14] 그리고 그러한 특성은 조중환과 이상협의 '번안소설'에도 그대로 이어지며, 한편 더욱 강화된다고 할 수 있다. 그러므로 『매일신보』에서 '신소설'로 표상된 흥미 중심의 장형서사물들이 이후 장편소설에 대한 인식에 깊은 영향을 미친다고 하지 않을 수 없다.

그런데 이러한 『매일신보』 장형서사의 양식적 단순함은 직전까지도 존재했던 『대한민보』의 '소설들'과 비교해보면 금방 뚜렷하게 드러나는

---

13) 한기형, 『한국 근대소설사의 시각』, 소명출판, 1999, 186~190면 참조.

14) 특히 조중환의 「쌍옥루」가 연재되기 시작하면서 모든 서사물에서 신소설이라는 부기가 없어지기에, 『매일신보』에서 '신소설'이라는 말은 오로지 이해조의 소설들에만 쓰였다. 후에 '신소설'이라는 말이 이인직·이해조 중심의 사건 중심의 이야기성 강한 서사를 지칭하게 되는 데 이러한 점이 작용하고 있는 것으로 생각된다.

것이다. 『대한민보』에는 모두 12편의 소설이 실려 있는데, '소설'·'신소설'·'단편소설'·'풍자소설'·'골계소설' 등의 다양한 명칭에서 드러나듯, 실제로 다양한 서사양식이 소설의 이름으로 실리고 있다. 이에는 『현미경(顯微鏡)』·『만인산(萬人傘)』·『오경월(五更月)』·『소금강(小金剛)』·『박정화(薄情花)』처럼 사건 중심의 이야기성 강한 장편서사물이 있는 반면에, 『병인간친회록(病人懇親會錄)』·『절영신화(絶纓新話)』·『금수재판(禽獸裁判)』과 같은 대화, 토론체의 장편서사물들도 존재하고 있는 것이다. 적어도 『대한민보』의 담당자에게는 이런 대화나 토론, 연설 등의 언설로 이루어진 작품들 또한 '소설'에 속해 있었던 것이다.

『매일신보』의 '신소설'란을 채운 장형서사물에는 이러한 성격의 글들은 존재하지 않는다. 역사·전기 형식은 태생적으로 민족의식과 연관되어 있었고, 대화나 토론체의 글들도 주로 민족의식을 바탕으로 지배층에 대한 풍자를 의도했기에, 매체 운영자의 입장에서 『매일신보』에 수용할 만한 양식이 아니었다고 할 수 있을 것이다. 이는 이해조 개인으로서 더 이상 『자유종』과 같은 작품을 쓰지 않게 된 사정과도 통하는 것이라고 할 수 있다. 하여튼 이러한 과정을 통하여 '소설' 개념에서 다양한 서사물이 배제되어 나가게 된다고 할 수 있다. 이는 관점을 달리 하면 '소설' 개념이 그 나름의 정돈으로 나아가는 과정이라고도 할 수 있을 것이다.

2) 『매일신보』의 응모단편

『매일신보』의 소설 인식과 관련하여 가장 먼저 눈에 띄는 것은 장편소설과 단편소설을 구분하고 있다는 점이다. 그런데 실은 『매일신보』는 단편소설에 큰 관심을 갖고 있지 않았다. 1912년 봄에 첫 작품이 실리게 되는 '응모단편소설' 이전에 『매일신보』에 게재된 '단편소설'은 단 3편뿐이다. 그 중 둘은 매년 1월1일 실리고 있어, 특별히 신년을 기념하는 의미를 띠고 있는 것이었다.[15] 1912년 3월 1일 실리는 이인직의 「빈선랑(貧鮮郎)의 일미인(一美人)」은 그 전달부터 광고된 응모단편의 본보기로서의 성격을 깆고 있는 것으로 보여진다. 그러므로 석어도 이 응모단편이 시작되기 이전까지 '단편소설'은 『매일신보』의 정규적인 신문 지면 구성에 참여하고 있었다고 할 수 없다.

아마도 1912년 2월 9일자에 처음 실린 것으로 보이는 '현상모집' 광고는 우선적으로 '各地奇聞'에 대한 모집이었다.[16] 이에 '俗謠', '詩', '笑話', '短篇小說', '敍情敍事'가 덧붙여 있는 것이다. 그래서 '각지기문'의 경우에는 '자선가의 美擧가 有한 사', '실업가의 成績이 有한 사' 등에서부터 '隱한 事蹟'에 이르기까지 8가지 주제가 상세히 설명되어 있지만, 단편소설의 경우에는 "一行은 十八字 인디 行數는 多不遇一百五十行을 要흠"이라는 분량에 대한 설명만이 붙어 있다. 이러한 현상모집은 아마도 이중의 효과를 노렸으리라고 생각되는데, 우선은 '각지기문'이나 '소화' 등 흥미 있는 이야깃거리를 수집하여 게재한다는 측면이 하나라면, 또 하나는 단지 읽는 사람이 아니라 '글을 쓰는 사람'을 염두에 두고서, 학생층이라든가 지식인을 신문의 필자와 독자로 흡입해낸다는 기획이었을 것이다.

하여튼 이 '현상모집'을 통하여 『매일신보』는 상당한 양의 단편소설을 얻게 된다.[17] 1912년에만에도 34편의 '응모단편소설'을 게재할 수 있었다는 것은 상당한 성공으로 보인다. 일단 이전에는 별로 사용되지 않던

---

15) 1911년 1월 1일 실린 舞蹈生이라는 저자의 「再逢春」(6면 발행 중 1면)과 1912년 1월 1일 저자에 대한 부기 없이 실린 「解夢先生」(16면 발행 중 11면)이 그것이다.

16) 이 광고는 2월에만 22일까지 모두 11차례 실린다. '속요' 부문의 첫 당선자가 나온 2월 11일을 제외하고는 계속 실린 셈이다. 그리고 다시 3월 14일에 광고가 보인다.

17) 당선자가 가장 많았던 부문은 '소화(우슴거리)'였던 듯하다. 1912년 3월 5일부터 거의 매일 당선자가 나오고 있다. '각지기문' 부문의 첫 당선자가 나온 것은 3월 17일이었지만, 그 이후도 별로 보이지 않는다. '단편소설' 부문은 6월까지는 6편이 실리는데, 그 중 네 편이 김성진이란 사람의 것이다. 하지만 7월 이후에는 응모자도 다양해지고 편 수도 많이 늘어나서, 11월에는 한 달 동안 12편이나 실리고 있다.

'단편소설'이라는 말 자체가 이를 통하여 많이 일반화되었으리라고 예상할 수 있다.[18] 또 이는 '단편소설' 개념 자체가 또한 이 『매일신보』 응모 단편의 특성에 많은 영향을 받게됨을 의미하는 것이기도 하다.

그런데 근대전환기 '소설' 개념의 사용에 있어서, 개념상의 혼란이 더욱 심하게 드러나는 영역은 단형서사의 경우였다고 할 수 있다. 이는 잡지 매체가 '소설'이란 이름으로 게재하는 글이 모두 '단형서사물'이었기에 그럴 만한 일이었다. 그 혼란의 양상에 대해서는 선행연구가 있으므로 다시 상세히 서술할 필요는 없을 것이다.[19] 그러나 상당 기간 지속적으로 단형서사물을 싣고 있는 『제국신문』의 '小說소설'란과 『경향신문』의 '쇼셜'란에 실린 글들은 『매일신보』의 직전 시기 신문의 '소설란'에 실린 단형서사물이라는 점에서 『매일신보』의 '단편소설'들과 비교해서 살펴볼 필요가 있는 것으로 보인다.

『제국신문』의 경우는 논설란에 실리던 서사자료를 소설란이 대체해 수록한 경우이다. "이들 작품은 대부분 그 소재를 과거에서 취하고 있으며, 작품 속에 삽입된 일화들을 통해 교훈을 전하려는 목적으로 집필한 것이 대부분이다. 이들이 전하는 교훈 역시 현실과 연관된 것이라기보다는 전통적 가치관 혹은 인간의 도리를 지킬 것을 권고하는 것이 대부분이다".[20] 『경향신문』의 경우는 장·단형 서사를 모두 '쇼셜'란에 싣고 있어 보다 복잡한 양상이지만, 단형서사만을 볼 때 가장 큰 특징은 "그것이 '쇼셜'란에 실려 서사문학을 표방하고 있으면서도, '논설'과 분리되어 있지 않다는 점이다."[21] 이 두 신문의 '소설'란에 실려 있는 작품들은 약

---

18) '단편소설'이란 말 자체는 『만세보』에서 한 번 사용되고, 『대한민보』에서 세 차례 사용된 것을 제외하고는 별로 매체에서 보이지 않는다. 1910년대에 들어와서 『천도교회월보』에서는 이종린 등의 작품에 지속적으로 사용하고 있다.

19) 권보드래, 『한국소설의 기원』, 소명출판, 2000, 103~110면 참조.

20) 김영민, 「근대계몽기 단형 서사문학 자료 연구—자료의 정리 작업 및 근대문학사적 특질 연구」, 『근대계몽기 단형 서사문학 자료전집』 하, 소명출판, 2003, 411면.

21) 김영민, 위의 글, 412면. 『경향신문』 소재 소설의 특성에 대해서는 다음의 글도 참조. 정가람, 「근대계몽기 『경향신문』 소재 '쇼셜'의 특성 연구」, 『근대계몽기 단형 서사문

간의 편차들이 있지만, 우화나 야담, 옛이야기의 특성을 갖는 작품이 대다수이다. 게다가 논설자의 논평이 붙어 있어 논설적 성격을 드러내는 글들도 다수이다.

『매일신보』의 '단편소설'들은 이들과는 상당히 다른 모습을 보여주는 것으로 생각되는데, 이를 '응모단편소설'의 대표적인 작가라고 할 수 있는 '김성진(金成鎭)'의 경우를 통해 확인해보려 한다. 『매일신보』 현상모집에서 단편소설 부문의 첫 당선작이 실린 것은 1912년 3월 20일, 김성진의 「破落戶」라는 작품이었다. 이후 김성진은 4월 5일(「虛榮心」), 14일(「守錢虜」), 5월 3일(「雜技者의 藥良(良藥의 오기)」), 그리고 6월 23일(「乞食女의 自歎」)에 계속 작품을 싣고 있는데, 이 중 「수전노」와 「걸식녀의 자탄」은 '응모단편소설'이 아닌 '단편소설'란에 등위표시 없이 실리고 있다. 특히 「걸식녀의 자탄」에는 주소나 이름 등 응모자에 대한 정보 없이 '수석청년'이란 필명만 있어, 작가 대우를 받고 있는 것으로 보인다. 이 김성진은 1914년 12월 29일 「後悔」라는 작품으로 다시 한 번 지면에 등장하기도 한다.

「파락호」는 친구에게 꾀임을 받아 삼패니 기생이니 은근자니 하는 것들의 집으로 끌려 다니다가 이제는 파락호가 되어 신흥사라는 절의 불목하니라도 되어 연명하려는 인물이 된장 얻어오는 심부름을 가다 동소문 앞에서 헛된 꿈을 꾼다는 이야기이다.

「허영심」은 자신과 아들이 대신이 된다는 관상쟁이의 말을 믿고, 기다리기만 하다가 죽음에 이르게 되어서도 "이애 작은 대감아 큰 정경부인 마님 여쭈어라 큰 대감 졸서하신다"라는 헛소리를 지껄이는 인물에 대한 풍자이다.

「수전노」는 수전노 노인과 큰 아들이 강 건너가다가 떠내려가게 된 상황에서 월천군(越川軍)과 흥정을 하는 아들에게 "이애 백냥이거든 그

학 연구』, 소명출판, 2005.

만 두어라"라고 이야기하는 노인에 대한 풍자이다.

「잡기배의 양약」은 노름에 빠져 벗어나지 못하는 아들이 신기한 의원의 약을 먹고 두손이 다 조막손이가 되어버리는 이야기이다.

「걸식녀의 자탄」은 동냥아치로 돌아다니는 늙수구레한 여인이, '가네모찌'[22]에게 돈 긁어내는 이야기로 즐거워하는 젊은 기생들을 보면서 내뱉는 자탄을 제재로 하고 있다.

마지막으로 「후회」는 기생과 남의 첩으로 평생을 놀며 지낼 줄 알았지만, 지금은 아무도 돌아보지 않는 신세가 되어 버린 자신에 대한 한탄을 1인칭 서술의 형식으로 들려주는 이야기이다.

이들 작품들의 특징을 정리해본다면 다음과 같다.

첫째 사회를 경성한다는 계몽적 의식이 강하게 작용하고 있다.

둘째 분탕, 노름, 허욕 등이 비판의 대상이 되며, 성실, 근면 등의 개인윤리가 주된 주제가 된다.

셋째 이야기의 동시대성, 당대성이 강하게 드러난다. 대부분의 이야기는 당대의 세태와 풍속에 바탕하고 있다. 다음의 인용문들은 이를 잘 보여준다.

> 다 찌그러진 중절모즈를 우구려쓰고 쩌가 쑥々 뜯는 삼팔쥬두루막이에 뒤축업는 우단신을 끌고 죵로 죵각 모퉁이로 지나다가[23]

> 일것 학교에를 못 단이게 흐닛가 쏘 신문지를 사셔보아 너는 집이 망흐고 부모 형뎨가 족박을 차고 나셔는 것을 보아야 므음에 샹쾌흐겟늬[24]

> 어엽분 얼골 아릿다온 틱도에 금테년경을 밉시잇게 쓰고 시파랏케 졺은 년긔에 이가 그리 몹시 샹흐엿던지 입을 버리면 이 한아식 걸너 흐여 박은 노루슈

---

22) 부자를 나타내는 일본말, 당대성이 강하게 나타나는 말이어서 그대로 쓴다.
23) 김성진, 「파락호」, 『매일신보』, 1912.3.20, 3면.
24) 김성진, 「슈젼로」, 『매일신보』, 1912.4.14, 3면.

름훈 금이가 더욱 긔이ᄒ고[25]

넷째 계몽의식이 강히지만 직접 개입에 의한 논평 등의 논설적 요소
는 보이지 않는다.

김성진을 응모단편소설의 대표격이라고 했던 것은 이러한 그의 글의
특성을 대부분의 『매일신보』 응모단편소설이 공유하고 있기 때문이다.[26]
일단 『매일신보』의 응모단편이 계몽적이면서도, 논설적이지는 않다는 점
은 중요하다고 생각되는데, 이후 논평 등으로 마무리되는 '서사적논설'
이 '소설' 개념에서 배제되는 것으로 생각되기 때문이다. 또 장형서사에
서와 마찬가지로, 토론이나 연설 형식의 글이나 '전' 또는 '전기' 형식의
글이 하나도 들어 있지 않다는 점도 주의해서 볼 필요가 있다.[27] 이 또
한 모두 '소설'로부터 개념적으로 배제되어 가는 과정이라고 생각되기
때문이다. 이로써 『매일신보』를 통하여 장형이든 단형이든 소설은 '당대
적 현실을 사건과 인물들의 형상화를 통해 보여주는 이야기'와 같은 것
을 지칭하는 개념으로 정리되어 가는 것이다. 이러한 '소설' 개념의 정리
과정은 분명히 근대계몽기를 수놓았던 다양한 서사물을 '소설'로부터 배
제해나가는 것이었다. 『매일신보』라는 매체 담당자들이 '소설'을 무엇이
라고 생각했는가를 언어로 정리한다는 것은 여전히 난감한 일이지만, 그
들로부터 '소설'이 아닌 것으로 배제되기 시작한 것들이 있었음은 분명
하다. 그리고 이런 배제를 통한 개념의 정리 과정은 우리의 소설이, '허

---

25) 김성진, 「걸식녀의ᄌ탄」, 『매일신보』, 1912.6.23, 3면.
26) 『매일신보』 응모단편소설의 전반적인 특성에 대해서는 다음의 글들을 참조하시오.
 김현실, 『한국근대단편소설론』, 공동체, 1991, 98~103면; 한점돌, 『1910년대 한국소설
 의 정신사적 연구』, 서울대 박사논문, 1992, 88~103면; 양문규, 『한국근대소설사연구』,
 국학자료원, 1994, 127~140면; 이희정, 「1910년대 『매일신보』 소재 단편소설 연구」,
 『현대소설연구』 제25호(한국현대소설학회), 2005.3.
27) 특히 실전(實傳) 형식의 글에 「小說的 鑑湖女俠傳」(1912.6.5~7), 「小說的 革命婦人
 傳」(1912.6.8~11), 「小說的 戰場의 天使」(1912.6.14~15) 등의 제목을 붙이고 있음은 시
 사적이다. 이들 글들은 소설적일 수 있을지언정 더 이상 '소설'은 아닌 것이다.

구성'과 '현실성'을 특징으로 하는 서구적 근대소설과 쉽게 만날 수 있도록 하는 것이었다고 할 수 있지만, 한국 '소설'이 갖고 있었던 다양한 가능성이 축소되는 과정이기도 했던 것이다.

3. 『청춘』과 '근대문학제도' 안의 소설

『청춘』은 1914년 창간되는데, 창간호부터 투르게네프의 산문「문 어구」를 싣고 있으며, 위고의「레미제라블」을「너 참 불상타」라는 제목으로 특별부록의 형식으로 36페이지에 걸쳐 싣고 있다. 물론 이는『소년』에서의 톨스토이 번역을 계승한 것이었지만, '세계문학개관'이라는 연재물로 이어짐으로써 훨씬 본격적으로 서구문학의 고전들이 소개되게 된다.『청춘』을 통하여 투르게네프, 빅토르 위고, 톨스토이, 밀튼, 세르반테스, 초서, 모파상 등이 작품의 상세한 경개와 더불어 소개되는 것이다. 애국계몽기에 소개되던『서사건국지』나『라란부인전』등의 세계문학과는 많이 달라진 것을 알 수 있다.

그러므로 현상윤의「한의 일생」은 톨스토이의「갱생(更生)」과,「재봉춘(再逢春)」은 세르반테스의「頓基浩傳奇」와, 이광수의「김경(金鏡)」은 초서의「캔더베리記」와 함께 실리게 된다. 또 현상윤의「핍박(逼迫)」과 이광수의「소년(少年)의 비애(悲哀)」는 초서의「캔더베리記」와 모파상의「더러운 麭包」와 같은 호에 실려 있다.『청춘』의 단편소설들은 세계문학의 걸작들과 자리를 나란히 하고 있는 것이다. 이들 서구작품들과 함께 편집되는 작품들인 현상윤과 이광수의 단편들이 이전의 작품들과 다른 모습을 보여주는 것은 어찌 보면 너무도 당연한 일이라고 할 수 있다. 그들 스스로가 자신의 작품과 나란히 놓여질 것으로서의 서구 문학을 의식하고 있기 때문이다. 그러한 의식은 물론 작품을 통해서도 드러나는 것이지만, 한 편으로는 이론적 표현을 얻는데, 그것이 이광수의 1910년대 문학론들이라 할 수 있다. 그런 점에서 「문학이란 하오」가 실린 곳은 『매일신보』였지만, 그 글의 내용을 감당하고 있는 매체는 『매일신보』가 아닌 『청춘』이었다고 하지 않을 수 없다.

『청춘』에 실린 이광수의 「현상소설고선여언(懸賞小說考選餘言)」은 여러 가지 의미에서 이를 확인시켜 준다. 『청춘』의 '每號懸賞文藝爭先'과 '特別大懸賞'의 광고가 실린 것은 1917년 5월 7호에서였다. 특별대현상의 단편소설 부문 선자로 '이춘원'이 이미 고지되어 있다. 이때는 1917년 1월 1일 시작된 『매일신보』에서의 「무정」 연재가 여전히 진행중일 때였다. 하지만 이미 이광수는 신문학의 선구자라는 지위를 확고히 하고 있음을 알 수 있다. 「현상소설고선여언」이라는 글은 11호에서 입선 작품들을 이미 발표한 후, 1918년 3월 발매된 12호에 실리는 글이다.

『청춘』의 특별대현상은 '소설가' 배출을 의도했던 최초의 현상문예였다고 할 수 있다. 『태극학보』(1906.9~1908.11)의 투서에는 '문예'에 대한 공모가 있었고, 『장학월보』(1908.1~1908.5)는 '소설'을 공모하여 육정수·심우섭 등의 14편의 입선 단편소설을 내기도 했다.[28] 또 『소년』에서도 '작문'에 해당하는 「소년문단」란을 마련하여 투고를 받았었다. 하지만 이 시기는 아직 직업적 작가에 대한 인식이나 문학의 한 장르로서의 '소설'에 대한 인식이 미약했던 때이다. 그러므로 이들 현상문예에 뚜렷하게 작가로서의 소설가를 생산한다는 의식은 없었다고 할 수 있을 것이다.

앞에서 이야기했듯이 『매일신보』 또한 1912년 3월 첫 현상모집을 시작한 이래 1914년 말부터는 지속적으로 '신년문예모집'의 형식으로 '단편소설'에 대한 현상모집을 하였다.[29] 하지만 이는 작가 배출보다는 지식인

---

28) 주종연, 『韓國小說의 形成』, 집문당, 1987(여기서는 1991년 재판 이용), 132~149면 참조

29) 이는 1915년도 신년맞이 '신년문예모집'으로 12월 10일, 16일, 18일자 3면에 실려 있

독자 획득을 위한 기획이었고, 따라서 1917년 유영모와 김영우의 두 편의 응모단편소설 이외에는 당선작도 얻지 못하는 수준이었다. 이런 상황에서 『청춘』의 현상문예는 당대의 거의 유일한 등단제도로서 기능하고 있는 것이라고 할 수 있다. 그런 점을 고려한다면, 이광수의 '현상소설고선여언'은 당대의 소설 논의에 있어 최고 권력자의 목소리인 셈이다.

이 글에서 이광수는 다섯 항목으로 당대에 있어야 할 '소설'에 대한 자신의 기대를 피력하고 있다. ① 순수한 시문체의 문장, ② 소설쓰기에 대한 정성스런 태도, ③ 교훈주의로부터의 탈피, ④ 현실적 인물과 세계, ⑤ 신사상 등이 그것이다. 당대 소설의 지형 속에서 당선된 작품의 특성을 생각해 볼 때, 이 중 더욱 강조되고 있는 것은 세 번째와 네 번째의 교훈주의로부터 탈피와 현실적 인물의 묘사라고 할 수 있다. 실제로 장원작인 「기로」를 포함하여 모든 당선작에서 가장 공들여 설명하는 부분이 그 두 부분인 것이다. 김명순의 「의심의 소녀」에 대한 다음과 같은 평은 이를 가장 잘 보여주는 부분이다.

거긔는 敎訓갓흔 痕迹은 조곰도 업스면서도 그러면서도 자미잇고 또 그 자미가 決코 卑劣한자미가아니오 高尙한 자미외다. 이 作品에서 萬一 敎訓을 求한다하면 그는 失敗되리다. 그러나 나는 朝鮮文壇에서 敎訓的이라는 舊套를 完全히 脫却한 小說로는 猥濫하나마 내 「無情」과 秦瞬星君의 부르지짐(學之光 第 號所載)과 그다음에는 이 「疑心의 少女」뿐인가합니다.

다. '詩', '文', '詩調(時調의 오기인 듯함)', '언문줄글', '언문풍월', '우슘거리', '歌(唱歌)', '언문편지', '단편쇼설', '畵' 등의 10'種目'의 현상모집이었는데, 특이한 것은 각 '種目'마다 '課題'가 정해져 있었다는 점이다. '단편쇼설'의 과제는 「新年의 家庭小景」이었고, 상품은 각 부문 공히 1등이 1원어치 '도서권'이었다. 하지만 이 현상 응모는 단편소설 종목에서 당선자를 내지 못한 것으로 보인다. 그 때문인지는 몰라도 1916년을 맞이할 때는 단순히 '논문'과 '시가' 두 부문에서만 '新年寄稿募集'을 하고 있는데 (1915.12.18, 1면 등), 상품이 걸려 있지도 않다. 하지만 그 이듬해에는 또 다시 대대적인 '新年文藝募集'을 광고한다. 이때는 '短篇小說', '論文', '新調歌詞'의 세 부문으로 진행되는데, 단편소설 부문이 가장 먼저 내세워져 있으며 상금도 3원으로 가장 많다. 이제 단편소설이 신년문예모집의 주된 분야가 되었음을 보여주고 있다.

이광수의 이러한 강조는 주목되어야 마땅한데, '교훈주의'로부터 탈피하자는 주장은 근대계몽기의 거의 모두 '소설'의 존립 기반 자체를 뒤흔드는 것이기 때문이다. 근대 계몽기 '소설' 개념이 이루어내는 급격한 지위 상승의 밑바탕에 놓여 있는 것이 바로 남다르다고 생각된 '교화'의 능력 때문이었음은 주지의 사실이다. 그 교화의 능력을 '국가' 담론과 연결시켜, '국민에 대한 교화'의 가장 뛰어난 매개체로서 '소설'을 인식하지 않았다면, '소설'이 새시대의 총아가 될 수는 없었던 것이다. 때문에 이광수의 이러한 강조는 그야말로 '틀' 자체의 변화를 요구하는 급진적인 언설인 것이다.

그런데 이러한 틀의 변화에 대한 요구는 아마도, 강제병합의 정치적 마무리와 그에 이은 매체와 간행물에 대한 탄압, 민족과 국가, 국민 담론의 심각한 위축 등의 상황이 진행되는 와중이 아니었다면, 아주 심각한 반발에 부닥쳤을 것이다. 그러한 반발이 불가능한 상황이었다는 것, 상징적으로 신채호가 더 이상 국내에 있을 수 없는 상황이었음 또한 주목해 마땅하다. '소설'을 '국민의 혼'으로 인식하는 것은, 교훈주의 극복의 형식으로. 표출되는 '예술의 자율성'에 대한 근대적(서구적) 인식과 길항할 것이었지만, 이미 그들은 논리의 상대자의 자리에 있지 않았던 것이다. 그러므로 이광수에 의해 이루어지는 근본적 전환은 한 편으로는 총독부의 정지작업 위에서 이루어지는 것이었다. 그런 점에서 이광수에 의해 논리적으로 이루어지는 서구적 근대문학제도의 안착은, 한 편으로는 새 국가를 건설하고자 했던 계몽기 지식인들의 좌절 위에서 이루어지는 것이었다고 할 수 있다.

하여튼 『청춘』은 "敎訓的이라는 舊套를 完全히 脫却한 小說"을 현상 응모를 통하여 뽑아냄으로써, 이제 다른 틀 안으로 소설을 끌고 들어가는 것이다. 그렇게 이루어지는 서구적 문학제도의 수용 그것이 『청춘』의 현상 응모가 갖는 의미이다.

4. 『신문계』와 서구적 보편성

『신문계』가 창간된 것은 1913년 4월이었고, 1914년 4월 1주년 기념호에 처음으로 『백장홍(百丈紅)』이라는 중국의 백화체 단편이 최찬식(해동초인)의 이름으로 실린다.[30] '문예소설'이라고 부기되어 있으며, 한문 현토 소설인데, 이 호부터 1914년 12월호까지 연재되고 있다.[31] 이를 이어 1915년 1월호부터 3개월 간 연재되는 소설은 백대진의 「饅頭賣ノ子供」이라는 일문 소설이었다. 이는 백대진의 첫 소설이기도 했는데, 이후『신문계』뿐만 아니라 그 후속잡지라고 할 수 있는『반도시론』까지 소설란은 거의 백대진 혼자 끌어간다고 해도 과언이 아닐 정도로 정력적인 작품활동을 한다.[32] 함께 기자로 일하고 있던 당대의 흥행작가 최찬식은 오히려 간간히 힘을 보태는 정도이다. 그러므로 이 두 잡지의 '소설' 인식을 살펴보는 데 있어 백대진이 피력하고 있는 소설에 대한 이해를 살펴보는 일은 가장 우선적인 일이다.

> 物質文明의 餘澤으로 生存競爭이 日로 甚ᄒ고 月로 盛ᄒ야, 玆에 生活難이 生ᄒ엿으며 이 生活難 곳 物質欲으로 因ᄒ야 우리 人生에 無限ᄒ 悲哀 絶無ᄒ 頹敗 - 곳 人生에 對ᄒ 暗面이 發現ᄒ게 되엿도다. 이 暗面을 描寫ᄒ 者이 곳 新文學者오, 일로 因하야 生ᄒ 一般吾人의 思想界를 쏘ᄒ 描寫홀 者이 우리 新文學者로다. 大凡 自然主義文學이라 홈은 所謂 現實을 露骨的으로 眞直히 描寫ᄒ 文學이니 此에ᄂ 虛僞도 無ᄒ며 쏘ᄒ 假飾도 無ᄒ며 空想

---

30) 이 소설의 성격에 대해서는 하동호, 「최찬식의 작품과 개화사상」, 『신문학과 시대의식』, 새문사, 1981 참조

31) '과학호'로 꾸며진 1914년 9월호에는 실리지 않았다. 『신문계』의 목차는 1914년 5월호부터는 '논담(論談)', '학술(學術)', '문예(文藝)', '잡록(雜錄)' 등으로 분류되어 있는데, 이 호에는 아예 '문예'라는 큰 항목조차 없다. 그러므로 연재 횟수는 총8회이다. 이 소설에 대한 양식 표기는 목차에서는 '문예소설', '소설', 무표기 등으로 다양하게 나타나지만, 본문에서는 일관되게 '문예소설 백장홍'으로 되어 있다.

32) 김복순, 『1910년대 한국문학과 근대성』, 소명출판, 1999 참조

도 無훈 文學이 곳 自然主義文學이라 今日 半島社會에 其缺陷이 얼마나 되며, 實人生에 其暗面이 얼마나 되나뇨[33]

人生을 爲主ᄒᆞᄂᆞᆫ 文學은 詩的이 아니라, 小說的이니 卽, 健實훈 思想이 잇고, 徹底의 時代眼이 있ᄂᆞᆫ 바 小說家를 期待ᄒᆞᄂᆞᆫ 바이로다. 聽ᄒᆞ여라 - 小說家ᄂᆞᆫ 참으로 社會에 對훈 敎育家며, 人生에 對훈 指導者이니라 -, 이럼으로써 人生主義派의 文學者의 責任이 중훔이며, ᄯᅩ한 輕視홀 者이 아니로다, 一般으로 小說은 人生面의 一局部 곳 一斷片을 記錄ᄒᆞᄂᆞᆫ 者인즉, 此로써, 彼를 可히 補홀지며, 彼로써 此를 可히 自覺케ᄒᆞᄂᆞᆫ 大權力이 잇슴으로 余가 ?々히 健實훈 小說家의 輩出과 健實훈 小說이 잇기를 企望ᄒᆞᄂᆞᆫ 바이니라.[34]

이 둘은 모두 새로운 문학, 특히 소설에 대한 백대진의 기대와 원망을 드러내고 있는 글이다. 그는 그것을 한 번은 '자연주의문학'이라, 또 한 번은 '인생주의파 문학'이라 부르고 있다. '인생을 위한 예술'과 '자연주의'를 일치시키려는 듯한 논의는 이들 개념이 상당히 자의적으로 사용되는 듯한 인상을 준다. 하지만 그 때문에 이 글들에서 백대진이 주장하고자 하는 바가 모호해지는 것은 아니다. 문학이 허위나 가식 공상 없이 현실을 노골적으로 진직히 묘사하여야 한다는 것과 사회에 대한 교육가, 인생에 대한 지도자의 역할을 해야 한다는 것을 동시에 주장하고 있는 것이다. 노골적이고 진직한 묘사가 어떻게 사회에 대한 지도자의 역할을 할 수 있는가라는 점이 전혀 해명되어 있지 못한 것은 분명하지만, 그 자체로 모순되거나 불가능한 주장이라고 할 수도 없다.

백대진의 이러한 논의는 나름의 '서구문학'에 대한 이해를 바탕으로 이루어지는 것이었다. 그러한 면모를 잘 보여주는 것이 그의 서구문학 소개글들이다.[35] 백대진은 처음부터 친일적인 잡지인 『신문계』에서 기

---

33) 백대진, 「現代朝鮮에 「自然主義文學」을 提唱함」, 『신문계』, 1915.12, 15~16면.
34) 백대진, 「新年劈頭에 人生主義派文學者의 輩出홈을 期待홈」, 『신문계』, 1916.1, 16면.
35) 다음의 글들이다. 백대진, 「二十世紀初頭 「歐洲諸大文學家」를 追憶홈」, 『신문계』, 1916.5; 백대진, 「西洋文學一瞥」, 『신문계』, 1916.8.

자생활을 시작하고 있으며, 민족적 의식이나 민족상황에 대한 의식 없이
글을 쓰고 있다. 이 점 다른 민족주의적 지식인들과 다른 점이지만, 그의
글쓰기를 추동하고 있는 것이 서구에 대한 동경과 결부된 '근대주의'라
는 점에서는 『청춘』이나 『학지광』의 지식인들과 크게 다르지 않다. 또
그런 점에서는 『신문계』가 『청춘』과 그리 멀지 않다고도 할 수 있다. 문
학에 대한 백대진의 논리 또한 이광수에게서 그리 멀지 않은 것으로 보
인다. 특히 "生命잇는 文章은 곳 文學"이며, "文學은 文章에 情意를 附
着호 者", "故로 文學非文學의 區別은 情의 含不含"에 있다고 이야기하
는 "文學에 對호 新研究"36)는 이광수의 "문학의 가치"나 "문학이란 하
오"를 곧바로 상기시키기도 한다.

하지만 그렇다고 하여 『신문계』와 『청춘』이 소설 인식의 변화 과정에
서 비슷한 역할을 하고 있다고 할 수는 없다. 『신문계』는 1917년 2월 소
설특집호를 마련한다. 이에는 다양한 양식의 '소설'이 실려 있는데, 한문
체와 백화체의 소설과 더불어 「東槐奇談」이라는 야담류의 글까지 실려
있다. 이미 상당량의 백대진의 소설이 실린 이후이지만, 「백장홍」을 '문
예소설'이라 부르는 감각 그대로의 모습을 보여주는 것이다. 결국 한마
디로 잡지 『신문계』 자체의 '소설' 인식은 백대진식의 자연주의, 인생주
의와는 무관한 지점에 놓여 있는 것이었다. 또 『신문계』는 지속적으로
현상 응모를 실시하지만, 그것은 학생들의 '작문'이었지 한번도 '소설'로
나아가지 않는다. 응모에 뽑힌 작문의 문장들은 기본적으로 한자 위주의
국한문혼용체인데, 한글 문장이라기보다는 한문 현토체에 가까운 것들도
다수 보인다. 다시 말해 『신문계』는 백대진이 생각하는 '소설'의 근대성
뿐만 아니라 한글 문장 자체에도 그다지 관심이 없었다.

『신문계』가 상정하는 독자는 한글 사용자들이었겠지만, 매호 지속되
는 '국어(일본어)' 교육 관련 기사에서 드러나듯 『신문계』가 궁극적으로

---

36) 백대진, 「文學에 對호 新研究」, 『신문계』, 1916.3.

요구하는 것은 국어(일본어) 사용 능력의 증진이었다. 그런 점에서 『신문계』의 첫 창작소설이라 할 수 있는 「饅頭賣ノ子供」이 일본어로 시도되었음은 상징적이다. 이미 강제병합 직후 기존의 『국어독본』은 『조선어독본』으로, 『일어독본』은 『국어독본』으로 자리를 바꾼다.37) 그러한 상황에서 총독부의 입장을 대변한다고 했을 때, 당연히 시도될 만한 것이 '조선인이 국어(일본어)를 사용하여 이루어내는 문학'이라고 할 수 있을 것이다. 서구 근대를 기준으로 단일하고도 보편적인 문명을 상정할 수 있다면, 1910년대 우리 소설이 일본어로 이루어진다는 것 자체는 별로 문제가 되지 않는다. 그것이 바로 보편주의자 백대진의 무의식이었다고 할 수 있을 것이다. 그렇기에 그는 첫 소설을 주저 없이 일본어로 시도하는 것이다.

이 일본어 창작물 앞에 부기되어 있는 '國語小說'이라는 기호는 다양한 표상과 연관된다. 우선 이는 식민지 시기 전기간을 통하여 문제적인 영역을 이루는 '조선인의 국어(일본어) 창작'이라는 문제가 처음으로 수면 위로 떠오른 것이었다. 이 때이른 작품은 이러한 문제가 단순히 일제말기의 폭압이나 민족어 말살 정책의 문제라기보다는, 근대 문명의 보편성에 대한 서로 다른 접근법과 연관된 문제임을 보여주고 있다.

하지만 '소설' 개념의 변천을 논하는 여기서 주목할 것은, 이 '國語小說'이 '조선어소설'이라는 말과 대를 이룰 수밖에 없다는 점, 이러한 대구 속에서 '國語小說'의 '小說'과 '조선어소설'의 '소설'이 동일한 기호가 되어 있다는 점이다. 그런데 '國語小說'의 '小說'은 '쇼세츠(しょうせつ)'이기도 하다. 결국 이 말은 '小說'을 매개로 '소설'과 '쇼세츠(しょうせつ)'가 동일한 대상을 지시하는 상태가 되어 있음을 보여주고 있다.38) 잘

---

37) 야스다 도시아키[安田敏朗], 『「言語」の構築—小倉進平と植民地朝鮮』, 三元社, 1999, 53~54면 참조.
38) 실제로 '소설'과 '쇼세츠'가 동일한 개념이었던 적은 없었다고 생각된다. 그것은 'novel'이 결코 '소설'이니 '쇼세츠'와 동일할 수 없음과 마찬가지이다.

알려져 있듯이 이 시기 '쇼세츠(しょうせつ)'는 'novel'인지 다른 무엇인지를 정확히 지적할 수는 없지만 서구어의 번역어로써 재생된 용어였다.[39) 그러므로 '小說'은 '소설'과 'novel'을 매개하고 있는 것이기도 하다. 그리고 이러한 다층의 매개는 결국 '소설'이 서구적 보편성에 포섭되어 가는 과정이기도 하다.

약간은 복잡한 듯이 보이는 이러한 개념 연관의 의미는 일본제국주의의 그 식민적 특성을 생각한다면 어렵지 않게 이해될 수 있는 것이다. 일제의 식민지 통치 이데올로기의 핵심은 서구 제국주의 국가와 마찬가지로 문명과 야만의 대립에 바탕한 문명화, 근대화였다. 근대화가 곧 서구화임을 생각할 때, 서구 제국과는 달리 일제는 이러한 이데올로기와 존재론적으로 균열되어 있을 수밖에 없었다고 할 수 있다. 하지만 이는 세계의 자본주의적 재편성 과정이었던 20세기 제국주의의 특성상 불가피한 것이었다. 우리의 관심사에 비유하여 이야기한다면, 일본 제국주의는 '쇼세츠'와 '소설'의 연관으로는 실현 불가능한 것이었다. 그것은 'novel'과 '쇼세츠' 그리고 '소설'을 동일 평면에 놓음으로써 실현되는 것이었던 것이다. 그러므로 '소설'과 '쇼세츠'를 매개한 것은 실은 '小說'이 아니라 'novel'이었다고 할 것이다.

'국어(일본어)'의 확산을 의도하는 조선어잡지 『신문계』 또한 그 자체로 모순적인 것이었다. 하지만 일본도 조선도 아닌 보편적인 문명의 관점에 서라면, 일본어나 조선어는 단지 수단에 불과한 것이다. 그런 점에서 서구 근대문명의 보편성에 기대지 않고는 『신문계』는 존립 자체가 불가능했다. 그리고 그러한 점은 신문계의 모든 지면에 무의식적으로 작용하고 있다. '소설' 개념 또한 예외일 수는 없는 것이다. 앞서 설명했듯이 『신문계』의 소설 인식 자체는 백대진과 최찬식 사이를 오가는, 갈피를 잡을 수 없는 것이라고 할 수 있다. 하지만 그 와중에도 '國語小說'과 같은 단

순한 표기 안에서, '소설'을 서구적 보편성으로 안내하고 있다. 소설을
이론적이거나 체계적인 방식으로 설명하는 방식과는 전혀 다른 방식으
로 '소설'을 서구적 보편성 안으로 끌고 들어가고 있는 것이다.

5. 맺음말

1910년대 '소설'의 개념은 서서히 변화되고 있었다. 이 시기 최대의 매
체인 『매일신보』는 장·단편 소설에 대한 나름의 기준을 가지고 있었다.
이시기 장편서사물을 연재했던 유일한 매체인 『매일신보』가 선택한 '소
설'은 이해조에서 조중환으로 이어지는 '사건 중심의 이야기성 강한 장
편서사물'이었다. 이에 따라 이전 시기 소설로 칭해지기도 했던, 역사·
전기 형식의 글이나, 대화·토론·연설 등의 언설로 이루어진 글들은
'소설'에서 배제된다. 주로 응모단편의 형식으로 『매일신보』에 의해 선
택되었던 '단편소설'의 경우에도 비슷한 논의가 가능하다. 이전 시기 '소
설'들에서 보이는 논평 등이 보이지 않으며, '전' 또는 '전기' 형식의 글,
토론, 연설 형식의 글들은 철저하게 배제되는 모습을 볼 수 있다. 이로써
『매일신보』를 통하여 장형이든 단형이든 소설은 '당대적 현실을 사건과
인물들의 형상화를 통해 보여주는 이야기' 정도의 개념으로 정리되어 가
는 것이다. 이런 배제를 통한 개념의 정리 과정은 우리의 소설이, '허구
성'과 '현실성'을 특징으로 하는 서구적 근대소설과 쉽게 만날 수 있도록
하는 것이었다고 할 수 있지만, 한국 '소설'이 갖고 있었던 다양한 가능
성이 축소되는 과정이기도 했다.

잡지 『청춘』은 서구의 고전들을 소개하며, 그에 걸맞는 새로운 내용과
형식의 서사물들을 발굴해나간다. 특히 이광수는 현상소설고선의 권력자

로서, '교훈주의 비판'에 바탕한 새로운 문학이론의 틀을 제시한다. 그리고 실제로 '교훈적이라는 구투를 완전히 탈각한 소설'을 현상 응모를 통하여 선발해냄으로써, 서구적인 근대문학제도 안에 '소설'의 자리를 마련한다.

『신문계』는 서구 근대소설에 대한 지향을 드러내고 있는 백대진이 활발히 활동하고 있었지만, '조선어 소설' 자체에 큰 의미를 부여했다고는 할 수 없다. 하지만 잡지 자체가 '서구 근대를 기준으로 한 단일하고도 보편적인 문명'에 기대지 않고는 존립이 불가능했기에, 서구적 보편성을 무의식적으로 실현하고 있다. '소설' 개념에 있어서는 백대진의 첫소설에 부기되어 있는 '國語小說'이라는 기호는 무의식적으로 'novel'과 '쇼세츠', 그리고 '소설'을 동일평면으로 불러모으는 것이었다. 소설을 이론적이거나 체계적인 방식으로 설명하는 것이 아니라는 점에서 '소설' 개념의 내부를 채우는 것은 아니었지만, 하여튼 '소설'을 서구적 보편 안으로 끌고 들어가고 있다고 할 수 있다.

이상으로 1910년대의 가장 중요한 세 매체를 중심으로 '소설' 개념에 미치고 있는 영향을 살펴보았다. 매체를 중심으로 했기에, 개별 작품들에 대한 논의는 거의 이루어지지 못했다. 특히 이 시기 '소설' 개념에 큰 영향을 미치고 있는 것으로 생각되는 『무정』에 대해서는 따로이 논의가 필요한 것으로 생각된다.40) 하지만 '소설' 개념의 변천 과정과 같은 논의에서는 『무정』과 같은 특정한 작품은 당대의 다양한 매체에서 이루어지는 변화 과정의 한 계기를 이룰 뿐이라는 점에서, 이 글에서 이루어진 좀더 거시적인 논의가 우선하지 않을 수 없다.

---

40) 『매일신보』와 『무정』의 관계, 『무정』의 소설사적 의미에 대해서는 김영민, 「1910년대 신문의 역할과 근대소설의 정착 과정 ― 『매일신보』를 중심으로」(『현대문학의 연구』, 25집, 2005.3) 참조.

3부

근대계몽기 소설과 검열제도의 상관성

구장률

1. 1906년의 문제성

소설이 근대사회를 재현하는 핵심적인 글쓰기 방식이었다는 사실을 인정한다면, 근대소설의 출발에 관한 논의는 자국의 근대성을 사고하는 방식과 밀접한 관련을 가지고 있다는 점에서 여전히 문제적이다.

서구적 근대를 유일한 보편으로 추수하거나 이에 맞서 자국 문화의 발전사를 구성하려는 민족주의의 열정으로부터 거리를 두는 패러다임의 전환과 더불어, 한국 근대소설의 형성 과정에 관한 이해도 전기를 맞게 되었다. 계몽기를 근대적 습속과 관념이 구성되던 시기로 사고하는 최근의 논의들은 텍스트의 저변을 확대함으로써 고착화된 문학성에 대한 반성을 제기했고, 새로 발견한 텍스트를 바탕으로 전통적 글쓰기 관습이 근대소설의 형성에 미친 영향을 양식사의 관점에서 분석하는 성과가 있었다. 또한 '민족'·'국민' 등의 관념과 '근대적 시공'의 경험 형식이 자국어를 사용한 소설로 구현될 수 있었던 당시 지형이 그려지기도 했다.[1]

근대계몽기는 유학에 기반하던 전통적 인식론과 표현형식이 '서양'이라는 타자를 만나 새롭게 재편되던 시기였고, 다양한 지식 개념과 글쓰기 방식이 경쟁하던 가운데 '소설'의 가치가 부각되었음은 분명하다. 하지만 이런 경험은 비단 한국에만 국한된 것이 아니었다. 약간의 시차가 있기는 하나, 일본과 중국 또한 민족국가를 기획하는 동안 겪었던 보편적 현상이었다.[2] 서사양식의 역사적 변화에 주목하여 근대소설의 출발을 설명하는 경우, 전통적 서사관습이 '소설'의 형성에 간섭하는 고유한 양상을 잘 보여주지만 유독 '소설'을 중심으로 서사적 글쓰기가 재편되었던 이유에 대해서는 좀더 살펴볼 여지를 남겨놓고 있다.

그런 점에서 기존 연구의 괄목할 만한 성취에도 불구하고 여전히 궁금함은 남는다. 근대계몽기에 '소설'이라는 말이 언제부터 주목을 받았고, 어떤 계기를 통해 새로운 의미를 갖게 되었는가라는 질문이다.

문제를 이렇게 구성할 때, 우리는 흥미로운 사실 하나를 발견할 수 있다. 당시 글쓰기의 변화가 모색되고 소설이 부각되었던 공간은 새로운 미디어, 특히 신문이었다. 그런데 근대계몽기에 발간된 신문을 살펴보면 모두 을사조약 이후인 1906년부터 소설란을 상설하고, 공공연하게 소설을 문제삼기 시작한다. 당시 국내에서 발간된 주요 신문들을 살펴보면『대한매일신보』가 1906년 2월 6일,『황성신문』은 1906년 5월 19일,『만세보』는 1906년 7월 3일,『제국신문』은 1906년 9월 18일,『경향신문』은 1906년 11월 30일부터 '소설'이라 호명하는 글을 싣기 시작했다.[3]

---

1) 대표적인 연구로는 김영민,『한국근대소설사』, 솔, 1996; 한기형,『한국 근대소설사의 시각』, 소명출판, 1999; 정선태,『개화기 신문 논설의 서사수용 양상』, 소명출판, 1999; 김동식,「한국에서 근대적 문학 개념의 형성 과정 연구」, 서울대 박사논문, 1999; 권보드래,『한국 근대소설의 기원』, 소명출판, 2000.
2) 이에 대해서는 스즈키 사다미,『일본의 문학 개념』, 보고사, 2001; 이보경,『문과 노벨의 결혼』, 문학과지성사, 2002 등을 참조할 수 있다.

1906년 이전에는 소설이라는 말이 특정한 의미망을 형성하며 신문에 등장하는 사례를 찾아보기 어려우며, 간혹 사용되더라도 패설(稗說)과 혼용되던 관습에서 벗어나 새로운 용법으로 굳어지지는 않았다. 영문 기사나 논설을 번역하는 과정에서 '소설'이라는 말을 사용했지만, 그런 경우 역시 번역어로서의 '소설'에 대한 어떤 자의식이 작동했다고 볼 수는 없다.[4]

이른 시기부터 한국의 일인 발간 신문은 소설을 연재하고 있었다. 일본은 한국보다 일찍 새로운 미디어의 중요성을 인식했고, 소신문(小新聞)을 중심으로 연재소설이 발달해 있었다. 『한성신보』의 필진은 일본의 신문소설에 대한 일반적 인식을 공유하고 있었고, 독자를 끌어들이는 '흥미로운 읽을거리'로 소설을 배치하면서 1896년 5월 19일 「조부인전(趙夫人傳)」을 연재하기 시작했다.[5] 하지만 당시 한국 지식인들이 이러한 시도에 관심을 보인 흔적은 찾아볼 수가 없다. 『한성신보』와 비슷한 연대에 발간되었던 『독립신문』·『제국신문』·『황성신문』 등은 정론을 중심으로

3) 이와 같은 현상은 학회지 역시 마찬가지였다. 신문처럼 일반적인 현상으로 자리를 잡지는 않았지만 『조양보(朝陽報)』가 1906년 7월 2호에 「波蘭革命黨의 奇謀詭計」를, 『대한자강회월보(大韓自强會月報)』가 1906년 7월 1호부터 '安峽郡에 有金姓子ᄒ야'로 시작하는 이야기를, 『소년한반도(少年韓半島)』가 1906년 11월 1호에 「잠상태(岑上苔)」를 '소설'이라는 이름하에 게재하기 시작한다. 하지만 이들 학회지는 모두 1906년에 창간되었으므로 '소설'을 둘러싼 변화를 고찰하기에는 시간적 연속성을 유지하면서 발간되던 신문이 더욱 적합하리라 생각한다.

4) 예컨대 『대한매일신보』 1904년 9월 13일자 논설 '전징보고'는 러일전쟁에 활약하던 국외 기자들의 활동을 전하면서 "이 사름들 중에 전징 보고받는 디로 소셜을 시로 편집ᄒ야 이왕 전사와 련속ᄒ야 만드는 자도 잇"다고 서술한다. 이 논설은 9월 12일자 영문판 논설 'reporting the war'를 번역한 것인데, 통신원들이 전쟁·낭인·게이샤 등에 관해 쓴 'story'를 '소셜'로 번역하고 있다. 1905년 2월 16일 전보는 영문판 2월 13일자 'telegram'에서 'Russian Novelist'라 칭한 고리끼의 근황을 전하면서 '로국 소셜가'라 번역한다. 이런 점들로 미루어 사건에 관한 기록의 성격을 가지는 글과 근대문학의 한 장르인 'Novel'을 구분하여 인식하지는 않았던 것으로 여겨진다. 무엇보다 그런 구별에 관한 관심 자체가 문제되지 않았던 형편이었다.

5) 메이지시대 일본의 신문소설에 관해서는 本田康雄, 『新聞小說の誕生』, 平凡社, 1998 참조. 『한성신보』의 소설관에 대해서는 김재영의 논문 「근대계몽기 소설 개념의 변화」, 『현대문학의 연구』 22가 자세히 다루고 있다.

한 민족지들이었거니와, 일본 외무성의 비호 아래 한인계도를 주된 논조로 삼던 『한성신보』와 심심치 않게 대립하고 있었다.[6] 개신유학자로서 주요 신문을 주관하던 필진들에게 '각종 이담(俚談), 속담(俗談)을 실어 부지불식간에 한인들을 계도하도록 노력'[7]하려는 의도로 만들어진 소설이 긍정적으로 보였을 리 또한 만무하다. 그런 점에서 일인 발간 신문의 소설란이 계몽기 서사문학의 전개에 어떤 변화를 가져올 정도로 영향을 미친 것은 아니었다고 판단된다. 19세기 말에서 1905년에 이르기까지 신문에 게재된 주된 서사적 글쓰기의 방식은 대개 한문 산문 문체를 변용한 짧은 이야기였던 셈이다.[8]

그렇다면 왜 1906년부터 여러 매체에서 동시에 '소설'이라는 이름의 글쓰기를 문제삼기 시작했을까? 이와 같은 질문에 직접 답해주는 자료는 없다. 때문에 변화의 진원지였던 『제국신문』·『대한매일신보』·『만세보』 등을 주요 자료로 삼아 당시의 상황을 재구성해 볼 수밖에 없다.

이 글의 목적은 1906년 소설이 공적 담론의 장에 등장하게 된 몇 가지 요인 가운데 먼저 검열제도가 미친 영향을 『제국신문』을 중심으로 살피는 것이다. 을사조약을 전후하여 분명 검열제도는 당시 글쓰기의 장을 규제하던 일반적 조건으로 자리 잡는다. 하지만 발행인이나 논조에 따라 검열의 영향을 받는 정도가 매체마다 달랐다. 그런 점에서 이 글은 검열의 힘이 직접 행사되었던 대상에 한하여 논의를 전개하고 있음을 미리 전제한다.

---

6) 『독립신문』 1896년 2월 23일, 『제국신문』 1898년 8월 30일, 1899년 11월 21일, 1903년 2월 25일, 『황성신문』, 1902년 9월 4일자 등.

7) 최준, 「주한일공관기록」, 『한국신문사론교』, 일조각, 1976, 291면에서 재인용.

8) 김영민·구장률·이유미 편, 『근대계몽기 단형서사문학 자료집』, 소명출판, 2003 참조

2. 검열제도와 논설의 변화

러일전쟁은 계몽기 지식인들에게 여러 가지 측면에서 사고의 전환을
강제한 사건이었다. 지식인 사회의 주류를 형성하던 개신유학자들은 전
쟁 전까지 '동양주의'에 근거하여 조선이 처한 상황을 이해했다. 하지만
러일전쟁 이후 일본의 침략적 본성을 분명히 실감하게 되면서 세계 정
세를 동양과 서양의 경쟁으로 보는 시각, 즉 서양 열강에 대응하는 방법
론으로 동양이라는 단위를 설정하고 한·중·일 삼국이 공동으로 맞서
야 한다고 생각하는 경향은 점차 약해진다. 1차 한일협약 체결로 '독립
주권'을 상실하여 결국 일본의 속국이 되었다는 판단은, 1905년 11월 을
사조약 이후 '한인종족(韓人種族)'이 노예로 전락할 것이라는 강한 위기의
식으로 바뀌었다.[9] 이러한 현실감각의 변화로 '민족'·'국민'·'국가'와
같은 개념들이 요구되기 시작했고, '정치경장안'[10] 제출을 필두로 하여
실현 가능한 정체(政體)의 개혁과 새로운 비전에 대한 모색이 활발하게
이루어지기도 했다.[11] 한편 민영환의 자결, 의병항쟁 등으로 시작된 선
혈의 물결이 지식 담론과 시정의 소식을 넘나들며 '민족'으로 고양될 파
토스를 실감의 차원에서 형성한다. 을사조약을 전후하여 보편적 문명론
을 추수하던 계몽운동은 점차 '대한국(大韓國)'의 특수한 사정을 사유하는
쪽으로 방향을 선회하고 있었던 것이다.

통감부 설치로 상징되는 식민체제 출발이 비단 지식인들의 현실감각

---

9) 『황성신문』, 1904.3.11 · 1904.10.3 · 1905.10.21; 『대한매일신보』, 1904.9.11 · 1905.2.14
· 1905.11.8 등.

10) 「추원헌의」, 『황성신문』, 1904.3.19.

11) 당시 지식인들의 현실감각과 인식의 변화에 대해서는 다음과 같은 글들을 참조할
수 있다. 최기영, 『한국근대계몽운동연구』, 일조각, 1997; 백동현, 「러일전쟁 전후 민족
용어의 등장과 민족의식」, 『한국사학보』 10호, 2001; 김동택, 「근대 국민과 국가 개념
의 수용에 관한 연구」, 『대동문화연구』 41호, 2002; 이화여대 한국문화연구원 편, 『근
대계몽기 지식 개념의 수용과 그 변용』, 소명출판, 2004.

과 인식의 변화만을 가져온 것은 아니었다. 앞서 언급했듯이 근대계몽기에 글쓰기와 관련된 지각변동은 신문을 중심으로 일어나고 있었다. 소설과 연관하여 신문에 나타나는 서사적 글쓰기에 초점을 둔다면 계몽기 초기에 주류를 이루던 것은 짧은 이야기들이었고, 대부분 '논설'란에 게재되었다. 새로운 미디어를 만들기는 했으되 여전히 전통적 글쓰기 관습의 자장 속에 놓여 있었던 논설 집필자들은 스스로 능숙했던 한문 산문 문체를 변용하여 계몽의 수사학을 펼쳤다.[12] 하지만 특정 매체의 경우, 을사조약을 전후하여 '논설'이 더 이상 본연의 정체성을 유지하기 힘든 상황에 처한다. 검열이 제도화되기 때문이다.

검열제도는 러일전쟁과 관련된 주요 정보를 통제한다는 명목으로 시작되어 을사조약을 거치면서 골간이 갖추어진다. 1904년 3월과 4월, 일본 공사 임권조(林權助)는 조선인 발간 신문이 일본군의 움직임을 자주 보도하여 기밀을 누설한다는 이유로 군사행동과 관련된 기사 게재 금지와 검열관 선임을 한국 정부에 요청한다. 정부는 『황성신문』과 『제국신문』으로 하여금 이를 엄중히 금지하도록 하고, 관리를 두어 군사 관련 기사를 검열할 것을 약속했다.[13] 1904년 7월 20일 일본군 헌병사령부는 군사경찰훈령을 발표해 신문 발행 전 군사령부의 사전 검열을 받도록 했으며, 8월 20일 『제국신문』과 『황성신문』의 주무원을 불러 군사 사항의 신문 게재 금지 및 사건 검열을 통고했다.[14] 1905년 1월, 서울 일원의 치안을 한국 경찰 대신 한국주차일군사령부가 맡게 되면서 군사관련 기사뿐만 아니라 치안을 방해한다고 인정되는 매체는 정간 혹은 금지하고, 저촉된 자를 최고 사형에 처한다는 '군사 경찰 시행상의 내훈'이 실시된다.[15]

---

12) 이에 관해서는 구장률, 「『제국신문』의 서사적논설 연구」, 『현대문학의 연구』 22, 2004.

13) 「日軍事關係記事의 新聞揭載禁止要請」, 『日案』 6, 737면; 「韓國新聞의 日軍事行動揭載의 禁止 및 同檢察官 選任要求」, 『日案』 7, 12~13면 참조.

14) 『대한매일신보』, 1904.8.23.

15) 「憲兵隊告示」, 『황성신문』, 1905.1.11. 근대계몽기 언론탄압과 검열에 관해서는 최기

을사조약에 따른 여론의 악화는 사전 검열제도를 더욱 강화시켰다. 잘 알려져 있다시피 1905년 11월 20일 『황성신문』은 게재 금지 처분을 받았음에도 사장 장지연의 「시일야방성대곡」 전문을 실은 상태로 배포하여 정간 당한다. 장지연과 식자계 유구용, 홍의민이 경무청에 인치되어 취조를 받았고, 기계와 신문지 또한 차압당했다. 일주일 후 『제국신문』 논설 역시 '치안방해'를 명목으로 전문 삭제당했으며, 보좌관 고하송지조(古河松之助)가 삭제할 논설 내용을 일본어로 번역하면 경무고문 환산동준(丸山東俊)이 일본 공사에게 보고하여 관리하는 방식의 검열 시스템이 이 시기에 확립되었다.16) 황현이 "대한을 망하게 하는 것은 '치안방해' 네 글자"17)라고 서술했던 것처럼, '치안 방해'가 지칭할 수 있는 대상은 해석 여부에 따라 광범위했다. 신문지법과 출판법이 제정되기 이전, 다시 말해 을사조약을 전후로 한 때부터 검열제도는 강한 구속력을 행사하고 있었던 것이다.

인력과 자본이 상대적으로 빈약했음에도 시국에 대한 강경한 논조를 굽히지 않았기 때문에, 『제국신문』은 검열의 영향을 특히 많이 받게 된다.18) 『제국신문』은 휴간과 정간을 13회나 겪게 되는데 대부분 재정난과

영, 「광무신문지법에 관한 연구」, 『역사학보』 92, 1981; 정진석, 『한국언론사』, 나남, 1990; 정근식, 「식민지 검열의 역사적 기원」, 『사회와 역사』 64, 2003 등을 참조할 수 있다.

16) 「皇城義務」, 『대한매일신보』, 1905년 11월 21일자 논설; 『駐韓日本公使館記錄』 24권, 390~415면 참조. 古河松之助는 『한성신보』 국문판 주간이었는데, 1905년 2월 경무고문 丸山東俊이 검열로 삭제될 글을 일본어로 번역하는 역할을 담당했으며, 『한성신보』의 기자로 일하고 있었다 한다. 정근식, 위의 글, 13면.

17) 황현, 『매천야록』 하, 문학과지성사, 2005, 449면.

18) 『제국신문』과 같은 시기 발간되었던 『황성신문』의 경우, 신문사가 여러 명의 합자로 시작하여 바로 주식회사가 되었다면 『제국신문』은 심상익(沈相翊)이 주로 출자하고 사장 이종일의 열정으로 유지되었다. 1899년 12월 21일 일어난 화재로 심상익 소유의 이문사(以文社)마저 폐업하자 이종일 혼자 신문사의 운영을 맡게 된다. 이후 재정문제는 검열과 함께 『제국신문』이 감내해야 할 가장 큰 어려움이었다. 『제국신문』 1907년 5월 17일자 「본보력스와 사람의 열셩효력」, 6월 7일자 사설 「본샤의 힝복과 본긔쟈의 희임」, 10월 3일자 「본 신문 속간하난 일」 등 참조.

검열, 관련자의 구속 때문이었다. 식민체제가 글쓰기 차원에서 제도화되던 방식 가운데 하나가 검열이었다면, 이 시기 검열이 글쓰기에 미친 영향관계를 살필 때 『제국신문』은 리트머스지 같은 역할을 한다고 볼 수 있다.

계몽기 신문 가운데 가장 많은 국문 단형 서사물을 게재했던 『제국신문』은, 다른 신문들과 마찬가지로 1면에 논설을 실은 후 기사와 광고를 배치하는 것을 보통의 순서로 삼았다. 논설이야말로 신문의 얼굴이라 여겼기 때문이다. 그런데 『제국신문』은 1905년 12월에 접어들면서 편집 방식이 크게 바뀐다. 1면의 논설란이 광고로 대체되는 것이다. 광고가 논설을 대신할 수밖에 없었던 이유를 1906년 4월 25일자 사고(社告)에서 다음과 같이 밝히고 있다.

> 본 신문을 미양 첫면에 긔지하더니 일인에게 검열을 밧기 시작혼 후로 론셜과 잡보를 다 긔즈혼야가지고 검열을 밧아오면 일력이 부죡되야 긔계소에서 전후면을 밋쳐 박일 슈 업는 고로 부득이 첫판에 광고를 긔지혼야 미양 오졍 후부터 광고판을 박이고 나죵에 론셜과 잡보판을 검열혼 후에 인쇄혼더니 신문구람혼는 이들의 이론이 잇슬 뿐이라 지금은 일력이 넉넉혼기로 즈금 이후로는 첫면에 광고 니기를 명지혼얏사오니 쳠군즈는 일층 애독혼시기를 바라오

부족한 인력으로 작성한 기사나 논설 전문을 압수당하는 일도 종종 있었고, 사전 검열을 받고 나면 미처 인쇄할 시간을 맞추지 못하는 경우가 부지기수였다. 사정이 이러하자 집필진은 일단 1면에 광고를 싣고 검열 받은 글들은 2면부터 게재하는 임시방편을 택했던 것이다.

논설란을 광고가 대신했다고 논설이 전혀 실리지 않았던 것은 아니다. 그러나 검열을 통과하여 2면 혹은 3면에 불규칙하게 실리는 논설은 그 수가 많지 않을뿐더러 내용 역시 한정되어 있다. 예컨데 「정부 당국자의게 경고」, 「제 일을 제가 홀 일」, 「나라을 위해 근심홀진디 즈긔의 직분을 감당홀 일」, 「례의념치가 업고 나라이 될 슈 업는 일」 등, 드물게 게

재된 논설들은 제목만 보아도 알 수 있듯이 부패한 관료들이나 직분을
다하지 못하는 조선인들을 비판한 것이었다.[19] 망국의 원인이 조선 내부
에 있음을 논하는 글들은 검열의 대상이 아니었던 셈이다. 다시 1면에
논설이 실리게 되는 1906년 4월 25일 이후로도 그 성격은 대개 이와 같
았다.

한편 어떤 내용이 검열의 대상이었는지 구체적으로 확인해볼 수 있다.
이 시기 『제국신문』은 '벽돌신문'[20]의 모습을 보여준다. 1905년 12월 18
일자 기서(寄書) 「일본 유학싱으로 갓다 온 친구의 긔셔」는 을사조약으로
조선이 망국의 상황에 이르렀음을 개탄하는 대목부터 모두 복자로 처리
되어 있다. 1906년 9월 24일자 논설 「동포에게 경고흠」은, 외국사람들이
한국인의 민족성 때문에 보호국이 되었다고 하는 말에 반박하는 부분부
터 복자이다. 잡보 기사 또한 정치적인 문제와 관련된 특정 인물이나 사
건을 다루는 부분이 복자 처리된 경우가 많다.

우언(寓言)의 방식을 사용한 단형 서사물 또한 검열로부터 자유로울 수
없었다. 1906년 6월 30일자 논설 「뒤슝슝 정신차릴 슈 업는 일」은 시국
을 근심하던 화자가 곁에 있던 사람과 문답을 주고받는 형식의 짧은 이
야기다. 창 밖의 빗소리가 우울한 심회를 더욱 부추기니, 화자의 마음속
을 한편의 풍경처럼 펼치는 것으로 이야기는 시작된다. 민정(民政)은 시
급한데 해가 중천에 떠도 잠에서 깰 생각이 없는 관원들, 전답이 아무리
잡초로 황폐해도 돌보지 않는 농부들, 지붕에 구멍이 나서 구석구석 비
가 새도 고칠 생각이 없고 오히려 서까래를 빼어 팔아먹는 사람들. 주마
등처럼 스쳐 가는 상념에서 깨어 화자가 옆 사람에게 정부가 무엇을 하

---

19) 『제국신문』 1906년 3월 28일, 4월 6일, 4월 16일, 4월 17일자 논설.

20) '벽돌신문'은 복자로 인해 알아볼 수 없게 된 글을 게재한 신문을 뜻한다. 『대한매일
신보』 논설은 벽돌신문을 읽는 방법 다섯 가지를 논하고 있다. 항상 '한국인이 처한
정황'을 염두에 두고, 어떤 뜻을 담고 있기에 삭제 당했는지 행간의 의미를 곰곰이 생
각하라는 것이 주된 내용이다. 「벽돌신문 닑는 법」, 『대한매일신보』, 1908년 4월 26일
자 논설.

는 곳인지를 묻게 되고, 문답은 '대한국' 정부에 관한 논란으로 이어진다. 그런데 나라마다 정부는 하나씩이지만 '대한국'의 정부는 여럿임을 토로하는 대목부터는 복자로 처리되어 있다.

논설란에 게재된 단형 서사물은 허구적 외양을 취하기는 하되, 화자나 이야기 속의 등장인물이 시국의 주요 사안을 비판적으로 다루는 것이 보통이었다. 하지만 『제국신문』의 경우, 검열이 제도화되면서 '직진기사(直陳其事)도 하고 위곡풍유(委曲風諭)도 하고 견경생정(見景生情)'도 하여 '정(正)ㅎ기를 권(勸)ㅎ고 사(邪)홈은 박(駁)'[21]할 것을 임무로 삼은 논설은 본연의 기능을 유지하기 어렵게 된다. 더불어 논설란에 게재되던 짧은 이야기들도 더 이상 존속하기 어려운 운명에 놓였다.

3. 연재물 등장의 배경

어떤 글이 삭제될지 모르는 상황에서 『제국신문』의 편집체제는 전과

---

21) 『황성신문』 1899년 2월 24일. 『제국신문』 사장이자 주필이었던 이종일은 신문의 창간과 운영을 비롯하여 계몽운동 전반에 관해 남궁억, 장지연, 박은식 등과 긴밀한 공조를 유지했다. 이들은 수준의 차이는 있었으나, 신문의 필요성이나 역할에 관해 이데올로기를 공유하고 있었고, 각기 다른 독자층을 대상으로 문자선택과 글쓰기 전략을 택함으로써 서로의 신문을 차별화했다. 그런 맥락에서 '논설'에 대한 이들의 인식을 가장 잘 보여준다고 생각되는 예문을 택했다. 『제국신문』에는 논설의 기능을 구체적으로 언급하는 글은 없으나 신문을 다음과 같이 규정하는 부분에서 논설이 담당해야 할 역할을 미루어 짐작할 수 있다. "신문이라 ㅎ는 쟈는 새로 듯는 말을 새로 알게 ㅎ는 뜻이니 어졔 듯는 말은 어졔 드러 알게ㅎ고 오날 듯는 말은 오날 드러 알게ㅎ고 일 년의 듯는 말은 일 년에 드러 알게ㅎ고 십 년의 듯는 말은 십 년에 드러 알게ㅎ야 그 듯지 못ㅎ던 거슬 드러셔 그 알지 못ㅎ던 것슬 알게 ㅎ는 고로 그 션훈 말을 드르면 션훈대로 알게 ㅎ야 션훈 거슬 본밧게 ㅎ고 그 악훈 말을 드르면 악훈대로 알게ㅎ야 악훈 거슬 증게케 홈이 신문의 본 쥬의라"(『제국신문』 1899년 4월 14일 논설).

달리 잦은 변화를 보인다. '혈죽가'가 논설란에 실리는가 하면 같은 글이 논설과 잡보를 오가며 게재된다.22) '시사일필(時事一筆)'·'시사단언(時事端言)'과 같은 난을 만들어 논설에서 할 수 없었던 문제적 발언을 시도해 보지만 그마저 삭제당하는 일이 빈번하자 자연히 잡보가 신문의 주류를 이루게 되었다. 이렇게 논설의 내용이 제약을 받고 일관된 편집체제를 유지하기가 극히 곤란해지는 가운데『제국신문』잡보란에 주목할 만한 변화가 나타난다. 연재물이 등장하기 시작하는 것이다. 왜 연재물을 게재하기 시작했는지 직접 밝히는 사고(社告) 등은 찾아볼 수 없다. 하지만 다음과 같은 기사를 통해 그 이유를 유추해 볼 수는 있다.

> 신문을 미일 편즙ᄒ야 박힐 ᄯᅦ에 경무고문실에 가셔 검열을 거친 후에야 인쇄하ᄂᆞᆫ디 만일 검열ᄒᆞᆫ 일인이 그더로 인가ᄒ면 그더로 박히고 무삼 귀졀이 던지 너지 말나고 살을 쳐주면 부득이ᄒᆞ야 그 긔졀은 글ᄌᆞ롤 뒤집어 박히ᄂᆞᆫ디 만일 그 즈리에 달은 말을 치우랴면 ᄯᅩ 검열을 밧아야 홀 터인데 미양 날은 져물고 치울 말도 업셔셔 남이 알아볼 슈 업시 되ᄂᆞᆫ 것인디 ……23)

삭제당한 부분을 고쳐 쓴다 해도 다시 검열을 받아야 하거니와, 부족한 인원으로는 기사를 새로 작성할 여유가 없다. 그러다 보면 어느덧 날도 저물고 지어낼 말은 없어 난감한 처지에 놓인 필진들. 신문을 계속 발간하자면 그들은 어떻게든 사전검열을 무사히 통과할 수 있는 내용과 어느 정도 분량을 갖춤으로써 지면을 안정적으로 채워줄 수 있는 형식의 게재물이 절실했던 셈이다. 이런 요구를 반영하듯, 1906년 7월 11일부터 잡보에 「이어기담(俚語奇談)」이라는 연재물이 등장한다. 난(欄)의 이름에서 짐작되는 바처럼 「이어기담」에 실린 다섯 편의 글은 가담항설(街談巷說)에서 크게 벗어나지 않는 흥미위주의 이야기들이다.

---

22) 『제국신문』 1906년 6월 22·23일, 7월 11일자 등 참조.
23) 「停報와 解停」, 『제국신문』, 1906년 3월 21일 잡보.

7월 11일부터 16일까지 처음 연재된 「이어기담」은 어린 학동들이 꾀를 내어 글방 선생을 과부와 맺어준다는 내용으로, "금일은 비 축축오니 이젼 우스은 이야기나 좀 합셰나"24)라는 이야기꾼의 사설로 글을 시작한다. 이야기 내에서는 학동들의 꾀에 빠진 과부가 글방 선생과 한 방에서 밤을 새운 뒤 죽지 못해 부부의 연을 맺는 것으로 되어 있는데, 마지막 부분에서 '과부로 수절하는 일이 집안과 전국의 화기(和氣)를 손상함은 물을 건너본 사람은 다 아는 바이니 과부된 자들은 다시 생각해보라'는 논평을 달아 '재가허용'에 관한 문제의식을 드러낸다. 하지만 이와 같은 조언은 다소 억지스럽다. 어디까지나 이야기의 기대치는 아이들의 재치가 실현되는 과정이 가져다주는 재미에 있기 때문이다.

1906년 7월 17일부터 23일까지 연재된 「이어기담」 또한 전통적 이야기 문법에서 벗어나지 않는다. 기골이 장대한 어떤 시골 호반이 큰 뜻을 품고 상경했으나 소망을 이루지 못하여 곤궁하던 가운데 길가에서 고을 수령의 밥상을 들고 가던 상로를 을러 허기를 채운다. 결국 관아로 불려 간 호반은 수령이 사용하는 물품은 모두 인민들이 추렴한 나라의 재물일 따름이라 당당히 말하니, 사또는 그 위풍당당함을 높이 사 식객으로 자신의 집에 머물게 한다. 원래 사또가 호승의 기벽이 있는 터라, 평소 알고 지내는 문관이 자신의 문객 아무개의 용력을 자랑하자 씨름으로 두 사람의 우열을 가리도록 했고, 호반은 계책을 써서 문객을 쉽게 제압한다는 내용이다.

관원을 비판하는 언설이 드문드문 나타나지만, 서사의 방향은 '호반이 어떻게 문객에게 이길 것인가'에 대한 호기심을 충족시켜주는 쪽으로 전개된다. 역시 "비록 산을 빼고 용밍이 비록 북희를 건너 쒸는 자가 잇더리도 지식이 안이면 쓸 더 업는 줄을 가히 알니로다"25)라는 평설이 붙어 있는데, 무게가 실린 '지식'이란 말은 앞서 나온 이야기와 조화를 이루지

---

24) 「俚語奇談」, 『제국신문』, 1906년 7월 11일.
25) 「俚語奇談」, 『제국신문』, 1906년 7월 23일.

못한다. 미리 끊어둔 동아줄을 써서 씨름에 이기는 것은 위기를 모면하기 위한 임기응변이지, 1906년에 이르러 '지식'의 범주로 논할 만한 것이 아니기 때문이다. 이처럼 다섯 편 가운데 네 편의 이야기 말미에 논평이 삽입되어 있음에도, 논평의 내용은 이야기가 본래 전달하고자 하는 바와 괴리되어 필자의 이데올로기를 형식적으로 드러낼 따름이다.[26]

「아라스 혁명당의 공교호 계교」[27]는 「이어기담」에 실린 다른 이야기들과 사뭇 성격이 다르다. 러시아 혁명당이 위조한 문서와 가짜 복장으로 옥에 갇힌 동료를 구출해낸다는 내용으로, 언뜻 보아 외국 사정을 전하는 외보(外報) 기사의 내용처럼 보인다. 분량도 비교적 짧고, 「이어기담」 가운데 유일하게 화자의 논평 없이 사건보도 형식으로 이야기를 종결하는 등의 차이를 보인다. 그런데 이 이야기는 1906년 7월 10일에 발간된 『조양보』의 소설 '파란혁명당(波蘭革命黨)의 기모궤계(奇謀詭計)'를 국문으로 번역한 것이다. 서두에서 혁명당이 무엇인지 알려주는 대목만 새로 첨가했을 뿐 나머지는 모두 같은 내용이다. 『제국신문』의 필진은 『조양보』・『대한자강회월보』 등의 학회지와 『대한매일신보』・『만세보』 등의 신문을 참조하고 있었으며, 때로는 다른 매체에 실린 글을 국문으로 번역하여 게재하기도 했던 것이다.

이와 같은 차이에도 불구하고 「아라스 혁명당의 공교호 계교」는 내용 층위에서 다른 연재물과 상통하는 바가 있다. '혁명당이란 것은 그 나라 정부를 뒤집고 공화정치나 입헌정치를 만들자는 무리'라고 소개하면서 서두를 시작하고 있으나, 정작 이야기의 중심은 '혁명당'의 사회적 문제

---

26) 참고로 여기서 소개하지 않은 두 편의 「이어기담」은 다음과 같은 논평으로 글을 맺는다. "우국ㅈ 평론ㅎ야 왈 사룸에 힝셰홈이여 니 일신의 고단홈을 싱각지 안이ㅎ고 죽기를 겁너지 안이ㅎ고 일을 ㅎ야가면 비록 나라 일이라도 성공ㅎ지 못못홀[못홀] 일이 업슬 줄을 가히 알깃도다", "관광자 왈 쳐음에 만량 쎄아슨 거슨 그쎠 쑨이오 셰상에 무도호 놈이란 칭호만 취홀 짜음이어니와 그 돈을 도로 주어 의리 잇다는 칭찬 듯고 치물 싱기는 싱금혈을 작만ㅎ얏스니 나죵에 도로 주는 의견이 탁이호 의견이라고들 ㅎ더라."(『제국신문』 1906년 7월 28일~8월 7일, 1906년 8월 9일~11일)
27) 「俚語奇談」, 『제국신문』, 1906년 7월 24~25일.

성을 부각시키는 방식이 아니라 '놀랍고 두려운 그들의 공교한 계교'를 서사화하는 데 있는 까닭이다. 이후에 게재된 두 편의 이야기까지 포함하여 「이어기담」에 연재된 글들은 치안에 저촉될 만한 내용을 담고 있지 않다.

　한편 「이어기담」에 연재된 모든 이야기들은 게재하기 전에 미리 써둔 것으로 판단된다.[28] 이는 날짜별로 회(回)를 나누는 방식을 보면 알 수 있는데, 보통 한 회를 나누는 기준이 이야기의 흐름과 전혀 무관하거나 부적절하다.[29] 일정한 분량을 유지하기 위해 내용과 상관없이 연재분량을 나누었다고 생각해볼 수도 있다. 하지만 각 회의 분량은 오히려 불규칙하며, 이는 필진들이 연재물을 다른 글에 비해 별반 비중을 두지 않았음을 증명한다. 「이어기담」이 연재되던 3면에는 「외보」·「시사단언」·「시사휘록(時事彙錄)」·「광고」 등이 함께 실리고 있었다. 1906년 7월 19일 연재분은 20일에 비해 분량이 절반밖에 되지 않았는데, 19일에 '한성수형조합(漢城手形組合)'의 광고가 크게 게재되기 때문이었다. 같은 방식으로 다른 난이 삽입되거나 길어지면 연재물의 분량은 상대적으로 줄어들며 아예 제외되기도 했다.

　「이어기담」이 게재되지 않는 시기에는 「세계기담(世界奇談)」·「전국민속부동(全國民俗不同)」·「위부불인(爲富不仁)」이 잡보에 연재되었다. 「세계기담」은 각국의 흥미로운 사건을 기사처럼 서술한 것이며, 「전국민속부동」은 전국 각 지역의 풍속을 재미있게 소개한 연재물이다. 「위부불인」은 충주에 사는 한감역이라는 사람이 곤궁한 생활을 벗어나기 위해 근검절약하여 일가를 이룬다는 이야기다. 동생 한응필 또한 도처의 명관으

---

28) '아라스 혁명당의 공교훈 계교' 역시 이미 게재된 글을 단순히 번역했다는 점에서 같은 성격을 가진다.

29) 예를 들어 1906년 7월 14일자 「이어기담」은 "엇지홀 슈 업는 리유로 중미ᄒᆞ야 과연 그 션싱"으로 끝맺은 후, 다음 회인 16일자는 "그 션싱과 부부되기를 권면ᄒᆞᆫ디"로 시작한다. 1906년 7월 28일에 실린 「이어기담」은 "빅만 셩령의 질고를 살펴셔"로 끝나고 다음 날 "챡훈 자는 권쟝ᄒᆞ고 악훈 쟈난 징계ᄒᆞ며"로 시작한다.

로 칭송받았다는 등 실명을 거론하는 것으로 보아 실화를 바탕으로 하여 전해지는 소문을 이야기로 만든 듯하다.30)

『제국신문』의 연재물은 처음에 잡보의 한 부분으로 출발하여 독자적인 난으로 독립하는 경로를 보여준다. 주지하다시피 잡보는 관보나 외보 기사에 해당하지 않는 잡다한 소식과 정보를 게재하는 난이었다. 『독립신문』 이후 잡보는 잡다한 이질적인 사건들을 같은 날 일어났다는 이유로 하나의 난에 묶음으로써 여러 가지 정보를 '동시성'이라 부를 수 있는 시간 축에 대응시켰고, 동시에 독자들로 하여금 다시 동일한 시간대를 경험토록 하는 기능을 수행해왔다.31) 『독립신문』 영문판에서 잡보를 'local item'으로 표기했듯이, 기본적으로 잡보는 '국내(國內)'와 '동일(同日)'이라는 시공간적 동질성을 기준으로 분류되었던 것이다.

한편 개신유학자들이 창간한 『황성신문』·『제국신문』·『대한매일신보』에서는 글쓰기의 층위에서 잡보를 유형화하는 또 하나의 기준이 작동하고 있으니, 그것은 경서(經書)나 사서(史書)를 모범으로 삼은 규범적인 문체에서 벗어나는 글, 즉 일화·소화·민담·전설·야사·전기 등 다양한 서사체를 잡록(雜錄)·잡기(雜記) 등으로 분류하던 인식과 친연성이 있었다.32) 신문을 작금의 '사기(史記)'로 규정할 때, 춘추의 필법으로 시비를 가리는 일은 주로 논설이 담당할 몫이었다.33) 그런 이유로 『제국신문』 논설란에 게재된 짧은 서사물들은 모두 선명한 문제의식을 담고 있다. 반면 잡보는 정보와 이야기의 혼재 혹은 분화의 가능성을 처음부터 어

---

30) 「세계기담」은 1906년 7월 25~26일, 「전국민속부동」은 8월 31~9월 8일, 「위부불인」은 9월 12~17일에 연재되었다.

31) 박태호, 「『독립신문』에서 근대적 시간―기계의 작동 양상」, 『근대계몽기 지식 개념의 수용과 그 변용』, 소명출판, 2004.

32) 패사소품과 잡록에 대해서는 김성진, 「조선후기 소품체 산문 연구」, 부산대 박사논문, 1991; 안대회 편, 『조선후기 소품문의 실체』, 태학사, 2003 참조.

33) "오늘날 신문은 곳 녯날 스긔니 스긔는 무읫신지 아지 못ᄒᆞ는 사름을 듸ᄒᆞ여셔는 홀 말이 업거니와 스긔를 보고 넑은 사름을 듸히여는 홀 말이 잇스니 그 스긔에 무슴 일을 긔지 ᄒᆞ엿더뇨"(『제국신문』 1899년 3월 17일 논설)

느 정도 내포하고 있었고, 좀더 다양한 표현형식들이 유동적으로 포섭되
거나 발생할 수 있는 공간이었다.

일본 또한 더 이른 시기에 '잡보'로부터 연재물이 등장하는 과정을 거
쳤다. 일반적으로 일본의 신문소설은 '소신문' 잡보에 실린 연재물로부
터 출발하는 것으로 알려져 있다. 범죄 실화나 실록을 편집한 시대물, 번
역·번안물이 연재되기 시작하여 '흥미로운 읽을거리'를 원하던 독자들
에게 큰 호응을 얻었던 것이다.[34] 하지만 『제국신문』의 경우 연재물이
등장하게 된 배경은 일본과 분명 다르다. 적어도 『제국신문』 집필진에게
연재물은 검열로 삭제당할 염려가 없고 미리 원고를 확보해 둘 수가 있
어 상황에 따라 유연하게 활용할 수 있는 편리한 게재물이었다. 이후 연
재물의 이름은 「小說」[35]로 변한다.

4. 「小說」과 「血의淚」 사이의 거리

「위부불인」의 연재가 끝난 다음 날인 1906년 9월 18일, 잡보로부터 독
립한 「小說」란이 생긴다. 「小說」란에 실린 글은 모두 열 두 편이다.[36]
제목을 따로 붙이지 않은 3편은 '어디 사는 아무개'의 이야기를 다룬 인

---

34) 龜井秀雄, 『明治文學史』, 岩波書店, 2000; 本田康雄, 앞의 책 참조
35) 당시 '소설'은 여러 가지 이질적인 함의를 가진 용어였다. 여기서는 『제국신문』의
   연재물을 한정해서 지칭하기 위해 「小說」은 이라는 표기를 사용한다.
36) 「小說」란에 게재된 글들을 나열하면 다음과 같다. ① '小說', 1906년 9월 18일, ②
   '소셜', 1906년 9월 19일~21일, ③ '小소說셜', 1906년 9월 22일~10월 6일, ④ '正己及
   人', 1906년 10월 9일, ⑤ '正己及人', 1906년 10월 11~12일, ⑥ '報應昭昭', 1906년 10
   월 17일, ⑦ '報應昭昭', 1906년 10월 18일, ⑧ '犬馬忠義', 1906년 10월 19일, ⑨ '犬馬
   忠義', 1906년 10월 20일, ⑩ '殺身成仁', 1906년 10월 22일~11월 3일, ⑪ '智能保家',
   1906년 11월 17일, ⑫ '許生傳', 1907년 3월 20일~4월 19일.

물전(人物傳)이다. 나머지 아홉 편은 제목이 붙어 있는데, 그 가운데 「견마충의(犬馬忠義)」라는 제목의 두 편은 주인에게 충성을 다한 개에 얽힌 이야기이고, 여섯 편은 지명과 인물의 이름이 구체적이긴 하지만 앞서 연재된 인물전의 형식을 취하고 있다. 마지막에 연재된 소설은 박지원의 '허생전(許生傳)'을 국문으로 번역한 것이다. 『제국신문』의 「小說」은 다음과 같은 점으로 인해 「이어기담」이나 「위부불인」의 연장선에 있는 연재물의 또 다른 이름이라 볼 수 있다.

첫째, 당대 현실과 직접 접속하는 지점을 찾아보기 어렵다. 「이어기담」처럼 흥미를 위주로 하지는 않지만 인(仁)·충(忠)·의(義)와 같은 전통적 윤리 규범을 옹호하는 내용이 주를 이룬다. 1906년 10월 18일자 '보응소소(報應昭昭)'는 발화시점을 기준으로 '십 년 전'이라는 비교적 가까운 시기를 배경으로 삼고 있어서 일말의 기대감을 불러일으키지만, 악행을 저지른 관원이 그에 상응하는 대가를 받는다는 권선징악의 이야기다.

둘째, 앞선 연재물과 마찬가지로 지면을 메우는 용도에서 크게 벗어나지 못했다. 여전히 잡보·광고·외보 등의 비율에 따라 연재분량이 좌우되고 있으며, 같은 면에 비중 있는 글이 게재될 때는 연재를 잠시 중단하기도 한다.

셋째, 「이어기담」처럼 이야기 내용과 괴리되어 있지는 않지만 여전히 논평이 남아 있다. 평자의 목소리를 직접 노출시키거나, 이야기를 전해들은 사람들의 반응을 '더라'체를 사용해 간접적으로 제시하는 등 방법은 다양해졌다. 하지만 독자에게 삶에 대한 조언을 함으로써 글을 끝맺는 점은 모두 같다. 이와 같은 논평은 화자와 청자가 삶에 대한 경험을 공유하며 '나'의 지혜를 다른 사람에게 직접 조언할 수 있다는 전제가 성립해야 가치를 가질 수 있다.37) 하지만 1906년의 현실은 이야기꾼과 청자 사이의

---

37) 벤야민은 이야기꾼과 소설가의 차이를 다음과 같이 말하는데, 서양과 동양의 문화 차이를 넘어서 근대소설의 핵심적인 성격을 지적하는 것으로 읽힌다. "이야기꾼이란 이야기를 듣는 사람에게 조언을 해줄 줄 아는 사람이다. 그러나 오늘날에 와서는 조언

조화로운 관계를 용인하지 않는 방식으로 구축되고 있었다. 그러할 때, 논평을 통해 직접 전해지는 목소리는 화자의 상(像)을 '저자'가 아닌 '옛 이야기꾼'으로 환기하는 표상장치로 작동할 따름이며, 「小說」란의 글들이 상상을 통해 재현되는 독립된 문자 텍스트로서 읽히는 것을 방해한다.

이와 같은 유사성과 더불어 이전의 연재물과 비교할 때 몇 가지 차이 또한 찾아볼 수 있다. 먼저 「小說」에 실린 이야기들이 특정한 가치관을 지향하고 있다는 점을 주목할 수 있다. 부패한 관료를 비판한다든가, 허학(虛學)을 버리고 실사구시의 학문을 익혀 가문을 일으킨 양반의 이야기 등은 흥미 위주의 연재물과 거리가 있다. 『제국신문』 논설란에 빈번하게 실렸던 짧은 이야기들은 근대로 진입할 수 있는 사유의 틀을 실학에서 찾으려는 모색을 보여준 바 있다. 「小說」은 이러한 문제의식을 다시 이어간다. 소설의 상을 새롭게 구상하는 수준은 아니지만, 기존에 활용했던 이야기의 효과를 재고하여 소설이라 호명한 글에 대해 일관된 성격을 부여하려는 의도가 있었던 것이다. 물론 식민체제가 서서히 구축되어가는 과정을 직접 비판하는 것은 삼가한다.

형식적인 측면에서도 「견마충의」를 제외하면 모두 인물전의 방식을 사용하는 일관성을 보인다. 특히 대부분의 인물이 실명으로 등장하며, 연재 시점으로부터 멀지 않은 시간적 배경과 실제 지명을 통한 구체적 공간이 구현되고 있다는 점은 중요한 차이점이다. 고담(古談)에서 벗어나 현실을 재현하려는 성격이 점차 강화되고 있기 때문이다. 편집상 잡보로부터 완전히 독립하여 상설화되고 각각 제목이 붙기 시작한다는 점도, 「小說」에 싣는 글들이 더 이상 기이하거나 잡스러운 이야기의 범칭이 아니

을 해주는 일은 바야흐로 케케묵은 것이 되기 시작하였다. 이렇게 된 근본 이유는 경험과 의사소통의 직접성이 점차 감소하고 있기 때문이다. …… 이야기를 쓰는 사람은 그가 이야기하는 내용을 경험 — 그것이 자기 자신의 경험이든 남이 보고하는 이야기든 간에 — 에서 얻고 있다. 그리고 난 후 그는 또 다시 그 내용을 이야기를 듣는 사람들의 경험이 되도록 만들어 내는 것이다. 반면 소설가는 자신을 남으로부터 고립시켰다." 발터 벤야민, 「이야기꾼과 소설가」, 『발터벤야민의 문예이론』, 민음사, 1983, 169~170면.

라는 인식의 또 다른 표현이라는 점에서 의미가 있다.

「小說」은 기존 연재물을 이어가는 가운데 현실의 조건이 허용하는 한에서 점진적인 변화를 꾀함으로써 소설에 대한 상을 모색해 가는 과정을 보여준다. 그런데 문제는 1907년 5월 집필진이 바뀌면서 「小說」이 완연히 다른 성격의 서사양식으로 교체된다는 사실이다.

검열과 재정악화로 인해 신문사의 사정은 날로 심각해져 1906년 11월 29일에는 신문대금을 내지 않은 사람을 기명으로 기재하는 데 이르렀음에도 불구하고, 제국신문사는 1907년 5월 17일부터 지면을 4단에서 6단으로 바꾸고 발행부수도 배로 늘였다. 이는 탁지부대신 민영기(閔泳綺)의 지원을 사전에 약속받고 단행한 일이었다.38) 신문을 확장하는 과정에서 실무진이 대폭 교체되고 편집체제 또한 달라졌는데, 확장에 앞서 이종일은 다음과 같이 『제국신문』의 변화를 예고한다.

> …… 지금 이때를 당호야 시국의 정형과 학문상 됴흔 언론을 급급히 동포에게 알니지 안을 슈 업기로 간신이 긔계를 구득호고 부죡흔 쥬즈를 쥰비호야 방장셜비 즁이온즉 이달 십륙 일부터는 지면을 넓녀 신문면목을 일신케 호고 론셜과 소셜도 일층 쥬의호야 샤회의 정신을 **디표호려니와** 관보와 외보를 긔지호야 첨군자의 **스랑호시는** 후의를 갑고져 호오니 더욱 **스랑하시기** 바라오며 ……39)

여기서 눈여겨볼 점은, 소설을 일신할 계획이 확장 이전부터 있었으며, 소설의 가치를 '사회의 정신을 대표'할 수 있도록 조정하는 데 특히 신경을 쓰고 있다는 사실이다. 주지하다시피 확장한 첫날인 1907년 5월 17일, 국초(菊初)의 「혈(血)의누(淚)」 하편이 1면 5~6단에 연재되기 시작했

---

38) 「夢中說夢」, 『대한매일신보』, 1907년 9월 29일. 하지만 확장한 지 열흘도 지나지 않은 1907년 5월 25일 민영기가 사임하는 바람에 제국신문사는 심한 경제적 타격을 받게 된다. 국사편찬위원회, 『고종시대사』, 1907년 5월 25일, "度支部大臣 閔永綺, 法部大臣 李夏榮 등을 依願免職하고" 참조.

39) 「특별고빅」, 『제국신문』, 1907년 5월 4일. 강조는 인용자.

다. 이런 사실을 고려할 때, 이종일은 앞으로 연재할 소설의 새로움을 어느 정도 인식하고 있었음을 알 수 있다. 위의 광고는 향후 『제국신문』이 지향할 방향을 전망하고 있다는 점에서, 앞으로 신문을 맡게 될 새 집필진의 의도가 사전 논의를 통해 강하게 투영되었을 것으로 여겨진다.

이종일이 어떤 경로로 민영기의 지원을 받게 되었으며, 어떻게 정운복을 중심으로 한 새로운 실무진과 접촉하게 되었는지는 모르겠다. 짐작하건대 『대한자강회월보(大韓自强會月報)』를 제국신문사에서 인쇄했으며, 이종일과 정운복이 모두 회원이었고 회보에 종종 글을 게재했다는 점으로 미루어 대한자강회를 통해 이들의 만남이 시작되었다고 추정된다.[40] 정운복이 사장·주필·발행·편집을 맡으면서 기자로, 이해조·박승옥이 새로 입사한다.[41] 이해조는 1907년 6월부터 기자로 활동하면서 동농(東儂)이라는 필명으로 소설을 연재하게 되며, 박승옥은 입사 전에 『만세보』의 탐보원이었다.[42]

정운복은 상당히 입체적인 인물로, 그 성격을 파악하기가 쉽지 않다. 1906년의 활동만 놓고 보더라도 대한자강회의 평의원을 맡았으며 9월에 창간된 총독부 기관지 『경성일보(京城日報)』 국문판 책임을 담당했다. 같은 해 10월에는 서우학회(西友學會) 회장에 선출되기도 한다. 일단 『제국신문』의 소설과 연관하여 살펴본다면, 다음과 같은 정운복의 발언을 주목할 수 있다.

신문지법이 업슬 쩌에는 방한이 업셔서 무슨 말이 법률에 뎌촉이 될는지 안될는지 몰나셔 붓을 들고 무한히 즈져혼 일이 만핫거니와 이졔는 일뎡혼 법률

---

40) 이종일은 일반 회원이었으며, 정운복은 평의원이었다. 『대한자강회월보』 참조. 『제국신문』 1906년 6월 22~23일자 논설란에 「대한즈강회 변수 정운복씨가 관인은 놉고 빅셩은 낫게 ᄒᆞᄂᆞᆫ 폐단 연셜」이 실려 있고 가끔 잡보에 정운복의 소식이 전해지는 것으로 보아 자강회 설립 이후 서로 알고 지낸 듯하다.
41) 『舊韓國 政治·社會·學會·會社·言論團體調査資料』, 102면.
42) 「本社員還社」, 『만세보』, 1907년 3월 6일.

이 싱겨셔 엇던 말을 ᄒ면엇던 벌이 잇고 엇던 일을 긔지ᄒ면 엇던 죄롤 범홀지
쇼쇼명빅ᄒ즉 도로혀 신문을 간힝ᄒ기에 편리타ᄒ면 가ᄒ려니와 츄호도 불편홈
은 업도다 원릭 이 신문지법은 일본에셔 힝ᄒᄂ 신문됴례롤 모방ᄒ야 얼마간
가감혼 것인딕 보증금과 벌금은 일본에 비ᄒ야 대단히 경혼즉 이ᄂ 우리나라
신문계의 정형을 짐작홈이오 그밧게 뎨일됴로부터 뎨십됴까지ᄂ 신문지롤 단속
ᄒ야 샤회의 안녕질셔롤 보젼ᄒ며 아름답게 ᄒ고져 ᄒᄂ 법측이오 ⋯⋯.43)

『대한매일신보』·『황성신문』·『제국신문』 등에서 그토록 비판해 마지
않았던 검열제도에 대해, 정운복은 수긍하는 포즈를 취하는 정도가 아니
라 합리화를 시도하고 있다. 최기영은 정운복에 대해 "당대의 대표적인
지식인으로 각 정치·사회단체의 임원으로 활동하였지만, 그 정치적 성
향은 친일적으로 분류될 수 있다. 특히 일본인들은 그를 친일파로 인식하
면서도 입신출세주의자로 파악하고 있음은 주목된다"44)고 평가한다. 새
로『제국신문』을 맡아「혈의루」하편을 게재하기 시작한 편집진은 '논설
란의 단형 서사물―「이어기담」과 같은 연재물―연재물로서의「小說」
을 구상했던 기존의 편집진과 분명 다른 이데올로기를 가진 집단이었다.
　「小說」에 이어 사회의 정신을 대표할 것을 표방한「혈의루」하편, 그
리고 이어서 연재된 '고목화(枯木花)'·'빈상설(鬢上雪)'45)은 과연 달랐다.
이들이 대표하고자 한 사회의 정신은 일본을 모델로 삼아 문명 진보의
길을 걸어야 한다는 당위성으로『제국신문』의 기존 서사양식에서 나타
나는 문제의식과 상반된 것이었다. 또한 같은 '小說'이라는 표제를 달고
있음에도「혈의루」하편 등은 1면 논설 아래에 배치되었다. 소설을 논설
과 공간적으로 대등한 위치에 둠으로써, 더 이상 소설이 다른 게재물이
나 보완하는 저급한 글쓰기가 아님을 분명히 했던 셈이다.「小說」과「혈

---

43)「신문지법을 평론함」,『제국신문』, 1907년 8월 8일자 논설.
44) 최기영,『대한제국시기 신문연구』, 일조각, 1991, 44면.
45) 이해조,「고목화」,『제국신문』1907년 6월 5일~10월 4일;「빈상설」,『제국신문』, 1907
　　년 10월 5일~?.

의루」의 차이는 무엇보다 현실을 재현하는 방식에 있었다. 으레 이야기의 끝에 붙던 논평은 이인직과 이해조의 소설에서 완전히 사라지며, 인물의 대화가 화자의 목소리로부터 독립한다.

"모다 현금의 잇는 사롬의 실지샤젹"을 "허언랑셜은 한 구절도 긔록지 안이ᄒ고 뎡녕히 잇는 일동일졍을 일호차착 업시 편즙"[46]하려는 또 다른 소설의 등장, 그것은 『제국신문』 외부에서 기획되었던 소설에 대한 새로운 구상이 집필진의 대대적인 교체와 더불어 연재물 「小說」을 대체했음을 의미한다. 「小說」은 일찍부터 계몽운동에 투신했던 『제국신문』의 집필진이 1906년에 처한 정황에 대처하기 위해 기존의 서사전통을 변주하여 만든 산물이었다. 「小說」과 「혈의루」 하편 사이의 거리는 신소설이 단순히 '형식과 내용에서 독자적인 특색과 차이'를 가졌기 때문에 근대소설사에서 구심력을 행사할 수 있었던 것만은 아님을 보여준다.

5. 소결 및 남은 문제들

1906년은 소설란이 정착되고 소설을 둘러싼 새로운 구상이 나타나던 시기였다. 그러한 변화를 가져온 요소 가운데 하나가 검열이었음을 우리는 『제국신문』을 통해 확인할 수 있다. 계몽기처럼 새로운 전망을 모색하며 다양한 실험이 시도되던 특이성의 지역에서, 공권력을 사용해 글쓰기를 직접 규제하는 검열은 소실의 성격을 구조적으로 제약하는 조건이 될 수 있었다.

을사조약 이전까지 신문에서 주류를 이루었던 서사물은 한문 산문 문

---

46) 이해조, 『화의혈』 셔언, 동양서원, 1912.

체를 활용한 짧은 이야기들이었고, 대부분 논설란에 게재되었다. 하지만
『제국신문』의 경우 1906년을 기점으로 검열이 제도화됨에 따라 논설은
현실의 주요 사안에 대해 시비를 가린다는 본연의 기능을 수행할 수 없
게 된다. 더불어 논설란을 중심으로 나타났던 단형 서사물 또한 존속하
기 어려운 처지에 놓인다. 논설의 성격이 규제를 받고 잦은 압수와 삭제
로 신문의 일관된 편집체제를 유지하기 어려운 상황에 처하자『제국신
문』 잡보란에 연재물이 등장한다. 집필진은 검열을 피할 수 있는 내용과
지면을 안정적으로 채워줄 수 있는 형식의 게재물이 필요했다. 연재물은
그러한 현실적 요구에 부응하는 글쓰기였던 것이다.

　「이어기담」으로 출발한『제국신문』 연재물의 이름은 이후 「小說」로
변한다. 이때 「小說」은『제국신문』의 집필진이 1906년에 처한 상황에 대
처하기 위해 기존의 서사전통을 변주하여 만든 산물이었다. 「小說」은 기
존 연재물의 특성을 이어가는 동시에 흥미 위주에서 벗어나 비판정신을
회복하고 현실성을 강화하려는 시도를 보여준다. 하지만 이러한 시도는
지속될 수 없었다. 재정 악화로 집필진이 교체되는 가운데 전혀 다른 이
데올로기적 지향과 표현 형식을 가진 「혈의루」 하편이 연재물 「小說」을
대체하기 때문이다. 이러한 과정은 근대계몽기 문학연구 역시 을사조약
을 기점으로 하여 '제국과 식민지'에 관한 사유를 고려하지 않을 수 없
음을 시사한다.

　『제국신문』의 경우는 소설이 등장하게 된 계기와 과정을 비교적 선명
하게 그려볼 수 있다. 하지만 시야를 조금만 확장하면 상황은 훨씬 복잡
하다. 글쓰기를 둘러싼 변화는 외부의 충격만으로 좌우되는 것이 아니며,
그렇다고 순수하게 글쓰기 장(場) 내부의 역학관계에 의존하지도 않기 때
문이다. 그런 까닭에 다음과 같은 두 가지 문제가 남는다. 하나는 검열과
같은 외적 압박으로부터 비교적 자유로운 동시에 지배이데올로기에 비
판적이었던 공간에서는 어떤 방식의 변화와 모색이 벌어지는가를 살피
는 것이며, 다른 하나는 처음부터 지배이데올로기에 동조했던 지점에서

소설에 대한 새로운 구상이 확장하면서 어떻게 나타나는가를 분석하는
일이다. 이 글에서 던진 질문의 연장에서 두 가지 문제는 다음 기회에
다루도록 히겠다.

1900년대 근대적 잡지의 출현과 문명 담론

잡지 『조양보』를 중심으로

이유미

1. 근대 초기 잡지의 성격과 역할

근대계몽기 신문과 잡지는 '문명'과 '세계'와 '신지식'을 만날 수 있는 일종의 준교과서 역할을 했다. 특히 신문에 비해 잡지는 근대의 지식 체계와 내용을 구체화하고 이를 당시 시대 상황에 적용시키는 역할을 깊이 있게 진행시켰다. 신문의 독자층이 일반 대중이라면, 근대 초기 잡지들은 대중보다는 동일한 이데올로기를 공유하는 지식인 집단 내부에서 근대 지식을 소통하는 성격을 갖는다. 그 중 최초의 종합지적 성격을 띠고 1906년에 발간된 『조양보』[1]는, 자강운동의 일환으로 성립된 각종 학

---

1) 잡지 『조양보』는 현재 국립중앙도서관과 연세대와 고려대 도서관에 분산·소장되어 있다. 『조양보』가 지닌 가치에도 불구하고, 쉽게 접하기 어렵다는 점 때문에 지금까지도 연구의 주요 대상에서 배제되어 왔고, 기존 연구의 잘못된 서지 정보가 계속 이어지

회의 학회지와 함께 근대 잡지의 초기 형태를 보여주고 있다. 또한 이후 지식인들 사이에 지속적으로 영향을 끼치는 저명한 외국인사의 글들을 최초로 소개하는 장구역할을 함으로써 서구문명이 '보편적 지(知)'가 되는 기반을 마련했다는 의의를 지닌 잡지이다.

현재 근대 초기 문학연구가 활발하게 진행되고 있지만, 단지 쉽게 접할 수 없다는 이유로 연구 대상이 되는 텍스트는 여전히 한정적이다. 이 글은 이러한 문제의식에서 출발하여 잡지 『조양보』가 1900년대 지식인의 문명관을 어떠한 방식으로 담아내고 있는지 살펴보고자 한다. 이를 통해 세계 지식에 눈을 뜨고 문명 담론을 전개해 나가던 당대 지식인의 인식의 지형도를 그려볼 수 있을 것이다.

2. 문명 교육과 잡지 『조양보』

근대가 시작되는 지점에서부터 문명에 부여된 역사적 질량감은 그 어떤 사상보다도 막중했다. 문명 담론을 언급한 최초의 근대적 신문 『한성순보 / 주보』 이래, 문명은 '개화'와 함께 각각의 언론 매체에서 국민 계몽이라는 엄청난 사명을 띠고 당대를 풍미했다. 1900년대 초반까지, 신문 매체는 문명과 야만이 표상하는 내용, 혹은 그 구체적인 의미들을 보여줌으로써 사람들에게 문명화된 의식과 행위를 내면화시키려는 논설, 기사, 서사물 게재에 많은 지면을 할애했다. 유럽, 미국 그리고 서구화된 일본은, 아직도 야만 상태에 있는 조선이 수치심을 느끼며 부지런히 뒤

고 있다. 현재, 『조양보』의 잡지 체재에 대한 본격적인 연구논문으로는 유재천의 「『조양보』와 민족주의」가 유일하다고 할 수 있다. 유재천, 『한국 언론과 이데올로기』, 문학과지성사, 1990, 172~202면 참조

쫓아가야 할 문명의 모델이었다. 문명은 서양의 모든 것과 동일시되는 담론이었고, '문명개화'와 '자주독립'은 문명국을 향해 매진하기 위한 반복되는 구호였다.

러일전쟁을 승리로 이끈 일본의 행보와 민영환의 자결이라는 강렬한 상징으로 대표되는 을사조약 등의 국가적 위기의식이 팽배한 1905년 이후, 조선의 언론 매체에서 보이는 문명 담론은 좀더 정치하게 진행된다. 문명국을 향한 동경과 선망으로서의 문명 담론은 이제 '국권회복'이라는 선명한 목적을 위해 '교육주의'와 결합한다. "우부우부와 ㅇ동주졸, 인민, 무식혼 로동쟈들, 심샹혼 부인녀즈와 시졍무식비"까지도 계몽화하기 위해 주력했던 개화지식인들은 '자강'치 못해서 국권을 상실했다는 자가반성적인 입장에서 출발해 본격적으로 지식인 주축의 각종 학회를 설립하기 시작한다. 그리고 이때 근대 잡지의 초기 형태로서의 각종 잡지, 학회지가 활발하게 발행된다.

그 가운데 1906년 6월 창간되어 1907년까지 통권 12호를 발행했던 『조양보』는 최초로 종합지적 성격을 띤 잡지이다. 『조양보』는 그 구성과 내용면에서 볼 때 한국 언론사에서 초창기 '잡지 저널리즘'을 형성시키는 데 큰 기여를 했다.[2] 실제로 잡지 『조양보』에 대한 지대한 관심도는 『황성신문』과 『만세보』 등 당시의 각종 매체를 통해서도 확인할 수 있다.

朝陽雜誌는 紳士 沈宜性, 申德俊 諸氏之所發行者니 亦本月二十五日에 始刊 出第一號ᄒ야 事以開發國民之知識ᄒ며 導達上下之情志로 爲目的이라 其文章言論之宏博과 記事之精確이 足以裨補於國民之知見而資助於社會之敎育ᄒ니 吾儕는 又得一良友之可賀也오[3]

我國이 環球 列邦에處한 一讀 立國이언마는 新聞紙의 刊行흠이 數區에 不

---

2) 최서영, 『한국의 저널리즘』, 커뮤니케이션북스, 2002, 224~229면 참조.
3) 「賀각종잡지지간행」, 『황성신문』, 1906년 6월 29일 논설.

『황성신문』과 『만세보』에서 언급하는 잡지 『조양보』의 가치는 '그 문
장의 宏博과 기사의 정확성, 文欄의 汪洋, 氣岸의 峻高'에 있었는데, 즉
게재된 글의 '넓고, 깊고, 높음'을 높이 사고 있다고 말할 수 있겠다. 심
지어 1906년 7월 27일자 『대한매일신보』의 경우에는 제1면에 「독(讀)조양
보」라는 제목의 논설을 발표한다. 이 논설을 쓴 기자는 『조양보』라는 잡
지를 접해 읽은 뒤 그 '趣味深長ᄒᆢᆷ을 잊을 수 없고', '언론의 高明과 문
자의 정묘ᄒᆢᆷ'을 계속 기다리게 되었다고 찬탄하며, '대한 인사들도 『조양
보』를 읽고 자신과 같은 동정을 느끼기를 바란다'고 강조한다. 이 논설
의 말미에서 기자는 세계 정세, 내외시사, 교육, 실업, 가정교육을 알기
위해서는 『조양보』를 꼭 읽어야 하며, 『조양보』의 발달 정도가 '한국문
화 진보의 정도'라고까지 역설하고 있다.

---

4) 「조양보와 소년한반도」, 『만세보』, 1906년 11월 28일 논설.

報也니 故로 本記者ᄂ 此報의 發達如何로써 韓國文化進步의 如何를 卜之也
ᄒ노니5)

그렇다면, 『조양보』의 편집체제는 어떠했을까. 『조양보』는 1906년 6월,
창간되어 11호까지는 매달 10일과 25일에, 그리고 1907년 12호부터는 월
간으로 바뀌어 발행되었다.6) 순간(旬刊)으로 발행된 11호까지는 표지가
따로 없는 신문 형태와 같은 모습이었고,7) 12호로 바뀌면서 본격적인 책
자형으로 발간되었다. 『조양보』는 기본적으로 논설, 교육, 실업, 담총, 내
지잡보, 해외잡보, 사조, 소설, 광고란으로 이루어졌고, 독자의 투고로 이
루어지는 기서나 '곽청란(廓淸欄)'이 실리기도 했다. 대표적인 필자로는
『조양보』를 발간할 당시 『문헌비고』의 편집위원을 그만 두고 편집에 참
여했던 장지연을 들 수 있다.8) 그밖에 양계초와 일본 학자들의 저작, 일
본과 세계 열강의 신문·통신의 자료들에서 글을 발췌하여 실었다.9) 국
외의 전거나 자료 또는 저작들을 많이 싣고 있는 만큼, 『조양보』에는 당
시 저명한 외국인사의 글이나 기사가 최초로 번역·수록되는 예가 많았
다. 이는 『조양보』가 "근대세계각국 신학문·신지식"을 의식하며 "현세
계의 신지식 소개"10)의 매개체라는 사명을 자임한 데서 나온 결과이고,

---

5) 「讀조양보」, 『대한매일신보』, 1906년 7월 27일 논설.
6) 현재 『조양보』 확인본은 1907년 1월 발행된 12호까지이다. 그간 연구에서는 재정 악
   화 등의 이유로 『조양보』가 12호로 종간되었다고 정리하고 있지만, 편집체재의 새로
   움을 선전하는 12호의 社告를 미루어 볼 때, 『조양보』의 갑작스런 종간은 아직도 의문
   으로 남는다.
7) 신문 형태와 비슷한 모습 때문에 『조양보』를 '신문'이라고 오해하는 논자들이 있지
   만, 당시에도 『조양보』는 엄연히 신문이 아닌 잡지로 인식되고 있었으니 이는 잘못된
   견해이다. 기존 연구에서 『조양보』의 소설을 처음으로 언급했던 이재선도 신문으로
   소개하고 있다. 이재선, 『한국개화기소설연구』, 일조각, 1972, 78~79면 참조.
8) 정진석, 『역사와 언론인』, 커뮤니케이션북스, 2001, 144~146면 참조.
9) "此朝陽報ᄂ 韓日兩國高明學士의 著述ᄒ 비오 泰西諸國의 著名ᄒ 學家의 言論을
   蒐輯ᄒ 거시니 其價格之可貴ᄂ 不俟再言어니와"(『대한매일신보』, 위의 글)
   "大抵本社의 目的은 無他라 東西洋各國의 有名ᄒ 學問家의 言論이며 內外國의
   時局形便이며 學識에 有益ᄒ 論述의 材料와 實業의 利点되는 智識意見을 廣蒐博採
   ᄒ야 我韓文明을 啓發할 主意오"(『조양보』 2호, 1906.7.10. 本社特別廣告)

신지식의 교육에 목말라하던 당시의 지식인들에게도 이 점은 강한 인상을 남겼던 것으로 보인다.

『조양보』가 주요 독자로 삼은 대상은 시문(詩文)을 다룰 줄 알아도 신지식을 배우지 못해 귀머거리나 소경과 다를 바 없는 선비들이었다.11) 『조양보』는 그들이 "기성세대로서 가정에서 자녀들을 가르치고 학교 강단에서 제자를 가르치며 누를 끼치지 않도록 그들을 위한 사회 교육의 급무가 필요함"12)을 강조했다. 따라서 『조양보』에서 사용한 문체는 국한문 혼용이었고, 잡지의 배포도 『황성신문』을 보는 독자들을 중심으로 이루어졌다. 1906년 6월 25일자 『황성신문』에는 다음과 같은 광고가 실린다.

> 朝陽襍誌를 今已第一号을 本月三十日에 發刊하야(첫호 발간이 5일 연기되었음—인용자) 國內有志諸君子에게 供覽하기 爲하야 無代金으로 先此廣佈하오니 愛讀購覽하심을 切望홈 朝陽襍誌社 告白 南大門通公洞 電話二三○番13)

『조양보』 2호부터는 무대금으로 배부된 『조양보』 1호를 받아 본 『황성신문』 독자들이 보내지 말라는 기별을 하지 않으면 잡지를 그대로 보내겠다는 특별광고를 계속 게재한다. 『조양보』를 읽는 일반 독자는 『황성신문』의 독자인 셈이다.

『조양보』는 국한문 혼용체를 사용하던 당시의 여러 매체 중, '소설의 자미(滋味)'를 강조하며, 유일하게 소설란을 지속적으로 두고 세계의 위인과 기이한 사건들을 '번역'하여 실었다.

> 有志하신 僉君子끠셔 或本社로 奇書ㄴ 詞藻나 論述時事等類를 寄送하시

---

10) 이기, 「조양보 발간 序」; 윤효정, 「조양보 찬사」, 『조양보』 1호, 1906년 6월 25일.
11) 이기, 위의 글.
12) "彼旣不習於家庭又不習於學校非聾而不能聽非盲而不能見此眞語夫子所謂四十五十而無聞者也　以若人而居家庭則必誤其子姪居學校則必累其徒弟則不得不以社會教育爲急務中之尤急務."(이기, 「朝陽報 發刊序」, 『조양보』 1호, 1906.6.25)
13) 『황성신문』, 1906년 6월 25일 광고.

면 本社主意에 違反치 아니할 境遇에난 ――히 揭記할 터이오니 愛讀諸君子
난 照亮하시옵시고 或 小說갓튼 것도 滋味잇게 지여셔 寄送하시면 記載하깃ᄂ
이다14)

　　쏘흔 小說이나 叢談은 滋味가 無窮ᄒ오니 有志ᄒ신 諸君子ᄂ 每月二次式
購覽ᄒ시옵소셔15)

　1906년은 각종 언론 매체에 소설란이 고정적으로 배치되어 자리를 잡
아가기 시작하던 때였다. 특히 '소설'을 '재미'와 연결지어서 본격적인
광고를 하는 시기가 국문으로 씌어진 신소설과 역사전기소설의 단행본
이 출판되는 1907년 중반 이후라는 점을 상기해 볼 때, 이 광고는 상당
히 주목할 만하다. 근대계몽기의 소설 담론이 여전히 문제적이라는 점에
서 세계를 배경으로 한 여러 편의 번역물이 꾸준히 게재되었던 잡지『조
양보』의 성격 규명은 언론사에서 뿐만 아니라 소설사적 맥락에서도 중
요한 의미를 지닌다.16)

---

14) 注意,『조양보』2호, 1906년 7월 10일~11호, 1906년 12월 25일.
15) 본사특별광고,『조양보』2호, 1906년 7월 10일~5호, 1906년 8월 25일.
16) 본 연구자가 확인한『조양보』소재 서사물은 총 12편에 이른다. 그 중 8편은 소설란
에, 4편은 담총란에 게재되었다. 담총에 속한 글도 소설이라는 이름으로 소개되기도
하는 것으로 볼 때, 소설란과 담총란은『조양보』에서 "滋味가 무궁하다"는 측면에서
는 비슷한 목적으로 존재했던 것 같다.『조양보』소재 서사물 목록은 다음과 같다.「반
도야화」(1 / 3호),「파란혁명당의 기모궤계」(2호),「비스마룩구 청화」(2~11호, 미완),「야
만인의 기술」(5호),「세계기문」(6호),「동물담」(8호),「갈소사전」(9~11호, 미완),「애국정
신담」(9~12호, 미완),「세계총힐」(12호),「78세 노부인의 시국감념」(12호),「세계저명흔
암살기술」(12호),「외교시담」(12호). 이 중에서「반도야화」,「78세 노부인의 시국감념」,
「외교시담」을 제외한 나머지 서사물은 모두 번역물이다.

3. 세계 문명의 번역과 '신지식'으로서의 문학

> 此로써 觀하면 世界的 知識을 吸收함은 世界를 知하려 함이 아니라 곧 우리 大韓을 知함이오, 他人에게 博學多聞을 誇示코자 함이 아니라 곧 自己가 事理物情에 暗昧하지 아니하려 함이니 (……) 此等事는 우리로 하야금 世界的 知識의 習得을 時急히 催促하난 者이라.[17]

이처럼 당대 지식인들이 세계적 지식을 흡수하는 것은 세계를 알기 위해서나 박학다식을 과시하기 위해서가 아니라 자신을 알기 위해서이며 자기의 시야를 확대하기 위해서였다. 여기서 세계적 지식은 서구 문명이다. 민족의 생존 여부와 관련된 세계적 지식의 확산과 습득, 즉 문명화는 번역을 통하지 않고서는 불가능한 것이었다. 따라서 최남선이 『소년』 발간으로 근대세계의 이해에 필요한 다양한 지식의 대중적 확산을 위해 가졌을 그때의 고민은 갑작스런 천재의 돌발은 아니었다. 근대계몽기 지식인들은 번역을 문명과 만나고 문명세계로 나아가는 데 필수적인 방법으로 인식하고 있었다. '정부 차원에서 의논하여 특별히 번역하는 기관을 설치'해 줄 것을 요구했던 1886년 박문국의 지식인들은 이미 번역의 중요성을 명확하게 인식하고 있었다. 그리고 1880년대의 『한성순보 / 주보』는 국내기사와 사론 등을 제외하고는 대부분 중국에서 발간되는 신문의 내용을 재편집하여 지리, 과학, 역사, 시사에 관한 글들을 게재했다는 점에서 '번역'으로 이루어진 신문이었다.[18]

"역서가 문명의 수입이고, 부강의 자료이지만 善美한 역서를 번역하여 국가적 사상을 배양"[19]시킬 것을 주장했던 1909년의 『대한매일신보』 필자는 번역가에게 번역하는 능력보다 좋은 글을 잘 '편집'하는 능력을

---

17) 「세계적 지식의 필요」, 『소년』, 1909년 5월.
18) 정선태, 「근대계몽기의 번역론과 번역의 사상」, 『배달말』, 2003, 97면.
19) 「번역가에게 一告함」, 『대한매일신보』, 1909년 1월 9일 논설.

요구했다. 『조양보』는 이 같은 번역의 초기단계를 연구할 수 있는 사료적 가치를 지닌 잡지이기도 하다.

1859년 영국에서 간행된 새뮤얼 스마일스의 『Self-Help』가 『자조론』이라는 제목으로 처음 소개, 부분 번역되어 실리는 것은 『조양보』 1호에서였다. 스마일스의 이 글은 이어서 1907년 11월 『서우』에 집중적으로 소개된다. 1909년 『소년』에서도 스마일스의 글이 역시 소개되고, 1910년대 들어서도 그의 저작들은 지식인들의 관심권에서 벗어나지 않는다. 또한 『조양보』의 소설란에 줄곧 연재되었던 「비스마룩그 청화」나 「애국정신담」, 담총란에 실린 양계초의 「갈소사전」은 1900년대 후반, 단행본으로 출판된 대표적인 역사전기물들이었다. 『조양보』는 이들 작품을 최초로 번역, 게재하여 일반 독자가 접할 수 있는 창구역할을 했다.

한편, 소설 「비스마룩그 청화」 서두 단락에서 언급된 세익스피어에 대한 글을 보면 당시의 문학 담론으로서는 아직 포섭되기 어려운 측면도 보인다.

> 비스마룩구는 德國人이라 其邸宅이 후리―도릿히스루― 地方에 在ᄒ더니 客이 相訪與語ᄒ고 歸ᄒ야 其友人의게 書를 贈ᄒ야 曰 비公의 言語가 一種人心을 感動하는 能力이 有하야 聽者로 自然興起케 하니 兄이 此人을 直接하야 其談話를 聽하면 宛然히 세에―기스피아의 戱曲을 聞함과 如하야 唯其覺得할 거슨 今世英雄이 悠寬한 態度로 兄의 面前에셔 快談不倦하는 것 쑨이라[20]

비록 번역글을 통해서였지만, 이 글을 게재한 『조양보』 관계자들에게 '세익스피어'라는 이름이나 '희곡'이라는 용어는 어떤 질감으로 다가왔을까. 일본에서 쓰보우치 쇼요에 의해 세익스피어의 희곡이 번역되기 시작하는 것은 1880년대 말경부터였고,[21] 조선에서 희곡 작품으로서 세익

---

20) 「비스마룩구 청화」, 『조양보』 2호, 1906년 7월 10일 소설.
21) 中村光夫, 고재석·김환기 역, 『일본메이지문학사』, 동국대 출판부, 2001, 248~251면 참조.

스피어의 「햄릿」이 발표되는 시점까지는 이후 십여 년의 시간을 더 필요로 한다. 이러한 점을 감안한다면 '세익스피어의 희곡을 듣는 것 같다'는 식의 수사적 표현이 실제 당대 일반 독자들에게 구체적인 실감을 제공할 수는 없었을 것이다. 하지만 이러한 시도는 번역·편집 과정에서 서구 문명을 '보편적 지(知)'로 소개하기 시작하는 구체적인 계기가 되었다.

이와 비슷한 예는 '문호 톨스토이'에 대한 관심에서도 엿볼 수 있다. 톨스토이는 최남선과 이광수 등 당시 지식인들에게 깊은 존경을 받았던 작가로서, 잡지 『소년』이 창간되는 1908년 이후부터 집중 소개되었다고 알려져 있다. 하지만, 톨스토이가 '문호'로서 처음 소개된 것은『조양보』를 통해서이다. 12호가 발행되는 동안 톨스토이에 대한 언급은 총 세 차례에 달한다. 최초로 언급되는 것은 5호(1906년 8월)의 '도루스도이伯의 俄國 국회관'이라는 기사를 통해서이고, 다음은 10호(1906년 11월)와 12호(1907년 1월)에 실린 『조양보』 집필진의 논설 형식의 글에서이다. 전자의 기사는 영국신문기자가 톨스토이를 찾아가서 정치가가 가져야 할 의무에 대한 톨스토이의 생각을 듣는 내용으로, 다분히 객관적인 소개 차원의 글인 듯이 보인다. 그러나 후자의 두 글은 톨스토이의 사상을 높이 사고, 논지 전개 과정에서 전거를 삼았다는 점에서 집필진의 톨스토이에 대한 이해도가 어느 정도 있었음을 알게 해 준다.

> 露國文豪도루스도이伯이 德名이 四海에 布ᄒ고 理想이 一世에 高ᄒ니 世上에셔 世界第一流라 推爲ᄒᄂ지라 此翁의 平生政論이 一言納之ᄒ면 堯舜의 治를 欲成함이 不過할 다름이라 孔老의 書를 嘗讀ᄒ다가 拍案歡喜ᄒ야 曰東洋에 쏘ᄒ 知己가 有ᄒ다 ᄒ니 此로 由ᄒ야 觀컨디 도루스도이의 理想이 卽是論孟의 理想이라[22]

> 文明이란 것은 富强을 結託ᄒ야 貧弱을 凌侮홈을 謂홈인가 文豪도루슥도

---

22) 「수감만록」, 『조양보』 10호, 1906년 11월 25일 담총.

이伯이 彼所謂文明者流를 痛罵ᄒ야 曰今日文明社會의 聖賢을 往蒙昧時代
의 聖賢에 比ᄒ면 數十段이 下ᄒ야 殆히 禽과 人이 相對홈과 同ᄒ다 ᄒ니 言
을 知홈인뎌[23]

당시 지식인에게 러시아의 작가, 톨스토이가 문호로서 존경의 대상이
될 수 있었던 것은 맹자의 이상과 비견될 만한 그의 이상과 근대 서구
문명을 바라보는 비판적 자세 때문이었다. 「햄릿」을 모르면서 세익스피
어를 만나야 했듯이, 아직 「전쟁과 평화」는 모르지만 톨스토이의 사상에
공감하는 것이다.

그런데 이와는 또 다른 지점에서 '근대세계각국 신학문·신지식'의 매
개체로서의 『조양보』는 '문학'이라는 개념에 근대적 의미를 부여하고 있
다. 5호(1906년 8월)부터 교육란에 연재된 「태서교육사」는 서양 개화의 근
본을 고대 그리스로 삼고, 문명 유럽을 만든 교육의 역사와 방식을 기술
하고 있는 글로서, 역시 번역문으로 추정된다. 연재되는 동안 9~10호에
실린 '문학재흥의 근대'라는 소제목의 글은 속어로 씌어진 국민문학이
발흥하기 시작한 13세기 말경의 이탈리아 문학 생성 과정과 15~16세기,
문학의 개화로 이룩한 문예부흥을 개관하고 있다.

自意大利人이 爲文學再興之先導로 開近世文明之端緖ᄒ야 歐洲人이 始覺
其千餘年長夜之眠ᄒ야 以有今日之曉者ㅣ 又有故焉ᄒ니 非僅此一事가 遂足
爲近世文明之原因也라 (……) 故로 意大利文學再興之結果ᄂ 爲替敎皇之權
力ᄒ야 貶抑僧侶ᄒ야 衰頹其宗敎也라 德意志人이 實當改革宗敎ᄒ며 並研
究文學之任ᄒ야 遂令敎育改良ᄒ고 文明益進ᄒ야 馴致十九世紀之盛ᄒ니[24]

인용문을 보면 문학의 재흥이 근세문명을 여는 실마리이자 원인이 되
어 그 결과 종교개혁을 이끌었고, 이로써 점점 진보하여 19세기 유럽 문

---

23) 「망국지사의 동맹」, 『조양보』 12호, 1907년 1월 논설.
24) 「태서교육사」, 『조양보』 10호, 1906년 11월 25일 교육.

명을 이루게 되었다고 한다. 그런데 이 내용은, 이후 1910년, 'Literature'의 번역어로서의 문학이라는 말을 의식하며 '문학의 가치'를 제창했던 이광수를 연상시키는 대목이기도 하다. 이광수는 『대한흥학보』에 발표한 「문학의 가치」 결론부에서 "근세문명을 가져온 프랑스 혁명의 활극은 루소의 一枝筆의 힘이고, 미국 남북전쟁으로 당시 노예를 해방시킨 힘은 스토우 부인과 포스터 등의 문학자의 힘"[25]이라고 역설했다.

여기서 주목할 만한 사실은 문학과 시대의 상관관계에 대한 인식을 이미 1906년의 『조양보』에서 확인할 수 있었다는 점이다. 19세기 서구 역사 소개에서 문학에 대한 서술은 사회 개혁을 주창하는 혁명사상과의 관계를 보여줌으로써 문학이 시대정신의 발현이라는 관념을 제시한다. 이러한 방식은 그 자체가 문학을 주제화하는 것은 아니었지만, 문학이 역사 발전 과정에서 주도적인 역할을 해왔고, 또한 그렇게 할 수 있다는 문맥을 형성하고 있다. 이는 그 자체로 문학이라는 말이 범주화된 개념으로 사용될 수 있다는 가능성을 보여주는 예이며, 비록 의도되지 않은 상태일지라도 'Literature'의 번역어로서의 문학 개념이 사용된 흔적이 될 것이다. 이러한 글들은 '신지식'으로서의 문학이 역사·사회 발전과 맺고 있는 관계를 보여줌으로써 문명을 꿈꾸는 새로운 방안의 모색을 보여주고 있다.

4. 문명 담론의 서사화와 '소설'의 역할

근대계몽기 문명개화의 최종점이라고 인식되는 일본·서구에 대한 추

---

25) 이광수, 「문학의 가치」, 『대한흥학보』 11호, 1910년 3월 학예.

종 논리가 그렇게 간단한 것은 아니다. 1905년을 전후한 그 시기는 자강을 위해 뭉친 학회뿐만 아니라 일진회와 같은 친일사회단체가 조직되고, 이를 통해 일본의 보호국임을 자인하는 행위들 역시 현실에서 구체화되었다. 일본이라는 새로운 강자의 힘의 논리는 열악한 조선의 현실을 오히려 과장하였으며, 조선인에게 패배주의적인 인식을 심는 데도 일익을 담당했다. 그 가운데에서 결코 자유로울 수 없었던 지식인들은 근대 국가를 열망하면서 개인의 이중적이고 모순적인 갈등을 드러내기도 한다. '문명적인 것'에 대한 당시 지식인의 인식적 특징은 확실히 기존의 문명 담론을 넘어서는 것이었다. 이는 『조양보』의 지면에서도 확인할 수 있다.

文明이란 것은 富强을 結託ㅎ야 貧弱을 凌侮홈을 謂홈인가 (……) 英佛獨露와 如혼 第一流文明强大國이라 推ㅎ는 者라도 今에 其施政을 觀컨디 自國만 利케 함을 知ㅎ고 能히 他國을 利케 못ㅎ며 我의 人民만 保護홈을 知ㅎ고 能히 彼의 人民을 保護치 못ㅎ니 (……) 或協商條約을 結ㅎ며 或同盟條約을 訂ㅎ는 것이 皆是强國與强國이 一朝利害의 見으로 相合ㅎ야 此主我的國利를 協力遂行코져 홈이 不過혼지라[26]

제 일류 문명국이라는 서구 열강들의 협상과 동맹조약이 모두 강국 간의 이해관계에 불과하며, 부강함으로 빈약함을 누르는 것이 문명은 아니라고 역설하는 이 글의 필자는 당시의 세계정치 정세에 대해 명확한 인식을 하고 있었다. 그리고 이러한 행위는 '범과 이리가 이를 갈며 개와 양을 위협하는 것과 흡사하니 이는 야만적 현상'이라고까지 일침을 가한다. 하지만 결국 이 필자가 선택하는 문제의 해결책은 '망국인사'임을 인정하고, 동맹을 맺어 세계 평화협회에 참석하고, 문명국의 권위 있는 재판관의 조사하에 보호국과 피보호국 사이의 갈등문제를 세계 각국 신문지에 발표하는 것이었다. 그렇게 하면 비록 강자라 할지라도 그 사욕만을

---

26) 「망국지사의 동맹」, 『조양보』 12호, 1907년 1월 논설.

내세울 수는 없을 것이라는 '소박한' 낙관론마저 피력한다. 이는 필자가 서구 과학 문명과 가치관을 수용하며 새로운 문명관을 형성해 가면서도 '문명'을 여전히 '문(文)'으로 인간 사회의 풍속을 밝게 하는, '위무(威武)'에 대립되는 말이라고 인식했던 유교적 지식인이었기 때문이다.

이와 같은 당시 지식인들의 모습은 『조양보』소재 단형서사 「반도야화」에서도 만날 수 있다. 「반도야화」는 담총란에 실린 대화체 형식의 단형서사물이다. 이 서사의 중심인물은 서양과 일본에서 각국의 제도문물과 국가 성쇠를 연구한 명망 높은 학자 '이사(異士)'이다. 하루는 '동양근대위인 증국번의 제자이자, 이홍장과는 동학관계'인 '오씨(吳氏)'가 찾아와 시국을 논한다. 이들은 '태서 제국의 성쇠가 모두 '新學' 교육과 관련이 있고, 이를 통한 국민적 정신이 국가의 흥망을 결정짓는다'는 결론에 도달한다. 그 후 러일전쟁이 발발하자 그 참상을 견디지 못한 '이사(異士)'는 미국으로 떠났다가 다시 돌아온다. 평양에 머물며 또 연구를 계속하던 어느 날, 유생들이 담화를 나누고자 '이사(異士)'를 방문한다. 나라를 되찾을 수 있는 방법으로 '이사(異士)'가 가장 긴요하게 내세우는 것은 '국민적 덕성', '개인의 정신'이다. 그리고 함께 모인 이들은 한국의 미래보다는 서양에 대한 동양의 운명을 걱정하며 청국과 일본, 한국의 협력이 시급한 때임을 확인한다. 글이 전개되는 동안 '이사(異士)'가 일본의 압박을 '터럭만큼도 두렵지 않다고' 장담하는 이유는 일본은 '兵力술책만 아름다운 줄 알고 인심을 살피는 정성이 없으니 제국주의라고 칭할 수도 없는' 나라이기 때문이다. 오히려 정말 두려운 대상은 '나파륜的 태서외교가의 압박'이다. 그리고 그러한 인식의 지반에는 '공맹의 도'가 있다.

泰西强國에는 孔孟의 書ㅣ 未有ㅎ나 孔孟의 道는 存ㅎ니 世上에 何人이 德義을 忘ㅎ고 能히 自立훈 者ㅣ 有ㅎ며 天下에 何國이 悖德不義훈 人民을 集ㅎ야 能히 强盛훈 者ㅣ 有ㅎ리오 泰西諸國을 熟視ㅎ건딘 其民은 廉恥公直훈 視ㅣ 有ㅎ고 其士온 克己復禮훈 志ㅣ 有ㅎ야 然諾를 重히 ㅎ고 責任을 好尙

ㅎ야 士ㅣ 다 君子로 自處ㅎ니 如斯ㅎ면 비록 孔孟의 書를 不讀ㅎ나 可히 이
로더 能히 孔孟의 道을 守ㅎ는 者라 ㅎ리라[27]

　‘서양 각국의 인민은 체면과 부끄러움을 알고, 그 선비는 극기복례하
는 군자들이니 그들은 비록 공자와 맹자를 읽지는 않았지만 공맹의 도
를 알고 지키는 이들’이라는 것이다. 이와 같은 지식인의 인식 저변에는
전통적인 문명 관념이 여전히 지배적이었음을 알 수 있고, 그러한 관념
은 서구문명을 수용하는 방식에서도 대립이 아닌 봉합의 관계로 나아갈
수 있는 계기를 마련한다. 이러한 글의 연장선상에서, 『조양보』의 소설
란에 꾸준히 연재되는 「비스마룩구 청화」나 「갈소사전」, 「애국정신담」으
로 번역된 서양 영웅의 모습은, 동양의 그리고 조선 청년의 이상적인 모
델이 되었고, 을지문덕, 이순신과 같은 조선의 영웅 찾기와 연결된다.
　양계초의 「동물담」이 소설로서 『조양보』에 번역, 게재되는 것도 이와
같은 맥락으로 해석할 수 있다. 1896년 중국 신문 『시무보』에 발표되었
던 이 글은, 조선에서는 『조양보』 8호(1906년 10월)에 처음으로 소개되었고,
바로 한 달 뒤 『제국신문』 잡보란에 순국문으로 번역되어 실렸다. 그리
고 1907년에는 『서우』 3호 문원란에, 1908년에는 『대한협회회보』 1호 소
설란에 실렸으며, 1910년에는 이해조의 신소설 「자유종」의 ‘설헌’의 대사
에 내용 일부가 그대로 인용되기도 했다.[28] 그만큼 「동물담」은 당시 지

---

27) 「반도야화」, 『조양보』 1호, 1906년 6월 25일.
28) “이태리국 역비다산에 올츠학이라는 구멍이 잇서 히슈로 통ㅎ얏더니 홀연 산이 문어져
　　구멍 어구가 막힌지라 그 속이 칠야갓치 캄캄ㅎ되 본릐잇든 고기들이 나아오지 못ㅎ고 슈
　　빅년을 싱장ㅎ야 눈이 잇느나 쓸 곳이 업더니 어구의 막혓던 흙이 히마다 바닷물에 픠여
　　가며 일죠에 궁기 도로 열니미 밧게 고기가 드러와 슈업시 잡아먹되 그 안에 잇든 고기는
　　눈을 멀둥멀둥 쓰고도 져히 ㅎ랴는 것을 전연히 모로고 절로 밀녀 어구 밧게를 혹 나아왓
　　스나 못보든 눈이 졸지에 틱양을 당ㅎ미 현긔가 나며 정신이 업셔 어릿어릿 ㅎ드라 ㅎ니
　　그와 갓치 디문 즁문 꽉꽉 닷고 밧게 눈이 오는지 비가 오는지 도모지 아지 못ㅎ고 사
　　든 우리나라 이왕 교육은 올츠학 교육이라 홀만ㅎ니 그 교육밧은 남즈들이 무슨 경신
　　으로 우리 정치를 싱각ㅎ겟쇼 우리 녀즈의 말이 쓸더 업슬 듯 ㅎ나 즈국의 경신으로
　　ㅎ는 말이니 오희려 만국공스의 헛담판보다 낫슴닌다 여러분 부인들은 대한녀즈교육
　　계에 별방침을 연구ㅎ시오.” 이해조, 「자유종」, 『신소설 번안(역)소설』 4, 아세아문화

식인들에게 많은 파급효과를 미쳤던 서사작품이다. 이 소설은 관찰자적 서술자가 네 사람의 경험담을 듣고 기록하는 방식으로 진행된다. 갑은 일본 북해도에서 덩치는 크지만 지각이 없어 자기 살점 떨어지는 줄 모르는 고래를 보았고, 을은 이태리에서 막힌 호수 안에서 살던 눈먼 고기가 그 경계가 열리면서 들어온 정상적인 고기들과의 생존경쟁에 져서 멸종위기인 것을 보았고, 병은 프랑스 파리에서 곧 죽는다는 것도 모른 채 전기기계로 줄지어 들어가는 양을 보았고, 정은 영국 런던 박물원에서 작동기계가 낡아 잠만 자고 있는 무서운 괴물 사자모형을 보았다. 작자인 양계초의 입장에서 묘사된 각각의 동물은, 서구 열강이 그 세력을 떨치는 세계 정세를 파악하지 못한 채 둔감하게 대응하는 중국 정부와 국민을 풍자한 것이었다. 그리고 이 글을 읽고 번역해서 매체에 실었던 조선 지식인에게는 대한제국 정부와 국민이 바로 그 동물들의 모습으로 다가왔을 것이다. 바로 이렇게 현실을 빗대어 풍자적으로 그려내는 수사가 『조양보』 사고(社告)에서 강조했던 '소설의 자미(滋味)'의 한 측면이었을 것이다.29)

　　『조양보』 12호에 실린 소설 「외교시담」도 이러한 '자미(滋味)'를 느낄 수 있는 단형서사물이다. 이 글은 『조양보』의 소설란에 실린 서사물 중에서 유일하게 국내 필자의 창작물이다. 세계에 명성이 자자한 외교가가 있었는데 한 호걸이 찾아와 기질을 펼칠 수 있는 좋은 수단을 구한다. 이 외교가의 지도를 받고 활발한 기상과 품격을 얻은 호걸은 다음날, 학교 간다고 조반을 재촉하는 아이가 먹을 양식도 없는데 가장되는 사람이 누워만 있느냐는 부인의 핀잔을 듣는다. 호걸이 일어나 앉아 묵묵히 생각하다가 비로소 자기가 그 외교가의 수단에 넘어갔음을 깨닫고 다시는 그와의 교제를 거절하겠다고 다짐하는데, 그 외교가의 성은 '청(淸)'이고 이름은 '주(酒)'이다. 의인화를 통해 대상을 풍자했다는 점이 당대 독

　　사, 1979, 10~11면.
　29) 각주 14), 15) 참조.

자들에게 재미를 사는 요소였을 수 있지만, '세계'나 '외교가'와 같은 단
어를 쓰면서 현실감을 수반하는 이야기로 전개하다가 '이 외교가의 성은
淸이고 이름은 酒오 別號는 狂藥이라더라'와 같이 실소를 자아내는 결
말의 마지막 문장은 독자의 허를 찌르는 듯하다. 이 소설에 등장하는 넋
나간 호걸의 모습은 주권을 상실하게 된 조선의 모습을, 호걸을 농락하
는 외교가의 수단은 보호정치라는 미명으로 조선을 침략한 일본을 비유
적으로 표현한 것이기도 하다.

　'망국'을 실감으로 체현하던 『조양보』의 편집자들은 시야를 세계로 확
장하여 서구 문명에서 보이는 '혁명'을 번역한다. 그들은 혁명과 암살을
기도하는 인물과 단체의 이야기를 소설란에 싣는 방식으로 일본에 대한
모반을 꿈꾸었다. 12호에 실린 「세계저명훈 암살기술」은 그 대표적인 예
에 속한다. 이 소설은 알렉산더왕의 아버지인 필립포스왕의 암살사건을
'약기(略記)'30)한 번역물인데, 무엇보다도 내용의 전개 과정에서 보이는
'편집자 주'가 관심을 끈다.

　　西曆紀元前後稗史中에 暗殺安으로 血史를 成훈 者ㅣ 頗多ᄒ니 盖其事案
　은 國家的 思想으로 一代革命精神을 呈出ᄒ고 其奇術은 暗殺的機關으로 當
　時英雄手段을 奄護故로 特히 小說部에 編入ᄒ야 我韓英雄豪傑之士의 參照
　롤 供給코져 ᄒ노라

　이 글을 번역해서 싣게 된 편집자는 역사적인 암살 사건을 '국가적 사
상·혁명 정신'의 발현이라 규정짓고, 이 서사물을 "특히 소설부에 편입
하여 我韓 영웅호걸이 참조"하게 하겠다는 의도를 밝힌다. '특히 소설부
에 편입'했다는 언급은 그만큼 독자들의 소설란에 대한 기대치가 높았다
는 뜻이기도 하지만, 당시 정치 현실에서 가지고 있던 편집진의 의도를

---

30) '略記'했다는 말은 『조양보』 소재 소설에서 자주 보이는 표현이다. 소설을 '記'한다
　고 인식한 당대의 소설관을 엿볼 수 있는 대목이다.

'소설'이라는 영향력을 가진 장치를 빌어 우회적으로 드러냈다는 것과도 연결지을 수 있다. 필립포스가 암살을 당하는 본격적인 서사가 시작되기 전, 편집자는 다시 개입하여 '암살하던 사실을 略記하여 그 기술정신을 참고'케 하겠다는 의도를 명확히 한다. 그리고 암살 장면의 묘사 부분에 이르면 자객이 어떻게 왕을 칼로 찌르고, 어떻게 도망갔는가를 비교적 상세히 기술하고 있다. 『조양보』 2호 소설란에 실린 「파란혁명당 위모궤계」도 같은 맥락의 서사물이다. '혁명당'이라는 말마저 낯설었던 당시 조선에서, 바르샤바의 감옥에 수감된 당원을 구출해 내는 혁명당의 기교를 소개하는 내용은 분명 독자들에게 '자미(滋味)'도 있었지만, '참고'해야 하는 사건이기도 했을 것이다. 이 소설은 바로 열흘 쯤 뒤 『제국신문』의 '이어기담(俚語奇談)'란에 순국문으로 번역되어 실림으로써[31] 더 다양한 계층의 독자들과 만나게 된다.

1906년의 잡지 『조양보』는 한글보다 한문이 더 익숙했던 당시 지식인 계층을 독자로 삼았던 만큼 국문소설을 싣지는 않았지만, '소설'이라는 것이 '자미(滋味)'를 통해 독자와 만나고, 독자에게 영향력을 행사하게 되리라는, 획기적인 의식의 전환으로 소설란을 고정했다. 그렇게 당시 독자들은 『조양보』에 게재된 소설란을 통해, 독일의 '비스마르크'와 헝가리 애국지사 '갈소사'를 만날 수 있었고, '국가적 사상', '혁명 정신'으로서의 암살사건도 경험할 수 있었던 것이다.

---

31) 「아라스 혁명당의 공교혼 계교」, 『제국신문』, 1906년 7월 24~25일 이어기담.

5. 1900년대 문명 담론과 「조양보」의 의의

1890년대부터 조선은 '동도서기(東道西器)'의 절충적 수용 태도를 거쳐, 서구문명을 보편적 문명으로 인식하는 단계에 들어섰다. 서구의 문명 담론은 '중화(中華)'라는 전통적인 문명의 의미를 배제하고, 조선의 전통적인 질서를 부정하면서 조선사회를 변화시키는 지배적인 인식틀로 작동했다. 서구라는 새로운 세계에 대한 경이는 문명이라는 말로 집약되면서 새 시대를 지향하는 가치가 되었다. 최초의 근대적 신문인 『한성순보 / 주보』의 창간 이래 각종 매체에는 '문명개화', '문명부강', '문명 / 야만'이라는 말들이 지면을 장식해 왔다. 그 과정에서 문명은 서구의 문명 개념으로 전화되어 일반 대중의 생활과 습관까지 재조정하는 일상적인 용법이 되었다.

1904년 러일전쟁과 이듬해의 을사조약은 서양과 서구화된 일본처럼 '문명개화한 나라'로의 진입이 꿈이었던 조선의 지식인들에게 '국권회복'이라는 더욱 선명한 과제를 부과했다. 여러 형태로 일반 대중 계몽에 앞장섰던 지식인들은 학회의 설립을 통해 당대의 현실 정세를 좀더 치밀하게 접근하고자 노력한다. 또한 그 시기는 자강을 위해 뭉친 학회뿐만 아니라 일진회와 같은 친일사회단체가 조직되고, 일본의 보호국임을 자인하는 행위들 역시 구체화되던 때였다. 일본이라는 강자의 힘의 논리는 조선 지식인들에게 국권을 상실한 망국인사라는 패배의식을 심어주었다. 서구문명의 잣대 아래 피상적으로 문명과 야만을 나누고, 문명국을 추종하는 방식으로 진행되던 문명 담론은 이제 망국을 체감하는 조선지식인에게 생존의 차원으로 제기되기 시작한다. 서구문명을 문명개화의 최종점이 아니라, 분석의 대상으로 바라보게 된 것이다. 그리고 그 내용들은 당시 일반 대중을 독자로 삼았던 신문보다는 지식인 독자층을 가졌던 잡지나 학회지에서 더 풍부하게 전개되었다.

그 과정에서 『조양보』에 실린 글들은 이후 발행되는 여러 매체에 지속적으로 소개되고, 단행본으로 출간되었다는 점을 확인할 수 있었다. 이는 『조양보』에 펼쳐진 현실인식이 몇몇 편집진의 주도하에 일회적으로 주창된 것이 아니라, 1900년대 조선 지식인의 인식논리와 부합하고, 영향력을 행사했다는 사실을 보여주는 것이기도 하다.

근대계몽기 『경향신문』 소재 소설 「히외고학」의 근대적 특성 연구

정가람

1. 근대계몽기의 서사문학 자료와 용어 문제

근대계몽기에 발행되었던 신문은 근대소설의 형성과 정착 과정을 고찰하는데 중요한 자료가 된다. 이 시기에 발행된 신문과 잡지에는 다양한 형태의 서사문학 작품들이 수록되어 있기 때문이다. 1890년대부터 1910년대에 이르는 서사문학 작품들의 가장 큰 특징은 서사와 계몽적 논설이 결합되어 있었다는 점이다. 또한 이전 시기에 비해 소재적·주제적 측면에서 현실성을 띠고 있다. 무엇보다 신문이나 잡지라는 근대적 매체를 적극적으로 활용하고 있다는 점에서 이 시기의 단형서사물이 갖는 의미는 중요하다. 이 단형서사물에서 외면적으로 논설이 점차 탈각되고 서사가 강화되어 가는 과정은 곧 한국 근대소설의 발전 과정으로 설명될 수 있기 때문이다. 1990년 이후에 진행된 많은 연구가 이러한 서사문학 자료에 착안하여 주목할 만한 성과들을 이루어냈다는 사실은 이 근대계몽기의 신문과 거기에 실린 서사문학 자료의 중요성을 입증하는 셈이다.1)

이 시기의 서사문학 자료를 가리키는 '소설'은 '단편소설', '신소설' 등의 용어와 함께 쓰이고 있는데, 이들 용어를 오늘날 양식으로서의 개념으로 설명하면서 작품을 논하기에는 무리가 있다. '소설 / 단편소설 / 신소설' 등이 오늘날 양식 명칭으로서의 그것과는 다른 함의를 갖고 있기 때문이다. 그러므로 근대계몽기에 쓰인 서사문학 자료를 지칭하는 각각의 용어에 대한 검토가 먼저 이루어져야 할 것이다. 그런데 이때 염두에 두어야 할 것은 다양한 서사문학 자료들을 '소설 / 단편소설 / 신소설'로 대하는 매체와 편집자 나름의 일정한 의식이 작용하고 있다는 사실이다. 본 논문의 대상으로 삼은 「히외고학」이 실려 있는 『경향신문』 역시 발행 초기부터 소설란을 따로 두고 58편에 달하는 소설을 지속적으로 실었다는 점에서 주목할 필요가 있다.2) 이 『경향신문』에 실려 있는 소설의 대부분은 단형서사물이고, 「파션밀수」(1908.7.3~1909.1.1 : 미완)나 「히외고학」(1910.3.25~1910.10.21 : 완)과 같은 작품은 각각 27회, 28회 연재되었던 장형서사물인데, 길이 여하에 상관없이 다른 단형서사물과 더불어 '쇼셜'이라는 동일한 명칭하에 수록되어 있기 때문이다.

이 논문의 목적은 『경향신문』에 연재되었던 「히외고학」을 대상으로 삼아 근대소설로서의 내용적·형식적 특성을 밝히는 데 있다. 그동안 논

---

1) 김영민(『한국근대소설사』, 솔, 1997)의 연구에서 시작하여 한기형(『한국 근대소설사의 시각』, 소명출판, 1999), 정선태(『개화기 신문 논설의 서사 수용 양상』, 소명출판, 1999)에 이르는 논의가 대표적이다. 다양한 시각으로 접근하여 근대계몽기의 여러 매체와 거기에 실려 있는 서사물의 특성을 설명하는 다른 많은 연구들에 대한 언급은 본 논문의 참고자료로 대신하기로 한다.

2) 『경향신문』은 1906년 10월 19일 파리 외방선교회 소속 선교사 드망쥐(Florian Demange, 한국명 안세화, 1875~1958)에 의해 창간되어, 1910년 12월 30일까지 만 4년 동안 발행된 신문이다. 『경향신문』의 '쇼셜'란과 '쇼셜'의 특성에 관한 정리는 정가람, 「근대계몽기 『경향신문』 소재 '쇼셜'의 특성 연구」, 『현대소설연구』 24집, 2004 참조.

의의 대상에서 제외되었던 「희외고학」을 근대소설이 형성되는 지점에
놓여 있는 작품으로 조망해봄으로써, 소설사를 이루는 작품의 영역이 확
대될 수 있을 것이다. 이를 위해 근대계몽기의 서사문학 자료들이 제각
기 다른 양식 명칭하에서도 근대소설로 수렴되는 과정을 아울러 살필
것이다.

2. 근대계몽기 소설과 「희외고학」의 특성

1) 근대계몽기 '소설'의 개념

근대계몽기에 쓰였던 '소설'의 개념을 고찰하기 위해서는 그 개념의 전
사를 간략하게나마 살펴보지 않을 수 없다. '소설'이 한 마디로 정의하기
어려운 개념어라는 사실은 동양과 서양에서, 혹은 시대에 따라 '소설'에
대한 정의를 다양하게 내리고 있다는 데에서도 확인할 수 있기 때문이다.
서양문학사에서 '소설'로 번역되는 원어는 픽션(fiction)·로망스(romance)·노
벨(novel) 등으로 다양한데, 허구문학 전반을 가리키는 픽션이나 중세 서사
문학을 가리키는 로망스에 비해 노벨은 근대 이후 출현한 서사문학 양식
을 지칭한다. 따라서 근대계몽기 '소설'의 개념을 살피고 당대에 함께 쓰
인 다른 용어들과의 차이를 비교하려 할 때에는 서양의 근대소설 개념어
인 노벨이 그 대상이 된다.

사전에서는 소설에 대한 정의가 다음과 같이 내려지고 있다. '소설
(novel)이란 용어는 오늘날 확대된 산문 픽션이라는 속성만 공통적으로 지
닌 각양 각색의 작품들에 쓰인다. 짧고 응축된 양식들에서보다 소설(novel)
은 다양한 인물들과 복잡하게 얽힌 플롯, 충분한 환경 전개와 지속적이

고 미묘한 인물 연구를 허용한다. 또한 어떤 사회계급에 뿌리박고, 고도로 발달된 사회 구조 속에서 움직이며, 많은 다른 인물들과 상호 작용하여 개연성 있는 일상경험을 하고 있는 혼합된 동기를 지닌 복합적 인물들을 묘사함으로써 사실주의의 효과를 내려는 시도가 그 특징이다.'3) 이러한 서양 근대소설의 형성과 발달에는 근대 시민사회의 성장과 근대적 인쇄술의 발달, 공공 도서관의 증가 등 외부적 요인이외에도 개인에 대한 관심이 증가되면서 내면 탐구의 지향이라는 내부적 요인이 그 토대로 작용하고 있다는 점이 중요한 특징이 된다. 우리의 경우에도 근대적 매체인 신문·잡지의 발달이라는 외적 요인과 그를 추동하는 정신사의 흐름이 존재했다는 점에서 근대소설 형성과 발달 영역에서의 공통분모를 이끌어낼 수 있기 때문이다.

서양의 경우 로망스나 노벨 등 시기에 따라 서사문학 작품을 부르는 용어를 달리해 왔으나, 동양에서는 시기에 상관없이 '소설(小說)'이라는 용어로 불러왔다. 그러나 이 '소설(小說)'이라는 용어의 구체적 쓰임새에는 시대와 지역에 따른 편차가 존재한다.

중국의 루쉰[魯迅]은 『중국소설사략(中國小說史略)』에서 장자(莊子)나 환담(桓譚)의 예를 들어, 소설이라는 것을 "여전히 우언(寓言)이나 신기한 이야기의 기록(異記)을 일컫는 것으로, 경전(經典)을 근본으로 삼지 않아 유가의 도리(道理)에 배치되는 것"4)으로 보고 있다. 일본에서는 '모노가타리[物語]'가 이야기문학 전반을 가리키는 용어로 쓰이다가 중국에서 수입된 '소설(小說)'이 그 자리를 대신하게 된다. 그런데 일본의 경우에는 서구어의 번역어였던 '소설(小說)'이 반드시 'novel'만을 지칭하는 것은 아니었으며, 이야기문학을 가리키는 보통명사로써 쓰이고 있었다는 점이 특기할 만하다.5)

---

3) 이상섭 편, 『세계문학비평용어사전』, 을유문화사, 1985, 425~431면.
4) 루쉰, 조관희 역, 『중국소설사략』, 살림, 1998, 21~22면.
5) 첫째, '소설'은 처음에는 한어(漢語)였다. 에도시대 중기에 이르러 중국 본토에서의

'소설'은 이렇듯 지역에 따라, 시대에 따라 제각기 다른 의미로 쓰이고 있었기에 한국의 경우, 특히 근대계몽기에 사용된 '소설'의 개념을 추출해낸다는 것은 더군다나 쉽지 않은 일이다.[6] 그러므로 기왕에 정리되었던 양식 개념으로서의 '소설'을 잣대로 삼아 근대계몽기의 서사문학 작품에 접근하는 방식은 옳지 않다. 오히려 다양한 서사문학 작품들에 어떻게 '소설'이라는 명칭을 붙이고 있는지를 살피고, 그렇게 묶여 있는 작품들의 특성을 밝히는 것이 효과적인 방법일 수 있다.

근대계몽기에 발행되는 신문의 상당수는 소설란을 따로 두고, '소설(小說) / 소셜 / 쇼셜' 혹은 '단편소설', '신소설' 이라는 양식 표기하에 작품을 수록하고 있다. 그렇지만 신문과 잡지 등에 소설란이 고정되기 시작한 후에도, 아예 양식 표기를 하지 않거나 위에서 언급한 것처럼 각기 다른 명칭으로 부르고 있는 경우가 많이 있으므로, 양식 개념으로서의 '소설'과 바로 연결하여 작품들의 가치를 논하는 데에는 무리가 있다.

근대계몽기의 신문에서 소설란을 따로 두기 시작한 것은 1895년 2월 17일에 창간되었던 『한성신보』가 처음이다. 『한성신보』는 1897년 1월 12일부터 16일까지 3회에 걸쳐 소설란에 「상부원사해정남(孀婦寃死害貞男)」

어의(語義) 변화도 반영하며, 이 한어는 일종의 하이칼라적인 외래어가 되어 일부에 유포되었다. 둘째, 메이지 시대가 되고 나서, '소설'은 서구어의 번역어로서 재생되었다. 그러나 그 원어가 novel이었다고는 일률적으로 말할 수 없다. 셋째, 어느 시점이라고는 특정할 수 없지만, 그것이 근대 일본 문학의 주류가 되었을 때 '소설'은 단순한 보통명사가 되었다. 소설 개념의 갱신은 메이지·다이쇼·쇼와를 거치면서 새롭게 이루어졌다. 그러나 그것은 '소설'이라는 명칭을 다른 무언가로 치환한 것이 아니라 '정치소설(政治小說)', '재자가인소설(才子佳人小說)', '관념소설(觀念小說)' 등 용어로서의 '소설'을 세분화하는 경과를 밟은 것이었다. 노구치 타케히코[野口武彦], 『小說』, 三省堂, 1996, 21면, 번역은 인용자.

6) 김재영은 소설 개념의 변화를 살피기 위한 접근 방법으로 두 가지 외래적 원천에 주목하고 있는데, 하나는 『한성순보』에서 처음으로 분류 항목으로 '소설'란을 둔 것이며, 다른 하나는 박은식, 신채호 등에 의해 표현된 '국민의 혼으로서의 소설'이라는 개념이다. 이들이 사용하는 '소설'이라는 말의 원천에 주목하여 당대의 소설 개념에 접근하고 있다. 김재영, 「근대계몽기 소설 개념의 변화—두 가지 외래적 변천」, 『현대문학의 연구』 22, 2004 참조.

을 싣고 있다. 이후 『대한믜일신보』 국한문판 1906년 2월 20일자부터 3월 7일까지 「거부오해」가 '소셜(小說)'란에 연재되어 있으며, 『뎨국신문』의 경우에도 1906년 9월 18일자의 「령남 안동 짜에」 이후 여러 편의 서사문학 작품을 소설란에 싣고 있다.

본 논문의 검토 대상인 「희외고학」이 실려 있는 『경향신문』에 소설란이 처음으로 등장하는 것은 1906년 11월 30일자 제7호부터인데, 1면에는 『론셜』과 『관보 대개』가 있었으며, 2면에는 『셔임』과 『국니잡보』, 3면에 『외국잡보』와 『각식문뎨』, 그리고 마지막 단에 『쇼셜』이 있었다. 처음 연재된 작품은 「정소의 불긘」으로 제목 아래에 '고담'이라는 표기가 붙어 있다. 이 작품은 2회에 걸쳐 연재되었는데, 당시 신문의 지면 구성이 대체로 논설·관보·외보·잡보·소설·광고란 등의 순서로 이루어지고 있었다는 사실과 비교해 본다면 소설란의 1면 고정은 주목할 만한 특징이다.7) 『경향신문』 소설란에 실린 작품들의 특성은 다음의 다섯 가지로 요약된다. 첫째, 『경향신문』에 수록된 소설에는 모두 제목이 붙어 있다. 이 제목들은 소설의 내용이나 주제로 연결되며, 내용과 주제는 천주교 교리에 입각한 삶의 태도와 더불어 일제치하의 시대상을 담아내고 있다. 둘째, 소설에는 전부 작가 표기가 없다. 작가를 밝히지 않고 소설을 게재한 이유는 신문 자체가 주는 공신력의 측면과 일제의 검열로부터 작가를 보호하기 위한 자구책의 측면으로 설명할 수 있다. 아울러 근대적인 소설 양식의 개념이나 위상이 확립되지 않았다는 데에서도 그 원인을 찾을 수 있다. 셋째, 소설의 대부분이 우화나 야담의 방식을 취하고 있다. 그러나 이들 작품은 현실적인 소재나 제재를 택해 각색함으로써 그 의도가 단순한 서사 전달에만 있는 것이 아님을 분명하게 드러낸다. 넷

---

7) 소설란이 1면에 등장하는 하는 것은 『경향신문』보다 약 3년 후인 1909년 6월 2일에 창간된 『대한민보』의 경우도 마찬가지이다. 『대한민보』의 경우에는 신문사상 최초로 1면 중앙에 사회 문제를 풍자하는 삽화를 싣고, 이를 중심으로 당시 유행하던 시사 용어와 명언, 속담을 실은 난과 소설란, 그리고 광고란을 배치하고 있다.

째, 길이가 짧은 단형 소설과 상대적으로 긴 길이를 지닌 장형 소설이 공존하고 있다. 길이 여하에 상관없이 '쇼셜'이라는 표제를 달았다는 것은 이 시기 소설의 한 양상을 설명할 수 있는 중요한 지표가 된다. 다섯째, 중심서사에 편집자 주 혹은 편집자 해설이 붙어 있어 소설과 논설의 미분리 양상을 보인다. 이는 서사를 통한 현실 비판적 담론이 국민을 계몽하는데 효과적으로 작용했음을 드러낸다.[8]

이밖에 『황성신문』이나 『만세보』·『대한민보』 등도 소설란을 두고 여러 편의 작품을 싣고 있는데, 소설란에 실려 있다고 해도 이들은 대체로 서사적논설[9]의 형태를 띠고 있으며, 그 성격은 잡보나 기서란에 실린 글과 큰 차이가 나지 않는다. 다만 잡보나 기서란에 실린 글보다는 상대적으로 길이가 길다는 것을 확인할 수 있을 뿐이다. 이런 점에서 근대계몽기의 소설과 잡보나 기서, 논설의 차이를 명확하게 구분하기는 어렵다. 따라서 이러한 특징은 그 자체로서 잡보나 기서, 논설과 소설이 분화되지 않은 근대계몽기 서사 자료의 성격을 확인시켜주는 구체적인 사례가 된다.

2) 「희외고학」의 근대적 특성

(1) 내용적 특성－주체로서의 여성 등장

「희외고학」은 『경향신문』의 '쇼셜'란에 1910년 3월 25일부터 같은 해 10월 21일까지 연재되었던 순한글 소설로서, 『경향신문』에 실린 다른 소

---

8) 정가람, 「근대계몽기 『경향신문』 소재 '쇼셜'의 특성 연구」, 『현대소설연구』 24집, 2004.

9) 서사적논설은 조선 후기 야담이나 한문단편의 전통을 이어받은 양식으로서, 본이야기를 싣는 이유를 적은 편집자주－중심서사－교훈·계몽을 직접적으로 설파하는 편집자 해설의 형식을 갖고 있다. 중심서사는 야담이나 우화 등의 이야기로 구성된다.

설들처럼 무서명으로 발표되었다. 「일한합병발표」 기사가 실리는 9월 2 일자와 조선총독부의 관제와 법령 반포에 관한 「관제반포」 기사기 연속 으로 실리는 10월 7일자, 14일자를 제외하고는 총 28회가 지속적으로 연 재되었다.10) 이 소설의 주된 줄거리는 다음과 같다.

어릴 적부터 글 배우기와 쓰기에 남달랐던 김관영은 신학문을 공부하고자 일 본 유학을 결심한다. 그러나 가세가 기울어 유학 비용을 마련할 수 없게 되자 각 대관의 집을 찾아다니며 보조비 명목으로 돈을 꾼다. 그것만으로는 부족하 여 일용품을 파는 장사를 시작하는데, 일 년만에 큰 이익을 보자 어머니에게 편지 한 장만 남기고는 인천으로 떠난다. 인천항에 정박한 순양함을 구경하다 가 밀항을 하고 마는데, 함장의 은혜로 일본까지 무사히 가게 된다. 일본에 도 착하자마자 처음 눈에 띤 여관에 불쑥 들어가 하룻밤 머물게 해달라고 청한다. 관영의 인물됨과 포부를 높이 산 여관 주인 우다(羽多)는 자기 집에 머물도록 한다. 낮에는 여관 일을 도와 주고 밤에는 야학에 다니며 공부를 하며 지내다 가, 여관 주인의 딸에 의해 누명을 쓰고는 여관을 나온다. 동경으로 간 관영은 상아(上野, 현 우에노) 상점의 점원으로 들어가는데, 심부름길에 다시 만난 함 장의 주선으로 중촌소장(中村小將)의 서생이 된다. 한편, 조선에 있는 관영의 누이 옥선은 자신의 의지대로 좋은 신랑감을 만나 혼인을 하고, 홀로 계신 어 머니를 극진히 봉양한다. 편지를 통해 누이가 어머니를 극진히 모시고 있음을 안 관영은 자신이 모친의 마음을 편하게 만드는 길은 오직 자기의 목적을 이루 는 데 있다고 하며 공부에만 매진한다. 이후 관영은 우수한 성적으로 대학까지 무사히 마치고 여관 주인의 딸과 정혼을 하여 귀국한다. 귀국해서는 전에 보조 금을 꾸었던 대관들을 찾아가 빚을 갚아 사람들의 칭송을 얻는다.

이 작품에서 눈에 띄는 내용적 특징은 여성 등장인물이 혼인과 관련 하여 자신의 의사를 적극적으로 밝히고 있다는 점이다. 관영의 누이인

---

10) 한원영은 『한국개화기 신문연재소설연구』(일지사, 1990)와 『한국신문 한 세기』(푸른 사상, 2001)에서 「히외고학」을 27회의 미완 작품이라고 밝히고 있다. 이는 27회까지 1 면에 연재되던 소설이 마지막 28회에 이르러 4면에 실린 것을 확인하지 못한 데에서 생긴 오류로 보인다.

옥순과 후에 관영과 결혼하게 되는 일본 여성 국지가 그들이다. 다음에 인용된 첫 단락은 옥순이 혼처를 구해주겠다는 외삼촌의 말을 듣고 어머니에게 자신의 의사를 반영해줄 것을 여러 가지 예를 들어 말하는 부분이고, 두 번째 단락은 어른들과는 다른 기준에서 신랑감을 정하는 옥순의 시각이 드러난 부분이다.

진ᄉ) 걱졍 마시오 신랑 지목은 나ㅣ 구ᄒ리다 누님이 친히 보시고 ᄆ옴에 합당ᄒ거든 사회를 삼으시오

옥슌이는 그 말을 듯고 별 싱각을 다 ᄒ다 외삼촌이 과히 샹업슨 사롬은 아니지마는 혹 엇던 놈의 꾀임에 빠져 뎌러톳 쟝담을 ᄒ여 구ᄒ다 ᄒ는가 과연 즈긔 ᄆ옴에 합당ᄒᆫ 자리가 잇서 어머님의게 지삼 권ᄒ다가 쟝담을 ᄒ는가 나를 엇던 못된 놈이나 엇어 맛기지 아니 ᄒ려는가 어이구 나를 못된 막난이 ᄀᆺ흔 놈이나 엇어 주어 일평싱 고싱을 시기지나 아니홀가 누구는 남편을 잘못 맛나 근 십여 년을 흔숨으로 셰월을 보낸다ᄂᆫ디 나ㅣ가 그런 경위나 아니 당홀ᄂᆫ지 ᄒ고 여러 가지로 싱각ᄒ다가 뎌의 삼촌이 작별ᄒ고 간 후 뎌의 어머니의게 말ᄒ기를

옥슌) 어머님끠셔 저의 혼쳐를 구ᄒ시거든 어머님 싱각에만 합당ᄒ다고 허락지 마시고 제 의견도 구ᄒ여 보시읍쇼셔 제가 어머님끠 이런 말슴을 엿즈오면 응당 걱정을 ᄒ실 터이나 어머님끠셔도 깁히 싱각ᄒ시면 아실 일이올시다 사롬이 이 셰샹에 나셔 부모의게 은혜 닙기를 태산보다 놉고 바다보다 깁흔 은혜를 닙으나 즈식의게 계집이 나셔 방을 엇어 맛기는 것은 부부가 서로 빅년 긔약을 믲ᄂᆫ 것인고로 쇽담에 빅년 친구라 ᄒ나 친구 뿐 아니라 두 몸이 ᄒᆫ 몸이 되ᄂᆫ 것인 디 만일 부모가 잘못 ᄒ여 부부간에 사나회가 계집의 ᄆ옴에 불합ᄒ든지 계집이 사나회 ᄆ에 맞지 아니ᄒ면 빅년 친구는 고샤ᄒ고 빅년 원슈를 맛게 ᄒᆫ 것인 고로 즈식의게 원망을 듯ᄂᆫ 것이오니 엇지 두렵고 삼가 홀 일이 아니오릿가 어머님은 깁히 싱각ᄒ옵셔 제 말슴을 조곰이라도 방즈ᄒ다 마옵쇼셔

부인이 쌀의 말을 듯고 긔가 막히고 어이가 업스나 과연 깁히 싱각ᄒ매 털억만치라도 그른 말이 아닐 뿐더러 다시 싱각ᄒ면 탄복홀 말이라 즉시 혼쳐가 잇ᄂᆫ 경우이면 너의 의견대로 구ᄒ리라 ᄒ고 허락ᄒ엿더라[11]

옥순의 혼쳐는 석둘 젼브터 구ᄒᄂ 혼쳐가 결혼ᄒ자는 ᄃ는 만ᄒ나 혼 곤ᄃ
도 합의혼 곳은 업스니 부인의 ᄆᄋᆷ에 합당ᄒ면 진ᄉ가 반ᄃᄒ고 진ᄉ와 부인
의 ᄆᄋᆷ에 합ᄒᄒ면 옥순이가 반ᄃ를 ᄒ여 아직 뎡치 못ᄒ엿ᄂ ᄃ 옥순의 혼쳐
구ᄒᄂ 목뎍인 즉 일왈 당ᄌ, 이왈 가픔, 삼왈 지산이나 부인과 진ᄉ는 그와 반
ᄃ라12)

「희외고학」에는 옥순보다 더욱 적극적인 여성이 등장하고 있다. 결국
주인공인 관영과 결혼하게 되는 국지가 바로 그러한 인물이다.

사롬이 쳥년 시ᄃ에는 ᄉᆨ게에 ᄲᅡ지기 쉽건마는 오직 관영은 그러치 아니ᄒ야
쥬인의 십륙 세 된 ᄯᅡᆯ의 음난ᄒ 뜻에 응죵치 아니ᄒ고 강경혼 ᄆᄋᆷ으로 거절ᄒ
매 필경에는 그 계집 ᄋ희가 뎌의 부친의게 무함ᄒ여 고ᄒ나 쥬인이 두세 번은
고지 듯지 아니ᄒᄃ니 ᄌ긔 ᄯᅡᆯ이 여러 번 말ᄒ매 쥬인이 그리ᄐ 소랑ᄒ던 관영
을 일시에 ᄆᄋᆷ이 변ᄒ여 박ᄃ가 ᄌ심ᄒ거늘 관영이 여러 가지 빙거로써 변명
ᄒᄃ 그 계집 ᄋ희는 그 이희를 보기슬혀 내여 쏫고져ᄒ여 엇더케 무함ᄒ엿든
지 쥬인은 듯지 아니ᄒ고 관영을 ᄌ긔 집에 두엇던 것을 혼 ᄒᄂ지라13)

관영을 유혹하려고 갖은 방법을 다 써도 제 뜻대로 할 수 없게 되자,
국지는 관영을 모함하여 아예 내쫓기에 이른다. 국지의 행동을 간교하다
고 할 수는 있지만, 원하는 사람을 얻기 위해 적극적으로 개입하는 모습
은 눈에 띠는 대목이 아닐 수 없다. 또한 국지의 이러한 행동이 순간적
충동에 기인한 것이 아니라는 사실은 후에 국지가 자신의 아버지까지
동원하여 관영으로부터 정혼을 약속하는 계약서를 받아내는 장면에서도
확인할 수 있다.

우다) 그러ᄒ겟지 그러ᄒᄃ 그 말슴은 어머님끠 ᄒ니까 무엇이라 ᄒ시ᄃ냐

---

11) 「희외고학」, 『경향신문』, 1010년 5월 20일자.
12) 「희외고학」, 『경향신문』, 1910년 6월 17일자.
13) 「희외고학」, 『경향신문』, 1910년 6월 3일자.

관영) 어머님끠셔는 네 싱각대로 호라 호십데다 (…중략…)

우다) 그러면 지금 셩례를 아니호면 언제나 호려는가

관영) 나의 목뎍을 일운 후에 호여도 무방호지오

우다) 셩례는 언제 호든지 계약셔나 쓰자

관영이 곳 계약셔 혼 쟝을 써셔 우다의게 주니 우다는 희식이 만면호여 그 계약셔를 갓다가 즈긔 마누라의게 뵈이고 쓸을 주매 쓸이 밧아 가지고 호는 말이 이제는 나ㅣ가 김관영의 사롬이 되엿슨즉 집에 잇슬 까둙이 업스니 곳 관영의게 나아가 의론호여 죠션에 잇는 싀어마님끠로 가셔 싀어머님을 밧들게 호라 호는지라14)

국지는 자신의 굳은 의지로써 관영을 선택했으며, 그 선택에 따르는 책임까지도 인지하고 있다. 그러므로 조선에 가서 시어머니를 모시겠다는 국지의 단호한 말과 행동은 이미 근대적 주체로서 자기를 확립한 여성으로 보는 데에 조금도 부족함이 없다.

1910년대까지만 해도 결혼 당사자들의 입장은 고려되지 않고 집안 어른들의 결정대로 결혼이 이루어져왔다. 1910년대 초뿐만 아니라 말까지도 계속되고 있는데, 이러한 사실은 1917년 11월 21일에서 30일까지 『매일신보』에 연재되었던 이광수의 「혼인론(婚姻論)」에도 잘 드러나고 있다.

元來 夫婦는 人生의 諸問題中에 가장 重大한 問題외다. 그러므로 婚姻問題는 社會에 그 影響을 波及함이 極히 크고 極히 複雜합니다. 「人倫大事」라 하고, 「百福之源」이라 하고, 「君子之道造端乎夫婦」라 함이 果然 옳은 말이외다. 朝鮮人도 입으로는 이러한 말을 합니다. 그러나 事實上 朝鮮人은 婚姻을 輕히 여깁니다. 牛馬의 賣買보다도 輕히 여깁니다.

『네 딸을 내 며느리로 다고』

『오냐, 네 아들을 내 사위로 삼으마, 하하』

하고 웃고 藥酒나 한 잔 같이 노느면, 이에 婚姻이 成立되어 그 「딸」과 「아들」의 一生의 運命이 決定되는 것이외다.

---

14) 「히외고학」, 『경향신문』, 1910년 9월 9일자~16일자.

大抵 婚姻은 成年된 男女의 自意로 할 契約行爲외다. 父母는 相當한 指導와 援助는 할지언정, 「장가들이」고, 「시집보냄」은 不可합니다. 장가는 제가 드는 것이요, 남이 들일 것이 아니며, 시집은 제가 가는 것이요, 남이 들일 것이 아니외다.15)

조선인들은 입으로는 혼인을 중대사라고는 하지만, 실제로는 말이나 소의 매매보다 가볍게 여기고 있어 한두 마디 말과 약주 한 잔이면 결혼 당사자들의 의지와는 상관없이 혼인이 이루어지고 있다는 현실을 지적한 말이다. 혼인을 성인남녀 자의에 의한 계약 행위로 보았던 이광수는 「혼인론」을 발표하기 이전인 1917년 4월에 이미 「혼인(婚姻)에 대(對)한 관견(管見)」을 써서 『학지광』에 싣고 있는데, 혼인의 목적이라든가 혼인의 조건 등에 관한 그의 주장이 잘 드러나고 있다. 이러한 그의 생각은 이후 1918년 『청춘』 제15호에 실린 「자녀중심론(子女中心論)」까지 나아가, 자녀가 부모로부터 해방되어 스스로의 생활을 경영하고 자유의지의 능력을 배양하는 것이 문명화의 한 부분임을 역설하고 있다.16) 이광수는 이러한 계몽적 글쓰기에서 뿐만 아니라 「소년의 비애」(『청춘』, 1917)나 「무정」(『매일신보』, 1917) 등의 소설을 통해서도 근대적 결혼관을 드러낸 바 있다. 이러한 일련의 글들이 「히외고학」보다 시기적으로 늦게 연재되었음을 상기한다면 자유의사로써 결혼을 결정하는 근대적 주체로서의 여성 등장은 「히외고학」의 중요한 내용적 특징이 되는 것이다.17)

---

15) 이광수, 「혼인론」, 『이광수전집』 17권, 삼중당, 1962, 141면.

16) 이광수는 "文明은 어떤 의미로 보면 解放이라. 西洋으로 보면 宗敎에 對한 個人의 靈의 解放, 貴族에 對한 平民의 解放, 專制君主에 對한 國民의 解放, 奴隸의 解放, 무릇 어떤 個人 或은 團體가 다른 個人 或은 團體의 自由를 束縛하던 것은 그 形式과 種類의 如何를 勿論하고 다 解放하게 되는 것이 實로 近代文明의 特色이요, 또 努力이다"라고 언급하고 있다. 이광수, 「자녀중심론」, 『청춘』 제15호 참조.

17) 여성의 적극적이고 대담한 모습이 드러난 또 다른 작품으로 『경향신문』 1909년 8월 20일자부터 9월 3일자까지 3회에 걸쳐 연재된 「규중호걸」을 들 수 있다. 그러나 이 작품은 『동패집(東稗集)』이나 『이조한문단편집』 등에 제목만 달리하여 실려 있다는 점에서 창작물인 「히외고학」과는 그 의미하는 바가 다르다.

(2) 형식적 특성-근대소설의 요건들

「히외고학」에 나타난 몇 가지 중요한 형식적 특성을 간추리면, 다음과
같다.

첫째, 구어체 한글을 사용했으며, 언문일치를 지향하고 있다는 점이다.
또한 발화자 표시를 하여 대화를 진행시킨다. 근대계몽기 지식인들에 의
한 문자 선택은 독자를 의식하여 이루어졌다. 한문을 주된 문자로 삼았
기에 지식인계급에 한정될 수밖에 없었던 조선 후기 야담이나 한문단편
과 비교하여 한글로 글쓰기를 하고 있다는 것은 일반 대중 모두를 독자
로 포섭하려고 하는 의지의 산물로 볼 수 있기 때문이다. 「히외고학」이
실린 『경향신문』은 그 창간호에서부터 한글사용의 의지를 밝히고 있었
다.18) 이는『경향신문』이 궁극적으로는 포교와 계몽을 목적으로 한 천주
교 기관지였다는 사실과도 관계가 있다. 포교와 계몽을 내포하고 있는
소설은 더욱 널리 읽히지 않으면 안 되었다. 그러므로 모든 국민이 쉽게
읽을 수 있도록 한글 소설을 연재한 것이다. 「히외고학」은 한글로 쓰였
다는 사실 외에 등장인물들이 구어체에 가까운 대사를 구사하고, 각각의
발화자 표시를 하고 있다는 점에서도 그 특징을 확인할 수 있다. 다음의
인용을 보자.

> 관덕) 어머니 아져ㅅ시 오셧세오
> 어디 ᄒ며 곳 압쓸노 나아와 반기며
> 부인) 그동안에 엇지ᄒ야 그리 볼 수 업섯더냐 어디를 갓더냐

---

18)『경향신문』1906년 10월 19일자에 실린 창간호 논설「경향신문을 내는 본뜻이라」에
   다음과 같은 내용이 들어 있다. "경향신문을 내는 연고가 네 가지 잇스니 대한과 타국
   소문을 들어냄이 ᄒ나히오 관계잇는 소문의 대쇼를 판단홈이 둘히오 요긴ᄒ 지식을
   나타냄이 세히오 모든 사름이 알아듯기 쉬온 신문을 ᄆᆞᆫ듦이 네히라……" 결국『경향
   신문』은 남녀노소를 불문하고 누구나 쉽게 읽을 수 있도록 한글을 통해 정보를 제공
   하여 유익하게 하겠다는 것인데, 이는 일반 국민 모두를 신문 독자의 영역으로 포섭하
   여 계몽하겠다는 의도를 나타낸다.

　진ᄉ) 그동안에 싀골졉에셔 아바님 병환 급보를 듯고 누님끠 긔별을 ᄒ려다
가 밀어셔 못ᄒ고 갓다가 어제야 도로 왓ᄂ디 굼굼ᄒ기도 ᄒᆯᄲᅮᆫ 아니라 아바님
병환 리약이도 ᄒ자고 오늘은 일즉이 건너왓습니다
　부인) 아바님의 친환 급보를 듯고 ᄂ려갓다가 왓셔 그래셔 지금은 엇더ᄒ시냐
　진ᄉ) 지금은 쾌복은 못 되시나 병환은 다 나셧셰요
　부인) 무슨 병환으로 별안간 엇더케 알으셧단 말이냐
　진ᄉ) 별안간에 슈죡이 붓고 ᄒ로 동안에 비ᄭ지 부어 올나와 대단히 위급ᄒ
시더니 마참 유명ᄒᆫ 의원을 맛나 일쥬일 만에야 그 부긔가 다 ᄂ려 나으셧셰요
　부인) 큰일날 번 ᄒ엿고 어머님이신들 오죽 놀나셧겟ᄂ냐 계집은 츌가 외인
이라고 그러케 즁히 알으신 것을 그러ᄒ 줄도 몰낫고나
　진ᄉ) 누님끠셔야 엇지 아실 수 잇소 그러나 관영의게셔 편지나 왓습더니까

　주인공 관영의 어머니가 오랜만에 만난 동생과 친정 아버지의 병환에
대한 이야기를 주고받는 장면이다. 표기만 현대어로 바꾸면 지금의 소설
과 크게 다르지 않을 정도로 구어체를 구사하고 있다는 사실은 언문일
치라는 근대소설의 기본 조건을 만족시키고 있음을 확인할 수 있는 특
징이 된다. 더불어 이러한 사실은 소설의 수용자층을 고려한 생산자층의
선택의 결과였다는 점에서도 의의를 찾을 수 있다. 이런 의미에서 한글
사용이나 언문일치의 지향은 근대문학의 형성과 전개 과정을 논의하는
데 중요한 지표가 된다.

　둘째, 시공간적 배경의 구체적 서술과 인물의 내면 심리묘사를 통해
리얼리티를 구현하고 있다. 「히외고학」에는 "경셩 북부 즈하동", "인쳔
항", "동경", "샹야(上野, 현 우에노 지방)" 등의 지명이 구체적으로 언급되고
있다. 또한 "열시 ᄉ십오분", "열ᄒ 시 삼십 분"이라는 시간의 기록이 정
확하게 되어 있다. 시간적 배경을 대략 '~경'으로 했던 이전의 작품들에
비해 하루를 24시간으로 구분하는 근대적 시간 관념, 즉 시간 의식의 전
환을 찾아볼 수 있는 부분이다. 이는 막연한 과거이거나 시간이 아예 드
러나지 않고, 한국이 아니라 아프리카에 이르는 외국을 시공간적 배경으

로 삼고 있는 대다수의 서사적논설과는 확연히 구별되는 지점이기도 하다.[19]

또한 '관영', '옥슌' 등의 이름이 직접적으로 호명될 뿐만 아니라, 그 인물들의 내면이 구체적으로 묘사되고 있다.

> 외삼촌이 과히 샹업슨 사롬은 아니지마는 혹 엇던 놈의 꾀임에 빠져 더러툿 쟝담을 흐여 구흔다 흐는가 과연 즈긔 므음에 합당흔 자리가 잇서 어머님의게 지삼 권흐다가 쟝담을 흐는가 나를 엇던 못된 놈이나 엇어 맛기지 아니 흐려는가 어이구 나를 못된 막난이 곳흔 놈이나 엇어 주어 일평싱 고싱을 시기지나 아니흘가 누구는 남편을 잘못 맛나 근 십여 년을 흔숨으로 세월을 보낸다는 더 나ㅣ가 그런 경위나 아니 당흘는지[20]

> 나ㅣ 작년에 이 집에서 뎌 계집 ㅇ희로 인흐야 내여쫏길 때 쥬인이 심히 뮈워 흐엿스나 이 집 압흘 지나며 그져 지나면 비은망덕흐는 것이니 쥬인의게 쏘 뮈움을 밧을 지라도 아니 드러와 보고 가는 것은 나ㅣ가 그른 고로 드러오기는 왓스나 이러툿 우디흘 줄은 과연 뜻밧기라 (…중략…) 쥬인은 본시 도덕이 좀 잇는 사롬인고로 혹 나를 용셔흐여 이러케 흐는가[21]

인용된 첫 단락은 관영의 누이 옥순이 신랑감을 골라주겠다는 외삼촌의 말에 자기 마음에 맞지 않는 사람을 고르면 어쩌나 하는 걱정이 드러난 부분이고, 두 번째 단락은 귀국길에 인사차 들른 우다 여관에서 뜻밖의 환대를 받자 예전 일을 떠올리는 관영의 속마음이 나타난 부분이다. 「히외고학」에 이렇듯 시공간적 배경이 구체적으로 서술되고, 등장인물들

---

19) 이러한 서사적논설이 시공간적 배경을 불분명하게 처리한 이유는 그 궁극적 목적이 서사에 있는 것이 아니라 계몽과 교훈의 전달에 있었기 때문이다. 그러나 계몽과 교훈을 전달하고자 할 때에도 현실 자체에서 소재와 주제를 취하고 있다는 사실만은 간과해서는 안 될 것이다. 그러므로 근대계몽기의 서사적논설에는 현실성이 담겨 있지 않다고 주장하는 것은 옳지 않다.

20) 「히외고학」, 『경향신문』, 1010년 5월 20일자.

21) 「히외고학」, 『경향신문』, 1910년 8월 5일자.

의 내면심리가 세밀하게 묘사되고 있는 점은 현실성(reality)의 구현이라는 측면에서 근대소설로 가늠하게 만드는 중요한 지표의 하나가 된다.

셋째, 극적 구성 방식을 취하고 있다. 소설의 구성은 곧 플롯(plot)을 의미하며, 인과율에 의한 플롯은 소설이라는 양식을 단순 줄거리 중심의 이야기(story)와 구별시켜주는 중요한 역할을 한다. 말하자면 플롯은 사건을 어떻게 배열하고 있는가의 문제이다.[22]

「희외고학」에는 주인공 김관영의 일본 유학 경험, 누이 옥순의 결혼 등의 사건이 시간 순서에 따라 배열된 것이 아니라, 오늘날의 장면 전환이나 극적 제시와 같은 기법을 통해 전개되고 있다. 같은 시간대에 공간을 달리 하여 일어나는 사건을 자연스럽게 배치하고 있는 것이다. 또한 연재되는 각 회의 시작과 끝 이야기가 아무렇게나 이어진 것이 아니라 사건의 전개나 장면 전환을 위한 배열로 이루어져 있음을 알 수 있다. 이 때문에 연재분량이 각 회마다 약간의 차이를 보이고 있다.

> 관영이 이곳히 니어 학문에 힘을 쓰는 동안에 관영과 결혼혼 우다의 쭐은 즈
> 긔 남편이 학업을 무치고 도로 오기만 기드리고 잇눈 디 일긔가 더운 째를 당
> 호야 뎌의 부모는 다 츌입을 호엿눈 고로 계집 하인의게 집을 보라 호고 목욕
> 홀 츠로 후원으로 가니 째는 칠월 이십일 셕양이라 그 째에 무춤 리웃 사눈 쇼
> 년이 잇서 흥상 그 쳐즈를 흠모호눈 즁 우다의 집 계집 죵은 그 쳥년과 친흠으
> 로 긔밀을 샹통호여 숀년의게 그 긔회를 통긔혼 지라 그 쳐즈가 목욕을 호고
> 무춤 나오눈 디 그 쇼년이 담을 넘어 돌입호여 겁탈호려 호매 그 쳐즈눈 졸디
> 에 그 경광을 당혼 즉 이 변을 엇지 홀고 호며 쥬져호다가 죽기로써 결단호고
> 소리를 지르나 그 죵년은 텅이불문이늘 쳐즈가 분흠을 이긔지 못호야 쳥년과
> 힐난호다가 그 쳥년을 물에 더지고 급히 도망호여 후원에셔 나아가니 죵년은

<hr>

22) 한국 근대소설은 그 발생 단계에서 서양식의 인과관계를 중시하는 플롯, 처음과 중간과 끝이라고 하는 유기적 질서와 구조적 완결성을 중시하는 플롯의 개념은 크게 중요하지 않았다. 그러나 이것은 발생기 한국 근대소설에 플롯이 없었다는 것이 아니라 작품의 짜임새에 대해 서양 소설과는 다른 인식을 지녔다는 것을 나타낸다. 김영민, 「동서양 근대소설의 발생과 그 특질 비교 연구」, 『현대문학의 연구』 21, 2003.

망을 보고 잇다가 그 광경을 보고 급히 마루에 가 누어 자는 톄 ᄒ더라

　그 쳐녀가 죵년의 그 힝동을 보고 더욱 분히 넉여 나아가며 몽동이로 보기
됴케 될 즈음에 우다가 드러와 그 모양을 보고 까닭을 무르니 그 젼후 ᄉ연을
말ᄒ거늘 우다가 역시 분홈을 이긔지 못ᄒ여 곳 후원에로 쏘차 드러간 즉 그
쇼년은 물 밧게 나아와 옷에 물을 털다가 우다를 보고 다시 월쟝을 ᄒ여 도주
ᄒ지라 우다가 쏘차가 되잡지 못홀 줄을 알고 나아가 죵년을 문쵸ᄒ니 그 근쳐
알만ᄒ 집 ᄌ식이라 그 집을 급히 ᄎ자가는 더 길헤서 힝슌 슌사를 맛낫슴으로
그 ᄉ실을 고ᄒ니 슌사가 홈끠 가자ᄒ여 ᄀᆺ히 그 집에 니른즉 그 쇼년은 이믜
도망ᄒ고 그 아비는 아참에 나아가 아직 드러오지 아니ᄒ엿다 ᄒ거늘

　우다가 홀일 업서 슌사의게 부탁ᄒ고 집에로 도라 와셔 그 죵년을 경찰셔로
잡아 보내엿더라

　관영은 대학교에셔 ᄉ년을 공부ᄒ여 거의 졸업 긔한이 갓가온더 ……23)

위의 인용은 관영과 정혼한 우다의 딸 국지가 겁탈당할 위기에 놓였
던 극적인 사건을 서술하고 있는 부분이다. 그런데 이 사건에 대한 이후
의 언급이 없다. 범인에게 협조하여 여주인을 위험에 빠뜨린 여종을 경
찰서에 넘긴 것으로 사건이 해결된 것이 아니다. 독자로 하여금 '범인은
어떻게 되었을까' 하는 궁금증을 갖게 하고는 이에 대해 길게 언급하지
않음으로써 이후에 연재될 나머지 부분을 지속적으로 읽게 만드는 극적
장치로 이용하고 있는 것이다. 궁금증 유발의 장치는 1910년 10월 21일
자의 마지막 회에서도 작동되고 있다. 관영이 일본여성을 아내로 맞아
귀국은 했는데, 시어머니와 며느리가 서로 말이 통하지 않고, 누이 부부
뿐만 아니라 동네 여인들까지 와서 여러 말을 하는 상황이 펼쳐진다. 그
러나 이에 대해서도 더 이상의 서술이 진행되지 않고 바로 관영이 옛날
에 꾸었던 돈을 갚고 칭송을 얻는 결말로 끝을 맺고 있다.

　플롯에 의한 소설 구성은 자연적 흐름으로서의 시간 질서를 깨뜨리면
서 이중 삼중의 시간 겹침에 의해 이루어진다. 이 결과로 서술적 역전이

---

23) 「히외고학」, 『경향신문』, 1710년 9월 23~30일자.

현저해진 것이다. 사건의 구성이 시간적 질서를 역류하여 과거가 현재 속으로 유입해 들어오기도 하며, 과거와 현재의 중층적 병렬이 자연스럽게 이루어진다.[24] 이런 점에서 「히외고학」에서 드러나는 장면 진환이나 극적 제시 등에 의한 사건 배열은 중요한 근대적 특성의 하나라고 할 수 있다.

넷째, 28회 연재된 장형서사물로서, 근대소설의 형성 과정에서 서사가 강화되어 가는 양상을 뚜렷하게 보여준다는 특징을 갖는다. 서구에서 근대소설은 기본적으로는 장편을 의미하지만, 근대계몽기에 쓰인 소설 가운데는 이런 서구적 개념의 근대적 장편소설에 해당할 만한 작품을 찾기란 어렵다. 근대계몽기의 서사문학 작품들은 기본적으로 길이가 짧은 단형서사물의 형태를 띠고 있었기 때문이다. 이렇게 길이가 짧은 이유는 작품들이 실린 매체가 신문이었다는 점과 식민 지배하의 시대적 상황으로 설명될 수 있다. 1905년 11월 20일에 당시 신문사 사장이자 주필로 활동했던 장지연이 쓴 「시일야방성대곡(是日也放聲大哭)」으로 인해 『황성신문』이 정간당했던 사정을 떠올리면 쉽게 이해할 수 있을 것이다. 이 시기에 일제는 「신문지법」을 통해 한국인이 발행하는 모든 신문들에 제재와 압력을 가하고 있었을 뿐만 아니라, 「신문지 규칙」에 이르러서는 이 법을 근거로 신문의 발행허가에서 처벌에 대한 근본적이고 체계적인 언론통제의 장치를 갖추게 된다.[25] 이런 시대적·사회적 제약 속에 놓여 있었던 각 신문들이 장편을 구상하여 연재하기란 쉬운 일이 아니었기

---

24) 이재선, 『한국현대소설사』, 홍성사, 1982, 20~21면.
25) 「신문지법」은 1907년 7월 24일에 이완용 내각이 법률 제1호로 제정 공포한 것으로써, 신문이나 잡지 등 정기간행물에 적용되었던 법률이다. 처음 공포될 때는 전문 38조였으나, 다음 해인 1908년 4월 20일에 전문 41조와 부칙으로 개정한다. 이것이 5월에 공포된 「신문지 규칙」이다. 갖가지 금지사항 이외에도 이 법을 위반하는 경우 발행금지, 정간 등의 행정처분과 언론인에 대한 사법 처분을 가할 수 있도록 된 법이었다. 또한 신문 발행의 허가제와 발행 허가에 앞서 보증금을 납부하도록 하는 등 발행 허가를 받는 일 자체를 원칙적으로 어렵게 만들었다. 정진석, 『한국언론사』, 나남, 1990, 309~310면.

때문이다. 따라서 이러한 상황에도 불구하고 다른 작품들에 비해 상대적으로 길게 연재되었던 「희외고학」은 이 시기의 서사문학 작품이 서사가 강화되면서 장형화되어 가고 있음을 보여주는 특징적 면모를 갖는다. 그러나 이러한 근대적 특성을 보임에도 불구하고 이 작품에서 극복되어야 할 한계가 없었던 것은 아니다. 이때 주목하여 살펴보아야 할 부분이 있다. 그것은 바로 이 소설이 한창 연재되는 중간 시점인 1910년 6월 10일자에 편집자 해설26)이 붙어 있다는 점이다.

> 장흐도다 관영의 결심이여 놀납도다 관영의 인내심이여 범인으로셔야 엇지 이러툿 결심흐여 희외에 가 공부홀 ᄆᆞ음을 두엇스리오 그러나 우리나라 쳥년들은 이 관영의 결심과 인내를 모법지 못홀가 관영은 별사름인가 아니라 그 사름도 이목구비는 우리와 다름업고 그 사름도 스지빅톄가 우리에셔 더흐지 안토다 우리도 쏘흔 태산을 끼고 북희를 씔 ᄆᆞ음을 반셕ᄀᆞᆺ히 두면 관영에 멋 십비나 나흘ᄹᆞᆫ아니라 지금 공부를 흐ᄂᆞᆫ 쳥년들의 쌔와 관영의 공부흐던 쌔를 비흐면 지금 시디는 관영의 공부흐던 시디보다 멋 빅비나 열닌 시디인고로 범빅스가 관영의 공부홀 쌔보다 멋 빅비나 쉬운지라 그런즉 지금 시디 쳥년들이 관영의 굿셋 ᄆᆞ음과 견디ᄂᆞᆫ 힘을 반만 가져도 족히 목뎍을 달흐여 나라희 큰 스업을 홀 만흔 지목이 되겟도다27)

소설사의 측면에서 볼 때, 근대적 서사양식은 서사적논설에서 출발하여 중심서사의 내용이 더욱 풍부해지고 논설, 즉 편집자 해설이 탈각되는 방향으로 발전 양상을 보인다. 그러나 이때 말하는 서사적논설이 일반적으로 1회나 2, 3회 분량의 단형서사였다는 점에서, 편집자 해설이 붙어 있다고는 하지만 28회나 연재된 이 「희외고학」과는 큰 차이가 난다. 서사가 이렇듯 강화되고 장형화되었다는 사실은 「희외고학」을 근대소설로 가늠

---

26) 편집자 해설은 일반적으로 서사적논설이 갖는 특징으로서 대체로 중심서사의 앞이나 뒤에 붙어 직접적으로 교훈을 설파하고 주제를 드러내는 역할을 한다.
27) 「희외고학」, 『경향신문』, 1910년 6월 10일자.

하게 만드는 중요한 특징이기 때문이다. 또한 1910년대까지 남아 있는 논설과 서사의 미분리는 그 자체로서 『경향신문』 소설의 중요한 형식적 특징인 동시에 근대계몽기 서사문학의 특성을 이루는 한 부분이었다.

3. 근대소설 「히외고학」의 의의

지금까지 이 글에서는 소설 개념의 전사와 근대계몽기에 쓰인 소설을 비교하여 살피고, 「히외고학」의 내용적·형식적 특징들을 고찰하였다. 이는 앞에서 밝혔듯이 근대계몽기 『경향신문』에 실렸던 「히외고학」을 근대소설로 규정하는 데 그 목적이 있었다.

논의의 결과, 근대적 주체로서의 여성이 등장하여 자신의 의지를 적극적으로 실천하는 모습을 보인다는 점에서 「히외고학」이 갖는 내용상의 근대적 특징을 발견할 수 있었다. 「히외고학」을 근대소설로 규정지을 수 있는 것은 특히 이 작품이 갖는 형식적 특징 때문이다. 이에 대해서는 다음의 네 가지로 정리할 수 있다.

첫째, 구어체 한글을 사용했으며, 언문일치를 지향하고 있다는 점이다. 또한 발화자 표시를 하여 대화를 진행시키고 있다. 독자를 고려하여 한글을 사용하고, 언문일치에 가까운 구어체를 구사했다는 사실은 소설의 수용자층을 고려한 생산자층의 선택의 결과인 동시에 근대소설의 기본적 조건을 달성했다는 의미를 갖는다.

둘째, 시공간적 배경의 구체적 서술과 인물의 내면 심리묘사를 통해 현실성(reality)을 구현하고 있다. 근대적 시간 관념에 의해 정확한 시간을 표시하고, 실제로 존재하는 지명을 듦으로써 현실성이 획득된다. 이와 더불어 등장인물의 내면 심리가 세밀하게 묘사됨으로써 리얼리티의 구현이라는 근대소설의 면모를 갖추고 있는 것이다.

셋째, 극적 구성 방식을 취하고 있다. 「희외고학」은 인과율에 의한 구성, 즉 플롯이라는 근대소설의 요건에 맞는 사건 전개 방식을 취하고 있다. 또한 이러한 전개 방식을 극적 장치로 이용함으로써 독자의 궁금증을 유발하는 효과까지 낳고 있다.

넷째, 28회 연재된 장형서사물로서, 근대계몽기 근대소설의 형성 과정에서 서사가 강화되어 가는 양상을 뚜렷하게 보여준다는 특징을 갖는다. 한국소설사에서 점차 논설이 탈각되고 서사가 강화되는 지점이 근대소설의 형성기라고 한다면 이 「희외고학」은 바로 그러한 지점에 놓여 있는 작품이다.

「희외고학」은 이러한 내용적 특징·형식적 특징들을 갖추고 한국 근대소설의 형성 과정을 보여주고 있다. 「희외고학」과 같이 문학사에서 소외되었던 작품에 대한 연구는 한국 근대소설사 연구 영역의 테두리를 넓혀줄 수 있다는 점에서 그 의미를 찾을 수 있다. 한편, 이와 같은 근대계몽기의 작품에 대한 연구는 근대계몽기의 중요한 화두였던 '계몽 담론'이 그 함의를 어떻게 바꾸어 나갔는가 하는 논의와 밀접한 연관이 있다는 점에서도 지속적인 연구의 필요성이 제기되는 바이다. 이에 관해서는 다음의 연구로 넘기고, 본 연구를 마치기로 한다.

1910년대 『매일신보』 '단형 서사' 연구

함태영

1. 문제제기

　한국의 근대소설사는 단편 양식이 주류라고 말할 수 있다. 장편 중심의 서양소설사와는 달리 개화기라는 역사적 격동기와 식민지라는 여러 국내외적 조건은 단편 양식을 우리 소설사의 주류로 자리잡게 했다.[1] 근대계몽기 신문의 논설란에 발표된 〈서사적논설〉로부터 비롯된 한국의 근대소설(단편)은 1910년대의 양건식·백대진 등을 거쳐, 1920년대 김동인·나도향·현진건 등에 의해 본격적으로 그 막을 올리게 된다.

　한국 근대소설사에서 1910년대는 이광수와 최남선의 '2인 문단시대'라

---

[1] 한국의 근대소설사가 단형 위주로 출발하고 주류로 자리잡은 경위에 대해서는 다음의 논문을 참조할 것. 김영민, 「동서양 근대소설의 발생과 그 특질 비교 연구」, 『현대문학의 연구』 21, 한국문학연구학회, 2003, 439~495면.

는 논의를 거쳐 양건식과, 백대진·현상윤·진학문 등의 이른바 '신지식
층' 단편소설의 연구로 그 외연이 확장되었다. 논의의 입각지와 방법은
서로 다르지만 대부분의 연구2)들이 1910년대 단편의 시작 및 한국 근대
단편의 서막을 양건식과 백대진 등에서 찾는 것은 통설이 되어 있다.

이 글은 1910년대 『매일신보』 소재 '단형 서사'의 실태를 확인하고 그
특성과 문학사적 의의를 확인하는 것이다. 1910년대 『매일신보』 단편에
대한 기존 연구는 그리 긍정적이지 못하다. '지나친 계몽성의 강조 때문
에 갈등 과정, 심리 변화 등이 생략된 채 그 이야기 전개를 직선적이고
단순한 뼈대 구조에 의존함으로써 흥미나 문학성 모두를 상실한 작품이
대부분'3)이라든가, '작품 형상화의 수준에 있어서도 유치한 교술의 세계
에서 한치도 벗어나지 못했다'4)라는 평가가 그러하다.

하지만 이 시기 『매일신보』 '단형 서사'는 1910년대 소설사 및 근대
단편의 정착에 있어 매우 중요한 연결 고리라고 판단된다. 한국의 근대
소설의 형성과 발전에 있어 신문의 역할은 매우 중요하다.5) 『매일신보』
는 1910년대 유일하게 한글을 사용한 신문이며, 가장 큰 발표 매체였다.
더구나 '신지식층' 작가들이 등장하기 이전인 1910년대 초반엔 유일한
발표 지면이었다.6) 식민지이긴 하지만 한국의 근대가 정착되는 시기가

---

2) 1910년대 소설에 대한 연구 대부분이 이에 해당한다. 김현실, 『한국근대단편소설론』,
   공동체, 1991; 한점돌, 『한국근대소설의 정신사적 이해』, 국학자료원, 1993; 양문규,
   『한국근대소설사연구』, 국학자료원, 1994; 한진일, 「근대 단편소설의 형성 과정 연구」,
   성균관대 박사논문, 2002.
3) 김현실, 『한국근대단편소설론』, 공동체, 1991, 222면.
4) 양문규, 『한국근대소설사연구』, 국학자료원, 1994, 249면.
5) 신문과 근대소설의 발생 및 정착에 대한 논의는 다음을 참조할 것. 임규찬·한진일
   편, 『임화 신문학사』, 한길사, 1993, 72~81면; 김영민, 『한국근대소설사』, 솔, 1997, 179
   ~186면; 김영민, 「근대계몽기 신문의 문체와 한글 소설의 정착 과정」, 『현대문학의 연
   구』 22, 한국문학연구학회, 2003, 47~82면; 김재영, 「근대계몽기 소설 개념의 변화」,
   『현대문학의 연구』 22, 한국문학연구학회, 2003, 7~46면; 양문규, 「1900년대 신문·잡
   지 미디어와 근대소설의 탄생」, 『현대문학의 연구』 23, 한국문학연구학회, 2004, 199
   ~229면; 김영민, 「1910년대 신문의 역할과 근대소설의 정착 과정」, 『현대문학의 연구』
   25, 한국문학연구학회, 2005, 71~94면.

1910년대라는 점과 『매일신보』가 이를 주도했다는 점은, 『매일신보』 소재 '단형 서사' 연구의 필요성을 다시 한번 일깨워 준다고 판단된다.

'신지식층'의 작품들은 1915년부터 본격화된다. '신지식층'의 '근대' 단편들은 1910년대 초반 『매일신보』의 작품들이 있었기에 가능했다는 것이 이 논문의 중요. 전제이다. 1910년대 초반 『매일신보』의 '단형 서사'들에서 근대 단편 소설로서의 중요한 징후들을 확인할 수 있기 때문이다.

이 논문에서는 1910년대 초기 『매일신보』 '단형 서사'의 존재 양상은 물론 본격적인 근대 단편소설에 미친 '소설사적 자양분'이 무엇이었나를 구체적으로 구명하게 될 것이다. 이 과정을 통해 그 동안 상대적으로 소홀히 취급되었던 『매일신보』 소재 '단형 서사'에 대한 올바른 문학사적 자리매김과 온전한 한국 근대소설사를 구성할 수 있는 계기가 마련될 수 있을 것이다. 따라서 본 연구는 그 대상을 『매일신보』 1915년까지의 '단형 서사' 작품으로 한정한다.

2. 1910년대 『매일신보』와 '단형 서사'[7]

『매일신보』는 흔히 조선총독부 기관지로 알려져 있다.[8] 이 신문은 『대

---

6) 최남선이 발행한 잡지 『소년』은 1911년 5월에 폐간되고, 순문예적 종합잡지 『청춘』은 1914년 10월 창간된다. 1910년대 최대 종합잡지인 『신문계』는 1913년 4월 창간되지만 소설은 1915년부터 싣고 있다.

7) '1910년대 『매일신보』 단형 서사'는 1910년 8월 30일~1919년 3월 1일 사이 『매일신보』에 실린 모든 짧은 이야기 양식을 말하는 것이다. 여기엔 소설뿐만 아니라 동화, 고담, 옛날 이야기 등 다양한 양식과 내용의 서사물들이 있다. 이를 아우를 수 있는 것은 '짧다는' 길이이다. 1919년 3월 1일을 획시기한 이유는 3·1운동이 한국 근대문학사의 중요한 분수령이기 때문이다. '짧은 이야기' 양식의 기준은 후술한다.

8) 『매일신보』에 대한 연구는 다음과 같다. 정진석, 『한국언론사연구』, 일조각, 1983,

한매일신보』의 지령(紙齡)을 이어받아 합방 다음날인 1910년 8월 30일 『매일신보(每日申報)』로 개제(改題)되어 발행된다. 일제 식민지 36년 간 거르지 않고 발행된 유일한 한국어 중앙지이다. 이 신문은 발행 초기 국문본과 국한문본 두 가지를 발행했으나 1912년 3월 1일자부터 국문본을 국한문본에 통합한다. 국문본은 현재 몇 장의 사진으로만 전할 뿐[9] 그 실체는 확인할 수 없다. 조선총독부의 기관지가 되어 일제의 선전대변기관으로서 '일선융화(日鮮融化)'와 '세도인심(世道人心)의 감화유도(感化誘導)'를 내걸고 안정된 재정적 뒷받침 아래 발간[10]되었기 때문에 근대문학은 물론 한국의 근대 전반에 걸쳐 매우 중요한 신문이다.

1) 1910년대 『매일신보』 '단형 서사'의 존재 양상

1910년대 『매일신보』(1910년 8월~1919년 3월)에는 모두 142편의 서사물이 존재한다. 이 서사물들은 주로 〈신소설(新小說)〉·〈응모단편소설(應募短篇小說)〉·〈단편소설(短篇小說)〉·〈사회(社會)의 백면(百面)〉·〈희극(喜劇)〉·〈제동야인(齊東野人)〉·〈아동소화(兒童小話)〉·〈동화(童話)〉·〈고담(古談)〉·〈단편문예(短篇文藝)〉란에 실려 있다. 이밖에 아무 표시가 없는 서사물들도 존재한다. 소설, 재미있는 (옛날) 이야기, 동화에 이르기까지 서사의 종류에 있어서도 다양한 모습을 보여준다.

1890년대에서 1900년대까지는 소설에 대한 인식이 뚜렷하지 않았다. 합방 전 신문인 『한성신보』·『대한매일신보』의 경우, '소설'이라는 표기가 양식명인지 혹은 단순히 수록란을 구별하기 위한 것인지는 명확히 구별하기 힘들다. 1906년 『만세보』에서 '단편소설',[11] 1909년 『대한민보』

242~290면; 정진석, 『한국언론사』, 나남, 1990, 326면.

9) 『한국신문백년 「사료집」』, 한국신문연구소, 1975, 94~97면.

10) 정진석, 『한국언론사』, 나남, 1990, 313면.

에서 '풍자소설'·'골계소설'12) 등 소설에 대한 인식이 조금씩 분화되기 시작했다.13) 그러던 것이 1910년대 『매일신보』에 들어와 소설과 소설이 아닌 서사물과의 구별이 생기기 시작하는 것이다. 〈아동소화(兒童小話)〉·〈동화(童話)〉·〈고담(古談)〉·〈희극(喜劇)〉이 그것이다. 다양한 양식의 서사물들이 1910년대에 들어와 양식에 걸맞는 이름을 획득하는 모습인 것이다. 근대계몽기부터 다양한 난에 실리던 서사물들이 그 내용에 맞게 '소설'·'동화'·'고담'으로 양식명을 획득해 가는 모습은 소설의 소설'다움'에 대한 인식이 점점 구체화되는 것과 함께 소설'란'도 정착해가고 있음을 보여준다.

1910년대 『매일신보』에 있는 총 142편의 서사물은 장형과 단형을 모두 포함한 것이다. 첫 번째 작품은 선음자(善飮子)의 『화세계(花世界)』(1910년 10월 12일~1911년 1월 17일)이고, 초우당주인(蕉雨堂主人)의 『옥리혼(玉利魂)』(1919년 2월 15일~5월 3일)이 마지막이다. 이 중 장형 서사물은 43개, 단형 서사물은 99개로 단형이 전체 서사물 중 약 70%를 차지하고 있다.14)

---

11) 「단편」, 『만세보』, 1906년 7월 3~4일; 「백옥신년」, 『만세보』, 1907년 1월 1일. 「백옥신년」에 최초로 '단편소설'이라는 양식명이 사용된다.

12) 『대한민보』(1909년 6월 2일 창간)에는 1909년에서 1910년까지 10여 편의 서사물이 존재한다. 「현미경」(1909년 6월 15일~7월 11일), 「만인산」(1909년 7월 13일~8월 18일), 「오경월」(1909년 11월 25일~12월 28일)은 '소설'란에 실린 작품들이다. 「화수」(1909년 6월 2~13일), 「화세계」(1910년 1월 1일), 「상린서봉」(1910년 6월 2일)은 '단편소설'란에 실렸다. 풍자소설은 「병인간친회록」(1909년 8월 19일~10월 12일), 골계소설은 「절영신화」(1909년 10월 14일~11월 23일)이다(10월 14~15일은 「골계 절영신화」, 16일 이후는 「골계소설 절영신화」이다).

13) 김영민, 「1910년대 신문의 역할과 근대소설의 정착 과정」, 『현대문학의 연구』 25, 한국문학연구학회, 2005, 262~274면 참조

14) 장형과 단형의 구분은 길이에 의한 것이다. 일반적으로 단형 즉 단편소설의 양적 개념에 대해서는 명확하게 합의된 바는 없다. '일정한 선을 딱 그어 놓고서 몇 백 단어 이하의 이야기는 짧은 것이고 그보다 한 단어라도 많은 것은 길다 하는 식으로 말한다는 것은 불가능한 일'이며, '필연적으로 상대적'일 수밖에 없다. 제임스 로렌스, 「단편소설의 이론」, 『단편소설의 이론』, 예림기획, 1997, 94면. 하지만 단형(편)과 장형(편) 서사가 엄연히 다른 성질의 것인 만큼 그 기준에 대한 많은 논의들이 있어 왔다. 근대

양으로만 보았을 때, 1910년대『매일신보』의 주류 서사양식은 '단형'임을 알 수 있다.

이제 본격적으로 이 논문의 대상 시기인 1915년까지의 '단형 서사'의 존재 양상에 대해 알아보겠다. 이 시기의 첫 작품은 1911년 1월 1일 〈단편소설(短篇小說)〉란에 실린 「재봉춘(再逢春)」이다. 그리고 1915년 4월 10일 〈동화(童話)〉란에 실린 김수석(金漱石)의 「리약이 됴화ᄒ다가 랑픽」란 작품이 마지막이다. 1910년에서 1915년 사이『매일신보』에 실린 '단형 서사'는 총 85개이다. 전체 '단형 서사' 99개 가운데 85개, 즉 86%가 전반기 5년에 집중되어 있다. 이는 장형 서사의 경우도 마찬가지이다.[15) 1910년대『매일신보』의 전체 서사 작품 143개 중 115개, 81%가 1910년에서 1915년 사이에 발표되었음을 알 수 있다.[16) 우연의 결과라고는 할 수 없는 매우 중요한 지점이다. 그리고 식민 초기 5년에 집중적으로 발표된 서사물이 1915년을 계기로 급격하게 줄어드는데 이는 분명 어떤 의도가 작용한 결과이다. 이 점은『매일신보』가 조선총독부의 기관지라는 성격에서 기인하는 것이다. 즉 서사를 일종의 '계몽'의 도구로 사용했음을 보

단편의 창시자로 불리는 에드가 알렌 포우는 '숙독을 하는 데 한 시간 반 내지 두 시간을 요하는 짧은 산문 설화'로 단편을 정의함으로써, 시간을 기준으로 내세운 바 있다. 에드가 알란 포우, 「『두 번 듣는 이야기들』재론」, 『단편소설의 이론』, 예림기획, 1997, 75면. 최재서는 영국과 프랑스의 예를 들면서 원고지 120~180매, 24,000~36,000 자 가량을 단편소설의 분량으로 제시한다. 최재서, 『문학과 지성』, 인문사, 1938, 159~163면. 백철은 '만자 내지 만오천자의 사이에 드는 소설'(원고지 50~75매)을 제시하고 있다. 백철, 『문학개론』, 신구문화사, 1963, 257면. 하지만 백철이 제시한 분량은 75매를 기준으로 해도 다소 짧다. 문자로 명확히 제시된 것은 아니지만 오늘날 흔히 이야기하는 단편의 분량은 원고지 100매 내외이다(구인환이 이에 해당한다. 구인환·구창환, 『문학개론』, 삼영사, 1976, 224면). 최재서가 제시한 기준을 '단형 서사'에 적용하는 것은 분명히 무리이다. 따라서 이 논문에서는 원고지 100매를 장형과 단형을 나누는 기준으로 삼고자 한다. 이 논문의 연구 대상인 1910년대 전반기 '단형 서사'는 원고지 100매 이내의 작품을 말한다.

15) 1910년에서 1915년 사이의 장형 서사는 모두 30개이다. 이는 전체 장형 서사(43개)의 70%에 해당한다.

16) 1910~1915년 사이의 전체 서사물은 115개이며, 이 가운데 74%에 해당하는 85개가 단형이다.

여주는 것이다. 이 점에 대해서는 후술하기로 한다.

'단형 서사'가 실린 '난'은 〈단편소설(短篇小說)〉(10개)과 〈응모단편소설(應募短篇小說)〉(37개), 〈사회(社會)의 백면(百面)〉(7개), 〈제동야인(齊東野人)〉(13개), 〈아동소화(兒童小話)〉(3개), 〈동화(童話)〉(1개)이다. 이 가운데 〈사회(社會)의 백면(百面)〉은 당시 '세태'를 훌륭하게 드러낸 분명한 '소설'이며, 〈제동야인(齊東野人)〉은 교훈과 재미가 있는 '옛날 이야기'이다. '난' 표시가 없는 것은 12개이다. 아무 표시 없는 12개를 내용에 따라 분류해보면, 소설 8개, 동화 3개, 인물전기 1개이다. 아무 표시 없는 인물전기는 제목이 「마상(馬上)의 여천사(女天使)」(1914년 8월 22~29일, 1면)로 프랑스의 잔다르크를 다룬 것이다.

한국 근대소설사에서 국문체의 사용은 근대소설로 나아가는 중요한 지표 가운데 하나이다. 『매일신보』의 경우, 「해몽선생(解夢先生)」(1912년 1월 1일), 「육맹회개(六盲悔改)」(1912년 8월 16~17일), 「장원례(壯元禮)」(1913년 1월 8일)의 세 작품17)을 제외하고는 모두 순한글로 되어 있다. 이는 장형 서사의 경우도 마찬가지이며, 1910년대 『매일신보』 소재 전체 서사를 살펴보았을 때도 그러하다.18) 1910년대 『매일신보』의 경우, 소설과 일반 기사와의 문체는 전자는 한글, 후자는 국한문 혼용체이다. 이는 『만세보』 이래 근대계몽기 신문의 문체 선택의 원리를 그대로 이어받은 결과이다.19)

---

17) 같은 국한문체라고 하더라도 모두 같은 것은 아니다. 「解夢先生」은 단어만 한자로 표기된 '국주한종' 국한문체이며, 「壯元禮」는 '한주국종' 국한문체로 되어 있다. 「六盲悔改」는 이 둘이 섞여 있는 모습인데, 지문은 '한주국종', 대사는 '국주한종'으로 되어 있다.

18) 전체 142개의 서사물 중 국한문 혼용체로 된 작품은 위의 3작품 외에 「獄中花」(1912년 1월 1일~3월 16일), 「開拓者」(1917년 11월 10일~1918년 1월 16일), 「誘惑」(1918년 11월 11일) 등 3개가 더 있다. 나머지는 장형과 단형에 상관없이 모두 순한글로 되어 있다.

19) 이에 대해서는 다음의 논문을 참고할 것. 김영민, 「근대계몽기 신문의 문체와 한글소설의 정착 과정」, 『현대문학의 연구』 22, 한국문학연구학회, 2004, 47~88면; 김영민, 「1910년대 신문의 역할과 근대소설의 정착 과정」, 『현대문학의 연구』 25, 한국문학연구학회, 2005, 270~272면.

'단형 서사'가 실리는 지면의 위치도 고정적이다. 1910년대 『매일신보』는 모두 4면을 발행했다. 이 중 서사물이 실리는 지면은 1·3·4면이다. 장형 서사는 1·4면에, 단형 서사는 3면에 주로 위치한다.[20] 신문의 3면은 오늘날로 치면 사회면이며. 전체 4면 중 유일하게 순한글을 사용했다.[21] 1910년대 『매일신보』 장형 서사의 작가는 이해조·이인직·조일재·심우섭(심천풍)·이상협·이광수·민태원·진학문 등이다. 대부분 유학을 통해 근대적 지식을 습득한 사람들로, 그들이 활약하던 1910년대 조선에서는 지명도가 있는 유명인사였으며, 문학적으로는 기성작가라고 할 수 있다. 근대적 지식인이자 기성 작가들이 활약한 무대가 『매일신보』 1면이었으며, 그것은 장형 서사를 통해서였다. 이에 비해 단형 서사의 작가는 심천풍을 제외한 모든 작가들이 무명이다.[22] 이렇게 보았을 때, 기성 작가는 장형 서사―1·4면, 무명 작가는 단형 서사―3면으로 구획됨을 볼 수 있다.

---

20) 물론 모든 단형 서사가 3면에 있는 것은 아니다. 이상춘의 「情」(1913년 2월 8~9일)은 4면에, 「馬上의 女天使」(1914년 8월 22~29일)와 심천풍·박청농의 「酒」(1914년 9월 9~16일)·「春夢」(1914년 9월 17~23일)은 1면에 있다. 하지만 이같은 예는 극히 일부이다. 또한 1914년 1월 1일 <兒童小話>란에 실린 「됴흔아희삼형데」·「슴남이와고양이」·「효녀슉희와흰말」은 딱히 어느 면이라고 할 수 없다. 1910년대 『매일신보』는 매해 1월 1일은 전체 4면보다 훨씬 많은 지면을 발행했기 때문이다. 참고로 1913년 1월 1일은 20면, 1914년 1월 1일은 36면을 발행했다.
21) 이는 1912년 3월 1일부터이다. 『매일신보』는 1912년 3월 1일자로 '순언문 신문'을 합병하여, '삼면사면에는 순언문 기사가 더욱 많'아지는 지면 개혁을 단행한다. 「순언문 신문의 합병·오호활자의 대확장」, 『매일신보』 1912년 3월 1일(이후 기사·작품 제목과 날짜만 적는다). 즉 이 날부터 신문의 3면은 제목을 제외한 모든 기사가 순한글로 씌여진다. 4면은 대개 순한글로 된 장형 서사와 광고로 구성된다.
22) 이는 실명이든, 비실명이든 작가가 표시된 작품에 한정한다. 그리고 『청춘』(「岐路」, 1917년 11월)의 현상문예에 장원으로 입상해 이광수의 호평을 받은 이상춘은, 이 논문이 다루는 1910년대 전반기에는 문학적으로 거의 알려지지 않은 상태라고 할 수 있다.

2) '단형 서사'의 기능

앞의 실내에서 볼 수 있듯이, 단형 서사에는 어떤 강력한 의도가 작용하고 있음을 알 수 있다. 이 의도는 '계몽'과 연관지어 살펴보아야 한다. 그렇게 왕성하게 발표되던 것이 1915년을 기점으로 급격하게 사라지는 데는 이유가 있을 것임이 틀림없기 때문이다. 그동안 1910년대『매일신보』'단형 서사'의 계몽성에 대해서는 주로 1912년에 집중적으로 나타나는 〈응모단편소설(應募短篇小說)〉을 중심으로 논의된 바 있다. '개인의 게으름, 방탕, 무지, 허욕, 주색잡기 등에 대한 단순한 풍속계몽이나 권선징악의 차원에 머무는 교훈성' 일색인 '허위의 관념세계'를 그렸다든지,23) '교육 혹은 식산흥업을 방편으로 하는 자강의 실현'을 나타냈는데 이는 '당대 한국인들의 개량적 노력이 오히려 일제에의 정치 · 경제적 예속의 심화를 가져오고 있다는 사실을 파악하지 못하는데서 나오는 결과'24)라는 논의가 그러하다. 이러한 주장은 일정 정도는 타당하다. 하지만 이렇게 〈응모단편소설(應募短篇小說)〉을 중심으로 볼 경우, 대상 자료의 협소함과 한국 근대소설사의 흐름에 대한 온전한 이해에도 많은 지장을 줄 수 있다는 심각한 부작용이 초래될 수 있다. 〈응모단편소설(應募短篇小說)〉 · 〈단편소설(短篇小說)〉 외의 다양한 자료들의 존재에도 주목해야 하며, 오히려 이들 자료에서 '소설사적 자양분'으로서의 근대적 자질이 눈에 띄기 때문이다.

『매일신보』의 '단형 서사'는 개인적 · 풍속적 차원의 계몽이(라 해서 폄하할 것이) 아닌 그러한 목적하에서 생산되었다는 시각에서 접근해야 한다. 이점은『매일신보』라는 매체의 성격으로부터 기인하는 것이다.

1.『매일신보』가 신문지로서 존재하는 이유는 우리가 천황폐하의 仁愛하심과

---

23) 김현실,『한국근대단편소설론』, 공동체, 1991, 98~103 · 221~223면 참조.
24) 양문규,『한국근대소설사연구』, 국학자료원, 1994, 127~149면 참조.

일본인 一視同仁하심을 받들어 한국에 선전함에 있고

　1. 집필자는 공정을 기하여 결코 偏私, 偏黨하는 마음에서 筆을 弄하는 등의
일이 없도록 함을 요하며

　1. 일반의 所論은 온건 타당함을 기하여 결코 詭言妄說을 고취함을 삼가라

　1.『매일신보』는『경성일보』와 제휴하고 항상 그 보조를 동일하게 할 것[25]
(강조는 인용자)

　조선 언론계의 중진으로 위대한 권위로써 천황폐하의 일시동인 하옵시는 성의
(聖意)를 일반 선인(鮮人)에게 선전하고 총독정치의 취지방침을 보급하여 이천
여만 동포로 하여금 귀향(歸向)하는 바를 지실(知悉)케 하고 식산흥업교육보급
의 지도자가 되어 민지(民智)의 개발 풍속개량의 선구자로 권선징악의 기관된
아(我) 매일신보는[26] (강조는 인용자)

첫 번째 인용은『경성일보』와『매일신보』의 최고 경영자인 덕부소봉
(德富蘇峯)이 1910년 10월『매일신보』직원들에게 행한 훈시내용이다. 두
번째는 지령(紙齡) 3,000호를 기념한 자사(自社)에 대한 회고이다. 위 인용
들을 통해『매일신보』의 편집 방침이 식민 통치의 조속한 정착과 그 정
당성 및 안정성에 최우선 가치를 두고 있음을 알 수 있다.

'단형 서사'는『매일신보』가 위와 같은 목적을 달성하기 위해 선택한
하나의 '도구'라고 할 수 있다. 이는 〈서사적논설〉을 비롯한 수많은 단형
서사가 강력한 계몽의 수단이었던 근대계몽기의 전통을 이어받은 것이
다. 근대계몽기의 계몽이 집단적·정론적·국가적인 것이었다면 1910년
대의 그것은 개인적·풍속적 차원으로 축소될 수밖에 없었다.『매일신
보』가 '식산흥업교육보급의 지도자가 되어 식민지의 개발 풍속 개량의
선구자'의 역할을 충실히 수행하기 위해 선택한 방법의 하나가, 바로 '서

---

25) 황민호,「1910년대 조선총독부의 언론정책과『매일신보』」,『식민지 조선과 매일신
　보』, 신서원, 2003, 19면.
26) 삼소거사,「조선신문계의 회고와 아보」, 1916년 3월 4일. 뜻을 벗어나지 않는 범위에
　서 한자를 한글로 바꾸고, 띄어쓰기를 했음.

사'를 이용하는 것이었다. 이는 합방 전 신문에 실렸던 '단형 서사'의 효과를 충분히 인식한『매일신보』편집진의 의도적인 노력의 결과이다.

'단형 서사'가 계몽의 도구로 사용되었다는 것은 작품의 제목을 통해서도 쉽게 알 수 있다.「파락호(破落戶)」(1912년 3월 20일),「허영심(虛榮心)」(1912년 4월 5일),「걸식녀(乞食女)의 자탄(自歎)」(1912년 6월 23일),「고학싱의 성공」(1912년 9월 3~4일),「손쎄릇ᄒ다픠가망신을힉」(1912년 11월 2일),「아편장이에 말로」(1913년 1월 7일),「미신가(迷信家)」(1913년 3월 14~4월 12일),「허황훈 풍수」(1913년 3월 27일),「탕ᄌ의 감춘」(1914년 2월 7일),「후회(後悔)」(1914년 12월 29일) 등의 제목만을 통해서도, 그 내용과 의도를 쉽게 짐작할 수 있다.

이러한 의도된 계몽이라는 측면은 모두 37개의 〈응모단편소설(應募短篇小說)〉에서 가장 강력하게 표출된다. 신문사측에서 '서사'를 이용한 중요한 목적 중의 또 하나는 독자의 증가이다. 그들이 노리는 '계몽'과 독자의 증가는 동전의 앞뒷면과 같은 논리이다. 1912년에 집중적으로 나타나는 〈응모단편소설(應募短篇小說)〉은 계몽과 함께 바로 이 같은 독자 수 증가책의 일환이다.

▲懸賞募集 ▲
一 各地奇聞
一 俗謠
一 詩
一 笑話
一 短篇小說(1行은 18字인데 行數는 多不過 150行을 要함)
一 敍情敍事
右의 記事에 對하여 揭載하고 않고는 被選 與否에 在하며 其 被選됨에 對하여는
最優等 新聞 6個月 分
一等 소 3個月 分
二等 소 2個月 分

三等 숀 1個月 分을 進呈[27]) (강조는 인용자)

〈응모단편소설(應募短篇小說)〉을 모집하는 광고이다. 200자 원고지 13~
14매 분량의 짧은 소설을 모집하고 있음을 알 수 있다. 여기서 중요하게
보아야 할 것은 맨 밑, 즉 부상에 대한 부분이다. 흔히 생각할 수 있는 상
금, 즉 돈이 아닌 신문의 구독권을 부상으로 주고 있다. 상금이 아닌 신
문의 구독권을 부상으로 주는 것은 독자의 안정적 확보 및 증가라는 면
에서 훨씬 효과적임은 말할 것도 없다. 1910년대 전반기『매일신보』의 경
영·편집진은 이러한 현상모집, 〈응모단편소설(應募短篇小說)〉을 통해 계
몽과 독자 수 증가라는 두 가지 목적을 동시에 달성하고자 했음을 알 수
있다.[28])

또한 '단형 서사'가 위치하는 신문의 3면도 결코 무시할 수 없는 부분
이다. 1910년대『매일신보』3면은 기사 제목을 제외한 모든 기사가 한글
로 되어 있으며, 당시 사건·사고가 주로 실려 있는 '사회면'이다.

신문의 삼면(三面)은 기자의 자유사상으로 기사하는 것이 아니오, 사회의 만
반 상황을 듣고 보는 대로 기재하는 것이니 간단히 사회 현상을 사회에 보고하
는 바이로다. 그러한즉 품행이 단정한 자는 사회상에 아름다운 이름을 듣고, 품
행이 부정한 자는 사회에서 침뱉고 꾸짖는 것이 있나니 …… 기자는 세상 사람
의 허물을 오래도록 생각에 두지 아니하고 그 사람에게 경고(警告)하여 속히
고치기를 바라는 터이라 …… 세상 사람들은 아무쪼록 한가지의 허물도 없기를
바라는 것이 곧 우리 기자의 목적이라하노라[29]) (띄어쓰기는 인용자)

---

27) 1912년 2월 9일.
28) 이밖에 1910년대 전반기『매일신보』의 독자 수 증가책은 연극할인권(연재소설을 연
극화한 것), 1913년 10월 개성에서 열린 자전거 대회에 관람하는 독자들에게 교통비
할인, 먹을거리 제공 등 여러 편의를 제공한 것 등이 있다. 연극할인권은 4월 30일, 5
월 13·17일 등, 자전거 대회는 1913년 10월 4일자를 참고할 것. 이렇게 다양한 방법으
로 독자 수 증가를 꾀하려하는『매일신보』의 의도는 총독부 기관지라는 매체의 성격
과 조속한 체제 정착이 시급한 합방 직후라는 시기를 생각하면 쉽게 짐작할 수 있다.
29)「신문은 사회의 사진」, 1912년 4월 29일.

신문사의 3면에 대한 인식과 그 성격을 구체적으로 지적하고 있다. 바로 이러한 성격의 지면에 1910년대 전반기 대부분의 '단형 서사'가 게재되어 있는 것은 그냥 보아 넘길 일이 아니다. 따라서 '품행이 난성한 자'를 그린 단형 서사를 통해 '사회상에 아름다운 이름을 듣'게 하고, '품행이 부정한 자'를 그린 단형 서사를 통해 '사회에서 침뱉고 꾸짖'기 위한 의도, 즉 계몽의 기획이 작동하고 있는 것임을 알 수 있다.[30]

그러면 이러한 '단형 서사'는 왜 1915년을 고비로 급격하게 줄어드는 것일까. 혹시 더 이상 필요 없다고 판단한 것은 아닐까. 총독부와 『매일신보』는 1915년을 고비로 식민 지배체제가 어느 정도 안정되었다고 판단한 듯하다. 총독부는 합방 후 식민 체제의 조속한 안정을 위해 당시 조선의 각 계층에 대한 선무 작업을 집중적으로 펼치는 데, 이는 『매일신보』의 각종 '권고성 사설'을 통해 이루어진다. 이 권고성 사설은 합방 초기 4년에 집중되며, 그 내용은 자신의 직분에 충실·식민지배체제에 순종·'신시정'에 걸맞는 새로운 모범 및 행동을 취하라는 것이다. 또한 1915년이 '시정5년기념조선물산공진회(施政5年紀念朝鮮物産共進會)'를 개최한 시기라는 것과 식민 통치의 최하부 말단 기관인 면과 면장의 정리, 지방행정구역 개편이 끝나는 시점이라는 점도 매우 시사적이다.[31] 이러

---

30) 전자 해당 작품 : 「재봉춘」(1911년 1월 1일), 「산인의 감추」(1912년 4월 27일), 「허욕심」(1912년 5월 2일), 「진남ᄋ」(1912년 7월 18일), 「제목없음」(1912년 8월 25일), 「섭진요마」(1912년 8월 29일), 「고학성의 성공」(1912년 9월 3~4일), 「퍼즈의 회감」(1912년 9월 25일), 「제목없음」(1912년 10월 1일), 「제목없음」(1912년 10월 2~6일), 「제목없음」(1912년 10월 9일), 「제목없음」(1912년 11월 3일), 「제목없음」(1912년 11월 7일), 「제목없음」(1912년 11월 9~10일), 「고진감내」(1912년 12월 26~27일), 「회개」(1912년 12월 28~29일), 「허황훈 풍수」(1913년 3월 27일), 「탕즈의 감춘」(1914년 2월 7일), 「춘몽」(1914년 9월 17~23일).

후자 해당 작품 : 「파락호」(1912년 3월 20일), 「허영심」(1912년 4월 5일), 「수전노」(1912년 4월 14일), 「잡기자의 藥良」(1912년 5월 3일), 「걸식녀의 자탄」(1912년 6월 23일), 「제목없음」(1912년 7월 20일), 「청년의 거울」(1912년 8월 10~11일), 「제목없음」(1912년 8월 25일), 「원혼」(1912년 9월 5~7일), 「아편장이에 말로」(1913년 1월 7일), 「후회」(1914년 12월 29일). 작품 선정의 기준은 한진일의 글을 참고하였다. 한진일, 「근대 단편소설의 형성 과정 연구」, 성균관대 박사논문, 76~81면.

한 일련의 작업의 최선봉에 『매일신보』가 있음은 물론이다.

　이렇게 보았을 때, 1910년대『매일신보』전반기 단형 서사는 총독부와 『매일신보』의 식민지배체제 안정을 위한 소설적 '기획'의 산물임을 알 수 있다. '민지(民智)의 개발 풍속 개량의 선구자로 권선징악의 기관'이라는 목적을 위해 '서사'가 활용된 것이며, 이는 '단형 서사' 속에 그대로 반영되어 있다. 〈응모단편소설(應募短篇小說)〉·〈단편소설(短篇小說)〉·〈사회(社會)의 백면(百面)〉·〈제동야인(齊東野人)〉 등 '난'을 가리지 않고 내용이 대부분 계몽적임은 이 때문이다. 따라서 작품에 문학적 완성도를 요구하거나 작가 의식의 부재를 비판하는 것은 처음부터 무리가 있다. 총독부와『매일신보』는 그들의 목적에 맞는 내용만 있으면 될 뿐, 작품으로서의 완성도는 애초부터 고려의 대상으로 삼지 않았기 때문이다.

　이는 선정된 〈응모단편소설(應募短篇小說)〉 등수를 살펴보았을 때 명백하다. 작품 모집공고엔 최우등·1·2·3등을 뽑는다고 했지만, 실제 선정된 것은 「파락호」(1등, 1912년 3월 20일), 「고학싱의 성공」(2등, 1912년 9월 3~4일), 「제목없음」(2등, 1912년 11월 3일)을 제외하고는 모두 3등이다. 1·2등에 뽑힌 작품들도 다른 것들에 비해 특별히 나은 점도 발견할 수 없다. 그리고 〈응모단편소설(應募短篇小說)〉임에도 불구하고 작가의 이름과 등수, 제목이 없는 작품들32)이 많다는 점과 분량(13~14매)을 지키지 않은 작

---

31) 1915년과 식민지배체제의 안정은 다음의 글들을 참고하였다. 「1910년대 조선총독부의 언론정책과『매일신보』」(황민호), 「1914년의 지방행정구역 개편과 그 성격」(최재성), 「일제 초기 '조선물산공진회' 연구」(박성진), 「1910년대『매일신보』의 식민지 지배론」(심재욱). 이 글들은 모두『식민지 조선과『매일신보』』(신서원, 2003)에 실려 있다. 또한 1910년대『매일신보』사설 분석에 대해서는 다음의 연구를 참조할 것. 김진두, 「1910년대『매일신보』의 성격에 관한 연구─사설 내용분석을 중심으로」, 중앙대 박사논문, 1995.

32) 이름 없음 : 1912년 9월 5~7일, 1912년 11월 6일; 등수 표시 없음 : 1912년 9월 5~7일, 1912년 10월 24~27일, 1912년 11월 6일, 1913년 2월 8~9일; 제목 없음 : 1912년 7월 20일, 1912년 8월 18일, 1912년 8월 25일, 1912년 10월 2~6일, 1912년 10월 9일, 1912년 10월 16일, 1912년 11월 1일, 1912년 11월 3일, 1912년 11월 5일, 1912년 11월 6일, 1912년 11월 7~8일, 1912년 11월 9~10일, 1912년 11월 15~16일, 1913년 1월 9일.

품33)이 많다는 점도 그러하다. 전달하고자 하는 메시지만 좋다면 작가나 등수, 제목, 분량은 전혀 상관하지 않았음을 알 수 있다.

이런 맥락에서 보았을 때 1915년을 계기로 '단형 서사'가 급격하게 사라지는 것은 자연스러운 일이라고 할 수 있다. '공진회'를 개최할 만큼 식민지배체제가 일단락되었다고 느낀 총독부와 『매일신보』는 '단형 서사'를 통한 계몽도 충분했다고 생각했음이 틀림없다. 즉 1910년대 전반기 『매일신보』 '단형 서사'는 그 효용 가치를 다했기 때문에, 한마디로 말해 실을 필요가 없어진 것이다. 그렇다고 1915년 이후 계몽의 필요성이 완전히 사라진 것은 아니다. 계몽의 성격이 바뀌게 되는데, 이를 떠맡은 이가 춘원 이광수이다.

이러한 1910년대 전반기 『매일신보』 '단형 서사'가 강력한 계몽의 수단으로 기능하는 모습 그 자체는 한국 근대소설사의 진행 과정상 매우 자연스러운 현상이다. '계몽(논설)과 서사의 미분리 → 분리'라는 한국 근대소설사의 큰 흐름을 전형적으로 보여주기 때문이다. 계몽의 목소리는 1905년 이후 신소설이 등장하고 서사성이 강화되면서 점차 서사 속으로 내재되어 간접화된다. 1910년대가 되면 이미 〈서사적논설〉과 같은 계몽의 직접적인 노출은 더 이상 찾아볼 수 없다.34) 1910년대 전반기 『매일신보』 '단형 서사'에서는 계몽의 목소리가 직접 드러나지 않는다. 물론 완벽히 간접화되었다는 말은 아니다. 하지만 중심서사에 이은 편집자 주나 해설은 완벽하게 사라진다. 등장인물의 입을 통하거나 그들의 행동

---

33) 원고지 20매 이상만 해도 다음과 같다. 1912년 8월 10~11일(20매), 1912년 8월 16~17일(20매), 1912년 10월 24~27일(22매), 1912년 11월 3일(22매), 1913년 2월 8~9일(30매).
34) 이는 1900년대 막바지에 이르러 거의 완성된다. 합방 직전 계몽(논설)과 서사의 결합 및 존재 양상에 대해서는 다음의 논문을 참고할 것. 정가람, 「근대계몽기 『경향신문』 소재 '쇼셜'의 특성 연구」, 『현대소설연구』 23, 한국현대소설학회, 2004; 정가람, 「근대계몽기 『경향신문』 소재 소설 「해외고학」의 근대적 특성 연구」, 『현대문학의 연구』 25, 한국문학연구학회, 2005.

또는 장면이나 사건을 통해 제시될 뿐이다. 내재화·간접화되는 방법 즉 기교적 측면의 차원에서도 점점 세련되는 모습을 보여준다.35) 따라서 1910년대 전반기『매일신보』'단형 서사'는, 주기능이 '계몽'이지만, 그것이 '서사' 속에 내재화·간접화되어 있다는 면에서 한국 근대소설사의 진행 과정을 잘 보여준다고 평가할 수 있다.

3. 1910년대 전반기『매일신보』'단형 서사'의 서술적 특징

1910년대 전반기『매일신보』'단형 서사'는, 양건식과 백대진 등 '신지식층' 단편소설을 거쳐 근대 완성형 단편소설로 나아가는데 있어 중요한 '소설사적 자양분'36)으로 작용한다. 85개의 '단형 서사'의 '소설사적 자양분'은 주로 서술적·형식적 측면에서 찾아볼 수 있다. 문학 작품은 아주 범박하게 말해 내용과 형식으로 나눌 수 있는데, 여기서 형식은 내용을 담는 일종의 '그릇'이라고 할 수 있다. 한국의 근대 단편은 내용을 담는 '그릇', 즉 형식적 측면에서부터 근대적 특성이 나타나기 시작한다. 결론부터 이야기하면 한국의 근대 단편소설은 형식, 즉 근대소설로서의 '틀'이 먼저 변화·출현하고, 그 '틀' 안에 근대소설로서의 내용적 변화가 나타난다고 할 수 있다.

김동인은 과거를 회상하는 글에서 다음과 같이 자랑하고 있다.

우선 문장의 구어화였다. 그러나 그 '구어화'라는 것이 아직 문어체가 적지 않게 섞여 있는 것으로서, '여사여사 하리라' '하니라' '이러라' '하도다' 등은

---

35) 이에 대해서는 다음 장에서 다룰 것이다.
36) 한진일, 「근대 단편소설의 형성 과정 연구」, 성균관대 박사논문, 2002, 82면.

구어체로 여기고 그 이상 더 구어체화할 수는 없는 것으로 여기었다. 신문학의 개척자인 춘원 이광수의 소설을 볼지라도 『창조』가 구어체 순화의 봉화를 들기 이전(1919년 이전)의 자품들을 보사년(『부정』이며 『개척자』 등) 역시 '이러라' '하더라' '하노라'가 적지 않게 사용되었고, 그 이상으로 구어체화할 수는 없다고 여긴 모양이었다. 『창조』에서 비로소 소설 용어의 순구어체가 실행되었다. '구어체'화 화와 동시에 '과거사'를 소설용어로 채택한 것도 『창조』였다. 모든 사물의 형용에 있어서 이를 독자의 머리에 실감적으로 부어 넣기 위해서는 '현재사' 보다 '과거사'가 더 유효하고 힘있다······ 『창조』를 중축으로 『창조』 이전의 소설을 보자면 그 옛날 한문소설은 물론이요, 이인직이며 이광수의 것도 모두 '현재사'를 사용하였지 '과거사'를 쓰지는 않았다.[37]

김동인 자신이 처음으로 '—이라, —더라'체 대신 과거형 '—ㅆ다'를 소설 문장의 종결어미로 사용했다는 주장이다. 김동인의 자랑에 대한 정당성 여부와는 상관없이, 과거형인 '—ㅆ다'체가 근대소설을 나타내는 하나의 지표인 동시에 근대소설의 문체(구어체)라는 점이 중요하다. 그리고 한국 근대소설의 문체 변화는 '—더라'체 → 현재형 → 과거형 '—ㅆ다' 체임도 확인할 수 있다. 근대적 소설 문장이라 함은 언문일치된 구어체 문장을 가리키는 것이다. 이것의 판단은 소설 속에서 대화가 아닌 지문을 통해 이루어진다. 대화에서는 일찍이 신소설 시대부터 생생한 구어의 모습을 볼 수 있기 때문이다.[38] 언문일치 운동의 핵심은 간단히 말해 지문에 과거형 '—ㅆ다'체가 종결어미로 사용되었느냐의 문제라고 할 수 있다.[39] 이렇게 보면 김동인은 근대적 소설 문장의 최초 개척자·사용자

---

37) 김동인, 「문단 30년의 자최」, 『김동인평론전집』, 삼영사, 1984, 423~424면.
38) 신소설 대화에 있어서의 생생한 구어의 사용에 대해서는 다음의 글을 참조할 것. 양문규, 「이인직 소설의 문체에 관한 연구」, 『한국근대소설사연구』, 국학자료원, 1994; 양문규, 「근대 전환기 한국소설의 전통과 서구 수용—언어 양상을 중심으로」, 『한국문학논총』 34, 한국문학회, 2003.
39) '「언문일치」를 운위할 때 관건이 되는 영역이 곧 지문'이라고 지적한 권보드래의 연구는 이 점을 명쾌하게 해명하고 있다. 권보드래, 『한국 근대소설의 기원』, 소명출판, 2000, 235~247면 참조.

임을 자랑하고 있는 것이 된다. 하지만 1910년대 전반기 『매일신보』 '단형 서사'에서 이미 '一ㅆ다'체가 실험되고 있었다.

　수만 척의 물 속은 능히 측량할 수가 있지마는 세상에 가히 측량치 못할 것은 오직 한자가 못 되는 사람의 마음이니 수천 톤의 큰 배라도 그 싣는 짐의 한정이 있거니와 오대주(五大洲)의 땅덩이를 실어도 오히려 부족타 하는 것은 또한 사람의 욕심이라 북풍 한설 추운 겨울과 오뉴월 장마비에 하루도 궐치 않고 앞남산 미륵 앞에 무릅을 꿇고 절한 뒤에 중얼중얼하는 사람은 나이 불과 사십이 될락말락한 데 양미간에는 여덟 팔자로 주름살이 잡히고 눈은 까마귀같이 시꺼먼중에다 또 깊숙이 들어가서 아무가 보아도 욕심이 그뜩하게 된 임 주사라 이 사람은 본래 선부형의 은덕으로 조반석죽은 염려가 없으나 허욕이 너무 굉장하여 농공상간의 직업은 힘쓰지 아니하고 어떻게 하면 공중에서 항아리 같은 금덩어리를 얻어서 천하갑부가 되어 볼고 하는 욕심이 일구월심에 그치지 아니하더니 하루는 시꺼먼 눈을 감았다 떴다 하며 부자될 방책을 생각하고 있더니 홀연히 주먹으로 책상을 쾅 치며[40]

　한 걸음 걷고 돌아보며 두 걸음 걷고 돌아보아 차차 거리가 멀어지는 대로 서로 돌아보는 수효는 점점 **잦아진다**
　송자는 얼마나 갔는지 다시 궁금하여 고개 돌려 자기의 오라버니 가는 편을 바라보니 마침 저편 고개 등성이에 **올라섰다**
　십리나 떨어져 있으니 소리도 질러 볼 수 없고 다만 벙벙이 바라보기만 하고 섰는데 그 송춘식이도 고개에 올라서면서 고개를 한번 돌리니 눈과 눈이 마주 **띄었다**
　송자는 잘 다녀오라는 뜻인지 고개를 숙여 절을 한번 하고 송춘식은 어서 가라는 뜻인지 손짓을 한 번 **한다**[41] (강조는 인용자)

　그 남자는 아내의 기색을 살펴보매 사실을 꾸며대는 일이 분명한지라 홀연 성을 버럭 낼듯하더니 다시 눙치고 아무 말을 **아니한다**

---

40) 김진헌, 〈應募短篇小說〉·「허욕심」, 1912년 5월 2일.
41) 이상춘, 〈應募短篇小說〉·「정」, 1913년 2월 9일.

전일에도 집안에서 여러 경험이 있는 지라 아내의 그른 일을 항상 말하건마는 **아편에 인박인 듯이 여편네에 속에는 무당 판수가 인이 박이었나 그런고로 바른 말은 천만 번 밀하여도 귀에 들어가지 아니하고 허황한 무당 판수의 말은 성경현전을 믿듯이 신앙한다** 그 남자는 여러 번 말하였으나 종시 고치지 못하는 고로 다시는 말도 하지 아니하고 눈치만 보며 어찌하면 그 성품을 고칠고하고 연구한다 그러나 마땅한 재료를 얻지 못하였더라 이날도 그 부인의 말을 들으매 필연 옷을 잡혀 무당이나 그렇지 아니하면 판수에게로 간 일이 분명한지라 고개를 기울이고 한참 동안이나 생각을 하고 있다42) (강조는 인용자)

엊그제까지 구석구석이 쌓였던 눈은 멀리서 보아도 추운 생각이 저절로 나던 남산의 은장식이 어언간 변하여 유록장식으로 **변하였다** 누르던 잔디도 유록이 되었고 잎이 떨어지고 줄거리만 남아 있던 버드나무 흔잎나무 신이화나무가 모두 유록빛이 **되어 있다** 사이사이로는 복사꽃 두견꽃 앵두꽃이 어떤 것은 반쯤 피고 어떤 것은 봉오리가 **뾰죽뾰죽하였다**43) (강조는 인용자)

흐름을 보여주기 위해 인용이 다소 길어졌다.44) 전대 작품에 비해 '―더라'체의 확연한 감소와 과거형 '―ㅆ다'체 종결어미의 사용을 확인할 수 있다. 1920년대 이후 볼 수 있는 단편소설의 문장은 아니지만 「신소설」이나 바로 앞의 〈응모단편소설(應募短篇小說)〉의 그것과는 뚜렷이 구별된다. 현재형과 과거형 종결어미가 등장하고 그 빈도수가 점점 증가하고 있음을 볼 수 있다. 특히 마지막 인용은 〈사회(社會)의 백면(百面)〉란에

---

42) 〈社會의 百面〉·「미신가」 7, 1913년 3월 23일.

43) 〈社會의 百面〉·「은근자」 1, 1913년 4월 15일.

44) 위에 인용된 〈社會의 百面〉은 이 논문에 처음 소개되는 것이다. 1910년대 소설에 대한 어떤 연구에서도 소개된 적이 없다. '난' 이름만 〈社會의 百面〉일 뿐, 그 내용은 완벽한 단편소설이다. 작품이 실린 '난'의 명칭 때문에 아무도 주목하지 않았다고 판단된다. 〈社會의 百面〉엔 모두 7개의 작품이 있다. 「금일의 가정」(1913년 1월 10~16일), 「학생」(1913년 1월 18~24일), 「여학생」(1913년 1월 25일~2월 1일), 「청춘」(1913년 2월 4~11일), 「화류항」(1913년 2월 20일~3월 13일), 「미신가」(1913년 3월 14일~4월 12일), 「은근자」(1913년 4월 15일~5월 29일)가 그것이다. 〈社會의 百面〉은 제목 그대로 사회의 여러 '百面(세태)'을 매우 사실적으로 형상화하고 있는 소설이다. 이전의 〈應募短篇小說〉에 비해 여러모로 확연히 근대적인 형식을 보여주는 매우 중요한 자료이다.

실린 「은근자(慇懃者)」란 작품의 맨 처음이다. 이 작품은 '과거형' 종결어미 '-ㅆ다'의 사용과 문장 길이의 측면에서 매우 도발적이다. 1913년 4월에 나온 작품이라고는 믿기 어려울 정도로 근대소설의 문장을 보여주기 때문이다. 물론 '-ㅆ다'의 사용이 작품 전체에서 보편화된 것은 아니다. '-더라'체가 완전히 사라지지 않았거니와 긴 문장의 사용은 물론 내용적인 측면에서도 '미신타파'(「迷信家」)와 '풍기문란 비판'(「慇懃者」) 등의 계몽적인 색채가 뚜렷하기 때문이다. 하지만 분명한 것은 '-더라'체가 사라지고 있는 대신 현재형 '-(ㄴ)다'와 과거형 '-ㅆ다'체의 사용이 증가한다는 사실이다.45) 또한 문장 길이가 짧아지고 있음도 중요한 변화이다. 중세국어의 연결형 구성을 띠어 길이가 긴 서술형 문장 관습의 전통을 이어받은 문장46)에도 변화가 생겨 확연히 짧아지고 있음도 간과해선 안 될 점이다. 즉 근대소설 문장에로의 변화가 나타나고 있다는 것에 주목해야 한다. 현재형이나 과거형이 매우 독특하게 보였던 것에서, 이제는 '-더라'체가 그렇게 되는 단계로 진입한 것이다.

　'-더라'체가 사라지는 모습은 서술자의 위치에도 변화가 생기고 있음과 객관 묘사의 가능성이 열린 것을 의미한다. 이점은 특히 〈사회(社會)의 백면(百面)〉란에 실린 작품들에서 볼 수 있다. 근대소설의 화자는 초월적 서술자가 아니다. 근대소설의 화자는 문면에서 보이지 않는, 등장 인물과 객관적 거리를 유지하고 있는 존재이다. 과거형 종결어미 "-ㅆ다'를 사용하게 되면 3인칭이 되어 화자가 사라'47)진다는 지적은 바로 이를 말

---

45) 참고로 〈社會의 百面〉에 실린 「今日의 家庭」(1913년 1월 10~16일)과 「迷信家」 (1913년 3월 14일~4월 12일), 「慇懃者」(1913년 4월 15일~5월 29일) 세 작품의 '지문'에 사용된 종결어미를 분류해보면 다음과 같다.
　　「今日의 家庭」: '-더라'체 50% / 현재형 40% / '-ㅆ다'체 10%, 「迷信家」: '-더라' 체 17% / 현재형 60% / '-ㅆ다'체 23%, 「慇懃者」: '-더라'체 13% / 현재형 65% / '-ㅆ 다'체 25%.
46) 김미형, 「한국어 문체의 현대화 과정 연구」, 『어문학연구』 7, 상명대어문학연구소, 1998, 126~138면 참조.
47) 가라타니 고진 외, 송태욱 역, 『근대일본의 비평』, 소명출판, 2002, 94~112면 참조

하는 것이다.

〈사회(社會)의 백면(百面)〉에 있는 7개 작품들의 특징 중 하나는 초월적 서술자(화자)가 거의 보이지 않는다는 점이다. 「금일의 가정」·「학생」·「여학생」·「청춘」·「화류항」·「미신가」·「은근자」 등의 작품은 각각의 제목을 주제로 한 '소설'이다. 작가의 개입이나 서술자의 논평 없이 당시의 여러 '세태(제목)'를 객관적 관찰자의 입장에서 그린 것이 큰 특징이다. 선악에 대한 가치판단이나 작품의 결말부분에서 작가나 서술자가 마무리하는 것이 아니라 인상적인 대화나 장면을 제시함으로써 독자로 하여금 스스로 판단하게 한다.48) 즉 이제 더 이상 '이 사람은 별사람이 아니라 다년 능참봉으로 있던 박참봉이라'49)나 '이 아이는 별아이가 아니라 서대문 밖[西大門外] 공덕리(孔德里)에서 사는 아이이니 성은 홍가오 이름은 복동이라'50) 같은 구절과 그 뒤에 나오는 장황한 내력·평가를 이야

---

48) 몇 작품의 끝부분을 예를 들어 보면 다음과 같다.

　　이게 또 어떤 놈의 편지냐 너는 어미 말은 무엇이니 무엇이니 하면서 나무라도 너 혼자는 축축히 모여 다니면서 이런 못된 짓만 하니 이 편지한 놈은 어떤 못된 놈이냐 그리고 자네 중매쟁인가 왜 이런 편지만 가지고 다니나 행세를 그리하지 말게

　　(여) 그게 무슨 편지라고 어머니는 그리하시오 그것이 이른바 자유결혼(自由結婚)하는 이상(理想)의 남편이야요

　　(아우) 혼또니 오까상와 시라나이쿠세니 코이비토유－코또와시리마센네－호호호 (완) (「여학생」, 1913년 2월 1일)

　　「아 요것이 사전이야 요런 사전도 더러 있나 이번에도 네가 아니 속았을까」 하며 조끼에 넣으려 한다 계월이는 방글방글 하며 「그러나 돈이나 세어보시오 오십원이 못 될 터이니 나도 그 의심이 있어서 십원은 떼었소 그 동안 받아두었던 삯이나 받아야지오」

　　그 소년은 깔깔 웃으며 「이런 제 기어히 일개 여자에게 속고 만단 말인가 에기 요망할 것」 하며 서로 웃고 일어선다 (완) (「화류항」 1913년 3월 13일)

　　「아이고 싫소 정말 그러면 한번이나 속지 두 번씩 속겠소 아무렇든지 우리 나으리만 난봉이 나으시면 그만이지 치성은 해서 무엇하게요 우리 나으리가 일상 말씀이 무당이라 판수라 절이라 하는 것은 모두 사람의 눈과 귀를 속이는 물건이니 당초에 믿지 말라고 하시는 것을 여편네의 소사스러운 마음으로 그래도 설마 그러하랴 하였구료 인제는 나도 다 알았소」

　　노파는 그 말을 듣고 기가 막혀

　　「인제는 세상이 약아져서 이 노릇도 못해먹겠네 그려 허허허허」 (완) (「미신가」 1913년 4월 12일)

49) 이석종, 「제목없음」, 1912년 7월 20일.

기해주는 서술자의 존재는 보이지 않게 된 것이다.

　이는 문장과 문체의 변화와 관련이 깊다. 확연히 분절되고 짧아진 문장과 '-더라'체의 감소에서 연유한 것이다. '-더라'체의 우위는 서술자가 '모든 일을 이미 알고 있는 존재'로서 발언하고 있다는 사실을 말해주는 것이다. 여기서 서술자는 일종의 집합적 화자, 즉 집단적 경험의 축적을 기반으로 하고 있는 '설화적 세계의 존재'이다. 서술자는 시·공간의 제약을 받는 구체적 존재가 아니라 모든 시·공간에 편재해 있는 집합적 주체이다.51) '-더라'체의 '-더-'는 시제와는 관련지을 수 없으며, 화자가 말하고 있는 그때보다 앞선 시점에서 경험한 주체의 동작 및 성질, 상태를 회상하여 상대방에게 설명52)하는 기능을 갖는다. 이 점은 '-더라'체가 초월적 서술자와 호응하는 것임을 증명하는 것이다.

　그런데 앞서 보았듯이 '-더라'체의 우위와 초월적 서술자의 존재가 뚜렷이 사라지고 있음을 볼 수 있다. 시공간적 제약을 받지 않는 집합적 주체의 균열이 심화되고 있는 동시에 '지금 여기'의 문제를 그릴 수 있는 토대가 마련되고 있는 것이다. 〈사회(社會)의 백면(百面)〉의 서술자는, 저 위에서 모든 것을 관장하는 서술자가 아니라 '현재'의 위치에서 등장인물과 사건을 '관찰'하고 있다. 이러한 '-더라'체가 눈에 띄게 사라지고 있는 상황에 대해, '서술자는 현재 상황 속의 인물들과 동일 시공간에 존재한다. 그리고 그 상황은 현재 진행이므로 등장인물들이 주도하고 서술자는 관찰자의 위치에 머문다'53)라고 하는 지적은 타당하다. 이렇게 해서 근대소설의 중요 특징 중 하나인 '객관 묘사'의 길이 열린 것이다. "人生의 一方面을 正하게 精하게 描寫하여 讀者의 眼前에 作者의 想像

---

50) 최학기, 「제목없음」, 1912년 10월 9일.
51) 권보드래, 『한국 근대소설의 기원』, 소명출판, 2000, 237면.
52) 고영근, 『국어형태론연구』, 서울대 출판부, 1993, 158~190면; 권보드래, 『한국 근대소설의 기원』, 소명출판, 2000, 235~255면 참조.
53) 류준필, 「근대 계몽기 신문 및 소설의 구어 재현 방식과 그 성격」, 『대동문화연구』 44, 성균관대 대동문화연구원, 2003, 237면.

內에 在한 世界를 如實하게 歷歷하게 開展하여 讀者로 하여금 其 世界 內에 在하여 實見하는 듯하는 感을 起케하는 者"54)라는 소설의 정의는 1910년대 진반기『매일신보』'단형 서사'에도 적용시킬 수 있는 것이다.

'집합적 주체'·'초월적 주체'의 소멸과 '－ㅆ다'체의 사용은 동전의 앞뒷면과 같은 것으로, '나'라는 1인칭 출현의 토대가 된다. 과거형 종결어미는 서술자의 존재를 무화시킴으로써 대상과의 객관적 거리를 발생하게 한다. 이 객관적 거리는 서술자로 하여금 '대상과 접촉하거나 동화됨이 없이 오직 냉정하게 관찰하기만 할 수 있'55)게 만들어준다. 동시에 이렇게 관찰당하는 대상의 발생은 관찰하는 주체, 즉 '나'라는 주체가 등장했음을 보여준다. 과거형 종결어미를 사용하는 근대 단편이 '자아의 문제'를 다루는 것은 이런 면에서 타당하다.

1910년대 전반기『매일신보』'단형 서사'에서 이러한 '나'라는 주체는 찾아볼 수 없다. 하지만 그를 위한 토대가 마련되고 있음은 분명하다. '집단의 문학 → 개인의 문학'의 변화가 한국 근대소설사의 도정이라고 했을 때,56) 1910년대 전반기『매일신보』'단형 서사'는 변화의 과도기에 위치하며 그 '소설사적 자양분'의 역할을 한다고 할 수 있다. 이러한 변화는 서술자의 존재나 종결어미의 문제 등 형식적인 측면에서 먼저 일어나고 있다. 1910년대 후반 양건식과 백대진·현상윤 등 '신지식층' 작가들과 그들이 그려내는 '인간 내면 심리에 대한 관심'57)은, 이러한 1910년대 전반기의 형식적 변화 뒤에야 나타나는 것이다. 현실의 핍진성이나 개인의 내면을 그리는 '내용'의 문제는 이후 몇 년을 더 기다려야 했던 것이다.

---

54) 東京에서 春園生,「文學이란 何오(五)」, 1916년 11월 17일.
55) 이경훈은 이러한 거리를 만들어내는 '했다'('았')체를 '한국 소설의 창틀에 끼워진 근대적 유리'라고 한다. 이경훈,「무정의 패션」,『민족문학사연구』18, 민족문학사학회, 2001, 329~335면 참조
56) 한기형은 이를 '개체적 자아'와 '집단적 자아'의 문제로 설명하고 있다. 한기형,『한국 근대소설사의 시각』, 소명출판, 1999, 287~291면 참조
57) 김영민,『한국근대소설사』, 솔, 2003, 349면.

4. 결론

이상으로 1910년대 전반기 『매일신보』 '단형 서사'에 대해 살펴보았다. 이 논문은 1910년대 전반기 '단형 서사'의 존재 양상과, 기능, 그리고 '소설사적 자양분'으로서의 근대적(서술적) 특성에 대한 글이다.

1910년대 『매일신보』 전체 서사물의 주류 양식은 단형이며, 전반기 5년에 집중되어 있음을 확인하였다. 1910년대 『매일신보』의 장형과 단형 서사물의 대부분 한글로 되어 있으며, 장형은 1·4면에 단형은 3면(사회면)에 실려 있다. 또한 장형은 기성 작가가, 단형은 무명 작가가 담당했다.

1910년대 전반기 『매일신보』 '단형 서사'의 가장 큰 기능은 '계몽'이다. 조선총독부와 『매일신보』의 경영·편집진은 식민지배체제의 조속한 정착과 정당성·안정성을 위해 '서사'를 이용한 것이다. 이는 합방전 신문에 실린 단형 서사의 계몽의 효과를 인식한 결과였다. 식민지라는 현실은 정론적·집단적 계몽이 아닌 '식산흥업보급'과 '민지의 개발', '풍속 개량' 차원의 계몽일 수밖에 없었다. 이 시기 '계몽'의 도구로서의 '단형 서사'의 모습은 1912년에 집중적으로 나타나는 〈응모단편소설(應募短篇小說)〉을 통해 확인할 수 있었다. 1915년을 기점으로 식민지배체제가 어느 정도 일단락되는 것과 함께 『매일신보』에서 '단형 서사'가 급격히 사라지게 된다. '단형 서사'의 효용 가치가 다 떨어졌다고 판단한 것이다.

이러한 1910년대 전반기 『매일신보』 '단형 서사'는 '계몽(논설)과 서사의 미분리 → 분리'라는 한국 근대소설의 진행 과정에서 보아야 한다. 계몽과 서사의 분리, 즉 계몽이 서사 속으로 내재화·간접화되는 모습을 전형적으로 보여주기 때문이다. 계몽의 목소리는 등장 인물이나 사건, 장면을 통해 제시될 뿐이다.

하지만 이 시기 『매일신보』 '단형 서사'는 1910년대 후반 '신지식층' 단편을 거쳐 근대 완성형 단편으로 나아가는데 있어 중요한 '소설사적 자양분'으로 작용한다. 이는 '집합적·초월적 주체'의 사라짐과 문장의 단형화, 종결어미의 변화('-더라'체의 감소와 과거형 '-ㅆ다'체의 등장) 등 주로 형식적·시술적인 측면에서 확인할 수 있었다. 이러한 변화는 '나'라는 1인칭의 출현과, 나아가 '자아의 문제'를 다루는 근대단편의 토대가 된다. 양건식과 백대진 등의 '신지식층' 작가들과 그들이 관심을 가진 '인간 내면에 대한 관심'은, 1910년대 전반기에 시작되는 이러한 형식적 변화를 거쳤기에 가능했던 것이다. 한국의 근대단편은 형식적 측면, 즉 '그릇'이 먼저 만들어지고, 여기에 개인·자아의 문제라는 내용적 측면이 더해져 완성됨을 알 수 있다.

따라서 이 시기 '단형 서사'를 일종의 '결여태'나 '퇴행' 등으로 부정적으로 보는 기존의 연구는 재고되어야 한다. 1910년대 전반기 『매일신보』 '단형 서사'는 '계몽(논설)과 서사의 미분리 → 분리(내재화·간접화)'라는 흐름을 전형적으로 보여준다는 점과 서술자와 종결어미의 문제 등 형식적인 측면에서 중요한 '소설사적 자양분'의 역할을 한다는 점을 높이 평가해야 한다. 양건식과 백대진·현상윤 등 '신지식층' 작가들이 현실의 핍진성과 개인·자아의 문제를 그릴 수 있었던 것은 1910년대 전반기 『매일신보』의 '단형 서사'가 있었기에 가능한 일이었다. 이것이 1910년대 전반기 『매일신보』 '단형 서사'의 올바른 문학사적 자리매김과 의의인 것이다.

· 일러두기 ·

1. 이 목록은 1895년부터 1919년 3·1운동까지 신문과 잡지에 게재된 서사물을 모두 모은 것으로, 해당 시기에 발간된 원 자료를 직접 확인하여 작성했다.
2. 표기는 원문을 그대로 따르되 띄어쓰기만 현대 어문규정에 맞게 고쳤다.
3. 목록에 기입된 사항은 다음과 같다.
   1) 저자가 표기되어 있는 경우는 먼저 저자 이름을 표기했다. 필명이나 호만 표기되어 있는 경우는 따로 이름을 표기하지 않고 원문을 그대로 따랐다.
   2) 원 자료에 제목이 있는 경우는 원문을 그대로 따라 표기했으며, 제목이 없는 경우는 본문의 첫 2~3어절을 인용하여 작품명으로 삼고 *로 표시했다.
   3) 제목 뒤에는 게재된 날짜를 기입했다.
4. 이 목록에 사용된 부호와 기호는 다음과 같다.
   1) 해독 곤란한 글자 : □
   2) 원문에서 명백한 인쇄상의 오류인 글자 : 오류글자 뒤에 [ ]로 복원.

「拿破崙傳(나보례언)」, 『한성신보』, 1895.11.7~1896.1.26.

「閣龍(고렁부스)이 亞美利加에 發見혼 記라」, 『한성신보』, 1895.11.17~19.

「先哲叢談」, 『한성신보』, 1896.2.14~5.19.

「日本名士福富臨淵逸事」, 『한성신보』, 1896.3.9~4.11.

「趙婦人傳」, 『한성신보』, 1897.5.19~7.10.

「種痘之祖先醫 쩌옌ㄴ氏傳」, 『한성신보』, 1896.6.6.

「英國皇帝陛下御略傳」, 『한성신보』, 1896.6.8~10.

「申進士問答記」, 『한성신보』, 1896.7.12~8.27.

「紀文傳」, 『한성신보』, 1896.8.29~9.4.

「郭御史傳」, 『한성신보』, 1896.9.6~10.28.

「報恩以讐」, 『한성신보』, 1896.9.12~16.

「以智脫窮」, 『한성신보』, 1896.9.18~26.

「男蠢女傑」, 『한성신보』, 1896.9.28~10.22.

「別有所歎」, 『한성신보』, 1896.10.4.

「夢遊歷代帝王宴」, 『한성신보』, 1896.10.24~12.24.

「李小姐傳」, 『한성신보』, 1896.10.30~11.3.

「醒世奇夢」, 『한성신보』, 1896.11.6~18.

「米國新大統領傳」, 『한성신보』, 1896.11.14~18.

「李正言傳」, 『한성신보』, 1896.11.22~30.

「金氏傳」, 『한성신보』, 1896.12.4~14.

「蟾報飯德」, 『한성신보』, 1896.12.12.

「佳緣中斷」, 『한성신부』, 1896.12.16~26.

「李氏傳」, 『한성신보』, 1896.12.28~1897.1.10.

「寃魂報仇」, 『한성신보』, 1896.12.28~1897.1.8.

「孀婦寃死害貞男」, 『한성신보』, 1897.1.12~16.

「邦伯優游忘同㤼」, 『한성신보』, 1897.1.18.

「婢子貞節」, 『한성신보』, 1897.1.20.

「無何翁問答」, 『한성신보』, 1897.1.22~2.15.

「콘으라드가 환가흔 일」, 『죠션크리스도인회보』, 1897.3.31.

「汽機師瓦特傳」, 『대한조선독립협회회보』, 1897.3~4.

「코기리와 원숭이의 니야기」, 『그리스도신문』, 1897.5.7.

「묘와문답」, 『죠션크리스도인회보』, 1897.5.26.

「악흔 나무에 됴흔 가지롤 졉붓치는 비유라」, 『죠션크리스도인회보』, 1897.6.16.

「거믜 니야기라」, 『죠션크리스도인회보』, 1897.6.23.

「羅馬傳說」, 『대한조선독립협회회보』, 1897.7.

「古克傳」, 『대한조선독립협회회보』, 1897.8.

「麥折倫傳」, 『대한조선독립협회회보』, 1897.8.

「富蘭克令傳」, 『대한조선독립협회회보』, 1897.8.

「蒙哥巴克傳」, 『대한조선독립협회회보』, 1897.8.

「立恒士敦傳」, 『대한조선독립협회회보』, 1897.8.

「츈음을 잇김이라」, 『죠션크리스도인회보』, 1897.9.29~10.6.

「구습을 맛당히 브릴 것」, 『죠션크리스도인회보』, 1897.10.6.

「고류포」, 『죠션크리스도인회보』, 1897.11.10.

「셩심긔도」, 『죠션크리스도인회보』, 1897.11.17.

「일전에 엇더흔 대한 신스 흐나이」*, 『독립신문』, 1898.1.8.

「엇던 유지각흔 친구에 글을」*, 『독립신문』, 1898.2.5.

「흐로는 흔 늙은 사룸이」*, 『협성회회보』, 1898.2.19.

「일빅륙십륙년 전 이월 이십이일에」*, 『독립신문』, 1898.2.22.

「흔 스지[자]가 잇눈디」*, 『협성회회보』, 1898.2.26.

「아셰아 셔편에」*, 『대한크리스도인회보』, 1898.3.9.

「고금에 드문 일」, 『대한크리스도인회보』, 1898.3.23.

「남촌 사는 최여몽이라 흐는 사룸이」*, 『협성회회보』, 1898.3.26.

「엇던 유지각호 친구가」*,『독립신문』, 1898.3.29.

「부즈문답」,『대한크리스도인회보』, 1898.3.30.

김만식,「대뎌 사롬마다 무론」*,『협성회회보』, 1898.4.2.

「도를 위호야 군축밧은 일」,『대한크리스도인회보』, 1898.4.13.

「동도 산협 듕에」*,『매일신문』, 1898.4.20.

「지물이 모음을 슈란케 홈」,『대한크리스도인회보』, 1898.4.27.

「모로는 사롬을 구원홈」,『대한크리스도인회보』, 1898.5.4.

「늠을 참소호는 이는 제 몸이 몬져 망홈」,『대한크리스도인회보』, 1898.5.18.

「스랑호는 거시 사롬을 감복케 홈」,『대한크리스도인회보』, 1898.5.25.

「어늬 고을 원 호나히」*,『매일신문』, 1898.6.13.

「비암이야기」,『대한크리스도인회보』, 1898.7.20.

「쟝스와 난쟁이」,『독립신문』, 1898.7.20.

「이젼에 혼 노인이」*,『매일신문』, 1898.7.21.

「근러에 긔우당이라 호는 사롬이」*,『매일신문』, 1898.7.22.

「근일에 돈암란화(遯菴爛話)라 호는」*,『매일신문』, 1898.7.23.

「심산 궁곡에 나무가」*,『매일신문』, 1898.7.25.

「양주 짜헤 혼 사롬이」*,『매일신문』, 1898.7.27.

「엇더혼 친구의 문답을」*,『매일신문』, 1898.7.28.

「신진학이라 호는 사롬은」*,『매일신문』, 1898.7.29.

「창희가 망망호야」*,『매일신문』, 1898.8.15.

「동쵼 락산 밋희」*,『매일신문』, 1898.8.31.

「漢北木犀山下에 一窮措大가 有호니」*,『황성신문』, 1898.9.13.

「북촌 사는 사롬 호느이」*,『매일신문』, 1898.9.20.

「호토상탄 여우와 토꾀가 셔르 싱키다」,『매일신문』, 1898.9.23.

「客이 余다려 問호여」*,『황성신문』, 1898.9.23.

「中樞院議官中에 品秩이 高한 一人과」*,『황성신문』, 1898.9.27.

「웃더혼 사롬 호느히」*,『매일신문』, 1898.9.29.

「이젼 파사국에」*,『제국신문』, 1898.9.30.

「近日에 某少年이 西郊省墓回路에」*,『황성신문』, 1898.9.30.

「客이 問於稷下生曰請論當世之事호노라」*,『황성신문』, 1898.10.6.

「余四十平生에 所夢이 無有호야」*,『황성신문』, 1898.10.14.

「局外論」,『황성신문』, 1898.10.17.

「시스문답」,『독립신문』, 1898.10.28~29.

「南隣北社兩豪客이 秋興으로 相逢이라」*, 『황성신문』, 1898.10.29.

「鄕客이 訪余ㅎ야 新聞紙를 閱覽ㅎ다가」*, 『황성신문』, 1898.11.3.

「남산 아릭 어느 친구를」*, 『매일신문』, 1898.11.9.

「병명의리」, 『독립신문』, 1898.11.23.

「엇던 친구의 편지」, 『독립신문』, 1898.11.24.

「어리셕은 사롬들의 문답」, 『제국신문』, 1898.11.26.

「友人이 有自東來者ㅎ고 有自西來者ㅎ야」*, 『황성신문』, 1898.11.26.

「누옥싱이 상두에 골한 잠이」*, 『매일신문』, 1898.11.29.

「엇던 지상 훈 분이」*, 『제국신문』, 1898.11.29.

「是歲十月之望에 文章風流有如蘇子瞻者ㅣ」*, 『황성신문』, 1898.11.29.

「무른 무슴 일을 영위ㅎ던지」*, 『매일신문』, 1898.12.1.

「상목지 문답」, 『독립신문』, 1898.12.2.

「샹목즈란 사롬이」*, 『매일신문』, 1898.12.13.

「광안싱이라는 사롬이」*, 『매일신문』, 1898.12.14.

「이젼에 훈 사롬이」*, 『매일신문』, 1898.12.15.

「동방에 훈 오괴훈 션비가」*, 『제국신문』, 1898.12.16~17.

「어옹과 초부 두 사롬이」*, 『매일신문』, 1898.12.22.

「향일에 엇더훈 션비」*, 『제국신문』, 1898.12.22.

「일젼에 엇더훈 친구가」*, 『제국신문』, 1898.12.24.

「공동회에 디훈 문답」, 『독립신문』, 1898.12.28.

「이젼에 무슈옹이라 ㅎ는 사롬」*, 『매일신문』, 1898.12.29.

「쳥국 형편 문답」, 『독립신문』, 1899.1.11.

「관물옹이라 ㅎ는 사롬이」*, 『매일신문』, 1899.1.11.

「昨夜의 寒風이 吹雪에」*, 『황성신문』, 1899.1.16.

「힝셰 문답」, 『독립신문』, 1899.1.23.

「녯젹에 셔양 어늬 나라에」*, 『매일신문』, 1899.1.26~27.

「외국 사롬과 문답」, 『독립신문』, 1899.1.31.

「긱이 말ㅎ야 굴ㅇ디」*, 『매일신문』, 1899.2.8.

「淸國志士가 俚語一篇을 誦ㅎ기로」*, 『황성신문』, 1899.2.8.

「採芝山人奇書」, 『황성신문』, 1899.2.20.

「엇더훈 사롬 ㅎ나히」*, 『매일신문』, 1899.2.21~25.

「근일에 엇더훈 친구 ㅎ나히」*, 『매일신문』, 1899.3.1.

「惺惺夢記」, 『황성신문』, 1899.3.6~7.

「寓言」,『황성신문』, 1899.3.8.

「신구 문답」,『독립신문』, 1899.3.10.

「淸國北京近處에 一富人이 有하니」*,『황성신문』, 1899.3.10.

「엿던 크[큰] 동리 둘이」*,『제국신문』, 1899.3.13.

「녯젹에 소년 남즈 두 샤룸이」*,『매일신문』, 1899.3.15.

「반가군 상인촌이라 ᄒᆞᄂᆞᆫ 짜에」*,『제국신문』, 1899.3.15.

「남편 동리에 ᄒᆞᆫ 귀먹은 사룸이」*,『매일신문』, 1899.3.16.

「봄바람이 긱챵을 부니」*,『매일신문』, 1899.3.20.

「三角山下에 一老人이 有ᄒᆞ니」*,『황성신문』, 1899.3.22.

「한 긱이 잇셔 령남으로」*,『매일신문』, 1899.3.26~27.

「녯젹에 졔나라 사룸이」*,『매일신문』, 1899.3.28.

「최샹샤 산일 션싱은」*,『제국신문』, 1899.4.12.

「지미잇ᄂᆞᆫ 문답」,『독립신문』, 1899.4.15~17.

「一善談者가 有ᄒᆞ야 曰호디」*,『황성신문』, 1899.4.15.

「엇던 학쟈님 ᄒᆞᆫ 분이」*,『제국신문』, 1899.4.26.

「텬하의 유명ᄒᆞᆫ 의원이」*,『제국신문』, 1899.5.1.

「엇던 친구가 편지 ᄒᆞᆫ 쟝을」*,『제국신문』, 1899.5.5.

「경향문답」,『독립신문』, 1899.5.10.

「昨日에 엇던 有志二人이」*,『황성신문』, 1899.5.15.

「당파」,『제국신문』, 1899.5.20.

「大韓에 엇던 有志한 一人이」*,『황성신문』, 1899.5.20.

「西人이 有問於韓人曰 貴國이」*,『황성신문』, 1899.5.30.

「외양 죠흔 은궤」,『독립신문』, 1899.6.9.

「개고리도 잇쇼」,『독립신문』, 1899.6.12.

「즈미잇ᄂᆞᆫ 문답」,『독립신문』, 1899.6.20.

「京城紫霞洞 居ᄒᆞ던 一士人이」*,『황성신문』, 1899.6.21.

「夫實事를 是求ᄒᆞᄂᆞᆫ 者ᄂᆞᆫ」*,『황성신문』, 1899.6.26.

「此時ᄂᆞᆫ 仲夏天氣라」*,『황성신문』, 1899.6.30.

「량인 문답」,『독립신문』, 1899.7.6.

「일쟝츈몽」,『독립신문』, 1899.7.7.

「西湖釣徒란 者ᄂᆞᆫ 大氣에」*,『황성신문』, 1899.7.19.

「太華山農이 硯田을 設ᄒᆞ고」*,『황성신문』, 1899.8.10.

「모긔쟝군의 ᄉᆞ격」,『독립신문』, 1899.8.11.

「余ㅣ 昨夕에 酒를 大被ㅎ고」*, 『황성신문』, 1899.8.19.

「木覓山山下에 一個男子가 有ㅎ니」*, 『황성신문』, 1899.9.5.

「北村에 一措大가 有ㅎ니」*, 『황성신문』, 1899.9.11.

「漁樵問答」, 『황성신문』, 1899.9.20~22.

「션악 두 길」, 『대한크리스도인회보』, 1899.9.27.

「杞憂生小傳」, 『황성신문』, 1899.9.28.

「囊球子ㅣ 湖海에 周遊ㅎ다가」*, 『황성신문』, 1899.9.29.

「부모가 주식 스랑훈 니야기」, 『대한크리스도인회보』, 1899.10.11.

「외국 학문에 고명훈 션비 ㅎ나이」*, 『독립신문』, 1899.10.12.

「아라스 젼 님군 피득황뎨의 스젹」, 『제국신문』, 1899.10.12.

「대한에 유디훈 션비 ㅎ나이」*, 『독립신문』, 1899.10.16.

「客이 楓林을 愛賞ㅎ야」*, 『황성신문』, 1899.10.16.

「엇더훈 션비가」*, 『제국신문』, 1899.10.23.

「지셩으로 허물을 곤치면」*, 『제국신문』, 1899.10.24.

「붉은 거울을 보시오」, 『대한크리스도인회보』, 1899.10.25.

「뎍국 사룸 득뇌사의 스젹」, 『제국신문』, 1899.10.25.

「대한 엇던 관인이」*, 『독립신문』, 1899.10.26.

「엇더훈 션비가 자칭」*, 『제국신문』, 1899.10.27.

「녯젹에 엇던 사룸이」*, 『제국신문』, 1899.10.28.

「뎍국 지샹 비스막씨는」*, 『독립신문』, 1899.10.31.

「사룸이 허훈즉 쑴이 만코」*, 『독립신문』, 1899.11.1.

「쳥국에 한 션비가」*, 『제국신문』, 1899.11.1.

「어느 시골 구친[친구] ㅎ나이」*, 『독립신문』, 1899.11.2.

「엇던 유지훈 션비가」*, 『제국신문』, 1899.11.15.

「남양에 유지훈 션비가」*, 『제국신문』, 1899.11.22.

「부주문답」, 『대한크리스도인회보』, 1899.11.23.

「일젼에 셔양 어느 친구가」*, 『독립신문』, 1899.11.24.

「셔울 북촌 사는 엇던 친구 ㅎ나이」*, 『독립신문』, 1899.11.27.

「샤회 상에 이상훈 친구가 잇스니」*, 『제국신문』, 1899.11.29.

「녯젹 은나라 탕군님 때에」*, 『제국신문』, 1899.12.7.

「泰西에 一有名學士ㅣ 萬國을 遊覽하고」*, 『황성신문』, 1899.12.9.

「二客이 月興을 乘하야」*, 『황성신문』, 1899.12.13.

「得過且過」, 『황성신문』, 1899.12.23.

「어느 낭긱 흔 분이 텬하 강산을」*,『제국신문』, 1900.1.6.

少梅生,「常平傳」,『황성신문』, 1900.1.17.

「愛子心出於愛國心」,『황성신문』, 1900.1.20.

吏生尹柱瓚,「上醫醫國」,『황성신문』, 1900.2.7.

「長歌甚於痛哭」,『황성신문』, 1900.2.9.

「엇던 사룸 둘이」*,『제국신문』, 1900.2.16.

「녯젹에 우리나라에」*,『제국신문』, 1900.2.20.

「우리나라 사룸은」*,『제국신문』, 1900.2.24~26.

「엇든 친구들이 모여 안ᄌ」*,『제국신문』, 1900.3.2.

「학식이 유명흔 모모인들이」*,『제국신문』, 1900.3.16.

「구라파와 아세아 지경에」*,『제국신문』, 1900.3.20.

「暗室欺心神目如電」,『황성신문』, 1900.3.20.

「녯적 룩국 시졀에」*,『제국신문』, 1900.3.22.

「신라국 츙신 박제샹의」*,『제국신문』, 1900.3.23.

「願學從地理」,『황성신문』, 1900.3.29.

「가긱의 흥다반ᄒᄂ 토끼타령은」*,『제국신문』, 1900.3.30.

「유명흔 실과 동산 ᄒ나히」*,『제국신문』, 1900.3.31.

「長策何不用」,『황성신문』, 1900.4.4.

「京仁間韓人景況」,『황성신문』, 1900.4.7.

「春睡山人解嘲」,『황성신문』, 1900.4.18.

「賞花采風謠」,『황성신문』, 1900.4.20.

「神異之工在乎推廣智力」,『황성신문』, 1900.4.23.

「어느 친구 흔 분이」*,『제국신문』, 1900.5.7.

「세상에 긔이흔 일도」*,『제국신문』, 1900.5.9.

「莫受猴公覇莫作猴公舞」,『황성신문』, 1900.5.12.

「堪笑人作鷄人戱」,『황성신문』, 1900.5.19.

「子弟之浮浪咎在父兄」,『황성신문』, 1900.5.21.

「石佛點頭」,『황성신문』, 1900.6.5.

「農夫問答」,『황성신문』, 1900.6.7.

「龜胸龜背」,『황성신문』, 1900.6.9.

「旅窓話病」,『제국신문』, 1900.6.11~13.

關西酒徒,「一日架上鸚鵡連呼」*,『황성신문』, 1900.6.14.

「有眼者□□盲魚」,『황성신문』, 1900.6.16.

「일젼에 슈삼 친구가」*, 『제국신문』, 1900.6.19.

「근일 일긔는 틱한흔디」*, 『제국신문』, 1900.6.28.

「擧世蝎毒」, 『황성신문』, 1900.6.28.

「鼓瑟客問答」, 『황성신문』, 1900.6.30.

「근일 한긔가 틱심ᄒ야」*, 『제국신문』, 1900.7.11.

「翁言三害」, 『황성신문』, 1900.7.13.

「天熱非難心熱最難」, 『황성신문』, 1900.7.30.

「桃源間津記」, 『황성신문』, 1900.7.31.

「근일에 무료직 슈삼 인이」*, 『제국신문』, 1900.9.13.

「雲淵子虎尾說」, 『황성신문』, 1900.9.22.

蜜啞生, 「生이 獨宿秋齋러니 夢見無何先生ᄒ고」*, 『황성신문』, 1900.10.17.

「쳥국 강유위란 사롬의」*, 『제국신문』, 1900.10.27.

「猩兮莫貪酒人兮莫貪禍」, 『황성신문』, 1900.10.27.

「近世之富貴者甚愚駭」, 『황성신문』, 1900.11.21.

「田舍問答」, 『황성신문』, 1900.11.22.

「兩相論耻」, 『황성신문』, 1900.11.23.

「觸邪先生列傳」, 『황성신문』, 1900.12.1.

「巫者切不可信」, 『황성신문』, 1900.12.10.

「客難譜學先生」, 『황성신문』, 1900.12.14.

「醫治錢疳法」, 『황성신문』, 1900.12.15.

「엇던 시골 친구와」*, 『제국신문』, 1900.12.17~19.

「酌酒送舊」, 『황성신문』, 1900.12.29.

「아모조록 예수롤 놋치마라」, 『신학월보』, 1900.12.

「賞雪評詩」, 『황성신문』, 1901.1.11.

「이젼에 셔양 사람 흔나히」*, 『제국신문』, 1901.1.14.

「老繹偶言」, 『황성신문』, 1901.1.15.

「아셰아 대륙에 흔 병든 사람이 잇시니」*, 『제국신문』, 1901.1.17.

「쇽담에 닐ᄋ기를」*, 『제국신문』, 1901.1.23.

「향일에 셔양 친구 흐나을」*, 『제국신문』, 1901.1.31.

「예수씨 츌입이라」, 『신학월보』, 1901.1.

「만약 누구던지 뭇기를」*, 『제국신문』, 1901.2.2.

「九九銷寒」, 『황성신문』, 1901.2.2.

「희졈은 찬 하놀에」*, 『제국신문』, 1901.2.4.

「녯글에 ᄀᆞᆯ᷁ᄋ디」*,『제국신문』, 1901.2.6.

「밍ᄌ ᅵ ᄀᆞᆯ᷁ᄋ샤디」*,『제국신문』, 1901.2.9.

「遠視嘲近視」,『황성신문』, 1901.2.9.

「대개 사ᄅᆞᆷ의 이목구비와」*,『제국신문』, 1901.2.12~13.

「녯글에 ᄀᆞᆯ᷁ᄋ디 군ᄌᆞ는」*,『제국신문』, 1901.2.14.

「신라국 ᄌᆞ비왕 시졀에」*,『제국신문』, 1901.2.16.

「不敢愛其身而忘其國」,『황성신문』, 1901.2.26.

「사ᄅᆞᆷ이 셰상에 나매」*,『제국신문』, 1901.2.28.

「귀신질머짐」,『신학월보』, 1901.2.

「客言切當」,『황성신문』, 1901.3.4.

「혹이 말ᄒᆞ기를 근일」*,『제국신문』, 1901.3.6.

「南廓子記夢」,『황성신문』, 1901.3.9.

「셔양 사ᄅᆞᆷ 녯말에 ᄀᆞᆯ᷁ᄋ디」*,『제국신문』, 1901.3.12.

「동셔양을 물론ᄒᆞ고 이 셰계의」*,『제국신문』, 1901.3.13.

「셔울 친구 ᄒᆞ나이」*,『제국신문』, 1901.3.22.

「광대ᄒᆞᆫ 우휴간에」*,『제국신문』, 1901.3.23.

「텬디지간 만물지즁에」*,『제국신문』, 1901.3.26.

「무듸 ᄉᆞ젹」,『그리스도신문』, 1901.3.28~4.4.

「녯글에 ᄀᆞᆯ᷁ᄋ디」*,『제국신문』, 1901.3.29.

「디경ᄌᆞ련」,『신학월보』, 1901.3.

목사긔일씨,「영국녀황 빅도리아의 승하ᄒᆞ심」,『신학월보』, 1903.3.

「밍ᄌ ᅵ ᄀᆞᆯ᷁ᄋ샤디」*,『제국신문』, 1901.4.1.

「금화봉 아래에 ᄒᆞᆫ 션비가」*,『제국신문』, 1901.4.5.

「余 ᅵ 適出於南郊ᄒᆞ야 歇脚于野店이러니」*,『황성신문』, 1901.4.6.

「우리 셰샹 사ᄅᆞᆷ들이」*,『제국신문』, 1901.4.11.

「엇던 션비 ᄒᆞ나히」*,『제국신문』, 1901.4.16.

「物貴之徵賤之兆」,『황성신문』, 1901.4.18.

「窮人謀酒」,『황성신문』, 1901.4.27.

「漁父辭」,『황성신문』, 1901.5.11.

무듸션싱,「늙은 흑인」,『그리스도신문』, 1901.5.16.

「알푸레드 님군」,『그리스도신문』 1901.5.16.

「라파륜 ᄉᆞ젹」,『그리스도신문』, 1901.5.16~30.

「聲從靜中生老從聲中至」,『황성신문』, 1901.5.18.

「녯젹 셔양 어느 나라」*,『제국신문』, 1901.5.23.

「二艘問答」,『황성신문』, 1901.5.23.

「南華攬太華睡」,『황성신문』, 1901.5.28.

「조곰 어그러지는 밋음」,『그리스도신문』, 1901.5.30.

「이젼에 혼 로인이」*,『제국신문』, 1901.6.11.

빈의원, 「이스도의 스젹」,『그리스도신문』, 1901.6.27.

김상림, 「죽는 사롬이 산 사롬을 회긔식힘」,『신학월보』, 1901.6.

「三老劇談」,『황성신문』, 1901.7.25.

「사롬의 힝실 중에」*,『제국신문』, 1901.7.26.

「活我下民其唯皇天」,『황성신문』, 1901.7.26.

「근일에 니포 소문을」*,『제국신문』, 1901.7.27.

「民之解體可懼可憂」,『황성신문』, 1901.8.3.

「夢遊動物園」,『황성신문』, 1901.8.10.

「을지문덕」,『그리스도신문』, 1901.8.22.

「禽鳥樂」,『황성신문』, 1901.8.24.

「원텬셕」,『그리스도신문』, 1901.8.29.

「머사현몽」,『그리스도신문』, 1901 8.29~9.5.

「길지(吉再)」,『그리스도신문』, 1901.9.5.

「中秋賞月會」,『황성신문』, 1901.9.27.

안명수, 「리동고 밋는 으히 힝젹」,『신학월보』, 1901.9.

「農家悲況」,『황성신문』, 1901.10.21.

「김유신」,『그리스도신문』, 1901.10.31~11.7.

김챵식, 「식견이 부족이면 시여미시라」,『신학월보』, 1901.10.

「有無憂而有有憂」,『황성신문』, 1901.11.6.

「酒徒滑稽」,『황성신문』, 1901.11.8.

「醉與夢亦必諫之覺之」,『황성신문』, 1901.11.30.

「不請不知無事無故」,『황성신문』, 1901.12.18.

「로인의 부부지락」,『그리스도신문』, 1901.12.19.

「新舊學問總歸烏有」,『황성신문』, 1901.12.19.

「關東峽客問答」,『황성신문』, 1902.1.9.

「知慣而後刻厲雪滌」,『황성신문』, 1902.1.13.

「嘲甕生員」,『황성신문』, 1902.1.18.

「嘲啞器」,『황성신문』, 1902.3.29.

「鄕眼□怳」,『황성신문』, 1902.4.26.

「싱각홀일이라」,『신학월보』, 1902.4.

「그루소의 흑인을 엇어 동모홈」,『그리스도신문』, 1902.5.8.

「모듸거져(象名)가 그 쥬인의게 복죵홈」,『그리스도신문』, 1902.5.15.

「措大談論」,『황성신문』, 1902.5.17.

「盲笑笑盲」,『황성신문』, 1902.5.24.

「是月也反舌無聲」,『황성신문』, 1902.6.7.

최병원,「병쟈회기」,『신학월보』, 1902.6.

리경직,「눈을 곳치미 밋지안턴 ᄌᆞ손이 회기홈」,『신학월보』, 1902.6.

「醉客高談」,『황성신문』, 1902.7.26.

「영국왕 요한과 대쥬교를 시험」,『신학월보』, 1902.7.

「答苦蝎者言」,『황성신문』, 1902.8.30.

「부싱리치로 어린 아돌을 위로함」,『신학월보』, 1902.8.

「귀와 눈이 지조롤 다톰」,『신학월보』, 1902.10.

「措大嘲諧」,『황성신문』, 1902.11.8.

「倉鼠厠鼠之嘲」,『황성신문』, 1902.11.15.

「웻실네의 리력」,『신학월보』, 1902.11~1903.1.

「記友人之言」,『황성신문』, 1902.12.6.

「木東崖傳」,『한성신보』, 1902.12.7~1903.2.3.

「述客聞」,『황성신문』, 1903.1.17.

「乞客問答」,『한성신보』, 1903.4.18

「근일 일긔는 침침ᄒ고」*,『제국신문』, 1903.6.3.

「街談巷說」,『황성신문』, 1903.6.22.

「其渠是何物也」,『황성신문』, 1903.8.15.

「十年工夫阿彌陀佛」,『황성신문』, 1903.8.17.

「經國美談」,『한성신보』, 1904.10.4~11.2.

「忙中閒調」,『황성신문』, 1903.10.10.

「독신자」,『신학월보』, 1903.10.

「盲說」,『황성신문』, 1903.12.26.

「甲乙爭辨」,『황성신문』, 1904.1.14.

윤늬쓰김,「병든 부인의 밋음」,『신학월보』, 1904.3.

구츈경,「분원부인의 밋음」,『신학월보』, 1904.3.

「亞賓先生問答」,『황성신문』, 1904.5.6.

구츈경, 「양지 개나리 부인의 긔도와 열심」, 『신학월보』, 1904.6.

장낙도, 「전익호씨의 회개함」, 『신학월보』, 1904.6.

「農談野說」, 『황성신문』, 1904.7.23.

박세창, 「인내로 이긔」, 『신학월보』, 1904.8.

박용만, 「고마은 말」, 『신학월보』, 1904.9.

한창섭, 「쳥쥬 박씨부인의 밋음」, 『신학월보』, 1904.10.

「량인문답」, 『제국신문』, 1904.11.24~25.

리회춘, 「밋음과 힝홈에 열미」, 『신학월보』, 1904.12.

「젹션여경녹」, 『대한매일신보』, 1905.8.11~8.29.

朱希眞, 「西江月」, 『대한매일신보』, 1905.9.1~9.9.

「甲乙耦談」, 『대한매일신보』, 1905.10.27.

우시싱, 「향긔담화」, 『대한매일신보』, 1905.10.29~11.7.

「山人說夢」, 『대한매일신보』, 1905.11.5.

「소경과 안즘방이 문답」, 『대한매일신보』, 1905.11.17~12.13.

「의티리국아마치젼」, 『대한매일신보』, 1905.12.14~21.

「鄕향老로訪방問문醫의生싱이라」, 『대한매일신보』, 1905.12.21~1906.2.2.

「됴흔 일 모본ᄒᆞᄂᆞᆫ 거시 복이 됨이라」, 『제국신문』, 1906.1.5.

「나라에 고용 노릇ᄒᆞᄂᆞᆫ 쟈의 본밧을 일」, 『제국신문』, 1906.1.20.

「淵齋송先生傳」, 『대한매일신보』, 1906.2.3.

「靑쳥樓루義의女녀傳젼」, 『대한매일신보』, 1906.2.6~18.

「車거夫부誤오解ᄒᆞ」, 『대한매일신보』, 1906.2.20~3.7.

「時시事사問문答답」, 『대한매일신보』, 1906.3.8~4.12.

「神斷公案」, 『황성신문』, 1906.5.19~12.31.

吁噓子, 「夢登天門」, 『대한매일신보』, 1906.5.27~29.

「半島夜話」, 『조양보』, 1906.6~7.

菊初, 「短篇」, 『만세보』, 1906.7.3~4.

「금일은 비 츅츅오니」*, 『제국신문』, 1906.7.12~16.

「엇던 시골 호반」*, 『제국신문』, 1906.7.17~23.

菊初, 「血의 淚」, 『만세보』, 1906.7.22~10.10.

「아라스 혁명당의 공교ᄒᆞᆫ 계교」, 『제국신문』, 1906.7.24~25.

「평양 감영에 한 사름이 잇스니」*, 『제국신문』, 1906.7.28~8.7.

李沂, 「安峽郡에 有金姓子ᄒᆞ야」*, 『대한자강회월보』, 1906.7~1907.1.

「波蘭革命黨의 奇謀詭計」,『조양보』, 1906.7.

「비스마룩구 淸話」,『조양보』, 1906.7~12(미완).

「한 사롬이 잇스니」*,『제국신문』, 1906.8.9~11.

견덕긔, 「뇌외간 화목한 일」,『가정잡지』, 1906.8.

류일션, 「사내가 녀인된 일」,『가정잡지』, 1906.8.

류일선, 「용밍스러운 어머니」,『가정잡지』, 1906.8.

김병현, 「집사람에게 화평히 혼 일」,『가정잡지』, 1906.8.

김병현, 「싀어므니 젖먹여 봉양혼 일」,『가정잡지』, 1906.8.

김병현, 「어린 아히 잘 위로혼 일」,『가정잡지』, 1906.8.

김병현, 「ㅇ히이야기―학도의 의견」,『가정잡지』, 1906.8.

쥬시경, 「력ᄉ(歷史)―무당멸혼 일」,『가정잡지』, 1906.8.

「웃음거리」,『가정잡지』, 1906.8.

「野蠻人의 奇術」,『조양보』, 1906.8.

「三不知問答」,『대한매일신보』, 1906.9.11.

「령남 안동 따에」*,『제국신문』, 1906.9.18.

「평양 외셩 따에」*,『제국신문』, 1906.9.19~21.

「경상남도 문경군에」*,『제국신문』, 1906.9.22~10.6.

「世界奇聞」,『조양보』, 1906.9.

「正己及人」,『제국신문』, 1906.10.9~12.

「至冤莫伸」,『대한매일신보』, 1906.10.10~11.

菊初, 「鬼의 聲」,『만세보』, 1906.10.14~1907.5.31.

「報應昭昭」,『제국신문』, 1906.10.17~18.

「犬馬忠義」,『제국신문』, 1906.10.19~20.

竹軒生, 「甲乙問答」,『대한매일신보』, 1906.10.20~23.

「殺身成仁」,『제국신문』, 1906.10.22~11.3.

安天江, 「부즈런홀 일」,『가정잡지』, 1906.10.

쥬시경, 「어리석은 졀용」,『가정잡지』, 1906.10.

김병현, 「공부못ᄒ면 죽는게 맛당홈」,『가정잡지』, 1906.10.

「인지를 귀히 여김」,『가정잡지』, 1906.10.

쥬시경, 「일가의 진졍」,『가정잡지』, 1906.10.

류일션, 「ㅇ히이약이」,『가정잡지』, 1906.10.

「웃음거리」,『가정잡지』, 1906.10.

梁啓超, 「動物談」, 『조양보』, 1906.10.
朴容喜, 「歷史譚－클럼버스傳」, 『태극학보』, 1906.10~11.
北郭居士, 「狐假人形談」, 『대한매일신보』, 1906.11.2.
「智能保家」, 『제국신문』, 1906.11.17.
「動物論」, 『제국신문』, 1906.11.20~21.
「졍소의 불긴[고담]」, 『경향신문』, 1906.11.30~12.7.
洪弼周, 「小說 續」, 『대한자강회월보』, 1906.11.
「朝寢者 아참잠꾸렉이」, 『소년한반도』, 1906.11.
「吝嗇家 인식흔 스롬」, 『소년한반도』, 1906.11.
「鄕客叅詣觀音 시굴사롬의 절 구경」, 『소년한반도』, 1906.11.
「父子之聾 부즈 귀먹어리」, 『소년한반도』, 1906.11.
李海朝, 「岑上苔」, 『소년한반도』, 1906.11~1907.4.
梁啓超, 「噶蘇士傳」, 『조양보』, 1906.11~12(미완).
法人 愛彌兒拉, 「愛國精神談」, 『조양보』, 1906.11~1907.1.
崔錫夏, 「無何鄕漫筆」, 『태극학보』, 1906.11.
「讀意大利建國三傑傳」, 『황성신문』, 1906.12.18~28.
「一國에 不當用兩曆」, 『황성신문』, 1906.12.31.
「亘渶ᄂᆫ 檀君이 擧以爲相ᄒᆞ사」*, 『서우』, 1906.12.
「澁酒 신술」, 『소년한반도』, 1906.12.
「小僕의 意思 소복의 의ᄉ」, 『소년한반도』, 1906.12.
「無廉恥者 염치업ᄂᆫ 스롬」, 『소년한반도』, 1906.12.
朴容喜, 「歷史譚－비스마－ㄱ(比斯麥)傳」, 『태극학보』, 1906.12~1907.5.
「白屋新年」, 『만세보』, 1907.1.1.
「지물이 근심거리」, 『경향신문』, 1907.1.11.
「몽중 유람」, 『제국신문』, 1907.1.26.
「乙支文德傳」, 『서우』, 1907.1.
「世界叢詰」, 『조양보』, 1907.1.
「七十八歲老婦人의 時局感念」, 『조양보』, 1907.1.
「世界著名ᄒᆫ 暗殺奇術」, 『조양보』, 1907.1.
「外交時談」, 『조양보』, 1907.1.
白岳春史, 「多情多恨(寫實小說)」, 『태극학보』, 1907.1~2.
「미얌이와 기얌이라〈고담〉」, 『경향신문』, 1907.2.1.

出 燕巖集, 洪弼周 述, 「虎叱」, 『대한자강회월보』, 1907.2~4.

朴趾源 撰, 李鍾濬·李晩茂 譯, 「許生傳」, 『대한자강회월보』, 1907.2~4

「梁萬春傳」, 『서우』, 1907.2.

支那 哀時客 稿, 「動物談」, 『서우』, 1907.2.

尹泰榮, 「滑稽小說 六盲撫象」, 『야뢰』, 1907.2.

「許生傳」, 『제국신문』, 1907.3.20~4.19.

崔生, 「華盛頓傳」, 『대한유학생학보』, 1907.3.

蒼蒼生 李亨雨, 「(이솝스)寓話抄譯」, 『대한유학생학보』, 1907.3~4.

朴恩植, 「金庾信傳」, 『서우』, 1907.3~7.

玄公廉, 「孟的斯鳩傳」, 『야뢰』, 1907.3.

白岳春史, 「春夢」, 『태극학보』, 1907.3.

슐스펜 저, 朴容喜 역, 「海底旅行(奇譚)」, 『태극학보』, 1907.3~1908.5.

夢遊生, 「時事問答」, 『대한매일신보』, 1907.4.24.

李奎濚, 「搏虎者의 說」, 『대한유학생학보』, 1907.4.

李承喬, 「山齊夜話」, 『야뢰』, 1907.4.

「血의 淚(下篇)」, 『제국신문』, 1907.5.17~6.1.

「라란부인젼 근세 뎨일 녀즁 영웅」, 『대한매일신보』(국문본), 1907.5.23~7.6(미완).

夢夢, 「쓰러져가는 딥」, 『대한유학생학보』, 1907.5.

韓基準, 「外交談」, 『대한자강회월보』, 1907.5~미완.

「枯木花」, 『제국신문』, 1907.6.5~10.4.

오泉, 「甘夢」, 『공립신보』, 1907.6.7~14.

「大夢誰각」, 『공립신보』, 1907.6.14.

「衆老人의 聽蛙劇談」, 『황성신문』, 1907.6.15.

「惡世上인가 好世上인가」, 『황성신문』, 1907.6.22.

日强子 金思說, 「童子問」, 『대동보』, 1907.6.

鶴山子 尹聖善, 「夢入蜂國說」, 『대동보』, 1907.6.

法人 愛彌兒拉, 「愛國精神談」, 『서우』, 1907.6~9.

李承喬, 「小說 爭道不恭說」, 『야뢰』, 1907.6.

朴容喜, 「歷史譚―시싸―(該撒)傳」, 『태극학보』, 1907.6~10.

「鄭在洪君略傳」, 『황성신문』, 1907.7.4.

「奇人奇話」, 『황성신문』, 1907.7.6.

「국치젼」, 『대한매일신보』(국문본), 1907.7.9~1908.6.9.

索隱子, 「滑稽談」, 『대동보』, 1907.7.

南嵩山人 張志淵, 「釜山狗」, 『대한자강회월보』, 1907.7.

安暎洙, 「夢中의 所聞」, 『동인학보』, 1907.7.

碧蘿生, 「勿貪小利」, 『동인학보』, 1907.7.

「蝙蝠의 中立」, 『동인학보』, 1907.7.

「韓日人問答」, 『대한매일신보』(국한문본), 1907.7.10.

槃阿, 「夢潮」, 『황성신문』, 1907.8.12~9.17.

「晝思夜夢」, 『공립신보』, 1907.8.23.

「溫達傳」, 『서우』, 1907.8.

「老嫗解」, 『대한매일신보』(국한문본), 1907.9.7.

東京留學生(述), 「讀美國實業家로－씨傳」, 『대한매일신보』(국한문본), 1907.9.7~17.

日本留夢遊生, 「晨夕이 乍凉에 秋□가」*, 『대한매일신보』(국한문본), 1907.9.26.

「흑룡강의 녀쟝군」, 『대한매일신보』(국문본), 1907.9.27.

「張保皐와 鄭年傳」, 『서우』, 1907.9.

白岳春史, 「月下의 自白」, 『태극학보』, 1907.9.

「鬢上雪」, 『제국신문』, 1907.10.5~미확인.

동경류학싱, 「범잡는 말」, 『대한매일신보』(국문본), 1907.10.6~8.

「밋은 나무에 곰이 퓌다」, 『경향신문』, 1907.10.18~11.1.

「姜邯瓚」, 『서우』, 1907.10.

박일삼, 「조션의 단군 씨 스그라」, 『자신보』, 1907.10.

椒海生, 「恨」, 『태극학보』, 1907.10.

「님금의 ᄆᆞ음을 용케 돌님」, 『경향신문』, 1907.11.8.

「쇠가 무거우냐 새 깃이 무거우냐」, 『경향신문』, 1907.11.15.

友殊山人□□, 「梢工說」, 『대한매일신보』(국한문본), 1907.11.16.

「동젼 서 푼에 쇼쥬가 ᄒᆞᆫ 통」, 『경향신문』, 1907.11.22~12.6.

「金富軾」, 『서우』, 1907.11~12.

崇古生·椒海, 「歷史譚－크롬웰傳」, 『태극학보』, 1907.11.

「벼슬 구ᄒᆞᆫ 쟈여」, 『대한매일신보』(국문본), 1907.12.12.

「쇼년에 빅발」, 『경향신문』, 1907.12.13.

「旗亭甲乙」, 『대한매일신보』(국한문본), 1907.12.15~17.

「친구 심방ᄒᆞ다가 몰을 일헛네」, 『경향신문』, 1907.12.20~1908.1.3.

「頑固點考」, 『대한매일신보』(국한문본), 1907.12.29.

白岳春史, 「魔窟」, 『태극학보』, 1907.12.

「어려운 숑ᄉᆞ를 결안홈」, 『경향신문』, 1908.1.10.

新韓子, 「新年에 新報」, 『공립신보』, 1908.1.15.

「對酒問答」, 『황성신문』, 1908.1.16.

「법은 멀고 주먹은 갓갑지」, 『경향신문』, 1908.1.17.

「지간 만흔 도적놈」, 『경향신문』, 1908.1.24~2.21.

「六畜爭功」, 『대한매일신보』(국한문본), 1908.1.29.

「李舜臣」, 『서우』, 1908.1~2.

盧麟奎, 「農家子」, 『奬學月報』, 1908.1.

「西隣富翁傳」, 『황성신문』, 1908.2.7.

易感生, 「觀歐美各國山水人物圖有感」, 『황성신문』, 1908.2.8.

김시언, 「로쇼문답」, 『대한매일신보』(국문본), 1908.2.13~14.

「活版所의觀念」, 『황성신문』, 1908.2.19.

「온 텬하에 무어시 뎨일 강호랴」, 『경향신문』, 1908.2.28~3.13.

鄭錫鎔, 「哥崙布傳」, 『대한학회월보』, 1908.2~3.

沈相直, 「만오(晩悟)」, 『장학월보』, 1908.2.

陸定洙, 「혈의 영(血의 影)」, 『장학월보』, 1908.2.

李揆昌, 「英雄의 魂(영웅의 혼)」, 『장학월보』, 1908.2.

閔天植, 「蠅笑蜜蜂」, 『奬學月報』, 1908.2.

「老少問答」, 『대한매일신보』(국한문본), 1908.3.3.

「북촌에 로인들이 모혀안져」*, 『대한매일신보』(국문본), 1908.3.3.

西湖子, 「西湖問答」, 『대한매일신보』(국한문본), 1908.3.5~18.

쥭스싱, 「몽즁스」, 『대한매일신보』(국문본), 1908.3.8.

「군스련습 시에 살인리력」, 『경향신문』, 1908.3.20~4.24.

「街談一束」, 『대한매일신보』(국한문본), 1908.3.22.

觀物生, 「狐와 猫의 問答」, 『대한매일신보』(국한문본), 1908.3.24.

「여호와 고양이의 문답」, 『대한매일신보』(국문본), 1908.3.27.

冬青山人 (譯), 「第一章 俄皇官中의 人鬼」, 『대한매일신보』(국한문본), 1908.3.29
～4.5.

逍遙子, 「夢見滄海力士」, 『황성신문』, 1908.3.29.

吁然子, 「拏山靈夢」, 『대한학회월보』, 1908.3.

「趙冲傳」, 『서우』, 1908.3.

「滄海力士 黎君傳」, 『서우』, 1908.3.

劉秉徽, 「敎子說」, 『장학월보』, 1908.3.

李元伯, 「見松悔悟」, 『장학월보』, 1908.3.

二喜堂主人 (譯), 「第二章 俾斯麥의 狼狽」, 『대한매일신보』(국한문본), 1908.4.7~16.

東籬子 譯, 「第三章 白絲線」, 『대한매일신보』(국한문본), 1908.4.17~28.

「喝破頑夢」, 『대한매일신보』(국한문본), 1908.4.17.

「老人酬酌」, 『대한매일신보』(국한문본), 1908.4.22.

「箝啞生傳」, 『황성신문』, 1908.4.24.

心靑生 (譯), 「第四章 美利堅의 愛國幼年會」, 『대한매일신보』(국한문본), 1908.4.29~5.1.

「죠뎡암과 김모의 부인」, 『가정잡지』, 1908.4.

히이셔解頤書 번역, 「무명방빅의 부인」, 『가정잡지』, 1908.4.

「가리발디의 부인 마리타」, 『가정잡지』, 1908.4.

「아비가 아둘에게 훈계ᄒᆞᄂᆞᆫ 졀담」, 『가정잡지』, 1908.4.

「익모초(益母草)」, 『가정잡지』, 1908.4~미확인

金湖主人, 「正當防衛의 問答」, 『대한학회월보』, 1908.4.

梁啓超, 「動物談」, 『대한협회회보』, 1908.4.

元容晉, 「婦人勸學」, 『장학월보』, 1908.4.

陸定洙, 「蝶蠃(과라)의 子」, 『장학월보』, 1908.4.

李昇煥, 「夢의 形」, 『장학월보』, 1908.4.

李奎澈, 「無何鄕」, 『태극학보』, 1908.4.

「꿩과 톡기의 깃분 슈쟉」, 『경향신문』, 1908.5.1~8.

錦頰산인, 「水軍弟一偉人 李舜臣」, 『대한매일신보』(국한문본), 1908.5.2~8.18.

「퇵우근신 擇友謹愼」, 『경향신문』, 1908.5.15.

「ᄆᆞ음을 곳게 가질 일」, 『경향신문』, 1908.5.22.

「쟝고통혈에 산소를 썻다」, 『경향신문』, 1908.5.29.

玩市生, 「彼得大帝傳」, 『대한학회월보』, 1908.5~7, 미완

「金將軍德齡小傳」, 『대한학회월보』, 1908.5~6.

「遯庵鮮于浹先生傳」, 『서우』, 1908.5.

陸定洙, 「水輪의 聲」, 『장학월보』, 1908.5.

沈友燮, 「몽각(夢覺)」, 『장학월보』, 1908.5.

李源聖, 「決斷巖」, 『장학월보』, 1908.5.

「ᄌᆞ긔의 덕힝을 시험ᄒᆞ야 ᄂᆞᆷ을 ᄀᆞᄅᆞ침」, 『경향신문』, 1908.6.5~12.

「記南州之一頑固生」, 『대한매일신보』(국한문본), 1908.6.9.

「남방의 ᄒᆞᆫ 완고셩의 일을 긔록홈」, 『대한매일신보』(국문본), 1908.6.9.

금협산인, 「슈군의 뎨일 거록ᄒᆞᆫ 인물 리슌신젼」, 『대한매일신보』(국문본), 1908.6.

11~10.24.

「회기ᄒᄂ 쟈는 방셕홈을 엇ᄂ니라」,『대한매일신보』(국문본), 1908.6.18.

「어려운 일을 공론ᄒ던 쟈는 만터니 셩ᄉ홀 때에는 ᄒ나도 업다」,『경향신문』,
　　　　　1908.6.26.

「단군죠션(檀君朝鮮)」,『교육월보』, 1908.6.

「기ᄌ죠션(箕子朝鮮)」,『교육월보』, 1908.6.

「고ᄃᆡᄉ古代史~애급국(埃及)」,『교육월보』, 1908.6.

「鄭評事文字小史」,『대한학회월보』, 1908.6.

附惟政 靈圭, 「休靜大師傳」,『서북학회월보』, 1908.6.

朴徠均, 「俚語」,『태극학보』, 1908.6.

「乙支文德」,『호남학보』, 1908.6.

「楊萬春」,『호남학보』, 1908.6.

「파션밀ᄉ破船密事」,『경향신문』, 1908.7.3~1909.1.1(미완).

「동창에 돌이 빗쳐」*,『대한매일신보』(국문본), 1908.7.21.

「雨天所思」,『황성신문』, 1908.7.22.

「城上舌戰」,『대한매일신보』(국한문본), 1908.7.29.

「완고와 신진의 문답」,『대한매일신보』(국문본), 1908.7.29.

「위만죠션」,『교육월보』, 1908.7.

「삼한(三韓)」,『교육월보』, 1908.7.

「삼국(三國)」,『교육월보』, 1908.7~10.

「고ᄃᆡᄉ古代史－비니시아국」,『교육월보』, 1908.7.

「유태국(猶太)」,『교육월보』, 1908.7.

「아시리아 파비륜」,『교육월보』, 1908.7.

李哲載, 「亞里斯多德」,『대한학회월보』, 1908.7.

「牛頓」,『대한학회월보』, 1908.7.

謙谷散人, 「對客問」,『서북학회월보』, 1908.7.

「李之蘭傳」,『서북학회월보』, 1908.7.

金瓚永, 「老而不死」,『태극학보』, 1908.7.

耳長子, 「苞說」,『태극학보』, 1908.7.

朴海昌, 「反古之災」,『호남학보』, 1908.7.

李採, 「以鬼禦鬼」,『호남학보』, 1908.7.

「金庾信」,『호남학보』, 1908.7.

「姜邯贊」,『호남학보』, 1908.7.

「許多古人之罪惡審判」,『대한매일신보』(국한문본), 1908.8.8.

「허다흔 녯 사룸의 죄악을 심판흠」,『대한매일신보』(국문본), 1908.8.8.

「留學生談話」,『황성신문』, 1908.8.11.

「단군묘션」,『공립신보』, 1908.8.12.

「乙支文德薩水大捷」,『공립신보』, 1908.8.19.

「王仁授學日本太子」,『공립신보』, 1908.8.19.

「楊萬春擊退唐軍」,『공립신보』, 1908.8.26.

「兩少年問答」,『대한매일신보』(국한문본), 1908.8.26.

「고더스-인도국(印度)」,『교육월보』, 1908.8.

「어리셕은 ㅇ회의 기다림」,『교육월보』, 1908.8.

「가마귀가 슈리인 체」,『교육월보』, 1908.8.

「당나귀가 스즈될 수 잇나」,『교육월보』, 1908.8.

栩然子,「對童子論史」,『서북학회월보』, 1908.8.

「鄭鳳壽傳」,『서북학회월보』, 1908.8.

심농싱,「약노금」,『자선부인회잡지』, 1908.8.

신현즈,「못싱긴 놈 한스람은 항상」*,『자선부인회잡지』, 1908.8.

靑坡 尹柱臣,「採藥人苔問」,『호남학보』, 1908.8.

「成忠」,『호남학보』, 1908.8.

「金陽」,『호남학보』, 1908.8.

「夢踏花亭」,『대한매일신보』(국한문본), 1908.9.4.

「오동츄야 돌 밝은디」*,『대한매일신보』(국문본), 1908.9.4.

「甲乙問答」,『대한매일신보』(국한문본), 1908.9.10.

「夢拜白頭山靈」,『황성신문』, 1908.9.12.

「湖南老小問答」,『황성신문』, 1908.9.13.

「위만묘션」,『공립신보』, 1908.9.16.

「삼한 三韓」,『공립신보』, 1908.9.16.

山雲子,「未來韓半島問答」,『대한매일신보』(국한문본), 1908.9.18.

산운즈,「한국의 쟝리」,『대한매일신보』(국문본), 1908.9.18.

「삼국 三國」,『공립신보』, 1908.9.23~12.23.

「大監과 進賜」,『대한매일신보』(국한문본), 1908.9.24.

「황국단풍 묘흔 집에」*,『대한매일신보』(국문본), 1908.9.24.

「아라비아」,『교육월보』, 1908.9.

「지나(청국)」,『교육월보』, 1908.9~10.

「약ᄒ고 의리업는 사람을 밋지 말일」,『교육월보』, 1908.9.

「검의 줄을 보고 감동홈」,『교육월보』, 1908.9.

「朴大德傳」,『서북학회월보』, 1908.9.

知言子,「談叢」,『태극학보』, 1908.9.

「李齊賢」,『호남학보』, 1908.9.

「徐」,『호남학보』, 1908.9.

「催沆」,『호남학보』, 1908.9.

「催冲」,『호남학보』, 1908.9.

「金富軾」,『호남학보』, 1908.9.

「文克謙」,『호남학보』, 1908.9.

「鐵椎子傳」,『황성신문』, 1908.10.8.

덕국 소덕몽,「매국노(나라ᄑᄂ 놈)」,『대한매일신보』(국문본), 1908.10.25~1909.
        7.14(미완).

「韓禹臣傳」,『서북학회월보』, 1908.10.

「趙冲」,『호남학보』, 1908.10.

「金就礪」,『호남학보』, 1908.10.

「朴犀」,『호남학보』, 1908.10.

「崔椿命」,『호남학보』, 1908.10.

「金慶孫」,『호남학보』, 1908.10.

「金允候」,『호남학보』, 1908.10.

「元冲甲」,『호남학보』, 1908.10.

「安祐」,『호남학보』, 1908.10.

「李芳實」,『호남학보』, 1908.10.

「實業界失敗者의 可憐話」,『대한매일신보』(국한문본), 1908.11.5.

「실업계에 실패ᄒ 쟈의 가련ᄒ 담화」,『대한매일신보』(국문본), 1908.11.5.

「圓覺社觀光의 鄕客談話」,『황성신문』, 1908.11.6.

嘗世子,「勸讀貨殖傳」,『황성신문』, 1908.11.15.

「答客問」,『대한매일신보』(국한문본), 1908.11.18.

「긱창문답」,『대한매일신보』(국문본), 1908.11.18.

「執庵黃順承傳」,『서북학회월보』, 1908.11.

「가마귀의 空望」,『소년』, 1908.11.

「甲童伊와 乙童伊의 相從」,『소년』, 1908.11.

「바람과 볏」,『소년』, 1908.11.

「主人할미와 下人」, 『소년』, 1908.11.

「孔雀과 鶴」, 『소년』, 1908.11.

스위프트, 「巨人國漂流記」, 『소년』, 1908.11~12.

「페터大帝傳」, 『소년』, 1908.11~1909.2.

「星辰」, 『소년』, 1908.11~1909.1(미완).

「崔瑩」, 『호남학보』, 1908.11.

「鄭襲明」, 『호남학보』, 1908.11.

「禹倬」, 『호남학보』, 1908.11.

「李存吾」, 『호남학보』, 1908.11.

「申崇謙」, 『호남학보』, 1908.11.

「河拱辰」, 『호남학보』, 1908.11.

「庾應圭」, 『호남학보』, 1908.11.

「庾碩」, 『호남학보』, 1908.11.

「徐稜」, 『호남학보』, 1908.11.

「黃守」, 『호남학보』, 1908.11.

「鄭承雨」, 『호남학보』, 1908.11.

「李資玄」, 『호남학보』, 1908.11.

「郭興」, 『호남학보』, 1908.11.

「제 직책 못하는 자를 칙망」, 『공립신보』, 1908.12.2.

「망상을 두지말 일」, 『공립신보』, 1908.12.2.

「긔쟈ㅣ중부 엇던 방곡을」*, 『대한매일신보』(국문본), 1908.12.10~11.

鳳所生 成樂允, 「滑稽小說 (短篇)」, 『기호흥학회월보』, 1908.12.

「金方慶傳」, 『서북학회월보』, 1908.12.

「나폴네온大帝傳」, 『소년』, 1908.12~1910.3(미완).

「李穡」, 『호남학보』, 1908.12.

「吉再」, 『호남학보』, 1908.12.

「禮山來人의 言을 記홈」, 『대한매일신보』(국한문본), 1909.1.6.

「빈디도 량반은 무셔워혼다니」, 『경향신문』, 1909.1.8.

「巫瞀의呼冤」, 『황성신문』, 1909.1.8.

「俗談으로 京鄕兩客의 語를 撮錄홈」, 『대한매일신보』(국한문본), 1909.1.12.

「무식ᄒ면 그러치」, 『경향신문』, 1909.1.15.

「山僧談話」, 『황성신문』, 1909.1.17.

「學界의 悲觀的 談話를 記홈」, 『대한매일신보』(국한문본), 1909.1.21.

「학계에 비참흔 말을 긔록홈」,『대한매일신보』(국문본), 1909.1.21.

「분수에 넘는 일을 말나」,『경향신문』, 1909.1.22.

「이인 스외를 엇어」,『경향신문』, 1909.1.29.

「閔忠正公小傳」,『소년』, 1909.1.

「六朔一望間搭冰漂流談」,『소년』, 1909.1~4.

「헤믠博士의 略歷」,『소년』, 1909.1.

「孟思誠」,『호남학보』, 1909.1.

「黃喜」,『호남학보』, 1909.1.

「죠선은 량반이 됴하」,『경향신문』, 1909.2.5.

「술에 미쳣고나」,『경향신문』, 1909.2.12.

「드람쥐와 호랑이」,『경향신문』, 1909.2.19.

「讀美國女傑批茶小史」,『황성신문』, 1909.2.20.

「게우가 죽엇나 살앗나」,『경향신문』, 1909.2.26~3.12.

嵩陽山人,「讀無名氏英雄傳」,『대한협회회보』, 1909.2.

金川人,「羅彦述傳」,『서북학회월보』, 1909.2.

「로빈손無人絶島漂流記」,『소년』, 1909.2~9.

「電氣王애듸손의 少年時節」,『소년』, 1909.2.

「곤쟝 맛고 벼술 떠러졋늬」,『경향신문』, 1909.3.19~26.

「酒後妄言」,『황성신문』, 1909.3.19.

창희ᄌ,「皇室非滅國之利器」,『신한민보』, 1909.3.31.

震庵山人 述兼評,「小說 壯元禮」,『기호흥학회월보』, 1909.3.

「閣龍」,『대한흥학보』, 1909.3~미완.

朴允喆,「江之島玩景記」,『대한흥학보』, 1909.3.

「讀美國女傑批茶小史」,『서북학회월보』, 1909.3.

「金景瑞將軍傳」,『서북학회월보』, 1909.3.

「老人得年之喜」,『호남학보』, 1909.3.

「許稠」,『호남학보』, 1909.3.

「녀즁군ᄌ」,『경향신문』, 1909.4.2~9.

창희ᄌ 우드손,「량의사합뎐」,『신한민보』, 1909.4.7.

「장관의 놀음 끗헤 큰 격션이 싱겨」,『경향신문』, 1909.4.16~23.

「柴商談話」,『황성신문』, 1909.4.28.

「금의환향」,『경향신문』, 1909.4.30~5.7.

編輯人,「尹定夏, 寓言」,『대한흥학보』, 1909.4.

斗山人,「觀日光山記」,『대한흥학보』, 1909.4.

「崔孝一傳」,『서북학회월보』, 1909.4.

「짜리발씌傳」,『소년』, 1909.4~11.

「금슈의 말」,『대한매일신보』(국문본), 1909.5.2.

「裴說公의 畧傳」,『대한매일신보』(국한문본), 1909.5.7~8.

「禽獸說」,『대한매일신보』(국한문본), 1909.5.9.

「용밍훈 장스 김쟝군」,『경향신문』, 1909.5.14.

「뛰는 줄에 느는 이도 잇다」,『경향신문』, 1909.5.21.

「兩戒同盟」,『대한매일신보』(국한문본), 1909.5.25.

「우는 눈물은 죄악을 씻는다」,『경향신문』, 1909.5.28~6.11.

北嶽山人,「小說 春秋夢」,『교남교육회잡지』, 1909.5.

一笑生,「폐수다롯지傳」,『대한흥학보』, 1909.5.

「丁卯義士史略」,『서북학회월보』, 1909.5.

하우쏘온,「何故로 곳이 通一年 피지안나뇨」,『소년』, 1909.5.

陶淵明,「挑花源記」,『소년』, 1909.5.

桃花洞隱,「花愁」,『대한민보』, 1909.6.2~13.

대시싱,「슈은광니야기」,『신한민보』, 1909.6.2.

神眼子,「顯微鏡」,『대한민보』, 1909.6.15~7.11.

譯自由書,「無名之英雄(일홈업는 영웅)」,『신한민보』, 1909.6.16.

「사롬은 몬져 그 눈을 볼 것이라」,『경향신문』, 1909.6.18.

「담대한 이 츰 호반」,『경향신문』, 1909.6.25.

「뎌 셔산에 히 걸치고」*,『대한매일신보』(국문본), 1909.6.26.

「西南遊客의 談」,『대한매일신보』(국한문본), 1909.6.29.

岳裔,「마졔란傳」,『대한흥학보』, 1909.6~7(미완).

「林仲樑傳」,『서북학회월보』, 1909.6.

少年子,「電氣大王애듸손의 少年歷史」,『서북학회월보』, 1909.6.

「휘황찬란훈 일」,『경향신문』, 1909.7.2~9.

리항우,「同友人遊公家花園」,『신한민보』, 1909.7.7.

白鶴山人,「萬人傘」,『大韓民報』, 1909.7.13~8.18.

「디구셩 미리몽」,『대한매일신보』(국문본), 1909.7.15~8.10.

「젹은 나라헤는 이인이나 명쟝이 업나」,『경향신문』, 1909.7.16~23.

「寶鏡照妖」,『대한매일신보』(국한문본), 1909.7.20.

「동방에 위인도라 흐는」*,『대한매일신보』(국문본), 1909.7.20.

「蚊虻驅除」, 『대한매일신보』(국한문본), 1909.7.22~24.

「記客言」, 『대한매일신보』(국한문본), 1909.7.25.

「兩狗壹蟒」, 『대한매일신보』(국한문본), 1909.7.25.

「긱의 말을 긔록홈」, 『대한매일신보』(국문본), 1909.7.25.

「화긔동에 엇던 개 ᄒ나가」*, 『대한매일신보』(국문본), 1909.7.25.

「의긔남ᄌ」, 『경향신문』, 1909.7.30~8.6.

「朱之瑜小史」, 『서북학회월보』, 1909.7.

「金時習先生傳」, 『서북학회월보』, 1909.7.

톨쓰토이, 「사랑(愛)의 勝戰」, 『소년』, 1909.7.

「보응」, 『대한매일신보』(국문본), 1909.8.11~9.7.

「밍랑훈 말」, 『경향신문』, 1909.8.13.

轟笑生, 「病人懇親會錄」, 『대한민보』, 1909.8.19~10.12.

「규즁호걸」, 『경향신문』, 1909.8.20~9.3.

「老農談」, 『황성신문』, 1909.8.27.

「李膺擧傳」, 『서북학회월보』, 1909.8.

톨쓰토이, 「祖孫三代」, 『소년』, 1909.8.

「漢江舟中談話」, 『황성신문』, 1909.9.1.

「가을ㅅ비는 긔이고」*, 『대한매일신보』(국문본), 1909.9.8.

「瑣言」, 『대한매일신보』(국한문본), 1909.9.8.

「격션지가에 필유여경」, 『경향신문』, 1909.9.10~17.

「미국독립ᄉ」, 『대한매일신보』(국문본), 1909.9.11~1910.3.5.

「샹쾌훈 일」, 『경향신문』, 1909.9.24.

「頑人頑夢」, 『대한매일신보』(국한문본), 1909.9.25.

「졀개잇는 녀인」, 『경향신문』, 1909.10.1~15.

白痴生, 「絶纓新話」, 『대한민보』, 1909.10.14~11.23.

「굴을 ᄎ자 드러가다가 난감훈 일을 당홈」, 『경향신문』, 1909.10.22~29.

啞俗生, 「蠅鼠相詰」, 『대한매일신보』(국한문본), 1909.10.23.

아쇽싱, 「인쳔항구 쥐무리들 제 지조을」*, 『대한매일신보』(국문본), 1909.10.23.

「金良彦傳」, 『서북학회월보』, 1909.10.

滑稽生, 「狡猾훈 猿猩」, 『서북학회월보』, 1909.10.

耳長子, 「談叢－甲乙問答」, 『서북학회월보』, 1909.10.

「도량 넓은 쳐녀」, 『경향신문』, 1909.11.5~19.

「屛門技戲」, 『대한매일신보』(국한문본), 1909.11.12.

「샹풍은 쇼슬ᄒ고」*, 『대한매일신보』(국문본), 1909.11.12.

「西道沿海의 漁場」, 『대한매일신보』(국한문본), 1909.11.14.

「山林測量에 對ᄒ 一嘆」, 『대한매일신보』(국한문본), 1909.11.16.

劍心, 「옛젹에 一小兒가 有ᄒ니」*, 『대한매일신보』(국한문본), 1909.11.21.

劍心, 「喪服鳶 / 再盲兒」, 『대한매일신보』(국한문본), 1909.11.23.

劍心, 「헌 누더기 감발ᄒ 소곰장사」*, 『대한매일신보』(국한문본), 1909.11.24.

劍心, 「西人이 澳洲를 쳐음 發現ᄒ」*, 『대한매일신보』(국한문본), 1909.11.25.

一旴生, 「五更月」, 『대한민보』, 1909.11.25~12.28.

「쟝ᄒ 일」, 『경향신문』, 1909.11.26~12.24.

劍心, 「柳今雲 / 韓石峰」, 『대한매일신보』(국한문본), 1909.11.26.

劍心, 「支那古說부에 云ᄒ엿스되」*, 『대한매일신보』(국한문본), 1909.11.27.

劍心, 「偉人의 頭角」, 『대한매일신보』(국한문본), 1909.11.28.

劍心, 「哲人의 面目」, 『대한매일신보』(국한문본), 1909.11.30.

吳悳泳, 「大統領 쩨아스氏의 鐵血的 生涯」, 『대한흥학보』, 1909.11~1910.1.

浩歎, 「質問隨意」, 『서북학회월보』, 1909.11.

耳長子, 「街談」, 『서북학회월보』, 1909.11.

「승냥이와 羊」, 『소년』, 1909.11.

「술이와 여호」, 『소년』, 1909.11.

「羊의 가죽을 쓴 승냥이」, 『소년』, 1909.11.

「여호와 獅子」, 『소년』, 1909.11.

「李忠武公軼事」, 『소년』, 1909.11.

「페터大帝軼事」, 『소년』, 1909.11.

톨쓰토이, 「어룬과 아해」, 『소년』, 1909.11.

「甲童伊와 乙童伊의 相從」, 『소년』, 1909.11.

劍心, 「奴隷工夫 / 挾雜敎育」, 『대한매일신보』(국한문본), 1909.12.3.

劍心, 「古談」, 『대한매일신보』(국한문본), 1909.12.4.

劍心, 「一深深山村에 一頑固學究가 잇다」, 『대한매일신보』(국한문본), 1909.12.5.

錦頰山人, 「東國巨傑 崔都統」, 『대한매일신보』(국한문본), 1909.12.5~1910.5.27.

劍心, 「姜邯贊과 加富爾」, 『대한매일신보』(국한문본), 1909.12.14.

「屛門軍과 大統領」, 『대한매일신보』(국한문본), 1909.12.16.

「巴립西가 年이十八에」*, 『대한매일신보』(국한문본), 1909.12.23.

「어리석은 쟈의 락」, 『경향신문』, 1909.12.31.

夢夢, 「오죠오한(四疊半)」, 『대한흥학보』, 1909.12.

知言子, 「一日에 南山洞生員임댁 門下로」*, 『서북학회월보』, 1909.12.

「街談－인력거군 수작」, 『서북학회월보』, 1909.12.

「ㅎ로밤에 엇은 신익(神益)」, 『신학월보』, 1909.

舞蹈生, 「花世界」, 『대한민보』, 1910.1.1.

憑虛子, 「小金剛」, 『대한민보』, 1910.1.5~3.6.

「假粧券弄神判」, 『경남일보』, 1910.1.7~9.

「모로는 것이 곳 소경」, 『경향신문』, 1910.1.7~2.25.

「瀑布今年猪喫盡 寒松何日虎將歸」, 『경남일보』, 1910.1.11.

「道遇喪에 脫驂贈與」, 『경남일보』, 1910.1.13.

「太守眞是素餐 狀元亦甚□□」, 『경남일보』, 1910.1.15.

「僞遺書戱幕僚」, 『경남일보』, 1910.1.17.

「社會燈」, 『대한매일신보』(국한문본), 1910.1.18.

「밤은 드러 삼경되여」*, 『대한매일신보』(국문본), 1910.1.18.

「防砲神法」, 『대한매일신보』(국한문본), 1910.1.23.

「동창이 발가오민 보관문을」*, 『대한매일신보』(국문본), 1910.1.25.

金洛泳, 「丹心一片」, 『대한흥학보』, 1910.1.

耳長子, 「街談－甲乙問答」, 『서북학회월보』, 1910.1.

「今方搜出」, 『소년』, 1910.1.

「燭불켜서」, 『소년』, 1910.1.

「그 째가 와」, 『소년』, 1910.1.

「쩌러져 본 뒤에」, 『소년』, 1910.1.

「그것도 쌔앗기게」, 『소년』, 1910.1.

「盜賊질한 標」, 『소년』, 1910.1.

「見樣만 잇스면」, 『소년』, 1910.1.

「녯날 사람은 못된 놈」, 『소년』, 1910.1.

「여덟하고 여든」, 『소년』, 1910.1.

「地獄에서 기다려」, 『소년』, 1910.1.

「十六年前에」, 『소년』, 1910.1.

「녜 여긔 안졋소」, 『소년』, 1910.1.

「少侍從偸新香 老參領泣舊緣」, 『황성신문』, 1910.2.20~25.

「죽엿소 살녓소」, 『소년』, 1910.2.

「맛치 한가지」, 『소년』, 1910.2.

「알아볼 수 업난 글시」, 『소년』, 1910.2.

「精神으로」, 『소년』, 1910.2.

「두 가지 다」, 『소년』, 1910.2.

「부도쇠」, 『소년』, 1910.2.

孤舟 譯, 「어린 犧牲」, 『소년』, 1910.2~5.

「쿠루이로프 譬喩談」, 『소년』, 1910.2.

「묘혼 계교」, 『경향신문』, 1910.3.4~18.

금협산인, 「동국에 뎨일 영걸 최도통젼」, 『대한매일신보』(국문본), 1910.3.6~5.26.

「隱几聽五學生談夢」, 『대한매일신보』(국한문본), 1910.3.8.

「안셕을 의지ᄒᆞ여 다섯 학싱의 꿈니약이 ᄒᆞᄂᆞᆫ 말을 듯는다」, 『대한매일신보』(국
        문본), 1910.3.8.

正冠生, 「李下才談」, 『대한매일신보』(국한문본), 1910.3.9.

「지난 겨울 밍렬혼 바롬에」*, 『대한매일신보』(국문본), 1910.3.9.

隨聞生, 「薄情花」, 『대한민보』, 1910.3.10~5.31.

「히외고학海外苦學」, 『경향신문』, 1910.3.25~10.21.

孤舟, 「無情」, 『대한흥학보』, 1910.3~4.

「배ㅅ심들 죳타」, 『소년』, 1910.3.

「소경이 더 쓱쓱」, 『소년』, 1910.3.

「凶한 奇別의 살외난 法」, 『소년』, 1910.3.

「寬大한 判決」, 『소년』, 1910.3.

「盜賊이 氣막혀」, 『소년』, 1910.3.

「질에 꾀여진 下人」, 『소년』, 1910.4.

「洋버선을 뒤집어 신어」, 『소년』, 1910.4.

「노새에 兩班一家」, 『소년』, 1910.4.

「고지식한 자식」, 『소년』, 1910.4.

「몸을 쓷어내」, 『소년』, 1910.4.

「질에 짐작」, 『소년』, 1910.4.

「바다 위와 房안」, 『소년』, 1910.4.

「헬넨켈너 女史의 『나의 將來』」, 『소년』, 1910.5.

「스코틀낸드人의 머리」, 『소년』, 1910.5.

「精神조흔 賞」, 『소년』, 1910.5.

「票업시 車타」, 『소년』, 1910.5.

「다리에 창칼을 꼿난 사람」, 『소년』, 1910.5.

「붓끚 잘못」, 『소년』, 1910.5.

「돌몽이 선물」, 『소년』, 1910.5.

「祥麟瑞鳳」, 『대한민보』, 1910.6.2.

欽欽子, 「禽獸裁判」, 『대한민보』, 1910.6.5~8.18.

吳明根, 「魂, 髮具失」, 『보중친목회보』, 1910.6.

「옥랑전」, 『대한매일신보』(국문본), 1910.8.16~8.28.

伐柯生, 「鏡中美人」, 『대한민보』, 1910.8.27~미완.

孤舟, 「獻身者」, 『소년』, 1910.8.

鳳凰山人, 「모란봉」, 『천도교회월보』, 1910.8.

鳳山子, 「海棠花下夢天翁」, 『천도교회월보』, 1910.9.

善飮子, 「화셰계(花世界)」, 『매일신보』, 1910.10.12~1911.1.17.

「춤 유경ᄒ군」, 『경향신문』, 1910.10.28~11.11.

「악한 셔모」, 『경향신문』, 1910.11.18~25.

鳳凰山人, 「가련홍(可憐紅)」, 『천도교회월보』, 1910.11.

「십구형졔 도적 회긔」, 『경향신문』, 1910.12.2~16.

「몽중형(夢中刑)」, 『경향신문』, 1910.12.23.

「게와 원슝이」, 『경향신문』, 1910.12.30.

鳳凰山人, 「감츄풍별졍우(感秋風別情友)」, 『천도교회월보』, 1910.12.

舞蹈生, 「再逢春」, 『매일신보』, 1911.1.1.

遐觀生, 「月下佳人」, 『매일신보』, 1911.1.18~4.5.

「하ᄂ님의 뜻과 믿ᄂ쟈의 긔도」, 『그리스도회보』, 1911.2.15.

「공파심즁셕(攻破心中石)」, 『그리스도회보』, 1911.2.15.

玉泉子, 「북악산 샹샹봉에 검은 구름이」*, 『천도교회월보』, 1911.2.

傍觀者(엽혜셔 본 사롬), 「短篇小說 一聲鍾(단편소셜 훈 소리 쇠북)」, 『시천교월
　　보』, 1911.3.

玉泉散人, 「화악산(華嶽山)」, 『천도교회월보』, 1911.3~10.

惜春子, 「花의血」, 『매일신보』, 1911.4.6~6.21.

고종철, 「죵씨의 문답」, 『그리스도회보』, 1911.4.15.

「어리셕은 으희의 기드림」, 『그리스도회보』, 1911.4.30.

神眼生, 「九疑山」, 『매일신보』, 1911.6.22~9.28.

박영셕, 「인내는 신쟈의 요소」, 『그리스도회보』, 1911.6.30.

「인도국에셔 엇던 션비가」*, 『그리스도회보』, 1911.6.30.

鏡菴 吳膺善, 「소원셩취」, 『시천교월보』, 1911.6.

류게샹, 「감언리셜노 사롬을 복죵케ᄒᄂ 것보다 도덕으로 감동케ᄒᄂ 것이 귀홈」,

『그리스도회보』, 1911.8.15.

牛山居士, 「昭陽亭」, 『매일신보』, 1911.9.30~12.17.

「주긔몸을 죽여 눔을 구원홈」, 『그리스도회보』, 1911.10.15.

「뢰(腦)업는 고리」, 『그리스도회보』, 1911.10.15.

「호 사룸이 여러 사룸을 인도홈」, 『그리스도회보』, 1911.10.30.

「단편소셜 경침문(警枕文)」, 『시천교월보』, 1911.10.

「두 가지 모를 일」, 『그리스도회보』, 1911.11.15.

「우슈운 일」, 『경남일보』, 1911.12.7~11.

「희란호 일」, 『경남일보』, 1911.12.13~15.

「님군이 빅셩을 스랑홈」, 『그리스도회보』, 1911.12.15.

「원통호 스졍」, 『경남일보』, 1911.12.29.

「검의플 보고 감동홈」, 『그리스도회보』, 1911.12.30.

月盧生, 「금슈문답」, 『시천교월보』, 1911.12.

怡悅生, 「春外春」, 『매일신보』, 1912.1.1~3.14.

解觀子, 「獄中花(春香歌講演)」, 『매일신보』, 1912.1.1~3.16.

「解夢先生」, 『매일신보』, 1912.1.1.

「巧奇寃(교기원)」, 『경남일보』, 1912.1.16~2.9.

琴汕居士, 「小說」, 『경남일보』, 1912.1.28~2.5.

「마벨의 주션심」, 『그리스도회보』, 1912.1.30.

「약호고 의리업는 사룸을 밋지 말 것」, 『그리스도회보』, 1912.1.30.

鳳凰山人, 「일셩텬계(一聲天鷄)」, 『천도교회월보』, 1912.1.

「編餘一笑」, 『매일신보』, 1912.2.2.

「債戶滑稽」, 『매일신보』, 1912.2.3.

琴汕生, 「無情花」, 『경남일보』, 1912.2. 미확인~2.11.

朴永運, 「玉蓮堂」, 『경남일보』, 1912.2.11~미확인

류계샹, 「셰샹에 뎨― 고명호 의원」, 『그리스도회보』, 1912.2.15.

「호 쇼년 병뎡의 굿센 무음」, 『그리스도회보』, 1912.2.15.

「어려셔 총명홈」, 『그리스도회보』, 1912.2.29.

「어려셔 진실홈」, 『그리스도회보』, 1912.2.29.

「셰샹 사룸의 미신(迷信)」, 『그리스도회보』, 1912.2.29.

츈음싱, 「단편소셜(지극호 정성은 하날이 감동 음흉호 마음이 제 몸을 망히)」,
　　　　　『시천교월보』, 1912.2.

無心道人, 「尋春, 조선불교월보, 1912.2.

菊初生, 「貧鮮郎의 日美人」, 『매일신보』, 1912.3.1.

「어린 ㅇ희의 공덕심(公德心)」, 『그리스도회보』, 1912.3.15.

「피득의 견고ㅎ 뜻」, 『그리스도회보』, 1912.3.15.

「彈琴臺」, 『매일신보』, 1912.3.15~5.1.

解觀子, 「江上蓮(沈淸歌講演)」, 『매일신보』, 1912.3.17~4.26.

金宬鎭, 「破落戶(파락호)」, 『매일신보』, 1912.3.20.

「전도ㅅ와 목ㅅ의 문답」, 『그리스도회보』, 1912.3.30.

「아버지둘(月)를 ᄆᆞᄃᆞ러」, 『그리스도회보』, 1912.3.30.

「어린 ㅇ희말노 인ㅎ야 그 허믈을 뉘웃침」, 『그리스도회보』, 1912.3.30.

「코룬포의 ㅅ업」, 『그리스도회보』, 1912.3.30.

南史居士, 「一宿覺, 조선불교월보, 1912.3~4.

金宬鎭, 「虛榮心(허영심)」, 『매일신보』, 1912.4.5.

金宬鎭, 「守錢奴(슈젼로)」, 『매일신보』, 1912.4.14.

「ᄒᆡ와 달과 디구」, 『그리스도회보』, 1912.4.15.

「싱션 ᄒᆞᆫ 머리가 항샹 그 ᄆᆞ음 속에 잇슴」, 『그리스도회보』, 1912.4.15.

吳寅善, 「山人의 感秋」, 『매일신보』, 1912.4.27.

解觀子, 「燕의却」, 『매일신보』, 1912.4.29~6.7.

「목ㅅ니외 담화」, 『그리스도회보』, 1912.4.30.

「네 얼골은 네게 속ᄒᆞᆫ 것이 아니니라」, 『그리스도회보』, 1912.4.30.

「만히 주는 데로 쏠녀」, 『그리스도회보』, 1912.4.30.

김녀사, 「인싱의 한(人生의 恨)!!」, 『학계보』, 1912.4.

金鎭憲, 「허욕심(虛慾心)」, 『매일신보』, 1912.5.2.

「巢鶴嶺」, 『매일신보』, 1912.5.2~7.6.

金宬鎭, 「雜技者의 藥良」, 『매일신보』, 1912.5.3.

「긔독교회가 이 셰샹풍교(風敎)에 유죠ᄒᆞᆫ 것이 무엇이뇨」, 『그리스도회보』, 1912.5.15.

「셔양 엇던 ㅇ희가」*, 『그리스도회보』, 1912.5.15.

「하ᄂᆞ님을 항거홀 쟈–업ᄂᆞ니라」, 『그리스도회보』, 1912.5.30.

「八세 여ㅇ의 용밍스러온 ᄆᆞ음」, 『그리스도회보』, 1912.5.30.

無心道人, 「楊柳絲 양유ㅅ」, 『조선불교월보』, 1912.5~7.

解觀子, 「兎의肝」, 『매일신보』, 1912.6.9~7.11.

「독갑이불(鬼火)의 허망홈」, 『그리스도회보』, 1912.6.15.

「지인지감(知人之鑑)」, 『그리스도회보』, 1912.6.15.

漱石靑年, 「乞食女의 自歎(걸식녀의 즈탄)」, 『매일신보』, 1912.6.23.

「알터의 즈션심」, 『그리스도회보』, 1912.6.30.

解觀子, 「鳳仙花」, 『매일신보』, 1912.7.7~11.29.

「短篇小說」, 『매일신보』, 1912.7.12~16.

「어려셔 총명흠」, 『그리스도회보』, 1912.7.15.

一齋, 「雙玉淚 前篇」, 『매일신보』, 1912.7.17~9.25.

趙相基, 「진남ᄋ(眞男兒)」, 『매일신보』, 1912.7.18.

李晳鐘, 「應募短篇小說 제목없음」, 『매일신보』, 1912.7.20.

「셩경구졀이 능히 사룸을 도아줌」, 『그리스도회보』, 1912.7.30.

北岸生, 「단편소셜 속아(俗娥)」, 『시천교월보』, 1912.7~1912.10.

金光淳, 「쳥년의 거울(靑年鑑)」, 『매일신보』, 1912.8.10~11.

「등유의 효셩」, 『그리스도회보』, 1912.8.15.

「어네스트의 진실흠」, 『그리스도회보』, 1912.8.15.

千鍾換, 「六盲悔改」, 『매일신보』, 1912.8.16~17.

李壽麟, 「應募短篇小說 제목없음」, 『매일신보』, 1912.8.18.

金秀坤, 「應募短篇小說 제목없음」, 『매일신보』, 1912.8.25.

朴容浹, 「셤진요마(殲盡妖魔)」, 『매일신보』, 1912.8.29.

리은영, 「고명흔 션셩을 고빙ᄒ여 가시오」, 『그리스도회보』, 1912.8.30~9.15.

「차손이라는 ᄋ희가 하로는」*, 『그리스도회보』, 1912.8.30.

金東薰, 「고학싱의 셩공(苦學生의 成功)」, 『매일신보』, 1912.9.3~4.

「원혼(怨魂)」, 『매일신보』, 1912.9.5~7.

리화츈, 「신도와 학쟈 ᄉ이에 문답흔 것」, 『그리스도회보』, 1912.9.15.

씌피싱, 「ᄆ음 속에 도적」, 『그리스도회보』, 1912.9.15.

辛驥夏, 「픠즈의 회감(悖子의 回感)」, 『매일신보』, 1912.9.25.

趙一齋, 「雙玉淚 (中篇)」, 『매일신보』, 1912.9.26~11.27.

「을봉이란 ᄋ희가 거즛말을」*, 『그리스도회보』, 1912.9.30.

「당나귀가 ᄉ즌될 수 잇나」, 『그리스도회보』, 1912.9.30.

車元淳, 「應募短篇小說 제목없음」, 『매일신보』, 1912.10.1.

「하ᄂ님의 공덕 찬숑시(긔셔)」, 『예수교회보』, 1912.10.1.

길션쥬, 「양이 나물밧츨 지터김」, 『예수교회보』, 1912.10.1.

李鎭石, 「應募短篇小說 제목없음」, 『매일신보』, 1912.10.2~6.

「츄풍셕음가(秋風惜陰歌)」, 『예수교회보』, 1912.10.8.

「젼젼호에 흑인이 하ᄂ님」*, 『예수교회보』, 1912.10.8.

「누가복음 十八쟝을 슯혀보면」*, 『예수교회보』, 1912.10.8.

崔鶴基, 「應募短篇小說 제목없음」, 『매일신보』, 1912.10.9.

「두 우희의 진위(眞僞)」, 『그리스도회보』, 1912.10.15.

「원아메커씨의 쥬일학교 감독법」, 『예수교회보』, 1912.10.15.

「졔동셩을 강우지와 밧곰」, 『예수교회보』, 1912.10.15.

「예수끠셔는 구쥬로 셰샹에」*, 『예수교회보』, 1912.10.15.

李重燮, 「應募短篇小說 제목없음」, 『매일신보』, 1912.10.16.

「무듸션셩의 모친이 난봉 아둘을 용셔훈 일」, 『예수교회보』, 1912.10.22.

남쥬원, 「슈학 교ᄉ와 그 아둘」, 『예수교회보』, 1912.10.22.

「병우리가 글을 지음」, 『예수교회보』, 1912.10.22.

金太熙, 「韓氏家餘慶(한씨가여경)」, 『매일신보』, 1912.10.24~27.

金鼎鎭, 「회기(悔改)」, 『매일신보』, 1912.10.29~30.

「무듸션셩 힝슐」, 『예수교회보』, 1912.10.29.

「나는 몰나」, 『그리스도회보』, 1912.10.30.

「가마귀가 수리의 일을 홀 수 잇나」, 『그리스도회보』, 1912.10.30.

高辰昊, 「대몽각비(大夢覺非)」, 『매일신보』, 1912.10.31.

李興孫, 「應募短篇小說 제목없음」, 『매일신보』, 1912.11.1.

朴容원, 「손ᄱᅦ릇ᄒ다픠가망신을히」, 『매일신보』, 1912.11.2.

趙鏞國, 「應募短篇小說 제목없음」, 『매일신보』, 1912.11.3.

金秀坤, 「應募短篇小說 제목없음」, 『매일신보』, 1912.11.5.

김필슈, 「가마귀와 거의(게산)」, 『예수교회보』, 1912.11.5.

「應募短篇小說」, 『매일신보』, 1912.11.6.

朴致連, 「應募短篇小說 제목없음」, 『매일신보』, 1912.11.7~8.

李鎭石, 「應募短篇小說 제목없음」, 『매일신보』, 1912.11.9~10.

金鎭淑, 「련의 말로(戀의 末路)」, 『매일신보』, 1912.11.12~14.

「구원의 사다리」, 『예수교회보』, 1912.11.12.

김필슈, 「도적의 어미라」, 『예수교회보』, 1912.11.12.

「믹월당(梅月堂) 김시습씨는 어려서브터」*, 『그리스도회보』, 1912.11.15.

치란, 「應募短篇小說 제목없음」, 『매일신보』, 1912.11.15~16.

趙一齋, 「病者三人」, 『매일신보』, 1912.11.17~12.25.

「고양이의 교육」, 『예수교회보』, 1912.11.19.

「목쟈 우희와 이리」, 『예수교회보』, 1912.11.26.

趙一齋, 「雙玉淚 下篇」, 『매일신보』, 1912.11.28~1913.2.4.

解觀子, 「琵琶聲」, 『매일신보』, 1912.11.30~1913.2.23.

月虛生, 「금슈문답(속)」, 『시천교월보』, 1912.11.

「목샹을 싯고 가는 라귀」, 『예수교회보』, 1912.12.3.

「슈젼노(守錢奴)」, 『예수교회보』, 1912.12.10.

「녯날 츈츄시대에 초(楚)나라 정승」*, 『그리스도회보』, 1912.12.15.

「여호와 염소」, 『예수교회보』, 1912.12.17.

「목ᄆᆞ른 비닭이」, 『예수교회보』, 1912.12.24.

「도야지와 양과 염소」, 『예수교회보』, 1912.12.24.

金鼎鎭, 「고진감내(苦盡甘來)」, 『매일신보』, 1912.12.26~27.

李興孫, 「悔改(회기)」, 『매일신보』, 1912.12.28~29.

朴容奐, 「新年의 問數」, 『매일신보』, 1913.1.1.

徐圭鱗, 「아편장이에 말로(鴉引末路)」, 『매일신보』, 1913.1.7.

宋冀憲, 「壯元禮」, 『매일신보』, 1913.1.8.

桂東彬, 「應募短篇小說 제목없음」, 『매일신보』, 1913.1.9.

「今日의 家庭(요ᄉᆞ이 집안)」, 『매일신보』, 1913.1.10~16.

「동양 속담에 왕쟝군지고쟈(王將軍之庫子)라」*, 『예수교회보』, 1913.1.14.

「곶과 돈을 다쥬어」, 『그리스도회보』, 1913.1.15.

「황뎨와 농부의 문답」, 『그리스도회보』, 1913.1.15.

「學生(학ᄉᆡᆼ)」, 『매일신보』, 1913.1.18~24.

「미국에 훈 동리에」*, 『예수교회보』, 1913.1.21.

「女學生(녀학ᄉᆡᆼ)」, 『매일신보』, 1913.1.25~2.1.

「뎨일 무셔온 것」, 『예수교회보』, 1913.1.28.

「두 개」, 『예수교회보』, 1913.1.28.

「담대훈 十一셰학ᄉᆡᆼ」, 『그리스도회보』, 1913.1.30.

츈음싱, 「단편소셜 졍긔다일원과」, 『시천교월보』, 1913.1~1913.2.

「靑春(쳥츈)」, 『매일신보』, 1913.2.4~11.

「스퍼젼 목ᄉᆞ의 지낸 일」, 『예수교회보』, 1913.2.4.

李人稙, 「牧丹峰 모란봉」, 『매일신보』, 1913.2.5~6.3.

李常春, 「情(졍)」, 『매일신보』, 1913.2.8~9.

「녯날에 셔국 영길 나파륜이」*, 『예수교회보』, 1913.2.11.

「쿠리스틔나 녀ᄉᆞ의 략ᄉᆞ」, 『그리스도회보』, 1913.2.15.

「아샹훈 의협심(義俠心)」, 『그리스도회보』, 1913.2.15.

「지혜와 어리셕음에 분별이라」, 『예수교회보』, 1913.2.18.

「농부와 학」,『예수교회보』, 1913.2.18.

「花柳巷(화류항)」,『매일신보』, 1913.2.20~3.13.

「雨中行人」,『매일신보』, 1913.2.25~5.11.

리챵셥,「흔 어리석은 쟈의 두 계집」,『예수교회보』, 1913.2.25.

「진젼의 션악」,『예수교회보』, 1913.3.4.

「본밧을 만흔 허부인의 서거(逝去)」,『그리스도회보』, 1913.3.8.

「심즁유언(心中有言)」,『그리스도회보』, 1913.3.8.

「지혜잇는 ᄋ희와 어리셕은 ᄋ희의 구별」,『그리스도회보』, 1913.3.13.

「늄을 도아주는 가온디 즈긔도 유익홈」,『그리스도회보』, 1913.3.13.

「迷信家(미신가)」,『매일신보』, 1913.3.14~4.12.

리유응,「쥐의 공의회」,『예수교회보』, 1913.3.25.

「자원전(紫園傳)」,『예수교회보』, 1913.3.25~4.1.

崔亨植,「허황흔 풍슈」,『매일신보』, 1913.3.27.

「투금강(投金江)」,『그리스도회보』, 1913.4.5.

「늙은 녀인과 의스라」,『예수교회보』, 1913.4.8.

「님군끠 허믈을 감초지 아니흔 지상」,『그리스도회보』, 1913.4.14.

「慇懃者(은근자)」,『매일신보』, 1913.4.15~5.29.

김니범,「월급은 적어도 대션싱이라」,『예수교회보』, 1913.4.20.

「영국 군함 함쟝 스꼬취씨가」*,『예수교회보』, 1913.4.20.

「효즈의 석별가(石鼈歌)」,『그리스도회보』, 1913.4.21.

「효부(孝婦)의 졀힝」,『그리스도회보』, 1913.4.28.

「신을 일치 아니ᄒ는 쇼년」,『그리스도회보』, 1913.4.28.

리린셥,「속々히 보시오」,『예수교회보』, 1913.4.29.

무익싱,「단편소셜 고락이 유슈(苦樂有數)」,『시천교월보』, 1913.4.

然然子,「황갑호黃甲虎 초립시절에 어디를」*,『천도교회월보』, 1913.4.

「어진 어머니의 교훈」,『그리스도회보』, 1913.5.5.

「평싱에 거짓말을 아니홈」,『그리스도회보』, 1913.5.12.

趙一齋,「長恨夢」,『매일신보』, 1913.5.13~10.1.

「一동一졍을 가히 죠심치 아니치 못할 일」,『그리스도회보』, 1913.5.19.

하오원,「일헛던 싱명나무를 다시 엇음」,『예수교회보』, 1913.5.20.

夢古生,「沈一松과 一朶紅」,『매일신보』, 1913.5.29~6.4.

然々子,「착흔쟈는 한우님의 복을 바는 증험」,『천도교회월보』, 1913.5.

「쥬인을 속이지 안는 ᄋ희」,『그리스도회보』, 1913.6.2.

「잉경으로써 훈계홈」, 『그리스도회보』, 1913.6.2.
夢外生, 「途中雜觀」, 『매일신보』, 1913.6.5.
夢占生, 「蒸豚과 神父」, 『매일신보』, 1913.6.6~7.
「어려셔 총혜홈」, 『그리스도회보』, 1913.6.9.
夢古生, 「再逢春奇話」, 『매일신보』, 1913.6.10~19.
최원셕, 「면류관에 별이 업네」, 『그리스도회보』, 1913.6.16.
안셕쥰, 「엘니의 부즈」, 『그리스도회보』, 1913.6.16.
「적은 염소가 큰 황소 훈필을 통으로 먹은 일」, 『예수교회보』, 1913.6.17.
夢古生, 「救夫自盡의 烈婦」, 『매일신보』, 1913.6.21.
여메례황, 「고(故) 변돈 스크란톤 부인의 략스」, 『그리스도회보』, 1913.6.23.
「원숭의 작란이 곳 ᄋ희들의 작란」, 『그리스도회보』, 1913.6.23.
「도적도 회기ᄒ면 됴흔 사롬」, 『그리스도회보』, 1913.6.23.
山岩, 「힘쓰면 될 것시라」, 『신한민보』, 1913.6.23~1914.1.8(미완).
夢古生, 「模範忠婢의 完節」, 『매일신보』, 1913.6.24.
夢古生, 「至誠의 感猛獸」, 『매일신보』, 1913.6.25~26.
「참 어진 어머니」, 『그리스도회보』, 1913.6.30.
夢古生, 「得夫獲寶의 慧婦」, 『매일신보』, 1913.7.3~8.
「스랑의 표더」, 『예수교회보』, 1913.7.8.
「모든 일을 쥬관ᄒᄂ 거시 하ᄂ님끠 잇슴」, 『예수교회보』, 1913.7.8.
夢古生, 「野鼠求婚의 奇談」, 『매일신보』, 1913.7.9.
夢古生, 「生員臀汝何知 河東의 義狗塚」, 『매일신보』, 1913.7.10.
「고보긔일(塙保己一)의 향학심(向學心)」, 『그리스도회보』, 1913.7.14.
李相協, 「눈물」, 『매일신보』, 1913.7.16~1914.1.21.
夢古生, 「成功에 不忘遭糖」, 『매일신보』, 1913.7.17~20.
夢古生, 「不忘舊思의 忠婢」, 『매일신보』, 1913.7.23~24.
빅형련, 「그리스도교는 모든 종교 우에 쮜여남」, 『그리스도회보』,
    1913.7.28~8.11.
「남의 말을 엿드지 말 것」, 『그리스도회보』, 1913.7.28.
「은혜를 밧는 쇼ᄋ를」*, 『예수교회보』, 1913.7.29.
夢古生, 「未亡人의 內行」, 『매일신보』, 1913.7.30.
夢古生, 「小僧의 惡戲」, 『매일신보』, 1913.8.2.
「토기와 자라의 경쥬(競走)」, 『그리스도회보』, 1913.8.4.
ㄱㅈㅅ생, 「단이엘의 춤말」, 『예수교회보』, 1913.8.5.

「셔스국 사름 흐나히」*, 『예수교회보』, 1913.8.5.

朴永運, 「雲外雲 (上卷)」, 『경남일보』, 1913.8.9~(미확인)

「ᄌ긔쥬견(主見)이 업ᄂ 쟈는 반다시 패흠」, 『그리스도회보』, 1913.8.11.

긔쟈 역슐, 「之蘭李(퉁두란)」, 『신한민보』, 1913.8.15~22.

「ᄌ긔의 쥬견(主見)으로 셩경을 희셕지 말 것」, 『그리스도회보』, 1913.8.18.

「어려셔 영오(穎悟)흠」, 『그리스도회보』, 1913.8.18.

「리빙스돈의 니야기」, 『그리스도회보』, 1913.8.25.

「탐심(貪心)을 경계흠」, 『그리스도회보』, 1913.8.25.

「좌우에 죄를 더희」, 『그리스도회보』, 1913.9.1.

李相協 重譯, 「驚天泣神 萬古奇談」, 『매일신보』, 1913.9.6~1914.6.7.

「셔로 다토지 말 것」, 『그리스도회보』, 1913.9.8.

「녯날 엇던 셩인이」*, 『그리스도회보』, 1913.9.15.

「어린 학도의 인내심(忍耐心)」, 『그리스도회보』, 1913.9.22.

「졍직흠은 립신(立身)ᄒᄂ 졍략」, 『그리스도회보』, 1913.9.29.

「남생이 줄다리기」, 『아이들보이』, 1913.9.

「어엿비 녁이ᄂ 마음」, 『아이들보이』, 1913.9.

「외동구지」, 『아이들보이』, 1913.9.

「범의 뒤다리 붓들고 六十리」, 『아이들보이』, 1913.9.

趙一齋, 「菊의香」, 『매일신보』, 1913.10.2~12.28.

「너머 꾀를 쓰지 말 것」, 『그리스도회보』, 1913.10.6.

「효ᄌ는 반ᄃ시 션보(善報)를 밧음」, 『그리스도회보』, 1913.10.13.

「량단의 루(兩端之淚)」, 『그리스도회보』, 1913.10.13~12.29.

「루터션싱의 략ᄉ」, 『그리스도회보』, 1913.10.20~11.3.

「어린 누의(妹) 말이 쟝셩흔 오라비를 경셩(警醒)흠」, 『그리스도회보』, 1913.10.20.

「어린 ᄋ히의 ᄌ션심이 그 모친을 회긔식힘」, 『그리스도회보』, 1913.10.27.

「셔양 엇던 어리셕은 사름이」*, 『그리스도회보』, 1913.10.27.

대시싱, 「쇼셜 희한흔 사름」, 『신한민보』, 1913.10.31.

「계집아이 슬긔」, 『아이들보이』, 1913.10.

「부친의 훈계를 순죵ᄒᄂ ᄋ희」, 『그리스도회보』, 1913.11.3.

「엇던 리발쟝(理髮匠)이가」*, 『그리스도회보』, 1913.11.3.

뎐영틱, 「려엥스톤의 략ᄉ를 소고(溯考)흠」, 『그리스도회보』, 1913.11.10~12.1.

「셔반아 풍속은 소싸흠(牛鬪)」*, 『그리스도회보』, 1913.11.10.

역슐, 「부례더릭 알버리와 그의 미(鷹)」, 『신한민보』, 1913.11.21~28.

빅형련, 「쇼으의 지혜」, 『그리스도회보』, 1913.11.24~12.1.

「그럴듯훈 일」, 『그리스도회보』, 1913.11.24.

「望遠鏡」, 『매일신보』, 1913.11.26.

「날낸이 여섯」, 『아이들보이』, 1913.11.

「스스로 도웁는 十년」, 『아이들보이』, 1913.11.

「모래펄에 왕사람」, 『아이들보이』, 1913.11.

「심스고흔 으희」, 『그리스도회보』, 1913.12.1.

「단편쇼셜 신문긔쟈의 파티」, 『신한민보』, 1913.12.5~1914.1.1(미완).

趙一齋, 「妾첩의 허물」, 『매일신보』, 1913.12.6.

「아조 편리흐게 찻는 법」, 『그리스도회보』, 1913.12.8.

「어머니 훈계를 잘 들어」, 『그리스도회보』, 1913.12.15.

「낫(面) 씻기 미우 슬혀」, 『그리스도회보』, 1913.12.15.

「어려셔 총명훔」, 『그리스도회보』, 1913.12.15.

덕문뎌슐쟈 엘 미울박 / 영문번역쟈 에푸 조단 / 국문번역쟈 리대위, 「나폴륜과
　　　푸로시아 왕후」, 『신한민보』, 1913.12.19~1914.1.1(미완).

공쥬 대목스, 「등불이 쩌짐」, 『그리스도회보』, 1913.12.22.

「어려셔 총명훔」, 『그리스도회보』, 1913.12.29.

「령혼 거울 셋」, 『아이들보이』, 1913.12.

「늙은이 보람」, 『아이들보이』, 1913.12.

「나는 호랑이오」, 『매일신보』, 1914.1.1.

「動物園寒雪에 訪虎僉知問答」, 『매일신보』, 1914.1.1.

「新年會의 虎大將」, 『매일신보』, 1914.1.1.

「됴흔아희삼형뎨」, 『매일신보』, 1914.1.1.

「숨남이와고양이」, 『매일신보』, 1914.1.1.

「효녀슉희와흰말」, 『매일신보』, 1914.1.1.

「썩잘먹는 우리 니외」, 『매일신보』, 1914.1.1.

夢外生, 「虎의夢」, 『매일신보』, 1914.1.1.

趙一齋, 「斷腸錄」, 『매일신보』, 1914.1.1~6.10.

東海水夫, 「美미人인心심」, 『신한민보』, 1914.1.15~6.18.

「拍掌大笑」, 『매일신보』, 1914.1.24.

「프레드의 쌍쌍이」, 『아이들보이』, 1914.1.

「니를 쩨어 어버이를 다수케 흐려던 효녀」, 『아이들보이』, 1914.1~3.

徐圭璘, 「탕주의 감츈(蕩子感春)」, 『매일신보』, 1914.2.7.

「나무군의 딸」, 『아이들보이』, 1914.2.

「가장 큰 갑흔 김쟝군의 날냄」, 『아이들보이』, 1914.2.

「환장이 벤자민 웨쓰트 이약이」, 『아이들보이』, 1914.2.

「세 선비」, 『아이들보이』, 1914.2.

海東樵人, 「海岸」, 『우리의 가뎡』, 1914.2~11.

최영즈, 「예수를 스랑ᄒᆞ는 녀즈」, 『그리스도회보』, 1914.3.2.

「黃황進진小쇼傳뎐」, 『신한민보』, 1914.3.19.

「짓걸이 아씨」, 『아이들보이』, 1914.3.

「아버지 병환」, 『아이들보이』, 1914.3.

「최씨의 뎡렬이 호랑이를 감동ᄒᆞᆫ 것」, 『우리의 가뎡』, 1914.3.

「거짓 아드님 참 아드님」, 『아이들보이』, 1914.4.

「양이며 소를 먹이면서 거륵ᄒᆞᆫ 사람된 이약이」, 『아이들보이』, 1914.4.

「졍위 새」, 『아이들보이』, 1914.4.

호의즈, 「수풀 아래 문답」, 『해동불보』, 1914.4.

긔쟈 역슐, 「임진왜란스」, 『신한민보』, 1914.5.14~6.11(미완).

「닐곱 동생」, 『아이들보이』, 1914.5.

「쓰거온 졍셩으로 완악ᄒᆞᆫ 도적놈을 도인 졍서방」, 『아이들보이』, 1914.5.

「시골 계집애로 나라에 어진 어미된 혹불이 색시」, 『아이들보이』, 1914.5.

「가막이와 물 항아리」, 『아이들보이』, 1914.5.

「과부와 암탉」, 『아이들보이』, 1914.5.

「오누의 사랑」, 『아이들보이』, 1914.5.

「피ᄒᆞᄂᆞᆫ 것이 웃듬」, 『아이들보이』, 1914.5.

「각기 졔 생각」, 『아이들보이』, 1914.5.

「김싱원과 리씨 마님」, 『아이들보이』, 1914.5.

우당산인, 「예ㅅ이야기올시다」, 『해동불보』, 1914.5.

「텬디 스이에 도모지 밋을 것 업서 페일언ᄒᆞ고 마암이나 밋을 밧게」, 『해동불
　　　　보』, 1914.5.

綠東生, 「金太子傳」, 『매일신보』, 1914.6.10~11.14.

沈天風, 「兄弟(형뎨)」, 『매일신보』, 1914.6.11~7.19.

「수탉의 알」, 『아이들보이』, 1914.6.

「먹적골 가난방이로 한셰상을 들먹들먹ᄒᆞᆫ 허싱원」, 『아이들보이』, 1914.6.

「실 뽑이 색시」, 『아이들보이』, 1914.6~8.

「네 졀긔 이약이」, 『아이들보이』, 1914.6.

趙一齋, 「飛鳳潭」, 『매일신보』, 1914.7.21~10.28.

「滑稽奇談 兎의 賊」, 『매일신보』, 1914.7.23.

「初發程 처음 쩌느는 길」, 『구악종보』, 1914.7.

完史生, 「短篇小說 碧雲天(소설 벽운텬)」, 『구악종보』, 1914.7.

「병 부쟈」, 『아이들보이』, 1914.7.

「올흔 일홈 압헤 날냄을 바림」, 『아이들보이』, 1914.7.

「락타와 둇」, 『아이들보이』, 1914.7~8.

「歐洲列國誌」, 『매일신보』, 1914.8.14~1915.3.11.

「馬上의女天使」, 『매일신보』, 1914.8.22~29.

「통궁이」, 『아이들보이』, 1914.8.

「걱졍자루」, 『우리의 가뎡』, 1914.8.

沈天風, 「酒(슐)」, 『매일신보』, 1914.9.9~16.

朴靑農, 「春夢(봄꿈)」, 『매일신보』, 1914.9.17~23.

영문보 번역, 「영국의 용감흔 여자」, 『신한민보』, 1914.9.17~10.1.

「혼인의 폐히 니아기」, 『우리의 가뎡』, 1914.9.

何夢, 「貞婦怨」, 『매일신보』, 1914.10.29~1915.5.19.

「빅셜과 홍월계」, 『우리의 가뎡』, 1914.10.

「마호멘 小傳」, 『청춘』, 1914.10.

「泰西三大奇人」, 『청춘』, 1914.10.

튜르게네프, 「문 어구」, 『청춘』, 1914.10.

燕巖 朴趾源, 「燕巖外傳」, 『청춘』, 1914.10~11.

「柳器匠의 判書婿」, 『청춘』, 1914.10.

빅토르 유고, 「너 참 불상타」, 『청춘』, 1914.10.

「통경과 화목」, 『공도』, 1914.11.

「셰계 전징으로 더브러 젼징하든 부인(번역)」, 『공도』, 1914.11.

톨쓰토이, 「更生」, 『청춘』, 1914.11.

小星, 「恨의 一生」, 『청춘』, 1914.11.

漱石靑年, 「後悔(후회)」, 『매일신보』, 1914.12.29.

쩐 밀톤, 「失樂園」, 『청춘』, 1914.12.

白湖 林悌, 「愁城誌」, 『청춘』, 1914.12.

小星, 「薄命」, 『청춘』, 1914.12.

KY 生, 「犧牲」, 『학지광』, 1914.12.

「世界童話」, 『매일신보』, 1915.1.7~2.10.

無名氏, 「苦樂」, 『매일신보』, 1915.1.14.

「滋味있는 利藥이」, 『신문계』, 1915.1.

「우슴거리」, 『신문계』, 1915.1.

太華山人, 「友誼」, 『신문계』, 1915.1.

세르반테쓰, 「頓基浩傳奇」, 『청춘』, 1915.1.

小星, 「再逢春」, 『청춘』, 1915.1.

됴일지, 「인연(因緣)」, 『공도』, 1915.1.

「동물원 구경긔」, 『구악종보』, 1915.2.

믹카운, 「兒童의 行ㅎㄴ 路」, 『중앙쳥년회보』, 1915.3~5.

초서, 「캔더베리記(上)」, 『청춘』, 1915.3.

孤舟, 「金鏡」, 『청춘』, 1915.3.

蕉兩堂主人, 「참맛(社會에 眞味)」, 『공도』, 1915.3.

菊如, 「石獅子像」, 『불교진흥회월보』, 1915.3.

金漱石, 「리약이 됴화ㅎ다가 랑퓌」, 『매일신보』, 1915.4.10.

尙玄, 「虎喫煙時話」, 『불교진흥회월보』, 1915.4~5.

菊如, 「迷의 夢」, 『불교진흥회월보』, 1915.4~5.

趙一齋, 「續編 長恨夢」, 『매일신보』, 1915.5.25~12.26.

菊如, 「佛說譬喩」, 『불교진흥회월보』, 1915.6.

梁菊如 譯演, 「講談 續黃梁」, 『불교진흥회월보』, 1915.6~7.

「션인과 악인」, 『신한민보』, 1915.7.22.

完史生, 「소셜 몽외몽」, 『구악종보』, 1915.7.

松禾郡信夫人, 「내 몸의 모셔스니 사근취원ㅎ단 말가」, 『구악종보』, 1915.7.

林元敎, 「꿈가온디 꿈」, 『구악종보』, 1915.7.

尙玄居士, 「一錢의 話」, 『불교진흥회월보』, 1915.7.

「의국열혈」, 『신한민보』, 1915.8.5~10.28.

樂天子, 「嗚呼薄命」, 『신문계』, 1915.8.

菊如, 「實地描寫 歸去來」, 『불교진흥회월보』, 1915.8.

樂天子, 「愛兒의 出發」, 『신문계』, 1915.9.

今來, 「破鏡歎」, 『불교진흥회월보』, 1915.9.

연연홍, 「졍셩이 지극ㅎ면 한울이 감동」, 『천도교회월보』, 1915.10.

蘆下散人 譯演, 「新派講談 反乎爾」, 『불교진흥회월보』, 1915.10~11.

白樂天子, 「因果」, 『신문계』, 1915.11.

「디구에 덥힌 포연은(砲煙)」*, 『기독신보』, 1915.12.15.

학인, 「쑤린씨」, 『기독신보』, 1915.12.15~1916.5.10.

박린종, 「리션싱토졍(李先生土亭)이 어렷슬 째」*, 『기독신보』, 1915.12.22.

白樂天子, 「黃金?」, 『신문계』, 1915.12.

「龍夢」, 『매일신보』, 1916.1.1.

「龍의 試驗」, 『매일신보』, 1916.1.1.

匿名子, 「沙下村」, 『매일신보』, 1916.1.1~2.2.

「둘너디는 거시 도젹에 지나침이라」, 『기독신보』, 1916.1.26.

「강으지 가질 사람」, 『기독신보』, 1916.1.26.

白樂天子, 「愛! 愛!」, 『신문계』, 1916.1.

何夢, 「海王星」, 『매일신보』, 1916.2.10~1917.3.31.

홍병션, 「즈녀가진 쟈의 근심」, 『기독신보』, 1916.2.16.

쏘빈니 쏫카씨오 原作·白樂天子 譯, 「自然의 刑罰」, 『신문계』, 1916.2.

「生員과 處女」, 『매일신보』, 1916.3.5.

「自由翁과 無事翁」, 『매일신보』, 1916.3.5.

「평론ᄒ면 폄론을 밧지」, 『기독신보』, 1916.3.22.

씌밍부인, 「으희들의게 ᄒᄂ 두 능금 니야기」, 『기독신보』, 1916.3.22.

씌밍부인, 「리부인과 그의 륙십명 친구」, 『기독신보』, 1916.3.22.

씌밍부인, 「복순이 쟉란ᄒ기 됴와ᄒ든 니야기」, 『기독신보』, 1916.3.22.

トルストイ 原作, 白樂天子 譯, 「人生!」, 『신문계』, 1916.3.

林元敎, 「夢의 夢(續)」, 『구악종보』, 1916.3.

「죄악에 즁독」, 『기독신보』, 1916.4.5.

「텬당에 직업(職業)」, 『기독신보』, 1916.4.5.

「소곰」, 『기독신보』, 1916.4.5.

P·P·生, 「어머니의 돌비」, 『기독신보』, 1916.4.5~12.

씌밍부인, 「션ᄒ 일을 ᄒ 악한 바람」, 『기독신보』, 1916.4.12.

「공평ᄒ 말(斗)」, 『기독신보』, 1916.4.12.

「ᄒ 려막(旅幕)」, 『기독신보』, 1916.4.12.

「츙셩치 못ᄒ 목ᄉ」, 『기독신보』, 1916.4.12.

씌밍부인, 「웨 복동이가 튁ᄒ여졋나」, 『기독신보』, 1916.4.19.

피피 生, 「셰 쳐녀의 즈션가」, 『기독신보』, 1916.4.19~26.

오챵졍, 「일쟝츈몽」, 『기독신보』, 1916.4.26.

漢菴 黃潤九, 「부인계에 아라 힝할 일」, 『구악종보』, 1916.4.

白華, 「閑日月」, 『조선불교계』, 1916.4~5.

씌밍부인, 「네나무」, 『기독신보』, 1916.5.3.

「누가 효녀일가」, 『기독신보』, 1916.5.3.

동희슈부, 「단편 텰혈원앙」, 『신한민보』, 1916.5.4~1917.4.19.

「나는 어디 갓나」, 『기독신보』, 1916.5.17.

「동싱을 보아주고 꼿분에 물을 주며」, 『기독신보』, 1916.5.17.

「긔셩학도가 경셩에 리왕」, 『기독신보』, 1916.5.24.

「미련훈 친구」, 『기독신보』, 1916.5.24.

「농가셩진(農家成眞)」, 『기독신보』, 1916.5.24.

「게잡이」, 『신한민보』, 1916.5.25.

「그 ㅇ돌을 ㄱ른침」, 『기독신보』, 1916.5.31.

「도적의 연셜」, 『기독신보』, 1916.5.31.

「윤희의 편지」, 『기독신보』, 1916.5.31~6.7.

尙玄居士, 「水月緣」, 『조선불교계』, 1916.5.

「미로의 인싱(人生)」, 『기독신보』, 1916.6.7.

셈잉부인, 「일흐기 묘화ㅎ는 조고마훈 녀ㅈ」, 『기독신보』, 1916.6.7.

「시몰이」, 『신한민보』, 1916.6.8~8.17.

셈잉박사 부인, 「슈복이가 ㅈ긔먹는 밥에」*, 『기독신보』, 1916.6.14.

셈잉부인, 「새션싱님」, 『기독신보』, 1916.6.21.

씌밍부인, 「희빗오는 디로브터」, 『기독신보』, 1916.6.28.

白樂天子, 「나의 日記로브터」, 『신문계』, 1916.6.

씨엥키 윗치 作·白樂天子 譯, 「夜半의 警鐘」, 『신문계』, 1916.6.

耕花, 「엷고 힘업고 懇切훈 同情」, 『조선불교계』, 1916.6.

白華, 「我의 宗敎」, 『조선불교계』, 1916.6.

셈잉부인, 「그의 말슴ㅎ신 것을 긔억홈」, 『기독신보』, 1916.7.19.

고영복, 「이쑌이의 회긔」, 『기독신보』, 1916.7.26.

걱정업슬이, 「絶交의 書翰」, 『신문계』, 1916.7.

露 안드례-쯔, 夢夢 역, 「外國人」, 『학지광』, 1916.7.

「쥬일학교 동산」, 『기독신보』, 1916.8.9.

피피 生, 「하늘에 게신 하느님」, 『기독신보』, 1916.8.23~30.

樂天子 譯, 「臨終의 自白」, 『신문계』, 1916.8~9.

「낙시질」, 『신한민보』, 1916.8.24~11.1.

셈잉부인, 「교훈의 구별」, 『기독신보』, 1916.9.6.

씌밍부인, 「실픠훈 꼬닭」, 『기독신보』, 1916.9.13.

씌밍부인, 「무숨 연고인지」, 『기독신보』, 1916.9.13.

「이 사룸을 맛느봄」, 『기독신보』, 1916.9.20.

씌밍부인, 「부릴 시룹이 만흠」, 『기독신보』, 1916.9.20.

피 피 生, 「인내(忍耐)」, 『기독신보』, 1916.9.20~27.

김학인, 「황금왕」, 『기독신보』, 1916.9.27~11.8.

露 체-호쯔, 瞬星 譯, 「寫眞帖」, 『학지광』, 1916.9.

小星, 「淸流壁」, 『학지광』, 1916.9.

피피 生, 「즈션이란 것은?」, 『기독신보』, 1916.10.11.

고영복, 「유년학교 졸업식에 권면흠」, 『기독신보』, 1916.10.18.

피피 生, 「동모를 위ᄒ야 긔도흠」, 『기독신보』, 1916.10.18~25.

비위량, 「이젼 인도국에셔 크고」*, 『기독신보』, 1916.11.1.

피피 生, 「이샹흔 두루마리」, 『기독신보』, 1916.11.1~15.

비위량, 「나이가라 폭포 우에 독수리가 어름 조각을 틈」, 『기독신보』, 1916.11.8.

동희슈부, 「림피로인」, 『신한민보』, 1916.11.9.

「밋음의 즈미」, 『기독신보』, 1916.11.15.

비위량, 「쥬를 밋은 자」, 『기독신보』, 1916.11.15.

동희슈부, 「대구셔로인」, 『신한민보』, 1916.11.16~30.

셈잉부인, 「굴과 그 긔싱(寄生)ᄒ는 게」, 『기독신보』, 1916.11.20.

피피 生, 「어머니를 스모흠」, 『기독신보』, 1916.11.20.

春園生, 「農村啓發」, 『매일신보』, 1916.11.26~1917.2.18.

「맬니개씨 녀으의 치명흠」, 『기독신보』, 1916.11.29.

「빅년젼과 빅년후」, 『기독신보』, 1916.11.29.

「일본에 처음 젼도」, 『기독신보』, 1916.11.29.

비위량, 「요긴흔 문뎨를 힝답흠」, 『기독신보』, 1916.11.29.

텬연즈, 「힝복과 지앙에 관흔 문답」, 『천도교회월보』, 1916.11.

비위량, 「본분을 직힘」, 『기독신보』, 1916.12.6.

셈잉부인, 「빈침과 바눌」, 『기독신보』, 1916.12.6.

피피 生, 「텬ᄉ의 시험」, 『기독신보』, 1916.12.6~20.

동희슈부, 「궁녀김씨항아」, 『신한민보』, 1916.12.7~1917.5.10.

비위량, 「반셕 우에 교회를 셰움」, 『기독신보』, 1916.12.13.

비위량, 「고통ᄒ는 가온디 잇는 으희의 찬숑」, 『기독신보』, 1916.12.20.

셈잉박사 부인, 「방의 몬지」, 『기독신보』, 1916.12.20.

셈잉박사 부인, 「기름병」, 『기독신보』, 1916.12.27.

비위량, 「하ᄂᆞ님끠셔 당신 빅셩을 보호ᄒᆞ심」, 『기독신보』, 1916.12.27.

春園, 「無情」, 『매일신보』, 1917.1.1~6.14.

비위량, 「락심을 피홀 것」, 『기독신보』, 1917.1.3.

와이에쓰, 「狗不友終(구부유종)」, 『기독신보』, 1917.1.3.

「락심혼 사름의 꿈」, 『기독신보』, 1917.1.17.

피피 생, 「세가지 약」, 『기독신보』, 1917.1.17.

柳永模, 「貴男과 壽男」, 『매일신보』, 1917.1.23.

金永偶, 「神聖혼 犧牲」, 『매일신보』, 1917.1.24.

비위량, 「우샹을 앗기지 말고 폐홀 것」, 『기독신보』, 1917.1.24.

「황소와 라귀의 니야기」, 『기독신보』, 1917.1.24.

「셩푸린시쓰」, 『기독신보』, 1917.1.24.

피피 생, 「악을 션으로 갑흐라」, 『기독신보』, 1917.1.24.

「이삭의 활희(滑稽)」, 『기독신보』, 1917.1.24.

「독셔의 필요」, 『기독신보』, 1917.1.31~2.14.

비위량, 「왕의 기」, 『기독신보』, 1917.1.31.

崔瓚植, 「机上의 夢」, 『신문계』, 1917.1~3.

李應洛, 「金不換 和平과 子女」, 『매일신보』, 1917.2.2.

KY 生, 「墮落學生의 末路」, 『매일신보』, 1917.2.2.

비위량, 「황뎨의 황옥을 차짐」, 『기독신보』, 1917.2.7.

피피 생, 「늠의 일이 내일이라」, 『기독신보』, 1917.2.7~3.21.

비위량, 「부모가 죽은 후에 신령혼 형셰가 늠아 잇슴」, 『기독신보』, 1917.2.14.

쎔잉박사 부인, 「흉악혼 젹은 사름」, 『기독신보』, 1917.2.14.

不知憂生, 「三十萬圓」, 『신문계』, 1917.2.

碧鍾居士, 「京城遊覽記」, 『신문계』, 1917.2.

太華山人, 「甕頭의 春歌」, 『신문계』, 1917.2.

西湖漁子・白岳山人, 「娘의 墓」, 『신문계』, 1917.2.

博聞者, 「東稗奇談(百絶百倒)」, 『신문계』, 1917.2.

비위량, 「평안홈의 근본」, 『기독신보』, 1917.3.7.

비위량, 「올모에 걸닌 독슈리」, 『기독신보』, 1917.3.14.

쎔잉부인, 「과부와 등불」, 『기독신보』, 1917.3.28.

르ㅅㅂ, 「슈족의 서로 다톰 무익홈」, 『기독신보』, 1917.3.28.

李弼右, 「憂樂悲喜의 問答」, 『천도교회월보』, 1917.3.

尙玄, 「牧牛歌」, 『조선불교총보』, 1917.3.

沈天風, 「山中花」, 『매일신보』, 1917.4.3~9.19.

비위량, 「미련훈 쟈가 미련치 아니홈」, 『기독신보』, 1917.4.4.

쉠잉부인, 「닭의 털과 비방ᄒᄂ 말」, 『기독신보』, 1917.4.4.

피 피 싱, 「예수—맛ᄂ 보기롤」, 『기독신보』, 1917.4.4~18.

비위량, 「셩공의 명의(定義)」, 『기독신보』, 1917.4.11.

쉠잉박사 부인, 「션물」, 『기독신보』, 1917.4.18.

瞬星, 「부르지짐(cry)」, 『학지광』, 1917.4.

竹兮山人, 「春華苑大宴記」, 『조선문예』, 1917.4.

竹兮山人, 「뎡씨 고부의 이익기」, 『조선문예』, 1917.4.

비위량, 「ᄌ위(自衛)의 지능」, 『기독신보』, 1917.5.2.

에ㅅ스싱, 「남강의 가을」, 『신한민보』, 1917.5.3~7.26.

쉠잉부인, 「열난쟝이」, 『기독신보』, 1917.5.9.

피피 生, 「ᄉ랑을 가지고 인도ᄒ라」, 『기독신보』, 1917.5.9~16.

비위량, 「ᄌ긔의 친척을 찾ᄂ 법」, 『기독신보』, 1917.5.9.

쉠잉부인, 「큰 의원」, 『기독신보』, 1917.5.16.

승양산인, 「부랑」, 『신한민보』, 1917.5.17~6.28.

쉠잉박사 부인, 「동산」, 『기독신보』, 1917.5.23.

小星, 「向上」, 『청춘』, 1917.5.

초서, 「캔더베리記(中)」, 『청춘』, 1917.5.

小星, 「曠野」, 『청춘』, 1917.5.

海東樵人, 「종소리」, 『반도시론』, 1917.5.

쉠잉부인, 「벌네와 화권(火圈)」, 『기독신보』, 1917.6.6.

비위량, 「밋분 ᄋ희」, 『기독신보』, 1917.6.6.

벙어리, 「지식문답」, 『기독신보』, 1917.6.13~27.

초서, 「캔더베리記(下之上)」, 『청춘』, 1917.6.

모팟산, 瞬星 譯, 「더러운 麵包」, 『청춘』, 1917.6.

小星, 「逼迫」, 『청춘』, 1917.6.

春園, 「少年의 悲哀」, 『청춘』, 1917.6.

白樂天子, 「老處女」, 『반도시론』, 1917.6~1917.7.

비위량, 「밋ᄂ 사름은 ᄉ욕을 이귐」, 『기독신보』, 1917.7.4.

김도식 역술, 「永영 樂락 城셩」, 『기독신보』, 1917.7.4~12.5.

쉠잉부인, 「붉은 류리」, 『기독신보』, 1917.7.4.

리병도, 「허씨란셜」, 『신한민보』, 1917.7.5~26.

비위량, 「예수의 피를 의지홈」, 『기독신보』, 1917.7.18.

초서, 「캔더베리記(下之下)」, 『청춘』, 1917.7.

廣蓄室主人, 「近世로빈손奇談」, 『청춘』, 1917.7.

挹淸生, 「工業家 메손」, 『청춘』, 1917.7.

외배, 「어린 벗에게」, 『청춘』, 1917.7~11.

찜잉부인, 「잠 잘자는 녀야」, 『기독신보』, 1917.8.1.

비위량, 「스랑으로 일ㅎ여야 셩공됨」, 『기독신보』, 1917.8.8.

류형기, 「우리 半島少年諸君끽」, 『기독신보』, 1917.8.15.

승양 원저, 「리씨 민환」, 『신한민보』, 1917.8.16.

동희슈부, 「황진」, 『신한민보』, 1917.8.23~9.6.

셈잉부인, 「어머니의 림종시의 교훈」, 『기독신보』, 1917.8.29.

병아리, 「익급려힝」, 『기독신보』, 1917.8.29~11.28.

비위량, 「스욕이 위태홈」, 『기독신보』, 1917.9.5.

비위량, 「각기 즈긔 짐을 질 것」, 『기독신보』, 1917.9.12.

셈잉부인, 「ㅇ희의 유희」, 『기독신보』, 1917.9.12.

동희슈부, 「츄뎡리갑」, 『신한민보』, 1917.9.13~1918.3.21.

「룡아원의 신사」, 『기독신보』, 1917.9.19.

秦舜星, 「紅淚」, 『매일신보』, 1917.9.21~1918.1.16.

「우스운 니익기」, 『천도교회월보』, 1917.9.

柳鍾石, 「冷麪한그릇」, 『청춘』, 1917.9.

裵在晃, 「쏘쑤라그늘」, 『청춘』, 1917.9.

白樂天子, 「良人의 祈禱」, 『반도시론』, 1917.9.

동희슈부, 「동포」, 『신한민보』, 1917.10.11~12.20.

「향랑」, 『신한민보』, 1917.10.18.

春園, 「開拓者」, 『매일신보』, 1917.11.10~1918.3.15.

찜잉부인, 「하인」, 『기독신보』, 1917.11.21.

「리원 옥봉」, 『신한민보』, 1917.11.22.

「허물이 잇스나 회긔ㅎ면 구원 엇음」, 『기독신보』, 1917.11.28.

김인식, 「러일 어머님 맛나러 가람니다」, 『기독신보』, 1917.11.28.

Henry Ward Beecher, 「ㅇ동의 친구」, 『기독신보』, 1917.11.28.

李常春, 「歧路」, 『청춘』, 1917.11.

朱落陽, 「마을집」, 『청춘』, 1917.11.

金明淳, 「疑心의 소녀」, 『청춘』, 1917.11.

金泳俤, 「有情無情」, 『청춘』, 1917.11.

無憂生, 「金剛의 夢」, 『반도시론』, 1917.11.

피피生, 「오날 하로」, 『기독신보』, 1917.12.5.

남궁벽 역, 「아브라함, 링컨이 처음 번 돈」, 『기독신보』, 1917.12.5.

남궁벽 역, 「쟝미꼿」, 『기독신보』, 1917.12.12.

「어머니의 긔도」, 『기독신보』, 1917.12.12.

「랑부인」, 『신한민보』, 1917.12.13.

남궁벽, 「능금나무」, 『기독신보』, 1917.12.19.

남궁벽, 「세가지 의심」, 『기독신보』, 1917.12.26.

樂天子, 「옥동츈玉洞春」, 『천도교회월보』, 1917.12~1918.3.

셈잉부인, 「젹은 비방울」, 『기독신보』, 1918.1.2.

남궁벽, 「영철이의 꿈」, 『기독신보』, 1918.1.2.

「여호와 포도」, 『기독신보』, 1918.1.9.

「개와 여물통」, 『기독신보』, 1918.1.9.

「슷장수와 쌜내장이」, 『기독신보』, 1918.1.9.

「나의 스랑ᄒᆞ는 어린 동무」*, 『기독신보』, 1918.1.16.

남궁벽 역, 「산국화(山菊花)」, 『기독신보』, 1918.1.23~30.

何夢, 「無窮花」, 『매일신보』, 1918.1.25~7.27.

셈잉부인, 「왕의 ᄋᆞ달」, 『기독신보』, 1918.1.30.

「밋견이 그 쥬인을 구원홈」, 『신학세계』, 1918.1.

白樂天人, 「寡母의 淚」, 『반도시론』, 1918.1.

남궁벽, 「밈둘네의 견셜(蒲公英의 傳說)」, 『기독신보』, 1918.2.13.

셈잉부인, 「보셕과 과즈」, 『기독신보』, 1918.2.13.

白南奭 譯述, 「히야왓하의 긔갈」, 『기독신보』, 1918.2.20.

셈잉부인, 「익기와 독수리」, 『기독신보』, 1918.2.20.

원녀쟈 금협산인, 역슐자 랑화츄션, 「텬하슈군 뎨一 위인 리슌신」, 『신한민보』,
        1918.2.21~4.18.

셈잉부인, 「젹은 ᄋᆞ익와 썩은 실과」, 『기독신보』, 1918.2.27.

한영즈, 「신호」, 『기독신보』, 1918.2.27.

남궁벽 역, 「눈꼿」, 『기독신보』, 1918.2.27.

「청년 염세가(厭世家)가 쥬끠와셔 깃븜을 얻음」, 『신학세계』, 1918.2.

梁建植, 「스혼 矛盾」, 『반도시론』, 1918.2.

셈잉부인, 「나뷔와 촉불」, 『기독신보』, 1918.3.13.

菊如, 「紅樓夢」, 『매일신보』, 1918.3.23~10.4.

「부활니야기」, 『기독신보』, 1918.3.27~4.10.

春園, 「彷徨」, 『청춘』, 1918.3.

「산중 괴뎜의 부억 하녀」, 『신학세계』, 1918.3.

裵緯良, 「요한 번연傳」, 『신학지남』, 1918.3.

쎔잉부인, 「쟝인과 잠을쇠」, 『기독신보』, 1918.4.10.

안틱슌, 「少女의 涙(쇼녀의 눈물)」, 『기독신보』, 1918.4.17~24.

남궁벽 역, 「보기 실흔 오리 식기」, 『기독신보』, 1918.4.17~8.21.

쎔잉부인, 「야곱과 그 네종」, 『기독신보』, 1918.4.24.

「텰혈산셩」, 『신한민보』, 1918.4.25.

春園, 「尹光浩」, 『청춘』, 1918.4.

柳鍾石, 「母子의 情」, 『청춘』, 1918.4.

金允經, 「戰場奇譚」, 『청춘』, 1918.4.

ㅅㅎ生, 「牛乳配達夫」, 『청춘』, 1918.4.

「개와 ㅅ즈(The Dog and The Lion)」, 『신학세계』, 1918.4.

白樂天子, 「生?」, 『반도시론』, 1918.4.

동희슈부, 「옥란향」, 『신한민보』, 1918.5.16~7.4.

남궁벽, 「언덕 우희 잔디밧헤」, 『기독신보』, 1918.5.22.

金斗植, 「異域의 春夢(이역의 춘몽)」, 『기독신보』, 1918.5.29~8.14.

쎔잉부인, 「이러바린 돈」, 『기독신보』, 1918.5.29.

ㅂㅇㄱ, 「개ㅅ쏭이와 복녀」, 『신한민보』, 1918.5.30.

樂天子, 「농고자평聾瞽自評」, 『천도교회월보』, 1918.5.

쎔잉부인, 「어머니의 보비」, 『기독신보』, 1918.6.5.

약산, 「거울 가동디 식씨」, 『신한민보』, 1918.6.6.

안틱슌 역, 「네듸의 의심」, 『기독신보』, 1918.6.12~26.

「쩌러진 꼿」, 『기독신보』, 1918.6.19.

何夢生, 「陽報」, 『매일신보』, 1918.6.25.

「무혼혼의 귀쥬긔담(無魂漢의 歸主奇談)」, 『신학세계』, 1918.6~1919.1.

「小說의 小說」, 『반도시론』, 1918.6.

한영즈, 「더 크게 지읍세다」, 『기독신보』, 1918.7.3~17.

쎔잉부인, 「픠역혼 즈식」, 『기독신보』, 1918.7.3.

쎔잉부인, 「어늬 목ㅅ」, 『기독신보』, 1918.7.10.

金道湜, 「열심」, 『기독신보』, 1918.7.10.

「청춘」을 죠동, 「최봉쥰」, 『신한민보』, 1918.7.11~25.

미국 와싱톤 어빙 원져, 「와쉬ㅇ톤의 림죵시」, 『신한민보』, 1918.7.25.

閔牛步, 「哀史」, 『매일신보』, 1918.7.28~1919.2.8.

信天翁, 「졔비」, 『천도교회월보』, 1918.7.

裵緯良, 「윌럼 캐리傳」, 『신학지남』, 1918.7.

「홍도」, 『신한민보』, 1918.8.1.

셈잉부인, 「사오나운 개」, 『기독신보』, 1918.8.7.

동희슈부, 「동국렴향록」, 『신한민보』, 1918.8.8.

셈잉부인, 「신션훈 의복」, 『기독신보』, 1918.8.14.

박연암 열하일긔에셔, 「허싱」, 『신한민보』, 1918.8.15~25.

셈잉부인, 「엇던 날 훈 ㅇ희가」*, 『기독신보』, 1918.8.21.

李應洛, 「金不換」, 『매일신보』, 1918.8.22.

不老生, 「酌水成禮」, 『반도시론』, 1918.8.

大痴先生·海東樵人, 「自由의 嫁」, 『반도시론』, 1918.8.

김도식, 「영복」, 『기독신보』, 1918.9.11.

어빙 원져, 동화슈부 역슐, 「알함부라 월계화」, 『신한민보』, 1918.9.19~10.3.

海夢生, 「愛(스랑)」, 『태서문예신보』, 1918.9.28~(미확인)

信天翁, 「훈소리쇠북(一聲鍾)」, 『천도교회월보』, 1918.9.

菊如, 「悟!」, 『유심』, 1918.9~10.

李知鐸, 「幼女의 悲哀談」, 『기독신보』, 1918.10.2~16.

어빙 원져, 동화슈부 역슐, 「그러나다 아메드 태자」, 『신한민보』, 1918.10.10~
        12.12.

「落花(락화)」, 『태서문예신보』, 1918.10.19.

에이, 「코난 쯔일氏 충복」, 『태서문예신보』, 1918.10.19~1918.11.16.

尹白南, 「含淚戲謔」, 『매일신보』, 1918.10.25~11.21.

H, M, 生, 「사상츙돌」, 『태서문예신보』, 1918.10.26~11.2.

셈잉부인, 「엇더훈 셩에 아쥬」*, 『기독신보』, 1918.10.30.

한영즈, 「인력거에 뒤를 쩌미는 녀학싱」, 『기독신보』, 1918.10.30.

韓炳淳, 「월ᄒᆞ에쳥슈(月下淸水)」, 『천도교회월보』, 1918.10~11.

竹兮山人, 「一線香」, 『조선문예』, 1918.10.

權相老, 「彼此一般」, 『유심』, 1918.10.

리진구, 「졍신 일흔 호랑이」, 『기독신보』, 1918.11.6.

李碩庭, 「誘惑」, 『매일신보』, 1918.11.11.

불상흔동포, 「먹방울」, 『기독신보』, 1918.11.13.
죠시한, 「겸손혼 왕」, 『기독신보』, 1918.11.13.
李一, 「후회」, 『태서문예신보』, 1918.11.16~1919.2.17.
裵緯良, 「요한 엘리옷傳」, 『신학지남』, 1918.11.
한영즈, 「딘화 예수의 피로만」, 『기독신보』, 1918.12.11.
원뎌쟈 우루미니아·녀왕 미리 / 역슐자ㅂ.ㅇ.ㄱ, 「활극뎍우루메니아」, 『신한민
　　　보』, 1918.12.19~26.
信天翁, 「동텬명월(東天明月)」, 『천도교회월보』, 1918.12~1919.2.
ㅈㅎ生, 「學生小說 苦學生」, 『유심』, 1918.12.
尹白南, 「夢金」, 『매일신보』, 1919.1.1.
「녯날이약이 眞珠小姐」, 『매일신보』, 1919.1.1.
이쌘튜르개네푸, 「密會」, 『태서문예신보』, 1919.1.13~2.17.
菊如, 「奇獄긔옥」, 『매일신보』, 1919.1.15~3.1.
桂麟常, 「金古筠 小傳」, 『학지광』, 1919.1.
樓下洞人, 「薄情의 눈물」, 『선민』, 1919.1.
「金時計」, 『신청년』, 1919.1.
李常春, 「運命」, 『신청년』, 1919.1.
「育兒의 夢」, 『매일신보』, 1919.2.9~10.
蕉雨堂主人, 「玉利魂」, 『매일신보』, 1919.2.15~5.3.
김메레, 「클라이틔가 희바라기 됨」, 『기독신보』, 1919.2.26.
李一, 「黃昏」, 『반도시론』, 1919.2.
「어린 ㅇ희가 그 부친을 회긔식힘」, 『기독신보』, 1919.3.16.
로즈영, 「새 령혼의 츌현」, 『기독신보』, 1919.3.26.
朴達成, 「同情의 淚」, 『천도교회월보』, 1919.3.
韓炳淳, 「동원춘풍(東園春風)」, 『천도교회월보』, 1919.3~4.